Cuentos, 1

Literatura

Edgar Allan Poe

Cuentos, 1

Prólogo, traducción y notas
de Julio Cortázar

El libro de bolsillo
Literatura
Alianza Editorial

Esta obra fue publicada en 1956 por Ediciones de la Universidad de Puerto Rico, en colaboración con la *Revista de Occidente,* con el título de *Obras en Prosa I. Cuentos de Edgar Allan Poe.* La actual edición de Alianza Editorial ha sido revisada y corregida por el traductor.

Primera edición en «El libro de bolsillo»: 1970
Decimotercera edición en «El libro de bolsillo»: 1996
Primera edición en «Área de conocimiento: Literatura»: 1998
Quinta reimpresión: 2001

Diseño de cubierta: Alianza Editorial
Ilustración realizada a partir de un lienzo de Georg C. Bingham
Fur Traders descending the Missouri

Calle Juan Ignacio Luca de Tena, 15;
28027 Madrid; teléfono 91 393 88 88
ISBN: 84-206-9848-2 (Obra completa)
ISBN: 84-206-3415-8 (Tomo I)
Depósito legal: M. 45.329-2001
Impreso en: EFCA, S. A. Parque Industrial «Las Monjas»
28850 Torrejón de Ardoz -(Madrid)
Printed in Spain

Vida de Edgar Allan Poe[1]

Infancia

Edgar Poe, más tarde Edgar Allan Poe, nació en Boston el 19 de enero de 1809. Nació allí como podría haber nacido en cualquier otra parte, al azar del itinerario de una oscura compañía teatral donde actuaban sus padres, y que ofrecía un característico repertorio que combinaba *Hamlet* y *Macbeth* con dramas lacrimosos y comedias de magia.

Extenderse en consideraciones sobre el parentesco de Poe no conduce a nada sólido. Edgar era tan pequeño cuando desaparecieron sus padres que la influencia del teatro no lo alcanzó. Sus tendencias histriónicas de la madurez coinciden con las de tantos otros genios cuyos padres fueron médicos o fabricantes de tejas. Parece preferible mencionar herencias más profundas. Por su madre, Elizabeth Arnold Poe, el poeta descendía de ingleses (sus abuelos fueron también actores, del Covent Garden, de Londres), mientras su padre, David Poe,

1. Esta noticia de los hechos salientes de la vida de Poe sigue, en líneas generales, la biografía de Hervey Allen, *Israfel, The Life and Times of Edgar Allan Poe*, la más completa hasta la fecha junto con la de Arthur Hobson Quinn.

era norteamericano, de ascendencia irlandesa. Edgar habría de fabricar en su juventud mitológicas genealogías, de las cuales la más notable (que muestra pronto su tendencia a lo truculento) lo presenta como descendiente del general Benedict Arnold, famoso en los anales de la traición.

Su sangre inglesa y norteamericana (todavía la misma, aunque se repelieran políticamente) le llegaba doblemente debilitada e impura por la mala salud de sus padres, tuberculosos ambos. David Poe, actor insignificante, sale rápidamente del escenario: murió o quizá abandonó a su mujer y a sus tres hijos, el último por nacer. Mrs. Poe debió dejar al mayor en casa de unos parientes y trasladarse al Sur con Edgar, que apenas tenía un año, para seguir actuando en el teatro y ganar algún dinero. En Norfolk (Virginia) nació Rosalie Poe; y si su madre había reaparecido en las tablas apenas tres semanas después de nacido Edgar en Boston, así se la vio en escena muy poco antes de dar a luz a Rosalie. La miseria y la enfermedad la doblegaron pronto en Richmond, donde la caridad de sus admiradores teatrales, en su mayoría damas, alivió en parte sus sufrimientos. Edgar se encontró huérfano antes de cumplir tres años; la noche en que su madre murió en una miserable habitación, dos señoras caritativas se llevaron los niños a sus casas.

El carácter del poeta no puede ser comprendido si se descuidan dos influencias capitales en su infancia: la importancia psicológica y afectiva que tiene para un niño saber que carece de padres y que vive de la caridad ajena (caridad sumamente peculiar, como se verá), y la residencia en el Sur. Virginia, en aquella época, representaba el espíritu sureño mucho más de lo que una ojeada casual al mapa de Estados Unidos haría suponer. La llamada «línea de Mason y Dixon», que marcaba el extremo meridional de Pensilvania, valía también como límite del «Norte» y el «Sur», de las tendencias que pronto fermentarían en el abolicionismo y el régimen esclavista y feudal sureño. Edgar Poe creció como sureño, pese a su nacimiento en Boston, y jamás dejó de serlo en espíritu. Muchas de sus críticas a la democracia, al progreso, a la creencia en la perfectibilidad de los pueblos, nacen de ser «un caballero del Sur», de tener arraigados hábitos mentales y morales moldeados por la vida virginiana. Otros elementos sureños habrían de influir en su imaginación: las nodrizas negras, los criados esclavos, un folklore donde los aparecidos, los relatos sobre cementerios y cadáveres que deambulan en las selvas bastaron para organizarle un repertorio de lo sobrenatural sobre el cual hay un temprano anecdotario. John Allan, su casi involuntario protector, era un comerciante escocés emigrado a Richmond, donde tenía en sociedad una empresa dedicada al comercio del tabaco y otras actividades curiosamente disímiles, pero propias de un tiempo en que los Estados Unidos eran un inmenso campo de ensayo. Uno de los renglones lo constituía la representación de revistas británicas, y en las oficinas de Ellis & Allan el niño Edgar se inclinó desde temprano sobre los magazines trimestrales escoceses e ingleses y trabó relación con un mundo erudito y pedante, «gótico» y novelesco, crítico y difamatorio donde los restos del ingenio del siglo XVIII se mezclaban con el romanticismo en plena eclosión, donde las sombras de Johnson, Addison y Pope cedían lentamente a la fulgurante presencia de Byron, la poesía de Wordsworth y las novelas y cuentos de terror. Mucho de la tan debatida cultura de Poe salió de aquellas tempranas lecturas.

Sus protectores no tenían hijos. Frances Allan, primera influencia femenina benéfica en la vida de Poe, amó desde el comienzo a Edgar, cuya figura, bellísima y vivaz, había sido el encanto de las admiradoras de la desdichada Mrs. Poe. En cuanto a John Allan, deseoso de complacer a su esposa, no opuso reparos a la adopción tácita del niño; pero de ahí a adoptarlo legalmente había un trecho que no quiso franquear jamás. Los primeros biógrafos de Poe hablaron de egoísmo y dureza de corazón; hoy sabemos que Allan tenía hijos naturales y que costeaba secretamente su educación. Uno de ellos fue condiscípulo de Edgar, y Mr. Allan pagaba trimestralmente una doble cuenta de gastos escolares. Aceptó a Edgar porque era «un espléndido muchacho», y llegó a encariñarse bastante con él. Era un hombre seco y duro, a quien los años, los reveses y finalmente una gran fortuna volvieron más y más tiránico. Para desgracia suya y de Edgar, sus naturalezas divergían de la manera más absoluta. Quince años más tarde habrían de chocar encarnizadamente, y ambos cometerían faltas tan torpes como imperdonables.

A los cuatro o cinco años, Edgar era un hermoso niño de rizos oscuros, de grandes y brillantes ojos. Muy pronto aprendió los poemas al gusto del día (Walter Scott, por ejemplo), y las damas que visitaban a Frances Allan a la hora del té no se cansaban de oírle recitar, grave y apasionadamente, las extensas composiciones que se sabía de memoria. Los Allan cuidaban inteligentemente de su educación, pero el mundo que lo rodeaba en Richmond le era tan útil como los libros. Su *mammy,* la nodriza negra de todo niño de casa rica en el Sur, debió de iniciarlo en los ritmos de la gente de color, lo que explicaría en parte su interés posterior, casi obsesivo, por la escansión de los versos y la magia rítmica de *El cuervo,* de *Ulalume,* de *Annabel Lee.* Y además estaba el mar, representado por sus embajadores naturales, los capitanes de veleros, que acudían a las oficinas de Ellis & Allan para discutir los negocios de la firma, y que bebían con los socios mientras narraban largas aventuras. El pequeño Edgar debió de entrever, ansioso oyente, las primeras imágenes de *Arthur Gordon Pym,* del remolino del Maelström, y todo ese aire marino que circula en su literatura y que él supo recoger en velámenes que todavía impulsan a sus barcos de fantasmas.

Un barco más tangible habría de mostrarle pronto el prestigio de las singladuras, los atardeceres en alta mar, la fosforescencia de las noches atlánticas. En 1815, John Allan y su mujer se embarcaron con él rumbo a Inglaterra y Escocia. Allan quería cimentar de manera más amplia sus negocios y visitar a su numerosa familia. Edgar vivió un tiempo en Irvine (Escocia) y luego en Londres. De sus recuerdos escolares entre 1816 y 1820 habría de nacer más tarde el extraño y misterioso escenario inicial de *William Wilson.* También el folklore escocés influiría en él. Como previendo el ansia de universalidad que habría de tener algún día, las circunstancias lo enfrentaban con paisajes, fuerzas, humores distintos. Agradecido, aunque ya con una sombra de desdén, él no perdió nada. Un día habría de escribir: «El mundo entero es el escenario que requiere el histrión de la literatura.»

La familia volvió a Estados Unidos en 1820. Edgar, en la plenitud de su infancia, desembarcaba robustecido y avispado por su larga permanencia en un colegio inglés, donde los deportes y la rudeza física eran más importantes que en Richmond. Por eso lo vemos muy pronto capitanear a los camaradas de juego. Salta más alto y más lejos que ellos, y sabe dar y recibir una paliza según sople el viento. No hay todavía en él signos que lo distingan de los otros chicos, salvo, quizá, que le gusta dibujar, que le gusta juntar flores y estudiarlas. Pero lo hace un poco a escondidas y pronto vuelve a los juegos. Protege al pequeño Bob Sully, lo defiende de los muchachos más grandes, lo ayuda en sus lecciones. A veces desaparece durante horas, entregado a una tarea misteriosa: escribe secretamente sus primeros versos, los copia con bella letra, los atesora. Todo esto entre dos rebanadas de pan con mermelada.

Adolescencia

Hacia 1823 ó 1824, Edgar pone todas las fuerzas de sus quince años en esos versos. Algunas jovencitas de Richmond habrán de recibirlos, especialmente las alumnas de cierta elegante escuela; su hermana Rosalie –adoptada por otra familia de Richmond– se encarga de hacer llegar los mensajes a las agraciadas. Pero el precoz enamorado tiene tiempo para otras proezas. La enorme influencia de Byron, modelo de todo poeta joven en esta década, lo inducía a emularlo en todos los terrenos. Ante la estupefacción de camaradas y profesores, Edgar nadó seis millas contra la corriente del río James y se convirtió en el efímero héroe de un día. Su salud era entonces excelente, después de una infancia algo enfermiza; y su cargada herencia sólo se manifiesta en detalles de precocidad, de talento anormalmente desarrollado, en un carácter donde el orgullo, la excitabilidad, la violencia que nace de una debilidad fundamental, lo estimulaban a adelantarse en todos los caminos y a no tolerar competidores.

En aquellos días conoció a «Helen», su primer amor imposible, su primera aceptación del destino que habría de signar toda su vida. Decimos aceptación, y será mejor explicarse desde ahora. «Helen» es la primera mujer –en una larga galería– de quien Edgar Poe habría de enamorarse sabiendo que cra un ideal, sólo un ideal, y enamorándose porque era ese ideal y no meramente una mujer conquistable. Mrs. Stanard, joven madre de uno de sus condiscípulos, se le apareció como la personificación de todos los sueños indecisos de la infancia y las ansiosas vislumbres de la adolescencia. Era hermosa, delicada, de maneras finísimas. «Helen, tu belleza es para mí como esas remotas barcas niceas que, dulcemente, sobre un mar perfumado, traían al cansado viajero errabundo de retorno a sus playas nativas», escribiría de ella un día en uno de sus poemas más misteriosos y admirables. Su encuentro fue para Edgar el arribo a la madurez. El adolescente que acudía a casa de su condiscípulo sin otro propósito que el de jugar, fue recibido por la Musa. Esto no es una exageración. Edgar retrocedió enceguecido frente a una mujer que le daba su mano a besar, sin comprender lo que ese gesto valía para él. Ignorándolo, «Helen» le exigió que ingresara definitivamente en la dimensión de los hombres. Edgar aceptó, enamorándose. Su amor fue secreto, perfecto y duró lo que su vida, por debajo o por encima de muchos otros. Exteriormente, las diferencias de edad y de estado social condicionaron el diálogo, hicieron de esa relación un coloquio amistoso que continuó hasta el día en que Edgar no pudo visitar más la casa de los Stanard. «Helen» enfermó, y la locura –ese otro signo siempre latente en el mundo del poeta– la alejó de sus amigos. Al morir en 1824 tenía treinta y un años. Hay una «historia inmortal» que muestra a Edgar visitando de noche la tumba de «Helen». Hay testimonios igualmente inmortales aunque menos románticos, que prueban el desconcierto, el dolor contenido, la angustia sin expansión posible. Edgar callaba en la escuela, rehuía los juegos, las escapatorias; todos sus camaradas lo notaron sin sospechar la causa, y muchos años más tarde, cuando el mundo supo quién era él, lo recordaron en memorias y cartas.

Refugiado en casa de los Allan (que para Edgar, despierto ya a la realidad social, no era *su* casa), poco consuelo le esperaba. Su madre adoptiva lo quiso siempre tiernamente, pero empezaba a ceder a un enigmático mal. John Allan se mostraba cada día más severo y Edgar cada día más rebelde. Quizá entonces se enteró el niño de que su protector tenía hijos naturales y sospechó que jamás sería adoptado legalmente. Parece seguro que su primera reacción contra Allan nació de su cólera por la ofensa que ese descubrimiento infería a Frances. También ésta lo supo y debió de confiarse a Edgar, que tomó resueltamente su partido. A esta crisis se agrega el que en aquellos días John Allan se convirtiera en millonario al heredar la fortuna de su tío. Paradójicamente, Edgar debió comprender que sus posibilidades de ser adoptado, y por tanto de heredar, habían disminuido todavía más. Y su especial inadaptación empezó a manifestarse tempranamente. Incapaz de suavizar asperezas o de conciliarse el afecto de su protector mediante una conducta adaptada a sus gustos, emprendía ya un camino anárquico al que su temperamento y sus gustos lo predisponían naturalmente. John Allan empezó a saber lo que es tener un poeta –o alguien que quiere llegar a serlo– en casa. Su intención era hacer de Edgar un abogado o un buen comerciante como él. No hay necesidad de abundar más sobre la razón fundamental de todos los choques futuros.

La crisis había madurado lentamente. Edgar era todavía el niño mimado de su «madre» y su bondadosa «tía», y el brillante alumno que daba satisfacción a John Allan. Por aquellos días el marqués de La Fayette andaba recorriendo los campos de sus antiguas hazañas. Edgar y sus camaradas organizaron una milicia uniformada y armada para rendir honores al viejo soldado francés. Entre ejercicio y ejercicio, Edgar leía vorazmente lo que caía a su alcance; pero no parecía feliz, y ni siquiera el traslado a una nueva y magnífica casa que la flamante fortuna de su protector requería, y la comodidad de una excelente habitación, bastaban para alegrarlo. Es harto probable que sus altaneras declaraciones a John Allan sobre sus propósitos de llegar a ser un poeta encontraran una fría, irónica respuesta en los ojos y las palabras del comerciante. Edgar había crecido, y sus actividades «militares» lo habían aguerrido e independizado aún más. La anómala situación del hogar de los Allan apresuró el proceso. Su guardián veía ya un mozo en Edgar y sus diálogos eran de hombre a hombre. Si Edgar le reprochó alguna vez, en nombre de su «madre» Frances, las infidelidades conyugales, Allan debió a su turno replicar con algo capaz de herir al joven en lo más vivo. Sabemos hoy cuál fue esa réplica: una velada referencia, deshonrosa para Mrs. Poe, acerca de la verdadera paternidad de Rosalie, la hermana menor de Edgar. Bien puede imaginarse la reacción de éste. Pero los lazos con los Allan eran todavía demasiado fuertes, y hubo otro intervalo de paz. Intervalo dulce, porque Edgar acababa de enamorarse de una jovencita de bellos rizos, Sarah Elmira Royster, que habría de representar un extraño papel en su vida, desapareciendo tempranamente para surgir en los últimos tiempos. Pero ahora el amor era matinal, y Elmira lo correspondía con toda la efusión compatible entonces con una señorita virginiana. A John Allan no le gustó la idea de que Edgar llegara a casarse con Elmira, y además había que pensar en su ingreso en la Universidad de Virginia. Sin duda habló con Mr. Royster, y de esa conversación en beneficio de los hijos nació una torpe traición: las cartas de Edgar a Elmira fueron interceptadas, y más tarde se obligó a la niña a que aceptara el presunto olvido de su novio como prueba de desamor y se casara con un tal Mr. Shelton, que correspondía mucho mejor que Edgar a la idea que los Allan y los Royster se hacen siempre de los esposos adecuados. Ignorante de lo que iba a ocurrir, Edgar se despidió de Frances y John Allan en febrero de 1826. En el camino confió una carta para Elmira al cochero que lo llevaba a Charlottesville; fue probablemente el último mensaje que aquélla alcanzó a recibir de él.

De la vida estudiantil de Poe hay numerosos documentos que prueban el clima de libertinaje y anarquía de la flamante Universidad fundada con tantas esperanzas por Thomas Jefferson, y su influencia catalizadora de las tendencias hasta entonces latentes en el poeta. Los estudiantes, hijos de familias adineradas, jugaban por dinero, bebían, disputaban y se batían en duelo, endeudándose con la mayor extravagancia, seguros de que sus padres pagarían al final de cada período escolar. A Edgar le ocurrió algo previsible: John Allan se negó desde el primer momento a enviarle más dinero del estrictamente necesario para sus gastos escolares. Edgar se empecinó en mantener el nivel de vida de sus camaradas, por razones bien comprensibles entonces y en Virginia. Hasta cierto punto, tenía razón: su protector lo había criado y educado en un nivel social que entrañaba determinadas exigencias económicas. Proporcionarle con una mano la mejor educación de la época y negarle con la otra el dinero necesario para no tener que avergonzarse ante los camaradas sureños, revelaba no sólo falta de bondad, sino de sentido común e inteligencia. Poe comenzó a escribir a «casa» pidiendo pequeñas sumas, haciendo minuciosos estados de cuenta para mostrar a Allan que las cantidades recibidas no bastaban para subvenir a sus gastos elementales. Si Allan maduraba ya el proyecto de buscar motivos de querella y desentenderse finalmente de Edgar, aprovechando la enfermedad cada vez más grave de Frances para librarse de ese molesto obstáculo en sus futuros proyectos, no hay duda de que la conducta de Poe en la Universidad le dio amplio motivo para resolverse. Exaltado e incapaz de reflexionar con calma en nada que no fueran materias intelectuales, Edgar lo ayudó insensatamente. Se sumaba a ello su desesperación por no recibir respuesta de Elmira y sospechar que ésta lo había olvidado, o que una intriga de los Royster y los Allan lo apartaba de su novia –pues como tal la consideraba entonces–. Por primera vez oímos mencionar el alcohol en la vida de Edgar. El clima de la Universidad era tan favorable como el de una taberna: Poe jugaba, perdía casi invariablemente, y bebía. Uno piensa en Pushkin, ese Poe ruso. Pero a Pushkin el alcohol no le hacía daño, mientras que desde el principio provocó en Poe un efecto misterioso y terrible, del que no hay una explicación satisfactoria como no sea la de su hipersensibilidad, sus taras hereditarias, esa «maraña de nervios» al descubierto. Le bastaba beber un vaso de ron (y lo bebía de un trago, sin paladearlo) para intoxicarse. Está probado que un solo vaso lo hacía entrar en ese estado de hiperlucidez mental que convierte a su víctima en un conversador brillante, en un «genio» momentáneo. El segundo trago lo hundía en la borrachera más absoluta, y el despertar era lento, torturante, y Poe se arrastraba días y días hasta recobrar la normalidad. Sin duda, esto era mucho menos grave a los diecisiete años; pasados los treinta, en los días de Baltimore y Nueva York, configuró su imagen más desgraciadamente popular.

Como estudiante, Edgar fue todo lo sobresaliente que cabía esperar. Los recuerdos de sus condiscípulos lo muestran dominando intelectualmente aquel grupo de *jeunesse dorée* virginiana. Habla y traduce las lenguas clásicas sin esfuerzo aparente, prepara sus lecciones mientras otro alumno está recitando y se gana la admiración de profesores y condiscípulos. Lee, infatigable, historia antigua, historia natural, libros de matemáticas, de astronomía y, naturalmente, a poetas y novelistas. Sus cartas a John Allan describen con vívidas imágenes el clima peligroso de aquella Universidad, donde los estudiantes se amenazan con pistolas y luchan hasta herirse gravemente, entre dos escapatorias a las colinas y alguna francachela en las tabernas de los aledaños. El estudio, el juego, el ron, las fugas, todo es casi lo mismo. Cuando las deudas de juego alcanzaron una cifra exasperante para John Allan y éste se negó una vez más a pagarlas, Edgar tuvo que abandonar la Universidad. En aquel entonces una deuda podía llevar a cualquiera a la cárcel o, por lo menos, vedarle el reingreso al Estado donde la había contraído. Edgar rompió los muebles de su cuarto para encender un fuego de despedida (era en diciembre de 1826) y abandonó la casa de estudios. Sus camaradas de Richmond lo acompañaban; para ellos empezaban las vacaciones, pero él sabía que no volvería más.

Los acontecimientos se sucedieron rápidamente. El hijo pródigo encontró a Frances Allan cariñosa como siempre, pero el «querido papá» (como le llamaba Edgar en sus cartas) ardía de indignación por el balance de aquel año universitario. Para colmo, apenas llegado a Richmond descubrió Edgar lo ocurrido con Elmira, a quien sus padres acababan de alejar prudentemente de la ciudad. No hay que extrañarse de que en casa de Allan la atmósfera se volviera tensa y que, apenas pasado el tácito armisticio de Navidad y las fiestas de fin de año, la querella entre los dos hombres, que se miraban ahora de igual a igual, estallara en toda su violencia. Allan se negó a que Edgar volviera a la Universidad y a buscarle un empleo, a la vez que le reprochaba su holgazanería. Edgar replicó escribiendo secretamente a Filadelfia en demanda de trabajo. Enterado de esto, Allan le dio doce horas para que decidiera si se sometería o no a sus deseos (que entrañaban la obligación de estudiar Leyes o alguna otra carrera profesional). Edgar lo pensó todo una noche y repuso negativamente; siguió una terrible escena de mutuos insultos y, ante la exasperación de John Allan, su insubordinado protegido se marchó golpeando las puertas. Después de errar durante horas, escribió desde una taberna pidiendo su baúl, así como dinero para viajar al Norte y mantenerse hasta encontrar empleo. Allan no contestó, y Edgar escribió otra vez sin resultado. Su «madre» le hizo llegar el baúl y algún dinero. Con no poca sorpresa, Allan debió convencerse de que el hambre y la miseria no doblegaban al muchacho, como había supuesto. Edgar se embarcó rumbo a Boston para probar fortuna, y entre 1827 y 1829 se abre en su vida un paréntesis que los biógrafos entusiastas llenarían más tarde con fabulosos viajes a ultramar y experiencias novelescas en Rusia, Inglaterra y Francia. Naturalmente, Edgar los ayudaba desde más allá de la vida, pues siempre fue el primero en inventar detalles románticos que salpimentaran su biografía. Hoy sabemos que no se movió de Estados Unidos. Pero hizo, en cambio, algo que prueba su determinación de vivir conforme a su estrella. Apenas llegado a Boston, la amistad incidental de un joven impresor le permitió publicar *Tamerlán y otros poemas,* su primer libro (mayo de 1827). En el prólogo sostuvo que casi todos los poemas habían sido compuestos antes de los catorce años. Cierto vocabulario, cierto tono de magia, ciertas fronteras entre lo real y lo irreal mostraban al poeta; el resto era inexperiencia y candor. Ni que decir que el libro no se vendió en absoluto. Edgar debió de verse en una miseria espantosa que sólo atinó al magro recurso de engancharse en el ejército como soldado raso. Y mientras sobrevivía, melancólicamente, miraba en sí mismo y a veces en torno; fue así como reunió el material para el futuro *Escarabajo de oro,* aprovechando el pintoresco escenario que rodeaba al fuerte Moultrie, en la Carolina, donde pasó la mayor parte de ese tiempo y donde la adolescencia quedó irrevocablemente atrás.

Juventud

El soldado Edgar A. Perry –pues con ese *alias* se había enganchado– se condujo irreprochablemente en las filas y no tardó en ser ascendido a sargento mayor. El tedio insoportable de aquella mediocre compañía humana, con la cual se veía obligado a alternar y su invariable resolución de consagrarse a la literatura, para la cual requería tiempo, bibliotecas, contactos estimulantes, lo forzaron finalmente a reanudar relaciones con John Allan. Poe se había alistado por cinco años y aún le faltaban tres; pidió entonces a Allan que escribiera a sus jefes manifestando su conformidad en caso de que lo relevaran de su puesto. Allan no le contestó, y poco después Edgar fue transferido a Virginia. Muy cerca de su casa, ansioso por ver a su «madre», cada vez más enferma, comprendió que Allan no toleraría su baja si continuaba hablando de una carrera literaria. Optó entonces por un compromiso momentáneo, pensando que quizá Allan apoyara su ingreso a la academia militar de West Point. Era una carrera, y una bella carrera. Allan aceptó. Pero en aquellos días Poe iba a sufrir el segundo gran dolor de su vida. «Mamá» Frances Allan murió mientras él estaba en el cuartel; un mensaje de Allan llegó demasiado tarde para cumplir la voluntad de la moribunda, que había reclamado hasta el fin la presencia de Edgar. Ni siquiera le fue dado a éste ver su cadáver. Frente a su tumba (tan cerca de la de «Helen», tan cerca ambas en su corazón), no pudo resistir y cayó inanimado; los criados negros debieron llevarlo en brazos hasta el carruaje.

El ingreso de Edgar en West Point fue precedido por una visita a Baltimore en busca y reconocimiento de su verdadera familia, que, frente a la mala voluntad de su guardián, asumía para él una importancia creciente. Implacable en su secreta decisión, buscaba asimismo publicar *Al Aaraaf*, largo poema en el cual depositaba infundadas esperanzas. Puede decirse que es éste un momento crucial en la vida de Poe, aunque sus biógrafos no lo hagan notar quizá porque no es dramático ni teatral como tantos otros. Pero en mayo de 1829, solo, con el escaso dinero que le ha dado Allan para vivir y tramitar el no fácil ingreso a West Point, Edgar se lanza a establecer los primeros contactos sólidos con editores y directores de revistas. Como era de suponer, no pudo editar su poema por falta de fondos. En medio de las más angustiosas apreturas, acabó yéndose a vivir a casa de su tía María Clemm, donde también residían Mrs. David Poe, abuela paterna de Edgar, el hermano mayor de éste (personaje borroso que moriría a los veinticuatro años y en quien la herencia familiar se acusó más rápida y violentamente) y los hijos de Mrs. Clemm, Henry y la pequeña Virginia, que habría de constituir el complejo y jamás resuelto enigma de la vida del poeta.

De Mrs. Clemm es casi innecesario adelantar que fue en todo sentido el ángel guardián de Edgar, su verdadera madre (como habría de decirlo en un soneto), la «Muddie» de las horas negras y de los años tortuosos. Edgar se incorporó al mísero hogar que María Clemm sostenía con labores de aguja y la caridad de parientes y vecinos, sin aportar más que su juventud y sus esperanzas. «Muddie» lo aceptó desde el primer momento como si comprendiera que Edgar la necesitaba en más de un sentido, y se encariñó con él a un punto que el resto de este relato mostrará cabalmente. Gracias a la buhardilla que compartía con su hermano, tuberculoso en último grado, pudo Edgar escribir en paz y establecer relaciones con editores y críticos. Bien recomendado por John Neal, escritor muy conocido en esos días, *Al Aaraaf* encontró por fin editor, y apareció en unión de *Tamerlán* y los restantes poemas del ya olvidado primer volumen.

Satisfecho en este terreno, Edgar volvió a Richmond para esperar en casa de John Allan -que todavía era «su» casa- la hora del ingreso en West Point. Resultaba difícil imaginar la actitud de Allan en estas circunstancias; se había negado a financiar la edición de los poemas, pero los poemas aparecían a pesar suyo. Edgar hablaría, sin duda, de sus esperanzas literarias y distribuiría ejemplares del libro a sus amigos virginianos (que no entendieron palabra, incluso los de la Universidad). Por fin, alguna referencia de Allan a la «holgazanería» de Edgar provocó otra violenta querella. Pero en marzo de 1830, Poe fue aceptado en la academia militar; a fines de junio aprobaba sus exámenes y pronunciaba el juramento de ingreso. Huelga decir con qué tristeza debió de entrar en West Point, donde le esperaban actividades aún más penosas y desagradables para él que las simples tareas del soldado raso. Pero la alternativa era la misma que tres años antes: o la «carrera» o morirse de hambre. El prestigio pasajero de las galas militares había terminado con la adolescencia. Edgar sabía de sobra que no estaba hecho para ser soldado, ni siquiera en el orden físico, porque su excelente salad de los quince años empezaba a resentirse tempranamente, y el entrenamiento severísimo de los cadetes no tardó en resultarle penoso, casi insoportable.

Pero su cuerpo obedecía en gran medida al desgano, a la tristeza que lo invadía en un ambiente donde pocos minutos diarios podían consagrarse a pensar (a pensar fuera de los textos, es decir, a pensar poesía, a pensar literatura) y a escribir. John Allan, por su parte, iba a seguir la misma línea de conducta que en la etapa universitaria; pronto descubrió Edgar que no recibiría dinero ni para sus gastos más indispensables. Inútil quejarse por carta, mostrar que estaba haciendo el ridículo ante sus camaradas, provistos de fondos. Edgar se refugió entonces en el prestigio que le daba el ser un «viejo» al lado de sus bisoños compañeros, y en su facilidad para mentir imaginarios viajes, aventuras novelescas que muchos creyeron y que plagarían medio siglo después tantas biografías del poeta. Su orgullo, su humor sardónico, lo ayudaron no poco, pero estos rasgos tienen sus desventajas, y él lo supo pronto. Ahogado por la atmósfera vulgar, ramplona, carente hasta la náusea de imaginación y capacidad creadora, se defendió encerrándose, meditando ya los elementos de su futura poética (con gran ayuda de Coleridge). Entretanto, le llegaron desde «casa» noticias del segundo matrimonio de John Allan y comprendió, ya sin sombra de engaño, que toda esperanza de una futura protección debía ser abandonada. No se equivocaba: Allan habría de tener los hijos legítimos que deseaba, y la nueva Mrs. Allan se mostró desde el primer día hostil hacia el desconocido «hijo de actores» que estudiaba en West Point.

Edgar había calculado cumplir el curso en seis meses, confiando en su preparación universitaria y militar precedentes. Pero, una vez en la academia, descubrió que ello era imposible por razones administrativas. No debió de vacilar mucho. Escéptico por lo que concernía a Allan, poco podía importarle que éste se disgustara o no de su decisión, y decidió hacerse expulsar, única forma posible de salir de West Point sin violar el juramento pronunciado. Fue muy simple; como era alumno brillante, eligió la parte disciplinaria para ponerse en falta. Sucesivas y deliberadas desobediencias, tales como no concurrir a clase o a los servicios religiosos, le valieron una expulsión en regla. Pero antes, y dando una de sus raras muestras de auténtico humor, Poe había conseguido, con ayuda de un coronel, que los cadetes costearan por suscripción su nuevo libro de versos, compuesto durante la breve permanencia en West Point. Todo el mundo imaginaba un librito lleno de versos satíricos y divertidos acerca de la academia; se encontraron en cambio con *Israfel, A Helena* y *Lenore*. Pueden inferirse los comentarios.

La ruptura con Allan parecía definitiva y se complicó por un grave error de Edgar, quien, en un momento de ofuscación, había escrito a uno de sus acreedores excusándose por no pagar a causa de la tacañería de su tutor, y agregando que éste estaba pocas veces sobrio. La afirmación, indudablemente calumniosa, llegó a manos de Allan. Su carta a Edgar se ha perdido, pero debió de ser terrible. Edgar le contestó ratificando su aseveración y vertiendo por fin toda su amargura, sus reproches y su desesperanza. El 19 de febrero de 1831 se embarcaba, envuelto en su capa de cadete, que lo acompañó hasta el fin de sus días, rumbo a Nueva York y a sí mismo.

En marzo, hambriento y angustiado, pensó en engancharse como soldado en el ejército de Polonia, sublevada contra Rusia. Su solicitud no tuvo éxito, y entretanto apareció su primer libro importante de poemas, «respetuosamente dedicado al colegio de cadetes». Edgar Poe está ya allí de cuerpo entero. En esos versos (que sufrirán más adelante infinitas modificaciones) los rasgos centrales de su genio poético brillan inequívocos –salvo para los escasos críticos que se ocuparon entonces del volumen–. La magia verbal donde, por lo menos en lo que a su poesía se refiere, se ahínca lo más asombroso de su genio, irrumpe como portadora de un oscuro mensaje lírico, sea el de los poemas amorosos en que desfilan las sombras de Helen o de Elmira, sea el de los cantos metafísicos y casi cosmogónicos. Cuando Edgar Poe volvió a Baltimore perseguido por el hambre y se refugió por segunda vez en casa de Mrs. Clemm, llevaba en el bolsillo la prueba palpable de que su decisión había sido justa y de que, al margen de todas las debilidades, los vicios y las flaquezas, había sido y era «fiel a sí mismo», por más caras que fuesen las consecuencias presentes y futuras.

A poco de llegar a Baltimore, murió su hermano mayor, y Edgar pudo instalarse y trabajar con relativa comodidad en la buhardilla que había compartido con el enfermo. Su atención, hasta entonces dedicada íntegramente a la poesía, va a volverse hacia el cuento, género más «vendible» –lo cual en esos momentos constituía un argumento capital–, y que interesaba además como género literario al joven escritor. Poe advirtió muy pronto que su talento poético, debidamente encauzado, podía crear en el cuento una atmósfera especialísima subyugadora, que él debió de atisbar el primero con irreprimible emoción. Todo estaba en no confundir cuento con poema en prosa, y sobre todo no confundir cuento con fragmento novelesco. No era Edgar hombre de incurrir en esos fáciles errores, y su primer relato publicado, *Metzengerstein*, nació como Palas armado de punta en blanco con todas las cualidades que habrían de alcanzar perfección unos años después.

La miseria y Mrs. Clemm se conocían de antiguo. «Muddie» pedía prestado, salía con una cesta donde sus amigas ponían siempre alguna legumbre, huevos, fruta. Edgar no encontraba manera de publicar, y los pocos dólares ganados aquí y allá desaparecían en seguida. Se sabe que en todo este período se condujo sobriamente, y que hizo lo posible por ayudar a su tía. Pero una vieja deuda (quizá su hermano) surgió de pronto, con la consiguiente amenaza de arresto y prisión. Edgar escribió a John Allan con el tono más angustiado y lamentable que cabe imaginar. «Por el amor de Cristo, no me dejes perecer por una suma de dinero cuya falta ni siquiera notarás...» Allan intervino de manera indirecta –y por última vez–; el peligro de prisión quedó descartado. Al criticar la formación literaria y cultural de Poe no debería olvidarse que en los años 1831 y 1832, cuando su carrera de escritor quedó definitivamente sellada, Edgar trabajaba acosado por el hambre, la miseria y el temor; el hecho de que pudiera seguir adelante y remontar día a día nuevos peldaños hacia su propia perfección literaria prueba toda la fuerza que habitaba en ese gran débil. Pero a veces Edgar perdía los estribos. No se sabe que bebiera entonces más de la cuenta (aunque para él la menor dosis era siempre fatal). Habíase enamorado de Mary Devereaux, joven y bonita vecina de los Clemm. Para Mary, el poeta representaba el misterio y, en cierto modo, lo prohibido, pues corrían ya rumores sobre su pasado, en gran medida sembrados por él mismo. Y además, Edgar tenía esa presencia que habría de subyugar siempre a las mujeres que cruzaron por su vida. La misma Mary, muchísimos años después, lo recordaba así: «Mr. Poe tenía unos cinco pies y ocho pulgadas de estatura, cabello oscuro, casi negro, que usaba muy largo y peinado hacia atrás como los estudiantes. Su cabello era fino como la seda; los ojos, grandes y luminosos, grises y penetrantes. Tenía el rostro completamente afeitado. La nariz era larga y recta, y los rasgos muy finos; la boca, expresivamente hermosa. Era pálido, exangüe, de piel bellamente olivácea. Miraba de manera triste y melancólica. Era sumamente delgado... pero tenía una fina apostura, un porte erguido y militar, y caminaba rápidamente. Lo más encantador en él, sin embargo, eran sus modales. Era *elegante*. Cuando miraba a alguien parecía capaz de leer sus pensamientos. Tenía una voz agradable y musical, pero no profunda. Vestía siempre una chaqueta negra, abotonada hasta el cuello... No seguía la moda, sino que tenía su propio estilo.»

Con semejante retrato no sorprenderá que la niña quedara fascinada por su cortejante. El idilio duró apenas un año, y la gazmoñería de la época hizo lo suyo. «Mr. Poe no valoraba las leyes de Dios ni las humanas», dirá Mary en sus recuerdos de vejez. Mr. Poe era celoso y provocaba violentas escenas. Mr. Poe se propasaba. Mr. Poe se consideró ofendido por un tío de Mary, que se inmiscuía en su noviazgo, y, luego de comprar una fusta, fue a buscar a dicho caballero y le dio de latigazos. Sus parientes contestaron golpeándolo y desgarrándole de arriba abajo la chaqueta. La escena final es digna de la mejor escena romántica: Mr. Poe atravesó tal como estaba la ciudad, seguido de una turba de chiquillos, armó un escándalo en la puerta de Mary, se metió en su casa y acabó tirándole la fusta a los pies, mientras decía: «¡Toma, te regalo esto!» Pero la anécdota es importante: por primera vez vemos a Edgar con las ropas destrozadas, perdido todo dominio de sí mismo; se exhibe al desnudo, como tantas veces más adelante, en un patético testimonio de su fundamental inadaptación a las leyes de los hombres. La familia de Mary hizo el resto, y Mr. Poe perdió a su novia. Consuela pensar que no lo lamentó demasiado.

En julio de 1832, Edgar supo que John Allan había hecho testamento y que estaba gravemente enfermo. Fue inmediatamente a Richmond, por razones donde el interés y los recuerdos del pasado se mezclaban confusamente. Nadie lo había invitado, pero él llegó tempestuosamente y se coló de rondón, dándose de boca con la segunda Mrs. Allan, que no tardó en hacerle entender que lo consideraba un intruso. No es difícil imaginar la violenta reacción de Edgar bajo ese techo que guardaba el recuerdo de su «madre» y toda su infancia. Volvió a perder la serenidad de la manera más lamentable, sobre todo porque no tuvo el valor de enfrentar a Allan, y salió de la casa en el preciso momento en que aquél, presurosamente reclamado, acudía con el estado de ánimo imaginable. La visita acababa en el más completo fracaso, y Edgar se volvió a Baltimore y a la miseria.

En abril de 1833 escribiría su última carta a su «protector». Contiene un párrafo que lo dice todo: «En nombre de Dios, ten piedad de mí y sálvame de la destrucción.» Allan no le contestó. Pero en el intervalo Edgar había ganado el primer premio (y 50 dólares) en un concurso de cuentos del *Baltimore Saturday Visiter*. Sus cuentos, al menos, eran más eficaces que sus cartas.

El año 1833 y gran parte del siguiente fueron tiempos de penoso trabajo en la más horrible miseria. Poe era ya conocido por los círculos cultivados de Baltimore, y su cuento vencedor, *Manuscrito hallado en una botella*, le valía no pocas admiraciones. A comienzos de 1834 le llegó la noticia de que Allan estaba moribundo y, sin pensarlo dos veces, se lanzó a una segunda e insensata visita a «su» casa. Rechazando al mayordomo, que debía de tener instrucciones de no dejarlo entrar, voló escaleras arriba para detenerse en la puerta de la habitación donde John Allan, paralizado por la hidropesía, leía el diario en un sillón. Al verlo, el enfermo fue presa de un acceso de furor, y se enderezó bastón en mano profiriendo terribles insultos. Los sirvientes acudieron y echaron a la calle a Edgar. En Baltimore, poco después, se enteró de la muerte de Allan. Éste no le dejó ni un centavo de su enorme fortuna. Digamos de él que, si Edgar hubiera seguido alguno de los sólidos caminos profesionales o comerciales que su protector le proponía, nada hace dudar de que Allan lo hubiera ayudado hasta el fin. Edgar tuvo plena razón en seguir su camino, y por su parte Allan no puede ser culpado más allá de lo razonable. Su verdadera falta no fue tanto no «entender» a Edgar, sino mostrarse deliberadamente mezquino y cruel, obstinándose en acorralarlo y dominarlo. Al fin y al cabo, Mr. John Allan perdió la partida contra el poeta en todos los terrenos; pero la victoria de Edgar se parecía demasiado a las de Pirro para no desesperar en primer término al vencedor.

Se abre ahora el «episodio misterioso», el incitante tema que ha hecho correr ríos de tinta. La pequeña Virginia Clemm, prima carnal de Edgar, habría de convertirse en su novia y, poco después, en su mujer. Virginia tenía apenas trece años y Edgar veinticinco. Si en aquel tiempo no era insólito que las mujeres se casaran a los catorce años, el hecho de que Virginia no estuviera mentalmente bien desarrollada, y diera hasta su muerte la impresión de una niña, agrega un elemento penoso al episodio. «Muddie» consintió en el noviazgo y en la boda (aunque ésta tuvo lugar secretamente para no provocar la cólera harto imaginable del resto de la familia), y el consentimiento tiene su importancia. Si la madre de Virginia la confiaba a Edgar, no puede dudarse de que se sentía moralmente tranquila. Virginia, que adoraba al «primo Eddie», debió de consentir con su puerilidad habitual, llena de maravilla a la idea de casarse con aquel muchacho prestigioso. En cuanto a él, ése es el misterio. Que quiso siempre a «Sis» con un cariño entrañable, los hechos van a probarlo. Que la amó, que la hizo su mujer, es y sigue siendo materia de discusión. La hipótesis más sensata parece ser la de que Poe se casó con Virginia para protegerse en su relación con otras mujeres y mantenerlas en el plano de la amistad. Lo probaría el hecho de que sólo después de la muerte de «Sis» sus amores adquirieron nuevamente un carácter apasionado aunque siempre ambiguo. ¿Pero de qué se protegía Edgar? Aquí es donde se abren las compuertas y empieza a correr la tinta. No hagamos nosotros de afluente. Lo único verosímil es suponer una inhibición sexual de carácter psíquico, que obligaba a Poe a sublimar sus pasiones en un plano de ensueño e ideal, pero que a la vez lo atormentaba al punto de exigirle por lo menos una fachada de normalidad, provista en este caso por su casamiento con Virginia. Se ha hablado de sadismo, de atractivo malsano hacia una mujer impúber o apenas núbil. El tema da para infinitas variaciones[2].

En marzo de 1835, en plena fiebre creadora, Edgar carecía de un traje como para poder aceptar una invitación a comer. Así tuvo que escribirlo, avergonzado, a un bondadoso caballero que buscaba ayudarlo literariamente. La honradez de aquella confesión vino en su ayuda. Su anfitrión lo vinculó de inmediato con el *Southern Literary Messenger*, una revista de Richmond. Allí apareció *Berenice*, y meses más tarde Edgar regresaría, una vez más, a «su» ciudad virginiana para incorporarse a la redacción de la revista y asumir su primer empleo estable. Pero, entretanto, la mala salud se había manifestado inequívocamente. Hay testimonios de que en el período de Baltimore, Edgar tomó opio (en forma de láudano, como De

2. Es sabido que el psicoanálisis aplicado a los relatos de Poe proporciona sorprendentes resultados en este terreno. Véase el libro de Marie Bonaparte, y, en un plano meramente deductivo, el de Joseph Wood Krutch.

Quincey y Coleridge). Su corazón no andaba bien y necesitaba estímulos; el opio, que le había dictado tanto de *Berenice* y que le dictaría muchos otros cuentos, lo ayudaba a reaccionar. Su llegada a Richmond significó un resurgimiento momentáneo, la posibilidad de publicar sus trabajos y, sobre todo, de ganar algún dinero, ayudar a «Muddie» y a «Sis», que esperaban en Baltimore. Los habitantes de Richmond que habían conocido al niño Edgar, al mozo de turbulenta fama, encontraban ahora a un hombre prematuramente envejecido a los veintiséis años. La madurez física le sentaba bien a Edgar. Sus pulcras si bien algo raídas ropas, invariablemente negras, le daban un aire fatal en el sentido byroniano, presente ya en los fetichismos de la época. Era bello, fascinador, hablaba admirablemente bien, miraba como si devorara con los ojos, y escribía extraños poemas y cuentos que hacían correr por la espalda ese frío delicioso que buscaban los suscriptores de revistas literarias al uso de los tiempos. Lo malo era que Edgar sólo ganaba diez dólares semanales en el *Messenger,* que sus amigos de juventud andaban cerca y que en Virginia se bebe duro. La lejanía de «Muddie» y de Virginia hacía también lo suyo. Edgar bebió la primera copa y el resto fue la cadena inevitable de consecuencias. Esta caída, alternada con largos períodos de salud y temperancia, va a repetirse ahora monótonamente hasta el fin. Uno daría cualquier cosa por refundir todos los episodios en uno, evitar esa duplicación infernal, ese paseo en círculo del prisionero en el patio de la cárcel. Al salir de una de sus borracheras, Edgar escribe desesperado a un amigo –mientras le oculta con típica astucia la verdadera razón–: «Me siento un miserable y no sé por qué... Consuéleme... pues usted puede hacerlo. Pero que sea pronto... o será demasiado tarde. Escríbame inmediatamente. Convénzame de que vivir vale la pena, de que es necesario...» Esta vaga alusión a un suicidio habrá de materializarse años después.

Por supuesto, perdió su empleo, pero el director del *Messenger* estimaba a Poe y volvió a llamarlo, aconsejándole que viniera con su familia y que viviera junto a ella lejos de cualquier lugar donde hubiera vino en la mesa. Edgar siguió el consejo y Mrs. Clemm y Virginia se le reunieron en Richmond. Desde las columnas de la revista la fama del joven escritor empezaba a afirmarse. Sus reseñas críticas, ácidas, punzantes, muchas veces arbitrarias e injustas, pero siempre llenas de talento, eran muy leídas. Durante más de un año Edgar se mantuvo perfectamente sobrio. En el *Messenger* empezaba a aparecer en folletín la *Narración de Arthur Gordon Pym.* En mayo de 1836 Poe se casó por segunda vez, pero ahora públicamente y rodeado por sus amigos, con la siempre maravillada Virginia. Aquel período –en el que sin embargo empezaban las recaídas en el alcohol, cada vez más frecuentes–, se tradujo en reseñas y ensayos de una fertilidad extraordinaria. Afirmada su fama de crítico, los círculos literarios del norte, para quienes el sur no había significado jamás nada importante en el orden intelectual, se mostraban tan ofendidos como furiosos contra aquel «Mr. Poe» que osaba denunciar sus *cliques,* sus bombos, y desollaba vivos a sus malos escritores y poetas, sin importársele un ardite de la reacción que provocaba. Más se hubieran irritado de saber que Edgar acariciaba cada vez con mayores deseos la posibilidad de abandonar el campo demasiado estrecho de Virginia y probar su suerte en Filadelfia o Nueva York, los grandes centros de las letras norteamericanas. Su alejamiento del *Messenger* se vio precipitado por las deudas, el descontento del director y las continuas ausencias provocadas por el aplastante efecto que en él provocaba la bebida. El *Messenger* lamentó sinceramente prescindir de Poe, cuya pluma había octuplicado su tirada en pocos meses.

Edgar y los suyos se instalaron precariamente en Nueva York, en un pésimo momento para encontrar trabajo a causa de la gran depresión económica que caracterizó la presidencia de Jackson. Este intervalo de forzosa holganza fue, como siempre, benéfico para Edgar desde el punto de vista literario. Libre de reseñas y comentarios periodísticos, pudo consagrarse de lleno a la creación y escribió una nueva serie de cuentos; logró asimismo que *Gordon Pym* se publicara en volumen, aunque la obra fue un fracaso de ventas. Pronto se vio que Nueva York no ofrecía un panorama favorable y que lo mejor era repetir la tentativa en Filadellia, el primer centro editorial y literario de Estados Unidos a esa altura del siglo. A mediados de 1838 hallamos a Edgar y a los suyos pobremente instalados en una casa de pensión de Filadelfia. La mejor prueba de la situación por la que pasaban la da el hecho de que Edgar se prestó a publicar bajo su nombre un libro de texto sobre conquiliología, que no pasaba de ser la refundición de un libro inglés sobre la materia y que preparó un especialista con la ayuda de Poe. Más tarde ese libro le trajo un sinfín de disgustos, pues lo acusaron de plagio, a lo cual habría de contestar airadamente que todos los textos de la época se escribían aprovechando materiales de otros libros. Lo cual no era una novedad ni entonces ni hoy en día, pero resultaba un débil argumento para un denunciador de plagios tan encarnizado como él.

Madurez

En 1838 aparecerá el cuento que Poe prefería, *Ligeia.* Al año siguiente nacerá otro aún más extraordinario, *La caída de la casa Usher,* en el que los elementos autobiográficos abundan y son fácilmente discernibles, pero donde, sobre todo, se revela –después del anuncio de *Berenice* y el estallido terrible de *Ligeia*– el lado anormalmente sádico y necrofílico del genio de Poe, así como la presencia del opio. Por el momento, la suerte parecía inclinarse de su lado, pues ingresó como asesor literario en el *Burton's Magazine.* Por ese entonces le obsesionaba la idea de llegar a tener una revista propia, con la cual realizar sus ideales en materia de crítica y creación. Como no podía financiarla (aunque el sueño lo persiguió hasta el fin), aceptó colaborar en el *Burton's* con un sueldo mezquino pero amplia libertad de opinión. La revista era de ínfima categoría; bastó que Edgar entrara en ella para ponerla a la cabeza de las de su tiempo en originalidad y audacia.

Aquel trabajo le permitió al fin mejorar la situación de Virginia y su madre. Aunque se separó por un tiempo del *Burton's,* pudo trasladar su pequeña familia a una casa más agradable, la primera casa digna desde los días de Richmond. Estaba situada en los aledaños de la ciudad, casi en el campo, y Edgar recorría diariamente varias millas a pie para acudir al centro. Virginia con sus modales siempre pueriles, lo esperaba de tarde con un ramo de flores, y nos han quedado numerosos testimonios de la invariable ternura de Edgar hacia su «mujer-niña», y sus mimos y atenciones para con ella y «Muddie».

En diciembre de 1839 apareció otro volumen, donde se reunían los relatos publicados en su casi totalidad en revistas; el libro se titulaba *Cuentos de lo grotesco y lo arabesco.* Aquella época había sido intensa, bien vivida, y de ella emergía Edgar con algunas de sus obras en prosa más admirables. Pero la poesía estaba descuidada. «Razones al margen de mi voluntad me han impedido en todo momento esforzarme seriamente por algo que, en circunstancias más felices, hubiera sido mi terreno predilecto», habría de escribir en los tiempos de *El cuervo.* Un cuento podía nacer al despertar de una de sus frecuentes «pesadillas diurnas»; un poema, tal como Edgar entendía su génesis y su composición, exigía una serenidad interior que le estaba vedada. En eso, más que en otra cosa, hay que buscar el motivo de la desproporción entre su poesía y su obra en prosa.

En junio de 1840, Edgar se separó definitivamente del *Burton's Magazine* por razones de incompatibilidad asaz complejas. Pero la refundición de esta revista con otra, bajo el nombre de *Graham's Magazine,* le permitió, después de un período penoso y oscuro, en el que estuvo enfermo (se sabe de un colapso nervioso), reanudar su trabajo como director literario, en condiciones más ventajosas. Poe especificó ante Graham, propietario del *Magazine,* que no había abandonado el proyecto de fundar una revista propia, y que llegado el momento renunciaría a su puesto. Su empleador no tuvo motivos para lamentar el aporte que Edgar trajo al *Graham's,* y que puede calificarse de sensacional. Cuando tomó la dirección había apenas cinco mil suscriptores; al irse dejó cuarenta mil... Y esto entre febrero de 1841 y abril del año siguiente. Edgar ganaba un sueldo mezquino, aunque Graham se mostraba generoso en otros sentidos y admiraba su talento y su técnica periodística. Pero para Poe, obsesionado por la brillante perspectiva de editar por fin su revista (sobre la cual había enviado circulares y requerido colaboraciones), el trabajo en el despacho del *Graham's* debía resultar mortificante. A un amigo que le buscaba en Washington un empleo oficial que le permitiera al mismo tiempo escribir con libertad, le dice en una carta: «Acuñar moneda con el propio cerebro, a una señal del amo, me parece la tarea mas dura de este mundo...»

Entretanto, había que ganar esos pocos dólares, y ganarlos bien. Edgar atravesaba por una época brillantísima. Se ha dicho que inició la serie de sus «cuentos analíticos» para desvirtuar las críticas de quienes lo acusaban de dedicarse solamente a lo mórbido. Lo único seguro es que este cambio de técnica, más que de tema, prueba la amplitud y la gama de su talento y la perfecta coherencia intelectual que poseyó siempre, y de la que *Eureka* habría de ser la prueba final y dramática. *Los crímenes de la calle Morgue* pone en escena al *chevalier* C. Auguste Dupin, ese alter ego de Poe, expresión de su egotismo cada día más intenso, de su sed de infalibilidad y superioridad que tantas simpatías le enajenaba entre los mediocres. Tras él apareció *El misterio de Marie Rogêt,* sagaz análisis de un asesinato que apasionaba entonces a los amigos de un género considerado años atrás por De Quincey como una de las bellas artes. Pero el lado macabro y mórbido corría paralelo al frío análisis, y Poe no renunciaba a los detalles espeluznantes, al clima congénito de sus primeros cuentos.

Este período creador se vio trágicamente interrumpido. A fines de enero de 1842, Poe y los suyos tomaban el té en su casa, en compañía de algunos amigos. Virginia, que había aprendido a acompañarse en el arpa, cantaba con gracia infantil las melodías que más le gustaban a «Eddie». Súbitamente, su voz se cortó en una nota aguda, mientras la sangre manaba de su boca. La tuberculosis se reveló brutalmente en una hemoptisis inequívoca, a la que seguirían otras muchas. Para Edgar, la enfermedad de su mujer fue la más horrible tragedia de su vida. La sintió morir, la sintió perdida y se sintió perdido él también. ¿De qué fuerzas espantosas se defendía junto a «Sis»? Desde ese momento, sus rasgos anormales empiezan a mostrarse desnudamente. Bebió, con los resultados sabidos. Su corazón fallaba, ingería alcohol para estimularse, y el resto era un infierno que duraba días. Graham se vio precisado a llamar a otro escritor para que llenara los frecuentes vacíos de Poe en la revista. Ese escritor era el reverendo Griswold, de ambigua memoria en los anales poeianos.

Una famosa carta de Edgar admite que sus irregularidades se desencadenaron a consecuencia de la enfermedad de Virginia. Reconoce que «se volvió loco» y que bebía en estado de inconsciencia. «Mis enemigos atribuyeron la locura a la bebida, en vez de atribuir la bebida a la locura...» Empieza para él una época de fuga, de marcharse de su casa, de volver completamente deshecho, mientras «Muddie» se desespera y trata de ocultar la verdad, limpiar las ropas manchadas, preparar una tisana para el infeliz, que delira en la cama y tiene atroces alucinaciones. En aquellos días el estribillo de *El cuervo* empezó a hostigarlo. Poco a poco, el poema nacía, larval, indeciso, sujeto a mil revisiones. Cuando Edgar se sentía bien, iba a trabajar al *Graham's* o a llevar artículos. Un día, al entrar, vio a Griswold instalado en su despacho. Se sabe que giró en redondo y que no volvió más. Y hacia julio de 1842, perdido por completo el dominio de sí mismo, hizo un viaje fantasmal de Filadelfia a Nueva York, obsesionado por el recuerdo de Mary Devereaux, la muchacha a cuyo tío había dado de latigazos. Mary estaba casada, y Edgar parecía absurdamente deseoso de averiguar si amaba o no a su marido. Después de cruzar y recruzar el río en *ferryboat*, preguntando a todo el mundo por el domicilio de Mary, llegó por fin a su casa e hizo una terrible escena. Luego se quedó a tomar el té (uno imagina las caras de

Mary y su hermana, a quienes les tocó recibirlo a la fuerza, pues se había metido en la casa en su ausencia), y por fin se marchó, no sin antes desmenuzar con un cuchillo algunos rábanos y exigir que Mary cantara su melodía favorita. Pasaron varios días hasta que Mrs. Clemm, desesperada, logró la ayuda de vecinos bondadosos, que encontraron a Edgar mientras vagaba por los bosques próximos a Jersey City, perdida, momentáneamente, toda razón.

En una carta, Poe se defendió alguna vez de las acusaciones que le hacían, señalando que el mundo sólo lo veía en los momentos de locura, pero que ignoraba sus largos períodos de vida sana y laboriosa. Esto no es hipócrita y, sobre todo, es cierto. No todos los críticos de Poe han sabido estimar la enorme acumulación de lecturas de que fue capaz, su voluminosa correspondencia y, sobre todo, el bulto de su obra en prosa, cuentos, ensayos y reseñas. Pero, como él lo señala, dos días de embriaguez pública lo volvían mucho más notorio que un mes de trabajo continuo. La cosa no puede extrañar, naturalmente; tampoco extrañará que Poe, sabiendo que las consecuencias eran menos sórdidas, volviera siempre que podía al opio para olvidarse de la miseria, para salirse del mundo con más dignidad por algunas horas.

Durante un breve período, la amistad de escritores y críticos importantes y su propio optimismo, casi siempre mal fundado, hicieron creer a Poe que su revista alcanzaría a materializarse. Terminó por encontrar a un caballero dispuesto a financiarla, y entonces sus amigos de Washington lo llamaron a la capital, a fin de que pronunciara una conferencia, recogiera suscripciones a la revista y fuera presentado en la Casa Blanca, de donde, sin duda, saldría con un nombramiento capaz de ponerlo al abrigo de la miseria. Duele pensar que todo ello pudo ocurrir exactamente así, y que Edgar tuvo la culpa de que no ocurriera. Al llegar a Washington aceptó unas copas de oporto, y el resto fue lo de siempre. Sus amigos no pudieron hacer nada por un hombre que insistía en presentarse ante el presidente de los Estados Unidos con la capa negra puesta del revés, y que recorría las calles querellándose con todo el mundo. Hubo que meterlo en un tren de vuelta, y la peor consecuencia fue que el caballero que pensaba financiar la revista se atemorizó muy explicablemente y no quiso volver a oír hablar del asunto. Edgar enfrentó el doble peso del remordimiento (que lo hundía en la desesperación durante semanas enteras) y la miseria, frente a la cual Mrs. Clemm debía acudir a los más tristes recursos para mantener a la familia. Pero aquel año aciago debía hacerle subir otro peldaño de la fama. En junio, Edgar ganó el premio instituido por el *Dollar Newspaper* para el mejor relato en prosa. Este cuento llegaría a ser el más famoso de los suyos, el que todavía tiene en suspenso el aliento de todo adolescente imaginativo. Era *El escarabajo de oro,* mezcla felicísima del Poe analítico con el de la aventura y el misterio.

A fines de año encontramos a Edgar pronunciando una conferencia sobre poesía y poetas. Poco público, poco dinero. Su período de Filadelfia terminaba tristemente después de haber estado a punto de llevarlo a una fama definitiva. Dejaba muchos amigos fieles, pero una gran cantidad de enemigos: los autores maltratados en sus reseñas, los envidiosos profesionales, los Griswold, y también tantos que tenían fundados motivos de agravio contra él. Los comienzos de 1844 son oscuros, y lo más interesante consiste en la aparición del *Cuento de las Montañas Escabrosas,* relato digno de los mejores. Pero ya nada quedaba por hacer en Filadelfia y era preferible intentar otra cosa en Nueva York. Tan pobres estaban los Poe que Edgar partió con Virginia, dejando a «Muddie» en una casa de pensión a la espera de que aquél reuniera los dólares suficientes para mandarla llamar. En abril de 1844 la pareja llegaba a Nueva York y otra vez se abría un interludio favorable, estrepitosamente saludado por *El camelo del globo*. El título del relato dice bien de lo que se trataba. Edgar lo vendió al *New York Sun,* que publicó una edición especial anunciando que un globo tripulado por ingleses acababa de cruzar el Atlántico. La noticia provocó una conmoción extraordinaria y la muchedumbre se agolpó frente al periódico. No lejos de ahí, quizá en algún balcón, un caballero de aire grave, vestido de negro, debió de contemplar la escena con una sonrisa indefiniblemente irónica. Pero ahora «Muddie» podía reunirse con él.

El período de Nueva York señala el resurgimiento del poeta en Edgar, a quien el tema de *El cuervo* seguía obsesionando de continuo. El poema habría de adquirir pronto forma definitiva, y las circunstancias fueron por una vez favorables. El calor del verano hacía daño a la desfalleciente Virginia, y Edgar buscó, reuniendo dinero con su trabajo periodístico, algún lugar en las afueras de Nueva York donde pasar los meses de estío. Lo encontró en una granja de Bloomingdale, que habría de convertirse para los Poe en un pequeño y efímero paraíso. Allí había aire puro, praderas, alimento en abundancia, hasta alegría. Edgar halló un poco de paz lejos de Nueva York y su mundo inconciliable con el suyo. El famoso busto de Palas, inmortalizado en *El cuervo,* estaba sobre una puerta interior de la casa. Edgar empezó a escribir regularmente, y los cuentos y artículos se sucedían y hasta se publicaban en seguida, porque el nombre del autor bastaba para interesar a los lectores de todo el país. *El entierro prematuro,* mezcla de crónica y cuento, fue escrito en el «perfecto cielo» de Bloomingdale y prueba la ambivalencia invariable de la mente de Poe; es uno de sus relatos más mórbidos y angustiosos, lleno de una malsana fascinación por los horrores de la tumba, que el pretexto del tema disfraza malamente.

El cuervo alcanzó aquel verano su versión casi definitiva –pues los retoques de Edgar a sus poemas eran infinitos y se multiplicaban en las diferentes publicaciones de cada uno–. El autor lo leyó a muchos amigos, y hay anécdotas que lo muestran recitando el poema y pidiendo luego la opinión de los presentes, con vistas a posibles cambios. Todo ello está muy lejos de su propia versión en el ensayo titulado *Filosofía de la composición,* aunque éste pueda estar más cerca de la verdad de lo que se suele creer. Que el poema pasó por diversos «estados» es cierto; pero la estructura central, a la que se alude en el ensayo, pudo nacer de un proceso lógico (poéticamente lógico, mejor, y todo poeta sabe que no hay contradicción en los términos) como el que se describe en el ensayo.

Se acercaba el invierno y había que volver a Nueva York, donde Poe acababa de obtener un modesto empleo en el flamante *Evening Mirror.* El año 1845 –Edgar tenía treinta y seis años– se abrió con su amistosa separación del *Mirror* y su ingreso en el *Broadway Journal.* De pronto, inesperadamente para todos, pero quizá no para él, la fama habría de difundir su nombre más allá de las fronteras de su patria y convertido en el hombre del día. Hábilmente preparada por Poe y sus amigos, la publicación de *El cuervo* conmovió los círculos literarios y todas las capas sociales, hasta un punto que actualmente resulta difícil imaginar. La misteriosa magia del poema, su oscuro llamado, el nombre del autor, satánicamente aureolado con una «leyenda negra», se confabularon para hacer de *El cuervo* la imagen misma del romanticismo en Norteamérica, y una de las instancias más memorables de la poesía de todos los tiempos. Las puertas de los salones literarios se abrieron inmediatamente para Poe. El público acudía a sus conferencias con el deseo de oírle recitar *El cuervo* –experiencia memorable para muchos oyentes y de la cual quedan testimonios inequívocos–. Las damas, sobre todo, estaban fascinadas oyéndolo hablar. Edgar lo hacía admirablemente, seguro de sí mismo, pisando, por fin, el terreno que durante tantos años había tanteado. «Su conversación –habrá de decir Griswold con florida retórica– alcanzaba a veces una elocuencia casi sobrenatural. Modulaba la voz con asombrosa destreza y sus grandes ojos, de variable expresión, miraban serenos o infundían una ígnea confusión en los de sus oyentes, mientras su rostro resplandecía o manteníase inmutablemente pálido, según que la imaginación apresurara el correr de su sangre o la helara en torno al corazón. Las imágenes que empleaba procedían de mundos que un mortal sólo puede ver con la visión del genio. Partiendo bruscamente de una proposición planteada exacta y agudamente en términos de máxima sencillez y claridad, rechazaba las formas de la lógica habitual y, en un cristalino proceso de acumulación, alzaba sus demostraciones oculares en formas de grandeza tan lúgubre como fantasmal o en otras de la más aérea y deliciosa belleza, tan detallada y claramente y con tanta rapidez, que la atención quedaba encadenada en medio de sus asombrosas creaciones; todo ello hasta que él mismo disolvía el embrujo y traía otra vez a sus oyentes a la existencia más baja y común mediante fantasías vulgares o exhibiciones de las pasiones más innobles...»

Hasta por el mismo zarpazo final el testimonio es válido viniendo de quien viene. Edgar magnetizaba a su público, y su altanera confianza en sí mismo podía explayarse ahora sin provocar el ridículo. En cuanto a los rencores ajenos, se hicieron naturalmente más profundos. Él mismo colaboraba con los odios y las calumnias. En marzo de 1845, en plena apoteosis, se dejó llevar otra vez por el alcohol. La creciente agravación de Virginia y ese oscilar entre esperanza y desesperación que el poeta mencionó alguna vez como algo peor que la muerte misma de su mujer, podían más que sus fuerzas. En este momento empieza para Poe una época de total desequilibrio anímico, de entrega a las amistades apasionadas con escritoras prominentes de Nueva York, episodios que en nada afectan su tierno y angustioso cariño por Virginia. Esto no es embellecer los hechos: Edgar necesitaba embriagarse con algo más que alcohol. Necesitaba palabras, decirlas y escucharlas. Virginia no le daba más que su infantil presencia, su cariño ciego de cachorro. Una Frances Osgood, en cambio, poetisa y gran lectora, unía a su imagen llena de gracia la cultura capaz de medir a Poe en su verdadero valor. Y además Edgar huía de la miseria, de los sucesivos y cada vez más lamentables cambios de domicilio, de las querellas en el *Broadway Journal*, donde su egotismo, pero también su primacía intelectual, le creaban continuos conflictos con sus socios. Por un lado se publicaba una edición aumentada de los *Cuentos;* por otra, su amistad imprudente con Mrs. Osgood se veía comprometida por los rumores que obligaban a su amiga (enferma, a su vez, de tuberculosis) a retirarse de la escena, dejándolo otra vez frente a sí mismo. El fin de 1845 es también el fin de la gran producción de Poe. Sólo *Eureka* espera su hora, todavía lejana. Los mejores cuentos y casi todos los grandes poemas están escritos. Poe empieza a sobrevivirse en muchos aspectos. Un episodio lo prueba: invitado por los bostonianos a pronunciar una conferencia, parece ser que bebió tanto los días anteriores que, llegado el momento, se encontró sin material para ofrecer al público. Poe había prometido un nuevo poema; leyó, en cambio, *Al Aaraaf*, obra de adolescencia, no sólo por debajo de su genio, sino la menos indicada para el recitado. La crítica se mostró severa y él pretendió que lo había hecho *ex profeso* para vengarse de los bostonianos, del «estanque de las ranas» literarias que detestaba. A fin de año, el *Broadway Journal* dejó de aparecer y Edgar se encontró otra vez perdido. Si 1845 marca su momento más alto en la fama, es también el comienzo de una caída proporcionalmente acelerada. Por un tiempo, empero, brillará como las estrellas apagadas hace mucho. A lo largo de 1846 va a circular activamente entre los *literati*, como se llamaba a las marisabidillas y escritores más conocidos de Nueva York. Aquel mundo era harto mezquino y mediocre, con honrosas excepciones. Las damas se reunían a leer poemas, propios y ajenos, e intrigaban entre sonrisas y cumplidos, procurando críticas favorables de los colaboradores de las revistas literarias. Edgar, que los conocía perfectamente a todos, decidió un día ocuparse de ellos. Publicó en el *Godey's Lady's* Book una serie de treinta y tantas críticas, casi todas implacables, que produjo terrible conmoción, réplicas furibundas, odios y admiraciones igualmente exagerados. Lo mejor que puede decirse de esta ejecución en masa es que el tiempo ha dado la razón al ejecutor. Los *literati* duermen en piadoso olvido; pero es comprensible que en aquel momento no pudieran preverlo, y que reaccionaran en consecuencia.

Los Poe seguían mudándose de casa una y otra vez, hasta que, en mayo de 1846, buscando aire puro para la moribunda Virginia, dieron con un *cottage* en Fordham, en las afueras de la ciudad. Edgar debió de refugiarse en él como un animal acosado. Las semanas anteriores habían sido horribles. Querellas (una de las cuales acabó a golpes), acusaciones, deudas apremiantes y el alcohol y el láudano como vanos paliativos. Mrs. Osgood se había apartado de la escena. Virginia se moría y faltaba el dinero. La única carta que se conserva de Poe a su mujer tiene acentos desgarradores: «Mi corazón, mi querida Virginia, nuestra madre te explicará por qué no vuelvo esta noche. Confío en que la entrevista que debo sostener será beneficiosa para nosotros... Hubiera perdido yo todo coraje si no fuera por ti, mi mujercita querida... Eres mi mayor y mi único estímulo ahora para batallar contra esta vida inconciliable, insatisfactoria e ingrata... Que duermas bien y que Dios te dé un agradable verano junto a tu devoto Edgar.»

Virginia se moría. Edgar la sabía muerta, y así nació *Annabel Lee,* que es la visión poética de su vida junto a ella. *Yo era un niño y ella una niña, en un reino a orillas del mar...* El verano y el otoño pasaron sin que encontraran tranquilidad. Su fama traía numerosos visitantes al placentero *cottage,* y de ellos quedan testimonios de ternura, la delicadeza de Edgar para con Virginia y de los esfuerzos de «Muddie» para darles de comer. Con el invierno la situación se volvió desesperada. Los círculos literarios de Nueva York supieron lo que ocurría, y la muerte inminente de Virginia ablandó muchos corazones que, de tratarse sólo de Poe, no se hubieran mostrado tan accesibles. La mejor amiga en ese trance fue Marie Louise Shew, vinculada indirectamente a los *literati,* mujer sensible y sensata a la vez. Herido en su orgullo, Poe debió de rebelarse al comienzo; luego tuvo que aceptar los socorros y Virginia recibió lo indispensable para no pasar frío y hambre. Murió a fines de enero de 1847. Los amigos recordaban cómo Poe siguió el cortejo envuelto en su vieja capa de cadete, que durante meses había sido el único abrigo de la cama de Virginia. Después de semanas de semiinconsciencia y delirio, volvió a despertar frente a ese mundo en el que faltaba Virginia. Y su conducta desde entonces es la del que ha perdido su escudo y ataca, desesperado, para compensar de alguna manera su desnudez, su misteriosa vulnerabilidad.

Final

Al principio fue el miedo. Se sabe que Edgar temía la oscuridad, que no podía dormir, que «Muddie» debía quedarse horas a su lado, teniéndole la mano. Cuando se apartaba al fin de su lado, él abría los ojos. «Todavía no, Muddie, todavía no...». Pero de día se puede pensar con ayuda de la luz, y Edgar es todavía capaz de asombrosas concentraciones intelectuales. De ellas va a nacer *Eureka,* así como del fondo de la noche, del balbuceo mismo del terror, rezumará la maravilla de *Ulalume.*

El año 1847 mostró a Poe luchando contra los fantasmas, recayendo en el opio y el alcohol, aferrándose a una adoración por completo espiritual de Marie Louise Shew, que había ganado su afecto durante la agonía de Virginia. Ella contó más tarde que *Las campanas* nacieron de un diálogo entre ambos. Contó también los delirios diurnos de Poe, sus imaginarios relatos de viajes a España y a Francia, sus duelos, sus aventuras. Mrs. Shew admiraba el genio de Edgar y tenía una profunda estima por el hombre. Cuando sospechó que la presencia incesante del poeta iba a comprometerla, se alejó apenada, como lo había hecho Frances Osgood. Y entonces entra en escena la etérea Sarah Helen Whitman, poetisa mediocre pero mujer llena de inmaterial encanto, como las heroínas de los mejores sueños vividos o imaginados por Edgar, y que además se llama Helen, como él había llamado a su primer amor de adolescencia. Mrs. Whitman había quedado tempranamente viuda, pertenecía a los *literati* y cultivaba el espiritismo, como la mayoría de aquéllos. Poe descubrió de inmediato sus afinidades con Helen, pero el mejor índice de su creciente desintegración lo da el hecho de que, en 1848, mientras por una parte mantiene correspondencia amorosa con Mrs. Whitman, que aún hoy conmueve a los entusiastas del género, por otra parte conoce a Mrs. Annie Richmond, cuyos ojos le causan profunda impresión (uno piensa en los dientes de Berenice), y de inmediato la visita, gana la confianza de su esposo, de toda la familia, la llama «hermana Annie» y descansa en su amistad, encuentra ese alivio espiritual que requería siempre de las mujeres y que una sola era ya incapaz de darle[3].

Los movimientos de Edgar en estos últimos tiempos son complicados, fluctuantes, a veces desconocidos. Dio alguna conferencia. Volvió a «su» Richmond, donde bebió terriblemente y recitó largos pasajes de *Eureka* en los bares, para estupefacción de honestos ciudadanos. Pero también en Richmond, cuando recobró la normalidad, pudo vivir sus últimos días felices porque tenía allí viejos y leales amigos, familias que lo recibían con afecto mezclado de tristeza, y quedan crónicas de paseos, bromas y juegos en los que «Eddie» se divertía como un chico. Asoma entonces (parece que en una de sus conferencias) la imagen de Elmira, su novia de juventud, que había quedado viuda y no olvidaba al hombre de quien la apartara una conjura familiar. Edgar debió de verla y pensar en ella. Pero Helen lo atraía mágicamente y volvió al Norte con expresa intención de proponerle matrimonio. Helen era incapaz de resistir la fascinación de Poe, pero no se sentía muy dispuesta a casarse de nuevo. Prometió reflexionar y decidirse. Edgar se fue a esperar su decisión a casa de Annie Richmond, lo cual es perfectamente característico.

El resto se vuelve cada vez más brumoso. Poe recibe una carta indecisa de Helen y, entretanto, su afecto por Annie parece

3. Las relaciones amorosas de Poe integran una enorme bibliografía, iniciada por las memorias o las fábulas escritas posteriormente por varias de las protagonistas, quienes no hicieron más que aumentar la confusión sobre este tema. Edmund Gosse lo ha resumido con mucho humor: «Que Poe fue un pertinaz enamorado, constituye otro cargo irrefutable. Cortejó a muchas mujeres, pero sin acarrear daño a ninguna. A todas les gustó muchísimo. Hubo por lo menos una docena, y el orgullo que cada una muestra en sus memorias por las atenciones de Poe, sólo es igualado por su odio hacia las otras once.»

haber aumentado tanto que, al separarse de ella, le arrancó la promesa de que acudiría a su lecho de muerte. Desgarrado por un conflicto entre imaginario y real, Edgar partió dispuesto a visitar a Helen, sin llegar a su destino. «No me acuerdo de nada de lo sucedido», diría luego en una carta. Pero él mismo narra su tentativa de suicidio. Compró láudano y bebió la mitad del frasco en Boston. Antes de tener tiempo de tomar la otra mitad (que lo hubiera matado) sobrevino la reacción de un organismo ya habituado al opio, y Edgar vomitó el exceso de láudano. Cuando más tarde llegó a casa de Helen tuvo lugar una escena desgarradora, hasta que ella consintió en el matrimonio si Edgar le prometía abstenerse para siempre de toda droga o estimulante. Poe lo prometió, volviendo al *cottage* de Fordham, donde Mrs. Clemm lo esperaba angustiada por su larga ausencia y los rumores que llegaban sobre las locuras de «Eddie».

Quien quiera asomarse al Poe de esos días deberá leer la correspondencia enviada desde ese momento a Helen, a Annie, a algunos amigos; la miseria, la inquietud, una angustia que la promesa de Helen no alcanza a borrar –se diría que todo lo contrario–, configuran el clima indefinible de las pesadillas. Edgar sabía que los *literati* batallaban para disuadir a Helen y que la madre de ésta temblaba por las consecuencias del matrimonio. Le disgustó profundamente que en la redacción del contrato de bodas los escasos bienes de Mrs. Whitman fueran puestos deliberadamente a salvo de su alcance, como si le creyeran un aventurero. En vísperas de la boda pronunció una conferencia que fue aplaudida con entusiasmo, pero simultáneamente Helen se enteró de las visitas de Edgar a casa de Annie y de los rumores, por lo demás perfectamente falsos, que circulaban al respecto. Edgar había bebido con unos amigos, aunque sin embriagarse. Todo ello provocó a último momento la negativa de Helen. Edgar suplicó en vano. Ella volvió a decirle que le amaba, pero se mantuvo firme, y el poeta retornó a Fordham en un infierno de desesperación.

Quizá este mismo infierno le ayudó a levantarse una vez más, la última. Asqueado por los rumores, la maledicencia, la sociedad de los *literati* y sus mezquinas querellas, se encerró en el *cottage* con Mrs. Clemm y luchó con los restos de su energía para salir adelante, editar, por fin, su nunca olvidada revista y reanudar el trabajo creador. De enero a junio de 1849 pareció agazaparse, esperar. Pero hay un poema, *Para Annie*, en el que Poe se describe a sí mismo muerto, feliz y abandonadamente muerto, por fin y definitivamente muerto. Era demasiado lúcido para engañarse sobre la verdad, y cuando iba a Nueva York se entregaba al láudano con desesperada avidez. Un admirador le escribió entonces ofreciéndose a financiar la revista que tanto había deseado. Era la última oportunidad de su vida, era la última carta. Pero Edgar, como Pushkin, perdía siempre en el juego y también perdió esta vez. El final comprende dos terribles etapas con un interludio amoroso.

En julio de 1849, Poe abandonó Nueva York para volver a su ciudad de Richmond. No se sabe por qué lo hizo, como no fuera movido por un oscuro instinto de refugio, de protección. Lleno de presentimientos, se despidió de la pobre «Muddie», que no volvería a verlo. De una amiga se separó diciéndole que estaba seguro de no regresar; lloraba al decirlo. Era un hombre con los nervios a flor de piel, que temblaba a cada palabra. No se sabe cómo llegó a Filadelfia, interrumpiendo su viaje al Sur, hasta que a mediados de julio, probablemente después de muchos días de intoxicación continua, Edgar entró corriendo en la redacción de una revista donde tenía amigos y reclamó desesperadamente protección. La manía persecutoria estallaba en toda su fuerza. Estaba convencido de que «Muddie» había muerto; probablemente quiso matarse a su vez, pero el «fantasma» de Virginia lo había detenido... La alucinante teoría duró semanas enteras hasta que Edgar empezó a reaccionar. Entonces pudo escribir a Mrs. Clemm, pero el párrafo central de su carta decía: «Apenas recibas ésta ven inmediatamente... Hemos de morir juntos. Inútil tratar de convencerme: debo morir...» Sus desolados amigos reunieron algún dinero y lo embarcaron rumbo a Richmond; durante el viaje, sintiéndose mejor, escribió otra carta a «Muddie» reclamando su presencia. Lejos de ella, lejos de alguien que lo acompañara y cuidara, Edgar estaba siempre perdido. El más solitario de los hombres no sabía estar solo. Apenas llegado a Richmond escribió otra vez. La carta es horrible: «Llegué aquí con dos dólares, de los cuales te mando uno. ¡Oh, Dios, madre mía! ¿Nos veremos otra vez? ¡Oh, VEN si puedes! Mis ropas están en un estado tan horrible y me siento tan mal...»

Pero los amigos de Richmond le proporcionaron sus últimos días tranquilos. Bien atendido, respirando la atmósfera virginiana que, después de todo, era la única verdaderamente suya, Edgar nadó una vez más contra la corriente negra, como había nadado de niño para asombro de sus camaradas. Se le vio de nuevo paseando reposadamente por las calles de Richmond, visitando las casas de los amigos, asistiendo a las tertulias y a las veladas, donde, claro está, lo asediaban cordialmente para que recitara *El cuervo,* que en su boca se convertía en «el poema inolvidable». Y luego estaba Elmira, su novia lejana, convertida en una viuda de respetable apariencia, y a quien Edgar buscó de inmediato como quien necesita cerrar un círculo, completar una forma imperfecta. Luego se diría que Edgar no ignoraba la fortuna de Elmira. Sin duda no la ignoraba; pero es tan gratuito como sórdido ver en su retorno al pasado una maniobra de cazador de dotes. Elmira aceptó de inmediato su compañía, su amistad, su pronto galanteo. En la adolescencia había prometido ser su mujer; los años habían pasado y Edgar estaba otra vez ahí, fatalmente bello y misterioso, aureolado por una fama donde el escándalo era una prueba más del genio que lo provocaba. Elmira aceptó casarse con él, y aunque hubo una etapa de malentendidos y algunas recaídas de Edgar, hacia septiembre de 1849 el matrimonio quedó definitivamente concertado para el mes siguiente. Decidióse que Edgar viajaría al Norte en busca de «Muddie», y para entrevistarse con Griswold, quien había aceptado ocuparse de la edición de las obras del poeta. Edgar pronunció una última conferencia en Richmond, repitiendo su famoso texto sobre *El principio poético,* y la delicadeza de sus amigos halló la manera de proporcionarle el dinero necesario para el viaje. A las cuatro de la madrugada del 27 de septiembre de 1849, Edgar se embarcó rumbo a Baltimore. Como siempre en esas circunstancias, estaba deprimido y lleno de presentimientos. Su partida a hora tan temprana (o tan tardía, pues había pasado la noche en un restaurante con sus amigos) parece haber obedecido a un repentino capricho suyo. Y desde ese instante todo es niebla, que se desgarra aquí y allá para dejar entrever el final.

Se ha dicho que Poe, en los períodos de depresión derivados de una evidente debilidad cardíaca, acudía al alcohol como un estimulante imprescindible. Apenas bebía, su cerebro pagaba las consecuencias. Este círculo vicioso debió cerrarse otra vez a bordo durante la travesía a Baltimore. Los médicos le habían asegurado en Richmond que otra recaída sería fatal, y no se equivocaban. El 29 de septiembre el barco atracó en Baltimore; Poe debía tomar allí el tren para Filadelfia, pero se hacía necesario esperar varias horas. En una de estas horas se selló su destino. Se sabe que cuando visitó a un amigo ya estaba ebrio. Lo que pasó después es sólo materia de conjetura. Se abre un paréntesis de cinco días, al final de los cuales un médico, conocido de Poe, recibió un mensaje presurosamente escrito a lápiz, informándolo de que un caballero «más bien mal vestido» necesitaba urgentemente su ayuda. La nota procedía de un tipógrafo que acababa de reconocer a Edgar Poe en un borracho semiinconsciente, metido en una taberna y rodeado por la peor ralea de Baltimore. Eran días de elecciones, y los partidos en pugna hacían votar repetidas veces a pobres diablos, a quienes emborrachaban previamente para llevarlos de un comicio a otro. Sin que exista prueba concreta, lo más probable es que Poe fuera utilizado como votante y abandonado finalmente en la taberna donde acababan de identificarlo. La descripción que más adelante haría el médico muestra que estaba ya perdido para el mundo, a solas en su particular infierno en vida, entregado definitivamente a sus visiones. El resto de sus fuerzas (vivió cinco días más en un hospital de Baltimore) se quemó en terribles alucinaciones, en luchar con las enfermeras que lo sujetaban, en llamar desesperadamente a Reynolds, el explorador polar que había influido en la composición de *Gordon Pym* y que misteriosamente se convertía en el símbolo final de esas tierras del más allá que Edgar parecía estar viendo, así como Pym había entrevisto la gigantesca imagen de hielo en el último instante de la novela. Ni «Muddie», ni Annie, ni Elmira estuvieron junto a él, pues lo ignoraban todo. En un intervalo de lucidez, parece haber preguntado si quedaba alguna esperanza. Como le dijeran que estaba muy grave, rectificó: «No quiero decir eso. Quiero saber si hay esperanza para un miserable como yo.» Murió a las tres de la madrugada del 7 de octubre de 1849. «Que Dios ayude a mi pobre alma», fueron sus últimas palabras. Más tarde, biógrafos entusiastas le harían decir otras cosas. La leyenda empezó casi en seguida, y a Edgar le hubiera divertido estar allí para ayudar, para inventar cosas nuevas, confundir a las gentes, poner su impagable imaginación al servicio de una biografía mítica.

CUENTOS 1

William Wilson

«¿Qué decir de ella? ¿Qué decir de la torva CONCIENCIA,
de ese espectro en mi camino?»

(CHAMBERLAYNE, *Pharronida)*

Permitidme que, por el momento, me llame a mí mismo William Wilson. Esta blanca página no debe ser manchada con mi verdadero nombre. Demasiado ha sido ya objeto del escarnio, del horror, del odio de mi estirpe. Los vientos, indignados, ¿no han esparcido en las regiones más lejanas del globo su incomparable infamia? ¡Oh proscrito, oh tú, el más abandonado de los proscritos! ¿No estás muerto para la tierra? ¿No estás muerto para sus honras, sus flores, sus doradas ambiciones? Entre tus esperanzas y el cielo, ¿no aparece suspendida para siempre una densa, lúgubre, ilimitada nube?

No quisiera, aunque me fuese posible, registrar hoy la crónica de estos últimos años de inexpresable desdicha e imperdonable crimen. Esa época –estos años recientes– ha llegado bruscamente al colmo de la depravación, pero ahora sólo me interesa señalar el origen de esta última. Por lo regular, los hombres van cayendo gradualmente en la bajeza. En mi caso, la virtud se desprendió bruscamente de mí como si fuera un manto. De una perversidad relativamente trivial, pasé con pasos de gigante a enormidades más grandes que las de un Heliogábalo. Permitidme que os relate la ocasión, el acontecimiento que hizo posible esto. La muerte se acerca, y la sombra que la precede proyecta un influjo calmante sobre mi espíritu. Mientras atravieso el oscuro valle, anhelo la simpatía –casi iba a escribir la piedad– de mis semejantes. Me gustaría que creyeran que, en cierta medida, fui esclavo de circunstancias que excedían el dominio humano. Me gustaría que buscaran a favor mío, en los detalles que voy a dar, un pequeño oasis de *fatalidad* en ese desierto del error. Me gustaría que reconocieran –como no han de dejar de hacerlo– que si alguna vez existieron tentaciones parecidas, jamás un hombre fue tentado *así,* y jamás cayó *así.* ¿Será por eso que nunca ha sufrido en esta forma? Verdaderamente, ¿no habré vivido en un sueño? ¿No muero víctima del horror y el misterio de la más extraña de las visiones sublunares?

Desciendo de una raza cuyo temperamento imaginativo y fácilmente excitable la destacó en todo tiempo; desde la más tierna infancia di pruebas de haber heredado plenamente el carácter de la familia. A medida que avanzaba en años, esa modalidad se desarrolló aún más, llegando a ser por muchas razones causa de grave ansiedad para mis amigos y de perjuicios para mí. Crecí gobernándome por mi cuenta, entregado a los caprichos más extravagantes y víctima de las pasiones más incontrolables. Débiles, asaltados por defectos constitucionales análogos a los míos, poco pudieron hacer mis padres para contener las malas tendencias que me distinguían. Algunos menguados esfuerzos de su parte, mal dirigidos, terminaron en rotundos fracasos y, naturalmente, fueron triunfos para mí. Desde entonces mi voz fue ley en nuestra casa; a una edad en la que pocos niños han abandonado los andadores, quedé dueño de mi voluntad y me convertí de hecho en el amo de todas mis acciones.

Mis primeros recuerdos de la vida escolar se remontan a una vasta casa isabelina llena de recovecos, en un neblinoso pueblo de Inglaterra, donde se alzaban innumerables árboles gigantescos y nudosos, y donde todas las casas eran antiquísimas. Aquel venerable pueblo era como un lugar de ensueño, propio para la paz del espíritu. Ahora mismo, en mi fantasía, siento la refrescante atmósfera de sus avenidas en sombra, aspiro la fragancia de sus mil arbustos, y me estremezco nuevamente, con indefinible delicia, al oír la profunda y hueca voz de la campana de la iglesia quebrando hora tras hora con su hosco y repentino tañido el silencio de la fusca atmósfera, en la que el calado campanario gótico se sumía y reposaba.

Demorarme en los menudos recuerdos de la escuela y sus episodios me proporciona quizá el mayor placer que me es dado alcanzar en estos días. Anegado como estoy por la desgracia –¡ay, demasiado real!–, se me perdonará que busque alivio, aunque sea tan leve como efímero, en la complacencia de unos pocos detalles divagantes. Triviales y hasta ridículos, esos detalles asumen en mi imaginación una relativa importancia, pues se vinculan a un período y a un lugar en los cuales reconozco la presencia de los primeros ambiguos avisos del destino que más tarde habría de envolverme en sus sombras. Dejadme, entonces, recordar.

Como he dicho, la casa era antigua y de trazado irregular. Alzábase en un vasto terreno, y un elevado y sólido muro de ladrillos, coronado por una capa de mortero y vidrios rotos, circundaba la propiedad. Esta muralla, semejante a la de una prisión, constituía el límite de nuestro dominio; más allá de él nuestras miradas sólo pasaban tres veces por semana: la primera, los sábados por la tarde, cuando se nos permitía realizar breves paseos en grupo, acompañados por dos preceptores, a través de los campos vecinos; y las otras dos los domingos, cuando concurríamos en la misma forma a los oficios matinales y vespertinos de la única iglesia del pueblo. El director de la escuela era también el pastor. ¡Con qué asombro y perplejidad lo contemplaba yo desde nuestros alejados bancos, cuando ascendía al púlpito con lento y solemne paso! Este hombre reverente, de rostro sereno y benigno, de vestiduras satinadas que ondulaban clericalmente, de peluca cuidadosamente empolvada, tan rígida y enorme... ¿podía ser el mismo que, poco antes, agrio el rostro, manchadas de rapé las ropas, administraba férula en mano las draconianas leyes de la escuela? ¡Oh inmensa paradoja, demasiado monstruosa para tener solución!

En un ángulo de la espesa pared rechinaba una puerta aún más espesa. Estaba remachada y asegurada con pasadores de hierro, y coronada de picas de hierro. ¡Qué sensaciones de profundo temor inspiraba! Jamás se abría, salvo para las tres salidas y retornos mencionados; por eso, en cada crujido de sus fortísimos goznes, encontrábamos la plenitud del misterio... un mundo de cosas para hacer solemnes observaciones, o para meditar profundamente.

El dilatado muro tenía una forma irregular, con muchos espaciosos recesos. Tres o cuatro de los más grandes constituían el campo de juegos. Su piso estaba nivelado y cubierto de fina grava. Me acuerdo de que no tenía árboles, ni bancos, ni nada parecido. Quedaba, claro está, en la parte posterior de la casa. En el frente había un pequeño cantero, donde crecían el boj y otros arbustos; pero a través de esta sagrada división sólo pasábamos en raras ocasiones, tales como el día del ingreso a la escuela o el de la partida, o quizá cuando nuestros padres o un amigo venían a buscarnos y partíamos alegremente a casa para pasar las vacaciones de Navidad o de verano.

¡Aquella casa! ¡Qué extraño era aquel viejo edificio! ¡Y para mí, qué palacio de encantamiento! Sus vueltas y revueltas no tenían fin, ni tampoco sus incomprensibles subdivisiones. En un momento dado era difícil saber con certeza en cuál de los dos pisos se estaba. Entre un cuarto y otro había siempre tres o cuatro escalones que subían o bajaban. Las alas laterales, además, eran innumerables –inconcebibles–, y volvían sobre sí mismas de tal manera que nuestras ideas más precisas con respecto a aquella casa no diferían mucho de las que abrigábamos sobre el infinito. Durante mis cinco años de residencia jamás pude establecer con precisión en qué remoto lugar hallábanse situados los pequeños dormitorios que correspondían a los dieciocho o veinte colegiales que seguíamos los cursos.

El aula era la habitación más grande de la casa y –no puedo dejar de pensarlo– del mundo entero. Era muy larga, angosta y lúgubremente baja, con ventanas de arco gótico y techo de roble. En un ángulo remoto, que nos inspiraba espanto, había una división cuadrada de unos ocho o diez pies, donde se hallaba el *sanctum* destinado a las oraciones de nuestro director, el reverendo doctor Bransby. Era una sólida estructura, de maciza puerta; antes de abrirla en ausencia del «dómine» hubiéramos preferido perecer voluntariamente por *la peine forte et dure.* En otros ángulos había dos recintos similares mucho menos reverenciados por cierto, pero que no dejaban de inspirarnos temor. Uno de ellos contenía la cátedra del preceptor «clásico», y el otro la correspondiente a «inglés y matemáticas». Dispersos en el salón, cruzándose y recruzándose en interminable irregularidad, veíanse innumerables bancos y pupitres, negros y viejos, carcomidos por el tiempo, cubiertos de libros harto hojeados, y tan llenos de cicatrices de iniciales, nombres completos, figuras grotescas y otros múltiples esfuerzos del cortaplumas, que habían llegado a perder lo poco que podía quedarles de su forma original en lejanos días. Un gran balde de agua aparecía en un extremo del salón, y en el otro había un reloj de formidables dimensiones.

Encerrado por las macizas paredes de tan venerable academia, pasé sin tedio ni disgusto los años del tercer lustro de mi vida. El fecundo cerebro de un niño no necesita de los sucesos del mundo exterior para ocuparlo o divertirlo; y la monotonía aparentemente lúgubre de la escuela estaba llena de excitaciones más intensas que las que mi juventud extrajo de la lujuria, o mi virilidad del crimen. Sin embargo debo creer que el comienzo de mi desarrollo mental salió ya de lo común y tuvo incluso mucho de exagerado. En general, los hombres de edad madura no guardan un recuerdo definido de los acontecimientos de la infancia. Todo es como una sombra gris, una remembranza débil e irregular, una evocación indistinta de pequeños placeres y fantasmagóricos dolores. Pero en mi caso no ocurre así. En la infancia debo de haber sentido con todas las energías de un hombre lo que ahora hallo estampado en mi memoria con imágenes tan vívidas, tan profundas y tan duraderas como los exergos de las medallas cartaginesas.

Y sin embargo, desde un punto de vista mundano, ¡qué poco había allí para recordar! Despertarse por la mañana, volver a la cama por la noche; los estudios, las recitaciones, las vacaciones periódicas, los paseos; el campo de juegos, con sus querellas, sus pasatiempos, sus intrigas... Todo eso, por obra de un hechizo mental totalmente olvidado más tarde, llegaba a contener un mundo de sensaciones, de apasionantes incidentes, un universo de variada emoción, lleno de las más apasionadas e incitantes excitaciones. *Oh, le bon temps, que ce siècle de fer!*

El ardor, el entusiasmo y lo imperioso de mi naturaleza no tardaron en destacarme entre mis condiscípulos, y por una suave pero natural gradación fui ganando ascendencia sobre todos los que no me superaban demasiado en edad; sobre todos..., con una sola excepción. Se trataba de un alumno que, sin ser pariente mío, tenía mi mismo nombre y apellido; circunstancia poco notable, ya que, a pesar de mi ascendencia noble, mi apellido era uno de esos que, desde tiempos inmemoriales, parecen ser propiedad común de la multitud. En este relato me he designado a mí mismo como William Wilson –nombre ficticio, pero no muy distinto del verdadero–. Sólo mi tocayo, entre los que formaban, según la fraseología escolar, «nuestro grupo», osaba competir conmigo en los estudios, en los deportes y querellas del recreo, rehusando creer ciegamente mis afirmaciones y someterse a mi voluntad; en una palabra, pretendía oponerse a mi arbitrario dominio en todos los sentidos. Y si existe en la tierra un supremo e ilimitado despotismo, ése es el que ejerce un muchacho extraordinario sobre los espíritus de sus compañeros menos dotados.

La rebelión de Wilson constituía para mí una fuente de continuo embarazo; máxime cuando, a pesar de las bravatas que lanzaba en público acerca de él y de sus pretensiones, sentía que en el fondo le tenía miedo, y no podía dejar de pensar en la igualdad que tan fácilmente mantenía con respecto a mí, y que era prueba de su verdadera superioridad, ya que no ser superado me costaba una lucha perpetua. Empero, esta superioridad –incluso esta igualdad– sólo yo la reconocía; nuestros camaradas, por una inexplicable ceguera, no parecían sospecharla siquiera. La verdad es que su competencia, su oposición y, sobre todo, su impertinente y obstinada interferencia en mis propósitos eran tan hirientes como poco visibles. Wilson parecía tan exento de la ambición que espolea como de la apasionada energía que me permitía brillar. Se hubiera dicho que en su rivalidad había sólo el caprichoso deseo de contradecirme, asombrarme y mortificarme; aunque a veces yo no dejaba de observar –con una mezcla de asombro, humillación y resentimiento– que mi rival mezclaba en sus ofensas, sus insultos o sus oposiciones cierta inapropiada e intempestiva *afectuosidad.* Sólo alcanzaba a explicarme semejante conducta como el producto de una consumada suficiencia, que adoptaba el tono vulgar del patronazgo y la protección.

Quizá fuera este último rasgo en la conducta de Wilson, conjuntamente con la identidad de nuestros nombres y la mera coincidencia de haber ingresado en la escuela el mismo día, lo que dio origen a la convicción de que éramos hermanos, cosa que creían todos los alumnos de las clases superiores. Estos últimos no suelen informarse en detalle de las cuestiones concernientes a los alumnos menores. Ya he dicho, o debí decir, que Wilson no estaba emparentado ni en el grado más remoto con mi familia. Pero la verdad es que, *de haber sido* hermanos, hubiésemos sido gemelos, ya que después de salir de la academia del doctor Bransby supe por casualidad que mi tocayo había nacido el 19 de enero de 1813, y la coincidencia es bien notable, pues se trata precisamente del día de mi nacimiento.

Podrá parecer extraño que, a pesar de la continua inquietud que me ocasionaba la rivalidad de Wilson, y su intolerable espíritu de contradicción, me resultara imposible odiarlo. Es cierto que casi diariamente teníamos una querella, al fin de la cual, mientras me cedía públicamente la palma de la victoria, Wilson se las arreglaba de alguna manera para darme a entender que era él quien la había merecido; pero, no obstante eso, mi orgullo y una gran dignidad de su parte nos mantenía en lo que se da en llamar «buenas relaciones», a la vez que diversas coincidencias en nuestros caracteres actuaban para despertar en mí un sentimiento que quizá sólo nuestra posición impedía convertir en amistad. Me es muy difícil definir, e incluso describir, mis verdaderos sentimientos hacia Wilson. Constituían una mezcla heterogénea y abigarrada: algo de petulante animosidad que no llegaba al odio, algo de estima, aún más de respeto, mucho miedo y un mundo de inquieta curiosidad. Casi resulta superfluo agregar, para el moralista, que Wilson y yo éramos compañeros inseparables.

No hay duda que lo anómalo de esta relación encaminaba todos mis ataques (que eran muchos, francos o encubiertos) por las vías de la burla o de la broma pesada –que lastiman bajo la apariencia de una diversión– en vez de convertirlos en franca y abierta hostilidad. Pero mis esfuerzos en ese sentido no siempre resultaban fructuosos, por más hábilmente que maquinara mis planes, ya que mi tocayo tenía en su carácter mucho de esa modesta y tranquila austeridad que, mientras goza de lo afilado de sus propias bromas, no ofrece ningún talón de Aquiles y rechaza toda tentativa de que alguien ría a costa suya. Sólo pude encontrarle un punto vulnerable que, proveniente de una peculiaridad de su persona y originado acaso en una enfermedad constitucional, hubiera sido relegado por cualquier otro antagonista menos exasperado que yo. Mi rival tenía un defecto en los órganos vocales que le impedía alzar la voz más allá *de un susurro apenas perceptible.* Y yo no dejaba de aprovechar las míseras ventajas que aquel defecto me acordaba.

Las represalias de Wilson eran muy variadas, pero una de las formas de su malicia me perturbaba más allá de lo natural. Jamás podré saber cómo su sagacidad llegó a descubrir que una cosa tan insignificante me ofendía; el hecho es que, una vez descubierta, no dejo de insistir en ella. Siempre había yo experimentado aversión hacia mi poco elegante apellido y mi nombre tan común, que era casi plebeyo. Aquellos nombres eran veneno en mi oído, y cuando, el día de mi llegada, un segundo William Wilson ingresó en la academia, lo detesté por llevar ese nombre, y me sentí doblemente disgustado por el hecho de ostentarlo un desconocido que sería causa de una constante repetición, que estaría todo el tiempo en mi presencia y cuyas actividades en la vida ordinaria de la escuela serían con frecuencia confundidas con las mías, por culpa de aquella odiosa coincidencia.

Este sentimiento de ultraje así engendrado se fue acentuando con cada circunstancia que revelaba una semejanza, moral o física, entre mi rival y yo. En aquel tiempo no había descubierto el curioso hecho de que éramos de la misma edad, pero comprobé que teníamos la misma estatura, y que incluso nos parecíamos mucho en las facciones y el aspecto físico. También me amargaba que los alumnos de los cursos superiores estuvieran convencidos de que existía un parentesco entre ambos. En una palabra, nada podía perturbarme más (aunque lo disimulaba cuidadosamente) que cualquier alusión a una semejanza intelectual, personal o familiar entre Wilson y yo. Por cierto, nada me permitía suponer (salvo en lo referente a un parentesco) que estas similaridades fueran comentadas o tan sólo observadas por nuestros condiscípulos. Que *él* las observaba en todos sus aspectos, y con tanta claridad como yo, me resultaba evidente; pero sólo a su extraordinaria penetración cabía atribuir el descubrimiento de que esas circunstancias le brindaran un campo tan vasto de ataque.

Su réplica, que consistía en perfeccionar una imitación de mi persona, se cumplía tanto en palabras como en acciones, y Wilson desempeñaba admirablemente su papel. Copiar mi modo de vestir no le era difícil; mis actitudes y mi modo de moverme pasaron a ser suyos sin esfuerzo, y a pesar de su defecto constitucional, ni siquiera mi voz escapó a su imitación. Nunca trataba, claro está, de imitar mis acentos más fuertes, pero la tonalidad general de mi voz se repetía exactamente en la suya, y *su extraño susurro llegó a convertirse en el eco mismo de la mía.*

No me aventuraré a describir hasta qué punto este minucioso retrato (pues no cabía considerarlo una caricatura) llegó a exasperarme. Me quedaba el consuelo de ser el único que reparaba en esa imitación y no tener que soportar más que las sonrisas de complicidad y de misterioso sarcasmo de mi tocayo. Satisfecho de haber provocado en mí el penoso efecto que buscaba, parecía divertirse en secreto del aguijón que me había clavado, desdeñando sistemáticamente el aplauso general que sus astutas maniobras hubieran obtenido fácilmente. Durante muchos meses constituyó un enigma indescifrable para mí el que mis compañeros no advirtieran sus intenciones, comprobaran su cumplimiento y participaran de su mofa. Quizá la *gradación* de su copia no la hizo tan perceptible; o quizá debía mi seguridad a la maestría de aquel copista que, desdeñando lo literal (que es todo lo que los pobres de entendimiento ven en una pintura) sólo ofrecía el espíritu del original para que yo pudiera contemplarlo y atormentarme.

He aludido más de una vez al desagradable aire protector que asumía Wilson conmigo, y de sus frecuentes interferencias en los caminos de mi voluntad. Esta interferencia solía adoptar la desagradable forma de un consejo, antes insinuado que ofrecido abiertamente. Yo lo recibía con una repugnancia que los años fueron acentuando. Y, sin embargo, en este día ya tan lejano de aquéllos, séame dado declarar con toda justicia que no recuerdo ocasión alguna en que las sugestiones de mi rival me incitaran a los errores tan frecuentes en esa edad inexperta e inmadura; por lo menos su sentido moral, si no su talento y su sensatez, era mucho más agudo que el mío; y yo habría llegado a ser un hombre mejor y más feliz si hubiera rechazado con menos frecuencia aquellos consejos encerrados en susurros, y que en aquel entonces odiaba y despreciaba amargamente.

Así las cosas, acabé por impacientarme al máximo frente a esa desagradable vigilancia, y lo que consideraba intolerable arrogancia de su parte me fue ofendiendo más y más. He dicho ya que en los primeros años de nuestra vinculación de condiscípulos mis sentimientos hacia Wilson podrían haber derivado fácilmente a la amistad; pero en los últimos meses de mi residencia en la academia, si bien la impertinencia de su comportamiento había disminuido mucho, mis sentimientos se inclinaron, en proporción análoga, al más profundo odio. En cierta ocasión creo que Wilson lo advirtió, y desde entonces me evitó o fingió evitarme.

En esa misma época, si recuerdo bien, tuvimos un violento altercado, durante el cual Wilson perdió la calma en mayor medida que otras veces, actuando y hablando con una franqueza bastante insólita en su carácter. Descubrí en ese momento (o me pareció descubrir) en su acento, en su aire y en su apariencia general algo que empezó por sorprenderme, para llegar a interesarme luego profundamente, ya que traía a mi recuerdo borrosas visiones de la primera infancia; vehementes, confusos y tumultuosos recuerdos de un tiempo en el que la memoria aún no había nacido. Sólo puedo describir la sensación que me oprimía diciendo que me costó rechazar la certidumbre de que había estado vinculado con aquel ser en una época muy lejana, en un momento de un pasado infinitamente remoto. La ilusión, sin embargo, desvanecióse con la misma rapidez con que había surgido, y si la menciono es para precisar el día en que hablé por última vez en el colegio con mi extraño tocayo.

La enorme y vieja casa, con sus incontables subdivisiones, tenía varias grandes habitaciones contiguas, donde dormía la mayor parte de los estudiantes. Como era natural en un edificio tan torpemente concebido, había además cantidad de recintos menores que constituían las sobras de la estructura y que el ingenio económico del doctor Bransby había habilitado como dormitorios, aunque dado su tamaño sólo podían contener a un ocupante. Wilson poseía uno de esos pequeños cuartos.

Una noche, hacia el final de mi quinto año de estudios en la escuela, e inmediatamente después del altercado a que he aludido, me levanté cuando todos se hubieron dormido y, tomando una lámpara, me aventuré por infinitos pasadizos angostos en dirección al dormitorio de mi rival. Durante largo tiempo había estado planeando una de esas perversas bromas pesadas con las cuales fracasara hasta entonces. Me sentía dispuesto a llevarla de inmediato a la práctica, para que mi rival pudiera darse buena cuenta de toda mi malicia. Cuando llegué ante su dormitorio, dejé la lámpara en el suelo, cubriéndola con una pantalla, y entré silenciosamente. Luego de avanzar unos pasos, oí su sereno respirar. Seguro de que estaba durmiendo, volví a tomar la lámpara y me aproximé al lecho. Estaba éste rodeado de espesas cortinas, que en cumplimiento de mi plan aparté lenta y silenciosamente, hasta que los brillantes rayos cayeron sobre el durmiente, mientras mis ojos se fijaban en el mismo instante en su rostro. Lo miré, y sentí que mi cuerpo se helaba, que un embotamiento me envolvía. Palpitaba mi corazón, temblábanme las rodillas, mientras mi espíritu se sentía presa de un horror sin sentido pero intolerable. Jadeando, bajé la lámpara hasta aproximarla aún más a aquella cara. ¿Eran ésos... *ésos*, los rasgos de William Wilson? Bien veía que eran los suyos, pero me estremecía como víctima de la calentura al imaginar que no lo eran. Pero, entonces, ¿qué había en ellos para confundirme de esa manera? Lo miré, mientras mi cerebro giraba en multitud de incoherentes pensamientos. No era ése su aspecto... no, *así* no era él en las activas horas de vigilia. ¡El mismo nombre! ¡La misma figura! ¡El mismo día de ingreso a la academia! ¡Y su obstinada e incomprensible imitación de mi actitud, de mi voz, de mis costumbres, de mi aspecto! ¿Entraba verdaderamente dentro de los límites de la posibilidad humana *que esto que ahora veía* fuese meramente el resultado de su continua imitación sarcástica? Espantado y temblando cada vez más, apagué la lámpara, salí en silencio del dormitorio y escapé sin perder un momento de la vieja academia, a la que no habría de volver jamás.

Luego de un lapso de algunos meses que pasé en casa sumido en una total holgazanería, entré en el colegio de Eton. El breve intervalo había bastado para apagar mi recuerdo de los acontecimientos en la escuela del doctor Bransby, o por lo menos para cambiar la naturaleza de los sentimientos que aquellos sucesos me inspiraban. La verdad y la tragedia de aquel drama no existían ya. Ahora me era posible dudar del testimonio de mis sentidos; cada vez que recordaba el episodio me asombraba de los extremos a que puede llegar la credulidad humana, y sonreía al pensar en la extraordinaria imaginación que hereditariamente poseía. Este escepticismo estaba lejos de disminuir con el género de vida que empecé a llevar en Eton. El vórtice de irreflexiva locura en que inmediata y temerariamente me sumergí barrió con todo y no dejó más que la espuma de mis pasadas horas, devorando las impresiones sólidas o serias y dejando en el recuerdo tan sólo las trivialidades de mi existencia anterior.

No quiero, sin embargo, trazar aquí el derrotero de mi miserable libertinaje, que desafiaba las leyes y eludía la vigilancia del colegio. Tres años de locura se sucedieron sin ningún beneficio, arraigando en mí los vicios y aumentando, de un modo insólito, mi desarrollo corporal. Un día, después de una semana de estúpida disipación, invité a algunos de los estudiantes más disolutos a una orgía secreta en mis habitaciones. Nos reunimos estando ya la noche avanzada, pues nuestro libertinaje habría de prolongarse hasta la mañana. Corría libremente el vino y no faltaban otras seducciones todavía más peligrosas, al punto que la gris alborada apuntaba ya en el oriente cuando nuestras deliberantes extravagancias llegaban a su ápice. Excitado hasta la locura por las cartas y la embriaguez me disponía a proponer un brindis especialmente blasfematorio, cuando la puerta de mi aposento se entreabrió con violencia, a tiempo que resonaba ansiosamente la voz de uno de los criados. Insistía en que una persona me reclamaba con toda urgencia en el vestíbulo.

Profundamente excitado por el vino, la inesperada interrupción me alegró en vez de sorprenderme. Salí tambaleándome y en pocos pasos llegué al vestíbulo. No había luz en aquel estrecho lugar, y sólo la pálida claridad del alba alcanzaba a abrirse paso por la ventana semicircular. Al poner el pie en el umbral distinguí la figura de un joven de mi edad, vestido con una bata de casimir blanco, cortada conforme a la nueva moda e igual a la que llevaba yo puesta. La débil luz me permitió distinguir todo eso, pero no las facciones del visitante. Al verme, vino precipitadamente a mi encuentro y, tomándome del brazo con un gesto de petulante impaciencia, murmuró en mi oído estas palabras:

–¡William Wilson!

Mi embriaguez se disipó instantáneamente.

Había algo en los modales del desconocido y en el temblor nervioso de su dedo levantado, suspenso entre la luz y mis ojos, que me colmó de indescriptible asombro; pero no fue esto lo que me conmovió con más violencia, sino la solemne admonición que contenían aquellas sibilantes palabras dichas en voz baja, y, por sobre todo, el carácter, el sonido, el *tono* de esas pocas, sencillas y familiares sílabas que había *susurrado,* y que me llegaban con mil turbulentos recuerdos de días pasados, golpeando mi alma con el choque de una batería galvánica. Antes de que pudiera recobrar el uso de mis sentidos, el visitante había desaparecido.

Aunque este episodio no dejó de afectar vivamente mi desordenada imaginación, bien pronto se disipó su efecto. Durante algunas semanas me ocupé en hacer toda clase de averiguaciones, o me envolví en una nube de morbosas conjeturas. No intenté negarme a mí mismo la identidad del singular personaje que se inmiscuía de tal manera en mis asuntos o me exacerbaba con sus insinuados consejos. ¿Quién era, qué era ese Wilson? ¿De dónde venía? ¿Qué propósitos abrigaba? Me fue imposible hallar respuesta a estas preguntas; sólo alcancé a averiguar que un súbito accidente acontecido en su familia lo había llevado a marcharse de la academia del doctor Bransby la misma tarde del día en que emprendí la fuga. Pero bastó poco tiempo para que dejara de pensar en todo esto, ya que mi atención estaba completamente absorbida por los proyectos de mi ingreso en Oxford. No tardé en trasladarme allá, y la irreflexiva vanidad de mis padres me proporcionó una pensión anual que me permitiría abandonarme al lujo que tanto ansiaba mi corazón y rivalizar en despilfarro con los más altivos herederos de los más ricos condados de Gran Bretaña.

Estimulado por estas posibilidades de fomentar mis vicios, mi temperamento se manifestó con redoblado ardor, y mancillé las más elementales reglas de decencia con la loca embriaguez de mis licencias. Sería absurdo detenerme en el detalle de mis extravagancias. Baste decir que excedí todos los límites y que, dando nombre a multitud de nuevas locuras, agregué un copioso apéndice al largo catálogo de vicios usuales en aquella Universidad, la más disoluta de Europa.

Apenas podrá creerse, sin embargo, que por más que hubiera mancillado mi condición de gentilhombre, habría de llegar a familiarizarme con las innobles artes del jugador profesional, y que, convertido en adepto de tan despreciable ciencia, la practicaría como un medio para aumentar todavía más mis enormes rentas a expensas de mis camaradas de carácter más débil. No obstante, ésa es la verdad. Lo monstruoso de esta transgresión de todos los sentimientos caballerescos y honorables resultaba la principal, ya que no la única razón de la impunidad con que podía practicarla. ¿Quién, entre mis más depravados camaradas, no hubiera dudado del testimonio de sus sentidos antes de sospechar culpable de semejantes actos al alegre, al franco, al generoso William Wilson, el más noble y liberal compañero de Oxford, cuyas locuras, al decir de sus parásitos, no eran más que locuras de la juventud y la fantasía, cuyos errores sólo eran caprichos inimitables, cuyos vicios más negros no pasaban de ligeras y atrevidas extravagancias?

Llevaba ya dos años entregado con todo éxito a estas actividades cuando llegó a la Universidad un joven noble, un *parvenu* llamado Glendinning, a quien los rumores daban por más rico que Herodes Ático, sin que sus riquezas le hubieran costado más que a éste. Pronto me di cuenta de que era un simple, y, naturalmente, lo consideré sujeto adecuado para ejercer sobre él mis habilidades. Logré hacerlo jugar conmigo varias veces y, procediendo como todos los tahúres, le permití ganar considerables sumas a fin de envolverlo más efectivamente en mis redes. Por fin, maduros mis planes, me encontré con él (decidido a que esta partida fuera decisiva) en las habitaciones de un camarada llamado Preston, que nos conocía íntimamente a ambos, aunque no abrigaba la más remota sospecha de mis intenciones. Para dar a todo esto un mejor color, me había arreglado para que fuéramos ocho o diez invitados, y me ingenié cuidadosamente a fin de que la invitación a jugar surgiera como por casualidad y que la misma víctima la propusiera. Para abreviar tema tan vil, no omití ninguna de las bajas finezas propias de estos lances, que se repiten de tal manera en todas las ocasiones similares que cabe maravillarse de que todavía existan personas tan tontas como para caer en la trampa.

Era ya muy entrada la noche cuando efectué por fin la maniobra que me dejó frente a Glendinning como único antagonista. El juego era mi favorito, el *écarté*. Interesados por el desarrollo de la partida, los invitados habían abandonado las cartas y se congregaban a nuestro alrededor. El *parvenu*, a quien había inducido con anterioridad a beber abundantemente, cortaba las cartas, barajaba o jugaba con una nerviosidad que su embriaguez sólo podía explicar en parte. Muy pronto se convirtió en deudor de una importante suma, y entonces, luego de beber un gran trago de oporto, hizo lo que yo esperaba fríamente: me propuso doblar las apuestas, que eran ya extravagantemente elevadas. Fingí resistirme, y sólo después que mis reiteradas negativas hubieron provocado en él algunas réplicas coléricas, que dieron a mi aquiescencia un carácter destemplado, acepté la propuesta. Como es natural, el resultado demostró hasta qué punto la presa había caído en mis redes; en menos de una hora su deuda se había cuadruplicado.

Desde hacía un momento, el rostro de Glendinning perdía la rubicundez que el vino le había prestado y me asombró advertir que se cubría de una palidez casi mortal. Si digo que me asombró se debe a que mis averiguaciones anteriores presentaban a mi adversario como inmensamente rico, y, aunque las sumas perdidas eran muy grandes, no podían preocuparlo seriamente y mucho menos perturbarlo en la forma en que lo estaba viendo. La primera idea que se me ocurrió fue que se trataba de los efectos de la bebida; buscando mantener mi reputación a ojos de los testigos presentes –y no por razones altruistas– me disponía a exigir perentoriamente la suspensión de la partida, cuando algunas frases que escuché a mi alrededor, así como una exclamación desesperada que profirió Glendinning, me dieron a entender que acababa de arruinarlo por completo, en circunstancias que lo llevaban a merecer la piedad de todos, y que deberían haberlo protegido hasta de las tentativas de un demonio.

Difícil es decir ahora cuál hubiera sido mi conducta en ese momento. La lamentable condición de mi adversario creaba una atmósfera de penoso embarazo. Hubo un profundo silencio, durante el cual sentí que me ardían las mejillas bajo las miradas de desprecio o de reproche que me lanzaban los menos pervertidos. Confieso incluso que, al producirse una súbita y extraordinaria interrupción, mi pecho se alivió por un breve instante de la intolerable ansiedad que lo oprimía. Las grandes y pesadas puertas de la estancia se abrieron de golpe y de par en par, con un ímpetu tan vigoroso y arrollador que bastó para apagar todas las bujías. La muriente luz nos permitió, sin embargo, ver entrar a un desconocido, un hombre de mi talla, completamente embozado en una capa. La oscuridad era ahora total, y solamente podíamos *sentir* que aquel hombre estaba entre nosotros. Antes de que nadie pudiera recobrarse del profundo asombro que semejante conducta le había producido, oímos la voz del intruso.

–Señores –dijo, con una voz tan baja como clara, con un inolvidable *susurro* que me estremeció hasta la médula de los huesos–. Señores, no me excusaré por mi conducta, ya que al obrar así no hago más que cumplir con un deber. Sin duda ignoran ustedes quién es la persona que acaba de ganar una gran suma de dinero a Lord Glendinning. He de proponerles, por tanto, una manera tan expeditiva como concluyente de cerciorarse al respecto: bastará con que examinen el forro de su puño izquierdo y los pequeños paquetes que encontrarán en los bolsillos de su bata bordada.

Mientras hablaba, el silencio era tan profundo que se hubiera oído caer una aguja en el suelo. Dichas esas palabras, partió tan bruscamente como había entrado. ¿Puedo describir... describiré mis sensaciones? ¿Debo decir que sentí todos los horrores del condenado? Poco tiempo me quedó para reflexionar. Varias manos me sujetaron rudamente, mientras se traían nuevas luces. Inmediatamente me registraron. En el forro de mi manga encontraron todas las figuras esenciales en el *écarté* y, en los bolsillos de mi bata, varios mazos de barajas idénticos a los que empleábamos en nuestras partidas, salvo que las mías eran lo que técnicamente se denomina *arrondées;* vale decir que las cartas ganadoras tienen las extremidades ligeramente convexas, mientras las cartas de menor valor son levemente convexas a los lados. En esa forma, el incauto que corta, como es normal, a lo largo del mazo, proporcionará invariablemente una carta ganadora a su antagonista, mientras el tahúr, que cortará también tomando el mazo por sus lados mayores, descubrirá una carta inferior.

Todo estallido de indignación ante semejante descubrimiento me hubiera afectado menos que el silencioso desprecio y la sarcástica compostura con que fue recibido.

–Señor Wilson –dijo nuestro anfitrión, inclinándose para levantar del suelo una lujosa capa de preciosas pieles–, esto es de su pertenencia. (Hacía frío y, al salir de mis habitaciones, me había echado la capa sobre mi bata, retirándola luego al llegar a la sala de juego.) Supongo que no vale la pena buscar aquí –agregó, mientras observaba los pliegues del abrigo con amarga sonrisa– otras pruebas de su habilidad. Ya hemos tenido bastantes. Descuento que reconocerá la necesidad de abandonar Oxford, y, de todas maneras, de salir inmediatamente de mi habitación.

Humillado, envilecido hasta el máximo como lo estaba en ese momento, es probable que hubiera respondido a tan amargo lenguaje con un arrebato de violencia, de no hallarse mi atención completamente concentrada en un hecho por completo extraordinario. La capa que me había puesto para acudir a la reunión era de pieles sumamente raras, a un punto tal que no hablaré de su precio. Su corte, además, nacía de mi invención personal, pues en cuestiones tan frívolas era de un refinamiento absurdo. Por eso, cuando Preston me alcanzó la que acababa de levantar del suelo cerca de la puerta del aposento, vi con asombro lindante en el terror que yo tenía mi propia capa colgada del brazo –donde la había dejado inconscientemente–, y que la que me ofrecía era absolutamente igual en todos y cada uno de sus detalles. El extraño personaje que me había desenmascarado estaba envuelto en una capa al entrar, y aparte de mí ningún otro invitado llevaba capa esa noche. Con lo que me quedaba de presencia de ánimo, tomé la que me ofrecía Preston y la puse sobre la mía sin que nadie se diera cuenta. Salí así de las habitaciones, desafiante el rostro, y a la mañana siguiente, antes del alba, empecé un presuroso viaje al continente, perdido en un abismo de espanto y de vergüenza.

Huía en vano. Mi aciago destino me persiguió, exultante, mostrándome que su misterioso dominio no había hecho más que empezar. Apenas hube llegado a París, tuve nuevas pruebas del odioso interés que Wilson mostraba en mis asuntos. Corrieron los años, sin que pudiera hallar alivio. ¡El miserable...! ¡Con qué inoportuna, con qué espectral solicitud se interpuso en Roma entre mí y mis ambiciones! También en Viena... en Berlín... en Moscú. A decir verdad, ¿dónde no tenía yo amargas razones para maldecirlo de todo corazón? Huí, al fin, de aquella inescrutable tiranía, aterrado como si se tratara de la peste; huí hasta los confines mismos de la tierra. *Y en vano.*

Una y otra vez, en la más secreta intimidad de mi espíritu, me formulé las preguntas: «¿Quién es? ¿De dónde viene? ¿Qué quiere?» Pero las respuestas no llegaban. Minuciosamente estudié las formas, los métodos, los rasgos dominantes de aquella impertinente vigilancia, pero incluso ahí encontré muy poco para fundar una conjetura cualquiera. Cabía advertir, sin embargo, que en las múltiples instancias en que se había cruzado en mi camino en los últimos tiempos, sólo lo había hecho para frustrar planes o malograr actos que, de cumplirse, hubieran culminado en una gran maldad. ¡Pobre justificación, sin embargo, para una autoridad asumida tan imperiosamente! ¡Pobre compensación para los derechos de un libre albedrío tan insultantemente estorbado!

Me había visto obligado a notar asimismo que, en ese largo período (durante el cual continuó con su capricho de mostrarse vestido exactamente como yo, lográndolo con milagrosa habilidad), mi atormentador consiguió que no pudiera ver jamás su rostro las muchas veces que se interpuso en el camino de mi voluntad. Cualquiera que fuese Wilson, *esto,* por lo menos, era el colmo de la afectación y la insensatez. ¿Cómo podía haber supuesto por un instante que en mi amonestador de Eton, en el desenmascarador de Oxford, en aquel que malogró mi ambición en Roma, mi venganza en París, mi apasionado amor en Nápoles, o lo que falsamente llamaba mi avaricia en Egipto, que en él, mi archienemigo y genio maligno, dejaría yo de reconocer al William Wilson de mis días escolares, al tocayo, al compañero, al rival, al odiado y temido rival de la escuela del doctor Bransby? ¡Imposible! Pero apresurémonos a llegar a la última escena del drama.

Hasta aquel momento yo me había sometido por completo a su imperiosa dominación. El sentimiento de reverencia con que habitualmente contemplaba el elevado carácter, el majestuoso saber y la ubicuidad y omnipotencia aparentes de Wilson, sumado al terror que ciertos rasgos de su naturaleza y su arrogancia me inspiraban, habían llegado a convencerme de mi total debilidad y desamparo, sugiriéndome una implícita, aunque amargamente resistida sumisión a su arbitraria voluntad. Pero en los últimos tiempos acabé entregándome por completo a la bebida, y su terribe influencia sobre mi temperamento hereditario me hizo impacientarme más y más frente a aquella vigilancia. Empecé a murmurar, a vacilar, a resistir. ¿Y era sólo la imaginación la que me inducía a creer que a medida que mi firmeza aumentaba, la de mi atormentador sufría una disminución proporcional? Sea como fuere, una ardiente esperanza empezó a aguijonearme y fomentó en mis más secretos pensamientos la firme y desesperada resolución de no tolerar por más tiempo aquella esclavitud.

Era en Roma, durante el carnaval del 18..., en un baile de máscaras que ofrecía en su *palazzo* el duque napolitano Di Broglio. Me había dejado arrastrar más que de costumbre por los excesos de la bebida, y la sofocante atmósfera de los atestados salones me irritaba sobremanera. Luchaba además por abrirme paso entre los invitados, cada vez más malhumorado, pues deseaba ansiosamente encontrar (no diré por qué indigna razón) a la alegre y bellísima esposa del anciano y caduco Di Broglio. Con una confianza por completo desprovista de escrúpulos, me había hecho saber ella cuál sería su disfraz de aquella noche y, al percibirla a la distancia, me esforzaba por llegar a su lado. Pero en ese momento sentí que una mano se posaba ligeramente en mi hombro, y otra vez escuché al oído aquel profundo, inolvidable, maldito *susurro.*

Arrebatado por un incontenible frenesí de rabia, me volví violentamente hacia el que acababa de interrumpirme y lo aferré por el cuello. Tal como lo había imaginado, su disfraz era exactamente igual al mío: capa española de terciopelo azul y cinturón rojo, del cual pendía una espada. Una máscara de seda negra ocultaba por completo su rostro.

–¡Miserable! –grité con voz enronquecida por la rabia, mientras cada sílaba que pronunciaba parecía atizar mi furia–. ¡Miserable impostor! ¡Maldito villano! ¡No me perseguirás... no, no me perseguirás hasta la muerte! ¡Sígueme, o te atravieso de lado a lado aquí mismo!

Y me lancé fuera de la sala de baile, en dirección a una pequeña antecámara contigua, arrastrándolo conmigo.

Cuando estuvimos allí, lo rechacé con violencia. Trastrabilló, mientras yo cerraba la puerta con un juramento y le ordenaba ponerse en guardia. Vaciló apenas un instante; luego, con un ligero suspiro, desenvainó la espada sin decir palabra y se aprestó a defenderse.

El duelo fue breve. Yo me hallaba en un frenesí de excitación y sentía en mi brazo la energía y la fuerza de toda una multitud. En pocos segundos lo fui llevando arrolladoramente hasta acorralarlo contra una pared, y allí, teniéndolo a mi merced, le hundí varias veces la espada en el pecho con brutal ferocidad.

En aquel momento alguien movió el pestillo de la puerta. Me apresuré a evitar una intrusión, volviendo inmediatamente hacia mi moribundo antagonista. ¿Pero qué lenguaje humano puede pintar *esa* estupefacción, *ese* horror que se posesionaron de mí frente al espectáculo que me esperaba? El breve instante en que había apartado mis ojos parecía haber bastado para producir un cambio material en la disposición de aquel ángulo del aposento. Donde antes no había nada, alzábase ahora un gran espejo (o por lo menos me pareció así en mi confusión). Y cuando avanzaba hacia él, en el colmo del espanto, mi propia imagen, pero cubierta de sangre y pálido el rostro, vino a mi encuentro tambaleándose.

Tal me había parecido, lo repito, pero me equivocaba. Era mi antagonista, era Wilson, quien se erguía ante mí agonizante. Su máscara y su capa yacían en el suelo, donde las había arrojado. No había una sola hebra en sus ropas, ni una línea en las definidas y singulares facciones de su rostro, que no fueran *las mías,* que no coincidieran en la más absoluta identidad.

Era Wilson. Pero ya no hablaba con un susurro, y hubiera podido creer que era yo mismo el que hablaba cuando dijo:

–*Has vencido, y me entrego. Pero también tú estás muerto desde ahora... muerto para el mundo, para el cielo y para la esperanza. ¡En mí existías... y al matarme, ve en esta imagen, que es la tuya, cómo te has asesinado a ti mismo!*

El pozo y el péndulo

Impia tortorum longas hic turba furores
Sanguina innocui, nao satiata, aluit.
Sospite nunc patria, fracto nunc funeris antro,
Mors ubi dira fuit vita salusque patent.

(Cuarteto compuesto para las puertas de un mercado que ha de ser erigido en el emplazamiento del Club de los Jacobinos en París.)

Sentía náuseas, náuseas de muerte después de tan larga agonía; y, cuando por fin me desataron y me permitieron sentarme, comprendí que mis sentidos me abandonaban. La sentencia, la atroz sentencia de muerte, fue el último sonido reconocible que registraron mis oídos. Después, el murmullo de las voces de los inquisidores pareció fundirse en un soñoliento zumbido indeterminado, que trajo a mi mente la idea de *revolución,* tal vez porque imaginativamente lo confundía con el ronroneo de una rueda de molino. Esto duró muy poco, pues de pronto cesé de oír. Pero al mismo tiempo pude ver... ¡aunque con qué terrible exageración! Vi los labios de los jueces togados de negro. Me parecieron blancos... más blancos que la hoja sobre la cual trazo estas palabras, y finos hasta lo grotesco; finos por la intensidad de su expresión de firmeza, de inmutable resolución, de absoluto desprecio hacia la tortura humana. Vi que los decretos de lo que para mí era el destino brotaban todavía de aquellos labios. Los vi torcerse mientras pronunciaban una frase letal. Los vi formar las sílabas de mi nombre, y me estremecí, porque ningún sonido llegaba hasta mí. Y en aquellos momentos de horror delirante vi también oscilar imperceptible y suavemente las negras colgaduras que ocultaban los muros de la estancia. Entonces mi visión recayó en las siete altas bujías de la mesa. Al principio me parecieron símbolos de caridad, como blancos y esbeltos ángeles que me salvarían; pero entonces, bruscamente, una espantosa náusea invadió mi espíritu y sentí que todas mis fibras se estremecían como si hubiera tocado los hilos de una batería galvánica, mientras las formas angélicas se convertían en hueros espectros de cabezas llameantes, y comprendí que ninguna ayuda me vendría de ellos. Como una profunda nota musical penetró en mi fantasía la noción de que la tumba debía ser el lugar del más dulce descanso. El pensamiento vino poco a poco y sigiloso, de modo que pasó un tiempo antes de poder apreciarlo plenamente; pero, en el momento en que mi espíritu llegaba por fin a abrigarlo, las figuras de los jueces se desvanecieron como por arte de magia, las altas bujías se hundieron en la nada, mientras sus llamas desaparecían, y me envolvió la más negra de las tinieblas. Todas mis sensaciones fueron tragadas por el torbellino de una caída en profundidad, como la del alma en el Hades. Y luego el universo no fue más que silencio, calma y noche.

Me había desmayado, pero no puedo afirmar que hubiera perdido completamente la conciencia. No trataré de definir lo que me quedaba de ella, y menos describirla; pero no la había perdido por completo. En el más profundo sopor, en el delirio, en el desmayo... ¡hasta la muerte, hasta la misma tumba!, *no todo se pierde.* O bien, no existe la inmortalidad para el hombre. Cuando surgimos del más profundo de los sopores, rompemos la tela sutil de algún sueño. Y, sin embargo, un poco más tarde (tan frágil puede haber sido aquella tela) no nos acordamos de haber soñado. Cuando volvemos a la vida después de un desmayo, pasamos por dos momentos: primero, el del sentimiento de la existencia mental o espiritual; segundo, el de la existencia física. Es probable que si al llegar al segundo momento pudiéramos recordar las impresiones del primero, éstas contendrían multitud de recuerdos del abismo que se abre más atrás. Y ese abismo, ¿qué es? ¿Cómo, por lo menos, distinguir sus sombras de la tumba? Pero si las impresiones de lo que he llamado el primer momento no pueden ser recordadas por un acto de la voluntad, ¿no se presentan inesperadamente después de un largo intervalo, mientras nos maravillamos preguntándonos de dónde proceden? Aquel que nunca se ha desmayado, no descubrirá extraños palacios y caras fantásticamente familiares en las brasas del carbón; no contemplará, flotando en el aire, las melancólicas visiones que la mayoría no es capaz de ver; no meditará mientras respira el perfume de una nueva flor; no sentirá exaltarse su mente ante el sentido de una cadencia musical que jamás había llamado antes su atención.

Entre frecuentes y reflexivos esfuerzos para recordar, entre acendradas luchas para apresar algún vestigio de ese estado de aparente aniquilación en el cual se había hundido mi alma, ha habido momentos en que he vislumbrado el triunfo; breves, brevísimos períodos en que pude evocar recuerdos que, a la luz de mi lucidez posterior, sólo podían referirse a aquel momento de aparente inconsciencia. Esas sombras de recuerdo me muestran, borrosamente, altas siluetas que me alzaron y me llevaron en silencio, descendiendo... descendiendo... siempre descendiendo... hasta que un horrible mareo me oprimió a la sola idea de lo interminable de ese descenso. También evocan el vago horror que sentía mi corazón, precisamente a causa de la monstruosa calma que me invadía. Viene luego una sensación de súbita inmovilidad que invade todas las cosas, como si aquellos que me llevaban (¡atroz cortejo!) hubieran superado en su descenso los límites de lo ilimitado y descansaran de la fatiga de su tarea. Después de esto viene a la mente como un desabrimiento y humedad, y luego, todo es *locura* –la locura de un recuerdo que se afana entre cosas prohibidas.

Súbitamente, el movimiento y el sonido ganaron otra vez mi espíritu: el tumultuoso movimiento de mi corazón y, en mis oídos, el sonido de su latir. Sucedió una pausa, en la que todo era confuso. Otra vez sonido, movimiento y tacto –una sensación de hormigueo en todo mi cuerpo–. Y luego la mera conciencia de existir, sin pensamiento; algo que duró largo tiempo. De pronto, bruscamente, *el pensamiento,* un espanto estremecedor y el esfuerzo más intenso por comprender mi verdadera situación. A esto sucedió un profundo deseo de recaer en la insensibilidad. Otra vez un violento revivir del espíritu y un esfuerzo por moverme, hasta conseguirlo. Y entonces el recuerdo vívido del proceso, los jueces, las colgaduras negras, la sentencia, la náusea, el desmayo. Y total olvido de lo que siguió, de todo lo que tiempos posteriores, y un obstinado esfuerzo, me han permitido vagamente recordar.

Hasta ese momento no había abierto los ojos. Sentí que yacía de espaldas y que no estaba atado. Alargué la mano, que cayó pesadamente sobre algo húmedo y duro. La dejé allí algún tiempo, mientras trataba de imaginarme dónde me hallaba y *qué* era de mí. Ansiaba abrir los ojos, pero no me atrevía, porque me espantaba esa primera mirada a los objetos que me rodeaban. No es que temiera contemplar cosas horribles, pero me horrorizaba la posibilidad de que no hubiese *nada* quc ver. Por fin, lleno de atroz angustia mi corazón, abrí de golpe los ojos, y mis peores suposiciones se confirmaron. Me rodeaba la tiniebla de una noche eterna. Luché por respirar; lo intenso de aquella oscuridad parecía oprimirme y sofocarme. La atmósfera era de una intolerable pesadez. Me quedé inmóvil, esforzándome por razonar. Evoqué el proceso de la Inquisición, buscando deducir mi verdadera situación a partir de ese punto. La sentencia había sido pronunciada; tenía la impresión de que desde entonces había transcurrido largo tiempo. Pero ni siquiera por un momento me consideré verdaderamente muerto. Semejante suposición, no obstante lo que leemos en los relatos ficticios, es por completo incompatible con la verdadera existencia. Pero, ¿dónde y en qué situación me encontraba? Sabía que, por lo regular, los condenados morían en un auto de fe, y uno de éstos acababa de realizarse la misma noche de mi proceso. ¿Me habrían devuelto a mi calabozo a la espera del próximo sacrificio, que no se cumpliría hasta varios meses más tarde? Al punto vi que era imposible. En aquel momento había una demanda inmediata de víctimas. Y, además, mi calabozo, como todas las celdas de los condenados en Toledo, tenía piso de piedra y la luz no había sido completamente suprimida.

Una horrible idea hizo que la sangre se agolpara a torrentes en mi corazón, y por un breve instante recaí en la insensibilidad. Cuando me repuse, temblando convulsivamente, me levanté y tendí desatinadamente los brazos en todas direcciones. No sentí nada, pero no me atrevía a dar un solo paso, por temor de que me lo impidieran las paredes de una *tumba.* Brotaba el sudor por todos mis poros y tenía la frente empapada de gotas heladas. Pero la agonía de la incertidumbre terminó por volverse intolerable, y cautelosamente me volví adelante, con los brazos tendidos, desorbitados los ojos en el deseo de captar el más débil rayo de luz. Anduve así unos cuantos pasos, pero todo seguía siendo tiniebla y vacío. Respiré con mayor libertad; por lo menos parecía evidente que mi destino no era el más espantoso de todos.

Pero entonces, mientras seguía avanzando cautelosamente, resonaron en mi recuerdo los mil vagos rumores de las cosas horribles que ocurrían en Toledo. Cosas extrañas se contaban sobre los calabozos; cosas que yo había tomado por invenciones, pero que no por eso eran menos extrañas y demasiado horrorosas para ser repetidas, salvo en voz baja. ¿Me dejarían morir de hambre en este subterráneo mundo de tiniebla, o quizá me aguardaba un destino todavía peor? Demasiado conocía yo el carácter de mis jueces para dudar de que el resultado sería la muerte, y una muerte mucho más amarga que la habitual. Todo lo que me preocupaba y me enloquecía era el modo y la hora de esa muerte.

Mis manos extendidas tocaron, por fin, un obstáculo sólido. Era un muro, probablemente de piedra, sumamente liso, viscoso y frío. Me puse a seguirlo, avanzando con toda la desconfianza que antiguos relatos me habían inspirado. Pero esto no me daba oportunidad de asegurarme de las dimensiones del calabozo, ya que daría toda la vuelta y retornaría al lugar de partida sin advertirlo, hasta tal punto era uniforme y lisa la pared. Busqué, pues, el cuchillo que llevaba conmigo cuando me condujeron a las cámaras inquisitoriales; había desaparecido, y en lugar de mis ropas tenía puesto un sayo de burda estameña. Había pensado hundir la hoja en alguna juntura de la mampostería, a fin de identificar mi punto de partida. Pero, de todos modos, la dificultad carecía de importancia, aunque en el desorden de mi mente me pareció insuperable en el primer momento. Arranqué un pedazo del ruedo del sayo y lo puse bien extendido y en ángulo recto con respecto al muro. Luego de tentar toda la vuelta de mi celda, no dejaría de encontrar el jirón al completar el circuito. Tal es lo que, por lo menos, pensé, pues no había contado con el tamaño del calabozo y con mi debilidad. El suelo era húmedo y resbaladizo. Avancé, titubeando, un trecho, pero luego trastrabillé y caí. Mi excesiva fatiga me indujo a permanecer postrado y el sueño no tardó en dominarme.

Al despertar y extender un brazo hallé junto a mí un pan y un cántaro de agua. Estaba demasiado exhausto para reflexionar acerca de esto, pero comí y bebí ávidamente. Poco después reanudé mi vuelta al calabozo y con mucho trabajo llegué, por fin, al pedazo de estameña. Hasta el momento de caer al suelo había contado cincuenta y dos pasos, y al reanudar mi vuelta otros cuarenta y ocho, hasta llegar al trozo de género. Había, pues, un total de cien pasos. Contando una yarda por cada dos pasos, calculé que el calabozo tenía un circuito de cincuenta yardas. No obstante, había encontrado numerosos ángulos de pared, de modo que no podía hacerme una idea clara de la forma de la cripta, a la que llamo así pues no podía impedirme pensar que lo era.

Poca finalidad y menos esperanza tenían estas investigaciones, pero una vaga curiosidad me impelía a continuarlas. Apartándome de la pared, resolví cruzar el calabozo por uno de sus diámetros. Avancé al principio con suma precaución, pues aunque el piso parecía de un material sólido, era peligrosamente resbaladizo a causa del limo. Cobré ánimo, sin embargo, y terminé caminando con firmeza, esforzándome por seguir una línea todo lo recta posible. Había avanzado diez o doce pasos en esta forma cuando el ruedo desgarrado del sayo se me enredó en las piernas. Trastabillando, caí violentamente de bruces.

En la confusión que siguió a la caída no reparé en un sorprendente detalle que, pocos segundos más tarde, y cuando aún yacía boca abajo, reclamó mi atención. Helo aquí: tenía el mentón apoyado en el piso del calabozo, pero mis labios y la parte superior de mi cara, que aparentemente debían encontrarse a un nivel inferior al de la mandíbula, no se apoyaba en nada. Al mismo tiempo me pareció que bañaba mi frente un vapor viscoso, y el olor característico de los hongos podridos penetró en mis fosas nasales. Tendí un brazo y me estremecí al descubrir que me había desplomado exactamente al borde de un pozo circular, cuya profundidad me era imposible descubrir por el momento. Tanteando en la mampostería que bordeaba el pozo logré desprender un menudo fragmento y lo tiré al abismo. Durante largos segundos escuché cómo repercutía al golpear en su descenso las paredes del pozo; hubo por fin, un chapoteo en el agua, al cual sucedieron sonoros ecos. En ese mismo instante oí un sonido semejante al de abrirse y cerrarse rápidamente una puerta en lo alto, mientras un débil rayo de luz cruzaba instantáneamente la tiniebla y volvía a desvanecerse con la misma precipitación.

Comprendí claramente el destino que me habían preparado y me felicité de haber escapado a tiempo gracias al oportuno accidente. Un paso más antes de mi caída y el mundo no hubiera vuelto a saber de mí. La muerte a la que acababa de escapar tenía justamente las características que yo había rechazado como fabulosas y antojadizas en los relatos que circulaban acerca de la Inquisición. Para las víctimas de su tiranía se reservaban dos especies de muerte: una llena de horrorosos sufrimientos físicos, y otra acompañada de sufrimientos morales todavía más atroces. Yo estaba destinado a esta última. Mis largos padecimientos me habían desequilibrado los nervios, al punto que bastaba el sonido de mi propia voz para hacerme temblar, y por eso constituía en todo sentido el sujeto ideal para la clase de torturas que me aguardaban.

Estremeciéndome de pies a cabeza, me arrastré hasta volver a tocar la pared, resuelto a perecer allí antes que arriesgarme otra vez a los horrores de los pozos –ya que mi imaginación concebía ahora más de uno– situados en distintos lugares del calabozo. De haber tenido otro estado de ánimo, tal vez me hubiera alcanzado el coraje para acabar de una vez con mis desgracias precipitándome en uno de esos abismos; pero había llegado a convertirme en el peor de los cobardes. Y tampoco podía olvidar lo que había leído sobre esos pozos, esto es, que su horrible disposición impedía que la vida se extinguiera *de golpe*.

La agitación de mi espíritu me mantuvo despierto durante largas horas, pero finalmente acabé por adormecerme. Cuando desperté, otra vez había a mi lado un pan y un cántaro de agua. Me consumía una sed ardiente y de un solo trago vacié el jarro. El agua debía contener alguna droga, pues apenas la hube bebido me sentí irresistiblemente adormilado. Un profundo sueño cayó sobre mí, un sueño como el de la muerte. No sé, en verdad, cuánto duró, pero cuando volví a abrir los ojos los objetos que me rodeaban eran visibles. Gracias a un resplandor sulfuroso, cuyo origen me fue imposible determinar al principio, pude contemplar la extensión y el aspecto de mi cárcel.

Mucho me había equivocado sobre su tamaño. El circuito completo de los muros no pasaba de unas veinticinco yardas. Durante unos minutos, esto me llenó de una vana preocupación. Vana, sí, pues nada podía tener menos importancia, en las terribles circunstancias que me rodeaban, que las simples dimensiones del calabozo. Pero mi espíritu se interesaba extrañamente en nimiedades y me esforcé por descubrir el error que había podido cometer en mis medidas. Por fin se me reveló la verdad. En la primera tentativa de exploración había contado cincuenta y dos pasos hasta el momento en que caí al suelo. Sin duda, en ese instante me encontraba a uno o dos pasos del jirón de estameña, es decir, que había cumplido casi completamente la vuelta del calabozo. Al despertar de mi sueño debí emprender el camino en dirección contraria, es decir, volviendo sobre mis pasos, y así fue cómo supuse que el circuito medía el doble de su verdadero tamaño. La confusión de mi mente me impidió reparar entonces que había empezado mi vuelta teniendo la pared a la izquierda y que la terminé teniéndola a la derecha.

También me había engañado sobre la forma del calabozo. Al tantear las paredes había encontrado numerosos ángulos, deduciendo así que el lugar presentaba una gran irregularidad. ¡Tan potente es el efecto de las tinieblas sobre alguien que despierta de la letargia o del sueño! Los ángulos no eran más que unas ligeras depresiones o entradas a diferentes intervalos. Mi prisión tenía forma cuadrada. Lo que había tomado por mampostería resultaba ser hierro o algún otro metal, cuyas enormes planchas, al unirse y soldarse, ocasionaban las depresiones. La entera superficie de esta celda metálica aparecía toscamente pintarrajeada con todas las horrendas y repugnantes imágenes que la sepulcral superstición de los monjes había sido capaz de concebir. Las figuras de demonios amenazantes, de esqueletos y otras imágenes todavía más terribles recubrían y desfiguraban los muros. Reparé en que las siluetas de aquellas monstruosidades estaban bien delineadas, pero que los colores parecían borrosos y vagos, como si la humedad de la atmósfera los hubiese afectado. Noté asimismo que el suelo era de piedra. En el centro se abría el pozo circular de cuyas fauces, abiertas como si bostezara, acababa de escapar; pero no había ningún otro en el calabozo.

Vi todo esto sin mucho detalle y con gran trabajo, pues mi situación había cambiado grandemente en el curso de mi sopor. Yacía ahora de espaldas, completamente estirado, sobre una especie de bastidor de madera. Estaba firmemente amarrado por una larga banda que parecía un cíngulo. Pasaba, dando muchas vueltas, por mis miembros y mi cuerpo, dejándome solamente en libertad la cabeza y el brazo derecho, que con gran trabajo podía extender hasta los alimentos, colocados en un plato de barro a mi alcance. Para mayor espanto, vi que se habían llevado el cántaro de agua. Y digo espanto porque la más intolerable sed me consumía. Por lo visto, la intención de mis torturadores era estimular esa sed, pues la comida del plato consistía en carne sumamente condimentada.

Mirando hacia arriba observé el techo de mi prisión. Tendría unos treinta o cuarenta pies de alto, y su construcción se asemejaba a la de los muros. En uno de sus paneles aparecía una extraña figura que se apoderó por completo de mi atención. La pintura representaba al Tiempo tal como se lo suele figurar, salvo que, en vez de guadaña, tenía lo que me pareció la pintura de un pesado péndulo, semejante a los que vemos en los relojes antiguos. Algo, sin embargo, en la apariencia de aquella imagen me movió a observarla con más detalle. Mientras la miraba directamente de abajo hacia arriba (pues se encontraba situada exactamente sobre mí) tuve la impresión de que se movía. Un segundo después esta impresión se confirmó. La oscilación del péndulo era breve y, naturalmente, lenta. Lo observé durante un rato con más perplejidad que temor. Cansado, al fin, de contemplar su monótono movimiento, volví los ojos a los restantes objetos de la celda.

Un ligero ruido atrajo mi atención y, mirando hacia el piso, vi cruzar varias enormes ratas. Habían salido del pozo, que se hallaba al alcance de mi vista sobre la derecha. Aún entonces, mientras las miraba, siguieron saliendo en cantidades, presurosas y con ojos famélicos atraídas por el olor de la carne. Me dio mucho trabajo ahuyentarlas del plato de comida.

Habría pasado una media hora, quizá una hora entera –pues sólo tenía una noción imperfecta del tiempo–, antes de volver a fijar los ojos en lo alto. Lo que entonces vi me confundió y me llenó de asombro. La carrera del péndulo había aumentado, aproximadamente, en una yarda. Como consecuencia natural, su velocidad era mucho más grande. Pero lo que me perturbó fue la idea de que el péndulo había *descendido* perceptiblemente. Noté ahora –y es inútil agregar con cuánto horror– que su extremidad inferior estaba constituida por una media luna de reluciente acero, cuyo largo de punta a punta alcanzaba a un pie. Aunque afilado como una navaja, el péndulo parecía macizo y pesado, y desde el filo se iba ensanchando hasta rematar en una ancha y sólida masa. Hallábase fijo a un pesado vástago de bronce y todo el mecanismo *silbaba* al balancearse en el aire.

Ya no me era posible dudar del destino que me había preparado el ingenio de los monjes para la tortura. Los agentes de la Inquisición habían advertido mi descubrimiento del pozo. *El pozo,* sí, cuyos horrores estaban destinados a un recusante tan obstinado como yo; *el pozo,* símbolo típico del infierno, última Thule de los castigos de la Inquisición, según los rumores que corrían. Por el más casual de los accidentes había evitado caer en el pozo y bien sabía que la sorpresa, la brusca precipitación en los tormentos, constituían una parte importante de las grotescas muertes que tenían lugar en aquellos calabozos. No habiendo caído en el pozo, el demoniaco plan de mis verdugos no contaba con precipitarme por la fuerza, y por eso, ya que no quedaba otra alternativa, me esperaba ahora un final diferente y más apacible. ¡Más apacible! Casi me sonreí en medio del espanto al pensar en semejante aplicación de la palabra.

¿De qué vale hablar de las largas, largas horas de un horror más que mortal, durante las cuales conté las zumbantes oscilaciones del péndulo? Pulgada a pulgada, con un descenso que sólo podía apreciarse después de intervalos que parecían siglos... más y más íbase aproximando. Pasaron días –puede ser que hayan pasado muchos días– antes de que oscilara tan cerca de mí que parecía abanicarme con su acre aliento. El olor del afilado acero penetraba en mis sentidos... Supliqué, fatigando al cielo con mis ruegos, para que el péndulo descendiera más velozmente. Me volví loco, me exasperé e hice todo lo posible por enderezarme y quedar en el camino de la horrible cimitarra. Y después caí en una repentina calma y me mantuve inmóvil, sonriendo a aquella brillante muerte como un niño a un bonito juguete.

Siguió otro intervalo de total insensibilidad. Fue breve, pues al resbalar otra vez en la vida noté que no se había producido ningún descenso perceptible del péndulo. Podía, sin embargo, haber durado mucho, pues bien sabía que aquellos demonios estaban al tanto de mi desmayo y que podían haber detenido el péndulo a su gusto. Al despertarme me sentí inexpresablemente enfermo y débil, como después de una prolongada inanición. Aun en la agonía de aquellas horas la naturaleza humana ansiaba alimento. Con un penoso esfuerzo alargué el brazo izquierdo todo lo que me lo permitían mis ataduras y me apoderé de una pequeña cantidad que habían dejado las ratas. Cuando me llevaba una porción a los labios pasó por mi mente un pensamiento apenas esbozado de alegría... de esperanza. Pero, ¿qué tenía *yo* que ver con la esperanza? Era aquél, como digo, un pensamiento apenas formado; muchos así tiene el hombre que no llegan a completarse jamás. Sentí que era de alegría, de esperanza; pero sentí al mismo tiempo que acababa de extinguirse en plena elaboración. Vanamente luché por alcanzarlo, por recobrarlo. El prolongado sufrimiento había aniquilado casi por completo mis facultades mentales ordinarias. No era más que un imbécil, un idiota.

La oscilación del péndulo se cumplía en ángulo recto con mi cuerpo extendido. Vi que la media luna estaba orientada de manera de cruzar la zona del corazón. Desgarraría la estameña de mi sayo..., retornaría para repetir la operación... otra vez..., otra vez... A pesar de su carrera terriblemente amplia (treinta pies o más) y la sibilante violencia de su descenso, capaz de romper aquellos muros de hierro, todo lo que haría durante varios minutos sería cortar mi sayo. A esa altura de mis pensamientos debí de hacer una pausa, pues no me atrevía a prolongar mi reflexión. Me mantuve en ella, pertinazmente fija la atención, como si al hacerlo pudiera detener *en ese punto* el descenso de la hoja de acero. Me obligué a meditar acerca del sonido que haría la media luna cuando pasara cortando el género y la especial sensación de estremecimiento que produce en los nervios el roce de una tela. Pensé en todas estas frivolidades hasta el límite de mi resistencia.

Bajaba... seguía bajando suavemente. Sentí un frenético placer en comparar su velocidad lateral con la del descenso. A la derecha... a la izquierda... hacia los lados, con el aullido de un espíritu maldito... hacia mi corazón, con el paso sigiloso del tigre. Sucesivamente reí a carcajadas y clamé, según que una u otra idea me dominara.

Bajaba... ¡Seguro, incansable, bajaba! Ya pasaba vibrando a tres pulgadas de mi pecho. Luché con violencia, furiosamente, para soltar mi brazo izquierdo, que sólo estaba libre a partir del codo. Me era posible llevar la mano desde el plato, puesto a mi lado, hasta la boca, pero no más allá. De haber roto las ataduras arriba del codo, hubiera tratado de detener el péndulo. ¡Pero lo mismo hubiera sido pretender atajar un alud!

Bajaba... ¡Sin cesar, inevitablemente, bajaba! Luché, jadeando, a cada oscilación. Me encogía convulsivamente a cada paso del péndulo. Mis ojos seguían su carrera hacia arriba o abajo, con la ansiedad de la más inexpresable desesperación; mis párpados se cerraban espasmódicamente a cada descenso, aunque la muerte hubiera sido para mí un alivio, ¡ah, inefable! Pero cada uno de mis nervios se estremecía, sin embargo, al pensar que el más pequeño deslizamiento del mecanismo precipitaría aquel reluciente, afilado eje contra mi pecho. Era la *esperanza* la que hacía estremecer mis nervios y contraer mi cuerpo. Era la *esperanza,* esa esperanza que triunfa aún en el potro del suplicio, que susurra al oído de los condenados a muerte hasta en los calabozos de la Inquisición.

Vi que después de diez o doce oscilaciones el acero se pondría en contacto con mi ropa, y en el mismo momento en que hice esa observación invadió mi espíritu toda la penetrante calma concentrada de la desesperación. Por primera vez en muchas horas -quizá días- me puse a *pensar.* Acudió a mi mente la noción de que la banda o cíngulo que me ataba *era de una sola pieza.* Mis ligaduras no estaban constituidas por cuerdas separadas. El primer roce de la afiladísima media luna sobre cualquier porción de la banda bastaría para soltarla, y con ayuda de mi mano izquierda podría desatarme del todo. Pero, ¡cuán terrible, en ese caso, la proximidad del acero! ¡Cuán letal el resultado de la más leve lucha! Y luego, ¿era verosímil que los esbirros del torturador no hubieran previsto y prevenido esa posibilidad? ¿Cabía pensar que la atadura cruzara mi pecho en el justo lugar por donde pasaría el péndulo? Temeroso de descubrir que mi débil y, al parecer, postrera esperanza se frustraba, levanté la cabeza lo bastante para distinguir con claridad mi pecho. El cíngulo envolvía mis miembros y mi cuerpo en todas direcciones, *salvo en el lugar por donde pasaría el péndulo.*

Apenas había dejado caer hacia atrás la cabeza cuando relampagueó en mi mente algo que sólo puedo describir como la informe mitad de aquella idea de liberación a que he aludido previamente y de la cual sólo una parte flotaba inciertamente en mi mente cuando llevé la comida a mis ardientes labios. Mas ahora el pensamiento completo estaba presente, débil, apenas sensato, apenas definido... pero entero. Inmediatamente, con la nerviosa energía de la desesperación, procedí a ejecutarlo.

Durante horas y horas, cantidad de ratas habían pululado en la vecindad inmediata del armazón de madera sobre el cual me hallaba. Aquellas ratas eran salvajes, audaces, famélicas; sus rojas pupilas me miraban centelleantes, como si esperaran verme inmóvil para convertirme en su presa. «¿A qué alimento –pensé– las han acostumbrado en el pozo?»

A pesar de todos mis esfuerzos por impedirlo, ya habían devorado el contenido del plato, salvo unas pocas sobras. Mi mano se había agitado como un abanico sobre el plato; pero, a la larga, la regularidad del movimiento le hizo perder su efecto. En su voracidad, las odiosas bestias me clavaban sus afiladas garras en los dedos. Tomando los fragmentos de la aceitosa y especiada carne que quedaba en el plato, froté con ellos mis ataduras allí donde era posible alcanzarlas, y después, apartando mi mano del suelo, permanecí completamente inmóvil, conteniendo el aliento.

Los hambrientos animales se sintieron primeramente aterrados y sorprendidos por el cambio... la cesación de movimiento. Retrocedieron llenos de alarma, y muchos se refugiaron en el pozo. Pero esto no duró más que un momento. No en vano había yo contado con su voracidad. Al observar que seguía sin moverme, una o dos de las mas atrevidas saltaron al bastidor de madera y olfatearon el cíngulo. Esto fue como la señal para que todas avanzaran. Salían del pozo, corriendo en renovados contingentes. Se colgaron de la madera, corriendo por ella y saltaron a centenares sobre mi cuerpo. El acompasado movimiento del péndulo no las molestaba para nada. Evitando sus golpes, se precipitaban sobre las untadas ligaduras. Se apretaban, pululaban sobre mí en cantidades cada vez más grandes. Se retorcían cerca de mi garganta; sus fríos hocicos buscaban mis labios. Yo me sentía ahogar bajo su creciente peso; un asco para el cual no existe nombre en este mundo llenaba mi pecho y helaba con su espesa viscosidad mi corazón. Un minuto más, sin embargo, y la lucha terminaría. Con toda claridad percibí que las ataduras se aflojaban. Me di cuenta de que debían de estar rotas en más de una parte. Pero, con una resolución que excedía lo humano, me mantuve *inmóvil.*

No había errado en mis cálculos ni sufrido tanto en vano. Por fin, sentí que estaba *libre.* El cíngulo colgaba en tiras a los lados de mi cuerpo. Pero ya el paso del péndulo alcanzaba mi pecho. Había dividido la estameña de mi sayo y cortaba ahora la tela de la camisa. Dos veces mas pasó sobre mí, y un agudísimo dolor recorrió mis nervios. Pero el momento de escapar había llegado. Apenas agité la mano, mis libertadoras huyeron en tumulto. Con un movimiento regular, cauteloso, y encogiéndome todo lo posible, me deslicé, lentamente, fuera de mis ligaduras, más allá del alcance de la cimitarra. Por el momento, al menos, *estaba libre.*

Libre... ¡y en las garras de la Inquisición! Apenas me había apartado de aquel lecho de horror para ponerme de pie en el piso de piedra, cuando cesó el movimiento de la diabólica máquina, y la vi subir, movida por una fuerza invisible, hasta desaparecer más allá del techo. Aquello fue una lección que debí tomar desesperadamente a pecho. Indudablemente espiaban cada uno de mis movimientos. ¡Libre! Apenas si había escapado de la muerte bajo la forma de una tortura, para ser entregado a otra que sería peor aún que la misma muerte. Pensando en eso, paseé nerviosamente los ojos por las barreras de hierro que me encerraban. Algo insólito, un cambio que, al principio, no me fue posible apreciar claramente, se había producido en el calabozo. Durante largos minutos, sumido en una temblorosa y vaga abstracción me perdí en vanas y deshilvanadas conjeturas. En estos momentos pude advertir por primera vez el origen de la sulfurosa luz que iluminaba la celda. Procedía de una fisura de media pulgada de ancho, que rodeaba por completo el calabozo al pie de las paredes, las cuales parecían –y en realidad estaban– completamente separadas del piso. A pesar de todos mis esfuerzos, me fue imposible ver nada a través de la abertura.

Al ponerme otra vez de pie comprendí de pronto el misterio del cambio que había advertido en la celda. Ya he dicho que, si bien las siluetas de las imágenes pintadas en los muros eran suficientemente claras, los colores parecían borrosos e indefinidos. Pero ahora esos colores habían tomado un brillo intenso y sorprendente, que crecía más y más y daba a aquellas espectrales y diabólicas imágenes un aspecto que hubiera quebrantado nervios más resistentes que los míos. Ojos demoniacos, de una salvaje y aterradora vida, me contemplaban fijamente desde mil direcciones, donde ninguno había sido antes visible, y brillaban con el cárdeno resplandor de un fuego que mi imaginación no alcanzaba a concebir como irreal.

¡Irreal...! Al respirar llegó a mis narices el olor característico del vapor que surgía del hierro recalentado... Aquel olor sofocante invadía más y más la celda... Los sangrientos horrores representados en las paredes empezaron a ponerse rojos... Yo jadeaba, tratando de respirar. Ya no me cabía duda sobre la intención de mis torturadores. ¡Ah, los más implacables, los más demoniacos entre los hombres! Corrí hacia el centro de la celda, alejándome del metal ardiente. Al encarar en mi pensamiento la horrible destrucción que me aguardaba, la idea de la frescura del pozo invadió mi alma como un bálsamo. Corrí hasta su borde mortal. Esforzándome, miré hacia abajo. El resplandor del ardiente techo ilu-

minaba sus más recónditos huecos. Y, sin embargo, durante un horrible instante, mi espíritu se negó a comprender el sentido de lo que veía. Pero, al fin, ese sentido se abrió paso, avanzó poco a poco hasta mi alma, hasta arder y consumirse en mi estremecida razón. ¡Oh, poder expresarlo! ¡Oh espanto! ¡Todo... todo menos eso! Con un alarido, salté hacia atrás y hundí mi cara en las manos, sollozando amargamente.

El calor crecía rápidamente, y una vez más miré a lo alto, temblando como en un ataque de calentura. Un segundo cambio acababa de producirse en la celda..., y esta vez el cambio tenía que ver con la *forma.* Al igual que antes, fue inútil que me esforzara por apreciar o entender inmediatamente lo que estaba ocurriendo. Pero mis dudas no duraron mucho. La venganza de la Inquisición se aceleraba después de mi doble escapatoria, y ya no habría más pérdida de tiempo por parte del Rey de los Espantos. Hasta entonces mi celda había sido cuadrada. De pronto vi que dos de sus ángulos de hierro se habían vuelto agudos, y los otros dos, por consiguiente, obtusos. La horrible diferencia se acentuaba rápidamente, con un resonar profundo y quejumbroso. En un instante el calabozo cambió su forma por la de un rombo. Pero el cambio no se detuvo allí, y yo no esperaba ni deseaba que se detuviera. Podría haber pegado mi pecho a las rojas paredes, como si fueran vestiduras de eterna paz. «¡La muerte!» -clamé-. «¡Cualquier muerte, menos la del pozo!» ¡Insensato! ¿Acaso no era evidente que aquellos hierros al rojo tenían por objeto precipitarme *en el pozo?* ¿Podría acaso resistir su fuego? Y si lo resistiera, ¿cómo oponerme a su presión? El rombo se iba achatando más y más, con una rapidez que no me dejaba tiempo para mirar. Su centro y, por tanto, su diámetro mayor llegaba ya sobre el abierto abismo. Me eché hacia atrás, pero las movientes paredes me obligaban irresistiblemente a avanzar. Por fin no hubo ya en el piso del calabozo ni una pulgada de asidero para mi chamuscado y convulso cuerpo. Cesé de luchar, pero la agonía de mi alma se expresó en un agudo, prolongado alarido final de desesperación. Sentí que me tambaleaba al borde del pozo... Desvié la mirada...

¡Y oí un discordante clamoreo de voces humanas! ¡Resonó poderoso un toque de trompetas! ¡Escuché un áspero chirriar semejante al de mil truenos! ¡Las terribles paredes retrocedieron! Una mano tendida sujetó mi brazo en el instante en que, desmayado, me precipitaba al abismo. Era la del general Lasalle. El ejército francés acababa de entrar en Toledo. La Inquisición estaba en poder de sus enemigos.

Manuscrito hallado en una botella

> Qui n'a plus qu'un moment à vivre
> N'a plus rien à dissimuler.
>
> (QUINAULT, *Atys*)

De mi país y mi familia poco tengo que decir. Un trato injusto y el andar de los años me arrancaron del uno y me alejaron de la otra. Mi patrimonio me permitió recibir una educación esmerada, y la tendencia contemplativa de mi espíritu me facultó para ordenar metódicamente las nociones que mis tempranos estudios habían acumulado. Las obras de los moralistas alemanes me proporcionaban un placer superior a cualquier otro; no porque admirara equivocadamente su elocuente locura, sino por la facilidad con que mis rígidos hábitos mentales me permitían descubrir sus falsedades. Con frecuencia se me ha reprochado la aridez de mi inteligencia, imputándome como un crimen una imaginación deficiente; el pirronismo de mis opiniones me ha dado fama en todo tiempo. En realidad temo que mi predilección por la filosofía física haya inficionado mi mente con un error muy frecuente en nuestra época: aludo a la costumbre de referir todo hecho, aun el menos susceptible de dicha referencia, a los principios de aquella disciplina. En general, no creo que nadie esté menos sujeto que yo a desviarse de los severos límites de la verdad, arrastrado por los *ignes fatui* de la superstición. Me ha parecido apropiado hacer este proemio, para que el increíble relato que he de hacer no sea considerado como el delirio de una imaginación desenfrenada, en vez de la experiencia positiva de una inteligencia para quien los ensueños de la fantasía son letra muerta y nulidad.

Después de varios años pasados en viajes por el extranjero, me embarqué en el año 18... en el puerto de Batavia, capital de la rica y populosa isla de Java, para hacer un crucero al archipiélago de las islas de la Sonda. Me hice a la mar en calidad de pasajero, sin otro motivo que una especie de inquietud nerviosa que me hostigaba como si fuera un demonio.

Nuestro excelente navío, de unas cuatrocientas toneladas, tenía remaches de cobre y había sido construido en Bombay con teca de Malabar. Llevaba una carga de algodón en rama y aceite procedente de las islas Laquevidas. También teníamos a bordo bonote, melaza, aceite de manteca, cocos y algunos cajones de opio. El arrumaje había sido mal hecho y, por lo tanto, el barco escoraba.

Iniciamos el viaje con muy poco viento a favor, y durante varios días permanecimos a lo largo de la costa oriental javanesa, sin otro incidente para amenguar la monotonía de nuestro derrotero que el encuentro ocasional con alguno de los pequeños *grabs* del archipiélago al cual nos encaminábamos.

Una tarde, mientras me hallaba apoyado en el coronamiento, observé hacia el noroeste una nube aislada de extraño aspecto. Era notable tanto por su color como por ser la primera que veíamos desde nuestra partida de Batavia. La observé continuamente hasta la puesta del sol, en que comenzó a expandirse rápidamente hacia el este y el oeste, cerniendo el horizonte con una angosta faja de vapor y dando la impresión de una dilatada playa baja. Pronto mi atención se vio requerida por la coloración rojo-oscuro que presentaba la luna y la extraña apariencia del mar. Operábase en éste una rápida transformación, y el agua parecía más transparente que de costumbre. Aunque me era posible distinguir muy bien el fondo, lancé la sonda y descubrí que había quince brazas. El aire se había vuelto intolerablemente cálido y se cargaba de exhalaciones en espiral semejantes a las que brotan del hierro al rojo. A medida que caía la noche cesó la más ligera brisa y hubiera sido imposible concebir calma más absoluta. La llama de una bujía colocada en la popa no oscilaba en lo más mínimo, y un cabello, sostenido entre dos dedos, colgaba sin que fuera posible advertir la menor vibración. Empero, como el capitán manifestara que no veía ninguna indicación de peligro pero que estábamos derivando hacia la costa, mandó arriar las velas y echar el ancla. No se apostó ningún vigía y la tripulación, formada principalmente por malayos, se tendió sobre el puente a descansar. En cuanto a mí, bajé a la cámara, apremiado por un penoso presentimiento de desgracia. Todas las apariencias me hacían ver la inminencia de un huracán. Transmití mis temores al capitán, pero no prestó atención a mis palabras y se marchó sin haberse dignado contestarme. Mi inquietud, sin embargo, no me dejaba dormir, y hacia media noche subí a cubierta. Cuando apoyaba el pie en el último peldaño de la escala de toldilla, me sorprendió un fuerte rumor semejante al zumbido que podría producir una rueda de molino girando rápidamente y, antes de que pudiera asegurarme de su significado, sentí que el barco vibraba. Un instante después un mar de espuma nos caía de través y, pasando sobre el puente, barría la cubierta de proa a popa.

La excesiva violencia de la ráfaga significó en gran medida la salvación del navío. Aunque totalmente sumergido, como todos sus mástiles habían volado por la borda, surgió lentamente a la superficie al cabo de un minuto y, vacilando unos instantes bajo la terrible presión de la tempestad, acabó por enderezarse.

Imposible me sería decir por qué milagro escapé a la destrucción. Aturdido por el choque del agua volvía en mí para encontrarme encajado entre el codaste y el gobernalle. Me puse de pie con gran dificultad y, mirando en torno presa de vértigo, se me ocurrió que habíamos chocado contra los arrecifes, tan terrible e inimaginable era el remolino que formaban las montañas de agua y espuma en que estábamos sumidos. Un momento después oí la voz de un viejo sueco que se había embarcado con nosotros en el momento en que el buque se hacía a la mar. Lo llamé con todas mis fuerzas y vino tambaleándose. No tardamos en descubrir que éramos los únicos supervivientes de la catástrofe. Todo lo que se hallaba en el puente había sido barrido por las olas; el capitán y los oficiales debían haber muerto mientras dormían, ya que los camarotes estaban completamente inundados. Sin ayuda, poco era lo que podíamos hacer, y nos sentimos paralizados por la idea de que no tardaríamos en zozobrar. Como se supondrá, el cable del ancla se había roto como un bramante al primer embate del huracán, ya que de no ser así nos habríamos hundido en un instante. Corríamos a espantosa velocidad, y las olas rompían sobre cubierta. El maderamen de popa estaba muy destrozado y todo el navío presentaba gravísimas averías; empero, vimos con alborozo que las bombas no se habían atascado y que el lastre no parecía haberse desplazado. Ya la primera furia de la ráfaga estaba amainando y no corríamos mucho peligro por causa del viento; pero nos aterraba la idea de que cesara completamente, sabedores de que naufragaríamos en el agitado oleaje que seguiría de inmediato. Este legítimo temor no se vio, sin embargo, verificado. Durante cinco días y cinco noches –durante los cuales nos alimentamos con una pequeña cantidad de melaza de azúcar, trabajosamente obtenida en el castillo de proa–, el desmelenado navío corrió a una velocidad que desafiaba toda medida, impulsado por sucesivas ráfagas que, sin igualar la violencia de la primera, eran sin embargo más aterradoras que cualquier otra tempestad que hubiera visto antes. Con pequeñas variantes navegamos durante los primeros cuatro días hacia el sud-sudeste y debimos de pasar cerca de la costa de Nueva Holanda. Al quinto día el tiempo se puso muy frío, aunque el viento había girado un punto hacia el norte. El sol se alzó con una coloración amarillenta y enfermiza y remontó unos pocos grados sobre el horizonte, sin irradiar una luz intensa. No se veían nubes y, sin embargo, el viento arreciaba más y más, soplando con furiosas ráfagas irregulares. Hacia mediodía –hasta donde podíamos calcular la hora– el sol nos llamó de nuevo la atención. No daba luz que mereciera propiamente tal nombre, sino un resplandor apagado y lúgubre, sin reflejos, como si todos sus rayos estuvieran polarizados. Poco antes de hundirse en el henchido mar, su fuego central se extinguió bruscamente, como si un poder inexplicable acabara de apagarlo. Sólo quedó un aro pálido y plateado, sumergiéndose en el insondable mar.

Esperamos en vano la llegada del sexto día; para mí ese día no ha llegado, y para el sueco no llegó jamás. Desde aquel momento quedamos envueltos en profundas tinieblas, al punto que no hubiéramos podido ver nada a veinte pasos del barco. La noche eterna continuó rodeándonos, ni siquiera amenguada por esa brillantez fosfórica del mar a la cual nos habíamos habituado en los trópicos. Observamos además que, si bien la tempestad continuaba con inflexible violencia, no se observaba ya el oleaje espumoso que nos envolvía antes. Alrededor de nosotros todo era horror, profunda oscuridad y un negro desierto de ébano. El espanto supersticioso ganaba poco a poco el espíritu del viejo sueco, y mi alma estaba envuelta en silencioso asombro. Descuidamos toda atención del barco, por considerarla ociosa, y nos aseguramos lo mejor posible en el tocón del palo de mesana, mirando amargamente hacia el inmenso océano. No teníamos manera de calcular el tiempo y era imposible deducir nuestra posición. Advertíamos, sin embargo, que llevábamos navegando hacia el sur una distancia mayor que la recorrida por cualquier navegante, y mucho nos asombró no encontrar los habituales obstáculos de hielo. Entre tanto, cada minuto amenazaba con ser el último de nuestras vidas, y olas grandes como montañas se precipitaban para aniquilarnos. El oleaje sobrepasaba todo lo que yo había creído; sólo por milagro no zozobrábamos a cada instante. Mi compañero aludió a la ligereza de nuestro cargamento, recordándome las excelentes cualidades del barco. Yo no podía dejar de sentir la total inutilidad de la esperanza y me preparaba tristemente a una muerte que, en mi opinión, no podía ya demorarse más de una hora, puesto que a cada nudo que recorríamos el oleaje de aquel horrendo mar tenebroso se volvía más y más violento. Por momentos jadeábamos en procura de aire, remontados a una altura superior a la del albatros; y en otros nos mareaba la velocidad del descenso a un infierno líquido, donde el aire parecía estancado y ningún sonido turbaba el sueño del «kraken».

Nos hallábamos en la profundidad de uno de esos abismos, cuando un súbito clamor de mi compañero se alzó horriblemente en la noche. «¡Mire, mire!», me gritaba al oído. «¡Dios todopoderoso, mire, mire!»

Mientras hablaba, advertí un apagado resplandor rojizo que corría por los lados del enorme abismo donde nos habíamos hundido, arrojando una incierta lumbre sobre nuestra cubierta. Alzando los ojos, contemplé un espectáculo que me heló la sangre. A una espantosa elevación, inmediatamente por encima de nosotros, y al borde mismo de aquel precipicio líquido, se cernía un gigantesco navío, de quizá cuatro mil toneladas. Aunque en la cresta de una ola tan enorme que lo sobrepasaba cien veces en altura, sus medidas excedían las de cualquier barco de línea o de la Compañía de Indias Orientales. Su enorme casco era de un negro profundo y opaco, y no tenía ninguno de los mascarones o adornos propios de un navío. Por las abiertas portañolas asomaba una sola hilera de cañones de bronce, cuyas relucientes superficies reflejaban las luces de innumerables linternas de combate balanceándose en las jarcias. Pero lo que más me llenó de horror y estupefacción fue ver que el barco tenía todas las velas desplegadas en medio de aquel huracán ingobernable y aquel mar sobrenatural. Cuando lo vimos por primera vez sólo se distinguía su proa, mientras lentamente se alzaba sobre el tenebroso y horrible golfo de donde venía. Durante un segundo de inconcebible espanto se mantuvo inmóvil sobre el vertiginoso pináculo, como si estuviera contemplando su propia sublimidad. Luego tembló, vaciló... y lo vimos precipitarse sobre nosotros.

No sé qué repentino dominio de mí mismo ganó mi espíritu en aquel instante. Retrocediendo todo lo posible esperé sin temor la catástrofe que iba a aniquilarnos. Nuestro barco había renunciado ya a luchar y se estaba hundiendo de proa. El choque de la masa descendente lo alcanzó, pues, en su estructura ya medio sumergida, y como resultado inevitable me lanzó con violencia irresistible sobre el cordaje del nuevo buque.

En el momento en que caí, el barco viró de bordo, y supuse que la confusión reinante me había hecho pasar inadvertido a los ojos de la tripulación. Me abrí camino sin dificultad hasta la escotilla principal, que se hallaba parcialmente abierta, y no tardé en encontrar una oportunidad de esconderme en la cala. No podría explicar la razón de mi conducta. Quizá se debiera al sentimiento de temor que desde el primer momento me habían inspirado los tripulantes de aquel buque. No me atrevía a confiarme a individuos que, después de la rápida ojeada que había podido echarles, me producían tanta extrañeza como duda y aprensión. Me pareció mejor, pues, buscar un escondrijo en la cala. Pronto lo hallé removiendo una pequeña parte de la armazón movible, de manera de asegurarme un lugar adecuado entre las enormes cuadernas del navío.

Apenas había completado mi trabajo, cuando unos pasos en la cala me obligaron a hacer uso del mismo. Desde mi refugio vi venir a un hombre que se movía con pasos débiles e inseguros. No le vi la cara, pero pude observar su apariencia general. En toda su persona se notaban las huellas de una avanzada edad. Le temblaban las rodillas bajo el peso de los años y su cuerpo parecía agobiado por aquella carga. Hablaba consigo mismo, murmurando en voz baja y entrecortada unas palabras de un idioma que no pude comprender, y anduvo tanteando en un rincón entre una pila de singulares instrumentos y viejas cartas de navegación. En su actitud había una extraña mezcla del malhumor de la segunda infancia con la solemne dignidad de un dios. Por fin volvió a subir al puente y no lo vi más.

Un sentimiento para el cual no encuentro nombre se ha posesionado de mi alma; es una sensación que no admite análisis, frente a la cual las lecciones de tiempos pasados no me sirven y cuya clave me temo que no me será dada por el futuro. Para una mente constituida como la mía, esta última consideración es un tormento. Nunca, sé que nunca llegaré a conocer la naturaleza de mis concepciones. Y sin embargo no es de asombrarme que esas concepciones sean indefinidas, puesto que se originan en fuentes tan extraordinariamente nuevas. Un nuevo sentido, una nueva entidad se incorpora a mi alma.

Hace ya mucho que subí por primera vez al puente de este terrible navío y pienso que los rayos de mi destino se están concentrando en un foco. ¡Hombres incomprensibles! Envueltos en meditaciones cuya especie no alcanzo a adivinar, pasan a mi lado sin reparar en mí. Ocultarme es una completa locura, pues esa gente *no quiere ver.* Hace apenas un instante que pasé delante de los ojos del segundo; no hace mucho que me aventuré en el camarote privado del capitán y tomé de allí los materiales con que escribo esto y lo que antecede. De tiempo en tiempo seguiré redactando este diario.

Cierto que puedo no encontrar oportunidad de darlo a conocer al mundo, pero no dejaré de intentarlo. En el último momento encerraré el manuscrito en una botella y lo arrojaré al mar.

Un incidente ocurrido me ha dado nuevos motivos de meditación. ¿Ocurren estas cosas por la operación de un azar ingobernado? Había subido a cubierta y estaba tendido, sin llamar la atención, en una pila de frenillos y viejas velas depositadas en el fondo de un bote. Mientras pensaba en la singularidad de mi destino iba pintarrajeando inadvertidamente con un pincel lleno de brea los bordes de un ala de trinquete que aparecía cuidadosamente doblada sobre un barril a mi lado. La vela está ahora tendida y los toques irreflexivos del pincel se despliegan formando la palabra «descubrimiento».

En este último tiempo he hecho muchas observaciones sobre la estructura del navío. Aunque bien armado, no me parece que se trate de un barco de guerra. Sus jarcias, construcción y equipo contradicen una suposición semejante. Puedo percibir fácilmente lo que el barco *no es;* me temo que no puedo decir lo que *es.* No sé cómo, pero al escrutar su extraño modelo y su tipo de mástiles, su enorme tamaño y su extraordinario velamen, su proa severamente sencilla y su anticuada popa, por momentos cruza por mi mente una sensación de cosas familiares; y con esa imprecisa sombra de recuerdo se mezcla siempre una inexplicable remembranza de antiguas crónicas extranjeras y de edades remotas.

Estuve mirando el maderamen del navío. Está construido con un material que desconozco. Hay en la madera algo extraño que me da la impresión de que no se aplica al propósito a que ha sido destinada. Aludo a su extrema *porosidad,* que no tiene nada que ver con los daños causados por los gusanos, lo cual es consecuencia de la navegación en estos mares, y con la podredumbre resultante de su edad. Parecerá quizá que esta observación es excesivamente curiosa, pero dicha madera tendría todas las características del roble español, si el roble español fuera dilatado por medios artificiales.

Al leer la frase que antecede viene a mi recuerdo un extraño dicho de un viejo lobo de mar holandés: «Tan seguro es –afirmaba siempre que alguien ponía en duda su veracidad– como que hay un mar donde los barcos crecen como el cuerpo viviente de un marino.»

Hace unas horas me mostré lo bastante osado como para mezclarme con un grupo de tripulantes. No me prestaron la menor atención y, aunque me hallaba en medio de ellos, no dieron ninguna señal de haber reparado en mi presencia. Al igual que el primero que había visto en la cala, todos mostraban señales de una avanzada edad. Sus rodillas achacosas temblaban, sus hombros se doblaban de decrepitud, su piel arrugada temblaba bajo el viento; hablaban con voces bajas, trémulas, quebradas; en sus ojos brillaba el humor de la vejez y sus grises cabellos se agitaban terriblemente en la tempestad. Alrededor, en toda la cubierta, yacían esparcidos instrumentos matemáticos de la más extraña y anticuada construcción.

Mencioné hace algún tiempo que un ala del trinquete había sido izada. Desde ese momento, arrebatado por el viento el navío ha seguido su aterradora carrera hacia el sud, con todo el trapo desplegado desde la punta de los mástiles hasta los botalones inferiores, hundiendo a cada momento los penoles de las vergas del juanete en el más espantoso infierno de agua que imaginación humana alcance a concebir. Acabo de abandonar el puente, donde me es imposible mantenerme de pie aunque la tripulación no parece experimentar inconveniente alguno. Para mí es un milagro de milagros que nuestra enorme masa no sea tragada de una vez y para siempre. Seguramente estamos destinados a rondar continuamente al borde de la eternidad, sin precipitarnos por fin en el abismo. Pasamos a través de olas mil veces más gigantescas que las que he visto jamás, con la facilidad de una gaviota; las colosales aguas alzan sus cabezas sobre nosotros como demonios de la profundidad, pero son demonios limitados a simples amenazas y a quienes se les ha prohibido destruir. Me siento inclinado a atribuir esta continua sobrevivencia a la única causa natural que puede explicar semejante efecto. Supongo que el barco está sometido a la influencia de alguna poderosa corriente, o de una impetuosa resaca.

He visto al capitán cara a cara, en su propia cabina; pero, como lo suponía, no me prestó la menor atención. Aunque para un observador casual nada hay en su apariencia que pueda parecer por encima o por debajo de lo humano, un sentimiento de incontenible reverencia y temor se mezcló al asombro con que lo contemplaba. Tiene casi mi estatura, es decir, cinco pies ocho pulgadas. Su cuerpo es proporcionado y sólido, sin ser especialmente robusto ni destacarse en nada. Mas la singularidad de su expresión, la intensa, la asombrosa, la estremecedora evidencia de una vejez tan grande, tan absoluta, dominó mi espíritu con una sensación, con un sentimiento inefable. Aunque poco arrugada, su frente parece soportar el sello de una miríada de años. Sus cabellos grises son crónicas del pasado, y sus ojos, aún más grises, son sibilas del futuro. El piso del camarote estaba cubierto de extraños infolios con broches de hierro, estropeados instrumentos científicos y viejísimas cartas de navegación fuera de uso. El capitán apoyaba la cabeza en las manos, mientras contemplaba con llameantes e inquietos ojos un papel que tomé por una comisión, y que en todo caso ostentaba la firma de un monarca. Murmuraba para sí mismo, como lo había hecho el primer marinero a quien vi en la cala, palabras confusas y malhumoradas en un idioma extranjero, y, aunque estaba a un paso de mí, su voz parecía llegar a mis oídos desde una milla.

El barco y todo lo que contiene está impregnado por el espíritu de la Vejez. La tripulación se desliza de aquí para allá, como los fantasmas de siglos sepultados; sus ojos reflejan un pensar ansioso e intranquilo; y cuando sus dedos se iluminan bajo el extraño resplandor de las linternas de combate, me siento como no me he sentido jamás, aunque durante toda mi vida me interesaron las antigüedades y me saturé con las sombras de rotas columnas en Baalbek, en Tadmor y en Persépolis, hasta que mi propia alma se convirtió en una ruina.

Al mirar en torno, me avergüenzo de mis anteriores aprensiones. Si temblé ante el huracán que nos ha perseguido hasta ahora, ¿cómo no quedar transido de horror frente al asalto de un viento y un océano para los cuales las palabras tornado y tempestad resultan triviales e ineficaces? En la vecindad inmediata del navío reina la tiniebla de la noche eterna y un caos de agua sin espuma; pero a una legua, a cada lado, alcanzan a verse a intervalos y borrosamente, gigantescas murallas de hielo que se alzan hasta el desolado cielo y que parecen las paredes del universo.

Tal como imaginaba, no hay duda de que el navío está en una corriente –si cabe dar semejante nombre a una marea que, aullando y clamando entre las paredes de blanco hielo, corre hacia el sud con la resonancia de un trueno y la velocidad de una catarata cayendo a pico.

Supongo que es absolutamente imposible concebir el horror de mis sensaciones; sin embargo, sobre mi desesperación predomina la curiosidad de penetrar en los misterios de estas horribles regiones, y me reconcilia con la más atroz apariencia de la muerte. Es evidente que nos precipitamos hacia algún apasionante descubrimiento, un secreto incomunicable cuyo conocimiento entraña la destrucción. Quizá esta corriente nos lleva hacia el polo Sur mismo. Preciso es confesar que una suposición tan desorbitada en apariencia tiene todas las probabilidades a su favor.

La tripulación recorre el puente con pasos inquietos y vacilantes; pero noto en sus fisonomías una expresión donde el ardor de la esperanza sobrepasa la apatía de la desesperación.

El viento sigue, entretanto, de popa, y como llevamos desplegadas todas las velas, hay momentos en que el barco se ve levantado sobre el mar. ¡Oh, horror de horrores! ¡El hielo acaba de abrirse a la derecha y a la izquierda, y estamos girando vertiginosamente, en inmensos círculos concéntricos, bordeando un gigantesco anfiteatro, cuyas paredes se pierden hacia arriba en la oscuridad y la distancia! ¡Pero poco tiempo me queda para pensar en mi destino! Los círculos se están reduciendo rápidamente..., nos precipitamos en el torbellino... y entre el rugir, el aullar y el tronar del océano y la tempestad el barco se estremece... ¡oh, Dios..., y se hunde!...

NOTA. El *Manuscrito hallado en una botella* se publicó por primera vez en 1831; pasaron muchos años antes de que llegaran a mi conocimiento los mapas de Mercator, en los cuales se representa al océano como precipitándose por cuatro bocas en el golfo Polar (Norte), para ser absorbido por las entrañas de la tierra. El Polo aparece representado por una roca negra, que se eleva a una altura prodigiosa.–E. A. P.

El gato negro

No espero ni pido que alguien crea en el extraño aunque simple relato que me dispongo a escribir. Loco estaría si lo esperara, cuando mis sentidos rechazan su propia evidencia. Pero no estoy loco y sé muy bien que esto no es un sueño. Mañana voy a morir y quisiera aliviar hoy mi alma. Mi propósito inmediato consiste en poner de manifiesto, simple, sucintamente y sin comentarios, una serie de episodios domésticos. Las consecuencias de esos episodios me han aterrorizado, me han torturado y, por fin, me han destruido. Pero no intentaré explicarlos. Si para mí han sido horribles, para otros resultarán menos espantosos que *baroques*. Más adelante, tal vez, aparecerá alguien cuya inteligencia reduzca mis fantasmas a lugares comunes; una inteligencia más serena, más lógica y mucho menos excitable que la mía, capaz de ver en las circunstancias que temerosamente describiré, una vulgar sucesión de causas y efectos naturales.

Desde la infancia me destaqué por la docilidad y bondad de mi carácter. La ternura que abrigaba mi corazón era tan grande que llegaba a convertirme en objeto de burla para mis compañeros. Me gustaban especialmente los animales, y mis padres me permitían tener una gran variedad. Pasaba a su lado la mayor parte del tiempo, y jamás me sentía más feliz que cuando les daba de comer y los acariciaba. Este rasgo de mi carácter creció conmigo y, cuando llegué a la virilidad, se convirtió en una de mis principales fuentes de placer. Aquellos que alguna vez han experimentado cariño hacia un perro fiel y sagaz no necesitan que me moleste en explicarles la naturaleza o la intensidad de la retribución que recibía. Hay algo en el generoso y abnegado amor de un animal que llega directamente al corazón de aquel que con frecuencia ha probado la falsa amistad y la frágil fidelidad del *hombre.*

Me casé joven y tuve la alegría de que mi esposa compartiera mis preferencias. Al observar mi gusto por los animales domésticos, no perdía oportunidad de procurarme los más agradables de entre ellos. Teníamos pájaros, peces de colores, un hermoso perro, conejos, un monito y *un gato.*

Este último era un animal de notable tamaño y hermosura, completamente negro y de una sagacidad asombrosa. Al referirse a su inteligencia, mi mujer, que en el fondo era no poco supersticiosa, aludía con frecuencia a la antigua creencia popular de que todos los gatos negros son brujas metamorfoseadas. No quiero decir que lo creyera seriamente, y sólo menciono la cosa porque acabo de recordarla.

Plutón –tal era el nombre del gato– se había convertido en mi favorito y mi camarada. Sólo yo le daba de comer y él me seguía por todas partes en casa. Me costaba mucho impedir que anduviera tras de mí en la calle.

Nuestra amistad duró así varios años, en el curso de los cuales (enrojezco al confesarlo) mi temperamento y mi carácter se alteraron radicalmente por culpa del demonio. Intemperancia. Día a día me fui volviendo más melancólico, irritable e indiferente hacia los sentimientos ajenos. Llegué, incluso, a hablar descomedidamente a mi mujer y terminé por infligirle violencias personales. Mis favoritos, claro está, sintieron igualmente el cambio de mi carácter. No sólo los descuidaba, sino que llegué a hacerles daño. Hacia *Plutón,* sin embargo, conservé suficiente consideración como para abstenerme de maltratarlo, cosa que hacía con los conejos, el mono y hasta el perro cuando, por casualidad o movidos por el afecto, se cruzaban en mi camino. Mi enfermedad, empero, se agravaba -pues, ¿qué enfermedad es comparable al alcohol?-, y finalmente el mismo *Plutón,* que ya estaba viejo y, por tanto, algo enojadizo, empezó a sufrir las consecuencias de mi mal humor.

Una noche en que volvía a casa completamente embriagado, después de una de mis correrías por la ciudad, me pareció que el gato evitaba mi presencia. Lo alcé en brazos, pero, asustado por mi violencia, me mordió ligeramente en la mano. Al punto se apoderó de mí una furia demoniaca y ya no supe lo que hacía. Fue como si la raíz de mi alma se separara de golpe de mi cuerpo; una maldad más que diabólica, alimentada por la ginebra, estremeció cada fibra de mi ser. Sacando del bolsillo del chaleco un cortaplumas, lo abrí mientras sujetaba al pobre animal por el pescuezo y, deliberadamente, le hice saltar un ojo. Enrojezco, me abraso, tiemblo mientras escribo tan condenable atrocidad.

Cuando la razón retornó con la mañana, cuando hube disipado en el sueño los vapores de la orgía nocturna, sentí que el horror se mezclaba con el remordimiento ante el crimen cometido; pero mi sentimiento era débil y ambiguo, no alcanzaba a interesar al alma. Una vez más me hundí en los excesos y muy pronto ahogué en vino los recuerdos de lo sucedido.

El gato, entretanto, mejoraba poco a poco. Cierto que la órbita donde faltaba el ojo presentaba un horrible aspecto, pero el animal no parecía sufrir ya. Se paseaba, como de costumbre, por la casa, aunque, como es de imaginar, huía aterrorizado al verme. Me quedaba aún bastante de mi antigua manera de ser para sentirme agraviado por la evidente antipatía de un animal que alguna vez me ha querido tanto. Pero ese sentimiento no tardó en ceder paso a la irritación. Y entonces, para mi caída final e irrevocable, se presentó el espíritu de la PERVERSIDAD. La filosofía no tiene en cuenta a este espíritu; y, sin embargo, tan seguro estoy de que mi alma existe como de que la perversidad es uno de los impulsos primordiales del corazón humano, una de las facultades primarias indivisibles, uno de esos sentimientos que dirigen el carácter del hombre. ¿Quién no se ha sorprendido a sí mismo cien veces en momentos en que cometía una acción tonta o malvada por la simple razón de que *no debía* cometerla? ¿No hay en nosotros una tendencia permanente, que enfrenta descaradamente al buen sentido, una tendencia a transgredir lo que constituye *la Ley* por el solo hecho de serlo? Este espíritu de perversidad se presentó, como he dicho, en mi caída final. Y el insondable anhelo que tenía mi alma de *vejarse a sí misma,* de violentar su propia naturaleza, de hacer mal por el mal mismo, me incitó a continuar y, finalmente, a consumar el suplicio que había infligido a la inocente bestia. Una mañana, obrando a sangre fría, le pasé un lazo por el pescuezo y lo ahorqué en la rama de un árbol; lo ahorqué mientras las lágrimas manaban de mis ojos y el más amargo remordimiento me apretaba el corazón; lo ahorqué *porque* recordaba que me había querido y *porque* estaba seguro de que no me había dado motivo para matarlo; lo ahorqué *porque* sabía que, al hacerlo, cometía un pecado, un pecado mortal que comprometería mi alma hasta llevarla –si ello fuera posible– más allá del alcance de la infinita misericordia del Dios más misericordioso y más terrible.

La noche de aquel mismo día en que cometí tan cruel acción me despertaron gritos de: «¡Incendio!» Las cortinas de mi cama eran una llama viva y toda la casa estaba ardiendo. Con gran dificultad pudimos escapar de la conflagración mi mujer, un sirviente y yo. Todo quedó destruido. Mis bienes terrenales se perdieron y desde ese momento tuve que resignarme a la desesperanza.

No incurriré en la debilidad de establecer una relación de causa y efecto entre el desastre y mi criminal acción. Pero estoy detallando una cadena de hechos y no quiero dejar ningún eslabón incompleto. Al día siguiente del incendio acudí a visitar las ruinas. Salvo una, las paredes se habían desplomado. La que quedaba en pie era un tabique divisorio de poco espesor, situado en el centro de la casa, y contra el cual se apoyaba antes la cabecera de mi lecho. El enlucido había quedado a salvo de la acción del fuego, cosa que atribuí a su reciente aplicación. Una densa muchedumbre habíase reunido frente a la pared y varias personas parecían examinar parte de la misma con gran atención y detalle. Las palabras «¡extraño!, ¡curioso!» y otras similares excitaron mi curiosidad. Al aproximarme vi que en la blanca superficie, grabada como un bajorrelieve, aparecía la imagen de un gigantesco *gato*. El contorno tenía una nitidez verdaderamente maravillosa. Había una soga alrededor del pescuezo del animal.

Al descubrir esta aparición –ya que no podía considerarla otra cosa– me sentí dominado por el asombro y el terror. Pero la reflexión vino luego en mi ayuda. Recordé que había ahorcado al gato en un jardín contiguo a la casa. Al producirse la alarma del incendio, la multitud había invadido inmediatamente el jardín: alguien debió de cortar la soga y tirar al gato en mi habitación por la ventana abierta. Sin duda, habían tratado de despertarme en esa forma. Probablemente la caída de las paredes comprimió a la víctima de mi crueldad contra el enlucido recién aplicado, cuya cal, junto con la acción de las llamas y el amoniaco del cadáver, produjo la imagen que acababa de ver.

Si bien en esta forma quedó satisfecha mi razón, ya que no mi conciencia, sobre el extraño episodio, lo ocurrido impresionó profundamente mi imaginación. Durante muchos meses no pude librarme del fantasma del gato, y en todo ese tiempo dominó mi espíritu un sentimiento informe que se parecía, sin serlo, al remordimiento. Llegué al punto de lamentar la pérdida del animal y buscar, en los viles antros que habitualmente frecuentaba, algún otro de la misma especie y apariencia que pudiera ocupar su lugar.

Una noche en que, borracho a medias, me hallaba en una taberna más que infame, reclamó mi atención algo negro posado sobre uno de los enormes toneles de ginebra que constituían el principal moblaje del lugar. Durante algunos minutos había estado mirando dicho tonel y me sorprendió no haber advertido antes la presencia de la mancha negra en lo alto. Me aproximé y la toqué con la mano. Era una gato negro muy grande, tan grande como *Plutón* y absolutamente igual a éste, salvo un detalle: *Plutón* no tenía el menor pelo blanco en el cuerpo, mientras este gato mostraba una vasta aunque indefinida mancha blanca que le cubría casi todo el pecho.

Al sentirse acariciado se enderezó prontamente, ronroneando con fuerza, se frotó contra mi mano y pareció encantado de mis atenciones. Acababa, pues, de encontrar el animal que precisamente andaba buscando. De inmediato, propuse su compra al tabernero, pero me contestó que el animal no era suyo y que jamás lo había visto antes ni sabía nada de él.

Continué acariciando al gato y, cuando me disponía a volver a casa, el animal pareció dispuesto a acompañarme. Le permití que lo hiciera, deteniéndome una y otra vez para inclinarme y acariciarlo. Cuando estuvo en casa, se acostumbró a ella de inmediato y se convirtió en el gran favorito de mi mujer.

Por mi parte, pronto sentí nacer en mí una antipatía hacia aquel animal. Era exactamente lo contrario de lo que había anticipado, pero –sin que pueda decir cómo ni por qué– su marcado cariño por mí me disgustaba y me fatigaba. Gradualmente, el sentimiento de disgusto y fatiga creció hasta alcanzar la amargura del odio. Evitaba encontrarme con el animal; un resto de vergüenza y el recuerdo de mi crueldad de antaño me vedaban maltratarlo. Durante algunas semanas me abstuve de pegarle o de hacerle víctima de cualquier violencia; pero gradualmente –muy gradualmente– llegué a mirarlo con inexpresable odio y a huir en silencio de su detestable presencia, como si fuera una emanación de la peste.

Lo que, sin duda, contribuyó a aumentar mi odio fue descubrir, a la mañana siguiente de haberlo traído a casa, que aquel gato, igual que *Plutón,* era tuerto. Esta circunstancia fue precisamente la que le hizo más grato a mi mujer, quien, como ya dije, poseía en alto grado esos sentimientos humanitarios que alguna vez habían sido mi rasgo distintivo y la fuente de mis placeres más simples y más puros.

El cariño del gato por mí parecía aumentar en el mismo grado que mi aversión. Seguía mis pasos con una pertinacia que me costaría hacer entender al lector. Dondequiera que me sentara venía a ovillarse bajo mi silla o saltaba a mis rodillas, prodigándome sus odiosas caricias. Si echaba a caminar, se metía entre mis pies, amenazando con hacerme caer, o bien clavaba sus largas y afiladas uñas en mis ropas, para poder trepar hasta mi pecho. En esos momentos, aunque ansiaba aniquilarlo de un solo golpe, me sentía paralizado por el recuerdo de mi primer crimen, pero sobre todo –quiero confesarlo ahora mismo– por un espantoso *temor* al animal.

Aquel temor no era precisamente miedo de un mal físico y, sin embargo, me sería imposible definirlo de otra manera. Me siento casi avergonzado de reconocer –sí, aún en esta celda de criminales me siento casi avergonzado de reconocer que el terror, el espanto que aquel animal me inspiraba, era intensificado por una de las más insensatas quimeras que sería dado concebir–. Más de una vez mi mujer me había llamado la atención sobre la forma de la mancha blanca de la cual ya he hablado, y que constituía la única diferencia entre el extraño animal y el que yo había matado. El lector recordará que esta mancha, aunque grande, me había parecido al principio de forma indefinida; pero gradualmente, de manera tan imperceptible que mi razón luchó durante largo tiempo por rechazarla como fantástica, la mancha fue asumiendo un contorno de rigurosa precisión. Representaba ahora algo que me estremezco al nombrar, y por ello odiaba, temía y hubiera querido librarme del monstruo *si hubiese sido capaz de atreverme;* representaba, digo, la imagen de una cosa atroz, siniestra..., ¡la imagen del PATÍBULO! ¡Oh lúgubre y terrible máquina del horror y del crimen, de la agonía y de la muerte!

Me sentí entonces más miserable que todas las miserias humanas. ¡Pensar que una *bestia,* cuyo semejante había yo destruido desdeñosamente, una *bestia* era capaz de producir tan insoportable angustia en un hombre creado a imagen y semejanza de Dios! ¡Ay, ni de día ni de noche pude ya gozar de la bendición del reposo! De día, aquella criatura no me dejaba un instante solo; de noche, despertaba hora a hora de los más horrorosos sueños, para sentir el ardiente aliento de *la cosa* en mi rostro y su terrible peso –pesadilla encarnada de la que no me era posible desprenderme– apoyado eternamente sobre *mi corazón.*

Bajo el agobio de tormentos semejantes, sucumbió en mí lo poco que me quedaba de bueno. Sólo los malos pensamientos disfrutaban ya de mi intimidad; los más tenebrosos, los más perversos pensamientos. La melancolía habitual de mi humor creció hasta convertirse en aborrecimiento de todo lo que me rodeaba y de la entera humanidad; y mi pobre mujer, que de nada se quejaba, llegó a ser la habitual y paciente víctima de los repentinos y frecuentes arrebatos de ciega cólera a que me abandonaba.

Cierto día, para cumplir una tarea doméstica, me acompañó al sótano de la vieja casa donde nuestra pobreza nos obligaba a vivir. El gato me siguió mientras bajaba la empinada escalera y estuvo a punto de tirarme cabeza abajo, lo cual me exasperó hasta la locura. Alzando un hacha y olvidando en mi rabia los pueriles temores que hasta entonces habían detenido mi mano, descargué un golpe que hubiera matado instantáneamente al animal de haberlo alcanzado. Pero la mano de mi mujer detuvo su trayectoria. Entonces, llevado por su intervención a una rabia más que demoniaca, me zafé de su abrazo y le hundí el hacha en la cabeza. Sin un solo quejido, cayó muerta a mis pies.

Cumplido este espantoso asesinato, me entregué al punto y con toda sangre fría a la tarea de ocultar el cadáver. Sabía que era imposible sacarlo de casa, tanto de día como de noche, sin correr el riesgo de que algún vecino me observara. Diversos proyectos cruzaron mi mente. Por un momento pensé en descuartizar el cuerpo y quemar los pedazos. Luego se me ocurrió cavar una tumba en el piso del sótano. Pensé también si no convenía arrojar el cuerpo al pozo del patio o meterlo en un cajón, como si se tratara de una mercadería común, y llamar a un mozo de cordel para que lo retirara de casa. Pero, al fin, di con lo que me pareció el mejor expediente y decidí emparedar el cadáver en el sótano, tal como se dice que los monjes de la Edad Media emparedaban a sus víctimas.

El sótano se adaptaba bien a este propósito. Sus muros eran de material poco resistente y estaban recién revocados con un mortero ordinario, que la humedad de la atmósfera no había dejado endurecer. Además, en una de las paredes se veía la saliencia de una falsa chimenea, la cual había sido rellenada y tratada de manera semejante al resto del sótano. Sin lugar a dudas, sería muy fácil sacar los ladrillos en esa parte, introducir el cadáver y tapar el agujero como antes, de manera que ninguna mirada pudiese descubrir algo sospechoso.

No me equivocaba en mis cálculos. Fácilmente saqué los ladrillos con ayuda de una palanca y, luego de colocar cuidadosamente el cuerpo contra la pared interna, lo mantuve en esa posición mientras aplicaba de nuevo la mampostería en su forma original. Después de procurarme argamasa, arena y cerda, preparé un enlucido que no se distinguía del anterior y revoqué cuidadosamente el nuevo enladrillado. Concluida la tarea, me sentí seguro de que todo estaba bien. La pared no mostraba la menor señal de haber sido tocada. Había barrido hasta el menor fragmento de material suelto. Miré en torno, triunfante, y me dije: «Aquí, por lo menos, no he trabajado en vano.»

Mi paso siguiente consistió en buscar a la bestia causante de tanta desgracia, pues al final me había decidido a matarla. Si en aquel momento el gato hubiera surgido ante mí, su destino habría quedado sellado, pero, por lo visto, el astuto animal, alarmado por la violencia de mi primer acceso de cólera, se cuidaba de aparecer mientras no cambiara mi humor. Imposible describir o imaginar el profundo, el maravilloso alivio que la ausencia de la detestada criatura trajo a mi pecho. No se presentó aquella noche, y así, por primera vez desde su llegada a la casa, pude dormir profunda y tranquilamente, sí, pude *dormir,* aun con el peso del crimen sobre mi alma.

Pasaron el segundo y el tercer día y mi atormentador no volvía. Una vez más respiré como un hombre libre. ¡Aterrado, el monstruo había huido de casa para siempre! ¡Ya no volvería a contemplarlo! Gozaba de una suprema felicidad, y la culpa de mi negra acción me preocupaba muy poco. Se practicaron algunas averiguaciones, a las que no me costó mucho responder. Incluso hubo una perquisición en la casa; pero, naturalmente, no se descubrió nada. Mi tranquilidad futura me parecía asegurada.

Al cuarto día del asesinato, un grupo de policías se presentó inesperadamente y procedió a una nueva y rigurosa inspección. Convencido de que mi escondrijo era impenetrable, no sentí la más leve inquietud. Los oficiales me pidieron que los acompañara en su examen. No dejaron hueco ni rincón sin revisar. Al final, por tercera o cuarta vez, bajaron al sótano. Los seguí sin que me temblara un solo músculo. Mi corazón latía tranquilamente, como el de aquel que duerme en la inocencia. Me paseé de un lado al otro del sótano. Había cruzado los brazos sobre el pecho y andaba tranquilamente de aquí para allá. Los policías estaban completamente satisfechos y se disponían a marcharse. La alegría de mi corazón era demasiado grande para reprimirla. Ardía en deseos de decirles, por lo menos, una palabra como prueba de triunfo y confirmar doblemente mi inocencia.

–Caballeros –dije, por fin, cuando el grupo subía la escalera–, me alegro mucho de haber disipado sus sospechas. Les deseo felicidad y un poco más de cortesía. Dicho sea de paso, caballeros, esta casa está muy bien construida... (En mi frenético deseo de decir alguna cosa con naturalidad, casi no me daba cuenta de mis palabras.) Repito que es una casa de *excelente* construcción. Estas paredes... ¿ya se marchan ustedes, caballeros?... tienen una gran solidez.

Y entonces, arrastrado por mis propias bravatas, golpeé fuertemente con el bastón que llevaba en la mano sobre la pared del enladrillado tras de la cual se hallaba el cadáver de la esposa de mi corazón.

¡Que Dios me proteja y me libre de las garras del archidemonio! Apenas había cesado el eco de mis golpes cuando una voz respondió desde dentro de la tumba. Un quejido, sordo y entrecortado al comienzo, semejante al sollozar de un niño, que luego creció rápidamente hasta convertirse en un largo, agudo y continuo alarido, anormal, como inhumano, un aullido, un clamor de lamentación, mitad de horror, mitad de triunfo, como sólo puede haber brotado en el infierno de la garganta de los condenados en su agonía y de los demonios exultantes en la condenación.

Hablar de lo que pensé en ese momento sería locura. Presa de vértigo, fui tambaleándome hasta la pared opuesta. Por un instante el grupo de hombres en la escalera quedó paralizado por el terror. Luego, una docena de robustos brazos atacaron la pared, que cayó de una pieza. El cadáver, ya muy corrompido y manchado de sangre coagulada, apareció de pie ante los ojos de los espectadores. Sobre su cabeza, con la roja boca abierta y el único ojo como de fuego, estaba agazapada la horrible bestia cuya astucia me había inducido al asesinato, y cuya voz delatora me entregaba al verdugo. ¡Había emparedado al monstruo en la tumba!

La verdad sobre el caso del señor Valdemar

De ninguna manera me parece sorprendente que el extraordinario caso del señor Valdemar haya provocado tantas discusiones. Hubiera sido un milagro que ocurriera lo contrario, especialmente en tales circunstancias. Aunque todos los participantes deseábamos mantener el asunto alejado del público –al menos por el momento, o hasta que se nos ofrecieran nuevas oportunidades de investigación–, a pesar de nuestros esfuerzos no tardó en difundirse una versión tan espuria como exagerada que se convirtió en fuente de muchas desagradables tergiversaciones y, como es natural, de profunda incredulidad.

El momento ha llegado de que yo dé a conocer *los hechos* –en la medida en que me es posible comprenderlos–. Helos aquí sucintamente:

Durante los últimos años el estudio del hipnotismo había atraído repetidamente mi atención. Hace unos nueve meses, se me ocurrió súbitamente que en la serie de experimentos efectuados hasta ahora existía una omisión tan curiosa como inexplicable: jamás se había hipnotizado a nadie *in articulo mortis.* Quedaba por verse si, en primer lugar, un paciente en esas condiciones sería susceptible de influencia magnética; segundo, en caso de que lo fuera, si su estado aumentaría o disminuiría dicha susceptibilidad, y tercero, hasta qué punto, o por cuánto tiempo, el proceso hipnótico sería capaz de detener la intrusión de la muerte. Quedaban por aclarar otros puntos, pero éstos eran los que más excitaban mi curiosidad, sobre todo el último, dada la inmensa importancia que podían tener sus consecuencias.

Pensando si entre mis relaciones habría algún sujeto que me permitiera verificar esos puntos, me acordé de mi amigo Ernest Valdemar, renombrado compilador de la *Bibliotheca Forensica* y autor (bajo el *nom de plume* de Issachar Marx) de las versiones polacas de *Wallenstein* y *Gargantúa*. El señor Valdemar, residente desde 1839 en Harlem, Nueva York, es (o era) especialmente notable por su extraordinaria delgadez, tanto que sus extremidades inferiores se parecían mucho a las de John Randolph, y también por la blancura de sus patillas, en violento contraste con sus cabellos negros, lo cual llevaba a suponer con frecuencia que usaba peluca. Tenía un temperamento muy nervioso, que le convertía en buen sujeto para experiencias hipnóticas. Dos o tres veces le había adormecido sin gran trabajo, pero me decepcionó no alcanzar otros resultados que su especial constitución me había hecho prever. Su voluntad no quedaba nunca bajo mi entero dominio, y, por lo que respecta a la *clarividencia*, no se podía confiar en nada de lo que había conseguido con él. Atribuía yo aquellos fracasos al mal estado de salud de mi amigo. Unos meses antes de trabar relación con él, los médicos le habían declarado tuberculoso. El señor Valdemar acostumbraba referirse con toda calma a su próximo fin, como algo que no cabe ni evitar ni lamentar.

Cuando las ideas a que he aludido se me ocurrieron por primera vez, lo más natural fue que acudiese a Valdemar. Demasiado bien conocía la serena filosofía de mi amigo para temer algún escrúpulo de su parte; por lo demás, no tenía parientes en América que pudieran intervenir para oponerse. Le hablé francamente del asunto y, para mi sorpresa, noté que se interesaba vivamente. Digo para mi sorpresa, pues si bien hasta entonces se había prestado libremente a mis experimentos, jamás demostró el menor interés por lo que yo hacía. Su enfermedad era de las que permiten un cálculo preciso sobre el momento en que sobrevendrá la muerte. Convinimos, pues, en que me mandaría llamar veinticuatro horas antes del momento fijado por sus médicos para su fallecimiento.

Hace más de siete meses que recibí la siguiente nota, de puño y letra de Valdemar:

Estimado P...:
Ya puede usted venir. D... y F... coinciden en que no pasaré de mañana a medianoche, y me parece que han calculado el tiempo con mucha exactitud.

Valdemar

Recibí el billete media hora después de escrito, y quince minutos más tarde estaba en el dormitorio del moribundo. No le había visto en los últimos diez días y me aterró la espantosa alteración que se había producido en tan breve intervalo. Su rostro tenía un color plomizo, no había el menor brillo en los ojos y, tan terrible era su delgadez, que la piel se había abierto en los pómulos. Expectoraba continuamente y el pulso era casi imperceptible. Conservaba no obstante una notable claridad mental, y cierta fuerza. Me habló con toda claridad, tomó algunos calmantes sin ayuda ajena y, en el momento de entrar en su habitación, le encontré escribiendo unas notas en una libreta. Se mantenía sentado en el lecho con ayuda de varias almohadas, y estaban a su lado los doctores D... y F...

Luego de estrechar la mano de Valdemar, llevé aparte a los médicos y les pedí que me explicaran detalladamente el estado del enfermo. Desde hacía dieciocho meses, el pulmón izquierdo se hallaba en un estado semióseo o cartilaginoso, y, como es natural, no funcionaba en absoluto. En su porción superior el pulmón derecho aparecía parcialmente osificado, mientras la inferior era tan sólo una masa de tubérculos purulentos que se confundían unos con otros. Existían varias dilatadas perforaciones y en un punto se había producido una adherencia permanente a las costillas. Todos estos fenómenos del lóbulo derecho eran de fecha reciente; la osificación se había operado con insólita rapidez, ya que un mes antes no existían señales de la misma y la adherencia sólo había sido comprobable en los últimos tres días. Aparte de la tuberculosis los médicos sospechaban un aneurisma de la aorta, pero los síntomas de osificación volvían sumamente difícil un diagnóstico. Ambos facultativos opinaban que Valdemar moriría hacia la medianoche del día siguiente (un domingo). Eran ahora las siete de la tarde del sábado.

Al abandonar la cabecera del moribundo para conversar conmigo, los doctores D... y F... se habían despedido definitivamente de él. No era su intención volver a verle, pero, a mi pedido, convinieron en examinar al paciente a las diez de la noche del día siguiente.

Una vez que se fueron, hablé francamente con Valdemar sobre su próximo fin, y me referí en detalle al experimento que le había propuesto. Nuevamente se mostró dispuesto, e incluso ansioso por llevarlo a cabo, y me pidió que comenzara de inmediato. Dos enfermeros, un hombre y una mujer, atendían al paciente, pero no me sentí autorizado a llevar a cabo una intervención de tal naturaleza frente a testigos de tan poca responsabilidad en caso de algún accidente repentino. Aplacé, por tanto, el experimento hasta las ocho de la noche del día siguiente, cuando la llegada de un estudiante de medicina de mi conocimiento (el señor Theodore L...l) me libró de toda preocupación. Mi intención inicial había sido la de esperar a los médicos, pero me vi obligado a proceder, primeramente por los urgentes pedidos de Valdemar y luego por mi propia convicción de que no había un minuto que perder, ya que con toda evidencia el fin se acercaba rápidamente.

El señor L...l tuvo la amabilidad de acceder a mi pedido, así como de tomar nota de todo lo que ocurriera. Lo que voy a relatar ahora procede de sus apuntes, ya sea en forma condensada o *verbatim.*

Faltaban cinco minutos para las ocho cuando, después de tomar la mano de Valdemar, le pedí que manifestara con toda la claridad posible, en presencia de L...l, que estaba dispuesto a que yo le hipnotizara en el estado en que se encontraba.

Débil, pero distintamente, el enfermo respondió: «Sí, quiero ser hipnotizado», agregando de inmediato: «Me temo que sea demasiado tarde.»

Mientras así decía, empecé a efectuar los pases que en las ocasiones anteriores habían sido más efectivos con él. Sentía indudablemente la influencia del primer movimiento lateral de mi mano por su frente, pero, aunque empleé todos mis poderes, me fue imposible lograr otros efectos hasta algunos minutos después de las diez, cuando llegaron los doctores D... y F..., tal como lo habían prometido. En pocas palabras les expliqué cuál era mi intención, y, como no opusieron inconveniente, considerando que el enfermo se hallaba ya en agonía, continué sin vacilar, cambiando, sin embargo, los pases laterales por otros verticales y concentrando mi mirada en el ojo derecho del sujeto.

A esta altura su pulso era imperceptible y respiraba entre estertores, a intervalos de medio minuto.

Esta situación se mantuvo sin variantes durante un cuarto de hora. Al expirar este período, sin embargo, un suspiro perfectamente natural, aunque muy profundo, escapó del pecho del moribundo, mientras cesaba la respiración estertorosa o, mejor dicho, dejaban de percibirse los estertores; en cuanto a los intervalos de la respiración, siguieron siendo los mismos. Las extremidades del paciente estaban heladas.

A las once menos cinco, advertí inequívocas señales de influencia hipnótica. La vidriosa mirada de los ojos fue reemplazada por esa expresión de intranquilo examen *interior* que jamás se ve sino en casos de hipnotismo, y sobre la cual no cabe engañarse. Mediante unos rápidos pases laterales hice palpitar los párpados, como al acercarse el sueño, y con unos pocos más los cerré por completo. No bastaba esto para satisfacerme, sin embargo, sino que continué vigorosamente mis manipulaciones, poniendo en ellas toda mi voluntad, hasta que hube logrado la completa rigidez de los miembros del durmiente, a quien previamente había colocado en la posición que me pareció más cómoda. Las piernas estaban completamente estiradas; los brazos reposaban en el lecho, a corta distancia de los flancos. La cabeza había sido ligeramente levantada.

Al dar esto por terminado era ya medianoche y pedí a los presentes que examinaran el estado de Valdemar. Luego de unas pocas verificaciones, admitieron que se encontraba en un estado insólitamente perfecto de trance hipnótico. La curiosidad de ambos médicos se había despertado en sumo grado. El doctor D... decidió pasar toda la noche a la cabecera del paciente, mientras el doctor F... se marchaba, con promesa de volver por la mañana temprano. L...l y los enfermeros se quedaron.

Dejamos a Valdemar en completa tranquilidad hasta las tres de la madrugada, hora en que me acerqué y vi que seguía en el mismo estado que al marcharse el doctor F...; vale decir, yacía en la misma posición y su pulso era imperceptible. Respiraba sin esfuerzo, aunque casi no se advertía su aliento, salvo que se aplicara un espejo a los labios. Los ojos estaban cerrados con naturalidad y las piernas tan rígidas y frías como si fueran de mármol. No obstante ello, la apariencia general distaba mucho de la de la muerte.

Al acercarme intenté un ligero esfuerzo para influir sobre el brazo derecho, a fin de que siguiera los movimientos del mío, que movía suavemente sobre su cuerpo. En esta clase de experimento jamás había logrado buen resultado con Valdemar, pero ahora, para mi estupefacción, vi que su brazo, débil pero seguro, seguía todas las direcciones que le señalaba el mío. Me decidí entonces a intentar un breve diálogo.

–Valdemar..., ¿duerme usted? –pregunté.

No me contestó, pero noté que le temblaban los labios, por lo cual repetí varias veces la pregunta. A la tercera vez, todo su cuerpo se agitó con un ligero temblor; los párpados se levantaron lo bastante para mostrar una línea del blanco del ojo; moviéronse lentamente los labios, mientras en un susurro apenas audible brotaban de ellos estas palabras:

–Sí... ahora duermo. ¡No me despierte! ¡Déjeme morir así!

Palpé los miembros, encontrándolos tan rígidos como antes. Volví a interrogar al hipnotizado:

–¿Sigue sintiendo dolor en el pecho, Valdemar?

La respuesta tardó un momento y fue aún menos audible que la anterior:

–No sufro... Me estoy muriendo.

No me pareció aconsejable molestarle más por el momento, y no volví a hablarle hasta la llegada del doctor F..., que arribó poco antes de la salida del sol y se quedó absolutamente estupefacto al encontrar que el paciente se hallaba todavía vivo. Luego de tomarle el pulso y acercar un espejo a sus labios, me pidió que le hablara otra vez, a lo cual accedí.

–Valdemar –dije–. ¿Sigue usted durmiendo?

Como la primera vez, pasaron unos minutos antes de lograr respuesta, y durante el intervalo el moribundo dio la impresión de estar juntando fuerzas para hablar. A la cuarta repetición de la pregunta, y con voz que la debilidad volvía casi inaudible, murmuró:

–Sí... Dormido... Muriéndome.

La opinión o, mejor, el deseo de los médicos era que no se arrancase a Valdemar de su actual estado de aparente tranquilidad hasta que la muerte sobreviniera, cosa que, según consenso general, sólo podía tardar algunos minutos. Decidí, sin embargo, hablarle una vez más, limitándome a repetir mi pregunta anterior.

Mientras lo hacía, un notable cambio se produjo en las facciones del hipnotizado. Los ojos se abrieron lentamente, aunque las pupilas habían girado hacia arriba; la piel adquirió una tonalidad cadavérica, más semejante al papel blanco que al pergamino, y los círculos hécticos, que hasta ese momento se destacaban fuertemente en el centro de cada mejilla, se apagaron bruscamente. Empleo estas palabras porque lo instantáneo de su desaparición trajo a mi memoria la imagen de una bujía que se apaga de un soplo. Al mismo tiempo el labio superior se replegó, dejando al descubierto los dientes que antes cubría completamente, mientras la mandíbula inferior caía con un sacudimiento que todos oímos, dejando la boca abierta de par en par y revelando una lengua hinchada y ennegrecida. Supongo que todos los presentes estaban acostumbrados a los horrores de un lecho de muerte, pero la apariencia de Valdemar era tan espantosa en aquel instante, que se produjo un movimiento general de retroceso.

Comprendo que he llegado ahora a un punto de mi relato en el que el lector se sentirá movido a una absoluta incredulidad. Me veo, sin embargo, obligado a continuarlo.

El más imperceptible signo de vitalidad había cesado en Valdemar; seguros de que estaba muerto lo confiábamos ya a los enfermeros, cuando nos fue dado observar un fuerte movimiento vibratorio de la lengua. La vibración se mantuvo aproximadamente durante un minuto. Al cesar, de aquellas abiertas e inmóviles mandíbulas brotó una voz que sería insensato pretender describir. Es verdad que existen dos o tres epítetos que cabría aplicarle parcialmente: puedo decir, por ejemplo, que su sonido era áspero y quebrado, así como hueco. Pero el todo es indescriptible, por la sencilla razón de que jamás un oído humano ha percibido resonancias semejantes. Dos características, sin embargo –según lo pensé en el momento y lo sigo pensando–, pueden ser señaladas como propias de aquel sonido y dar alguna idea de su calidad extraterrena. En primer término, la voz parecía llegar a nuestros oídos (por lo menos a los míos) desde larga distancia, o desde una caverna en la profundidad de la tierra. Segundo, me produjo la misma sensación (temo que me resultará imposible hacerme entender) que las materias gelatinosas y viscosas producen en el sentido del tacto.

He hablado al mismo tiempo de «sonido» y de «voz». Quiero decir que el sonido consistía en un silabeo clarísimo, de una claridad incluso asombrosa y aterradora. El señor Valdemar *hablaba, y* era evidente que estaba contestando a la interrogación formulada por mí unos minutos antes. Como se recordará, le había preguntado si seguía durmiendo. Y ahora escuché:

–Sí... No... *Estuve* durmiendo... y ahora... ahora... *estoy muerto.*

Ninguno de los presentes pretendió siquiera negar ni reprimir el inexpresable, estremecedor espanto que aquellas pocas palabras, así pronunciadas, tenían que producir. L...l, el estudiante, cayó desvanecido. Los enfermeros escaparon del aposento y fue imposible convencerlos de que volvieran. Por mi parte, no trataré de comunicar mis propias impresiones al lector. Durante una hora, silenciosos, sin pronunciar una palabra, nos esforzamos por reanimar a L...l. Cuando volvió en sí, pudimos dedicarnos a examinar el estado de Valdemar.

Seguía, en todo sentido, como lo he descrito antes, salvo que el espejo no proporcionaba ya pruebas de su respiración. Fue inútil que tratáramos de sangrarlo en el brazo. Debo agregar que éste no obedecía ya a mi voluntad. En vano me esforcé por hacerle seguir la dirección de mi mano. La única señal de la influencia hipnótica la constituía ahora el movimiento vibratorio de la lengua cada vez que volvía a hacer una pregunta a Valdemar. Se diría que trataba de contestar, pero que carecía ya de voluntad suficiente. Permanecía insensible a toda pregunta que le formulara cualquiera que no fuese yo, aunque me esforcé por poner a cada uno de los presentes en relación hipnótica con el paciente. Creo que con esto he señalado todo lo necesario para que se comprenda cuál era la condición del hipnotizado en ese momento. Se llamó a nuevos enfermeros, y a las diez de la mañana abandoné la morada en compañía de ambos médicos y de L...l.

Volvimos por la tarde a ver al paciente. Su estado seguía siendo el mismo. Discutimos un rato sobre la conveniencia y posibilidad de despertarlo, pero poco nos costó llegar a la conclusión de que nada bueno se conseguiría con eso. Resultaba evidente que hasta ahora, la muerte (o eso que de costumbre se denomina muerte) había sido detenida por el proceso hipnótico. Parecía claro que, si despertábamos a Valdemar, lo único que lograríamos seria su inmediato o, por lo menos, su rápido fallecimiento.

Desde este momento hasta fines de la semana pasada –vale decir, *casi siete meses*– continuamos acudiendo diariamente a casa de Valdemar, acompañados una y otra vez por médicos y otros amigos. Durante todo este tiempo el hipnotizado se mantuvo *exactamente* como lo he descrito. Los enfermeros le atendían continuamente.

Por fin, el viernes pasado resolvimos hacer el experimento de despertarlo, o tratar de despertarlo: probablemente el lamentable resultado del mismo es el que ha dado lugar a tanta discusión en los círculos privados y a una opinión pública que no puedo dejar de considerar como injustificada.

A efectos de librar del trance hipnótico al paciente, acudí a los pases habituales. De entrada resultaron infructuosos. La primera indicación de un retorno a la vida lo proporcionó el descenso parcial del iris. Como detalle notable se observó que este descenso de la pupila iba acompañado de un abundante flujo de icor amarillento, procedente de debajo de los párpados, que despedía un olor penetrante y fétido.

Alguien me sugirió que tratara de influir sobre el brazo del paciente, como al comienzo. Lo intenté, sin resultado. Entonces el doctor F... expresó su deseo de que interrogara al paciente. Así lo hice, con las siguientes palabras:

–Señor Valdemar... ¿puede explicarnos lo que siente y lo que desea?

Instantáneamente reaparecieron los círculos hécticos en las mejillas; la lengua tembló, o, mejor dicho, rodó violentamente en la boca (aunque las mandíbulas y los labios siguieron rígidos como antes), y entonces resonó aquella horrenda voz que he tratado ya de describir:

–¡Por amor de Dios... pronto... pronto... hágame dormir... o despiérteme... pronto... despiérteme! *¡Le digo que estoy muerto!*

Perdí por completo la serenidad y, durante un momento, me quedé sin saber qué hacer. Por fin, intenté calmar otra vez al paciente, pero al fracasar, debido a la total suspensión de la voluntad, cambié el procedimiento y luché con todas mis fuerzas para despertarlo. Pronto me di cuenta de que lo lograría, o, por lo menos, así me lo imaginé; y estoy seguro de que todos los asistentes se hallaban preparados para ver despertar al paciente.

Pero lo que realmente ocurrió fue algo para lo cual ningún ser humano podía estar preparado.

Mientras ejecutaba rápidamente los pases hipnóticos, entre los clamores de: «¡Muerto! ¡Muerto!», que literalmente *explotaban* desde la lengua y no desde los labios del sufriente, bruscamente todo su cuerpo, en el espacio de un minuto, o aún menos, se encogió, se deshizo... se *pudrió* entre mis manos. Sobre el lecho, ante todos los presentes, no quedó más que una masa casi líquida de repugnante, de abominable putrefacción.

El retrato oval

El castillo al cual mi criado se había atrevido a entrar por la fuerza antes de permitir que, gravemente herido como estaba, pasara yo la noche al aire libre, era una de esas construcciones en las que se mezclan la lobreguez y la grandeza, y que durante largo tiempo se han alzado cejijuntas en los Apeninos, tan ciertas en la realidad como en la imaginación de Mrs. Radcliffe. Según toda apariencia, el castillo había sido recién abandonado, aunque temporariamente. Nos instalamos en uno de los aposentos más pequeños y menos suntuosos. Hallábase en una apartada torre del edificio; sus decoraciones eran ricas, pero ajadas y viejas. Colgaban tapices de las paredes, que engalanaban cantidad y variedad de trofeos heráldicos, así como un número insólitamente grande de vivaces pinturas modernas en marcos con arabescos de oro. Aquellas pinturas, no solamente emplazadas a lo largo de las paredes sino en diversos nichos que la extraña arquitectura del castillo exigía, despertaron profundamente mi interés, quizá a causa de mi incipiente delirio; ordené, por tanto, a Pedro que cerrara las pesadas persianas del aposento –pues era ya de noche–, que encendiera las bujías de un alto candelabro situado a la cabecera de mi lecho y descorriera de par en par las orladas cortinas de terciopelo negro que envolvían la cama. Al hacerlo así deseaba entregarme, si no al sueño, por lo menos a la alternada contemplación de las pinturas y al examen de un pequeño volumen que habíamos encontrado sobre la almohada y que contenía la descripción y la crítica de aquéllas.

Mucho, mucho leí... e intensa, intensamente miré. Rápidas y brillantes volaron las horas, hasta llegar la profunda medianoche. La posición del candelabro me molestaba, pero, para no incomodar a mi amodorrado sirviente, alargué con dificultad la mano y lo coloqué de manera que su luz cayera directamente sobre el libro.

El cambio, empero, produjo un efecto por completo inesperado. Los rayos de las numerosas bujías (pues eran muchas) cayeron en un nicho del aposento que una de las columnas del lecho había mantenido hasta ese momento en la más profunda sombra. Pude ver así, vívidamente, una pintura que me había pasado inadvertida. Era el retrato de una joven que empezaba ya a ser mujer. Miré presurosamente su retrato, y cerré los ojos. Al principio no alcancé a comprender por qué lo había hecho. Pero mientras mis párpados continuaban cerrados, cruzó por mi mente la razón de mi conducta. Era un movimiento impulsivo a fin de ganar tiempo para pensar, para asegurarme de que mi visión no me había engañado, para calmar y someter mi fantasía antes de otra contemplación más serena y más segura. Instantes después volví a mirar fijamente la pintura.

Ya no podía ni quería dudar de que estaba viendo bien, puesto que el primer destello de las bujías sobre aquella tela había disipado la soñolienta modorra que pesaba sobre mis sentidos, devolviéndome al punto a la vigilia.

Como ya he dicho, el retrato representaba a una mujer joven. Sólo abarcaba la cabeza y los hombros, pintados de la manera que técnicamente se denomina *vignette,* y que se parece mucho al estilo de las cabezas favoritas de Sully. Los brazos, el seno y hasta los extremos del radiante cabello se mezclaban imperceptiblemente en la vaga pero profunda sombra que formaba el fondo del retrato. El marco era oval, ricamente dorado y afiligranado en estilo morisco. Como objeto de arte, nada podía ser más admirable que aquella pintura. Pero lo que me había emocionado de manera tan súbita y vehemente no era la ejecución de la obra, ni la inmortal belleza del retrato. Menos aún cabía pensar que mi fantasía, arrancada de su semisueño, hubiera confundido aquella cabeza con la de una persona viviente. Inmediatamente vi que las peculiaridades del diseño, de la *vignette* y del marco tenían que haber repelido semejante idea, impidiendo incluso que persistiera un solo instante. Pensando intensamente en todo eso, quedéme tal vez una hora, a medias sentado, a medias reclinado, con los ojos fijos en el retrato. Por fin, satisfecho del verdadero secreto de su efecto, me dejé caer hacia atrás en el lecho. Había descubierto que el hechizo del cuadro residía en una absoluta *posibilidad de vida* en su expresión que, sobresaltándome al comienzo, terminó por confundirme, someterme y aterrarme. Con profundo y reverendo respeto, volví a colocar el candelabro en su posición anterior. Alejada así de mi vista la causa de mi honda agitación, busqué vivamente el volumen que se ocupaba de las pinturas y su historia. Abriéndolo en el número que designaba al retrato oval, leí en él las vagas y extrañas palabras que siguen:

«Era una virgen de singular hermosura, y tan encantadora como alegre. Aciaga la hora en que vio y amó y desposó al pintor. Él, apasionado, estudioso, austero, tenía ya una prometida en el Arte; ella, una virgen de sin igual hermosura y tan encantadora como alegre, toda luz y sonrisas, y traviesa como un cervatillo; amándolo y mimándolo, y odiando tan sólo al Arte, que era su rival; temiendo tan sólo la paleta, los pinceles y los restantes enojosos instrumentos que la privaban de la contemplación de su amante. Así, para la dama, cosa terrible fue oír hablar al pintor de su deseo de retratarla. Pero era humilde y obediente, y durante muchas semanas posó dócilmente en el oscuro y elevado aposento de la torre, donde sólo desde lo alto caía la luz sobre la pálida tela. Mas él, el pintor, gloriábase de su trabajo, que avanzaba hora a hora y día a día. Y era un hombre apasionado, violento y taciturno, que se perdía en sus ensueños; tanto, que *no quería* ver cómo esa luz que entraba lívida, en la torre solitaria, marchitaba la salud y la vivacidad de su esposa, que se consumía a la vista de todos, salvo de la suya. Mas ella seguía sonriendo, sin exhalar queja alguna, pues veía que el pintor, cuya nombradía era alta, trabajaba con un placer fervoroso y ardiente, bregando noche y día para pintar a aquella que tanto le amaba y que, sin embargo, seguía cada vez más desanimada y débil. Y, en verdad, algunos que contemplaban el retrato hablaban en voz baja de su parecido como de una asombrosa maravilla, y una prueba tanto de la excelencia del artista como de su profundo amor por aquella a quien representaba de manera tan insuperable. Pero, a la larga, a medida que el trabajo se acercaba a su conclusión, nadie fue admitido ya en la torre, pues el pintor habíase exaltado en el ardor de su trabajo y apenas si apartaba los ojos de la tela, incluso para mirar el rostro de su esposa. Y *no quería* ver que los tintes que esparcía en la tela eran extraídos de las mejillas de aquella mujer sentada a su lado. Y cuando pasaron muchas semanas y poco quedaba por hacer, salvo una pincelada en la boca y un matiz en los ojos, el espíritu de la dama osciló, vacilante como la llama en el tubo de la lámpara. Y entonces la pincelada fue puesta y aplicado el matiz, y durante un momento el pintor quedó en trance frente a la obra cumplida. Pero, cuando estaba mirándola, púsose pálido y tembló mientras gritaba: "¡Ciertamente, ésta es la *Vida* misma!", y volvióse de improviso para mirar a su amada... *¡Estaba muerta!*»

El corazón delator

¡Es cierto! Siempre he sido nervioso, muy nervioso, terriblemente nervioso. ¿Pero por qué afirman ustedes que estoy loco? La enfermedad había agudizado mis sentidos, en vez de destruirlos o embotarlos. Y mi oído era el más agudo de todos. Oía todo lo que puede oírse en la tierra y en el cielo. Muchas cosas oí en el infierno. ¿Cómo puedo estar loco, entonces? Escuchen... y observen con cuánta cordura, con cuánta tranquilidad les cuento mi historia.

Me es imposible decir cómo aquella idea me entró en la cabeza por primera vez; pero, una vez concebida, me acosó noche y día. Yo no perseguía ningún propósito. Ni tampoco estaba colérico. Quería mucho al viejo. Jamás me había hecho nada malo. Jamás me insultó. Su dinero no me interesaba. Me parece que fue su ojo. ¡Sí, eso fue! Tenía un ojo semejante al de un buitre... Un ojo celeste, y velado por una tela. Cada vez que lo clavaba en mí se me helaba la sangre. Y así, poco a poco, muy gradualmente, me fui decidiendo a matar al viejo y librarme de aquel ojo para siempre.

Presten atención ahora. Ustedes me toman por loco. Pero los locos no saben nada. En cambio... ¡si hubieran podido verme! ¡Si hubieran podido ver con qué habilidad procedí!

¡Con qué cuidado... con qué previsión... con qué disimulo me puse a la obra! Jamás fui más amable con el viejo que la semana antes de matarlo. Todas las noches, hacia las doce, hacía yo girar el picaporte de su puerta y la abría... ¡oh, tan suavemente! Y entonces, cuando la abertura era lo bastante grande para pasar la cabeza, levantaba una linterna sorda, cerrada, completamente cerrada, de manera que no se viera ninguna luz y tras ella pasaba la cabeza. ¡Oh, ustedes se hubieran reído al ver cuán astutamente pasaba la cabeza! La movía lentamente... muy, muy lentamente, a fin de no perturbar el sueño del viejo. Me llevaba una hora entera introducir completamente la cabeza por la abertura de la puerta, hasta verlo tendido en su cama. ¿Eh? ¿Es que un loco hubiera sido tan prudente como yo? Y entonces, cuando tenía la cabeza completamente dentro del cuarto, abría la linterna cautelosamente... ¡oh, tan cautelosamente! Sí, cautelosamente iba abriendo la linterna (pues crujían las bisagras), la iba abriendo lo suficiente para que un solo rayo de luz cayera sobre el ojo de buitre. Y esto lo hice durante siete largas noches... cada noche, a las doce... pero siempre encontré el ojo cerrado, y por eso me era imposible cumplir mi obra, porque no era el viejo quien me irritaba, sino el mal de ojo. Y por la mañana, apenas iniciado el día, entraba sin miedo en su habitación y le hablaba resueltamente, llamándole por su nombre con voz cordial y preguntándole cómo había pasado la noche. Ya ven ustedes que tendría que haber sido un viejo muy astuto para sospechar que todas las noches, justamente a las doce, iba yo a mirarle mientras dormía.

Al llegar la octava noche, procedí con mayor cautela que de costumbre al abrir la puerta. El minutero de un reloj se mueve con más rapidez de lo que se movía mi mano. Jamás, antes de aquella noche, había *sentido* el alcance de mis facultades, de mi sagacidad. Apenas lograba contener mi impresión de triunfo. ¡Pensar que estaba ahí, abriendo poco a poco la puerta, y que él ni siquiera soñaba con mis secretas intenciones o pensamientos! Me reí entre dientes ante esta idea, y quizá me oyó, porque le sentí moverse repentinamente en la cama, como si se sobresaltara. Ustedes pensarán que me eché hacia atrás... pero no. Su cuarto estaba tan negro como la pez, ya que el viejo cerraba completamente las persianas por miedo a los ladrones; yo sabía que le era imposible distinguir la abertura de la puerta, y seguí empujando suavemente, suavemente.

Había ya pasado la cabeza y me disponía a abrir la linterna, cuando mi pulgar resbaló en el cierre metálico y el viejo se enderezó en el lecho, gritando:

–¿Quién está ahí?

Permanecí inmóvil, sin decir palabra. Durante una hora entera no moví un solo músculo, y en todo ese tiempo no oí que volviera a tenderse en la cama. Seguía sentado, escuchando... tal como yo lo había hecho, noche tras noche, mientras escuchaba en la pared los taladros cuyo sonido anuncia la muerte.

Oí de pronto un leve quejido, y supe que era el quejido que nace del terror. No expresaba dolor o pena... ¡oh, no! Era el ahogado sonido que brota del fondo del alma cuando el espanto la sobrecoge. Bien conocía yo ese sonido. Muchas noches, justamente a las doce, cuando el mundo entero dormía, surgió de mi pecho, ahondando con su espantoso eco los terrores que me enloquecían. Repito que lo conocía bien. Comprendí lo que estaba sintiendo el viejo y le tuve lástima, aunque me reía en el fondo de mi corazón. Comprendí que había estado despierto desde el primer leve ruido, cuando se movió en la cama. Había tratado de decirse que aquel ruido no era nada, pero sin conseguirlo. Pensaba: «No es más que el viento en la chimenea... o un grillo que chirrió una sola vez.» Sí, había tratado de darse ánimo con esas suposiciones, pero todo era en vano. *Todo era en vano,* porque la Muerte se había aproximado a él, deslizándose furtiva y envolvía a su víctima. Y la fúnebre influencia de aquella sombra imperceptible era la que le movía a sentir –aunque no podía verla ni oírla–, a *sentir* la presencia de mi cabeza dentro de la habitación.

Después de haber esperado largo tiempo, con toda paciencia, sin oír que volviera a acostarse, resolví abrir una pequeña, una pequeñísima ranura en la linterna. Así lo hice –no pueden imaginarse ustedes con qué cuidado, con qué inmenso cuidado–, hasta que un fino rayo de luz, semejante al hilo de la araña, brotó de la ranura y cayó de lleno sobre el ojo de buitre.

Estaba abierto, abierto de par en par... y yo empecé a enfurecerme mientras le miraba. Le vi con toda claridad, de un azul apagado y con aquella horrible tela que me helaba hasta el tuétano. Pero no podía ver nada de la cara o del cuerpo del viejo, pues, como movido por un instinto, había orientado el haz de luz exactamente hacia el punto maldito.

¿No les he dicho ya que lo que toman erradamente por locura es sólo una excesiva agudeza de los sentidos? En aquel momento llegó a mis oídos un resonar apagado y presuroso, como el que podría hacer un reloj envuelto en algodón. Aquel sonido *también* me era familiar. Era el latir del corazón del viejo. Aumentó aún más mi furia, tal como el redoblar de un tambor estimula el coraje de un soldado.

Pero, incluso entonces, me contuve y seguí callado. Apenas sí respiraba. Sostenía la linterna de modo que no se moviera, tratando de mantener con toda la firmeza posible el haz de luz sobre el ojo. Entretanto, el infernal latir del corazón iba en aumento. Se hacía cada vez más rápido, cada vez más fuerte, momento a momento. El espanto del viejo tenía que ser terrible. ¡Cada vez más fuerte, más fuerte! ¿Me siguen ustedes con atención? Les he dicho que soy nervioso. Sí, lo soy. Y ahora, a medianoche, en el terrible silencio de aquella antigua casa, un resonar tan extraño como aquél me llenó de un horror incontrolable. Sin embargo, me contuve todavía algunos minutos y permanecí inmóvil. ¡Pero el latido crecía cada vez más fuerte, más fuerte! Me pareció que aquel corazón iba a estallar. Y una nueva ansiedad se apoderó de mí... ¡Algún vecino podía escuchar aquel sonido! ¡La hora del viejo había sonado! Lanzando un alarido, abrí del todo la linterna y me precipité en la habitación. El viejo clamó una vez... nada más que una vez. Me bastó un segundo para arrojarle al suelo y echarle encima el pesado colchón. Sonreí alegremente al ver lo fácil que me había resultado todo. Pero, durante varios minutos, el corazón siguió latiendo con un sonido ahogado. Claro que no me preocupaba, pues nadie podría escucharlo a través de las paredes. Cesó, por fin, de latir. El viejo había muerto. Levanté el colchón y examiné el cadáver. Sí, estaba muerto, completamente muerto. Apoyé la mano sobre el corazón y la mantuve así largo tiempo. No se sentía el menor latido. El viejo estaba bien muerto. Su ojo no volvería a molestarme.

Si ustedes continúan tomándome por loco dejarán de hacerlo cuando les describa las astutas precauciones que adopté para esconder el cadáver. La noche avanzaba, mientras yo cumplía mi trabajo con rapidez, pero en silencio. Ante todo descuarticé el cadáver. Le corté la cabeza, brazos y piernas.

Levanté luego tres planchas del piso de la habitación y escondí los restos en el hueco. Volví a colocar los tablones con tanta habilidad que ningún ojo humano –ni siquiera el suyo– hubiera podido advertir la menor diferencia. No había nada que lavar... ninguna mancha... ningún rastro de sangre. Yo era demasiado precavido para eso. Una cuba había recogido todo... ¡ja, ja!

Cuando hube terminado mi tarea eran las cuatro de la madrugada, pero seguía tan oscuro como a medianoche. En momentos en que se oían las campanadas de la hora, golpearon a la puerta de la calle. Acudí a abrir con toda tranquilidad, pues ¿qué podía temer *ahora?*

Hallé a tres caballeros, que se presentaron muy civilmente como oficiales de policía. Durante la noche, un vecino había escuchado un alarido, por lo cual se sospechaba la posibilidad de algún atentado. Al recibir este informe en el puesto de policía, habían comisionado a los tres agentes para que registraran el lugar.

Sonreí, pues... *¿qué* tenía que temer? Di la bienvenida a los oficiales y les expliqué que yo había lanzado aquel grito durante una pesadilla. Les hice saber que el viejo se había ausentado a la campaña. Llevé a los visitantes a recorrer la casa y los invité a que revisaran, a que revisaran *bien*. Finalmente, acabé conduciéndolos a la habitación del muerto. Les mostré sus caudales intactos y cómo cada cosa se hallaba en su lugar. En el entusiasmo de mis confidencias traje sillas a la habitación y pedí a a los tres caballeros que descansaran *allí* de su fatiga, mientras yo mismo, con la audacia de mi perfecto triunfo, colocaba mi silla en el exacto punto bajo el cual reposaba el cadáver de mi víctima.

Los oficiales se sentían satisfechos. Mis modales los habían convencido. Por mi parte, me hallaba perfectamente cómodo. Sentáronse y hablaron de cosas comunes, mientras yo les contestaba con animación. Mas, al cabo de un rato, empecé a notar que me ponía pálido y deseé que se marcharan. Me dolía la cabeza y creía percibir un zumbido en los oídos; pero los policías continuaban sentados y charlando. El zumbido se hizo más intenso; seguía resonando y era cada vez más intenso. Hablé en voz muy alta para librarme de esa sensación, pero continuaba lo mismo y se iba haciendo cada vez más clara... hasta que, al fin, me di cuenta de que aquel sonido no se producía *dentro* de mis oídos.

Sin duda, debí de ponerme muy pálido, pero seguí hablando con creciente soltura y levantando mucho la voz. Empero, el sonido aumentaba... ¿y qué podía yo? Era *un resonar apagado y presuroso..., un sonido como el que podría hacer un reloj envuelto en algodón.* Yo jadeaba, tratando de recobrar el aliento, y, sin embargo, los policías no habían oído nada. Hablé con mayor rapidez, con vehemencia, pero el sonido crecía continuamente. Me puse en pie y discutí sobre insignificancias en voz muy alta y con violentas gesticulaciones; pero el sonido crecía continuamente. ¿Por qué *no se iban?* Anduve de un lado a otro, a grandes pasos, como si las observaciones de aquellos hombres me enfurecieran; pero el sonido crecía continuamente. ¡Oh, Dios! ¿Qué podía *hacer* yo? Lancé espumarajos de rabia... maldije... juré... Balanceando la silla sobre la cual me había sentado, raspé con ella las tablas del piso, pero el sonido sobrepujaba todos los otros y crecía sin cesar. ¡Más alto... más alto... *más alto!* Y entretanto los hombres seguían charlando plácidamente y sonriendo. ¿Era posible que no oyeran? ¡Santo Dios! ¡No, no! ¡Claro que oían y que sospechaban! *¡Sabían...* y se estaban burlando de mi horror! ¡Sí, así lo pensé y así lo pienso hoy! ¡Pero cualquier cosa era preferible a aquella agonía! ¡Cualquier cosa sería más tolerable que aquel escarnio! ¡No podía soportar más tiempo sus sonrisas hipócritas! ¡Sentí que tenía que gritar o morir, y entonces... otra vez... escuchen... más fuerte... más fuerte. . . más fuerte. . . *más fuerte!*

–¡Basta ya de fingir, malvados! –aullé–. ¡Confieso que lo maté! ¡Levanten esos tablones! ¡Ahí... ahí! ¡Donde está latiendo su horrible corazón!

Un descenso al Maelström

> Los caminos de Dios en la naturaleza y en la providencia no son como *nuestros* caminos; y nuestras obras no pueden compararse en modo alguno con la vastedad, la profundidad y la inescrutabilidad de Sus obras, *que contienen en sí mismas una profundidad mayor que la del pozo de Demócrito.*
>
> (JOSEPH GLANVILL)

Habíamos alcanzado la cumbre del despeñadero más elevado. Durante algunos minutos, el anciano pareció demasiado fatigado para hablar.

–Hasta no hace mucho tiempo –dijo, por fin– podría haberlo guiado en este ascenso tan bien como el más joven de mis hijos. Pero, hace unos tres años, me ocurrió algo que jamás le ha ocurrido a otro mortal... o, por lo menos, a alguien que haya alcanzado a sobrevivir para contarlo; y las seis horas de terror mortal que soporté me han destrozado el cuerpo y el alma. Usted ha de creerme muy viejo, pero no lo soy. Bastó algo menos de un día para que estos cabellos, negros como el azabache, se volvieran blancos; debilitáronse mis miembros, y tan frágiles quedaron mis nervios, que tiemblo al menor esfuerzo y me asusto de una sombra. ¿Creerá usted que apenas puedo mirar desde este pequeño acantilado sin sentir vértigo?

El «pequeño acantilado», a cuyo borde se había tendido a descansar con tanta negligencia que la parte más pesada de su cuerpo sobresalía del mismo, mientras se cuidaba de una caída apoyando el codo en la resbalosa arista del borde; el «pequeño acantilado», digo, alzábase formando un precipicio de negra roca reluciente, de mil quinientos o mil seiscientos pies, sobre la multitud de despeñaderos situados más abajo. Nada hubiera podido inducirme a tomar posición a menos de seis yardas de aquel borde. A decir verdad, tanto me impresionó la peligrosa postura de mi compañero que caí en tierra cuan largo era, me aferré a los arbustos que me rodeaban y no me atreví siquiera a mirar hacia el cielo, mientras luchaba por rechazar la idea de que la furia de los vientos amenazaba sacudir los cimientos de aquella montaña. Pasó largo rato antes de que pudiera reunir coraje suficiente para sentarme y mirar a la distancia.

–Debe usted curarse de esas fantasías –dijo el guía–, ya que lo he traído para que tenga desde aquí la mejor vista del lugar donde ocurrió el episodio que mencioné antes... y para contarle toda la historia con su escenario presente.

«Nos hallamos –agregó, con la manera minuciosa que lo distinguía–, nos hallamos muy cerca de la costa de Noruega, a los sesenta y ocho grados de latitud, en la gran provincia de Nordland, y en el distrito de Lodofen. La montaña cuya cima acabamos de escalar es Helseggen, la Nebulosa. Enderécese usted un poco... sujetándose a las matas si se siente mareado... ¡Así! Mire ahora, más allá de la cintura de vapor que hay debajo de nosotros, hacia el mar.»

Miré, lleno de vértigo, y descubrí una vasta extensión oceánica, cuyas aguas tenían un color tan parecido a la tinta que me recordaron la descripción que hace el geógrafo nubio del *Mare Tenebrarum.* Ninguna imaginación humana podría concebir panorama más lamentablemente desolado. A derecha e izquierda, y hasta donde podía alcanzar la mirada, se tendían, como murallas del mundo cadenas de acantilados horriblemente negros y colgantes, cuyo lúgubre aspecto veíase reforzado por la resaca, que rompía contra ellos su blanca y lívida cresta, aullando y rugiendo eternamente. Opuesta al promontorio sobre cuya cima nos hallábamos, y a unas cinco o seis millas dentro del mar, advertíase una pequeña isla de aspecto desértico; quizá sea más adecuado decir que su posición se adivinaba gracias a las salvajes rompientes que la envolvían. Unas dos millas más cerca alzábase otra isla más pequeña, horriblemente escarpada y estéril, rodeada en varias partes por amontonamientos de oscuras rocas.

En el espacio comprendido entre la mayor de las islas y la costa, el océano presentaba un aspecto completamente fuera de lo común. En aquel momento soplaba un viento tan fuerte en dirección a tierra, que un bergantín que navegaba mar afuera se mantenía a la capa con dos rizos en la vela mayor, mientras la quilla se hundía a cada momento hasta perderse de vista; no obstante, el espacio a que he aludido no mostraba nada que semejara un oleaje embravecido, sino tan sólo un breve, rápido y furioso embate del agua en todas direcciones, tanto frente al viento como hacia otros lados. Tampoco se advertía espuma, salvo en la proximidad inmediata de las rocas.

–La isla más alejada –continuó el anciano– es la que los noruegos llaman Vurrgh. La que se halla a mitad de camino es Moskoe. A una milla al norte verá la de Ambaaren. Más allá se encuentran Islesen, Hotholm, Keildhelm, Suarven y Buckholm. Aún más allá –entre Moskoe y Vurrgh– están Otterholm, Flimen, Sandflesen y Stockholm. Tales son los verdaderos nombres de estos sitios; pero... ¿qué necesidad había de darles nombres? No lo sé, y supongo que usted tampoco... ¿Oye alguna cosa? ¿Nota algún cambio en el agua?

Llevábamos ya unos diez minutos en lo alto del Helseggen, al cual habíamos ascendido viniendo desde el interior de Lofoden, de modo que no habíamos visto ni una sola vez el mar hasta que se presentó de golpe al arribar a la cima. Mientras el anciano me hablaba, percibí un sonido potente y que crecía por momentos, algo como el mugir de un enorme rebaño de búfalos en una pradera americana; y en el mismo momento reparé en que el estado del océano a nuestros pies, que correspondía a lo que los marinos llaman *pi-*

cado, se estaba transformando rápidamente en una corriente orientada hacia el este. Mientras la seguía mirando, aquella corriente adquirió una velocidad monstruosa. A cada instante su rapidez y su desatada impetuosidad iban en aumento. Cinco minutos después, todo el mar hasta Vurrgh hervía de cólera incontrolable, pero donde esa rabia alcanzaba su ápice era entre Moskoe y la costa. Allí, la vasta superficie del agua se abría y trazaba en mil canales antagónicos, reventaba bruscamente en una convulsión frenética –encrespándose, hirviendo, silbando– y giraba en gigantescos e innumerables vórtices, y todo aquello se atorbellinaba y corría hacia el este con una rapidez que el agua no adquiere en ninguna otra parte, como no sea el caer en un precipicio.

En pocos minutos más, una nueva y radical alteración apareció en escena. La superficie del agua se fue nivelando un tanto y los remolinos desaparecieron uno tras otro, mientras prodigiosas fajas de espuma surgían allí donde antes no había nada. A la larga, y luego de dispersarse a una gran distancia, aquellas fajas se combinaron unas con otras y adquirieron el movimiento giratorio de los desaparecidos remolinos, como si constituyeran el germen de otro más vasto. De pronto, instantáneamente, todo asumió una realidad clara y definida, formando un círculo cuyo diámetro pasaba de una milla. El borde del remolino estaba representado por una ancha faja de resplandeciente espuma; pero ni la menor partícula de ésta resbalaba al interior del espantoso embudo, cuyo tubo, hasta donde la mirada alcanzaba a medirlo, era una pulida, brillante y tenebrosa pared de agua, inclinada en un ángulo de cuarenta y cinco grados con relación al horizonte, y que giraba y giraba vertiginosamente, con un movimiento oscilante y tumultuoso, produciendo un fragor horrible, entre rugido y clamoreo, que ni siquiera la enorme catarata del Niágara lanza al espacio en su tremenda caída.

La montaña temblaba desde sus cimientos y oscilaban las rocas. Me dejé caer boca abajo, aferrándome a los ralos matorrales en el paroxismo de mi agitación nerviosa. Por fin, pude decir a mi compañero:

–¡Esto no puede ser más que el enorme remolino del Maelström!

–Así suelen llamarlo –repuso el viejo–. Nosotros los noruegos le llamamos el Moskoe-ström, a causa de la isla Moskoe.

Las descripciones ordinarias de aquel vórtice no me habían preparado en absoluto para lo que acababa de ver. La de Jonas Ramus, quizá la más detallada, no puede dar la menor noción de la magnificencia o el horror de aquella escena, ni tampoco la perturbadora sensación de *novedad* que confunde al espectador. No sé bien en qué punto de vista estuvo situado el escritor aludido, ni en qué momento; pero no pudo ser en la cima del Helseggen, ni durante una tormenta. He aquí algunos pasajes de su descripción que merecen, sin embargo, citarse por los detalles que contienen, aunque resulten sumamente débiles para comunicar una impresión de aquel espectáculo:

«Entre Lofoden y Moskoe –dice–, la profundidad del agua varía entre treinta y seis y cuarenta brazas; pero del otro lado, en dirección a Ver (Vurrgh), la profundidad disminuye al punto de no permitir el paso de un navío sin el riesgo de que encalle en las rocas, cosa posible aun en plena bonanza. Durante la pleamar, las corrientes se mueven entre Lofoden y Moskoe con turbulenta rapidez, al punto de que el rugido de su impetuoso reflujo hacia el mar apenas podría ser igualado por el de las más sonoras y espantosas cataratas. El sonido se escucha a muchas leguas, y los vórtices o abismos son de tal tamaño y profundidad que si un navío es atraído por ellos se ve tragado irremisiblemente y arrastrado a la profundidad donde se hace pedazos contra las rocas; cuando el agua se sosiega, los pedazos del buque asoman a la superficie. Pero los intervalos de tranquilidad se producen solamente en los momentos del cambio de la marea y con buen tiempo; apenas duran un cuarto de hora antes de que recomience gradualmente su violencia. Cuando la corriente es más turbulenta y una tempestad acrecienta su furia resulta peligroso acercarse a menos de una milla noruega. Botes, yates y navíos han sido tragados por no tomar esa precaución contra su fuerza atractiva. Ocurre asimismo con frecuencia que las ballenas se aproximan demasiado a la corriente y son dominadas por su violencia; imposible resulta entonces describir sus clamores y mugidos mientras luchan inútilmente por escapar. Cierta vez, un oso que trataba de nadar de Lofoden a Moskoe fue atrapado por la corriente y arrastrado a la profundidad, mientras rugía tan terriblemente que se le escuchaba desde la costa. Grandes cantidades de troncos de abetos y pinos, absorbidos por la corriente, vuelven a la superficie rotos y retorcidos a un punto tal que no pasan de ser un montón de astillas. Esto muestra claramente que el fondo consiste en rocas aguzadas contra las cuales son arrastrados y frotados los troncos. Dicha corriente se regula por el flujo y reflujo marino, que se suceden constantemente cada seis horas. En el año 1645, en la mañana del domingo de sexagésima, la furia de la corriente fue tan espantosa que las piedras de las casas de la costa se desplomaban.»

Por lo que se refiere a la profundidad del agua, no me explico cómo pudo ser verificada en la vecindad inmediata del vórtice. Las «cuarenta brazas» tienen que referirse indudablemente, a las porciones del canal linderas con la costa, sea de Moskoe o de Lofoden. La profundidad en el centro del Moskoe-ström debe ser inconmensurablemente grande, y la mejor prueba de ello la da la más ligera mirada que se proyecte al abismo del remolino desde la cima del Helseggen. Mientras encaramado en esta cumbre contemplaba el rugiente Flegetón allá abajo, no pude impedirme sonreír de la simplicidad con que el honrado Jonas Ramus consigna –como algo difícil de creer– las anécdotas sobre ballenas y osos, cuando resulta evidente que los más grandes buques actuales, sometidos a la influencia de aquella mortal atracción, serían el equivalente de una pluma frente al huracán y desaparecerían instantáneamente.

Las tentativas de explicar el fenómeno –que, en parte, según recuerdo, me habían parecido suficientemente plausibles a la lectura– presentaban ahora un carácter muy distinto e insatisfactorio. La idea predominante consistía en que el vórtice, al igual que otros tres más pequeños situados entre las islas Feroe, «no tiene otra causa que la colisión de las olas, que se alzan y rompen, en el flujo y reflujo, contra un arrecife de rocas y bancos de arena, el cual encierra las aguas al punto que éstas se precipitan como una catarata; así, cuanto más alta sea la marea, más profunda será la caída, y el resultado es un remolino o vórtice, cuyo prodigioso poder de succión es suficientemente conocido por experimentos hechos en menor escala». Tales son los términos con que se expresa la *Encyclopaedia Britannica.* Kircher y otros imaginan que en el centro del canal del Maelström hay un abismo que penetra en el globo terrestre y que vuelve a salir en alguna región remota (una de las hipótesis nombra concretamente el golfo de Botnia). Esta opinión, bastante gratuita en sí misma, fue la que mi imaginación aceptó con mayor prontitud una vez que hube contemplado la escena. Pero al mencionarla a mi guía me sorprendió oírle decir que, si bien casi todos los noruegos compartían ese punto de vista, él no lo aceptaba. En cuanto a la hipótesis precedente, confesó su incapacidad para comprenderla, y yo le di la razón, pues, aunque sobre el papel pareciera concluyente, resultaba por completo ininteligible e incluso absurda frente al tronar de aquel abismo.

–Ya ha podido ver muy bien el remolino –dijo el anciano–, y si nos colocamos ahora detrás de esa roca al socaire, para que no nos moleste el ruido del agua, le contaré un relato que lo convencerá de que conozco alguna cosa sobre el Moskoe-ström.

Me ubiqué como lo deseaba y comenzó:

«–Mis dos hermanos y yo éramos dueños de un queche aparejado como una goleta, de unas setenta toneladas, con el cual pescábamos entre las islas situadas más allá de Moskoe y casi hasta Vurrgh. Aprovechando las oportunidades, siempre hay buena pesca en el mar durante las mareas bravas, si se tiene el coraje de enfrentarlas; de todos los habitantes de la costa de Lofoden, nosotros tres éramos los únicos que navegábamos regularmente en la región de las islas. Las zonas usuales de pesca se hallan mucho más al sur. Allí se puede pescar a cualquier hora, sin demasiado riesgo, y por eso son lugares preferidos. Pero los sitios escogidos que pueden encontrarse aquí, entre las rocas, no sólo ofrecen la variedad más grande, sino una abundancia mucho mayor, de modo que con frecuencia pescábamos en un solo día lo que otros más tímidos conseguían apenas en una semana. La verdad es que hacíamos de esto un lance temerario, cambiando el exceso de trabajo por el riesgo de la vida, y sustituyendo capital por coraje.

»Fondeábamos el queche en una caleta, a unas cinco millas al norte de esta costa, y cuando el tiempo estaba bueno, acostumbrábamos aprovechar los quince minutos de tranquilidad de las aguas para atravesar el canal principal de Moskoe-ström mucho más arriba del remolino y anclar luego en cualquier parte cerca de Otterham o Sandflesen, donde las mareas no son tan violentas. Nos quedábamos allí hasta que faltaba poco para un nuevo intervalo de calma, en que poníamos proa en dirección a nuestro puerto. Jamás iniciábamos una expedición de este género sin tener un buen viento de lado tanto para la ida como para el retorno –un viento del que estuviéramos seguros que no nos abandonaría a la vuelta–, y era raro que nuestros cálculos erraran. Dos veces, en seis años, nos vimos precisados a pasar la noche al ancla a causa de una calma chicha, lo cual es cosa muy rara en estos parajes; y una vez tuvimos que quedarnos cerca de una semana donde estábamos, muriéndonos de inanición, por culpa de una borrasca que se desató poco después de nuestro arribo, y que embraveció el canal en tal forma que era imposible pensar en cruzarlo. En esta ocasión hubiéramos podido ser llevados mar afuera a pesar de nuestros esfuerzos (pues los remolinos nos hacían girar tan violentamente que, al final, largamos el ancla y la dejamos que arrastrara), si no hubiera sido que terminamos entrando en una de esas innumerables corrientes antagónicas que hoy están allí y mañana desaparecen, la cual nos arrastró hasta el refugio de Flimen, donde, por suerte, pudimos detenernos.

»No podría contarle ni la vigésima parte de las dificultades que encontrábamos en nuestro campo de pesca –que es mal sitio para navegar aun con buen tiempo–, pero siempre nos arreglamos para burlar el desafío del Moskoe-ström sin accidentes, aunque muchas veces tuve el corazón en la boca cuando nos atrasábamos o nos adelantábamos en un minuto al momento de calma. En ocasiones, el viento no era tan fuerte como habíamos pensado al zarpar y el queche recorría una distancia menor de lo que deseábamos, sin que pudiéramos gobernarlo a causa de la correntada. Mi hermano mayor tenía un hijo de dieciocho años y yo dos robustos mozalbetes. Todos ellos nos hubieran sido de gran ayuda en esas ocasiones, ya fuera apoyando la marcha con los remos, o pescando; pero, aunque estábamos personalmente dispuestos a correr el riesgo, no nos sentíamos con ánimo de exponer a los jóvenes, pues verdaderamente *había* un peligro horrible, ésa es la pura verdad.

»Pronto se cumplirán tres años desde que ocurrió lo que voy a contarle. Era el 10 de julio de 18..., día que las gentes de esta región no olvidarán jamás, porque en él se levantó uno de los huracanes más terribles que hayan caído jamás del cielo. Y, sin embargo, durante toda la mañana, y hasta bien entrada la tarde, había soplado una suave brisa del sudoeste, mientras brillaba el sol, y los más avezados marinos no hubieran podido prever lo que iba a pasar.

»Los tres –mis dos hermanos y yo– cruzamos hacia las islas a las dos de la tarde y no tardamos en llenar el queche con una excelente pesca que, como pudimos observar, era más abundante ese día que en ninguna ocasión anterior. A las siete –*por mi reloj*– levamos anclas y zarpamos, a fin de atravesar lo peor del Ström en el momento de la calma, que según sabíamos iba a producirse a las ocho.

»Partimos con una buena brisa de estribor y al principio navegamos velozmente y sin pensar en el peligro, pues no teníamos el menor motivo para sospechar que existiera. Pero, de pronto, sentimos que se nos oponía un viento procedente de Helseggen. Esto era muy insólito; jamás nos había ocurrido antes, y yo empecé a sentirme intranquilo, sin saber exactamente por qué. Enfilamos la barca contra el viento, pero los remansos no nos dejaban avanzar, e iba a proponer que volviéramos al punto donde habíamos estado anclados cuando, al mirar hacia popa vimos que todo el horizonte estaba cubierto por una extraña nube del color del cobre que se levantaba con la más asombrosa rapidez.

»Entretanto, la brisa que nos había impulsado acababa de amainar por completo y estábamos en una calma total, derivando hacia todos los rumbos. Pero esto no duró bastante como para darnos tiempo a reflexionar. En menos de un minuto nos cayó encima la tormenta, y en menos de dos el cielo quedó cubierto por completo; con esto, y con la espuma de las olas que nos envolvía, todo se puso tan oscuro que no podíamos vernos unos a otros en la cubierta.

»Sería una locura tratar de describir el huracán que siguió. Los más viejos marinos de Noruega jamás conocieron nada parecido. Habíamos soltado todo el trapo antes de que el viento nos alcanzara; pero, a su primer embate, los dos mástiles volaron por la borda como si los hubiesen aserrado..., y uno de los palos se llevó consigo a mi hermano mayor, que se había atado para mayor seguridad.

»Nuestra embarcación se convirtió en la más liviana pluma que jamás flotó en el agua. El queche tenía un puente totalmente cerrado, con sólo una pequeña escotilla cerca de proa, que acostumbrábamos cerrar y asegurar cuando íbamos a cruzar el Ström, por precaución contra el mar picado. De no haber sido por esta circunstancia, hubiéramos zozobrado instantáneamente, pues durante un momento quedamos sumergidos por completo. Cómo escapó a la muerte mi hermano mayor no puedo decirlo, pues jamás se me presentó la oportunidad de averiguarlo. Por mi parte, tan pronto hube soltado el trinquete, me tiré boca abajo en el puente, con los pies contra la estrecha borda de proa y las manos aferrando una armella próxima al pie del palo mayor. El instinto me indujo a obrar así, y fue, indudablemente, lo mejor que podía haber hecho; la verdad es que estaba demasiado aturdido para pensar.

»Durante algunos momentos, como he dicho, quedamos completamente inundados, mientras yo contenía la respiración y me aferraba a la armella. Cuando no pude resistir más, me enderecé sobre las rodillas, sosteniéndome siempre con las manos, y pude así asomar la cabeza. Pronto nuestra pequeña embarcación dio una sacudida, como hace un perro al salir del agua, y con eso se libró en cierta medida de las olas que la tapaban. Por entonces estaba tratando yo de sobreponerme al aturdimiento que me dominaba, recobrar los sentidos para decidir lo que tenía que hacer, cuando sentí que alguien me aferraba del brazo. Era mi hermano mayor, y mi corazón saltó de júbilo, pues estaba seguro de que el mar lo había arrebatado. Mas esa alegría no tardó en transformarse en horror, pues mi hermano acercó la boca a mi oreja, mientras gritaba: *¡Moskoeström!*

»Nadie puede imaginar mis sentimientos en aquel instante. Me estremecí de la cabeza a los pies, como si sufriera un violento ataque de calentura. Demasiado bien sabía lo que mi hermano me estaba diciendo con esa simple palabra y lo que quería darme a entender: Con el viento que nos arrastraba, nuestra proa apuntaba hacia el remolino del Ström... ¡y nada podía salvarnos!

»Se imaginará usted que, al cruzar el canal del Ström, lo hacíamos siempre mucho más arriba del remolino, incluso con tiempo bonancible, y debíamos esperar y observar cuidadosamente el momento de calma. Pero ahora estábamos navegando directamente hacia el vórtice, envueltos en el más terrible huracán. "Probablemente -pensé- llegaremos allí en un momento de la calma... y eso nos da una esperanza." Pero, un segundo después, me maldije por ser tan loco como para pensar en esperanza alguna. Sabía muy bien que estábamos condenados y que lo estaríamos igual aunque nos halláramos en un navío cien veces más grande.

»A esta altura la primera furia de la tempestad se había agotado, o quizá no la sentíamos tanto por estar corriendo delante de ella. Pero el mar, que el viento había mantenido aplacado y espumoso al comienzo, se alzaba ahora en gigantescas montañas. Un extraño cambio se había producido en el cielo. Alrededor de nosotros, y en todas direcciones, seguía tan negro como la pez, pero en lo alto, casi encima de donde estábamos, se abrió repentinamente un círculo de cielo despejado -tan despejado como jamás he vuelto a ver-, brillantemente azul, y a través del cual resplandecía la luna llena con un brillo que no le había conocido antes. Iluminaba con sus rayos todo lo que nos rodeaba, con la más grande claridad; pero... ¡Dios mío, qué escena nos mostraba!

»Hice una o dos tentativas para hacerme oír de mi hermano, pero, por razones que no pude comprender, el estruendo había aumentado de manera tal que no alcancé a hacerle entender una sola palabra, pese a que gritaba con todas mis fuerzas en su oreja. Pronto sacudió la cabeza, mortalmente pálido, y levantó un dedo como para decirme: "¡Escucha!"

»Al principio no me di cuenta de lo que quería significar, pero un horrible pensamiento cruzó por mi mente. Extraje mi reloj de la faltriquera. Estaba detenido. Contemplé el cuadrante a la luz de la luna y me eché a llorar, mientras lanzaba el reloj al océano. *¡Se había detenido a las siete! ¡Ya había pasado el momento de calma y el remolino del Ström estaba en plena furia!*

»Cuando un barco es de buena construcción, está bien equipado y no lleva mucha carga, al correr con el viento durante una borrasca las olas dan la impresión de resbalar por debajo del casco, lo cual siempre resulta extraño para un hombre de tierra firme; a eso se le llama *cabalgar* en lenguaje marino.

»Hasta ese momento habíamos cabalgado sin dificultad sobre las olas; pero de pronto una gigantesca masa de agua nos alcanzó por la bovedilla y nos alzó con ella... arriba... más arriba... como si ascendiéramos al cielo. Jamás hubiera creído que una ola podía alcanzar semejante altura. Y entonces empezamos a caer, con una carrera, un deslizamiento y una zambullida que me produjeron náuseas y mareo, como si estuviera desplomándome en sueños desde lo alto de una montaña. Pero en el momento en que alcanzamos la cresta, pude lanzar una ojeada alrededor... y lo que vi fue más que suficiente. En un instante comprobé nuestra exacta posición. El vórtice de Moskoe-ström se hallaba a un cuarto de milla adelante; pero ese vórtice se parecía tanto al de todos los días como el que está viendo usted a un remolino en una charca. Si no hubiera sabido dónde estábamos y lo que teníamos que esperar, no hubiese reconocido en absoluto aquel sitio. Tal como lo vi, me obligó a cerrar involuntariamente los ojos de espanto. Mis párpados se apretaron como en un espasmo.

»Apenas habrían pasado otros dos minutos, cuando sentimos que las olas decrecían y nos vimos envueltos por la espuma. La embarcación dio una brusca media vuelta a babor y se precipitó en su nueva dirección como una centella. Al mismo tiempo, el rugido del agua quedó completamente apagado por algo así como un estridente alarido... un sonido que podría usted imaginar formado por miles de barcos de vapor que dejaran escapar al mismo tiempo la presión de sus calderas. Nos hallábamos ahora en el cinturón de la resaca que rodea siempre el remolino, y pensé que un segundo más tarde nos precipitaríamos al abismo, cuyo interior veíamos borrosamente a causa de la asombrosa velocidad con la cual nos movíamos. El queche no daba la impresión de flotar en el agua, sino de flotar como una burbuja sobre la superficie de la resaca. Su banda de estribor daba al remolino, y por babor surgía la inmensidad oceánica de la que acabábamos de salir, y que se alzaba como una enorme pared oscilando entre nosotros y el horizonte.

»Puede parecer extraño, pero ahora, cuando estábamos sumidos en las fauces del abismo, me sentí más tranquilo que cuando veníamos acercándonos a él. Decidido a no abrigar ya ninguna esperanza, me libré de una buena parte del terror que al principio me había privado de mis fuerzas. Creo que fue la desesperación lo que templó mis nervios.

»Tal vez piense usted que me jacto, pero lo que le digo es la verdad: Empecé a reflexionar sobre lo magnífico que era morir de esa manera y lo insensato de preocuparme por algo tan insignificante como mi propia vida frente a una manifestación tan maravillosa del poder de Dios. Creo que enrojecí de vergüenza cuando la idea cruzó por mi mente. Y al cabo de un momento se apoderó de mí la más viva curiosidad acerca del remolino. Sentí *el deseo* de explorar sus profundidades, aun al precio del sacrificio que iba a costarme, y la pena más grande que sentí fue que nunca podría contar a mis viejos camaradas de la costa todos los misterios que vería. No hay duda que eran éstas extrañas fantasías en un hombre colocado en semejante situación, y con frecuencia he pensado que la rotación del barco alrededor del vórtice pudo trastornarme un tanto la cabeza.

»Otra circunstancia contribuyó a devolverme la calma, y fue la cesación del viento, que ya no podía llegar hasta nosotros en el lugar donde estábamos, puesto que, como usted mismo ha visto, el cinturón de resaca está sensiblemente más bajo que el nivel general del océano, al que veíamos descollar sobre nosotros como un alto borde montañoso y negro. Si nunca le ha tocado pasar una borrasca en plena mar, no puede hacerse una idea de la confusión mental que produce la combinación del viento y la espuma de las olas. Ambos ciegan, ensordecen y ahogan, suprimiendo toda posibilidad de acción o de reflexión. Pero ahora nos veíamos en gran medida libres de aquellas molestias... así como los criminales condenados a muerte se ven favorecidos con ciertas liberalidades que se les negaban antes de que se pronunciara la sentencia.

»Imposible es decir cuántas veces dimos la vuelta al circuito. Corrimos y corrimos, una hora quizá, volando más que flotando, y entrando cada vez más hacia el centro de la resaca, lo que nos acercaba progresivamente a su horrible borde interior. Durante todo este tiempo no había soltado la armella que me sostenía. Mi hermano estaba en la popa, sujetándose a un pequeño barril vacío, sólidamente atado bajo el compartimento de la bovedilla, y que era la única cosa a bordo que la borrasca no había precipitado al mar. Cuando ya nos acercábamos al borde del pozo, soltó su asidero y se precipitó hacia la armella de la cual, en la agonía de su terror, trató de desprender mis manos, ya que no era bastante grande para proporcionar a ambos un sostén seguro. Jamás he sentido pena más grande que cuando lo vi hacer eso, aunque comprendí que su proceder era el de un insano, a quien el terror ha vuelto loco furioso. De todos modos, no hice ningún esfuerzo para oponerme. Sabía que ya no importaba quién de los dos se aferrara de la armella, de modo que se la cedí y pasé a popa, donde estaba el barril. No me costó mucho hacerlo, porque el queche corría en círculo con bastante estabilidad, sólo balanceándose bajo las inmensas oscilaciones y conmociones del remolino. Apenas me había afirmado en mi nueva posición, cuando dimos un brusco bandazo a estribor y nos precipitamos de proa en el abismo. Murmuré presurosamente una plegaria a Dios y pensé que todo había terminado.

»Mientras sentía la náusea del vertiginoso descenso, instintivamente me aferré con más fuerza al barril y cerré los ojos. Durante algunos segundos no me atreví a abrirlos, esperando mi aniquilación inmediata y me maravillé de no estar sufriendo ya las agonías de la lucha final con el agua. Pero el tiempo seguía pasando. Y yo estaba vivo. La sensación de caída había cesado y el movimiento de la embarcación se parecía al de antes, cuando estábamos en el cinturón de espuma, salvo que ahora se hallaba más inclinada. Junté coraje y otra vez miré lo que me rodeaba.

»Nunca olvidaré la sensación de pavor, espanto y admiración que sentí al contemplar aquella escena. El queche parecía estar colgando, como por arte de magia, a mitad de camino en el interior de un embudo de vasta circunferencia y prodigiosa profundidad, cuyas paredes, perfectamente lisas, hubieran podido creerse de ébano, a no ser por la asombrosa velocidad con que giraban, y el lívido resplandor que despedían bajo los rayos de la luna, que, en el centro de aquella abertura circular entre las nubes a que he aludido antes, se derramaban en un diluvio gloriosamente áureo a lo largo de las negras paredes y se perdían en las remotas profundidades del abismo.

»Al principio me sentí demasiado confundido para poder observar nada con precisión. Todo lo que alcanzaba era ese estallido general de espantosa grandeza. Pero, al recobrarme un tanto, mis ojos miraron instintivamente hacia abajo. Tenía una vista completa en esa dirección dada la forma en que el queche colgaba de la superficie inclinada del vórtice. Su quilla estaba perfectamente nivelada, vale decir que el puente se hallaba en un plano paralelo al del agua, pero esta última se tendía formando un ángulo de más de cuarenta y cinco grados, de modo que parecía como si estuviésemos ladeados. No pude dejar de observar, sin embargo, que, a pesar de esta situación, no me era mucho más difícil mantenerme aferrado a mi puesto que si el barco hubiese estado a nivel; presumo que se debía a la velocidad con que girábamos.

»Los rayos de la luna parecían querer alcanzar el fondo mismo del profundo abismo, pero aun así no pude ver nada con suficiente claridad a causa de la espesa niebla que lo envolvía todo y sobre la cual se cernía un magnífico arco iris semejante al angosto y bamboleante puente que, según los musulmanes, es el solo paso entre el Tiempo y la Eternidad. Aquella niebla, o rocío, se producía sin duda por el choque de las enormes paredes del embudo cuando se encontraba en el fondo; pero no trataré de describir el aullido que brotaba del abismo para subir hasta el cielo.

»Nuestro primer deslizamiento en el pozo, a partir del cinturón de espumas de la parte superior, nos había hecho descender a gran distancia por la pendiente; sin embargo, la continuación del descenso no guardaba relación con el anterior. Una y otra vez dimos la vuelta, no con un movimiento uniforme sino entre vertiginosos balanceos y sacudidas, que nos lanzaban a veces a unos cuantos centenares de yardas, mientras otras nos hacían completar casi el circuito del remolino. A cada vuelta, y aunque lento, nuestro descenso resultaba perceptible.

»Mirando en torno la inmensa extensión de ébano líquido sobre la cual éramos así llevados, advertí que nuestra embarcación no era el único objeto comprendido en el abrazo del remolino. Tanto por encima como por debajo de nosotros se veían fragmentos de embarcaciones, grandes pedazos de maderamen de construcción y troncos de árboles, así como otras cosas más pequeñas, tales como muebles, cajones rotos, barriles y duelas. He aludido ya a la curiosidad anormal que había reemplazado en mí el terror del comienzo. A medida que me iba acercando a mi horrible destino parecía como si esa curiosidad fuera en aumento. Comencé a observar con extraño interés los numerosos objetos que flotaban cerca de nosotros. *Debo* de haber estado bajo los efectos del delirio, porque hasta busqué *diversión* en el hecho de calcular sus respectivas velocidades en el descenso hacia la espuma del fondo. "Ese abeto –me oí decir en un momento dado– será el que ahora se precipite hacia abajo y desaparezca"; y un momento después me quedé decepcionado al ver que los restos de un navío mercante holandés se le adelantaban y caían antes. Al final, después de haber hecho numerosas conjeturas de esta naturaleza, y haber errado todas, ocurrió que el hecho mismo de equivocarme invariablemente me indujo a una nueva reflexión, y entonces me eché a temblar como antes, y una vez más latió pesadamente mi corazón.

»No era el espanto el que así me afectaba, sino el nacimiento de una nueva y emocionante *esperanza*. Surgía en parte de la memoria y, en parte, de las observaciones que acababa de hacer. Recordé la gran cantidad de restos flotantes que aparecían en la costa de Lofoden y que habían sido tragados y devueltos luego por el Moskoe-ström. La gran mayoría de estos restos aparecía destrozada de la manera más extraordinaria; estaban como frotados, desgarrados, al punto que daban la impresión de un montón de astillas y esquirlas. Pero al mismo tiempo recordé que *algunos* de esos objetos no estaban desfigurados en absoluto. Me era imposible explicar la razón de esa diferencia, salvo que supusiera que los objetos destrozados eran los que habían sido *comple-*

tamente absorbidos, mientras que los otros habían penetrado en el remolino en un período más adelantado de la marea, o bien, por alguna razón, habían descendido tan lentamente luego de ser absorbidos, que no habían alcanzado a tocar el fondo del vórtice antes del cambio del flujo o del reflujo, según fuera el momento. Me pareció posible, en ambos casos, que dichos restos hubieran sido devueltos otra vez al nivel del océano, sin correr el destino de los que habían penetrado antes en el remolino o habían sido tragados más rápidamente.

»Al mismo tiempo hice tres observaciones importantes. La primera fue que, por regla general, los objetos de mayor tamaño descendían más rápidamente. La segunda, que entre dos masas de igual tamaño, una esférica y otra *de cualquier forma,* la mayor velocidad de descenso correspondía a la esfera. La tercera, que entre dos masas de igual tamaño, una de ellas cilíndrica y la otra de cualquier forma, la primera era absorbida con mayor lentitud. Desde que escapé de mi destino he podido hablar muchas veces sobre estos temas con un viejo preceptor del distrito, y gracias a él conozco el uso de las palabras "cilindro" y "esfera". Me explicó –aunque me he olvidado de la explicación– que lo que yo había observado entonces era la consecuencia natural de las formas de los objetos flotantes, y me mostró cómo un cilindro, flotando en un remolino, ofrecía mayor resistencia a su succión y era arrastrado con mucha mayor dificultad que cualquier otro objeto del mismo tamaño, cualquiera fuese su forma [1].

»Había además un detalle sorprendente, que contribuía en gran medida a reformar estas observaciones y me llenaba de deseos de verificarlas: a cada revolución de nuestra barca sobrepasábamos algún objeto, como ser un barril, una verga o un mástil. Ahora bien, muchos de aquellos restos, que al abrir yo por primera vez los ojos para contemplar la maravi-

1. Ver Arquímedes, *De Incidentibus in Fluido,* lib. 2.

lla del remolino, se encontraban a nuestro nivel, estaban ahora mucho más arriba y daban la impresión de haberse movido muy poco de su posición inicial.

»No vacilé entonces en lo que debía hacer: resolví asegurarme fuertemente al barril del cual me tenía, soltarlo de la bovedilla y precipitarme con él al agua. Llamé la atención de mi hermano mediante signos, mostrándole los barriles flotantes que pasaban cerca de nosotros, e hice todo lo que estaba en mi poder para que comprendiera lo que me disponía a hacer. Me pareció que al fin entendía mis intenciones, pero fuera así o no, sacudió la cabeza con desesperación, negándose a abandonar su asidero en la armella. Me era imposible llegar hasta él y la situación no admitía pérdida de tiempo. Así fue como, lleno de amargura, lo abandoné a su destino, me até al barril mediante las cuerdas que lo habían sujetado a la bovedilla y me lancé con él al mar sin un segundo de vacilación.

»El resultado fue exactamente el que esperaba. Puesto que yo mismo le estoy haciendo este relato, por lo cual ya sabe usted que escapé sano y salvo, y además está enterado de cómo me las arreglé para escapar, abreviaré el fin de la historia. Habría transcurrido una hora o cosa así desde que hiciera abandono del queche, cuando lo ví, a gran profundidad, girar terriblemente tres o cuatro veces en rápida sucesión y precipitarse en línea recta en el caos de espuma del abismo, llevándose consigo a mi querido hermano. El barril al cual me había atado descendió apenas algo más de la mitad de la distancia entre el fondo del remolino y el lugar desde donde me había tirado al agua, y entonces empezó a producirse un gran cambio en el aspecto del vórtice. La pendiente de los lados del enorme embudo se fue haciendo menos y menos escarpada. Las revoluciones del vórtice disminuyeron gradualmente su violencia. Poco a poco fue desapareciendo la espuma y el arco iris, y pareció como si el fondo del abismo empezara a levantarse suavemente. El cielo estaba despejado, no había viento y la luna llena resplandecía en el oeste, cuando me encontré en la superficie del océano, a plena vista de las costas de Lofoden y en el lugar donde *había estado* el remolino de Moskoe-ström. Era la hora de la calma, pero el mar se encrespaba todavía en gigantescas olas por efectos del huracán. Fui impulsado violentamente al canal del Ström, y pocos minutos más tarde llegaba a la costa, en la zona de los pescadores. Un bote me recogió, exhausto de fatiga, y, ahora que el peligro había pasado, incapaz de hablar a causa del recuerdo de aquellos horrores. Quienes me subieron a bordo eran mis viejos camaradas y compañeros cotidianos, pero no me reconocieron, como si yo fuese un viajero que retornaba del mundo de los espíritus. Mi cabello, negro como ala de cuervo la víspera, estaba tan blanco como lo ve usted ahora. También se dice que la expresión de mi rostro ha cambiado. Les conté mi historia... y no me creyeron. Se la cuento ahora a usted, sin mayor esperanza de que le dé más crédito del que le concedieron los alegres pescadores de Lofoden.»

El tonel de amontillado

Había yo soportado hasta donde me era posible las mil ofensas de que Fortunato me hacía objeto, pero cuando se atrevió a insultarme juré que me vengaría. Vosotros, sin embargo, que conocéis harto bien mi alma, no pensaréis que proferí amenaza alguna. Me vengaría *a la larga;* esto quedaba definitivamente decidido, pero, por lo mismo que era definitivo, excluía toda idea de riesgo. No sólo debía castigar, sino castigar con impunidad. No se repara un agravio cuando el castigo alcanza al reparador, y tampoco es reparado si el vengador no es capaz de mostrarse como tal a quien lo ha ofendido.

Téngase en cuenta que ni mediante hechos ni palabras había yo dado motivo a Fortunato para dudar de mi buena disposición. Tal como me lo había propuesto, seguí sonriente ante él, sin que se diera cuenta de que mi sonrisa procedía, *ahora,* de la idea de su inmolación.

Un punto débil tenía este Fortunato, aunque en otros sentidos era hombre de respetar y aun de temer. Enorgullecíase de ser un *connaisseur* en materia de vinos. Pocos italianos poseen la capacidad del verdadero virtuoso. En su mayor parte, el entusiasmo que fingen se adapta al momento y a la oportunidad, a fin de engañar a los millonarios ingleses y austriacos. En pintura y en alhajas Fortunato era un impostor, como todos sus compatriotas; pero en lo referente a vinos añejos procedía con sinceridad. No era yo diferente de él en este sentido; experto en vendimias italianas, compraba con largueza todos los vinos que podía.

Anochecía ya, una tarde en que la semana de carnaval llegaba a su locura más extrema, cuando encontré a mi amigo. Acercóseme con excesiva cordialidad, pues había estado bebiendo en demasía. Disfrazado de bufón, llevaba un ajustado traje a rayas y lucía en la cabeza el cónico gorro de cascabeles. Me sentí tan contento al verle, que me pareció que no terminaría nunca de estrechar su mano.

–Mi querido Fortunato –le dije–, ¡qué suerte haberte encontrado! ¡Qué buen semblante tienes! Figúrate que acabo de recibir un barril de vino que pasa por amontillado, pero tengo mis dudas.

–¿Cómo? –exclamó Fortunato–. ¿Amontillado? ¿Un barril? ¡Imposible! ¡Y a mitad de carnaval...!

–Tengo mis dudas –insistí–, pero he sido lo bastante tonto como para pagar su precio sin consultarte antes. No pude dar contigo y tenía miedo de echar a perder un buen negocio.

–¡Amontillado!

–Tengo mis dudas.

–¡Amontillado!

–Y quiero salir de ellas.

–¡Amontillado!

–Como estás ocupado, me voy a buscar a Lucresi. Si hay alguien con sentido crítico, es él. Me dirá que...

–Lucresi es incapaz de distinguir entre amontillado y jerez.

–Y sin embargo no faltan tontos que afirman que su gusto es comparable al tuyo.

–¡Ven! ¡Vamos!

–¿Adónde?

–A tu bodega.

–No, amigo mío. No quiero aprovecharme de tu bondad. Noto que estás ocupado, y Lucresi...

–No tengo nada que hacer; vamos.

–No, amigo mío. No se trata de tus ocupaciones, pero veo que tienes un fuerte catarro. Las criptas son terriblemente húmedas y están cubiertas de salitre.

–Vamos lo mismo. Este catarro no es nada. ¡Amontillado! Te has dejado engañar. En cuanto a Lucresi, es incapaz de distinguir entre jerez y amontillado.

Mientras decía esto, Fortunato me tomó del brazo. Yo me puse un antifaz de seda negra y, ciñéndome una *roquelaure,* dejé que me llevara apresuradamente a mi *palazzo.*

No encontramos sirvientes en mi morada; habíanse escapado para festejar alegremente el carnaval. Como les había dicho que no volvería hasta la mañana siguiente, dándoles órdenes expresas de no moverse de casa, estaba bien seguro de que todos ellos se habían marchado de inmediato apenas les hube vuelto la espalda.

Saqué dos antorchas de sus anillas y, entregando una a Fortunato, le conduje a través de múltiples habitaciones hasta la arcada que daba acceso a las criptas. Descendimos una larga escalera de caracol, mientras yo recomendaba a mi amigo que bajara con precaución. Llegamos por fin al fondo y pisamos juntos el húmedo suelo de las catacumbas de los Montresors.

Mi amigo caminaba tambaleándose, y al moverse tintinearon los cascabeles de su gorro.

–El tonel –dijo.

–Está más adelante –contesté–, pero observa las blancas telarañas que brillan en las paredes de estas cavernas.

Se volvió hacia mí y me miró en los ojos con veladas pupilas, que destilaban el flujo de su embriaguez.

–¿Salitre? –preguntó, después de un momento.

–Salitre –repuse–. ¿Desde cuándo tienes esa tos?

El violento acceso impidió a mi pobre amigo contestarme durante varios minutos.

–No es nada –dijo por fin.

–Vamos –declaré con decisión–. Volvámonos; tu salud es preciosa. Eres rico, respetado, admirado, querido; eres feliz como en un tiempo lo fui yo. Tu desaparición sería lamentada, cosa que no ocurriría en mi caso. Volvamos, pues, de lo contrario, te enfermarás y no quiero tener esa responsabilidad. Además está Lucresi, que...

–¡Basta! –dijo Fortunato–. Esta tos no es nada y no me matará. No voy a morir de un acceso de tos.

–Ciertamente que no –repuse–. No quería alarmarte innecesariamente. Un trago de este Medoc nos protegerá de la humedad.

Rompí el cuello de una botella que había extraído de una larga hilera de la misma clase colocada en el suelo.

–Bebe –agregué, presentándole el vino.

Mirándome de soslayo, alzó la botella hasta sus labios. Detúvose y me hizo un gesto familiar, mientras tintineaban sus cascabeles.

–Brindo –dijo– por los enterrados que reposan en torno de nosotros.

–Y yo brindo por que tengas una larga vida.

Otra vez me tomó del brazo y seguimos adelante.

–Estas criptas son enormes –observó Fortunato.

–Los Montresors –repliqué– fueron una distinguida y numerosa familia.

–He olvidado vuestras armas.

–Un gran pie humano de oro en campo de azur; el pie aplasta una serpiente rampante, cuyas garras se hunden en el talón.

–¿Y el lema?

–*Nemo me impune lacessit.*

–¡Muy bien! –dijo Fortunato.

Chispeaba el vino en sus ojos y tintineaban los cascabeles. El Medoc había estimulado también mi fantasía. Dejamos atrás largos muros formados por esqueletos apilados, entre los cuales aparecían también toneles y pipas, hasta llegar a la parte más recóndita de las catacumbas. Me detuve otra vez, atreviéndome ahora a tomar del brazo a Fortunato por encima del codo.

–¡Mira cómo el salitre va en aumento! –dije–. Abunda como el moho en las criptas. Estamos debajo del lecho del río. Las gotas de humedad caen entre los huesos... Ven, volvámonos antes de que sea demasiado tarde. La tos...

–No es nada –dijo Fortunato–. Sigamos adelante, pero bebamos antes otro trago de Medoc.

Rompí el cuello de un frasco de De Grâve y se lo alcancé. Vaciólo de un trago y sus ojos se llenaron de una luz salvaje. Riéndose, lanzó la botella hacia arriba, gesticulando en una forma que no entendí.

Lo miré, sorprendido. Repitió el movimiento, un movimiento grotesco.

–¿No comprendes?

–No –repuse.

–Entonces no eres de la hermandad.

–¿Cómo?

–No eres un masón.

–¡Oh, sí! –exclamé–. ¡Sí lo soy!

–¿Tú, un masón? ¡Imposible!

–Un masón –insistí.

–Haz un signo –dijo él–. Un signo.

–Mira –repuse, extrayendo de entre los pliegues de mi *roquelaure* una pala de albañil.

–Te estás burlando –exclamó Fortunato, retrocediendo algunos pasos–. Pero vamos a ver ese amontillado.

–Puesto que lo quieres –dije, guardando el utensilio y ofreciendo otra vez mi brazo a Fortunato, que se apoyó pesadamente. Continuamos nuestro camino en busca del amontillado. Pasamos bajo una hilera de arcos muy bajos, descendimos, seguimos adelante y, luego de bajar otra vez, llegamos a una profunda cripta, donde el aire estaba tan viciado que nuestras antorchas dejaron de llamear y apenas alumbraban.

En el extremo más alejado de la cripta se veía otra menos espaciosa. Contra sus paredes se habían apilado restos humanos que subían hasta la bóveda, como puede verse en las grandes catacumbas de París. Tres lados de esa cripta interior aparecían ornamentados de esta manera. En el cuarto, los huesos se habían desplomado y yacían dispersos en el suelo, formando en una parte un amontonamiento bastante grande. Dentro del muro así expuesto por la caída de los huesos, vimos otra cripta o nicho interior, cuya profundidad sería de unos cuatro pies, mientras su ancho era de tres y su alto de seis o siete. Parecía haber sido construida sin ningún propósito especial, ya que sólo constituía el intervalo entre dos de los colosales soportes del techo de las catacumbas, y formaba su parte posterior la pared, de sólido granito, que las limitaba.

Fue inútil que Fortunato, alzando su mortecina antorcha, tratara de ver en lo hondo del nicho. La débil luz no permitía adivinar dónde terminaba.

–Continúa –dije–. Allí está el amontillado. En cuanto a Lucresi...

–Es un ignorante –interrumpió mi amigo, mientras avanzaba tambaleándose y yo le seguía pegado a sus talones. En un instante llegó al fondo del nicho y, al ver que la roca interrumpía su marcha, se detuvo como atontado. Un segundo más tarde quedaba encadenado al granito. Había en la roca dos argollas de hierro, separadas horizontalmente por unos dos pies. De una de ellas colgaba una cadena corta; de la otra, un candado. Pasándole la cadena alrededor de la cintura, me bastaron apenas unos segundos para aherrojarlo. Demasiado estupefacto estaba para resistirse. Extraje la llave y salí del nicho.

–Pasa tu mano por la pared –dije– y sentirás el salitre. Te aseguro que hay *mucha* humedad. Una vez más, te *imploro* que volvamos. ¿No quieres? Pues entonces, tendré que dejarte. Pero antes he de ofrecerte todos mis servicios.

–¡El amontillado! –exclamó mi amigo, que no había vuelto aún de su estupefacción.

–Es cierto –repliqué–. El amontillado.

Mientras decía esas palabras, fui hasta el montón de huesos de que ya he hablado. Echándolos a un lado, puse en descubierto una cantidad de bloques de piedra y de mortero. Con estos materiales y con ayuda de mi pala de albañil comencé vigorosamente a cerrar la entrada del nicho.

Apenas había colocado la primera hilera de mampostería, advertí que la embriaguez de Fortunato se había disipado en buena parte. La primera indicación nació de un quejido profundo que venía de lo hondo del nicho. *No era* el grito de un borracho. Siguió un largo y obstinado silencio. Puse la segunda hilera, la tercera y la cuarta; entonces oí la furiosa vibración de la cadena. El ruido duró varios minutos, durante los cuales, y para poder escucharlo con más comodidad, interrumpí mi labor y me senté sobre los huesos. Cuando, por fin, cesó el resonar de la cadena, tomé de nuevo mi pala y terminé sin interrupción la quinta, la sexta y la séptima hilera. La pared me llegaba ahora hasta el pecho. Detúveme nuevamente y, alzando la antorcha sobre la mampostería, proyecté sus débiles rayos sobre la figura allí encerrada.

Una sucesión de agudos y penetrantes alaridos, brotando súbitamente de la garganta de aquella forma encadenada, me hicieron retroceder con violencia. Vacilé un instante y temblé. Desenvainando mi espada, me puse a tantear con ella el interior del nicho, pero me bastó una rápida reflexión para tranquilizarme. Apoyé la mano sobre la sólida muralla de la catacumba y me sentí satisfecho. Volví a acercarme al nicho y contesté con mis alaridos a aquel que clamaba. Fui su eco, lo ayudé, lo sobrepujé en volumen y en fuerza. Sí, así lo hice, y sus gritos acabaron por cesar.

Ya era medianoche y mi tarea llegaba a su término. Había completado la octava, la novena y la décima hilera. Terminé una parte de la undécima y última; sólo quedaba por colocar y fijar una sola piedra. Luché con su peso y la coloqué parcialmente en posición. Pero entonces brotó desde el nicho una risa apagada que hizo erizar mis cabellos. La sucedió una voz lamentable, en la que me costó reconocer la del noble Fortunato.

–¡Ja, ja... ja, ja! ¡Una excelente broma, por cierto... una excelente broma...! ¡Cómo vamos a reírnos en el *palazzo*... ja, ja... mientras bebamos... ja, ja!

–¡El amontillado! –dije.

–¡Ja, ja...! ¡Sí... el amontillado...! Pero... ¿no se está haciendo tarde? ¿No nos estarán esperando en el *palazzo*... mi esposa y los demás? ¡Vámonos!

–Sí –dije–. Vámonos.

–*¡Por el amor de Dios, Montresor!*

–Sí –dije–. Por el amor de Dios.

Esperé en vano la respuesta a mis palabras. Me impacienté y llamé en voz alta:

–¡Fortunato!

Silencio. Llamé otra vez.

–¡Fortunato!

No hubo respuesta. Pasé una antorcha por la abertura y la dejé caer dentro. Sólo me fue devuelto un tintinear de cascabeles. Sentí que una náusea me envolvía; su causa era la humedad de las catacumbas. Me apresuré a terminar mi trabajo. Puse la última piedra en su sitio y la fijé con el mortero. Contra la nueva mampostería volví a alzar la antigua pila de huesos. Durante medio siglo, ningún mortal los ha perturbado. *¡Requiescat in pace!*

La máscara de la Muerte Roja

La «Muerte Roja» había devastado el país durante largo tiempo. Jamás una peste había sido tan fatal y tan espantosa. La sangre era su encarnación y su sello: el rojo y el horror de la sangre. Comenzaba con agudos dolores, un vértigo repentino, y luego los poros sangraban y sobrevenía la muerte. Las manchas escarlata en el cuerpo y la cara de la víctima eran el bando de la peste, que la aislaba de toda ayuda y de toda simpatía. Y la invasión, progreso y fin de la enfermedad se cumplían en media hora.

Pero el príncipe Próspero era feliz, intrépido y sagaz. Cuando sus dominios quedaron semidespoblados llamó a su lado a mil robustos y desaprensivos amigos de entre los caballeros y damas de su corte, y se retiró con ellos al seguro encierro de una de sus abadías fortificadas. Era ésta de amplia y magnífica construcción y había sido creada por el excéntrico aunque majestuoso gusto del príncipe. Una sólida y altísima muralla la circundaba. Las puertas de la muralla eran de hierro. Una vez adentro, los cortesanos trajeron fraguas y pesados martillos y soldaron los cerrojos. Habían resuelto no dejar ninguna vía de ingreso o de salida a los súbitos impulsos de la desesperación o del frenesí. La abadía estaba ampliamente aprovisionada. Con precauciones semejantes, los cortesanos podían desafiar el contagio. Que el mundo exterior se las arreglara por su cuenta; entretanto, era una locura afligirse o meditar. El príncipe había reunido todo lo necesario para los placeres. Había bufones, improvisadores, bailarines y músicos; había hermosura y vino. Todo eso y la seguridad estaban del lado de adentro. Afuera estaba la Muerte Roja.

Al cumplirse el quinto o sexto mes de su reclusión, y cuando la peste hacía los más terribles estragos, el príncipe Próspero ofreció a sus mil amigos un baile de máscaras de la más insólita magnificencia.

Aquella mascarada era un cuadro voluptuoso, pero permitidme que antes os describa los salones donde se celebraba. Eran siete –una serie imperial de estancias–. En la mayoría de los palacios, la sucesión de salones forma una larga galería en línea recta, pues las dobles puertas se abren hasta adosarse a las paredes, permitiendo que la vista alcance la totalidad de la galería. Pero aquí se trataba de algo muy distinto, como cabía esperar del amor del príncipe por lo extraño. Las estancias se hallaban dispuestas con tal irregularidad que la visión no podía abarcar más de una a la vez. Cada veinte o treinta yardas había un brusco recodo, y en cada uno nacía un nuevo efecto. A derecha e izquierda en mitad de la pared, una alta y estrecha ventana gótica daba a un corredor cerrado que seguía el contorno de la serie de salones. Las ventanas tenían vitrales cuya coloración variaba con el tono dominante de la decoración del aposento. Si, por ejemplo, la cámara de la extremidad oriental tenía tapicerías azules, vívidamente azules eran sus ventanas. La segunda estancia ostentaba tapicerías y ornamentos purpúreos, y aquí los vitrales eran púrpura. La tercera era enteramente verde, y lo mismo los cristales. La cuarta había sido decorada e iluminada con tono naranja; la quinta, con blanco; la sexta, con violeta. El séptimo aposento aparecía completamente cubierto de colgaduras de terciopelo negro, que abarcaban el techo y las paredes, cayendo en pesados pliegues sobre una alfombra del mismo material y tonalidad. Pero en esta cámara el color de las ventanas no correspondía a la decoración. Los cristales eran escarlata, tenían un profundo color de sangre.

A pesar de la profusión de ornamentos de oro que aparecían aquí y allá o colgaban de los techos, en aquellas siete estancias no había lámparas ni candelabros. Las cámaras no estaban iluminadas con bujías o arañas. Pero en los corredores paralelos a la galería, y opuestos a cada ventana, se alzaban pesados trípodes que sostenían un ígneo brasero, cuyos rayos proyectábanse a través de los cristales teñidos e iluminaban brillantemente cada estancia. Producían en esa forma multitud de resplandores tan vivos como fantásticos. Pero en la cámara del poniente, la cámara negra, el fuego que, a través de los cristales de color de sangre, se derramaba sobre las sombrías colgaduras, producía un efecto terriblemente siniestro, y daba una coloración tan extraña a los rostros de quienes penetraban en ella, que pocos eran lo bastante audaces para poner allí los pies.

En este aposento, contra la pared del poniente, se apoyaba un gigantesco reloj de ébano. Su péndulo se balanceaba con un resonar sordo, pesado, monótono; y cuando el minutero había completado su circuito y la hora iba a sonar, de las entrañas de bronce del mecanismo nacía un tañido claro y resonante, lleno de música; mas su tono y su énfasis eran tales que, a cada hora, los músicos de la orquesta se veían obligados a interrumpir momentáneamente su ejecución para escuchar el sonido, y las parejas danzantes cesaban por fuerza sus evoluciones; durante un momento, en aquella alegre sociedad reinaba el desconcierto; y, mientras aún resonaban los tañidos del reloj, era posible observar que los más atolondrados palidecían y los de más edad y reflexión se pasaban la mano por la frente, como si se entregaran a una confusa meditación o a un ensueño. Pero apenas los ecos cesaban del todo, livianas risas nacían en la asamblea; los músicos se miraban entre sí, como sonriendo de su insensata nerviosidad, mientras se prometían en voz baja que el siguiente tañido del reloj no provocaría en ellos una emoción semejante. Mas, al cabo de sesenta minutos (que abarcan tres mil seiscientos segundos del Tiempo que huye), el reloj daba otra vez la hora, y otra vez nacían el desconcierto, el temblor y la meditación.

Pese a ello, la fiesta era alegre y magnífica. El príncipe tenía gustos singulares. Sus ojos se mostraban especialmente sensibles a los colores y sus efectos. Desdeñaba los caprichos de la mera moda. Sus planes eran audaces y ardientes, sus concepciones brillaban con bárbaro esplendor. Algunos podrían haber creído que estaba loco. Sus cortesanos sentían que no era así. Era necesario oírlo, verlo y tocarlo para tener la seguridad de que no lo estaba.

El príncipe se había ocupado personalmente de gran parte de la decoración de las siete salas destinadas a la gran fiesta, y su gusto había guiado la elección de los disfraces. Grotescos eran éstos, a no dudarlo. Reinaba en ellos el brillo, el esplendor, lo picante y lo fantasmagórico –mucho de eso que más tarde habría de encontrarse en *Hernani*–. Veíanse figuras de arabesco, con siluetas y atuendos incongruentes; veíanse fantasías delirantes, como las que aman los maniacos. Abundaba allí lo hermoso, lo extraño, lo licencioso, y no faltaba lo terrible y lo repelente. En verdad, en aquellas siete cámaras se movía, de un lado a otro, una multitud de sueños. Y aquellos sueños se contorsionaban en todas partes, cambiando de color al pasar por los aposentos, y haciendo que la extraña música de la orquesta pareciera el eco de sus pasos.

Mas otra vez tañe el reloj que se alza en el aposento de terciopelo. Por un momento todo queda inmóvil; todo es silencio, salvo la voz del reloj. Los sueños están helados, rígidos en sus posturas. Pero los ecos del tañido se pierden –apenas han durado un instante–, y una risa ligera, a medias sofocada, flota tras ellos en su fuga. Otra vez crece la música, viven los sueños, contorsionándose de aquí para allá con más alegría que nunca coloreándose al pasar ante las ventanas, por las cuales irrumpen los rayos de los trípodes. Mas en la cámara que da al oeste ninguna máscara se aventura, pues la noche avanza y una luz más roja se filtra por los cristales de color de sangre; aterradora es la tiniebla de las colgaduras negras; y, para aquel cuyo pie se pose en la sombría alfombra, brota del reloj de ébano un ahogado resonar mucho más solemne que los que alcanzan a oír las máscaras entregadas a la lejana alegría de las otras estancias.

Congregábase densa multitud en estas últimas, donde afiebradamente latía el corazón de la vida. Continuaba la fiesta en su torbellino hasta el momento en que comenzaron a oírse los tañidos del reloj anunciando la medianoche. Calló entonces la música, como ya he dicho, y las evoluciones de los que bailaban se interrumpieron; y como antes, se produjo en todo una cesación angustiosa. Mas esta vez el reloj debía tañer doce campanadas, y quizá por eso ocurrió que los pensamientos invadieron en mayor número las meditaciones de aquellos que reflexionaban entre la multitud entregada a la fiesta. Y quizá también por eso ocurrió que, antes de que los últimos ecos del carillón se hubieran hundido en el silencio, muchos de los concurrentes tuvieron tiempo para advertir la presencia de una figura enmascarada que hasta entonces no había llamado la atención de nadie. Y, habiendo corrido en un susurro la noticia de aquella nueva presencia, alzóse al final un rumor que expresaba desaprobación, sorpresa y, finalmente, espanto, horror y repugnancia.

En una asamblea de fantasmas como la que acabo de describir es de imaginar que una aparición ordinaria no hubiera provocado semejante conmoción. El desenfreno de aquella mascarada no tenía límites, pero la figura en cuestión lo ultrapasaba e iba, incluso, más allá de lo que el liberal criterio del príncipe toleraba. En el corazón de los más temerarios hay cuerdas que no pueden tocarse sin emoción. Aun el más relajado de los seres, para quien la vida y la muerte son igualmente un juego, sabe que hay cosas con las cuales no se puede jugar. Los concurrentes parecían sentir en lo más hondo que el traje y la apariencia del desconocido no revelaban ni ingenio ni decoro. Su figura, alta y flaca, estaba envuelta de la cabeza a los pies en una mortaja. La máscara que ocultaba el rostro se parecía de tal manera al semblante de un cadáver ya rígido, que el escrutinio más detallado se habría visto en dificultades para descubrir el engaño. Cierto; aquella frenética concurrencia podía tolerar, si no aprobar, semejante disfraz. Pero el enmascarado se había atrevido a asumir las apariencias de la Muerte Roja. Su mortaja estaba salpicada de sangre, y su amplia frente, así como el rostro, aparecían manchados por el horror escarlata.

Cuando los ojos del príncipe Próspero cayeron sobre la espectral imagen (que ahora, con un movimiento lento y solemne como para dar relieve a su papel, se paseaba entre los bailarines), convulsionóse en el primer momento con un estremecimiento de terror o de disgusto; pero, al punto, su frente enrojeció de rabia.

–¿Quién se atreve –preguntó, con voz ronca, a los cortesanos que lo rodeaban–, quién se atreve a insultarnos con esta burla blasfematoria? ¡Apoderaos de él y desenmascaradlo, para que sepamos a quién vamos a ahorcar al alba en las almenas!

Al pronunciar estas palabras, el príncipe Próspero se hallaba en el aposento del este, el aposento azul. Sus acentos resonaron alta y claramente en las siete estancias, pues el príncipe era hombre osado y robusto, y la música acababa de cesar a una señal de su mano.

Con un grupo de pálidos cortesanos a su lado hallábase el príncipe en el aposento azul. Apenas hubo hablado, los presentes hicieron un movimiento en dirección al intruso, quien, en ese instante, se hallaba a su alcance y se acercaba al príncipe con paso sereno y deliberado. Mas la indecible aprensión que la insana apariencia del enmascarado había producido en los cortesanos impidió que nadie alzara la mano para detenerlo; y así, sin impedimentos, pasó éste a una yarda del príncipe, y, mientras la vasta concurrencia retrocedía en un solo impulso hasta pegarse a las paredes, siguió andando ininterrumpidamente, pero con el mismo solemne y mesurado paso que desde el principio lo había distinguido. Y de la cámara azul pasó a la púrpura, de la púrpura a la verde, de la verde a la anaranjada, desde ésta a la blanca y de allí a la violeta antes de que nadie se hubiera decidido a detenerlo. Mas entonces el príncipe Próspero, enloquecido por la rabia y la vergüenza de su momentánea cobardía, se lanzó a la carrera a través de los seis aposentos, sin que nadie lo siguiera por el mortal terror que a todos paralizaba. Puñal en mano, acercóse impetuosamente hasta llegar a tres o cuatro pasos de la figura, que seguía alejándose, cuando ésta, al alcanzar el extremo del aposento de terciopelo, se volvió de golpe y enfrentó a su perseguidor. Oyóse un agudo grito, mientras el puñal caía resplandeciente sobre la negra alfombra y el príncipe Próspero se desplomaba muerto.

Reuniendo el terrible coraje de la desesperación, numerosas máscaras se lanzaron al aposento negro; pero, al apoderarse del desconocido, cuya alta figura permanecía erecta e inmóvil a la sombra del reloj de ébano, retrocedieron con inexpresable horror al descubrir que el sudario y la máscara cadavérica que con tanta rudeza habían aferrado no contenían ninguna forma tangible.

Y entonces reconocieron la presencia de la Muerte Roja. Había venido como un ladrón en la noche. Y uno por uno cayeron los convidados en las salas de orgía manchadas de sangre, y cada uno murió en la desesperada actitud de su caída. Y la vida del reloj de ébano se apagó con la del último de aquellos alegres seres. Y las llamas de los trípodes expiraron. Y las tinieblas, y la corrupción, y la Muerte Roja lo dominaron todo.

Un cuento de las Montañas Escabrosas

Durante el otoño del año 1827, mientras residía cerca de Charlottesville (Virginia), trabé relación por casualidad con Mr. Augustus Bedloe. Este joven caballero era notable en todo sentido y despertó en mí un interés y una curiosidad profundos. Me resultaba imposible comprenderlo tanto en lo físico como en lo moral. De su familia no pude obtener informes satisfactorios. Nunca averigüé de dónde venía. Aun en su edad –si bien lo califico de joven caballero– había algo que me desconcertaba no poco. Seguramente *parecía* joven, y se complacía en hablar de su juventud; mas había momentos en que no me hubiera costado mucho atribuirle cien años de edad. Pero nada más peculiar que su apariencia física. Era singularmente alto y delgado, muy encorvado. Tenía miembros excesivamente largos y descarnados, la frente ancha y alta, la tez absolutamente exangüe, la boca grande y flexible, y los dientes más desparejados, aunque sanos, que jamás he visto en una cabeza humana. La expresión de su sonrisa, sin embargo, en modo alguno resultaba desagradable, como podía suponerse; pero era absolutamente invariable. Tenía una profunda melancolía, una tristeza uniforme, constante. Sus ojos eran de tamaño anormal, grandes y redondos, como los del gato. También las pupilas con cualquier aumento o disminución de luz sufrían una contracción o una dilatación como la que se observa en la especie felina. En momentos de excitación le brillaban los ojos hasta un punto casi inconcebible; parecían emitir rayos luminosos, no de una luz reflejada, sino intrínseca, como una bujía, como el sol; pero por lo general tenía un aspecto tan apagado, tan velado y opaco, que evocaban los ojos de un cadáver largo tiempo enterrado.

Estas características físicas parecían causarle mucha molestia y continuamente aludía a ellas en un tono en parte explicativo, en parte de disculpa, que la primera vez me impresionó penosamente. Pronto, sin embargo, me acostumbré a él y mi incomodidad se desvaneció. Parecía proponerse más bien insinuar, sin afirmarlo de modo directo, que su aspecto físico no había sido siempre el de ahora, que una larga serie de ataques neurálgicos lo habían reducido de una belleza mayor de la común a eso que ahora yo contemplaba. Hacía mucho tiempo que le atendía un médico llamado Templeton, un viejo caballero de unos setenta años, a quien conociera en Saratoga y cuyos cuidados le habían proporcionado, o por lo menos así lo pensaba, gran alivio. El resultado fue que Bedloe, hombre rico, había hecho un arreglo con el doctor Templeton, por el cual este último, mediante un generoso pago anual, consintió en consagrar su tiempo y su experiencia médica al cuidado exclusivo del enfermo.

El doctor Templeton había viajado mucho en sus tiempos juveniles, y en París se convirtió, en gran medida, a las doctrinas de Mesmer. Por medio de curas magnéticas había logrado aliviar los agudos dolores de su paciente, que, movido por este éxito, sentía cierto grado natural de confianza en las opiniones en las cuales se fundaba el tratamiento. El doctor, sin embargo, como todos los fanáticos, había luchado encarnizadamente por convertir a su discípulo, y al fin consiguió inducirlo a que se sometiera a numerosos experimentos. Con la frecuente repetición de éstos logró un resultado que en los últimos tiempos se ha vulgarizado hasta el punto de llamar poco o nada la atención, pero que en el período al cual me refiero era apenas conocido en América. Quiero decir que entre el doctor Templeton y Bedloe se había establecido poco a poco un *rapport* muy definido y muy intenso, una relación magnética. No estoy en condiciones de asegurar, sin embargo, que este *rapport* se extendiera más allá de los límites del simple poder de provocar sueño; pero el poder en sí mismo había alcanzado gran intensidad. El primer intento de producir somnolencia magnética fue un absoluto fracaso para el mesmerista. El quinto o el sexto tuvo un éxito parcial, conseguido después de largo y continuado esfuerzo. Sólo en el duodécimo el triunfo fue completo. Después de éste la voluntad del paciente sucumbió rápidamente a la del médico, de modo que, cuando los conocí, el sueño se producía casi de inmediato por la simple voluntad del operador, aun cuando el enfermo no estuviera enterado de su presencia. Sólo ahora, en el año 1845, cuando se comprueban diariamente miles de milagros similares, me atrevo a referir esta aparente imposibilidad como un hecho tan cierto como probado.

El temperamento de Bedloe era sensitivo, excitable y exaltado en el más alto grado. Su imaginación se mostraba singularmente vigorosa y creadora, y sin duda sacaba fuerzas adicionales del uso habitual de la morfina, que ingería en gran cantidad y sin la cual le hubiera resultado imposible vivir. Era su costumbre tomar una dosis muy grande todas las mañanas inmediatamente después del desayuno, o más bien después de una taza de café cargado, pues no comía nada antes de mediodía, y luego salía, solo o acompañado por un perro, en un largo paseo por la cadena de salvajes y sombrías colinas que se alzan hacia el suroeste de Charlottesville y son honradas con el título de Montañas Escabrosas.

Un día oscuro, caliente, neblinoso de fines de noviembre, durante el extraño interregno de las estaciones que en Norteamérica se llama *verano indio,* Mr. Bedloe partió, como de costumbre, hacia las colinas. Transcurrió el día, y no volvió.

A eso de las ocho de la noche, ya seriamente alarmados por su prolongada ausencia, estábamos a punto de salir en su busca, cuando apareció de improviso, en un estado no peor que el habitual, pero más exaltado que de costumbre. Su relato de la expedición y de los acontecimientos que lo habían detenido fue en verdad singular.

«–Recordarán ustedes –dijo– que eran alrededor de las nueve de la mañana cuando salí de Charlottesville. De inmediato dirigí mis pasos hacia las montañas y, a eso de las diez, entré en una garganta completamente nueva para mí. Seguí los recodos de este paso con gran interés. El paisaje que se veía por doquiera, aunque apenas digno de ser llamado imponente, presentaba un indescriptible y para mí delicioso aspecto de lúgubre desolación. La soledad parecía absolutamente virgen. No pude menos de pensar que aquel verde césped y aquellas rocas grises nunca habían sido holladas hasta entonces por pies humanos. Tan absoluto era su apartamiento y en realidad tan inaccesible –salvo por una serie de accidentes– la entrada del barranco, que no es nada imposible que yo haya sido el primer aventurero, el primerísimo y único aventurero que penetró en sus reconditeces.

»La espesa y peculiar niebla o humo que caracteriza al *verano indio* y que ahora flota, pesada, sobre todos los objetos, servía sin duda para ahondar la vaga impresión que esos objetos creaban. Tan densa era esta agradable bruma, que en ningún momento pude ver a más de doce yardas en el sendero que tenía delante. Este sendero era sumamente sinuoso y, como no se podía ver el sol, pronto perdí toda idea de la dirección en que andaba. Entre tanto la morfina obró su efecto acostumbrado: el de dotar a todo el mundo exterior de intenso interés. En el temblor de una hoja, en el matiz de una brizna de hierba, en la forma de un trébol, en el zumbido de una abeja, en el brillo de una gota de rocío, en el soplo del viento, en los suaves olores que salían del bosque había todo un universo de sugestión, una alegre y abigarrada serie de ideas fragmentarias desordenadas.

»Absorto, caminé durante varias horas, durante las cuales la niebla se espesó a mi alrededor hasta tal punto que al fin me vi obligado a buscar a tientas el camino. Y entonces una indescriptible inquietud se adueñó de mí, una especie de vacilación nerviosa, de temblor. Temí caminar, no fuera a precipitarme en algún abismo. Recordaba, además, extrañas historias sobre esas Montañas Escabrosas, sobre una raza extraña y fiera de hombres que ocupaban sus bosquecillos y sus cavernas. Mil fantasías vagas me oprimieron y desconcertaron, fantasías más afligentes por ser vagas. De improviso detuvo mi atención el fuerte redoble de un tambor.

»Mi asombro fue por supuesto extremado. Un tambor en esas colinas era algo desconocido. No podía sorprenderme más el sonido de la trompeta del Arcángel. Pero entonces surgió una fuente de interés y de perplejidad aún más sorprendente. Se oyó un extraño son de cascabel o campanilla, como de un manojo de grandes llaves, y al instante pasó como una exhalación, lanzando un alarido, un hombre semidesnudo de rostro atezado. Pasó tan cerca que sentí su aliento caliente en la cara. Llevaba en una mano un instrumento compuesto por un conjunto de aros de acero, y los sacudía vigorosamente al correr. Apenas había desaparecido en la niebla cuando, jadeando tras él, con la boca abierta y los ojos centelleantes, se precipitó una enorme bestia. No podía equivocarme acerca de su naturaleza. Era una hiena.

»La vista de este monstruo, en vez de aumentar mis terrores los alivió, pues ahora estaba seguro de que soñaba, e intenté despertarme. Di unos pasos hacia adelante con audacia, con vivacidad. Me froté los ojos. Grité. Me pellizqué los brazos. Un pequeño manantial se presentó ante mi vista y entonces, deteniéndome, me mojé las manos, la cabeza y el cuello. Esto pareció disipar las sensaciones equívocas que hasta entonces me perturbaran. Me enderecé, como lo pensaba, convertido en un hombre nuevo y proseguí tranquilo y satisfecho mi desconocido camino.

»Al fin, extenuado por el ejercicio y por cierta opresiva cerrazón de la atmósfera, me senté bajo un árbol. En ese momento llegó un pálido resplandor de sol y la sombra de las hojas del árbol cayó débil pero definida sobre la hierba. Pasmado, contemplé esta sombra durante varios minutos. Su forma me dejó estupefacto. Miré hacia arriba. El árbol era una palmera.

»Entonces me levanté apresuradamente y en un estado de terrible agitación, pues la suposición de que estaba soñando ya no me servía. Vi, comprendí que era perfectamente dueño de mis sentidos, y estos sentidos brindaban a mi alma un mundo de sensaciones nuevas y singulares. El calor tornóse de pronto intolerable. La brisa estaba cargada de un extraño olor. Un murmullo bajo, continuo, como el que surge de un río crecido pero que corre suavemente, llegó a mis oídos, mezclado con el susurro peculiar de múltiples voces humanas.

»Mientras escuchaba en el colmo de un asombro que no necesito describir, una fuerte y breve ráfaga de viento disipó la niebla oprimente como por obra de magia.

»Me encontré al pie de una alta montaña y mirando una vasta llanura por la cual serpeaba un majestuoso río. A orillas de este río había una ciudad de apariencia oriental, como las que conocemos por las *Mil y una noches*, pero más singular aún que las allí descritas. Desde mi posición, a un nivel mucho más alto que el de la ciudad, podía percibir cada rincón y escondrijo como si estuviera delineado en un mapa. Las calles parecían innumerables y se cruzaban irregularmente en todas direcciones, pero eran más bien pasadizos sinuosos que calles, y bullían de habitantes. Las casas eran extrañamente pintorescas. A cada lado había profusión de balcones, galerías, torrecillas, templetes y minaretes fantásticamente tallados. Abundaban los bazares, y había un despliegue de ricas mercancías en infinita variedad y abundancia: sedas, muselinas, la cuchillería más deslumbrante, las joyas y gemas más espléndidas. Además de estas cosas se veían por todas partes estandartes y palanquines, literas con majestuosas damas rigurosamente veladas, elefantes con gualdrapas suntuosas, ídolos grotescamente tallados, tambores, pendones, gongos, lanzas, mazas doradas y argentinas. Y en medio de la multitud, el clamor, el enredo, la confusión general, en medio del millón de hombres blancos y amarillos con turbantes y túnicas y barbas caudalosas, vagaba una innumerable cantidad de toros sagrados, mientras vastas legiones de asquerosos monos también sagrados trepaban, parloteando y chillando, a las cornisas de las mezquitas, o se colgaban de los minaretes y de las torrecillas. De las hormigueantes calles bajaban a las orillas del río innumerables escaleras que llegaban a los baños, mientras el río mismo parecía abrirse paso con dificultad a través de las grandes flotas de navíos muy cargados que se amontonaban a lo largo y a lo ancho de su superficie. Más allá de los límites de la ciudad se levantaban, en múltiples grupos majestuosos, la palmera y el cocotero, y otros gigantescos y misteriosos árboles añosos, y aquí y allá podía verse un arrozal, alguna choza campesina con techo de paja, un aljibe, un templo perdido, un campamento gitano, o una solitaria y graciosa doncella encaminándose, con un cántaro sobre la cabeza, hacia las orillas del magnífico río.

»Ustedes dirán ahora, por supuesto, que yo soñaba; pero no es así. Lo que vi, lo que oí, lo que sentí, lo que pensé, nada tenía de la inequívoca idiosincrasia del sueño. Todo poseía una consistencia rigurosa y propia. Al principio, dudando de estar realmente despierto, inicié una serie de pruebas que pronto me convencieron de que, en efecto, lo estaba. Cuando uno sueña y en el sueño sospecha que sueña, la sospecha *nunca deja de confirmarse* y el durmiente se despierta de inmediato. Por eso Novalis no se equivoca al decir que "estamos próximos a despertar cuando soñamos que soñamos".

Si hubiera tenido esta visión tal como la describo, sin sospechar que era un sueño, entonces podía haber sido un sueño; pero habiéndose producido así, y siendo, como lo fue, objeto de sospechas y de pruebas, me veo obligado a clasificarla entre otros fenómenos.»

–En esto no estoy seguro de que se equivoque –observó el doctor Templeton–, pero continúe. Usted se levantó y descendió a la ciudad.

«–Me levanté –continuó Bedloe mirando al doctor con un aire de profundo asombro–, me levanté como usted dice y descendí a la ciudad. En el camino encontré una inmensa multitud que atestaba las calles y se dirigía en la misma dirección, dando muestras en todos sus actos de la más intensa excitación. De pronto, y por algún impulso inconcebible, experimenté un fuerte interés personal en lo que estaba sucediendo. Sentía que debía desempeñar un importante papel, sin saber exactamente cuál. La multitud que me rodeaba, sin embargo, me inspiró un profundo sentimiento de animosidad. Me aparté bruscamente, deprisa, por un sendero tortuoso, llegué a la ciudad y entré. Todo era allí tumulto, contienda. Un pequeño grupo de hombres vestidos con ropas semiindias, semieuropeas, y comandado por caballeros de uniforme en parte británico, combatían en desventaja con la bullente chusma de las callejuelas. Me uní a la parte más débil, con las armas de un oficial caído, y luché no sé contra quién, con la nerviosa ferocidad de la desesperación. Pronto fuimos vencidos por el número y buscamos refugio en una especie de quiosco. Allí nos atrincheramos y por un momento estuvimos seguros. Desde una aspillera cerca del pináculo del quiosco vi una vasta multitud, en furiosa agitación, rodeando y asaltando un alegre palacio que dominaba el río. Entonces, desde una ventana superior de ese palacio bajó un personaje, de aspecto afeminado, valiéndose de una cuerda hecha con los turbantes de sus sirvientes. Cerca había un bote, en el cual huyó a la orilla opuesta del río.

»Y entonces un nuevo propósito se apoderó de mi espíritu. Dije unas pocas palabras apresuradas pero enérgicas a mis compañeros y, logrando ganar a algunos para mi causa, hice una frenética salida desde el quiosco. Nos precipitamos entre la multitud que lo rodeaba. Al principio ésta se retiró a nuestro paso. Volvió a unirse, luchó enloquecida, se retiró de nuevo. Entretanto nos habíamos alejado del quiosco y nos extraviamos y confundimos en las estrechas calles de casas altas, salientes, en cuyas profundidades el sol nunca había podido brillar. La canalla presionó impetuosa contra nosotros, acosándonos con sus lanzas y abrumándonos a flechazos. Las flechas eran muy curiosas, algo parecidas al sinuoso cris malayo. Imitaban el cuerpo de una serpiente ondulada y eran largas y negras, con púa envenenada. Una de ellas me hirió en la sien derecha. Me tambaleé y caí. Una instantánea y espantosa náusea me invadió. Me debatí, jadeando, hasta morir.»

–No puede usted insistir *ahora* –dije, sonriendo– en que toda su aventura no fue un sueño. No se dispondrá a sostener que está muerto, ¿verdad?

Al decir estas palabras esperaba de parte de Bedloe alguna vivaz salida a modo de réplica; pero, para asombro mío, vaciló, tembló, se puso terriblemente pálido y permaneció silencioso. Miré a Templeton. Estaba rígido y erecto en su silla, daba diente con diente y los ojos se le salían de las órbitas.

–¡Continúe! –dijo por fin con voz ronca.

–Durante varios minutos –prosiguió Bedloe– mi único sentimiento, mi única sensación fue de oscuridad, de nada, junto con la conciencia de la muerte. Por fin mi alma pareció sufrir un violento y repentino choque, como de electricidad. Con él apareció la sensación de elasticidad y de luz. Sentí la luz, no la vi. Por un instante me pareció que me levantaba del suelo. Pero no tenía presencia corpórea, ni visible, ni audible, ni palpable. La multitud se había marchado. El tumulto había cesado. La ciudad se hallaba en relativo reposo. Abajo yacía mi cadáver con la flecha en la sien, la cabeza enormemente hinchada y desfigurada. Pero todas estas cosas las sentí, no las vi. Nada me interesaba. El mismo cadáver era como si no fuese cosa mía. Voluntad no tenía ninguna, pero algo parecía impulsarme a moverme y me deslicé flotando fuera de la ciudad, volviendo a recorrer el sendero sinuoso por el cual había entrado. Cuando llegué al punto del barranco en las montañas donde encontrara la hiena, experimenté de nuevo un choque como de batería galvánica; las sensaciones de peso, de voluntad, de sustancia volvieron. Recobré mi ser original y dirigí ansioso mis pasos hacia casa, pero el pasado no había perdido la vivacidad de lo real, y ni siquiera ahora, ni siquiera por un instante, puedo obligar a mi entendimiento a considerarlo como un sueño.

–No lo era –dijo Templeton con un aire de profunda solemnidad–, y sin embargo sería difícil decir de qué otra manera podría llamárselo. Supongamos tan sólo que el alma del hombre actual está al borde de algunos estupendos descubrimientos psíquicos. Contentémonos con esta suposición. En cuanto al resto, tengo alguna explicación que dar. He aquí una acuarela que debería haberle mostrado antes, pero no lo hice porque hasta ahora me lo impidió un inexplicable sentimiento de horror.

Miramos la figura que presentaba. Nada le vi de extraordinario, pero su efecto sobre Bedloe fue prodigioso. Casi se desmayó al verlo. Y sin embargo era tan sólo un retrato, una miniatura de milagrosa exactitud, por cierto, un retrato de sus notables facciones. Por lo menos esto fue lo que pensé al mirarlo.

«–Advertirán ustedes –dijo Templeton– la fecha de este retrato. Aquí está, apenas visible, en este ángulo: 1780. En ese año fue hecho el retrato. Pertenece a un amigo muerto, a Mr. Oldeb, de quien fui muy íntimo en Calcuta, durante la administración de Warren Hastings. Entonces tenía yo sólo veinte años. La primera vez que lo vi, Mr. Bedloe, en Saratoga, la milagrosa semejanza existente entre usted y la pintura fue lo que me indujo a hablarle, a buscar su amistad y a llegar a un arreglo por el cual me convertí en su compañero constante. Al hacer esto me urgía en parte, y quizá principalmente, el dolido recuerdo del muerto, pero también, en parte, una curiosidad con respecto a usted, incómoda y no desprovista de horror.

»En los detalles de su visión entre las colinas ha descrito usted con la más minuciosa exactitud la ciudad india de Benarés, sobre el Río Sagrado. Los tumultos, el combate, la matanza fueron los sucesos reales de la insurrección de Cheyte Sing que ocurrió en 1780, cuando la vida de Hastings corrió inminente peligro. El hombre que escapaba por la cuerda de turbantes era el mismo Cheyte Sing. El destacamento del quiosco estaba formado por cipayos y oficiales británicos, comandados por Hastings. Yo formaba parte de ese destacamento e hice todo lo posible para impedir la temeraria y fatal salida del oficial que cayó, en las atestadas callejuelas, herido por la flecha envenenada de un bengalí. Aquel oficial era mi amigo más querido. Era Oldeb. Lo verán ustedes en estos manuscritos –aquí sacó un cuaderno de notas donde había varias páginas que parecían recién escritas–; en el mismo momento en que usted imaginaba esas cosas entre las colinas, yo estaba entregado a la tarea de detallarlas sobre el papel, aquí, en casa.»

Aproximadamente una semana después de esta conversación, en el periódico de Charlottesville aparecieron los siguientes párrafos:

«Tenemos el penoso deber de anunciar la muerte de Mr. AUGUSTUS BEDLO, caballero cuyas amables costumbres y numerosas virtudes le habían ganado el afecto de los ciudadanos de Charlottesville.

»Mr. B. había padecido durante varios años neuralgias que con frecuencia amenazaron con un fin fatal; pero ésta no puede ser considerada sino la causa mediata de su deceso. La causa próxima es especialmente singular. En una excursión a las Montañas Escabrosas, hace unos días, Mr. B. tomó un poco de frío y contrajo fiebre acompañada por gran aflujo de sangre a la cabeza. Para aliviar esto, el doctor Templeton recurrió a la sangría local, por medio de sanguijuelas aplicadas a las sienes. En un período terriblemente breve el paciente murió, viéndose entonces que en el recipiente de las sanguijuelas se había introducido por casualidad una de las vermiculares venenosas que de vez en cuando se encuentran en las charcas vecinas. Ésta se adhirió a una pequeña arteria de la sien derecha. Su gran semejanza con la sanguijuela medicinal fue causa de que se advirtiera demasiado tarde el error.»

N. B. La sanguijuela venenosa de Charlottesville siempre puede distinguirse de la medicinal por su color negro y especialmente por sus movimientos reptantes o vermiculares, que tienen una semejanza muy estrecha con los de la víbora.

Estaba hablando con el director del diario en cuestión sobre este notable accidente, cuando se me ocurrió preguntar por qué el nombre del difunto figuraba como Bedlo.

–Supongo –dije– que tienen ustedes autoridad suficiente para escribirlo así, pero siempre imaginé que el nombre se escribía con una *e* al final.

–¿Autoridad? No –replicó–. Es un simple error tipográfico. El nombre es Bedloe, con una *e,* y en mi vida he sabido que se escribiera de otro modo.

–Entonces –dije entre dientes mientras me alejaba–, entonces realmente ha sucedido que una verdad es más extraña que cualquier ficción, pues Bedlo, sin la *e,* ¿qué es sino Oldeb, a la inversa? Y este hombre me dice que es un error tipográfico.

El demonio de la perversidad

En la consideración de las facultades e impulsos de los *prima mobilia* del alma humana los frenólogos han olvidado una tendencia que, aunque evidentemente existe como un sentimiento radical, primitivo, irreductible, los moralistas que los precedieron también habían pasado por alto. Con la perfecta arrogancia de la razón, todos la hemos pasado por alto. Hemos permitido que su existencia escapara a nuestro conocimiento tan sólo por falta de creencia, de fe, sea fe en la Revelación o fe en la Cábala. Nunca se nos ha ocurrido pensar en ella, simplemente por su gratuidad. No creímos que esa tendencia tuviera necesidad de un impulso. No podíamos percibir su necesidad. No podíamos entender, es decir, aunque la noción de este *primum mobile* se hubiese introducido por sí misma, no podíamos entender de qué modo era capaz de actuar para mover las cosas humanas, ya temporales, ya eternas. No es posible negar que la frenología, y en gran medida toda la metafísica, han sido elaboradas *a priori*. El metafísico y el lógico, más que el hombre que piensa o el que observa, se ponen a imaginar designios de Dios, a dictarle propósitos. Habiendo sondeado de esta manera, a gusto, las intenciones de Jehová, construyen sobre estas intenciones sus innumerables sistemas mentales. En materia de frenología, por ejemplo, hemos determinado, primero (por lo demás era bastante natural hacerlo), que entre los designios de la Divinidad se contaba el de que el hombre comiera. Asignamos, pues, a éste un órgano de la *alimentividad* para alimentarse, y este órgano es el acicate con el cual la Deidad fuerza al hombre, quieras que no, a comer. En segundo lugar, habiendo decidido que la voluntad de Dios quiere que el hombre propague la especie, descubrimos inmediatamente un órgano de la *amatividad*. Y lo mismo hicimos con la combatividad, la idealidad, la casualidad, la constructividad, en una palabra, con todos los órganos que representaran una tendencia, un sentimiento moral o una facultad del puro intelecto. Y en este ordenamiento de los principios de la acción humana, los spurzheimistas, con razón o sin ella, en parte o en su totalidad, no han hecho sino seguir en principio los pasos de sus predecesores, deduciendo y estableciendo cada cosa a partir del destino preconcebido del hombre y tomando como fundamento los propósitos de su Creador.

Hubiera sido más prudente, hubiera sido más seguro fundar nuestra clasificación (puesto que debemos hacerla) en lo que el hombre habitual u ocasionalmente hace, y en lo que siempre hace ocasionalmente, en cambio de fundarla en la hipótesis de lo que Dios pretende obligarle a hacer. Si no podemos comprender a Dios en sus obras visibles, ¿cómo lo comprenderíamos en los inconcebibles pensamientos que dan vida a sus obras? Si no podemos entenderlo en sus criaturas objetivas, ¿cómo hemos de comprenderlo en sus tendencias esenciales y en las fases de la creación?

La inducción *a posteriori* hubiera llevado a la frenología a admitir, como principio innato y primitivo de la acción humana, algo paradójico que podemos llamar *perversidad* a falta de un término más característico. En el sentido que le doy es, en realidad, un *móvil* sin motivo, un motivo no motivado. Bajo sus incitaciones actuamos sin objeto comprensible, o, si esto se considera una contradicción en los términos, podemos llegar a modificar la proposición y decir que bajo sus incitaciones actuamos por la razón de que no deberíamos actuar. En teoría ninguna razón puede ser más irrazonable; pero, de hecho, no hay ninguna más fuerte. Para ciertos espíritus, en ciertas condiciones llega a ser absolutamente irresistible. Tan seguro como que respiro sé que en la seguridad de la equivocación o el error de una acción cualquiera reside con frecuencia la *fuerza* irresistible, la única que nos impele a su prosecución. Esta invencible tendencia a hacer el mal por el mal mismo no admitirá análisis o resolución en ulteriores elementos. Es un impulso radical, primitivo, elemental. Se dirá, lo sé, que cuando persistimos en nuestros actos porque sabemos que no deberíamos hacerlo, nuestra conducta no es sino una modificación de la que comúnmente provoca la *combatividad* de la frenología. Pero una mirada mostrará la falacia de esta idea. La *combatividad,* a la cual se refiere la frenología, tiene por esencia la necesidad de autodefensa. Es nuestra salvaguardia contra todo daño. Su principio concierne a nuestro bienestar, y así el deseo de estar bien es excitado al mismo tiempo que su desarrollo. Se sigue que el deseo de estar bien debe ser excitado al mismo tiempo por algún principio que será una simple modificación de la combatividad, pero en el caso de esto que llamamos perversidad el deseo de estar bien no sólo no se manifiesta, sino que existe un sentimiento fuertemente antagónico.

Si se apela al propio corazón, se hallará, después de todo, la mejor réplica a la sofistería que acaba de señalarse. Nadie que consulte con sinceridad su alma y la someta a todas las preguntas estará dispuesto a negar que esa tendencia es absolutamente radical. No es más incomprensible que característica. No hay hombre viviente a quien en algún período no lo haya atormentado, por ejemplo, un vehemente deseo de torturar a su interlocutor con circunloquios. El que habla advierte el desagrado que causa; tiene toda la intención de agradar; por lo demás, es breve, preciso y claro; el lenguaje más lacónico y más luminoso lucha por brotar de su boca; sólo con dificultad refrena su curso; teme y lamenta la cólera de aquel a quien se dirige; sin embargo, se le ocurre la idea de que puede engendrar esa cólera con ciertos incisos y ciertos paréntesis. Este solo pensamiento es suficiente. El impulso crece hasta el deseo, el deseo hasta el anhelo, el anhelo hasta un ansia incontrolable y el ansia (con gran pesar y mortificación del que habla y desafiando todas las consecuencias) es consentida.

Tenemos ante nosotros una tarea que debe ser cumplida velozmente. Sabemos que la demora será ruinosa. La crisis más importante de nuestra vida exige, a grandes voces, energía y acción inmediatas. Ardemos, nos consumimos de ansiedad por comenzar la tarea, y en la anticipación de su magnífico resultado nuestra alma se enardece. Debe, tiene que ser emprendida hoy y, sin embargo, la dejamos para mañana; y ¿por qué? No hay respuesta, salvo que sentimos esa actitud *perversa,* usando la palabra sin comprensión del principio. El día siguiente llega, y con él una ansiedad más impaciente por cumplir con nuestro deber, pero con este verdadero aumento de ansiedad llega también un indecible anhelo de postergación realmente espantosa por lo insondable. Este anhelo cobra fuerzas a medida que pasa el tiempo. La última hora para la acción está al alcance de nuestra mano. Nos estremece la violencia del conflicto interior, de lo definido con lo indefinido, de la sustancia con la sombra. Pero si la contienda ha llegado tan lejos, la sombra es la que vence, luchamos en vano. Suena la hora y doblan a muerto por nuestra felicidad. Al mismo tiempo es el canto del gallo para el fantasma que nos había atemorizado. Vuela, desaparece, somos libres. La antigua energía retorna. Trabajaremos *ahora.* ¡Ay, es *demasiado tarde!*

Estamos al borde de un precipicio. Miramos el abismo, sentimos malestar y vértigo. Nuestro primer impulso es retroceder ante el peligro. Inexplicablemente, nos quedamos. En lenta graduación, nuestro malestar y nuestro vértigo se confunden en una nube de sentimientos inefables. Por grados aún más imperceptibles esta nube cobra forma, como el vapor de la botella de donde surgió el genio en *Las mil y una noches*. Pero en esa nube *nuestra* al borde del precipicio, adquiere consistencia una forma mucho más terrible que cualquier genio o demonio de leyenda, y, sin embargo, es sólo un pensamiento, aunque temible, de esos que hielan hasta la médula de los huesos con la feroz delicia de su horror. Es simplemente la idea de lo que serían nuestras sensaciones durante la veloz caída desde semejante altura. Y esta caída, esta fulminante aniquilación, por la simple razón de que implica la más espantosa y la más abominable entre las más espantosas y abominables imágenes de la muerte y el sufrimiento que jamás se hayan presentado a nuestra imaginación, por esta simple razón la deseamos con más fuerza. Y porque nuestra razón nos aparta violentamente del abismo, *por eso* nos acercamos a él con más ímpetu. No hay en la naturaleza pasión de una impaciencia tan demoniaca como la del que, estremecido al borde de un precipicio, piensa arrojarse en él. Aceptar por un instante cualquier atisbo de pensamiento significa la perdición inevitable, pues la reflexión no hace sino apremiarnos para que no lo hagamos, y justamente por eso, digo, no podemos hacerlo. Si no hay allí un brazo amigo que nos detenga, o si fallamos en el súbito esfuerzo de echarnos atrás, nos arrojamos, nos destruimos.

Examinemos estas acciones y otras similares: encontraremos que resultan sólo del espíritu de *perversidad*. Las perpetramos simplemente porque sentimos que *no deberíamos* hacerlo. Más acá o más allá de esto no hay principio inteligible, y podríamos en verdad considerar su perversidad como una instigación directa del demonio si no supiéramos que a veces actúa en fomento del bien.

He hablado tanto que en cierta medida puedo responder a vuestra pregunta, puedo explicaros por qué estoy aquí, puedo mostraros algo que tendrá por lo menos una débil apariencia de justificación de estos grillos y esta celda de condenado que ocupo. Si no hubiera sido tan prolijo, o no me hubierais comprendido, o, como la chusma, me hubierais considerado loco. Ahora advertiréis fácilmente que soy una de las innumerables víctimas del demonio de la perversidad.

Es imposible que acción alguna haya sido preparada con más perfecta deliberación. Semanas, meses enteros medité en los medios del asesinato. Rechacé mil planes porque su realización implicaba una *chance* de ser descubierto. Por fin, leyendo algunas memorias francesas, encontré el relato de una enfermedad casi fatal sobrevenida a madame Pilau por obra de una vela accidentalmente envenenada. La idea impresionó de inmediato mi imaginación. Sabía que mi víctima tenía la costumbre de leer en la cama. Sabía también que su habitación era pequeña y mal ventilada. Pero no necesito fatigaros con detalles impertinentes. No necesito describir los fáciles artificios mediante los cuales sustituí, en el candelero de su dormitorio, la vela que allí encontré por otra de mi fabricación. A la mañana siguiente lo hallaron muerto en su lecho, y el veredicto del *coroner* fue: «Muerto por la voluntad de Dios.»

Heredé su fortuna y todo anduvo bien durante varios años. Ni una sola vez cruzó por mi cerebro la idea de ser descubierto. Yo mismo hice desaparecer los restos de la bujía fatal. No dejé huella de una pista por la cual fuera posible acusarme o siquiera hacerme sospechoso del crimen. Es inconcebible el magnífico sentimiento de satisfacción que nacía en mi pecho cuando reflexionaba en mi absoluta seguridad. Durante un período muy largo me acostumbré a deleitarme en este sentimiento. Me proporcionaba un placer más real que las ventajas simplemente materiales derivadas de mi crimen. Pero le sucedió, por fin, una época en que el sentimiento agradable llegó, en gradación casi imperceptible, a convertirse en una idea obsesiva, torturante. Torturante por lo obsesiva. Apenas podía librarme de ella por momentos. Es harto común que nos fastidie el oído, o más bien la memoria, el machacón estribillo de una canción vulgar o algunos compases triviales de una ópera. El martirio no sería menor si la canción en sí misma fuera buena o el aria de ópera meritoria. Así es como, al fin, me descubría permanentemente pensando en mi seguridad y repitiendo en voz baja la frase: «Estoy a salvo».

Un día, mientras vagabundeaba por las calles, me sorprendí en el momento de murmurar, casi en voz alta, las palabras acostumbradas. En un acceso de petulancia les di esta nueva forma: «Estoy a salvo, estoy a salvo si no soy lo bastante tonto para confesar abiertamente.»

No bien pronuncié estas palabras, sentí que un frío de hielo penetraba hasta mi corazón. Tenía ya alguna experiencia de estos accesos de perversidad (cuya naturaleza he explicado no sin cierto esfuerzo) y recordaba que en ningún caso había resistido con éxito sus embates. Y ahora, la casual insinuación de que podía ser lo bastante tonto para confesar el asesinato del cual era culpable se enfrentaba conmigo como la verdadera sombra de mi asesinado y me llamaba a la muerte.

Al principio hice un esfuerzo para sacudir esta pesadilla de mi alma. Caminé vigorosamente, más rápido, cada vez más rápido, para terminar corriendo. Sentía un deseo enloquecedor de gritar con todas mis fuerzas. Cada ola sucesiva de mi pensamiento me abrumaba de terror, pues, ay, yo sabía bien, demasiado bien, que *pensar,* en mi situación, era estar perdido. Aceleré aún más el paso. Salté como un loco por las calles atestadas. Al fin, el populacho se alarmó y me persiguió. Sentí *entonces* la consumación de mi destino. Si hubiera podido arrancarme la lengua, lo habría hecho, pero una voz ruda resonó en mis oídos, una mano más ruda me aferró por el hombro. Me volví, abrí la boca para respirar. Por un momento experimenté todas las angustias del ahogo: estaba ciego, sordo, aturdido; y entonces algún demonio invisible –pensé– me golpeó con su ancha palma en la espalda. El secreto, largo tiempo prisionero, irrumpió de mi alma.

Dicen que hablé con una articulación clara, pero con marcado énfasis y apasionada prisa, como si temiera una interrupción antes de concluir las breves pero densas frases que me entregaban al verdugo y al infierno.

Después de relatar todo lo necesario para la plena acusación judicial, caí por tierra desmayado.

Pero, ¿para qué diré más? ¡Hoy tengo estas cadenas y estoy *aquí!* ¡Mañana estaré libre! *Pero, ¿dónde?*

El entierro prematuro

Hay ciertos temas de interés absorbente, pero demasiado horribles para ser objeto de una obra de ficción. El mero escritor romántico debe evitarlos si no desea ofender o desagradar. Sólo se los usa con propiedad cuando lo severo y lo majestuoso de la verdad los santifican y los sostienen. Nos estremecemos con el más intenso de los «dolores agradables» ante los relatos del paso del Beresina, del terremoto de Lisboa, de la peste de Londres y de la matanza de San Bartolomé, o la asfixia de los ciento veintitrés prisioneros en el Pozo Negro de Calcuta. Pero en estos relatos lo excitante es el hecho, la realidad, la historia. Como invenciones nos inspirarían simple aversión.

He mencionado algunas de las más destacadas y augustas calamidades que registra la historia; pero en ellas el alcance, no menos que el carácter de la calamidad, es lo que con tanta vivacidad impresiona la imaginación. No necesito recordar al lector que, del largo y horripilante catálogo de miserias humanas, podría haber elegido muchos ejemplos individuales más llenos de sufrimiento esencial que cualquiera de estos vastos desastres generales. La verdadera desgracia, el infortunio por esencia, es particular, no difuso. ¡Agradezcamos a

Dios misericordioso que los horribles extremos de agonía sean soportados por el hombre solo y nunca por el hombre en masa!

Ser enterrado vivo es, fuera de toda discusión, el más terrible de los extremos que jamás haya caído en suerte al simple mortal. Que ha caído con frecuencia, con mucha frecuencia, nadie capaz de pensar lo negará. Los límites que separan la Vida de la Muerte son, en el mejor de los casos, vagos e indefinidos. ¿Quién puede decir dónde termina una y dónde empieza la otra? Sabemos que hay enfermedades en las cuales se produce una cesación total de las funciones aparentes de la vida, y, sin embargo, esa cesación es una simple suspensión para darle su justo nombre. Hay tan sólo pausas temporarias en el incomprensible mecanismo. Transcurrido cierto período, algún misterioso principio oculto pone de nuevo en movimiento los mágicos piñones y las ruedas de hechicería. La cuerda de plata no estaba suelta para siempre, ni irreparablemente roto el vaso de oro. Pero, entretanto, ¿dónde se hallaba el alma?

Sin embargo, fuera de la inevitable conclusión *a priori* de que tales causas deben producir tales efectos, de que los bien conocidos casos de vida en suspenso deben provocar naturalmente, una y otra vez, prematuros entierros, fuera de esta consideración tenemos el testimonio directo de la experiencia médica y vulgar para probar que realmente un gran número de estas inhumaciones se lleva a cabo. Yo podría referir de inmediato, si fuera necesario, cien ejemplos bien probados. Uno de características muy notables, y cuyas circunstancias quizá se conserven frescas todavía en la memoria de algunos de mis lectores, aconteció no hace mucho en la vecina ciudad de Baltimore, donde provocó una penosa, intensa y dilatada conmoción. La mujer de uno de los más respetables ciudadanos –abogado eminente y miembro del Consejo– fue atacada por una súbita e inexplicable enfermedad que burló el ingenio de sus médicos. Después de mucho padecer murió, o se supone que murió. Nadie sospechó, a decir verdad, ni había razón para sospechar, que no estaba realmente muerta. Presentaba todas las apariencias comunes de la muerte. El rostro tenía el habitual contorno contraído, sumido. Los labios mostraban la habitual palidez marmórea. Los ojos carecían de brillo. Faltaba el calor. Las pulsaciones habían cesado. Durante tres días el cuerpo estuvo sin enterrar, y en ese tiempo adquirió una rigidez pétrea. El funeral, en suma, fue apresurado a causa del rápido avance de lo que se supuso era descomposición.

La señora fue depositada en la bóveda familiar, que permaneció cerrada durante los tres años siguientes. Al expirar este plazo fue abierta para la recepción de un sarcófago; mas, ¡ah!, ¡qué espantoso choque aguardaba al marido cuando abrió en persona la puerta! Al empujar los batientes, un objeto vestido de blanco cayó rechinando en sus brazos. Era el esqueleto de su mujer con la mortaja todavía puesta.

Una cuidadosa investigación brindó la evidencia de que había revivido dos días después de su sepultura; que su lucha dentro del ataúd había provocado la caída de éste desde un nicho o estante al suelo, y que al romperse el féretro pudo salir de él. Apareció vacía una lámpara que había quedado accidentalmente llena de aceite dentro de la tumba; quizá se hubiera agotado, sin embargo, por evaporación. En el peldaño superior de la escalera que descendía a la espantosa cámara había un gran fragmento del ataúd, con el cual, según las apariencias, la mujer había intentado llamar la atención golpeando la puerta de hierro. Mientras lo hacía, probablemente, se desmayó o quizá murió de puro terror, y al caer, la mortaja se enredó en alguna pieza de hierro que se proyectaba hacia adentro. Allí quedó y así se pudrió, erecta.

En el año 1810 hubo en Francia un caso de inhumación prematura, rodeado de circunstancias que justifican ampliamente el aserto de que la verdad es más extraña que la ficción. La heroína de la historia era mademoiselle Victorine Lafourcade, una joven de ilustre familia, rica y de gran belleza. Entre sus numerosos cortejantes se contaba Julien Bossuet, un pobre *littérateur* o periodista de París. Su talento y su afabilidad general lo habían señalado a la atención de la heredera, quien parecía haberse enamorado realmente de él, pero su orgullo de casta la decidió, por último, a rechazarlo y a casarse con un tal monsieur Renelle, banquero y diplomático de cierta distinción. Después del matrimonio, este caballero descuidó a su mujer y quizá llegó a maltratarla de hecho. Después de pasar juntos algunos años desdichados, ella murió; por lo menos, su estado semejaba tanto la muerte que engañó a todos quienes la vieron. Fue inhumada no en una bóveda, sino en una tumba común, en su aldea natal. Lleno de desesperación, y todavía inflamado por el recuerdo de su profundo cariño, el enamorado viaja de la capital a la remota provincia donde se encuentra la aldea, con el propósito romántico de desenterrar el cuerpo y apoderarse de sus exuberantes trenzas. Llega a la tumba. A medianoche desentierra el ataúd, lo destapa y, en el momento de desprender el cabello, lo detienen los ojos de la amada, que se abren. La mujer había sido enterrada viva. La vitalidad no había desaparecido del todo, y las caricias del enamorado la despertaron del letargo que fuera equivocadamente tomado por la muerte. El joven la llevó frenético a su alojamiento en la aldea. Empleó ciertos poderosos reconstituyentes aconsejados por no pocos conocimientos médicos. Al fin, ella revivió. Reconoció a su salvador. Permaneció con él hasta que, lenta y gradualmente, recobró toda su salud. Su corazón no era empedernido, y esta última lección de amor bastó para ablandarlo. Lo entregó a Bossuet. No volvió más junto a su marido; ocultando su resurrección, huyó con su amante a América. Veinte años después, los dos regresaron a Francia, persuadidos de que el tiempo había cambiado tanto la apariencia de la señora que sus amigos no podrían reconocerla. Pero se equivocaron, pues al primer encuentro monsieur

Renelle reconoció, efectivamente, a su mujer y la reclamó. Ella rechazó el reclamo y el tribunal la apoyó, resolviendo que las peculiares circunstancias, junto con el largo lapso transcurrido, habían abolido, no sólo desde el punto de vista de la equidad, sino legalmente la autoridad del marido.

La *Revista de Cirugía* de Leipzig, publicación de gran autoridad y mérito, que algunos libreros americanos harían bien en traducir y editar, relata en uno de los últimos números un suceso muy penoso que presenta las características en cuestión.

Un oficial de artillería, hombre de gigantesca estatura y robusta salud, fue derribado por un caballo indomable, recibiendo una contusión muy fuerte en la cabeza que en seguida le hizo perder el sentido. Tenía una ligera fractura de cráneo, pero sin peligro inmediato. La trepanación se realizó con éxito. Se le practicó una sangría y se adoptaron otros muchos métodos comunes de alivio. Pero cayó gradualmente en un sopor cada vez más grave y, por último, se le dio por muerto.

Hacía calor y lo enterraron con prisa indecorosa en uno de los cementerios públicos. Sus funerales se realizaron un día jueves. El domingo siguiente frecuentaban el cementerio, como de costumbre, numerosos visitantes cuando, alrededor de mediodía, se produjo un gran revuelo provocado por las palabras de un campesino que, habiéndose sentado en la tumba del oficial, sintió claramente una conmoción en la tierra, como si alguien estuviera luchando debajo. Al principio nadie prestó atención a las palabras del hombre, pero su evidente terror y la terca insistencia con que repetía su historia tuvieron, al fin, naturales efectos sobre la multitud. Algunos consiguieron de inmediato unas palas, y la tumba, vergonzosamente superficial, estuvo en pocos minutos tan abierta que dejó ver la cabeza de su ocupante. Daba la impresión de estar muerto, pero aparecía casi sentado dentro del ataúd, cuya tapa, en una furiosa lucha, había levantado parcialmente.

Fue llevado en seguida al hospital más cercano, donde se le declaró vivo, aunque en estado de asfixia. Después de algunas horas reaccionó, reconoció a sus amigos y, con frases entrecortadas, habló de sus angustias en el sepulcro.

A través de su relato resultó claro que la víctima debía haber conservado conciencia de la vida durante más de una hora después de la inhumación, hasta perder el sentido. La fosa había sido llenada descuidadamente con una tierra muy porosa, sin apisonarla, y así le llegó algo de aire. Oyó los pasos de la multitud sobre su cabeza y trató a su vez de hacerse oír. El tumulto en el interior de la tierra, dijo, fue lo que pareció despertarlo de un profundo sueño, pero apenas despierto comprendió el espantoso horror de su estado.

Este paciente, según se dice, iba mejorando y parecía encaminado hacia un restablecimiento definitivo, cuando sucumbió víctima del charlatanismo de la experimentación médica. Se le aplicó la batería galvánica y expiró de pronto en uno de esos paroxismos estáticos que en ocasiones produce.

La mención de la batería galvánica, sin embargo, me trae a la memoria un caso bien conocido y muy extraordinario, donde su acción brindó la manera de volver a la vida a un joven abogado de Londres que estuviera enterrado durante dos días. Esto ocurrió en 1831, y en el momento causó profunda sensación en todas partes donde fue tema de conversación.

El paciente, Mr. Edward Stapleton, había muerto aparentemente de fiebre tifus, acompañada de algunos síntomas anómalos que excitaron la curiosidad de sus médicos. Después de su aparente deceso, se solicitó a los amigos una autorización para un examen *post mortem,* pero éstos se negaron a permitirlo. Como sucede con frecuencia ante tales negativas, los médicos resolvieron desenterrar el cuerpo y disecarlo a gusto, en privado. Se hicieron fáciles arreglos con algunos de los numerosos ladrones de cadáveres que abundan en Londres, y la tercera noche después de la inhumación el supuesto cadáver fue desenterrado de una tumba de ocho pies de profundidad y depositado en la sala operatoria de un hospital privado.

Al practicarse una incisión de cierta longitud en el abdomen, el aspecto fresco e incorrupto del sujeto sugirió la conveniencia de aplicar la batería. Se hicieron sucesivos experimentos con los efectos acostumbrados, sin nada peculiar en ningún sentido, salvo, en una o dos ocasiones, una apariencia de vida mayor que la ordinaria en la acción convulsiva.

Era tarde. Estaba por amanecer y se juzgó oportuno, al fin, proceder de inmediato a la disección. Pero uno de los estudiantes tenía especiales deseos de probar una teoría propia e insistió en la aplicación de la batería a uno de los músculos pectorales. Después de practicar una tosca incisión, se estableció apresuradamente un contacto; entonces el paciente, con un movimiento rápido pero nada convulsivo, se levantó de la mesa, caminó hasta el centro del recinto, miró extrañado a su alrededor unos instantes y entonces... habló. Lo que dijo fue ininteligible, pero pronunció unas palabras; el silabeo era claro. Después de hablar, cayó pesadamente al suelo.

Por un momento todos quedaron paralizados de espanto, pero la urgencia del caso pronto les devolvió la presencia de ánimo. Se vio que Mr. Stapleton estaba vivo, aunque en síncope. Después de administrársele éter revivió y recobró rápidamente la salud, retornando a la sociedad de sus amigos, a quienes se ocultó, sin embargo, toda noticia de su resurrección hasta que ya no hubo peligro de una recaída. Es de imaginar la maravilla de aquéllos y su arrobado asombro.

La nota más espeluznante de este incidente se encuentra, sin embargo, en lo que afirma el mismo Mr. Stapleton. Declara que en ningún momento perdió todo el sentido, que de un modo oscuro y confuso percibía lo que le estaba ocurriendo desde el momento en que fuera declarado *muerto* por los médicos hasta aquel en que cayó desmayado sobre el piso del hospital. «Estoy vivo», fueron las palabras incomprensibles que, después de reconocer la sala de disección, había intentado en su apuro proferir.

Sería cosa fácil multiplicar historias como éstas, pero me abstengo porque, en realidad, no nos hacen falta para sentar el hecho de que se producen entierros prematuros. Al reflexionar en las muy raras veces en que, por la naturaleza del caso, tenemos la posibilidad de conocerlos, debemos de admitir que han de ocurrir *frecuentemente* sin que lo sepamos. En realidad, rara vez se ha removido con cierta extensión un cementerio, por cualquier motivo, sin que aparecieran esqueletos en posturas que insinúan la más horrible de las sospechas.

¡Horrible, sí, la sospecha, pero más horrible el destino! Puede asegurarse sin vacilación que *ningún* suceso se presta tan terriblemente como la inhumación antes de la muerte para llevar al colmo de la angustia física y mental. La intolerable opresión de los pulmones, las sofocantes emanaciones de la tierra húmeda, las vestiduras fúnebres que se adhieren, el rígido abrazo de la morada estrecha, la negrura de la noche absoluta, el silencio como un mar abrumador, la invisible pero palpable presencia del vencedor gusano, estas cosas, junto con los recuerdos del aire y la hierba que crecen arriba, la memoria de los amigos queridos que volarían a salvarnos si se enteraran de nuestro destino, y la conciencia de que *nunca* podrán enterarse de él, de que nuestra suerte desesperanzada es la de los muertos de verdad, estas consideraciones, digo, llevan al corazón aún palpitante a un grado de espantoso e intolerable horror, ante el cual la imaginación más audaz retrocede. No conocemos nada tan angustioso en la Tierra, no podemos pensar en nada tan horrible en los dominios del más profundo Infierno. Y por eso todos los relatos sobre este tópico tienen un interés profundo; interés que, sin embargo, en el sagrado espanto del tópico mismo, depende justa y específicamente de nuestra creencia en la *verdad* del asunto narrado. Lo que voy a contar ahora es mi propio conocimiento real, mi experiencia efectiva y personal.

Durante varios años sufrí accesos de ese singular trastorno que los médicos se han puesto de acuerdo en llamar catalepsia, a falta de un nombre más definitivo. Aunque tanto las causas inmediatas como las predisposiciones y aun el diagnóstico real de esta enfermedad siguen siendo misteriosos, su carácter evidente y manifiesto es de sobra conocido. Las variaciones parecen serlo especialmente de grado. A veces el paciente yace sólo un día, o un período aún más breve, en una especie de exagerado letargo. Está privado de conocimiento y aparentemente inmóvil, pero las pulsaciones del corazón aún se perciben débilmente, quedan algunas huellas de calor, una ligera coloración se demora en el centro de las mejillas y, aplicando un espejo a los labios, podemos descubrir una torpe, desigual y vacilante actividad de los pulmones. Otras veces el trance dura semanas y aun meses, mientras el examen más minucioso y las más rigurosas pruebas médicas no logran establecer ninguna distinción material entre el estado del paciente y lo que concebimos como muerte absoluta. Muy a menudo lo salvan del entierro prematuro sus amigos, que lo sabían ya atacado de catalepsia, y la consiguiente sospecha, pero sobre todo lo salva su apariencia incorrupta. La enfermedad avanza, por fortuna, gradualmente. Las primeras manifestaciones, aunque marcadas, son inequívocas. Los ataques son cada vez más característicos y cada uno dura más que el anterior. En esto reside la seguridad principal en cuanto a la inhumación. El desdichado cuyo *primer* ataque tuviera el carácter grave que en ocasiones se presenta, sería casi inevitablemente depositado vivo en la tumba.

Mi caso difería en características sin importancia de los mencionados en los libros de medicina. A veces, sin ninguna causa aparente, me sumía poco a poco en un estado de semisíncope, o casi desmayo, y ese estado, sin dolor, sin capacidad para moverme o para hablar o pensar, pero con una confusa conciencia letárgica de vida y de la presencia de aquellos que rodeaban mi lecho, duraba hasta que la crisis de la enfermedad me devolvía, de improviso, el perfecto conocimiento. Otras veces el acceso era rápido, fulminante. Me sentía enfermo, aterido, helado, con vértigo y, de pronto, caía postrado. Entonces todo estaba vacío semanas enteras, y negro, silencioso, y la nada se convertía en el universo. La total aniquilación no podía ser mayor. De estos últimos ataques despertaba, sin embargo, en una lenta gradación comparada con la instantaneidad del acceso. Así como amanece el día para el mendigo sin casa y sin amigos, para el que rueda por las calles en la larga y desolada noche de invierno, así, tan tardía, tan cansada, tan alegre volvía a mí la luz del Alma.

Pero, fuera de la tendencia al síncope, mi salud general parecía buena, y no hubiera advertido que sufría tal enfermedad a menos que una peculiaridad de mi *sueño* pudiera considerarse como provocada por ella. Al despertarme, nunca podía recobrar de inmediato la posesión de mis sentidos y permanecía siempre durante algunos minutos en un estado de extravío y perplejidad, pues las facultades mentales en general y la memoria en especial se hallaban en absoluta suspensión.

En todos mis padecimientos no había sufrimiento físico, sino una infinita angustia moral. Mi imaginación se tornó macabra. Hablaba «de gusanos, de tumbas, de epitafios». Me perdía en ensueños de muerte, y la idea del entierro prematuro poseía permanentemente mi espíritu. El horrible peligro al cual estaba expuesto me obsesionaba día y noche. Durante el primero, la tortura de la meditación era excesiva; durante la segunda, era suprema. Cuando las torvas tinieblas se extendían sobre la Tierra, entonces, presa de los más horrendos pensamientos, temblaba, temblaba como los trémulos penachos de la carroza fúnebre. Cuando mi naturaleza ya no podía soportar la vigilia, luchaba antes de consentir en dormirme, pues me estremecía pensando que, al despertar, podía encontrarme metido en una tumba. Y cuando, al fin, me hundía en el sueño, era sólo para precipitarme de pronto en un mundo de fantasmas sobre el cual se cernía con sus vastas, negras alas tenebrosas, la única, la sepulcral Idea.

De las innumerables imágenes lúgubres que me oprimían en sueños elijo para mi relato una visión solitaria. Soñé que había caído en trance cataléptico de duración y profundidad mayores que las habituales. De pronto una mano helada se posó en mi frente y una voz impaciente, farfullante, susurró en mi oído: « ¡Levántate! »

Me senté. La oscuridad era total. No podía ver la figura del que me había despertado. No podía traer a la memoria ni el período durante el cual había caído en trance, ni el lugar donde yacía ahora. Mientras permanecía inmóvil, intentando reunir mis pensamientos, la fría mano me aferró con fuerza de la muñeca, sacudiéndola con petulancia, mientras la voz farfullante decía de nuevo:

–¡Levántate! ¿No te ordené que te levantaras?

–Y tú–pregunté–, ¿quién eres?

–No tengo nombre en las regiones donde habito–replicó la voz, plañidera–. Fui un hombre y soy un demonio. Soy implacable, pero digno de lástima. Tú has de sentir que me estremezco. Me rechinan los dientes mientras hablo y, sin embargo, no es por el frío de la noche, de la noche sin fin. Pero este horror es insoportable. ¿Cómo puedes *tú* dormir tranquilo? No me dejan descansar los gritos de esas grandes agonías. Estos espectáculos son más de lo que puedo soportar. ¡Levántate! Ven conmigo a la noche exterior y deja que te muestre las tumbas. ¿No es éste un espectáculo de dolor? ¡Contempla!

Miré, y la figura invisible que seguía aferrándome la muñeca hizo abrir las tumbas de toda la humanidad, y de cada una salían las débiles irradiaciones fosfóricas de la putrefacción, de modo que pude ver en sus más recónditos escondrijos, y el espectáculo de los cuerpos amortajados en su triste y solemne sueño con el gusano. Pero, ¡ay!, los verdaderos durmientes eran menos, entre muchos millones, que aquellos que no dormían, y había una débil lucha, y había un triste desasosiego general, y de las profundidades de los innúmeros pozos salía el melancólico frotar de las vestiduras de los enterrados. Y entre aquellos que parecían reposar tranquilos vi gran número que había cambiado, en mayor o menor grado, la rígida e incómoda posición en que habían sido originariamente sepultos. Y la voz me dijo de nuevo, mientras yo miraba:

–¿No es, acaso, ¡ah!, no es, acaso, un lastimoso espectáculo?

Pero antes de que hallara palabras para replicarle, la figura dejó de aferrarme la muñeca, las luces fosforescentes se extinguieron y las tumbas se cerraron con súbita violencia, mientras de ellas brotaba un tumulto de gritos desesperados que repetían: «¿No es acaso, ¡oh Dios!, no es acaso un espectáculo lastimoso?»

Fantasías como ésta se presentaban por la noche y extendían su terrorífica influencia aun a mis horas de vigilia. Mis nervios se trastornaron y fui presa de perpetuo horror. Vacilaba en cabalgar, en caminar o practicar cualquier ejercicio que me apartara de casa. En realidad, ya no me atrevía a confiar en mí mismo fuera de la inmediata presencia de aquellos que conocían mi propensión a la catalepsia, por miedo de que, en uno de mis habituales ataques, me enterraran antes de que se determinara mi verdadero estado. Dudaba del cuidado, de la fidelidad de mis amigos más queridos. Me asustaba pensar que, en un trance más largo de lo acostumbrado, se convencieran de que no tenía remedio. Llegaba a temer que, como les causaba muchas molestias, quizá se alegraran de considerar cualquier ataque muy prolongado como excusa suficiente para librarse de mí definitivamente. En vano trataban de tranquilizarme con las más solemnes promesas. Les exigía, por los juramentos más sagrados, que en ninguna circunstancia me enterraran hasta que la descomposición material estuviera tan avanzada que impidiese toda conservación. Y aun entonces mis terrores mortales no atendían a ninguna razón, no aceptaba consuelo. Comencé una serie de laboriosas precauciones. Entre otras cosas mandé rehacer de tal manera la bóveda familiar, que era posible abrirla fácilmente desde el interior. La más ligera presión de una larga palanca que se extendía dentro de la cripta bastaba para abrir rápidamente los portales de hierro. También estaba prevista la libre admisión de aire y luz, y adecuados receptáculos para alimentos y agua, al alcance del ataúd preparado para recibirme. Este ataúd estaba forrado con un material cálido y suave y provisto de una tapa elaborada según el principio de la puerta de la bóveda, con el añadido de resortes ideados de tal modo que el más débil movimiento del cuerpo hubiera sido suficiente para soltarla. Además de todo esto, del techo de la tumba colgaba una gran campana cuya soga (estaba previsto) entraría por un agujero en el ataúd, siendo atada a una de las manos del cadáver. Mas, ¡ay!, ¿de qué sirve la vigilancia contra el Destino del hombre? ¡Ni siquiera esas bien urdidas seguridades bastaban para librar de las más extremadas angustias de la inhumación en vida a un infeliz destinado a ellas!

Llegó una época–como ya había ocurrido a menudo–en que me encontré a mí mismo emergiendo de una total inconsciencia a la primera sensación débil e indefinida de existencia. Lentamente, con gradación de tortuga, se acercaba el alba gris, pálida, del día psíquico. Un desasosiego aletargado. Una sensación apática de dolor sordo. Ninguna preocupación, ninguna esperanza, ningún esfuerzo. Después de un largo intervalo, un retintín en los oídos; luego, tras un lapso aún más largo, una sensación de hormigueo o comezón en las extremidades; luego, un período aparentemente eterno de placentera quietud, durante el cual las sensaciones que despiertan luchan por convertirse en pensamientos; luego, otra breve zambullida en la nada; luego, un súbito restablecimiento. Al fin, el ligero estremecerse de un párpado, e inmediatamente después, un choque eléctrico de terror, mortal e indefinido, que envía la sangre a torrentes de las sienes al corazón. Y entonces el primer esfuerzo positivo por pensar. Y entonces el primer intento de recordar. Y entonces un éxito parcial y evanescente. Y entonces la memoria ha recobrado tanto su dominio, que en cierta medida tengo conciencia de mi estado. Siento que no estoy despertando de un sueño ordinario. Recuerdo que he padecido de catalepsia. Y entonces, por fin, como si fuera la embestida de un océano, abruma mi alma estremecida el único peligro horrendo, la única idea espectral, siempre dominante.

Durante unos minutos, ya poseído por esta fantasía, permanecí inmóvil. ¿Y por qué? No podía reunir valor para moverme. No me atrevía a hacer el esfuerzo que había de tranquilizarme sobre mi destino, y, sin embargo, algo en el corazón me susurraba que *era seguro*. La desesperación -tal como ninguna otra desdicha produce-, sólo la desesperación me apremió, después de una larga duda, a levantar los pesados párpados. Los levanté. Estaba oscuro, todo oscuro. Supe que el ataque había terminado. Supe que la crisis de mi trastorno había pasado ya. Supe que había recobrado el uso de mis facultades visuales, y, sin embargo, estaba oscuro, todo oscuro, con la intensa y total capacidad de la Noche que dura para siempre.

Intenté gritar, y mis labios y mi lengua reseca se movieron convulsivos, pero ninguna voz brotó de los cavernosos pulmones que, oprimidos como por el peso de una montaña, jadeaban y palpitaban con el corazón en cada inspiración laboriosa y difícil.

El movimiento de las mandíbulas en el esfuerzo por gritar me mostró que estaban atadas, como se hace habitualmente con los muertos. Sentí también que yacía sobre una sustancia áspera y que algo similar, a los costados, me estrechaba. Hasta ese momento no me había atrevido a mover ninguno de los miembros, pero entonces levanté violentamente los brazos que estaban estirados, con las muñecas cruzadas. Golpearon una sustancia sólida, leñosa, que se extendía sobre mi cuerpo a no más de seis pulgadas de mi cara. Ya no pude dudar de que reposaba al fin dentro de un ataúd.

Y entonces, en medio de mi infinita desgracia, vino dulcemente la Esperanza, como un querubín, pues pensé en mis precauciones. Me retorcí y ejecuté espasmódicos conatos para forzar la tapa; no se movía. Me palpé las muñecas en busca de la soga: no la encontré. Y así la Consoladora huyó para siempre y una desesperación aún más vehemente reinó triunfal, pues no podía menos de advertir la ausencia de las almohadillas que había preparado tan cuidadosamente, y entonces llegó de improviso a mis narices el fuerte y peculiar olor de la tierra húmeda. La conclusión era irresistible. *No* estaba en la bóveda. Había caído en trance fuera de mi casa, entre extraños, dónde y cómo no podía recordarlo, y ellos me habían enterrado como a un perro, metido en un ataúd común claveteado, y arrojado a lo profundo, en lo profundo y para siempre, de alguna *tumba* ordinaria, anónima.

Cuando esta horrible convicción se abrió paso en las más íntimas estancias de mi alma, luché una vez más por gritar. Y este segundo intento tuvo éxito. Un largo, salvaje grito continuo, un alarido de agonía resonó en los ámbitos de la noche subterránea.

–Vamos, vamos, ¿qué es eso?–dijo una voz áspera, en respuesta.

–¿Qué diablos pasa ahora?–dijo un segundo.

–¡Fuera de ahí! –exclamó un tercero.

–¿Por qué aúlla de esa manera, como si fuese un gato montés?–dijo un cuarto.

Y entonces unos individuos muy rústicos me sujetaron y me sacudieron sin ceremonias. No me despertaron de mi sueño, pues estaba bien despierto cuando grité, pero me devolvieron a la plena posesión de mi memoria.

Esta aventura ocurría cerca de Richmond, en Virginia. Acompañado de un amigo me había internado, en una expedición de caza, varias millas abajo a orillas del río James. Se acercaba la noche cuando nos sorprendió una tormenta. La cabina de una pequeña chalupa anclada en la corriente y cargada de tierra vegetal nos brindó el único abrigo disponible. Le sacamos el mayor provecho posible y pasamos la noche a bordo. Me dormí en una de las dos únicas literas; no hace falta describir las literas de una chalupa de sesenta o setenta toneladas. La que yo ocupaba no tenía ropa de cama. Su ancho era de dieciocho pulgadas. La distancia entre el fondo y la cubierta era precisamente la misma. Me resultó dificilísimo introducirme en ella. Sin embargo dormí profundamente y toda mi visión, pues no era sueño ni pesadilla, surgió naturalmente de las circunstancias de mi posición, del giro habitual de mis pensamientos y de la dificultad, a la cual he aludido, de concentrar mis sentidos y especialmente de recobrar la memoria durante largo tiempo después de despertar de un sueño. Los hombres que me sacudieron eran la tripulación de la chalupa y algunos jornaleros contratados para cargarla. De la carga misma procedía el olor a tierra. La venda alrededor de las mandíbulas era un pañuelo de seda con el cual me había atado la cabeza a falta de mi acostumbrado gorro de dormir.

Las torturas sufridas fueron indudablemente iguales en aquel momento a las de la verdadera sepultura. Eran espantosas, de un horror inconcebible; pero del Mal procede el Bien, porque su mismo exceso provocó en mi espíritu una inevitable reacción. Mi alma adquirió vigor, adquirió temple. Viajé al extranjero. Hice vigorosos ejercicios. Respiré el aire libre del cielo. Pensé en otros temas que la muerte. Dejé a un lado mis libros de medicina. Quemé a *Buchan.* No leí más *Pensamientos nocturnos,* ni grandilocuencias sobre cementerios, ni cuentos de miedo *como éste.* En poco tiempo me convertí en un hombre nuevo y viví una vida de hombre. Desde aquella noche memorable descarté para siempre mis aprensiones sepulcrales, y con ellas se desvanecieron los trastornos catalépticos, de los cuales fueran, quizá, menos consecuencia que causa.

Hay momentos en que, aun para el sereno ojo de la razón, el mundo de nuestra triste humanidad puede cobrar la apariencia del infierno, pero la imaginación del hombre no es Caratis para explorar con impunidad todas sus cavernas. ¡Ay!, la torva legión de los terrores sepulcrales no puede considerarse totalmente imaginaria, pero, como los Demonios en cuya compañía Afrasiab realizó su viaje por el Oxus, deben dormir o nos devorarán, debemos permitirles el sueño, o pereceremos.

Hop-Frog

Jamás he conocido a nadie tan dispuesto a celebrar una broma como el rey. Parecía vivir tan sólo para las bromas. La manera más segura de ganar sus favores consistía en narrarle un cuento donde abundaran las chuscadas, y narrárselo bien. Ocurría así que sus siete ministros descollaban por su excelencia como bromistas. Todos ellos se parecían al rey por ser corpulentos, robustos y sudorosos, así como bromistas inimitables. Nunca he podido determinar si la gente engorda cuando se dedica a hacer bromas, o si hay algo en la grasa que predispone a las chanzas; pero la verdad es que un bromista flaco resulta una *rara avis in terris.*

Por lo que se refiere a los refinamientos –o, como él los denominaba, los «espíritus» del ingenio–, el rey se preocupaba muy poco. Sentía especial admiración por el *volumen* de una chanza, y con frecuencia era capaz de agregarle gran *amplitud* para completarla. Las delicadezas lo fastidiaban. Hubiera preferido el *Gargantúa* de Rabelais al *Zadig* de Voltaire; de manera general, las bromas de hecho se adaptaban mejor a sus gustos que las verbales.

En los tiempos de mi relato los bufones gozaban todavía del favor de las cortes. Varias «potencias» continentales conservaban aún sus «locos» profesionales, que vestían traje abigarrado y gorro de cascabeles, y que, a cambio de las migajas de la mesa real, debían mantenerse alerta para prodigar su agudo ingenio.

Nuestro rey tenía también su bufón. Le hacía falta una cierta dosis de locura, aunque más no fuera, para contrabalancear la pesada sabiduría de los siete sabios que formaban su ministerio... y la suya propia.

Su «loco», o bufón profesional, no era *tan sólo* un loco. Su valor se triplicaba a ojos del rey por el hecho de que además era enano y cojo. En aquella época los enanos abundaban en las cortes tanto como los bufones, y muchos monarcas no hubieran sabido cómo pasar los días (los días son más largos en la corte que en cualquier otra parte) sin un bufón *con* el cual reírse y un enano *de quien* reírse. Pero, como ya lo he hecho notar, en el noventa y nueve por ciento de los casos los bufones son gordos, redondeados y de movimientos torpes, por lo cual nuestro rey se congratulaba de tener en Hop-Frog (que así se llamaba su bufón) un triple tesoro en una sola persona.

Creo que el nombre de Hop-Frog *no* le fue dado al enano por sus padrinos en el momento del bautismo, sino que recayó en su persona por concurso general de los siete ministros, dado que le era imposible caminar como el resto de los mortales[1]. En efecto, Hop-Frog sólo podía avanzar mediante un movimiento convulsivo –algo entre un brinco y un culebreo–, movimiento que divertía interminablemente al rey y a la vez, claro está, le servía de consuelo, aunque la corte, a pesar del vientre protuberante y el enorme tamaño de la cabeza del rey, lo consideraba un dechado de perfección.

Pero si la deformación de las piernas sólo permitía a Hop-Frog moverse con gran dolor y dificultad en un camino o un salón, la naturaleza parecía haber querido compen-

1 *Hop*, brinco; *frog*, rana. (N. del T.)

sar aquella deficiencia de sus miembros inferiores concediéndole una prodigiosa fuerza en los brazos, que le permitía efectuar diversas hazañas de maravillosa destreza, siempre que se tratara de trepar por cuerdas o árboles. Y mientras cumplía tales ejercicios se parecía mucho más a una ardilla o a un mono que a una rana.

No puedo afirmar con precisión de qué país había venido Hop-Frog. Se trataba, sin embargo, de una región bárbara de la que nadie había oído hablar, situada a mucha distancia de la corte de nuestro rey. Tanto Hop-Frog como una jovencita apenas menos enana que él (pero de exquisitas proporciones y admirable bailarina) habían sido arrancados por la fuerza de sus respectivos hogares, situados en provincias adyacentes, y enviados como regalo al rey por uno de sus siempre victoriosos generales.

No hay que sorprenderse, pues, de que en tales circunstancias se creara una gran intimidad entre los dos pequeños cautivos. Muy pronto llegaron a ser amigos entrañables. Hop-Frog, a pesar de sus continuas exhibiciones, no era nada popular, y no podía, por tanto, prestar mayores servicios a Trippetta; pero ésta, con su gracia y exquisita belleza –pese a ser una enana–, era admirada y mimada por todos, lo cual le daba mucha influencia y le permitía ejercerla en favor de Hop-Frog, cosa que jamás dejaba de hacer.

En ocasión de una gran solemnidad oficial (no recuerdo cuál) el rey resolvió celebrar un baile de máscaras. Ahora bien, toda vez que en la corte se trataba de mascaradas o fiestas semejantes, se acudía sin falta a Hop-Frog y a Trippetta, para que desplegaran sus habilidades. Hop-Frog, sobre todo, tenía tanta inventiva para montar espectáculos, sugerir nuevos personajes y preparar máscaras para los bailes de disfraz, que se hubiera dicho que nada podía hacerse sin su asistencia.

Llegó la noche de la gran fiesta. Bajo la dirección de Trippetta habíase preparado un resplandeciente salón, ornándolo con todo aquello que pudiera agregar *éclat* a una mascarada. La corte ardía con la fiebre de la expectativa. Por lo que respecta a los trajes y los personajes a representar, es de imaginarse que cada uno se había aprontado convenientemente. Los había que desde semanas antes preparaban sus *rôles*, y nadie mostraba la menor señal de indecisión... salvo el rey y sus siete ministros. Me es imposible explicar por qué precisamente *ellos* vacilaban, salvo que lo hicieran con ánimo de broma. Lo más probable es que, dada su gordura, les resultara difícil decidirse. A todo esto el tiempo transcurría; entonces, como postrer recurso, mandaron llamar a Trippetta y a Hop-Frog.

Cuando los dos pequeños amigos obedecieron al llamado del rey, lo encontraron bebiendo vino con los siete miembros de su Consejo; el monarca, sin embargo, parecía de muy mal humor. No ignoraba que a Hop-Frog le desagradaba el vino, pues producía en el pobre lisiado una especie de locura, y la locura no es una sensación agradable. Pero el rey amaba sus bromas y le pareció divertido obligar a Hop-Frog a beber y (como él decía) «a estar alegre».

–Ven aquí, Hop-Frog –mandó, cuando el bufón y su amiga entraron en la sala–. Bébete esta copa a la salud de tus amigos ausentes... (Hop-Frog suspiró) ... y veamos si eres capaz de inventar algo. Necesitamos personajes... *personajes*, ¿entiendes? Algo fuera de lo común, algo raro. Estamos cansados de hacer siempre lo mismo. ¡Ven, bebe! El vino te avivará el ingenio.

Como de costumbre, Hop-Frog trató de contestar con una chanza a las palabras del rey, pero sus esfuerzos fueron inútiles. Sucedió que aquel día era el cumpleaños del pobre enano, y la orden de beber a la salud de «sus amigos ausentes» hizo acudir las lágrimas a sus ojos. Grandes y amargas gotas cayeron en la copa mientras la tomaba, humildemente, de manos del tirano.

–¡Ja, ja, ja! –rió éste con todas sus fuerzas–. ¡Ved lo que puede un vaso de buen vino! ¡Si ya le brillan los ojos!

¡Pobre infeliz! Sus grandes ojos *fulguraban* en vez de brillar, pues el efecto del vino en su excitable cerebro era tan potente como instantáneo. Dejando la copa en la mesa con un movimiento nervioso, Hop-Frog contempló a sus amos con una mirada casi insana. Todos ellos parecían divertirse muchísimo con la «broma» del rey.

–Y ahora, ocupémonos de cosas serias –dijo el primer ministro, que era un hombre *muy* gordo.

–Sí –aprobó el rey–. Ven aquí, Hop-Frog, y ayúdanos. Personajes, querido muchacho. Personajes es lo que necesitamos... ¡Ja, ja, ja!

Y como sus palabras pretendían ser una nueva chanza, los siete las celebraron a coro.

También rió Hop-Frog, aunque débilmente y como si estuviera distraído.

–Vamos, vamos –dijo impaciente el rey–. ¿No tienes nada que sugerirnos?

–Estoy tratando de pensar algo *nuevo* –repuso vagamente el enano, a quien el vino había confundido por completo.

–¡Tratando! –gritó furioso el tirano–. ¿Qué quieres decir con eso? ¡Ah, ya entiendo! Estás melancólico y te hace falta más vino. ¡Toma, bebe esto! –y llenando otra copa la alcanzó al lisiado, que no hizo más que mirarla, tratando de recobrar el aliento–. ¡Bebe, te digo –aulló el monstruo–, o por todos los diablos que...!

El enano vaciló, mientras el rey se ponía púrpura de rabia. Los cortesanos sonreían bobamente. Pálida como un cadáver, Trippetta avanzó hasta el sitial del monarca y, cayendo de rodillas, le imploró que dejara en paz a su amigo.

Durante unos instantes el tirano la miró lleno de asombro ante tal audacia. Parecía incapaz de decir o de hacer algo... de expresar adecuadamente su indignación. Por fin, sin pronunciar una sílaba, la rechazó con violencia y le tiró a la cara el contenido de la copa.

La pobre niña se levantó como pudo y, sin atreverse a suspirar siquiera, volvió a su sitio a los pies de la mesa.

Durante casi un minuto reinó un silencio tan mortal que se hubiera escuchado caer una hoja o una pluma. Aquel silencio fue interrumpido por un áspero y prolongado *rechinar,* que parecía venir de todos los ángulos de la sala al mismo tiempo.

–¿Qué... qué es ese ruido que estás haciendo? –preguntó el rey, volviéndose furioso hacia el enano.

Este último parecía haberse recobrado en gran medida de su embriaguez y, mientras miraba fija y tranquilamente al tirano en los ojos, respondió:

–¿Yo? Yo no hago ningún ruido.

–Parecía como si el sonido viniera de afuera –observó uno de los cortesanos–. Se me ocurre que es el loro de la ventana, que se frotaba el pico contra los barrotes de la jaula.

–Eso ha de ser –afirmó el monarca, como si la sugestión lo aliviara grandemente–. Pero hubiera jurado por el honor de un caballero que el ruido lo hacía este imbécil con los dientes.

Al oír tales palabras el enano se echó a reír (y el rey era un bromista demasiado empedernido para oponerse a la risa ajena), mientras dejaba ver unos enormes, poderosos y repulsivos dientes. Lo que es más, declaró que estaba dispuesto a beber todo el vino que quisiera su majestad, con lo cual éste se calmó en seguida. Y luego de apurar otra copa sin efectos demasiado perceptibles, Hop-Frog comenzó a exponer vivamente sus planes para la mascarada.

–No puedo explicarme la asociación de ideas –dijo tranquilamente y como si jamás en su vida hubiese bebido vino–, pero *apenas* vuestra majestad empujó a esa niña y le arrojó el vino a la cara, *apenas* hubo hecho eso, y en momentos en que el loro producía ese extraño ruido en la ventana, se me ocurrió una diversión extraordinaria... una de las extravagancias que se hacen en mi país, y que con frecuencia se llevan a cabo en nuestras mascaradas. Aquí será completamente nuevo. Lo malo es que hace falta un grupo de ocho personas, y...

–¡Pues aquí estamos! –exclamó el rey, riendo ante su agudo descubrimiento de la coincidencia–. ¡Justamente ocho: yo y mis ministros! ¡Veamos! ¿En qué consiste esa diversión?

–La llamamos –repuso el enano– los Ocho Orangutanes Encadenados, y si se la representa bien, resulta extraordinaria.

–*Nosotros* la representaremos bien –observó el rey, enderezándose y alzando las cejas.

–Lo divertido de la cosa –continuó Hop-Frog– está en el espanto que produce entre las mujeres.

–¡Magnífico! –gritaron a coro el monarca y su Consejo.

–*Yo* os disfrazaré de orangutanes –continuó el enano–. Dejadlo todo por mi cuenta. El parecido será tan grande, que los asistentes a la mascarada os tomarán por bestias de verdad... y, como es natural, sentirán tanto terror como asombro.

–¡Exquisito! –exclamó el rey–. ¡Hop-Frog, yo haré un hombre de ti!

–Usaremos cadenas para que su ruido aumente la confusión. Haremos correr el rumor de que os habéis escapado *en masse* de vuestras jaulas. Vuestra majestad no puede imaginar el efecto que en un baile de máscaras causan ocho orangutanes encadenados, los que todos toman por verdaderos, y que se lanzan con gritos salvajes entre damas y caballeros delicada y lujosamente ataviados. El contraste es inimitable.

–¡Así *debe* ser! –declaró el rey, mientras el Consejo se levantaba precipitadamente (se hacía tarde) para poner en ejecución el plan de Hop-Frog.

La forma en que procedió éste a fin de convertir a sus amos en orangutanes era muy sencilla, pero suficientemente eficaz para lo que se proponía. En la época en que se desarrolla mi relato los orangutanes eran poco conocidos en el mundo civilizado, y como las imitaciones preparadas por el enano resultaban suficientemente bestiales y más que suficientemente horrorosas, nadie pondría en duda que se trataba de una exacta reproducción de la naturaleza.

Ante todo, el rey y sus ministros vistieron ropa interior de tejido elástico y sumamente ajustado. Se procedió inmediatamente a untarlos con brea. Alguien del grupo sugirió cubrirse de plumas, pero esta idea fue rechazada al punto por el enano, quien no tardó en convencer a los ocho bromistas, mediante demostración práctica, que el pelo de orangután puede imitarse mucho mejor con *lino.* Una espesa capa de este último fue por tanto aplicada sobre la brea. Buscóse luego una larga cadena. Hop-Frog la pasó por la cintura del rey y *la aseguró;* en seguida hizo lo propio con otro del grupo, y luego con el resto. Completados los preparativos, los integrantes se apartaron lo más posible unos de otros, hasta formar un círculo, y, para dar a la cosa su apariencia más natural, Hop-Frog tendió el sobrante de la cadena formando dos diámetros en el círculo, cruzados en ángulo recto, tal como lo hacen en la actualidad los cazadores de chimpancés y otros grandes monos en Borneo.

El vasto salón donde iba a celebrarse el baile de máscaras era una estancia circular, de techo muy elevado y que sólo recibía luz del sol a través de una claraboya situada en su punto más alto. De noche (momento para el cual había sido especialmente concebido dicho salón) se lo iluminaba por medio de un gran lustro que colgaba de una cadena procedente del centro del tragaluz, y que se hacía subir y bajar por medio de un contrapeso, según el sistema corriente; sólo que, para que dicho contrapeso no se viera, hallábase instalado del otro lado de la cúpula, sobre el techo.

El arreglo del salón había sido confiado a la dirección de Trippetta; pero, por lo visto, ésta se había dejado guiar en ciertos detalles por el más sereno discernimiento de su amigo el enano. De acuerdo con sus indicaciones, el lustro fue retirado. Las gotas de cera de las bujías (que en esos días calurosos resultaba imposible evitar) hubiera estropeado las ricas vestiduras de los invitados, quienes, debido a la multitud que llenaría el salón, no podrían mantenerse alejados del centro, o sea debajo del lustro. En su reemplazo se instalaron candelabros adicionales en diversas partes del salón, de modo que no molestaran, a la vez que se fijaban antorchas que despedían agradable perfume en la mano derecha de cada una de las cariátides que se erguían contra las paredes, y que sumaban entre cincuenta y sesenta.

Siguiendo el consejo de Hop-Frog, los ocho orangutanes esperaron pacientemente hasta medianoche, hora en que el salón estaba repleto de máscaras, para hacer su entrada. Tan pronto se hubo apagado la última campanada del reloj, precipitáronse –o, mejor, rodaron juntos, ya que la cadena que trababa sus movimientos hacía caer a la mayoría y trastrabillar a todos mientras entraban en el salón.

El revuelo producido en la asistencia fue prodigioso y llenó de júbilo el corazón del rey. Tal como se había anticipado, no pocos invitados creyeron que aquellas criaturas de feroz aspecto eran, si no orangutanes, por lo menos verdaderas bestias de alguna otra especie. Muchas damas se desmayaron de terror, y si el rey no hubiera tenido la precaución de prohibir toda portación de armas en la sala, la alegre banda no habría tardado en expiar sangrientamente su extravagancia. A falta de medios de defensa, produjose una carrera general hacia las puertas; pero el rey había ordenado que fueran cerradas inmediatamente después de su entrada, y, siguiendo una sugestión del enano, las llaves le habían sido confiadas *a él.*

Mientras el tumulto llegaba a su apogeo y cada máscara se ocupaba tan sólo de su seguridad personal (pues ahora había verdadero peligro a causa del apretujamiento de la excitada multitud), hubiera podido advertirse que la cadena de la cual colgaba habitualmente el lustro, y que había sido remontada al prescindirse de aquél, descendía gradualmente hasta que el gancho de su extremidad quedó a unos tres pies del suelo.

Poco después el rey y sus siete amigos, que habían recorrido haciendo eses todo el salón, terminaron por encontrarse en su centro y, como es natural, en contacto con la cadena. Mientras se hallaban allí, el enano, que no se apartaba de ellos y los incitaba a continuar la broma, se apoderó de la cadena de los orangutanes en el punto de intersección de los dos diámetros que cruzaban el círculo en ángulo recto. Con la rapidez del rayo insertó allí el gancho del cual colgaba antes el lustro; en un instante, y por obra de una intervención desconocida, la cadena del lustro subió lo bastante para dejar el gancho fuera del alcance de toda mano y, como consecuencia inevitable, arrastró a los orangutanes unos contra otros y cara a cara.

A esta altura, los invitados iban recobrándose en parte de su alarma y comenzaban a considerar todo aquello como una estupenda broma, por lo cual estallaron risas estentóreas al ver la desgarbada situación en que se encontraban los monos.

–¡Dejádmelos *a mí!* –gritó entonces Hop-Frog, cuya voz penetrante se hacía escuchar fácilmente en medio del estrépito–. ¡Dejádmelos a mí! ¡Me parece que los conozco! ¡Si solamente pudiera mirarlos más de cerca, pronto podría deciros *quiénes* son!

Trepando por sobre las cabezas de la multitud, consiguió llegar hasta la pared, donde se apoderó de una de las antorchas que empuñaban las cariátides. En un instante estuvo de vuelta en el centro del salón y, saltando con agilidad de simio sobre la cabeza del rey, encaramóse unos cuantos pies por la cadena, mientras bajaba la antorcha para examinar el grupo de orangutanes y gritaba una vez más:

–¡Pronto podré deciros *quiénes* son!

Y entonces, mientras todos los presentes (incluidos los monos) se retorcían de risa, el bufón lanzó un agudo silbido; instantáneamente, la cadena remontó con violencia a una altura de treinta pies, arrastrando consigo a los aterrados orangutanes, que luchaban por soltarse, y los dejó suspendidos en el aire, a media altura entre la claraboya y el suelo. Aferrado a la cadena, Hop-Frog seguía en la misma posición, por encima de los ocho disfrazados, y, como si nada hubiese ocurrido, continuaba acercando su antorcha fingiendo averiguar de quiénes se trataba.

Tan estupefacta quedó la asamblea ante esta ascensión, que se produjo un profundo silencio. Duraba ya un minuto, cuando fue roto por un áspero y profundo *rechinar*, semejante al que había llamado la atención del rey y sus consejeros después que aquél hubo arrojado el vino a la cara de Trippetta. Pero en esta ocasión no cabía dudar de *dónde* procedía el sonido. Venía de los dientes del enano, semejantes a colmillos de fiera; rechinaban, mientras de su boca brotaba la espuma, y sus ojos, como los de un loco furioso, se clavaban en los rostros del rey y sus siete compañeros.

–¡Ah, ya veo! –gritó, por fin, el enfurecido bufón–. ¡Ya veo quiénes son!

Y entonces, fingiendo mirar más de cerca al rey, aplicó la antorcha a la capa de lino que lo envolvía y que instantáneamente se llenó de lívidas llamaradas. En menos de medio minuto los ocho orangutanes ardían horriblemente entre los alaridos de la multitud, que los miraba desde abajo, aterrada, y que nada podía hacer para prestarles ayuda.

Por fin, creciendo en su violencia, las llamas obligaron al bufón a encaramarse por la cadena para escapar a su alcance; al ver sus movimientos, la multitud volvió a guardar silencio. El enano aprovechó la oportunidad para hablar una vez más:

–Ahora veo *claramente* quiénes son esos hombres –dijo–. Son un gran rey y sus siete consejeros privados. Un rey que no tiene escrúpulos en golpear a una niña indefensa, y sus siete consejeros, que consienten ese ultraje. En cuanto a mí, no soy nada más que Hop-Frog, el bufón... y *ésta es mi última bufonada.*

A causa de la alta combustibilidad del lino y la brea, la obra de venganza quedó cumplida apenas el enano hubo terminado de pronunciar estas palabras. Los ocho cadáveres colgaban de sus cadenas en una masa irreconocible, fétida, negruzca, repugnante. El bufón arrojó su antorcha sobre ellos y luego, trepando tranquilamente hasta el techo, desapareció a través de la claraboya.

Se supone que Trippetta, instalada en el tejado del salón, fue cómplice de su amigo en su ígnea venganza, y que ambos escaparon juntamente a su país, ya que jamás se los volvió a ver.

Metzengerstein

Pestis eram vivus–moriens tua mors ero.

(MARTÍN LUTERO)

El horror y la fatalidad han estado al acecho en todas las edades. ¿Para qué, entonces, atribuir una fecha a la historia que he de contar? Baste decir que en la época de que hablo existía en el interior de Hungría una firme aunque oculta creencia en las doctrinas de la metempsicosis. Nada diré de las doctrinas mismas, de su falsedad o su probabilidad. Afirmo, sin embargo, que mucha de nuestra incredulidad (como lo dice La Bruyère de nuestra infelicidad) *vient de ne pouvoir être seuls*[1].

Pero, en algunos puntos, la superstición húngara se aproximaba mucho a lo absurdo. Diferían en esto por completo de sus autoridades orientales. He aquí un ejemplo: *El alma* –afirmaban (según lo hace notar un agudo e inteligente parisiense)– *ne demeure qu'une seule fois dans un corps sensible: au reste, un cheval, un chien, un homme même, n'est que la ressemblance peu tangible de ces animaux.*

1. En *L'an deux mille quatre cents quarante,* Mercier defiende seriamente la doctrina de la metempsicosis, y J. d'Israeli afirma que «no hay ningún sistema tan sencillo y que repugne menos a la inteligencia». Se dice asimismo que el coronel Ethan Allen, «el muchacho de las Montañas Verdes», era asimismo un firme convencido de la metempsicosis.

Las familias de Berlifitzing y Metzengerstein hallábanse enemistadas desde hacía siglos. Jamás hubo dos casas tan ilustres separadas por una hostilidad tan letal. El origen de aquel odio parecía residir en las palabras de una antigua profecía: «Un augusto nombre sufrirá una terrible caída cuando, como el jinete en su caballo, la mortalidad de Metzengerstein triunfe sobre la inmortalidad de Berlifitzing.»

Las palabras en sí significaban poco o nada. Pero causas aún más triviales han tenido –y no hace mucho– consecuencias memorables. Además, los dominios de las casas rivales eran contiguos y ejercían desde hacía mucho una influencia rival en los negocios del Gobierno. Los vecinos inmediatos son pocas veces amigos, y los habitantes del castillo de Berlifitzing podían contemplar desde sus encumbrados contrafuertes, las ventanas del palacio de Metzengerstein. La más que feudal magnificencia de este último se prestaba muy poco a mitigar los irritables sentimientos de los Berlifitzing, menos antiguos y menos acaudalados. ¿Cómo maravillarse entonces de que las tontas palabras de una profecía lograran hacer estallar y mantener vivo el antagonismo entre dos familias ya predispuestas a querellarse por todas las razones de un orgullo hereditario? La profecía parecía entrañar –si entrañaba alguna cosa– el triunfo final de la casa más poderosa, y los más débiles y menos influyentes la recordaban con amargo resentimiento.

Wilhelm, conde de Berlifitzing, aunque de augusta ascendencia, era, en el tiempo de nuestra narración, un anciano inválido y chocho que sólo se hacía notar por una excesiva cuanto inveterada antipatía personal hacia la familia de su rival, y por un amor apasionado hacia la equitación y la caza, a cuyos peligros ni sus achaques corporales ni su incapacidad mental le impedían dedicarse diariamente.

Frederick, barón de Metzengerstein, no había llegado, en cambio, a la mayoría de edad. Su padre, el ministro G..., había muerto joven, y su madre, lady Mary, lo siguió muy pronto. En aquellos días, Frederick tenía dieciocho años. No es ésta mucha edad en las ciudades; pero en una soledad, y en una soledad tan magnífica como la de aquel antiguo principado, el péndulo vibra con un sentido más profundo.

Debido a las peculiares circunstancias que rodeaban la administración de su padre, el joven barón heredó sus vastas posesiones inmediatamente después de muerto aquél. Pocas veces se había visto a un noble húngaro dueño de semejantes bienes. Sus castillos eran incontables. El más esplendoroso, el más amplio era el palacio Metzengerstein. La línea limítrofe de sus dominios no había sido trazada nunca claramente, pero su parque principal comprendía un circuito de cincuenta millas.

En un hombre tan joven, cuyo carácter era ya de sobra conocido, semejante herencia permitía prever fácilmente su conducta venidera. En efecto, durante los tres primeros días, el comportamiento del heredero sobrepasó todo lo imaginable y excedió las esperanzas de sus más entusiastas admiradores. Vergonzosas orgías, flagrantes traiciones, atrocidades inauditas, hicieron comprender rápidamente a sus temblorosos vasallos que ninguna sumisión servil de su parte y ningún resto de conciencia por parte del amo proporcionarían en adelante garantía alguna contra las garras despiadadas de aquel pequeño Calígula. Durante la noche del cuarto día estalló un incendio en las caballerizas del castillo de Berlifitzing, y la opinión unánime agregó la acusación de incendiario a la ya horrorosa lista de los delitos y enormidades del barón.

Empero, durante el tumulto ocasionado por lo sucedido, el joven aristócrata hallábase aparentemente sumergido en la meditación en un vasto y desolado aposento del palacio solariego de Metzengerstein. Las ricas aunque desvaídas colgaduras que cubrían lúgubremente las paredes representaban imágenes sombrías y majestuosas de mil ilustres antepasados. Aquí, sacerdotes de manto de armiño y dignatarios pontificios, familiarmente sentados junto al autócrata y al soberano, oponían su veto a los deseos de un rey temporal, o contenían con el *fiat* de la supremacía papal el cetro rebelde del archienemigo. Allí, las atezadas y gigantescas figuras de los príncipes de Metzengerstein, montados en robustos corceles de guerra, que pisoteaban al enemigo caído, hacían sobresaltar al más sereno contemplador con su expresión vigorosa; y otra vez aquí, las figuras voluptuosas, como de cisnes, de las damas de antaño, flotaban en el laberinto de una danza irreal, al compás de una imaginaria melodía.

Pero mientras el barón escuchaba o fingía escuchar el creciente tumulto en las caballerizas de Berlifitzing –y quizá meditaba algún nuevo acto, aún más audaz–, sus ojos se volvían distraídamente hacia la imagen de un enorme caballo, pintado con un color que no era natural, y que aparecía en las tapicerías como perteneciente a un sarraceno, antecesor de la familia de su rival. En el fondo de la escena, el caballo permanecía inmóvil y estatuario, mientras aún más lejos su derribado jinete perecía bajo el puñal de un Metzengerstein.

En los labios de Frederick se dibujó una diabólica sonrisa, al darse cuenta de lo que sus ojos habían estado contemplando inconscientemente. No pudo, sin embargo, apartarlos de allí. Antes bien, una ansiedad inexplicable pareció caer como un velo fúnebre sobre sus sentidos. Le resultaba difícil conciliar sus soñolientas e incoherentes sensaciones con la certidumbre de estar despierto. Cuanto más miraba, más absorbente se hacía aquel encantamiento y más imposible parecía que alguna vez pudiera alejar sus ojos de la fascinación de aquella tapicería. Pero como afuera el tumulto era cada vez más violento, logró, por fin, concentrar penosamente su atención en los rojizos resplandores que las incendiadas caballerizas proyectaban sobre las ventanas del aposento.

Con todo, su nueva actitud no duró mucho y sus ojos volvieron a posarse mecánicamente en el muro. Para su indescriptible horror y asombro, la cabeza del gigantesco corcel parecía haber cambiado, entretanto, de posición. El cuello del animal, antes arqueado como si la compasión lo hiciera inclinarse sobre el postrado cuerpo de su amo, tendíase ahora en dirección al barón. Los ojos, antes invisibles, mostraban una expresión enérgica y humana, brillando con un extraño resplandor rojizo como de fuego; y los abiertos belfos de aquel caballo, aparentemente enfurecido, dejaban a la vista sus sepulcrales y repugnantes dientes.

Estupefacto de terror, el joven aristócrata se encaminó, tambaleante, hacia la puerta. En el momento de abrirla, un destello de luz roja, inundando el aposento, proyectó claramente su sombra contra la temblorosa tapicería, y Frederick se estremeció al percibir que aquella sombra (mientras él permanecía titubeando en el umbral) asumía la exacta posición y llenaba completamente el contorno del triunfante matador del sarraceno Berlifitzing.

Para calmar la depresión de su espíritu, el barón corrió al aire libre. En la puerta principal del palacio encontró a tres escuderos. Con gran dificultad, y a riesgo de sus vidas, los hombres trataban de calmar los convulsivos saltos de un gigantesco caballo de color de fuego.

–¿De quién es este caballo? ¿Dónde lo encontrasteis? –demandó el joven, con voz tan sombría como colérica, al darse cuenta de que el misterioso corcel de la tapicería era la réplica exacta del furioso animal que estaba contemplando.

–Es vuestro, sire –repuso uno de los escuderos–, o, por lo menos, no sabemos que nadie lo reclame. Lo atrapamos cuando huía, echando humo y espumante de rabia, de las caballerizas incendiadas del conde de Berlifitzing. Suponiendo que era uno de los caballos extranjeros del conde, fuimos a devolverlo a sus hombres. Pero éstos negaron haber visto nunca al animal, lo cual es raro, pues bien se ve que escapó por muy poco de perecer en las llamas.

–Las letras W. V. B. están claramente marcadas en su frente –interrumpió otro escudero–. Como es natural, pensamos que eran las iniciales de Wilhelm Von Berlifitzing, pero en el castillo insisten en negar que el caballo les pertenezca.

–¡Extraño, muy extraño! –dijo el joven barón con aire pensativo, y sin cuidarse, al parecer, del sentido de sus palabras–. En efecto, es un caballo notable, un caballo prodigioso... aunque, como observáis justamente, tan peligroso como intratable... Pues bien, dejádmelo –agregó, luego de una pausa–. Quizá un jinete como Frederick de Metzengerstein sepa domar hasta el diablo de las caballerizas de Berlifitzing.

–Os engañáis, señor; este caballo, como creo haberos dicho, *no* proviene de las caballadas del conde. Si tal hubiera sido el caso, conocemos demasiado bien nuestro deber para traerlo a presencia de alguien de vuestra familia.

–¡Cierto! –observó secamente el barón.

En ese mismo instante, uno de los pajes de su antecámara vino corriendo desde el palacio, con el rostro empurpurado. Habló al oído de su amo para informarle de la repentina desaparición de una pequeña parte de las tapicerías en cierto aposento, y agregó numerosos detalles tan precisos como completos. Como hablaba en voz muy baja, la excitada curiosidad de los escuderos quedó insatisfecha.

Mientras duró el relato del paje, el joven Frederick pareció agitado por encontradas emociones. Pronto, sin embargo, recobró la compostura, y mientras se difundía en su rostro una expresión de resuelta malignidad, dio perentorias órdenes para que el aposento en cuestión fuera inmediatamente cerrado y se le entregara al punto la llave.

–¿Habéis oído la noticia de la lamentable muerte del viejo cazador Berlifitzing? –dijo uno de sus vasallos al barón, quien después de la partida del paje seguía mirando los botes y las arremetidas del enorme caballo que acababa de adoptar como suyo, y que redoblaba su furia mientras lo llevaban por la larga avenida que unía el palacio con las caballerizas de los Metzengerstein.

–¡No! –exclamó el barón, volviéndose bruscamente hacia el que había hablado–. ¿Muerto, dices?

–Por cierto que sí, sire, y pienso que para el noble que ostenta vuestro nombre no será una noticia desagradable.

Una rápida sonrisa pasó por el rostro del barón.

–¿Cómo murió?

–Entre las llamas, esforzándose por salvar una parte de sus caballos de caza favoritos.

–¡Re...al...mente! –exclamó el barón, pronunciando cada sílaba como si una apasionante idea se apoderara en ese momento de él.

–¡Realmente! –repitió el vasallo.

–¡Terrible! –dijo serenamente el joven, y se volvió en silencio al palacio.

Desde aquel día, una notable alteración se manifestó en la conducta exterior del disoluto barón Frederick de Metzengerstein. Su comportamiento decepcionó todas las expectativas, y se mostró en completo desacuerdo con las esperanzas de muchas damas, madres de hijas casaderas; al mismo tiempo, sus hábitos y manera de ser siguieron diferenciándose más que nunca de los de la aristocracia circundante. Jamás se le veía fuera de los límites de sus dominios, y en aquellas vastas extensiones parecía andar sin un solo amigo –a menos que aquel extraño, impetuoso corcel de ígneo color, que montaba continuamente, tuviera algún misterioso derecho a ser considerado como su amigo.

Durante largo tiempo, empero, llegaron a palacio las invitaciones de los nobles vinculados con su casa. «¿Honrará el barón nuestras fiestas con su presencia?» «¿Vendrá el barón a cazar con nosotros el jabalí?» Las altaneras y lacónicas respuestas eran siempre: «Metzengerstein no irá a la caza», o «Metzengerstein no concurrirá».

Aquellos repetidos insultos no podían ser tolerados por una aristocracia igualmente altiva. Las invitaciones se hicieron menos cordiales y frecuentes, hasta que cesaron por completo. Incluso se oyó a la viuda del infortunado conde Berlifitzing expresar la esperanza de que «el barón tuviera que quedarse en su casa cuando no deseara estar en ella, ya que desdeñaba la sociedad de sus pares, y que cabalgara cuando no quisiera cabalgar, puesto que prefería la compañía de un caballo». Aquellas palabras eran sólo el estallido de un rencor hereditario, y servían apenas para probar el poco sentido que tienen nuestras frases cuando queremos que sean especialmente enérgicas.

Los más caritativos, sin embargo, atribuían aquel cambio en la conducta del joven noble a la natural tristeza de un hijo por la prematura pérdida de sus padres; ni que decir que echaban al olvido su odiosa y desatada conducta en el breve período inmediato a aquellas muertes. No faltaban quienes presumían en el barón un concepto excesivamente altanero de la dignidad. Otros –entre los cuales cabe mencionar al médico de la familia– no vacilaban en hablar de una melancolía morbosa y mala salud hereditaria; mientras la multitud hacía correr oscuros rumores de naturaleza aún más equívoca.

Por cierto que el obstinado afecto del joven hacia aquel caballo de reciente adquisición –afecto que parecía acendrarse a cada nueva prueba que daba el animal de sus feroces y demoniacas tendencias– terminó por parecer tan odioso como anormal a ojos de todos los hombres de buen sentido. Bajo el resplandor del mediodía, en la oscuridad nocturna, enfermo o sano, con buen tiempo o en plena tempestad, el joven Metzengerstein parecía clavado en la montura del colosal caballo, cuya intratable fiereza se acordaba tan bien con su propia manera de ser.

Agregábanse además ciertas circunstancias que, unidas a los últimos sucesos, conferían un carácter extraterreno y portentoso a la manía del jinete y a las posibilidades del caballo. Habíase medido cuidadosamente la longitud de alguno de sus saltos, que excedían de manera asombrosa las más descabelladas conjeturas. El barón no había dado ningún *nombre* a su caballo, a pesar de que todos los otros de su propiedad los tenían. Su caballeriza, además, fue instalada lejos de las otras, y sólo su amo osaba penetrar allí y acercarse al animal para darle de comer y ocuparse de su cuidado. Era asimismo de observar que, aunque los tres escuderos que se habían apoderado del caballo cuando escapaba del incendio en la casa de los Berlifitzing, lo habían contenido por medio de una cadena y un lazo, ninguno podía afirmar con certeza que en el curso de la peligrosa lucha, o en algún momento más tarde, hubiera apoyado la mano en el cuerpo de la bestia. Si bien los casos de inteligencia extraordinaria en la conducta de un caballo lleno de bríos no tienen por qué provocar una atención fuera de lo común, ciertas circunstancias se imponían por la fuerza aun a los más escépticos y flemáticos; se afirmó incluso que en ciertas ocasiones la boquiabierta multitud que contemplaba a aquel animal había retrocedido horrorizada ante el profundo e impresionante significado de la terrible apariencia del corcel; ciertas ocasiones en que aun el joven Metzengerstein palidecía y se echaba atrás, evitando la viva, la interrogante mirada de aquellos ojos que parecían humanos.

Empero, en el séquito del barón nadie ponía en duda el ardoroso y extraordinario efecto que las fogosas características de su caballo provocaban en el joven aristócrata; nadie, a menos que mencionemos a un insignificante pajecillo contrahecho, que interponía su fealdad en todas partes y cuyas opiniones carecían por completo de importancia. Este paje (si vale la pena mencionarlo) tenía el descaro de afirmar que su amo jamás se instalaba en la montura sin un estremecimiento tan imperceptible como inexplicable, y que al volver de sus largas y habituales cabalgatas, cada rasgo de su rostro aparecía deformado por una expresión de triunfante malignidad.

Una noche tempestuosa, al despertar de un pesado sueño, Metzengerstein bajó como un maniaco de su aposento y, montando a caballo con extraordinaria prisa, se lanzó a las profundidades de la floresta. Una conducta tan habitual en él no llamó especialmente la atención, pero sus domésticos esperaron con intensa ansiedad su retorno cuando, después de algunas horas de ausencia, las murallas del magnífico y suntuoso palacio de los Metzengerstein comenzaron a agrietarse y a temblar hasta sus cimientos, envueltas en la furia ingobernable de un incendio.

Aquellas lívidas y densas llamaradas fueron descubiertas demasiado tarde; tan terrible era su avance que, comprendiendo la imposibilidad de salvar la menor parte del edificio, la muchedumbre se concentró cerca del mismo, envuelta en silencioso y patético asombro. Pero pronto un nuevo y espantoso suceso reclamó el interés de la multitud, probando cuánto más intensa es la excitación que provoca la contemplación del sufrimiento humano, que los más espantosos espectáculos que pueda proporcionar la materia inanimada.

Por la larga avenida de antiguos robles que llegaba desde la floresta a la entrada principal del palacio se vio venir un caballo dando enormes saltos, semejante al verdadero Demonio de la Tempestad, y sobre el cual había un jinete sin sombrero y con las ropas revueltas.

Veíase claramente que aquella carrera no dependía de la voluntad del caballero. La agonía que se reflejaba en su rostro, la convulsiva lucha de todo su cuerpo, daban pruebas de sus esfuerzos sobrehumanos; pero ningún sonido, salvo un solo alarido, escapó de sus lacerados labios, que se había mordido una y otra vez en la intensidad de su terror. Transcurrió un instante, y el resonar de los cascos se oyó clara y agudamente sobre el rugir de las llamas y el aullar de los vientos; pasó otro instante y, con un solo salto que le hizo franquear el portón y el foso, el corcel penetró en la escalinata del palacio llevando siempre a su jinete y desapareciendo en el torbellino de aquel caótico fuego.

La furia de la tempestad cesó de inmediato, siendo sucedida por una profunda y sorda calma. Blancas llamas envolvían aún el palacio como una mortaja, mientras en la serena atmósfera brillaba un resplandor sobrenatural que llegaba hasta muy lejos; entonces una nube de humo se posó pesadamente sobre las murallas, mostrando distintamente la colosal figura de... *un caballo.*

La caja oblonga

Hace años, a fin de viajar de Charleston, en la Carolina del Sur, a Nueva York, reservé pasaje a bordo del excelente paquebote *Independence,* al mando del capitán Hardy. Si el tiempo lo permitía, zarparíamos el 15 de aquel mes (junio); el día anterior, o sea el 14, subí a bordo para disponer algunas cosas en mi camarote.

Descubrí así que tendríamos a bordo gran número de pasajeros, incluyendo una cantidad de damas superior a la habitual. Noté que en la lista figuraban varios conocidos y, entre otros nombres, me alegré de encontrar el de Mr. Cornelius Wyatt, joven artista que me inspiraba un marcado sentimiento amistoso. Habíamos sido condiscípulos en la Universidad de C... y solíamos andar siempre juntos. Su temperamento era el de todo hombre de talento y consistía en una mezcla de misantropía, sensibilidad y entusiasmo. A esas características unía el corazón más ardiente y sincero que jamás haya latido en un pecho humano.

Observé que el nombre de mi amigo aparecía colocado en las puertas de *tres* camarotes, y luego de recorrer otra vez la lista de pasajeros, vi que había sacado pasaje para sus dos hermanas, su esposa y él mismo. Los camarotes eran suficientemente amplios y tenían dos literas, una sobre la otra. Excesivamente estrechas, las literas no podían recibir a más de una persona; de todos modos no alcancé a comprender por qué, para cuatro pasajeros, se habían reservado *tres* camarotes. En esa época me hallaba justamente en uno de esos estados de melancolía espiritual que inducen a un hombre a mostrarse anormalmente inquisitivo sobre meras nimiedades; confieso avergonzado, pues, que me entregué a una serie de conjeturas tan enfermizas como absurdas sobre aquel camarote de más. No era asunto de mi incumbencia, claro está, pero lo mismo me dediqué pertinazmente a reflexionar sobre la solución del enigma. Por fin llegué a una conclusión que me asombró no haber columbrado antes: «Se trata de una criada, por supuesto –me dije–. ¡Se precisa ser tonto para no pensar antes en algo tan obvio!»

Miré nuevamente la lista de pasajeros, descubriendo entonces que ninguna criada habría de embarcarse con la familia, aunque por lo visto tal había sido en principio la intención, ya que luego de escribir: «y criada», habían tachado las palabras. «Pues entonces se trata de un exceso de equipaje –me dije–, algo que Wyatt no quiere hacer bajar a la cala y prefiere tener a mano... ¡Ah, ya veo: un cuadro! Por eso es que ha andado tratando con Nicolino, el judío italiano.»

La suposición me satisfizo y por el momento dejé de lado mi curiosidad.

Conocía muy bien a las dos hermanas de Wyatt, jóvenes tan amables como inteligentes. En cuanto a su esposa, como aquél llevaba poco tiempo de casado, aún no había podido verla. Wyatt había hablado muchas veces de ella en mi presencia, con su estilo habitual lleno de entusiasmo. La describía como de espléndida belleza, llena de ingenio y cualidades. De ahí que me sintiera muy ansioso por conocerla.

El día en que visité el barco (el 14), el capitán me informó que también Wyatt y los suyos acudirían a bordo, por lo cual me quedé una hora con la esperanza de ser presentado a la joven esposa. Pero al fin se me informó que «la señora Wyatt se hallaba indispuesta y que no acudiría a bordo hasta el día siguiente, a la hora de zarpar».

Llegó el momento, y me encaminaba de mi hotel al embarcadero cuando encontré al capitán Hardy, quien me dijo que, «debido a las circunstancias» (frase tan estúpida como conveniente), el *Independence* no se haría a la mar hasta uno o dos días después, y que, cuando todo estuviera listo, me mandaría avisar para que me embarcara.

Encontré esto bastante extraño, ya que soplaba una sostenida brisa del Sur, pero como «las circunstancias» no salían a luz, pese a que indagué todo lo posible al respecto, no tuve más remedio que volverme al hotel y devorar a solas mi impaciencia.

Pasó casi una semana sin que llegara el esperado aviso del capitán. Lo recibí por fin y me embarqué de inmediato. El barco estaba atestado de pasajeros y había la confusión habitual en el momento de izar velas. El grupo de Wyatt llegó unos diez minutos después que yo. Estaban allí las dos hermanas, la esposa y el artista –este último en uno de sus habituales accesos de melancólica misantropía–. Demasiado conocía su humor, sin embargo, para prestarle especial atención. Ni siquiera se molestó en presentarme a su esposa, quedando este deber de cortesía a cargo de su hermana Marian, tan amable como inteligente, quien con breves y presurosas palabras nos presentó el uno a la otra.

La señora Wyatt se cubría con un espeso velo y, cuando lo levantó para contestar a mi saludo, debo reconocer que me quedé profundamente asombrado. Pero mucho más me hubiera asombrado de no tener ya el hábito de aceptar a beneficio de inventario las entusiastas descripciones de mi amigo, toda vez que se explayaba sobre la hermosura femenina. Cuando la belleza constituía su tema, sabía de sobra con qué facilidad se remontaba a las regiones del puro ideal.

La verdad es que no pude dejar de advertir que la señora Wyatt era una mujer decididamente vulgar. Si no fea del todo, me temo que no le andaba muy lejos. Vestía, sin embargo, con exquisito gusto, y no dudé de que había cautivado el corazón de mi amigo con las gracias más perdurables del intelecto y del alma. Pronunció muy pocas palabras, e inmediatamente entró en el camarote en compañía de su esposo.

Mi anterior curiosidad volvió a dominarme. *No había* ninguna criada, y de eso no cabía duda. Me puse a observar en busca del equipaje extra. Luego de alguna demora, llegó al embarcadero un carro conteniendo una caja oblonga de pino, que al parecer era lo único que se esperaba. Apenas a bordo la caja, levamos ancla, y poco después de cruzar felizmente la barra enfrentamos el mar abierto.

He dicho que la caja en cuestión era oblonga. Tendría unos seis pies de largo por dos y medio de ancho. La observé atentamente, y además me gusta ser preciso. Ahora bien, su forma era *peculiar* y, tan pronto la hube contemplado en detalle, me felicité por lo acertado de mis conjeturas. Se recordará que, de acuerdo con éstas, el equipaje extra de mi amigo el artista debía consistir en cuadros, o por lo menos en un cuadro. No ignoraba que durante varias semanas, Wyatt había mantenido conversaciones con Nicolino, y ahora veía a bordo una caja que, a juzgar por su forma, sólo podía servir para guardar una copia de *La última cena* de Leonardo; no ignoraba, además, que una copia de esa pintura, ejecutada en Florencia por Rubini el joven, había estado cierto tiempo en posesión de Nicolino. Me pareció, pues, que la cuestión quedaba suficientemente resuelta. Me reí, quizá demasiado, pensando en mi perspicacia. Era la primera vez que, hasta donde podía saberlo, Wyatt me ocultaba alguno de sus secretos artísticos; pero no cabía duda de que en esta ocasión trataba de hacerme una treta y pasar de contrabando a Nueva York una magnífica pintura, confiando en que no me daría cuenta de nada. Resolví tomarme un buen desquite, sin esperar mucho.

Había no obstante algo que me fastidiaba. La caja *no fue* colocada en el camarote sobrante, sino depositada en el de

Wyatt, donde ocupaba casi por completo el piso para evidente incomodidad del artista y de su esposa, acrecentada además porque la brea o la pintura con la cual se habían trazado grandes letras emitía un olor muy fuerte, desagradable y, para *mí,* especialmente repugnante. Sobre la tapa aparecían estas palabras: «Sra. Adelaide Curtis, Albany, Nueva York. Envío de Cornelius Wyatt, Esq. Este lado hacia arriba. Trátese con cuidado.»

Estaba yo enterado de que la señora Adelaide Curtis, de Albany, era la suegra del artista, pero consideré que éste había hecho estampar su nombre a fin de mistificarme mejor. Me sentía seguro de que la caja y su contenido no seguirían viaje a Albany, sino que quedarían en el estudio de mi misantrópico amigo, en Chambers Street, Nueva York.

Durante los primeros tres o cuatro días tuvimos un tiempo excelente a pesar del viento de proa –pues había virado al Norte apenas hubimos perdido de vista la costa–. Por consiguiente, los pasajeros estaban de muy buen humor y dispuestos a la sociabilidad. Tengo que exceptuar, sin embargo, a Wyatt y a sus hermanas, que se mostraban reservados y fríos, en forma que no pude menos de considerar descortés hacia el resto del pasaje. De la conducta de Wyatt no me preocupaba mucho. Estaba melancólico más allá de lo acostumbrado en él; incluso diré que se mostraba *lúgubre,* pero no podía extrañarme dadas sus excentricidades. En cambio me resultaba imposible excusar a sus hermanas. Se encerraban en su camarote la mayor parte del día, negándose terminantemente, a pesar de mi insistencia, a alternar con nadie a bordo.

La señora Wyatt era, en cambio, mucho más agradable. Vale decir que era *parlanchina,* y esto tiene mucha importancia en un viaje por mar. Pronto se mostró *excesivamente* familiar con la mayoría de las señoras y, para mi profunda estupefacción, mostró una tendencia poco disimulada a coquetear con los hombres. A todos nos divertía muchísimo.

Digo «divertía», pero apenas si sé cómo explicarme. La verdad es que muy pronto advertí que la gente se reía más *de* ella que *por* ella. Los caballeros reservaban sus opiniones, pero las damas no tardaron en declararla «una excelente mujer, nada bonita, sin la menor educación y decididamente vulgar». Lo que asombraba a todos era cómo Wyatt había podido caer en la trampa de semejante matrimonio. Se pensaba, claro está, en razones de fortuna, pero yo sabía que la solución no residía en eso, pues Wyatt me había informado de que su esposa no aportaba un solo centavo al matrimonio, ni tenía la menor esperanza de heredar. Se había casado con ella –según me dijo– por amor y solamente por amor, pues su esposa era más que merecedora de cariño.

Pensando en estas frases de mi amigo me sentí perplejo más allá de toda descripción. ¿Podía ser que estuviera perdiendo la razón? ¿Qué otra cosa podía pensar? *Él,* tan refinado, tan intelectual, tan exquisito, con una percepción finísima de todo lo imperfecto, con tan aguda apreciación de la belleza. A decir verdad, la dama parecía muy enamorada de él –especialmente en su ausencia–, y se ponía en ridículo al citar repetidamente lo que había dicho «su adorado esposo, el señor Wyatt». La palabra «esposo» parecía siempre –para usar una de sus delicadas expresiones– «en la punta de su lengua». Pero entretanto todos advirtieron que él la evitaba de la manera más evidente y que prefería encerrarse solo en su camarote, donde bien podía decirse que vivía, dejando plena libertad a su esposa para que se divirtiera a gusto en las reuniones del salón.

De lo que había visto y oído extraje la conclusión de que el artista, movido por algún inexplicable capricho del destino, o presa quizá de un acceso de pasión tan entusiasta como fantástico, se había unido a una persona por completo inferior a él, y que no había tardado en sucumbir a la consecuencia natural, o sea a la más viva repugnancia. Me apiadé de él desde lo más profundo de mi corazón, pero no por ello pude perdonarle el secreto que había mantenido sobre el embarque de *La última cena*. Continué, pues, resuelto a saborear mi venganza.

Un día subió Wyatt al puente y, luego de tomarlo del brazo como era mi antigua costumbre, echamos a andar de un lado a otro. Su melancolía (que yo encontraba muy natural dadas las circunstancias) continuaba invariable. Habló poco, con tono malhumorado y haciendo un gran esfuerzo. Aventuré una broma y vi que luchaba penosamente por sonreír. ¡Pobre diablo! Pensando en *su esposa*, me maravillaba que fuera incluso capaz de aparentar alegría. Pero, finalmente, me determiné a sondearlo a fondo, comenzando una serie de veladas insinuaciones sobre la caja oblonga, a fin de que, poco a poco, se diera cuenta de que yo no era para nada víctima de su pequeña mistificación. Con tal propósito, y a fin de descubrir mis baterías, dije algo sobre la «curiosa forma de esa caja»; y al pronunciar estas palabras le hice una sonrisa de inteligencia, le guiñé un ojo, todo esto mientras le daba suavemente con el dedo en las costillas.

La manera con que Wyatt recibió tan inocente broma me convenció al punto de que se había vuelto loco. Primeramente me miró como si le resultara imposible comprender el ingenio de mi observación; pero, a medida que mis palabras iban abriéndose lentamente paso en su cerebro, los ojos parecieron querer salírsele de las órbitas. Su rostro se puso escarlata, luego palideció espantosamente y, como si lo que yo había insinuado le divirtiera muchísimo, estalló en carcajadas que, para mi estupefacción, se prolongaron cada vez con más fuerza durante largos minutos. Finalmente se desplomó pesadamente sobre cubierta; mientras me esforzaba por levantarle, tuve la impresión de que había muerto.

Pedí auxilio y, con mucho trabajo, le hicimos volver en sí. Apenas reaccionó se puso a hablar incoherentemente, hasta que le sangramos y le metimos en cama. A la mañana siguiente se había recobrado del todo, por lo menos en lo que se refiere a la salud física. De su mente prefiero no decir nada. Evité encontrarme con él durante el resto del viaje, siguiendo el consejo del capitán, quien parecía coincidir plenamente conmigo en que Wyatt estaba loco, pero me pidió que no dijese nada a los restantes pasajeros.

Inmediatamente después de la crisis de mi amigo ocurrieron varias cosas que exaltaron todavía más la curiosidad que me poseía. Entre otras, señalaré la siguiente: Me sentía nervioso por haber bebido demasiado té verde, y dormía mal, tanto que durante dos noches no pude pegar los ojos. Mi camarote daba al salón principal, o salón comedor, como todos los camarotes ocupados por hombres solos. Las tres cabinas de Wyatt comunicaban con el salón posterior, el cual estaba separado del principal por una liviana puerta corrediza que no se cerraba nunca, ni siquiera de noche. Como seguíamos navegando con viento en contra, el barco escoraba acentuadamente a sotavento y, cada vez que el lado de estribor se inclinaba en ese sentido, la puerta divisoria se corría y quedaba en esa posición, sin que nadie se molestara en levantarse y cerrarla. Mi camarote hallábase en una posición tal que, cuando tenía abierta la puerta (lo que ocurría siempre, a causa del calor), podía ver con toda claridad el salón posterior, e incluso esa parte adonde daban los camarotes de Wyatt. Pues bien, durante dos noches (*no* consecutivas), en que me hallaba despierto, vi que, a eso de las once, la señora Wyatt salía cautelosamente del camarote de su esposo y entraba en el camarote sobrante, donde permanecía hasta la madrugada, hora en que Wyatt iba a buscarla y la hacía entrar nuevamente en su cabina. Resultaba claro, pues, que el matrimonio estaba separado. Ocupaban habitaciones aparte, sin duda a la espera de un divorcio más absoluto; y pensé que en eso residía, después de todo, el misterio del camarote suplementario.

Mucho me interesó, además, otra circunstancia. Durante las dos noches de insomnio a que he aludido, e inmediamente después que la señora Wyatt hubo entrado en el tercer camarote, atrajeron mi atención ciertos singulares sonidos ahogados que brotaban del de su esposo. Tras de escuchar un tiempo, logré explicarme perfectamente su significado. Aquellos ruidos los producía el artista al abrir la caja oblonga mediante un escoplo y una maza, esta última envuelta en alguna materia algodonosa o de lana que amortiguaba los golpes.

A fuerza de escuchar me pareció que podía distinguir el preciso momento en que Wyatt levantaba la tapa, y también cuando la retiraba a fin de depositarla en la litera superior de su cabina. Me di cuenta de esto último a causa de los golpecitos que daba la tapa contra los tabiques de madera del camarote, mientras que Wyatt trataba de depositarla con toda suavidad en la litera, por no haber espacio en el suelo. A eso seguía un profundo silencio, sin que volviera a escuchar nada hasta el amanecer, como no fuera, si cabe mencionarlo, un leve sonido semejante a sollozos o suspiros, tan sofocados que resultaban casi inaudibles –a menos que se tratara de un producto de mi imaginación–. He dicho que aquello hacía pensar en sollozos o suspiros, pero muy bien podía tratarse de otra cosa; más bien cabía pensar en una ilusión auditiva. Sin duda, de acuerdo con sus hábitos, Wyatt se entregaba a uno de sus caprichos, dejándose llevar por un arrebato de entusiasmo artístico, y abría la caja oblonga a fin de regalar sus ojos con el tesoro pictórico que encerraba. Por supuesto, nada había en esto que justificara un rumor de *sollozos;* repito, pues, que debía tratarse de una alucinación de mi mente, excitada por el té verde del excelente capitán Hardy. En las dos noches de que he hablado, poco antes del alba oí cómo Wyatt volvía a colocar la tapa sobre la caja oblonga, introduciendo los clavos en sus agujeros por medio de la maza envuelta en trapos. Hecho esto salía de su camarote completamente vestido e iba en busca de la señora Wyatt, que se hallaba en la otra cabina.

Llevábamos siete días en el mar y habíamos pasado ya el cabo Hatteras, cuando nos asaltó un fortísimo viento del sudoeste. Como el tiempo se había mostrado amenazante, no nos tomó desprevenidos. Todo a bordo estaba bien aparejado y, cuando el viento se hizo más intenso, nos dejamos llevar con dos rizos de la mesana cangreja y el trinquete.

Con este velamen navegamos sin mayor peligro durante cuarenta y ocho horas, ya que el barco resultó ser muy marino y no hacía agua. Pero, al cumplirse este tiempo, el viento se transformó en huracán y la mesana cangreja se hizo pedazos, con lo cual quedamos de tal modo a merced de los elementos que de inmediato nos barrieron varias olas enormes, en rápida sucesión. Este accidente nos hizo perder tres hombres, aparte de quedar destrozadas las amuradas de babor y la cocina. Apenas habíamos recobrado algo de calma cuando el trinquete voló en jirones, lo que nos obligó a izar una vela de estay, pudiendo así resistir algunas horas, pues el barco capeaba el temporal con mayor estabilidad que antes.

Pero el huracán mantenía toda su fuerza, sin dar señales de amainar. Pronto se vio que la enjarciadura estaba en mal estado, soportando una excesiva tensión; al tercer día de la tempestad, a las cinco de la tarde, un terrible bandazo a barlovento mandó por la borda nuestro palo de mesana. Durante más de una hora luchamos por terminar de desprenderlo del buque, a causa del terrible rolido; antes de lograrlo, el carpintero subió a anunciarnos que había cuatro pies de agua en la sentina. Para colmo de males descubrimos que las bombas estaban atascadas y que apenas servían.

Todo era ahora confusión y angustia, pero continuamos luchando para aligerar el buque, tirando por la borda la mayor parte del cargamento y cortando los dos mástiles que quedaban. Todo esto se llevó a cabo, pero las bombas seguían inutilizables y la vía de agua continuaba inundando la cala.

A la puesta del sol el huracán había amainado sensiblemente y, como el mar se calmara, abrigábamos todavía esperanzas de salvarnos en los botes. A las ocho de la noche las nubes se abrieron a barlovento y tuvimos la ventaja de que nos iluminara la luna llena, lo cual devolvió el ánimo a nuestros abatidos espíritus.

Después de una increíble labor pudimos por fin botar al agua la chalupa y embarcamos en ella a la totalidad de la tripulación y a la mayor parte de los pasajeros. Alejóse la chalupa y, al cabo de muchísimos sufrimientos, llegó finalmente sana y salva a Ocracoke Inlet, tres días después del naufragio.

Catorce pasajeros quedamos a bordo con el capitán, resueltos a intentar fortuna en el botequín de popa. Lo botamos sin dificultad, aunque sólo por milagro no se volcó al tocar el agua, y embarcaron en él el capitán y su esposa, Wyatt y su familia, un oficial mexicano con su esposa y sus cuatro hijos, y yo con mi criado de color.

Como es natural, no había allí espacio para otra cosa que unos pocos instrumentos imprescindibles, provisiones y las ropas que llevábamos puestas. Nadie había pensado siquiera en salvar otros bienes. ¡Cuál no sería nuestra estupefacción cuando, apenas alejados del barco, vimos a Wyatt que se ponía de pie en la popa del bote y, fríamente, pedía al capitán Hardy que nos acercáramos otra vez al barco para embarcar su caja oblonga!

–Siéntese usted, señor Wyatt –replicó el capitán con alguna severidad–. Terminará por hacer zozobrar el bote si no se está quieto. ¿No ve que la borda está al ras del agua?

–¡La caja! –vociferó Wyatt, siempre de pie–. ¡La caja, le digo! Capitán Hardy, no puede usted rehusarme lo que le pido... ¡No, no puede! ¡No pesa casi nada.... apenas una nada! ¡Por la madre que le dio a luz, por el amor del cielo, por lo que más quiera... le imploro que volvamos a buscar la caja!

Durante un momento el capitán pareció conmovido por las súplicas, pero no tardó en recobrar su aire adusto y replicó:

–Señor Wyatt, usted está *loco,* y no lo escucharé. ¡Siéntese le digo, o hará zozobrar el bote! ¡Vosotros, sujetadlo... pronto... o saltará al agua...! ¡Ah... demasiado tarde!

En efecto, al decir el capitán estas palabras, Wyatt se había arrojado al agua y, como todavía estábamos al socaire del buque, logró, tras un sobrehumano esfuerzo, sujetarse de una cuerda que colgaba a proa. Un instante después trepaba a cubierta y corría frenéticamente hacia la escotilla que llevaba a los camarotes.

Entretanto habíamos sido llevados hacia la popa del barco y, sin la protección de su casco, quedamos inmediatamente a merced del terrible oleaje. Nos esforzamos por acercarnos otra vez, pero nuestro pequeño bote era como una pluma en el soplo de la tempestad. Nos bastó una ojeada para comprender que el destino del infortunado artista estaba sellado.

A medida que aumentaba nuestra distancia del buque casi sumergido, vimos que el loco (ya que sólo podíamos considerarlo como tal) aparecía otra vez en cubierta y, con fuerzas que parecían las de un gigante, arrastraba consigo la caja oblonga. Mientras lo contemplábamos en el colmo de la estupefacción, vimos que arrollaba rápidamente una cuerda a la caja y la pasaba luego varias veces por su cuerpo. Un instante después ambos caían al mar, desapareciendo instantáneamente y para siempre.

Por un momento detuvimos el movimiento de los remos, clavados los ojos en el lugar del drama. Por fin reanudamos nuestros esfuerzos, y pasó una hora sin que nadie dijera una palabra. Yo me atreví, por fin, a insinuar una observación.

–¿Reparó usted, capitán, en cómo se hundieron de golpe? ¿No es sumamente curioso? Confieso que, por un momento, tuve una débil esperanza de que Wyatt se salvaría, al ver que se ataba a la caja y se confiaba así al mar.

–Por supuesto que se hundieron, y con la rapidez de una bala de plomo –repuso el capitán–. Sin embargo volverán a subir a la superficie... pero *no antes de que la sal se disuelva.*

–¡La sal! –exclamé.

–¡Sh...! –dijo el capitán, señalándome a la esposa y hermanas del muerto–. Ya hablaremos de esas cosas en un momento más oportuno.

Mucho sufrimos, y escapamos por muy poco de la muerte, pero la fortuna nos favoreció al igual que a nuestros camaradas de la chalupa. Más muertos que vivos, después de cuatro días de horrible angustia, tocamos tierra en la playa opuesta a Roanoke Island. Permanecimos allí una semana, pues los raqueros no nos trataron mal, y finalmente hallamos la manera de llegar a Nueva York.

Un mes después de la pérdida del *Independence,* me encontré casualmente en Broadway con el capitán Hardy. Como es natural, nuestra conversación versó sobre el naufragio y, en especial, sobre el triste destino del pobre Wyatt. En esa ocasión me enteré de los detalles siguientes:

El artista había tomado pasaje para él, su esposa, sus dos hermanas y una criada. Tal como él la había descrito, su esposa era la más encantadora y cultivada de las mujeres. En la mañana del 14 de junio (día en que visité por primera vez el barco), la señora Wyatt enfermó repentinamente y murió. El joven esposo estaba enloquecido de dolor, pero las circunstancias le impedían aplazar su viaje a Nueva York. Era necesario que llevara a su madre el cuerpo de la esposa adorada, aunque, por otra parte, no ignoraba que un prejuicio universal le impediría hacerlo abiertamente. De cada diez pasajeros, nueve habrían abandonado el barco antes de hacerse a la mar en compañía de un cadáver.

En este dilema, el capitán Hardy consintió en que el cuerpo, parcialmente embalsamado y colocado entre espesas capas de sal en una caja de dimensiones adecuadas, fuera subido a bordo como si se tratara de una mercancía. Nada se diría sobre el fallecimiento de la dama; mas, como ya era sabido que Wyatt había tomado pasaje para él y su esposa, fue preciso encontrar a alguien que desempeñara el papel de esta última durante el viaje. La doncella de la difunta aceptó ese papel voluntariamente. El camarote sobrante, que en principio había sido tomado para la criada, fue, naturalmente, conservado. Allí dormía aquélla, como se supondrá, todas las noches. De día representaba, en la medida de sus posibilidades, el papel de ama –cuya persona era totalmente desconocida para los pasajeros de a bordo, como se tuvo buen cuidado de verificar previamente.

En cuanto a mi engaño, nació de un temperamento demasiado negligente, inquisidor e impulsivo. Pero, desde entonces, es muy raro que duerma bien de noche. De cualquier lado que me vuelva, hay siempre un rostro que me hostiga. Y una risa histérica resonará para siempre en mis oídos.

El hombre de la multitud

Ce grand malheur de ne pouvoir être seul.

(La Bruyère)

Bien se ha dicho de cierto libro alemán que *er lässt sich nicht lesen* –no se deja leer–. Hay ciertos secretos que no se dejan expresar. Hay hombres que mueren de noche en sus lechos, estrechando convulsivamente las manos de espectrales confesores, mirándolos lastimosamente en los ojos; mueren con el corazón desesperado y apretada la garganta a causa de esos misterios que *no permiten* que se los revele. Una y otra vez, ¡ay!, la conciencia del hombre soporta una carga tan pesada de horror que sólo puede arrojarla a la tumba. Y así la esencia de todo crimen queda inexpresada.

No hace mucho tiempo, en un atardecer de otoño, hallábame sentado junto a la gran ventana que sirve de mirador al café D..., en Londres. Después de varios meses de enfermedad, me sentía convaleciente y con el retorno de mis fuerzas, notaba esa agradable disposición que es el reverso exacto del *ennui*; disposición llena de apetencia, en la que se desvanecen los vapores de la visión interior –el ἀχλὺς ἣ πϱὶν ἐπῆεν– y el intelecto electrizado sobrepasa su nivel cotidiano, así como la vívida aunque ingenua razón de Leibniz sobrepasa la alocada y endeble retórica de Gorgias. El solo hecho de respirar era un goce, e incluso de muchas fuentes legítimas del dolor extraía yo un placer. Sentía un interés sereno, pero inquisitivo, hacia todo lo que me rodeaba. Con un cigarro en los labios y un periódico en las rodillas, me había entretenido gran parte de la tarde, ya leyendo los anuncios, ya contemplando la variada concurrencia del salón, cuando no mirando hacia la calle a través de los cristales velados por el humo.

Dicha calle es una de las principales avenidas de la ciudad, y durante todo el día había transitado por ella una densa multitud. Al acercarse la noche, la afluencia aumentó, y cuando se encendieron las lámparas pudo verse una doble y continua corriente de transeúntes pasando presurosos ante la puerta. Nunca me había hallado a esa hora en el café, y el tumultuoso mar de cabezas humanas me llenó de una emoción deliciosamente nueva. Terminé por despreocuparme de lo que ocurría adentro y me absorbí en la contemplación de la escena exterior.

Al principio, mis observaciones tomaron un giro abstracto y general. Miraba a los viandantes en masa y pensaba en ellos desde el punto de vista de su relación colectiva. Pronto, sin embargo, pasé a los detalles, examinando con minucioso interés las innumerables variedades de figuras, vestimentas, apariencias, actitudes, rostros y expresiones.

La gran mayoría de los que iban pasando tenían un aire tan serio como satisfecho, y sólo parecían pensar en la manera de abrirse paso en el apiñamiento. Fruncían las cejas y giraban vivamente los ojos; cuando otros transeúntes los empujaban, no daban ninguna señal de impaciencia, sino que se alisaban la ropa y continuaban presurosos. Otros, también en gran número, se movían incansables, rojos los rostros, hablando y gesticulando consigo mismos como si la densidad de la masa que los rodeaba los hiciera sentirse solos. Cuando hallaban un obstáculo a su paso cesaban bruscamente de mascullar pero redoblaban sus gesticulaciones, esperando con sonrisa forzada y ausente que los demás les abrieran camino. Cuando los empujaban, se deshacían en saludos hacia los responsables, y parecían llenos de confusión. Pero, fuera de lo que he señalado, no se advertía nada distintivo en esas dos clases tan numerosas. Sus ropas pertenecían a la categoría tan agudamente denominada decente. Se trataba fuera de duda de gentileshombres, comerciantes, abogados, traficantes y agiotistas; de los eupátridas y la gente ordinaria de la sociedad; de hombres dueños de su tiempo, y hombres activamente ocupados en sus asuntos personales, que dirigían negocios bajo su responsabilidad. Ninguno de ellos llamó mayormente mi atención.

El grupo de los amanuenses era muy evidente, y en él discerní dos notables divisiones. Estaban los empleados menores de las casas ostentosas, jóvenes de ajustadas chaquetas, zapatos relucientes, cabellos con pomada y bocas desdeñosas. Dejando de lado una cierta apostura que, a falta de mejor palabra, cabría denominar *oficinesca,* el aire de dichas personas me parecía el exacto facsímil de lo que un año o año y medio antes había constituido la perfección del *bon ton.* Afectaban las maneras ya desechadas por la clase media –y esto, creo, da la mejor definición posible de su clase.

La división formada por los empleados superiores de las firmas sólidas, los «viejos tranquilos», era inconfundible. Se los reconocía por sus chaquetas y pantalones negros o castaños, cortados con vistas a la comodidad; las corbatas y chalecos, blancos; los zapatos, anchos y sólidos, y las polainas o los calcetines, espesos y abrigados. Todos ellos mostraban señales de calvicie, y la oreja derecha, habituada a sostener desde hacía mucho un lapicero, aparecía extrañamente separada. Noté que siempre se quitaban o ponían el sombrero con ambas manos y que llevaban relojes con cortas cadenas de oro de maciza y antigua forma. Era la suya la afectación de respetabilidad, si es que puede existir una afectación tan honorable.

Había aquí y allá numerosos individuos de brillante apariencia, que fácilmente reconocí como pertenecientes a esa especie de carteristas elegantes que infesta todas las grandes ciudades. Miré a dicho personaje con suma detención y me resultó difícil concebir cómo los caballeros podían confundirlos con sus semejantes. Lo exagerado del puño de sus camisas y su aire de excesiva franqueza los traicionaba inmediatamente.

Los jugadores profesionales -y había no pocos- eran aún más fácilmente reconocibles. Vestían toda clase de trajes, desde el pequeño tahúr de feria, con su chaleco de terciopelo, corbatín de fantasía, cadena dorada y botones de filigrana, hasta el pillo, vestido con escrupulosa y clerical sencillez, que en modo alguno se presta a despertar sospechas. Sin embargo, todos ellos se distinguían por el color terroso y atezado de la piel, la mirada vaga y perdida y los labios pálidos y apretados. Había, además, otros dos rasgos que me permitían identificarlos siempre; un tono reservadamente bajo al conversar, y la extensión más que ordinaria del pulgar, que se abría en ángulo recto con los dedos. Junto a estos tahúres observé muchas veces a hombres vestidos de manera algo diferente, sin dejar de ser pájaros del mismo plumaje. Cabría definirlos como caballeros que viven de su ingenio. Parecen precipitarse sobre el público en dos batallones: el de los *dandys* y el de los militares. En el primer grupo, los rasgos característicos son los cabellos largos y las sonrisas; en el segundo, los levitones y el aire cejijunto.

Bajando por la escala de lo que da en llamarse superioridad social, encontré temas de especulación más sombríos y profundos. Vi buhoneros judíos, con ojos de halcón brillando en rostros cuyas restantes facciones sólo expresaban abyecta humildad; empedernidos mendigos callejeros profesionales, rechazando con violencia a otros mendigos de mejor estampa, a quienes sólo la desesperación había arrojado a la calle a pedir limosna; débiles y espectrales invádos, sobre los cuales la muerte apoyaba una firme mano y que avanzaban vacilantes entre la muchedumbre, mirando cada rostro con aire de imploración, como si buscaran un consuelo casual o alguna perdida esperanza; modestas jóvenes que volvían tarde de su penosa labor y se encaminaban a sus fríos hogares, retrayéndose más afligidas que indignadas ante las ojeadas de los rufianes, cuyo contacto directo no les era posible evitar; rameras de toda clase y edad, con la inequívoca belleza en la plenitud de su feminidad, que llevaba a pensar en la estatua de Luciano, por fuera de mármol de Paros y por dentro llena de basura; la horrible leprosa harapienta, en el último grado de la ruina; el vejestorio lleno de arrugas, joyas y cosméticos, que hace un último esfuerzo para salvar la juventud; la niña de formas apenas núbiles, pero a quien una larga costumbre inclina a las horribles coqueterías de su profesión, mientras arde en el devorador deseo de igualarse con sus mayores en el vicio; innumerables e indescriptibles borrachos, algunos harapientos y remendados, tambaleándose, incapaces de articular palabra, amoratado el rostro y opacos los ojos; otros con ropas enteras aunque sucias, el aire provocador pero vacilante, gruesos labios sensuales y rostros rubicundos y abiertos; otros vestidos con trajes que alguna vez fueron buenos y que todavía están cepillados cuidadosamente, hombres que caminan con paso más firme y más vivo que el natural, pero cuyos rostros se ven espantosamente pálidos, los ojos inyectados en sangre, y que mientras avanzan a través de la multitud se toman con dedos temblorosos todos los objetos a su alcance; y, junto a ellos, pasteleros, mozos de cordel, acarreadores de carbón, deshollinadores, organilleros, exhibidores de monos amaestrados, cantores callejeros, los que venden mientras los otros cantan, artesanos desastrados, obreros de todas clases, vencidos por la fatiga, y todo ese conjunto estaba lleno de una ruidosa y desordenada vivacidad, que resonaba discordante en los oídos y creaba en los ojos una sensación dolorosa.

A medida que la noche se hacía más profunda, también era más profundo mi interés por la escena; no sólo el aspecto general de la multitud cambiaba materialmente (pues sus rasgos más agradables desaparecían a medida que el sector ordenado de la población se retiraba y los más ásperos se reforzaban con el surgir de todas las especies de infamia arrancadas a sus guaridas por lo avanzado de la hora), sino que los resplandores del gas, débiles al comienzo de la lucha contra el día, ganaban por fin ascendiente y esparcían en derredor una luz agitada y deslumbrante. Todo era negro y, sin embargo, espléndido, como el ébano con el cual fue comparado el estilo de Tertuliano.

Los extraños efectos de la luz me obligaron a examinar individualmente las caras de la gente y, aunque la rapidez con que aquel mundo pasaba delante de la ventana me impedía lanzar más de una ojeada a cada rostro, me pareció que, en mi singular disposición de ánimo, era capaz de leer la historia de muchos años en el breve intervalo de una mirada.

Pegada la frente a los cristales, ocupábame en observar la multitud, cuando de pronto se me hizo visible un rostro (el de un anciano decrépito de unos sesenta y cinco o setenta años) que detuvo y absorbió al punto toda mi atención, a causa de la absoluta singularidad de su expresión. Jamás había visto nada que se pareciese remotamente a esa expresión. Me acuerdo de que, al contemplarla, mi primer pensamiento fue que, si Retzch la hubiera visto, la hubiera preferido a sus propias encarnaciones pictóricas del demonio. Mientras procuraba, en el breve instante de mi observación, analizar el sentido de lo que había experimentado, crecieron confusa y paradójicamente en mi cerebro las ideas de enorme capacidad mental, cautela, penuria, avaricia, frialdad, malicia, sed de sangre, triunfo, alborozo, terror excesivo, y de intensa, suprema desesperación. « ¡Qué extraordinaria historia está escrita en ese pecho! », me dije. Nacía en mí un ardiente deseo de no perder de vista a aquel hombre, de saber más sobre él. Poniéndome rápidamente el abrigo y tomando sombrero y bastón, salí a la calle y me abrí paso entre la multitud en la dirección que le había visto tomar, pues ya había desaparecido. Después de algunas dificultades terminé por verlo otra vez; acercándome, lo seguí de cerca, aunque cautelosamente, a fin de no llamar su atención.

Tenía ahora una buena oportunidad para examinarlo. Era de escasa estatura, flaco y aparentemente muy débil. Vestía ropas tan sucias como harapientas; pero, cuando la luz de un farol lo alumbraba de lleno, pude advertir que su camisa, aunque sucia, era de excelente tela, y, si mis ojos no se engañaban, a través de un desgarrón del abrigo de segunda mano que lo envolvía apretadamente alcancé a ver el resplandor de un diamante y de un puñal. Estas observaciones enardecieron mi curiosidad y resolví seguir al desconocido a dondequiera que fuese.

Era ya noche cerrada y la espesa niebla húmeda que envolvía la ciudad no tardó en convertirse en copiosa lluvia. El cambio de tiempo produjo un extraño efecto en la multitud, que volvió a agitarse y se cobijó bajo un mundo de paraguas. La ondulación, los empujones y el rumor se hicieron diez veces más intensos. Por mi parte la lluvia no me importaba mucho; en mi organismo se escondía una antigua fiebre para la cual la humedad era un placer peligrosamente voluptuoso. Me puse un pañuelo sobre la boca y seguí andando. Durante media hora el viejo se abrió camino dificultosamente a lo largo de la gran avenida, y yo seguía pegado a él por miedo a perderlo de vista. Como jamás se volvía, no me vio. Entramos al fin en una calle transversal que, aunque muy concurrida, no lo estaba tanto como la que acabábamos de abandonar. Inmediatamente advertí un cambio en su actitud. Caminaba más despacio, de manera menos decidida que antes, y parecía vacilar. Cruzó repetidas veces a un lado y otro de la calle, sin propósito aparente; la multitud era todavía tan densa que me veía obligado a seguirlo de cerca. La calle era angosta y larga y la caminata duró casi una hora, durante la cual los viandantes fueron disminuyendo hasta reducirse al número que habitualmente puede verse a mediodía en Broadway, cerca del parque (pues tanta es la diferencia entre una muchedumbre londinense y la de la ciudad norteamericana más populosa). Un nuevo cambio de dirección nos llevó a una plaza brillantemente iluminada y rebosante de vida. El desconocido recobró al punto su actitud primitiva. Dejó caer el mentón sobre el pecho, mientras sus ojos giraban extrañamente bajo el entrecejo fruncido, mirando en todas direcciones hacia los que le rodeaban. Se abría camino con firmeza y perseverancia. Me sorprendió, sin embargo, advertir que, luego de completar la vuelta a la plaza, volvía sobre sus pasos. Y mucho más me asombró verlo repetir varias veces el mismo camino, en una de cuyas ocasiones estuvo a punto de descubrirme cuando se volvió bruscamente.

Otra hora transcurrió en esta forma, al fin de la cual los transeúntes habían disminuido sensiblemente. Seguía lloviendo con fuerza, hacía fresco y la gente se retiraba a sus casas. Con un gesto de impaciencia el errabundo entró en una calle lateral comparativamente desierta. Durante cerca de un cuarto de milla anduvo por ella con una agilidad que jamás hubiera soñado en una persona de tanta edad, y me obligó a gastar mis fuerzas para poder seguirlo. En pocos minutos llegamos a una feria muy grande y concurrida, cuya disposición parecía ser familiar al desconocido. Inmediatamente recobró su actitud anterior, mientras se abría paso a un lado y otro, sin propósito alguno, mezclado con la muchedumbre de compradores y vendedores.

Durante la hora y media aproximadamente que pasamos en el lugar debí obrar con suma cautela para mantenerme cerca sin ser descubierto. Afortunadamente llevaba chanclos que me permitían andar sin hacer el menor ruido. En ningún momento notó el viejo que lo espiaba. Entró de tienda en tienda, sin informarse de nada, sin decir palabra y mirando las mercancías con ojos ausentes y extraviados. A esta altura me sentía lleno de asombro ante su conducta, y estaba resuelto a no perderle pisada hasta satisfacer mi curiosidad.

Un reloj dio sonoramente las once, y los concurrentes empezaron a abandonar la feria. Al cerrar un postigo, uno de los tenderos empujó al viejo, e instantáneamente vi que corría por su cuerpo un estremecimiento. Lanzóse a la calle, mirando ansiosamente en todas direcciones, y corrió con increíble velocidad por varias callejuelas sinuosas y abandonadas, hasta volver a salir a la gran avenida de donde habíamos partido, la calle del hotel D... Pero el aspecto del lugar había cambiado. Las luces de gas brillaban todavía, mas la lluvia redoblaba su fuerza y sólo alcanzaban a verse contadas personas. El desconocido palideció. Con aire apesadumbrado anduvo algunos pasos por la avenida antes tan populosa, y luego, con un profundo suspiro, giró en dirección al río y, sumergiéndose en una complicada serie de atajos y callejas, llegó finalmente ante uno de los más grandes teatros de la ciudad. Ya cerraban sus puertas y la multitud salía a la calle. Vi que el viejo jadeaba como si buscara aire fresco en el momento en que se lanzaba a la multitud, pero me pareció que el intenso tormento que antes mostraba su rostro se había calmado un tanto. Otra vez cayó su cabeza sobre el pecho; estaba tal como lo había visto al comienzo. Noté que seguía el camino que tomaba el grueso del público, pero me era imposible comprender lo misterioso de sus acciones.

Mientras andábamos los grupos se hicieron menos compactos y la inquietud y vacilación del viejo volvieron a manifestarse. Durante un rato siguió de cerca a una ruidosa banda formada por diez o doce personas; pero poco a poco sus integrantes se fueron separando, hasta que sólo tres de ellos quedaron juntos en una calleja angosta y sombría, casi desierta. El desconocido se detuvo y por un momento pareció perdido en sus pensamientos; luego, lleno de agitación, siguió rápidamente una ruta que nos llevó a los límites de la ciudad y a zonas muy diferentes de las que habíamos atravesado hasta entonces. Era el barrio más ruidoso de Londres, donde cada cosa ostentaba los peores estigmas de la pobreza y del crimen. A la débil luz de uno de los escasos faroles se veían altos, antiguos y carcomidos edificios de madera, peligrosamente inclinados de manera tan rara y caprichosa que apenas sí podía discernirse entre ellos algo así como un pasaje. Las piedras del pavimento estaban sembradas al azar, arrancadas de sus lechos por la cizaña. La más horrible inmundicia se acumulaba en las cunetas. Toda la atmósfera estaba bañada en desolación. Sin embargo, a medida que avanzábamos los sonidos de la vida humana crecían gradualmente y al final nos encontramos entre grupos del más vil populacho de Londres, que se paseaban tambaleantes de un lado a otro. Otra vez pareció reanimarse el viejo, como una lámpara cuyo aceite está a punto de extinguirse. Otra vez echó a andar con elásticos pasos. Doblamos bruscamente en una esquina, nos envolvió una luz brillante y nos vimos frente a uno de los enormes templos suburbanos de la Intemperancia, uno de los palacios del demonio Ginebra.

Faltaba ya poco para el amanecer, pero gran cantidad de miserables borrachos entraban y salían todavía por la ostentosa puerta. Con un sofocado grito de alegría el viejo se abrió paso hasta el interior, adoptó al punto su actitud primitiva y anduvo de un lado a otro entre la multitud, sin motivo aparente. No llevaba mucho tiempo así, cuando un súbito movimiento general hacia la puerta reveló que la casa estaba a punto de ser cerrada. Algo aún más intenso que la desesperación se pintó entonces en las facciones del extraño ser a quien venía observando con tanta pertinacia. No vaciló, sin embargo, en su carrera, sino que con una energía de maniaco volvió sobre sus pasos hasta el corazón de la enorme Londres. Corrió rápidamente y durante largo tiempo, mientras yo lo seguía, en el colmo del asombro, resuelto a no abandonar algo que me interesaba más que cualquier otra cosa. Salió el sol mientras seguíamos andando y, cuando llegamos de nuevo a ese punto donde se concentra la actividad comercial de la populosa ciudad, a la calle del hotel D..., la vimos casi tan llena de gente y de actividad como la tarde anterior. Y aquí, largamente, entre la confusión que crecía por momentos, me obstiné en mi persecución del extranjero. Pero, como siempre, andando de un lado a otro, y durante todo el día no se alejó del torbellino de aquella calle. Y cuando llegaron las sombras de la segunda noche, y yo me sentía cansado a morir, enfrenté al errabundo y me detuve, mirándolo fijamente en la cara. Sin reparar en mí, reanudó su solemne paseo, mientras yo, cesando de perseguirlo, me quedaba sumido en su contemplación.

–Este viejo –dije por fin– representa el arquetipo y el genio del profundo crimen. Se niega a estar solo. *Es el hombre de la multitud.* Sería vano seguirlo, pues nada más aprenderé sobre él y sus acciones. El peor corazón del mundo es un libro más repelente que el *Hortulus Animae* [1], *y* quizá sea una de las grandes mercedes de Dios el que *er lässt sich nicht lesen.*

1. El *Hortulus Animae cum Oratiunculis Aliquibis Superadditis,* de Grünninger.

La cita
Venecia

¡Espérame allá! Yo iré a encontrarte en el profundo valle.

(HENRY KING, obispo de Chichester, *Funerales en la muerte de su esposa*)

Hombre misterioso, de aciago destino! ¡Exaltado por la brillantez de tu imaginación, ardido en las llamas de tu juventud! ¡Otra vez, en mi fantasía, vuelvo a contemplarte! De nuevo se alza ante mí tu figura... ¡No, no como eres ahora, en el frío valle, en la sombra!, sino como *debiste de ser,* derrochando una vida de magnífica meditación en aquella ciudad de confusas visiones, tu Venecia, Elíseo del mar, amada de las estrellas, cuyos amplios balcones de los palacios de Palladio contemplan con profundo y amargo conocimiento los secretos de sus silentes aguas. ¡Sí, lo repito: como *debiste de ser!* Sin duda hay otros mundos fuera de éste, otros pensamientos que los de la multitud, otras especulaciones que las del sofista. ¿Quién, entonces, podría poner en tela de juicio tu conducta? ¿Quién te reprocharía tus horas visionarias, o denunciaría tu modo de vivir como un despilfarro, cuando no era más que la sobreabundancia de tus inagotables energías?

Fue en Venecia, bajo la arcada cubierta que llaman el *Ponte di Sospiri,* donde encontré por tercera o cuarta vez a la persona de quien hablo. Las circunstancias de aquel encuentro acuden confusamente a mi recuerdo. Y, sin embargo, veo... ¡ah, cómo olvidar!... la profunda medianoche, el Puente de los Suspiros, la belleza femenina y el genio del romance que erraba por el angosto canal.

Venecia estaba extrañamente oscura. El gran reloj de la Piazza había dado la quinta hora de la noche italiana. La plaza del Campanile se mostraba silenciosa y vacía, mientras las luces del viejo Palacio Ducal extinguíanse una tras otra. Volvía a casa desde la Piazzetta, siguiendo el Gran Canal. Cuando mi góndola llegó ante la boca del canal de San Marcos, oí desde sus profundidades una voz de mujer, que exhalaba en la noche un alarido prolongado, histérico y terrible. Me incorporé sobresaltado, mientras el gondolero dejaba resbalar su único remo y lo perdía en la profunda oscuridad, sin que le fuera posible recobrarlo. Quedamos así a merced de la corriente, que en ese punto se mueve desde el canal mayor hacia el pequeño. Semejantes a un pesado cóndor de negras alas nos deslizábamos blandamente en dirección al Puente de los Suspiros, cuando mil antorchas, llameando desde las ventanas y las escalinatas del Palacio Ducal, convirtieron instantáneamente aquella profunda oscuridad en un lívido día preternatural.

Escapando de los brazos de su madre, un niño acababa de caer desde una de las ventanas superiores del elevado edificio a las profundas y oscuras aguas del canal, que se habían cerrado silenciosas sobre su víctima. Aunque mi góndola era la única a la vista, muchos arriesgados nadadores habíanse precipitado ya a la corriente y buscaban vanamente en su superficie el tesoro que, ¡ay!, sólo habría de encontrarse en el abismo. En las grandes losas de mármol negro que daban entrada al palacio, apenas a unos pocos peldaños sobre el agua, veíase una figura que nadie ha podido olvidar jamás después de contemplarla. Era la marquesa Afrodita, la adoración de toda Venecia, la más alegre y hermosa de las mujeres–allí donde todas eran bellas–, la joven esposa del viejo e intrigante Mentoni y madre del hermoso niño, su primer y único vástago que, sumido en las profundidades del agua lóbrega, estaría recordando amargamente las dulces caricias de su madre y agotando su débil vida en los esfuerzos por llamarla.

La marquesa permanecía sola. Sus diminutos y plateados pies desnudos resplandecían en el negro espejo de mármol que pisaba. Su cabello, que conservaba a medias el peinado del baile, rodeaba entre una lluvia de diamantes su clásica cabeza, llena de bucles parecidos al jacinto joven. Una túnica alba como la nieve y semejante a la gasa parecía ser la única protección de sus delicadas formas; pero el aire estival de aquella medianoche era caliente, denso, estático, y aquella imagen estatuaria tampoco hacía el menor movimiento que alterara los pliegues de la vestidura como de vapor que la envolvía, tal como el pesado mármol envuelve la imagen de Niobe. Y, sin embargo, ¡cosa extraña!, sus grandes y brillantes ojos no miraban hacia abajo, en dirección a la tumba donde su mejor esperanza había sido sepultada, sino que aparecían como clavados en una dirección por completo diferente. La prisión de la antigua República es, según creo, el edificio más majestuoso de Venecia; pero, ¿cómo podía aquella dama contemplarlo tan fijamente, mientras allí abajo se estaba ahogando su único hijo? Un negro, lúgubre nicho hallábase situado exactamente frente a la ventana del aposento de la marquesa. ¿*Qué* podía haber, pues, en sus sombras, en su arquitectura, en sus solemnes cornisas cubiertas de hiedra, que la dama no hubiera contemplado mil veces antes? ¡Oh, desatino! ¿Quién no recuerda que, en momentos como ése, la mirada, semejante a un espejo trizado, multiplica las imágenes de su desolación y ve en innumerables lugares lejanos la pena más cercana?

Varios escalones más arriba que la marquesa y dentro del arco de la compuerta se veía a Mentoni, todavía con su traje de fiesta, semejante a un sátiro. Ocupábase por momentos de rasguear las cuerdas de una guitarra y parecía *ennuyé* en extremo, mientras, de cuando en cuando, daba instrucciones para el salvamento de su hijo. Estupefacto y despavorido, no había podido moverme de la posición en que me colocara al escuchar el grito; seguía de pie y debí de presentar a ojos del agitado grupo una apariencia ominosa y espectral, mientras pasaba, pálido y rígido, en aquella fúnebre góndola.

Todos los esfuerzos parecían vanos. Los más decididos en la búsqueda empezaban a cansarse y se entregaban a una profunda tristeza. Poca esperanza quedaba ya de salvar al niño (¡y cuánto más desesperada estaría la madre!). Pero entonces, desde el interior de aquel oscuro nicho que he mencionado como parte integrante de la prisión de la antigua República –y que quedaba frente a las ventanas de la marquesa–, una silueta embozada avanzó hasta las luces y, luego de hacer una pausa al borde del abismo líquido, zambullóse de cabeza en el canal. Un minuto después, al emerger llevando en sus brazos al niño que aún respiraba y alzarse en los peldaños de mármol del lado de la marquesa, la empapada capa se soltó de sus hombros y, cayendo a sus pies, mostró a los estupefactos espectadores la graciosa figura de un hombre joven, cuyo nombre resonaba entonces en toda Europa.

Ni una palabra pronunció el salvador. Pero la marquesa... ¡Ah, ya iba a recibir a su hijo! ¡Ya iba a estrechar en sus brazos el pequeño cuerpo y reanimarlo con sus caricias! Mas, ¡ay!, los brazos de *otro* lo alzaban, los brazos de *otro* se lo llevaban, lo introducían en el palacio. ¿Y la marquesa?... Sus labios, sus hermosos labios temblaban; las lágrimas se arracimaban en sus ojos, esos ojos que, como el acanto de Plinio, eran «suaves y casi líquidos». Sí, las lágrimas se agolpaban en sus ojos, y de pronto todo el cuerpo de aquella mujer se estremeció con un temblor que le venía del alma... ¡Y la estatua recobró vida! Vi súbitamente cómo la palidez marmórea de sus facciones, el alentar de su seno y la pureza de sus blancos pies se anegaban en una incontenible marea carmesí. Y un leve temblor agitó su delicado cuerpo, como la brisa gentil de Nápoles agita los plateados lirios en el campo.

¿Por qué se sonrojaba la dama? No hay respuesta a tal pregunta. Verdad es que, al abandonar, con el apresuramiento y el terror de un corazón materno la intimidad de su *boudoir*, la marquesa había olvidado aprisionar sus menudos pies en chinelas y cubrir sus hombros venecianos con el manto que les correspondía... ¿Qué otra razón podía tener para sonrojarse así? ¿Y la mirada de esos ojos que imploraban desesperadamente? ¿Y el tumulto del agitado seno? ¿Y la convulsiva presión de aquella mano temblorosa que, en momentos en que Mentoni retornaba al palacio, se posó accidentalmente sobre la mano del desconocido? ¿Y qué razón podía haber para aquellas palabras en voz baja, en voz tan extrañamente baja, aquellas palabras sin sentido que la dama murmuró presurosamente en el instante de despedirlo?

–Has vencido –dijo, a menos que el murmullo del agua me engañara–. Has vencido... Una hora después de la salida del sol... ¡Así sea!

El tumulto se había apaciguado, murieron las luces en el interior del palacio y el desconocido, a quien yo, sin embargo, había reconocido, permanecía solo en la escalinata. Estremecióse con inconcebible agitación y sus ojos miraron en todas direcciones buscando una góndola. No podía menos de ofrecerle la mía, y la aceptó. Luego de obtener un remo en una compuerta, continuamos juntos hasta su residencia, mientras mi huésped recobraba rápidamente el dominio de sí mismo y se refería a nuestra superficial relación en términos de gran cordialidad.

Frente a ciertos temas, me gusta ser minucioso. La persona del desconocido –permitidme llamarlo así, ya que lo era todavía para el mundo entero–, la persona del desconocido constituye uno de esos temas. Su estatura era algo inferior a la mediana, aunque en momentos de intensa pasión su cuerpo *crecía* como para desmentir esa afirmación. La liviana y esbelta simetría de su figura antes anunciaba la vivaz actividad demostrada en el Puente de los Suspiros, que la hercúlea fuerza que, en ocasiones de mayor peligro, había desplegado sin aparente esfuerzo. Su boca y mentón eran los de una deidad; los ojos, singulares, ardientes, enormes, líquidos, de una tonalidad fluctuando entre el puro castaño y el más intenso y brillante azabache; una profusión de cabello negro y rizado, bajo el cual se destacaba una frente de no común anchura, que por momentos resplandecía como marfil iluminado; tales eran sus rasgos, tan clásicamente regulares que jamás he visto otros semejantes, salvo, quizá, en las imágenes del emperador Cómodo. Y, sin embargo, su rostro era de esos que todo hombre ha visto en algún momento de su vida, pero que no ha vuelto a encontrar nunca más. No tenía nada peculiar, ninguna expresión predominante que fijar en la memoria; un rostro visto e instantáneamente olvidado, pero olvidado con un vago y continuo deseo de recordarlo otra vez. Y no porque el espíritu de cada rápida pasión no dejara de imprimir su propia y clara imagen en el espejo de aquel rostro; pero el espejo, al igual que todos los espejos, perdía todo vestigio de la pasión apenas desaparecía.

Al despedirnos la noche de aquella aventura me pidió, de una manera que me pareció urgente, que no dejara de visitarlo *muy* temprano por la mañana. Poco después de la salida del sol llegué a su Palazzo, uno de aquellos enormes edificios de sombría y fantástica pompa que se alzan sobre las aguas del Gran Canal, en la vecindad del Rialto. Fui conducido por una ancha escalinata de mosaico hasta un aposento cuyo incomparable esplendor irrumpía por las puertas abiertas, con lujo tal que me cegó y me confundió.

No ignoraba que mi conocido era rico. Los rumores circulantes se referían a sus bienes en términos que yo me había atrevido a calificar de ridículas exageraciones. Pero, cuando miré en torno, no pude creer que la riqueza de un europeo hubiese sido capaz de proporcionar la principesca magnificencia que ardía y brillaba en todas partes.

Aunque, como ya he dicho, ya había salido el sol, el aposento seguía profusamente iluminado. Juzgué por esta circunstancia, así como por la expresión de fatiga del rostro de mi amigo, que no se había acostado en toda la noche.

Tanto la arquitectura como la ornamentación de la cámara tenían por finalidad evidente la de deslumbrar y confundir. Poca atención se había prestado a lo que técnicamente se denomina *armonía,* o a las características nacionales. La mirada erraba de objeto en objeto, sin detenerse en ninguno, fueran los *grotesques* de los pintores griegos, las esculturas de las mejores épocas italianas, o las pesadas tallas del rústico Egipto. Ricas colgaduras, en todos los ángulos del aposento, vibraban bajo los acentos de una suave y melancólica música cuyo origen era imposible adivinar. Los sentidos quedaban oprimidos por la mezcla de diversos perfumes que brotaban de extraños incensarios convolutos, junto con múltiples lenguas oscilantes y resplandecientes de fuegos violeta y esmeralda. Los rayos del sol que apenas asomaban caían sobre aquel conjunto a través de ventanas formadas por un solo cristal carmesí. Saltando de un lado a otro, en mil refracciones, desde las cortinas que bajaban de sus cornisas como cataratas de plata fundida, los rayos del astro rey se mezclaban por fin con la luz artificial y caían en masas vencidas y temblorosas sobre una alfombra tejida con riquísimo oro de Chile, que daba la impresión de líquido.

–¡Ja, ja, ja! –rió el señor de aquel palacio, ofreciéndome asiento y tendiéndose en una otomana–. Bien veo –agregó al advertir que no alcanzaba a adaptarme inmediatamente a la *bienséance* de un recibimiento tan singular–, bien veo que está usted asombrado de mi cámara, mis estatuas, mis pinturas, la originalidad de mi concepción en materia de arquitectura y tapicería... ¿Verdad que se siente como embriagado frente a mi magnificencia? Pero, perdóneme usted, querido señor –y aquí el tono de su voz descendió hasta tocar el espíritu mismo de la cordialidad–, perdóneme mi poco caritativa risa. ¡Parecía usted tan *completamente* asombrado! Por lo demás, ciertas cosas son a tal punto cómicas, que uno tiene que reír o morirse. ¡Morirse de risa debe ser el más glorioso de todos los fines! Sir Thomas More..., ¡y qué hombre era sir Thomas More!..., murió riéndose, como usted sabe. En los *Absurdos* de Ravisius Textor hay una larga lista de personajes que terminaron de la misma magnífica manera. Y ha de saber usted –continuó, pensativo– que en Esparta (que se llama ahora Palaeochori), hacia el oeste de la ciudadela, entre un caos de ruinas apenas visibles, existe una especie de *socle,* en el cual todavía son legibles las letras ΛΑΣΜ. Indudablemente, forman parte de ΙΕΛΑΣΜΑ. Ahora bien, en Esparta se alzaban mil templos y altares dedicados a mil divinidades distintas. ¡Qué extraordinariamente raro que el altar de la Risa sea el único que ha sobrevivido a los demás! Pero en este momento –agregó, mientras su voz y su actitud variaban extrañamente– no tengo derecho de estar alegre a expensas de usted. Y no me extraña que se haya quedado estupefacto al entrar. Europa no es capaz de producir nada tan hermoso como mi pequeño gabinete real. El resto de las habitaciones no se le parecen para nada; son simples *ultras* de insipidez a la moda. Pero esto es mejor que la moda, ¿no le parece? Y, sin embargo, bastaría que vieran este aposento para que se iniciara la moda más furiosa... entre aquellos, claro está, que pudieran pagarla al precio de su entero patrimonio. Pero me he cuidado de semejante profanación. Salvo una persona, es usted el único ser humano, fuera de mí y de mi *valet,* que ha sido admitido en los misterios de estos aposentos reales desde el día en que fueron adornados como puede verlo...

Me incliné en señal de agradecimiento, ya que aquel lujo sobrecogedor, los perfumes, la música y la inesperada excentricidad del tono y la actitud de mi huésped me impedían expresar con palabras lo que de otra manera hubieran constituido un elogio.

–Aquí –dijo él, levantándose y apoyándose en mi brazo, mientras íbamos de un lado a otro de la estancia–, aquí hay pinturas desde los griegos hasta Cimabue, y de Cimabue hasta la hora actual. Muchas han sido escogidas, como puede usted ver, con muy poco respeto por las opiniones de los entendidos. Y, sin embargo, constituyen una decoración adecuada para un aposento como éste. Hay asimismo algunos *chefs d'oeuvre* de grandes desconocidos... y aquí figuran dibujos inconclusos de hombres que fueron celebrados en su día y cuyos nombres han quedado reservados al silencio y a mí, gracias a la perspicacia de las academias. ¿Qué piensa usted –dijo, volviéndose bruscamente mientras hablaba– de esta *Madonna della Pietà?*

–¡Es la obra de Guido! –exclamé con todo el entusiasmo de mi espíritu, pues había estado contemplando intensamente su incomparable hermosura–. ¡Es la obra de Guido! ¿Cómo pudo usted obtenerla? ¡No cabe duda de que es en pintura lo que la Venus en escultura...!

–¡Ah! –dijo pensativamente–. Venus... la hermosa Venus... ¿La Venus de Médicis? ¿La de la pequeña cabeza y el resplandeciente cabello? Parte del brazo izquierdo –aquí su voz se tornó tan baja que me costó oírla– y todo el derecho han sido restaurados; pienso que en la coquetería de ese brazo derecho reside la quintaesencia de la afectación. ¡Para mí, la Venus de Canova! El mismo Apolo es una copia... no cabe la menor duda... ¡Oh, estúpido y ciego que soy, incapaz de alcanzar la tan mentada inspiración del Apolo! Perdóneme usted, pero no puedo evitar..., ¡téngame lástima!..., una preferencia por el Antinoo. ¿No fue Sócrates quien afirmó que el escultor encuentra su estatua en el bloque de mármol? En ese caso, Miguel Ángel no se mostró nada original en sus versos:

Non ha l'ottimo artista alcun concetto
Che un marmo solo in se non circonscriva.

Se ha afirmado –o debería afirmarse– que en la actitud del verdadero *gentleman* cabe advertir siempre una diferencia con el comportamiento del hombre vulgar, sin que en el instante pueda precisarse en qué consiste. Suponiendo que dicha observación se aplicara con toda su fuerza a la conducta exterior de mi amigo, aquella memorable mañana sentí que correspondía referirla aún más a su temperamento moral y a su carácter. Para definir esa peculiaridad de espíritu que parecía apartarlo esencialmente del resto de los seres humanos, la llamaré un *hábito* de intenso y continuo pensamiento, que invadía incluso sus acciones más triviales, penetraba en sus momentos de gozo y se entrelazaba con sus estallidos de alegría, como los áspides que surgen de los ojos de las máscaras sonrientes en las cornisas de los templos de Persépolis.

No pude menos de observar, sin embargo, que, a pesar del tono alternado de liviandad y solemnidad que mi huésped adoptaba para referirse a cuestiones de menuda importancia, había en él una cierta vacilación, algo como un *fervor* nervioso en la acción y la palabra, una inquieta excitabilidad de conducta que en todo momento me pareció inexplicable y que a ratos llegó a alarmarme. Con frecuencia, deteniéndose a mitad de una frase cuyo comienzo había aparentemente olvidado, quedábase escuchando con la más profunda atención, tal como si esperara la llegada de un visitante u oyera sonidos que sólo existían en su imaginación.

Ocurrió que, durante una de esas ensoñaciones o pausas de aparente abstracción, me puse a hojear la hermosa tragedia del poeta y humanista Poliziano, *Orfeo* –la primera tragedia italiana–, que había encontrado a mi alcance sobre una otomana. Al hacerlo, descubrí un pasaje subrayado con lápiz. Correspondía al final del tercer acto, y era un fragmento apasionadamente emocionante un pasaje que, aunque manchado de impurezas, no podría ser leído por hombre alguno sin despertar en él nuevos estremecimientos y hacer suspirar a las mujeres. Aquella página estaba borrosa de lágrimas recién vertidas y, en la parte en blanco del folio opuesto, leí los siguientes versos en inglés, escritos con una letra tan diferente de la muy singular de mi amigo, que al principio me costó darme cuenta de que era la misma:

Tú fuiste para mí, oh amor,
todo lo que mi espíritu anhelaba,
isla verde en el mar,
fuente y santuario,
con guirnaldas de frutas y de flores,
oh amor, que fueron mías.

¡Ah hermoso sueño, por hermoso efímero!
¡Ah estrellada Esperanza que surgiste
para pronto morir!
Una voz del futuro me reclama:
–¡Adelante! ¡Adelante!–. Mas se cierne
sobre el pasado (¡negro abismo!) mi alma
medrosa, inmóvil, muda.

¡Ay, ya no está conmigo
la luz de mi existencia!
«Ya nunca... nunca... nunca»
(así murmura el mar solemne
a las arenas de la playa),
ya nunca el árbol roto dará flores
ni el águila muriente alzará su vuelo.
Hoy mis días son vanos
y mis nocturnos sueños
andan allá donde tus ojos grises
miran, donde pisan tus plantas,
¡oh, en qué danzas etéreas, a la orilla
de itálicos arroyos!

¡Ay, en qué aciago día
por el mar te llevaron
robándote al amor, para entregarte
a caducos blasones mancillados!
¡Robándote a mi amor, a nuestra tierra
donde lloran los sauces en la niebla!

Que aquellos versos hubieran sido escritos en inglés –idioma con el cual no creía familiarizado a mi huésped– me sorprendió poco. Demasiado sabía la extensión de sus conocimientos y el singular placer que experimentaba en ocultarlos a los demás. Pero el lugar donde estaba fechado el poema me causó, debo admitirlo, no poca confusión. La palabra original era *Londres,* y, aunque aparecía cuidadosamente tachada, podía, sin embargo, ser descifrada por un ojo escrutador. He dicho que me causó no poca confusión, pues bien recordaba una conversación anterior con mi amigo durante la cual le preguntara si alguna vez había conocido en Londres a la marquesa de Mentoni (la cual residía en aquella capital antes de su matrimonio); si no me equivoco, su respuesta me dio a entender que jamás había pisado la metrópoli inglesa. Bien puedo mencionar de paso que muchas veces había oído decir (sin dar crédito a un rumor, al parecer, tan improbable) que el hombre de quien hablo era no sólo por su nacimiento, sino por su educación, *inglés.*

–Hay una pintura –dijo él, sin advertir que yo había estado leyendo la tragedia– que todavía no ha visto usted.

Y, apartando una colgadura, descubrió un retrato de tamaño natural de la marquesa Afrodita.

El arte humano no podía haber hecho más en el trazado de su belleza sobrehumana. La misma etérea figura que se alzaba ante mí la noche anterior en la escalinata del Palacio Ducal volvía a ofrecerse a mis ojos. Pero en la expresión de su rostro, que resplandecía sonriente, se insinuaba –¡incomprensible anomalía!– esa incierta mácula de melancolía, que siempre será inseparable de la perfección de la hermosura.

El brazo derecho de la marquesa aparecía doblado sobre el seno. Con el izquierdo mostraba, en la parte inferior del cuadro, un vaso de extraña factura. Un diminuto pie como de hada, apenas visible, parecía rozar la tierra; y, apenas discernible en la brillante atmósfera que parecía circundar y envolver su belleza, flotaba un par de alas de la más delicada concepción.

Mis ojos pasaron de la pintura a la figura de mi amigo, y las vigorosas palabras del *Bussy d'Ambois* de Chapman subieron instintivamente a mis labios:

Está erguido
Como una estatua romana. ¡Y así permanecerá
Hasta que la muerte lo haya vuelto mármol!

–¡Vamos! –exclamó por fin, volviéndose hacia una mesa de plata maciza, ricamente esmaltada, sobre la cual aparecían algunas copas fantásticamente coloreadas, juntamente con dos grandes vasos etruscos, semejantes en su factura al extraordinario modelo que aparecía en la parte inferior del retrato, y llenos de lo que me pareció ser Johannisberger.

–¡Vamos! –repitió bruscamente–. Es muy temprano, pero lo mismo beberemos. Sí, ciertamente *es temprano* –continuó pensativo, en momentos en que un querubín descargaba su pesado martillo de oro, haciendo resonar la estancia con la primera hora posterior a la salida del sol–. ¡Oh, sí, es temprano! Pero, ¿qué importa? ¡Bebamos! ¡Brindemos como ofrenda a ese solemne sol que nuestras brillantes lámparas e incensarios se obstinan en someter!

Y, después de brindar conmigo, bebió sucesivamente varias copas de vino.

–Soñar –continuó, recobrando el tono de su inconexa conversación–, soñar ha constituido el fin de mi vida. Por eso he construido, como ve usted, este lugar para los sueños. ¿Podría haber creado uno mejor en pleno corazón de Venecia? Cierto que lo que se percibe es una mezcla de ornamentaciones arquitectónicas. La castidad jónica se ve ofendida por las formas antediluvianas, y las esfinges egipcias se tienden sobre alfombras de oro. Sin embargo, el efecto sólo resulta incongruente para un espíritu tímido. Las unidades, las convenciones de lugar y, sobre todo, de tiempo, son los espantajos que aterran a la humanidad y la apartan de la contemplación de las magnificencias. Yo mismo profesé en un tiempo ese rigor, pero semejante sublimación de la locura acabó por estragar mi alma. Lo que ahora me rodea es lo más adecuado a mi propósito. Como esos incensarios de arabescos, mi espíritu se retuerce en el fuego, y el delirio de esta escena me prepara a las visiones más exaltadas de esa tierra de sueños reales hacia donde voy a partir en seguida.

Detúvose bruscamente, dejó caer la cabeza sobre el pecho y pareció escuchar un sonido que mis oídos no percibían. Por fin, enderezándose, miró hacia arriba y prorrumpió en los versos del obispo de Chichester:

¡Espérame allá! Yo iré a encontrarte
En el profundo valle.

Un instante después, cediendo a la fuerza del vino, se dejó caer cuan largo era sobre una otomana.

Oyéronse pasos presurosos en la escalera y resonaron pesados golpes en la puerta. Me disponía a impedir que volvieran a molestarnos cuando un paje de la casa de Mentoni irrumpió en el aposento y gritó, con palabras que la emoción ahogaba y volvía incoherentes:

–¡Mi señora... mi señora... envenenada... envenenada...! ¡Oh la hermosa... la hermosa Afrodita!

Estupefacto, me precipité a la otomana y traté de que el durmiente recobrara el uso de los sentidos. Pero sus miembros estaban rígidos, lívidos los labios, y aquellos ojos brillantes aparecían ahora fijos para siempre por *la muerte.* Retrocedí tambaleándome hasta la mesa y mi mano cayó sobre una copa rota y ennegrecida. Y la conciencia de la entera, de la terrible verdad, se abrió paso como un rayo en mi alma.

Sombra

Parábola

Sí, aunque marcho por el valle de la *Sombra*...

(*Salmo de David,* XXIII)

Vosotros los que leéis aún estáis entre los vivos; pero yo, el que escribe, habré entrado hace mucho en la región de las sombras. Pues en verdad ocurrirán muchas cosas, y se sabrán cosas secretas, y pasarán muchos siglos antes de que los hombres vean este escrito. Y, cuando lo hayan visto, habrá quienes no crean en él, y otros dudarán, mas unos pocos habrá que encuentren razones para meditar frente a los caracteres aquí grabados con un estilo de hierro.

El año había sido un año de terror y de sentimientos más intensos que el terror, para los cuales no hay nombre sobre la tierra. Pues habían ocurrido muchos prodigios y señales, y a lo lejos y en todas partes, sobre el mar y la tierra, se cernían las negras alas de la peste. Para aquellos versados en la ciencia de las estrellas, los cielos revelaban una faz siniestra; y para mí, el griego Oinos, entre otros, era evidente que ya había llegado la alternación de aquel año 794, en el cual, a la entrada de Aries, el planeta Júpiter queda en conjunción con el anillo rojo del terrible Saturno. Si mucho no me equivoco, el especial espíritu del cielo no sólo se manifestaba en el globo físico de la tierra, sino en las almas, en la imaginación y en las meditaciones de la humanidad.

En una sombría ciudad llamada Ptolemáis, en un noble palacio, nos hallábamos una noche siete de nosotros frente a los frascos del rojo vino de Chíos. Y no había otra entrada a nuestra cámara que una alta puerta de bronce; y aquella puerta había sido fundida por el artesano Corinnos, y, por ser de raro mérito, se la aseguraba desde dentro. En el sombrío aposento, negras colgaduras alejaban de nuestra vista la luna, las cárdenas estrellas y las desiertas calles; pero el presagio y el recuerdo del Mal no podían ser excluidos. Estábamos rodeados por cosas que no logro explicar distintamente; cosas materiales y espirituales, la pesadez de la atmósfera, un sentimiento de sofocación, de ansiedad; y por, sobre todo, ese terrible estado de la existencia que alcanzan los seres nerviosos cuando los sentidos están agudamente vivos y despiertos, mientras las facultades yacen amodorradas. Un peso muerto nos agobiaba. Caía sobre los cuerpos, los muebles, los vasos en que bebíamos; todo lo que nos rodeaba cedía a la depresión y se hundía; todo menos las llamas de las siete lámparas de hierro que iluminaban nuestra orgía. Alzándose en altas y esbeltas líneas de luz, continuaban ardiendo, pálidas e inmóviles; y en el espejo que su brillo engendraba en la redonda mesa de ébano a la cual nos sentábamos, cada uno veía la palidez de su propio rostro y el inquieto resplandor en las abatidas miradas de sus compañeros. Y, sin embargo, reíamos y nos alegrábamos a nuestro modo -lleno de histeria-, y cantábamos las canciones de Anacreonte -llenas de locura-, y bebíamos copiosamente, aunque el purpúreo vino nos recordaba la sangre. Porque en aquella cámara había otro de nosotros en la persona del joven Zoilo. Muerto y amortajado yacía tendido cuan largo era, genio y demonio de la escena. ¡Ay, no participaba de nuestro regocijo! Pero su rostro, convulsionado por la plaga, y sus ojos, donde la muerte sólo había apagado a medias el fuego de la pestilencia, parecían interesarse en nuestra alegría, como quizá los muertos se interesan en la alegría de los que van a morir. Mas aunque yo, Oinos, sentía que los ojos del muerto estaban fijos en mí, me obligaba a no percibir la amargura de su expresión, y mientras contemplaba fijamente las profundidades del espejo de ébano, cantaba en voz alta y sonora las canciones del hijo de Teos.

Poco a poco, sin embargo, mis canciones fueron callando y sus ecos, perdiéndose entre las tenebrosas colgaduras de la cámara, se debilitaron hasta volverse inaudibles y se apagaron del todo. Y he aquí que de aquellas tenebrosas colgaduras, donde se perdían los sonidos de la canción, se desprendió una profunda e indefinida sombra, una sombra como la que la luna, cuando está baja, podría extraer del cuerpo de un hombre; pero ésta no era la sombra de un hombre o de un dios, ni de ninguna cosa familiar. Y, después de temblar un instante, entre las colgaduras del aposento, quedó, por fin, a plena vista sobre la superficie de la puerta de bronce. Mas la sombra era vaga e informe, indefinida, y no era la sombra de un hombre o de un dios, ni un dios de Grecia, ni un dios de Caldea, ni un dios egipcio. Y la sombra se detuvo en la entrada de bronce, bajo el arco del entablamento de la puerta, y sin moverse, sin decir una palabra, permaneció inmóvil. Y la puerta donde estaba la sombra, si recuerdo bien, se alzaba frente a los pies del joven Zoilo amortajado. Mas nosotros, los siete allí congregados, al ver cómo la sombra avanzaba desde las colgaduras, no nos atrevimos a contemplarla de lleno, sino que bajamos los ojos y miramos fijamente las profundidades del espejo de ébano. Y al final yo, Oinos, hablando en voz muy baja, pregunté a la sombra cuál era su morada y su nombre. Y la sombra contestó: «Yo soy SOMBRA, y mi morada está al lado de las catacumbas de Ptolemáis, y cerca de las oscuras planicies de Clíseo, que bordean el impuro canal de Caronte.»

Y entonces los siete nos levantamos llenos de horror y permanecimos de pie temblando, estremecidos, pálidos;

porque el tono de la voz de la sombra no era el tono de un solo ser, sino el de una multitud de seres, y, variando en sus cadencias de una sílaba a otra, penetraba oscuramente en nuestros oídos con los acentos familiares y harto recordados de mil y mil amigos muertos.

Eleonora

Sub conservatione formæ specificæ salva anima.

(RAIMUNDO LULIO)

Vengo de una raza notable por la fuerza de la imaginación y el ardor de las pasiones. Los hombres me han llamado loco; pero todavía no se ha resuelto la cuestión de si la locura es o no la forma más elevada de la inteligencia, si mucho de lo glorioso, si todo lo profundo, no surgen de una enfermedad del pensamiento, de *estados de ánimo* exaltados a expensas del intelecto general. Aquellos que sueñan de día conocen muchas cosas que escapan a los que sueñan sólo de noche. En sus grises visiones obtienen atisbos de eternidad y se estremecen, al despertar, descubriendo que han estado al borde del gran secreto. De un modo fragmentario aprenden algo de la sabiduría propia y mucho más del mero conocimiento propio del mal. Penetran, aunque sin timón ni brújula, en el vasto océano de la «luz inefable», y otra vez, como los aventureros del geógrafo nubio, «*agressi sunt mare tenebrarum quid in eo esset exploraturi*».

Diremos, pues, que estoy loco. Concedo, por lo menos, que hay dos estados distintos en mi existencia mental: el estado de razón lúcida, que no puede discutirse y pertenece a la memoria de los sucesos de la primera época de mi vida, y un estado de sombra y duda, que pertenece al presente y a los recuerdos que constituyen la segunda era de mi existencia. Por eso, creed lo que contaré del primer período, y, a lo que pueda relatar del último, conceded tan sólo el crédito que merezca; o dudad resueltamente, y, si no podéis dudar, haced lo que Edipo ante el enigma.

La amada de mi juventud, de quien recibo ahora, con calma, claramente, estos recuerdos, era la única hija de la hermana de mi madre, que había muerto hacía largo tiempo. Mi prima se llamaba Eleonora. Siempre habíamos vivido juntos, bajo un sol tropical, en el Valle de la Hierba Irisada. Nadie llegó jamás sin guía a aquel valle, pues quedaba muy apartado entre una cadena de gigantescas colinas que lo rodeaban con sus promontorios, impidiendo que entrara la luz en sus más bellos escondrijos. No había sendero hollado en su vecindad, y para llegar a nuestra feliz morada era preciso apartar con fuerza el follaje de miles de árboles forestales y pisotear el esplendor de millones de flores fragantes. Así era como vivíamos solos, sin saber nada del mundo fuera del valle, yo, mi prima y su madre.

Desde las confusas regiones más allá de las montañas, en el extremo más alto de nuestro circundado dominio, se deslizaba un estrecho y profundo río, y no había nada más brillante, salvo los ojos de Eleonora; y serpeando furtivo en su sinuosa carrera, pasaba, al fin, a través de una sombría garganta, entre colinas aún más oscuras que aquellas de donde saliera. Lo llamábamos el «Río de Silencio», porque parecía haber una influencia enmudecedora en su corriente. No brotaba ningún murmullo de su lecho y se deslizaba tan suavemente que los aljofarados guijarros que nos encantaba contemplar en lo hondo de su seno no se movían, en quieto contentamiento, cada uno en su antigua posición, brillando gloriosamente para siempre.

Las márgenes del río y de los numerosos arroyos deslumbrantes que se deslizaban por caminos sinuosos hasta su cauce, así como los espacios que se extendían desde las márgenes descendiendo a las profundidades de las corrientes hasta tocar el lecho de guijarros en el fondo, esos lugares, no menos que la superficie entera del valle, desde el río hasta las montañas que lo circundaban, estaban todos alfombrados por una hierba suave y verde, espesa, corta, perfectamente uniforme y perfumada de vainilla, pero tan salpicada de amarillos ranúnculos, margaritas blancas, purpúreas violetas y asfódelos rojo rubí, que su excesiva belleza hablaba a nuestros corazones, con altas voces, del amor y la gloria de Dios.

Y aquí y allá, en bosquecillos entre la hierba, como selvas de sueño, brotaban fantásticos árboles cuyos altos y esbeltos troncos no eran rectos, mas se inclinaban graciosamente hacia la luz que asomaba a mediodía en el centro del valle. Las manchas de sus cortezas alternaban el vívido esplendor del ébano y la plata, y no había nada más suave, salvo las mejillas de Eleonora; de modo que, de no ser por el verde vivo de las enormes hojas que se derramaban desde sus cimas en largas líneas trémulas, retozando con los céfiros, podría habérselos creído gigantescas serpientes de Siria rindiendo homenaje a su soberano, el Sol.

Tomados de la mano, durante quince años, erramos Eleonora y yo por ese valle antes de que el amor entrara en nuestros corazones. Ocurrió una tarde, al terminar el tercer lustro de su vida y el cuarto de la mía, abrazados junto a los árboles serpentinos, mirando nuestras imágenes en las aguas del Río de Silencio. No dijimos una palabra durante el resto de aquel dulce día, y aun al siguiente nuestras palabras fueron temblorosas, escasas. Habíamos arrancado al dios Eros de aquellas ondas y ahora sentíamos que había encendido dentro de nosotros las ígneas almas de nuestros antepasados. Las pasiones que durante siglos habían distinguido a nuestra raza llegaron en tropel con las fantasías por las cuales también era famosa, y juntos respiramos una dicha delirante en el Valle de la Hierba Irisada. Un cambio sobrevino en todas las cosas. Extrañas, brillantes flores estrelladas brotaron en los árboles donde nunca se vieran flores. Los matices de la alfombra verde se ahondaron, y mientras una por una desaparecían las blancas margaritas, brotaban, en su lugar, de a diez, los asfódelos rojo rubí. Y la vida surgía en nuestros senderos, pues altos flamencos hasta entonces nunca vistos, y todos los pájaros gayos, resplandecientes, desplegaron su plumaje escarlata ante nosotros. Peces de oro y plata frecuentaron el río, de cuyo seno brotaba, poco a poco, un murmullo que culminó al fin en una arrulladora melodía más divina que la del arpa eólica, y no había nada más dulce, salvo la voz de Eleonora. Y una nube voluminosa que habíamos observado largo tiempo en las regiones del Héspero flotaba en su magnificencia de oro y carmesí y, difundiendo paz sobre nosotros, descendía cada vez más, día a día, hasta que sus bordes descansaron en las cimas de las montañas, convirtiendo toda su oscuridad en esplendor y encerrándonos como para siempre en una mágica casa-prisión de grandeza y de gloria.

La belleza de Eleonora era la de los serafines, pero era una doncella natural e inocente, como la breve vida que había llevado entre las flores. Ningún artificio disimulaba el fervoroso amor que animaba su corazón, y examinaba conmigo los escondrijos más recónditos mientras caminábamos juntos por el Valle de la Hierba Irisada y discurríamos sobre los grandes cambios que se habían producido en los últimos tiempos.

Por fin, habiendo hablado un día, entre lágrimas, del último y triste camino que debe sufrir el hombre, en adelante se demoró Eleonora en este único tema doloroso, vinculándolo con todas nuestras conversaciones, así como en los cantos del bardo de Schiraz las mismas imágenes se encuentran una y otra vez en cada grandiosa variación de la frase.

Vio el dedo de la muerte posado en su pecho, y supo que, como la efímera, había sido creada perfecta en su hermosura sólo para morir; pero, para ella, los terrenos de tumba se reducían a una consideración que me reveló una tarde, a la hora del crepúsculo, a orillas del Río de Silencio. Le dolía pensar que, una vez sepulta en el Valle de la Hierba Irisada, yo abandonaría para siempre aquellos felices lugares, transfiriendo el amor entonces tan apasionadamente suyo a otra doncella del mundo exterior y cotidiano. Y entonces, allí, me arrojé precipitadamente a los pies de Eleonora y juré, ante ella y ante el cielo, que nunca me uniría en matrimonio con ninguna hija de la Tierra, que en modo alguno me mostraría desleal a su querida memoria, o a la memoria del abnegado cariño cuya bendición había yo recibido. Y apelé al poderoso amo del Universo como testigo de la piadosa solemnidad de mi juramento. Y la maldición de Él o de ella, santa en el Elíseo, que invoqué si traicionaba aquella promesa, implicaba un castigo tan horrendo que no puedo mentarlo. Y los brillantes ojos de Eleonora brillaron aún más al oír mis palabras, y suspiró como si le hubieran quitado del pecho una carga mortal, y tembló y lloró amargamente, pero aceptó el juramento (pues, ¿qué era sino una niña?) y el juramento la alivió en su lecho de muerte. Y me dijo, pocos días después, en tranquila agonía, que, en pago de lo que yo había hecho para confortación de su alma, velaría por mí en espíritu después de su partida y, si le era permitido, volvería en forma visible durante la vigilia nocturna; pero, si ello estaba fuera del poder de las almas en el Paraíso, por lo menos me daría frecuentes índicios de su presencia, suspirando sobre mí en los vientos vesperales, o colmando el aire que yo respirara con el perfume de los incensarios angélicos. Y con estas palabras en sus labios sucumbió su inocente vida, poniendo fin a la primera época de la mía.

Hasta aquí he hablado con exactitud. Pero cuando cruzo la barrera que en la senda del Tiempo formó la muerte de mi amada y comienzo con la segunda era de mi existencia, siento que una sombra se espesa en mi cerebro y duda de la perfecta cordura de mi relato. Mas dejadme seguir. Los años se arrastraban lentos y yo continuaba viviendo en el Valle de la Hierba Irisada; pero un segundo cambio había sobrevenido en todas las cosas. Las flores estrelladas desaparecieron de los troncos de los árboles y no brotaron más. Los matices de la alfombra verde se desvanecieron, y uno por uno fueron marchitándose los asfódelos rojo rubí, y en lugar de ellos brotaron de a diez oscuras violetas como ojos, que se retorcían desasosegadas y estaban siempre llenas de rocío. Y la Vida se retiraba de nuestros senderos, pues el alto flamenco ya no desplegaba su plumaje escarlata ante nosotros, mas voló tristemente del valle a las colinas, con todos los gayos pájaros brillantes que habían llegado en su compañía. Y los peces de oro y plata nadaron a través de la garganta hasta el confín más hondo de su dominio y nunca más adornaron el dulce río. Y la arrulladora melodía, más suave que el arpa eólica y más divina que todo, salvo la voz de Eleonora, fue muriendo poco a poco, en murmullos cada vez más sordos, hasta que la corriente tornó, al fin, a toda la solemnidad de su silencio originario. Y por último, la voluminosa nube se levantó y, abandonando los picos de las montañas a la antigua oscuridad, retornó a las regiones del Héspero y se llevó sus múltiples resplandores dorados y magníficos del Valle de la Hierba Irisada.

Pero las promesas de Eleonora no cayeron en el olvido, pues escuché el balanceo de los incensarios angélicos, y las olas de un perfume sagrado flotaban siempre en el valle, y en las horas solitarias, cuando mi corazón latía pesadamente, los vientos que bañaban mi frente me llegaban cargados de suaves suspiros, y murmullos confusos llenaban a menudo el aire nocturno, y una vez –¡ah, pero sólo una vez!– me despertó de un sueño, como el sueño de la muerte, la presión de unos labios espirituales sobre los míos.

Pero, aun así, rehusaba llenarse el vacío de mi corazón. Ansiaba el amor que antes lo colmara hasta derramarse. Al fin el valle *me dolía* por los recuerdos de Eleonora, y lo abandoné para siempre en busca de las vanidades y los turbulentos triunfos del mundo.

Me encontré en una extraña ciudad, donde todas las cosas podían haber servido para borrar del recuerdo los dulces sueños que tanto duraran en el Valle de la Hierba Irisada. El fasto y la pompa de una corte soberbia y el loco estrépito de las armas y la radiante belleza de la mujer extraviaron e intoxicaron mi mente. Pero, aun entonces, mi alma fue fiel a su juramento, y las indicaciones de la presencia de Eleonora todavía me llegaban en las silenciosas horas de la noche. De pronto, cesaron estas manifestaciones y el mundo se oscureció ante mis ojos y quedé aterrado ante los abrasadores pensamientos que me poseyeron, ante las terribles tentaciones que me acosaron, pues llegó de alguna lejana, lejanísima tierra desconocida, a la alegre corte del rey a quien yo servía, una doncella ante cuya belleza mi corazón desleal se doblegó en seguida, a cuyos pies me incliné sin una lucha, con la más ardiente, con la más abyecta adoración amorosa. ¿Qué era, en verdad, mi pasión por la jovencita del valle, en comparación con el ardor y el delirio y el arrebatado éxtasis de adoración con que vertía toda mi alma en lágrimas a los pies de la etérea Ermengarda? ¡Ah, brillante serafín, Ermengarda! Y sabiéndolo, no me quedaba lugar para ninguna otra. ¡Ah, divino ángel, Ermengarda! Y al mirar en las profundidades de sus ojos, donde moraba el recuerdo, sólo pensé en ellos, y *en ella*.

Me casé; no temí la maldición que había invocado, y su amargura no me visitó. Y una vez, pero sólo una vez en el silencio de la noche, llegaron a través de la celosía los suaves suspiros que me habían abandonado, y adoptaron la voz dulce, familiar, para decir:

«¡Duerme en paz! Pues el espíritu del Amor reina y gobierna y, abriendo tu apasionado corazón a Ermengarda, estás libre, por razones que conocerás en el Cielo, de tus juramentos a Eleonora.»

Morella

El mismo, sólo por sí mismo, eternamente Uno
y único.

(PLATÓN, *El banquete*)

Un sentimiento de profundo pero singularísimo afecto me inspiraba mi amiga Morella. Llegué a conocerla por casualidad hace muchos años, y desde nuestro primer encuentro mi alma ardió con fuego hasta entonces desconocido; pero el fuego no era de Eros, y amarga y torturadora para mi espíritu fue la convicción gradual de que en modo alguno podía definir su carácter insólito o regular su vaga intensidad. Sin embargo, nos conocimos y el destino nos unió ante el altar, y nunca hablé de pasión, ni pensé en el amor. Ella, no obstante, huyó de la sociedad y, apegándose tan sólo a mí, me hizo feliz. Es una felicidad maravillarse, es una felicidad soñar.

La erudición de Morella era profunda. Tan cierto como que estoy vivo, sé que sus aptitudes no eran de índole común; el poder de su espíritu era gigantesco. Yo lo sentía y en muchos puntos fui su discípulo. Pronto descubrí, sin embargo, que quizá a causa de su educación en Presburgo exponía a mi consideración cantidad de esos escritos místicos que se juzgan habitualmente la escoria de la primitiva literatura alemana. Eran, no puedo imaginar por qué razón, objeto de su estudio favorito y constante, y, si con el tiempo llegaron a serlo para mí, ello debe atribuirse a la simple pero eficaz influencia del hábito y el ejemplo.

En todo esto, si no me equivoco, mi razón poco participaba. Mis opiniones, a menos que me desconozca a mí mismo, en modo alguno estaban influidas por el ideal, ni era perceptible ningún matiz del misticismo de mis lecturas, a menos que me equivoque mucho, ni en mis actos ni en mis pensamientos. Convencido de ello, me abandoné sin reservas a la dirección de mi esposa y penetré con ánimo resuelto en el laberinto de sus estudios. Y entonces, entonces, cuando escudriñando páginas prohibidas sentía que un espíritu aborrecible se encendía dentro de mí, Morella posaba su fría mano sobre la mía y sacaba de las cenizas de una filosofía muerta algunas palabras hondas, singulares, cuyo extraño sentido se grababa en mi memoria. Y entonces, hora tras hora, me demoraba a su lado, sumido en la música de su voz, hasta que al fin su melodía se inficionaba de terror y una sombra caía sobre mi alma y yo palidecía y temblaba interiormente ante aquellas entonaciones sobrenaturales. Y así la alegría se desvanecía súbitamente en el horror y lo más hondo se convertía en lo más horrible, como el Hinnom se convirtió en la Gehenna.

Es innecesario explicar el carácter exacto de aquellas disquisiciones que, surgidas de los volúmenes que he mencionado, constituyeron durante tanto tiempo casi el único tema de conversación entre Morella y yo. Los entendidos en lo que puede designarse moral teológica lo comprenderán rápidamente, y los profanos, en todo caso, poco entenderán. El impetuoso panteísmo de Fichte, la παλιγγενεσία modificada de los pitagóricos y, sobre todo, las doctrinas de la *identidad* preconizadas por Schelling, eran generalmente los puntos de discusión más llenos de belleza para la imaginativa Morella. Esta identidad denominada personal creo que ha sido definida exactamente por Locke como la permanencia del ser racional. Y puesto que por persona entendemos una esencia inteligente dotada de razón, y el pensar siempre va acompañado por una conciencia, ella es la que nos hace ser eso que llamamos *nosotros mismos*, distinguiéndonos, en consecuencia, de los otros seres que piensan y confiriéndonos nuestra identidad personal. Pero el *principium individuationis*, la noción de esa identidad que *con la muerte se pierde o no para siempre*, fue para mí, en todo tiempo, un tema de intenso interés, no tanto por la perturbadora y excitante índole de sus consecuencias, como por la insistencia y la agitación con que Morella los mencionaba.

Mas en verdad llegó el momento en que el misterio de la naturaleza de mi mujer me oprimió como un maleficio. Ya no podía soportar el contacto de su dedos pálidos, ni el tono profundo de su palabra musical, ni el brillo de sus ojos melancólicos. Y ella lo sabía, pero no me lo reprochaba; parecía consciente de mi debilidad o de mi locura y, sonriendo, le daba el nombre de Destino. También parecía tener conciencia de la causa, para mí desconocida, del gradual desapego de mi actitud, pero no me insinuó ni me explicó su índole. Sin embargo, era mujer y languidecía evidentemente. Con el tiempo la mancha carmesí se fijó definitivamente en sus mejillas y las venas azules de su pálida frente se acentuaron; si por un momento me ablandaba la compasión, al siguiente encontraba el fulgor de sus ojos pensativos, y entonces mi alma se sentía enferma y experimentaba el vértigo de quien hunde la mirada en algún abismo lúgubre, insondable.

¿Diré entonces que anhelaba con ansia, con un deseo voraz, el momento de la muerte de Morella? Así fue; mas el frágil espíritu se aferró a su envoltura de arcilla durante muchos días, durante muchas semanas y meses de tedio, hasta que mis nervios torturados dominaron mi razón y me enfurecí por la demora, y con el corazón de un demonio maldije los días y las horas y los amargos momentos que parecían prolongarse, mientras su noble vida declinaba como las sombras en la agonía del día.

Pero, una tarde de otoño, cuando los vientos se aquietaban en el cielo, Morella me llamó a su cabecera. Una espesa niebla cubría la tierra, y subía un cálido resplandor desde las aguas, y entre el rico follaje de octubre había caído del firmamento un arco iris.

–Éste es el día entre los días –dijo cuando me acerqué–, el día entre los días para vivir o para morir. Es un hermoso día para los hijos de la tierra y de la vida... ¡ah, más hermoso para las hijas del cielo y de la muerte!

Besé su frente, y continuó:

–Me muero, y sin embargo viviré.

–¡Morella!

–Nunca existieron los días en que hubieras podido amarme; pero aquella a quien en vida aborreciste, será adorada por ti en la muerte.

–¡Morella!

–Repito que me muero. Pero hay dentro de mí una prenda de ese afecto –¡ah, cuán pequeño!– que sentiste por mí, por Morella. Y cuando mi espíritu parta, el hijo vivirá, tu hijo y el mío, el de Morella. Pero tus días serán días de dolor, ese dolor que es la más perdurable de las impresiones, como el ciprés es el más resistente de los árboles. Porque las horas de tu dicha han terminado, y la alegría no se cosecha dos veces en la vida, como las rosas de Pestum dos veces en el año. Ya no jugarás con el tiempo como el poeta de Teos, mas, ignorante del mirto y de la viña, llevarás encima, por toda la tierra, tu sudario, como el musulmán en la Meca.

–¡Morella! –exclamé–. ¡Morella! ¿Cómo lo sabes?

Pero volvió su cabeza sobre la almohada; un ligero estremecimiento recorrió sus miembros y murió; y no oí más su voz.

Sin embargo, como lo había predicho, su hija –a quien diera a luz al morir y que no respiró hasta que su madre dejó de alentar–, su hija, una niña, vivió. Y creció extrañamente en talla e inteligencia, y era de una semejanza perfecta con la desaparecida, y la amé con amor más perfecto del que hubiera creído posible sentir por ningún habitante de la tierra.

Pero antes de mucho se oscureció el cielo de este puro afecto, y la tristeza, el horror, la aflicción lo recorrieron con sus nubes. He dicho que la niña crecía extrañamente en talla e inteligencia. Extraño, en verdad, era el rápido crecimiento de su cuerpo, pero terribles, ah, terribles eran los tumultuosos pensamientos que se agolpaban en mí mientras observaba el desarrollo de su inteligencia. ¿Cómo no había de ser así si descubría diariamente en las ideas de la niña el poder del adulto y las aptitudes de la mujer; si las lecciones de la experiencia caían de los labios de la infancia; si yo encontraba a cada instante la sabiduría o las pasiones de la madurez centelleando en sus ojos profundos y pensativos? Cuando todo esto, digo, llegó a ser evidente para mis espantados sentidos, cuando ya no pude ocultarlo a mi alma ni apartarla de estas evidencias que la estremecían, ¿es de sorprenderse que sospechas de carácter terrible y perturbador se insinuaran en mi espíritu, o que mis pensamientos recayeran con horror en las insensatas historias y en las sobrecogedoras teorías de la difunta Morella? Arrebaté a la curiosidad del mundo un ser cuyo destino me obligaba a adorarlo, y en la rigurosa soledad de mi hogar vigilé con mortal ansiedad todo lo concerniente a la criatura amada.

Y a medida que pasaban los años y yo contemplaba día tras día su rostro puro, suave, elocuente, y vigilaba la maduración de sus formas, día tras día iba descubriendo nuevos puntos de semejanza entre la niña y su madre, la melancólica, la muerta. Y por instantes se espesaban esas sombras de parecido y su aspecto era más pleno, más definido, más perturbador y más espantosamente terrible. Pues que su sonrisa fuera como la de su madre, eso podía soportarlo, pero entonces me estremecía ante una *identidad* demasiado perfecta; que sus ojos fueran como los de Morella, eso podía sobrellevarlo, pero es que también se sumían con harta frecuencia en las profundidades de mi alma con la intención intensa, desconcertante, de los de Morella. Y en el contorno de la frente elevada, y en los rizos del sedoso cabello, y en los pálidos dedos que se hundían en él, en el tono triste, musical de su voz, y sobre todo –¡ah, sobre todo!– en las frases y expresiones de la muerta en labios de la amada, de la viviente, encontraba alimento para una idea voraz y horrible, para un gusano que no *quería* morir.

Así pasaron dos lustros de su vida, y mi hija seguía sin nombre sobre la tierra. «Hija mía» y «querida» eran los apelativos habituales dictados por un afecto paternal, y el rígido apartamiento de su vida excluía toda otra relación. El nombre de Morella había muerto con ella. De la madre nunca había hablado a la hija; era imposible hablar. A decir verdad, durante el breve período de su existencia esta última no había recibido impresiones del mundo exterior, salvo las que podían brindarle los estrechos límites de su retiro. Pero, al fin, la ceremonia del bautismo se presentó a mi espíritu, en su estado de nerviosidad e inquietud, como una afortunada liberación del terror de mi destino. Y, ante la pila bautismal, vacilé al elegir el nombre. Y muchos epítetos de la sabiduría y la belleza, de viejos y modernos tiempos, de mi tierra y de tierras extrañas, acudieron a mis labios, y muchos, muchos epítetos de la gracia, la dicha, la bondad. ¿Qué me impulsó entonces a agitar el recuerdo de la muerta? ¿Qué demonio me incitó a musitar aquel sonido cuyo simple recuerdo solía hacer afluir torrentes de sangre purpúrea de las sienes al corazón? ¿Qué espíritu maligno habló desde lo más recóndito de mi alma cuando, en aquella bóveda oscura, en el silencio de la noche, susurré al oído del santo varón el nombre de Morella? ¿Quién sino un espíritu maligno convulsionó las facciones de mi hija y las cubrió con el matiz de la muerte cuando, sobresaltada por esa palabra apenas perceptible, volvió sus ojos límpidos del suelo al firmamento y, cayendo de rodillas en las losas negras de nuestra cripta familiar, respondió «¡Aquí estoy!»?

Precisas, fríamente, tranquilamente precisas, cayeron estas simples palabras en mi oído y de allí, como plomo derretido, rodaron silbando a mi cerebro. ¡Los años, los años pueden pasar, pero el recuerdo de aquel momento, nunca! No ignoraba yo las flores y la viña, pero el acónito y el ciprés me cubrieron con su sombra noche y día. Y perdí toda noción de tiempo y espacio, y las estrellas de mi sino se apagaron en el cielo, y desde entonces la tierra se entenebreció y sus figuras pasaron a mi lado como sombras fugitivas, y entre ellas sólo veía una: Morella. Los vientos musitaban una sola palabra en mis oídos, y las ondas del mar mumuraban incesantes: «¡Morella!» Pero ella murió, y con mis propias manos la llevé a la tumba; y lancé una larga y amarga carcajada al no hallar huellas de la primera Morella en el sepulcro donde deposité a la segunda.

Berenice

Dicebant mihi sodales, si sepulchrum amicae visitarem, curas meas aliquantulum fore levatas.

(EBN ZAIAT)

La desdicha es diversa. La desgracia cunde multiforme sobre la tierra. Desplegada sobre el ancho horizonte como el arco iris, sus colores son tan variados como los de éste y también tan distintos y tan íntimamente unidos. ¡Desplegada sobre el ancho horizonte como el arco iris! ¿Cómo es que de la belleza he derivado un tipo de fealdad; de la alianza y la paz, un símil del dolor? Pero así como en la ética el mal es una consecuencia del bien, así, en realidad, de la alegría nace la pena. O la memoria de la pasada beatitud es la angustia de hoy, o las agonías que *son* se originan en los éxtasis que *pudieron haber sido.*

Mi nombre de pila es Egaeus; no mencionaré mi apellido. Sin embargo, no hay en mi país torres más venerables que mi melancólica y gris heredad. Nuestro linaje ha sido llamado raza de visionarios, y en muchos detalles sorprendentes, en el carácter de la mansión familiar, en los frescos del salón principal, en las colgaduras de los dormitorios, en los relieves de algunos pilares de la sala de armas, pero especialmente en la galería de cuadros antiguos, en el estilo de la biblioteca y, por último, en la peculiarísima naturaleza de sus libros, hay elementos más que suficientes para justificar esta creencia.

Los recuerdos de mis primeros años se relacionan con este aposento y con sus volúmenes, de los cuales no volveré a hablar. Allí murió mi madre. Allí nací yo. Pero es simplemente ocioso decir que no había vivido antes, que el alma no tiene una existencia previa. ¿Lo negáis? No discutiremos el punto. Yo estoy convencido, pero no trato de convencer. Hay, sin embargo, un recuerdo de formas aéreas, de ojos espirituales y expresivos, de sonidos musicales, aunque tristes, un recuerdo que no será excluido, una memoria como una sombra, vaga, variable, indefinida, insegura, y como una sombra también en la imposibilidad de librarme de ella mientras brille el sol de mi razón.

En ese aposento nací. Al despertar de improviso de la larga noche de eso que parecía, sin serlo, la no-existencia, a regiones de hadas, a un palacio de imaginación, a los extraños dominios del pensamiento y la erudición monásticos, no es raro que mirara a mi alrededor con ojos asombrados y ardientes, que malgastara mi infancia entre libros y disipara mi juventud en ensoñaciones; pero sí *es* raro que transcurrieran los años y el cenit de la virilidad me encontrara aún en la mansión de mis padres; sí, es asombrosa la paralización que subyugó las fuentes de mi vida, asombrosa la inversión total que se produjo en el carácter de mis pensamientos más comunes. Las realidades terrenales me afectaban como visiones, y sólo como visiones, mientras las extrañas ideas del mundo de los sueños se tornaron, en cambio, no en pasto de mi existencia cotidiana, sino realmente en mi sola y entera existencia.

Berenice y yo éramos primos y crecimos juntos en la heredad paterna. Pero crecimos de distinta manera: yo, enfermizo, envuelto en melancolía; ella, ágil, graciosa, desbordante de fuerzas; suyos eran los paseos por la colina; míos, los estudios del claustro; yo, viviendo encerrado en mí mismo y entregado en cuerpo y alma a la intensa y penosa meditación; ella, vagando despreocupadamente por la vida, sin pensar en las sombras del camino o en la huida silenciosa de las horas de alas negras.

¡Berenice! Invoco su nombre... ¡Berenice! Y de las grises ruinas de la memoria mil tumultuosos recuerdos se conmueven a este sonido. ¡Ah, vívida acude ahora su imagen ante mí, como en los primeros días de su alegría y de su dicha! ¡Ah, espléndida y, sin embargo, fantástica belleza! ¡Oh sílfide entre los arbustos de Arnheim! ¡Oh náyade entre sus fuentes! Y entonces, entonces todo es misterio y terror, y una historia que no debe ser relatada. La enfermedad –una enfermedad fatal– cayó sobre ella como el simún, y mientras yo la observaba, el espíritu de la transformación la arrasó, penetrando en su mente, en sus hábitos y en su carácter, y de la manera más sutil y terrible llegó a perturbar su identidad. ¡Ay! El destructor iba y venía, y la víctima, ¿dónde estaba? Yo no la conocía o, por lo menos, ya no la reconocía como Berenice.

Entre la numerosa serie de enfermedades provocadas por la primera y fatal, que ocasionó una revolución tan horrible en el ser moral y físico de mi prima, debe mencionarse como la más afligente y obstinada una especie de epilepsia que terminaba no rara vez en *catalepsia,* estado muy semejante a la disolución efectiva y de la cual su manera de recobrarse era, en muchos casos, brusca y repentina. Entretanto, mi propia enfermedad –pues me han dicho que no debo darle otro nombre–, mi propia enfermedad, digo, crecía rápidamente, asumiendo, por último, un carácter monomaniaco de una especie nueva y extraordinaria, que ganaba cada vez más vigor y, al fin obtuvo sobre mí un incomprensible ascendiente. Esta monomanía si así debo llamarla, consistía en una irritabilidad morbosa de esas propiedades de la mente que la ciencia psicológica designa con la palabra *atención.* Es más que probable que no se me entienda; pero temo, en verdad, que no haya manera posible de proporcionar a la inteligencia del lector corriente una idea adecuada de esa nerviosa *intensidad del interés* con que en mi caso las facultades de meditación (por no emplear términos técnicos) actuaban y se sumían en la contemplación de los objetos del universo, aun de los más comunes.

Reflexionar largas horas, infatigable, con la atención clavada en alguna nota trivial, al margen de un libro o en su tipografía; pasar la mayor parte de un día de verano absorto en una sombra extraña que caía oblicuamente sobre el tapiz o sobre la puerta; perderme durante toda una noche en la observación de la tranquila llama de una lámpara o los rescoldos del fuego; soñar días enteros con el perfume de una flor; repetir monótonamente alguna palabra común hasta que el sonido, por obra de la frecuente repetición, dejaba de suscitar idea alguna en la mente; perder todo sentido de movimiento o de existencia física gracias a una absoluta y obstinada quietud, largo tiempo prolongada; tales eran algunas de las extravagancias más comunes y menos perniciosas provocadas por un estado de las facultades mentales, no único, por cierto, pero sí capaz de desafiar todo análisis o explicación.

Mas no se me entienda mal. La excesiva, intensa y mórbida atención así excitada por objetos triviales en sí mismos no debe confundirse con la tendencia a la meditación, común a todos los hombres, y que se da especialmente en las personas de imaginación ardiente. Tampoco era, como pudo suponerse al principio, un estado agudo o una exageración de esa tendencia, sino primaria y esencialmente distinta, diferente. En un caso, el soñador o el fanático, interesado en un objeto habitualmente *no* trivial, lo pierde de vista poco a poco en una multitud de deducciones y sugerencias que de él proceden, hasta que, al final de un ensueño *colmado a menudo de voluptuosidad,* el *incitamentum* o primera causa de sus meditaciones desaparece en un completo olvido. En mi caso, el objeto primario era *invariablemente trivial,* aunque asumiera, a través del intermedio de mi visión perturbada, una importancia refleja, irreal. Pocas deducciones, si es que aparecía alguna, surgían, y esas pocas retornaban tercamente al objeto original como a su centro. Las meditaciones *nunca* eran placenteras, y al cabo del ensueño, la primera causa, lejos de estar fuera de vista, había alcanzado ese interés sobrenaturalmente exagerado que constituía el rasgo dominante del mal. En una palabra: las facultades mentales más ejercidas en mi caso eran, como ya lo he dicho, las de la *atención,* mientras en el soñador son las de la *especulación.*

Mis libros, en esa época, si no servían en realidad para irritar el trastorno, participaban ampliamente, como se comprenderá, por su naturaleza imaginativa e inconexa, de las características peculiares del trastorno mismo. Puedo recordar, entre otros, el tratado del noble italiano Coelius Secundus Curio *De Amplitudine Beati Regni dei,* la gran obra de San Agustín *La ciudad de Dios,* y la de Tertuliano, *De Carne Christi,* cuya paradójica sentencia: *Mortuus est Dei filius; credibili est quia ineptum est: et sepultas resurrexit; certum est quia impossibili est,* ocupó mi tiempo íntegro durante muchas semanas de laboriosa e inútil investigación.

Se verá, pues, que, arrancada de su equilibrio sólo por cosas triviales, mi razón semejaba a ese risco marino del cual habla Ptolomeo Hefestión, que resistía firme los ataques de la violencia humana y la feroz furia de las aguas y los vientos, pero temblaba al contacto de la flor llamada asfódelo. Y aunque para un observador descuidado pueda parecer fuera de duda que la alteración producida en la condición *moral* de Berenice por su desventurada enfermedad me brindaría muchos objetos para el ejercicio de esa intensa y anormal meditación, cuya naturaleza me ha costado cierto trabajo explicar, en modo alguno era éste el caso. En los intervalos lúcidos de mi mal, su calamidad me daba pena, y, muy conmovido por la ruina total de su hermosa y dulce vida, no dejaba de meditar con frecuencia, amargamente, en los prodigiosos medios por los cuales había llegado a producirse una revolución tan súbita y extraña. Pero estas reflexiones no participaban de la idiosincrasia de mi enfermedad, y eran semejantes a las que, en similares circunstancias, podían presentarse en el común de los hombres. Fiel a su propio carácter, mi trastorno se gozaba en los cambios menos importantes, pero más llamativos, operados en la constitución *fí-*

sica de Berenice, en la singular y espantosa distorsión de su identidad personal.

En los días más brillantes de su belleza incomparable, seguramente no la amé. En la extraña anomalía de mi existencia, los sentimientos en mí *nunca venían* del corazón, y las pasiones *siempre venían* de la inteligencia. A través del alba gris, en las sombras entrelazadas del bosque a mediodía y en el silencio de mi biblioteca por la noche, su imagen había flotado ante mis ojos y yo la había visto, no como una Berenice viva, palpitante, sino como la Berenice de un sueño; no como una moradora de la tierra, terrenal, sino como su abstracción; no como una cosa para admirar, sino para analizar; no como un objeto de amor, sino como el tema de una especulación tan abstrusa cuanto inconexa. Y *ahora,* ahora temblaba en su presencia y palidecía cuando se acercaba; sin embargo, lamentando amargamente su decadencia y su ruina, recordé que me había amado largo tiempo, y, en un mal momento, le hablé de matrimonio.

Y al fin se acercaba la fecha de nuestras nupcias cuando, una tarde de invierno –en uno de estos días intempestivamente cálidos, serenos y brumosos que son la nodriza de la hermosa Alción [1] –, me senté, creyéndome solo, en el gabinete interior de la biblioteca. Pero alzando los ojos vi, ante mí, a Berenice.

¿Fue mi imaginación excitada, la influencia de la atmósfera brumosa, la luz incierta, crepuscular del aposento, o los grises vestidos que envolvían su figura, los que le dieron un contorno tan vacilante e indefinido? No sabría decirlo. No profirió una palabra y yo por nada del mundo hubiera sido capaz de pronunciar una sílaba. Un escalofrío helado recorrió mi cuerpo; me oprimió una sensación de intolerable ansiedad; una curiosidad devoradora invadió mi alma y, reclinándome en el asiento, permanecí un instante sin respirar, inmóvil, con los ojos

1. Pues como Júpiter, durante el invierno, da por dos veces siete días de calor, los hombres han llamado a este tiempo clemente y templado, la nodriza de la hermosa Alción *(Simónides).*

clavados en su persona. ¡Ay! Su delgadez era excesiva, y ni un vestigio del ser primitivo asomaba en una sola línea del contorno. Mis ardorosas miradas cayeron, por fin, en su rostro.

La frente era alta, muy pálida, singularmente plácida; y el que en un tiempo fuera cabello de azabache caía parcialmente sobre ella sombreando las hundidas sienes con innumerables rizos, ahora de un rubio reluciente, que por su matiz fantástico discordaban por completo con la melancolía dominante de su rostro. Sus ojos no tenían vida ni brillo y parecían sin pupilas, y esquivé involuntariamente su mirada vidriosa para contemplar los labios, finos y contraídos. Se entreabrieron, y en una sonrisa de expresión peculiar *los dientes* de la cambiada Berenice se revelaron lentamente a mis ojos. ¡Ojalá nunca los hubiera visto o, después de verlos, hubiese muerto!

El golpe de una puerta al cerrarse me distrajo y, alzando la vista, vi que mi prima había salido del aposento. Pero del desordenado aposento de mi mente, ¡ay!, no había salido ni se apartaría el blanco y horrible *espectro* de los dientes. Ni un punto en su superficie, ni una sombra en el esmalte, ni una melladura en el borde hubo en esa pasajera sonrisa que no se grabara a fuego en mi memoria. Los vi *entonces* con más claridad que *un momento antes.* ¡Los dientes! ¡Los dientes! Estaban aquí y allí y en todas partes, visibles y palpables, ante mí; largos, estrechos, blanquísimos, con los pálidos labios contrayéndose a su alrededor, como en el momento mismo en que habían empezado a distenderse. Entonces sobrevino toda la furia de mi *monomanía* y luché en vano contra su extraña e irresistible influencia. Entre los múltiples objetos del mundo exterior no tenía pensamientos sino para los dientes. Los ansiaba con un deseo frenético. Todos los otros asuntos y todos los diferentes intereses se absorbieron en una sola contemplación. Ellos, ellos eran los únicos presentes a mi mirada mental, y en su insustituible individualidad llegaron a ser la esencia de mi vida intelectual.

Los observé a todas las luces. Les hice adoptar todas las actitudes. Examiné sus características. Estudié sus peculiaridades. Medité sobre su conformación. Reflexioné sobre el cambio de su naturaleza. Me estremecía al asignarles en imaginación un poder sensible y consciente, y aun, sin la ayuda de los labios, una capacidad de expresión moral. Se ha dicho bien de mademoiselle Sallé *que tous ses pas étaient des sentiments,* y de Berenice yo creía con la mayor seriedad *que toutes ses dents étaient des idées. Des idées!* ¡Ah, este fue el insensato pensamiento que me destruyó! Des *idées!* ¡Ah, *por eso* era que los codiciaba tan locamente! Sentí que sólo su posesión podía devolverme la paz, restituyéndome a la razón.

Y la tarde cayó sobre mí, y vino la oscuridad, duró y se fue, y amaneció el nuevo día, y las brumas de una segunda noche se acumularon y yo seguía inmóvil, sentado en aquel aposento solitario; y seguí sumido en la meditación, y el *fantasma* de los dientes mantenía su terrible ascendiente como si, con la claridad más viva y más espantosa, flotara entre las cambiantes luces y sombras del recinto. Al fin, irrumpió en mis sueños un grito como de horror y consternación, y luego, tras una pausa, el sonido de turbadas voces, mezcladas con sordos lamentos de dolor y pena. Me levanté de mi asiento y, abriendo de par en par una de las puertas de la biblioteca, vi en la antecámara a una criada deshecha en lágrimas, quien me dijo que Berenice ya no existía. Había tenido un acceso de epilepsia por la mañana temprano, y ahora, al caer la noche, la tumba estaba dispuesta para su ocupante y terminados los preparativos del entierro.

Me encontré sentado en la biblioteca y de nuevo solo. Me parecía que acababa de despertar de un sueño confuso y excitante. Sabía que era medianoche y que desde la puesta del sol Berenice estaba enterrada. Pero del melancólico período intermedio no tenía conocimiento real o, por lo menos, definido. Sin embargo, su recuerdo estaba repleto de horror, horror más horrible por lo vago, terror más terrible por su ambigüedad. Era una página atroz en la historia de mi existencia, escrita toda con recuerdos oscuros, espantosos, ininteligibles. Luché por descifrarlos, pero en vano, mientras una y otra vez, como el espíritu de un sonido ausente, un agudo y penetrante grito de mujer parecía sonar en mis oídos. Yo había hecho algo. ¿Qué era? Me lo pregunté a mí mismo en voz alta, y los susurrantes ecos del aposento me respondieron: *¿Qué era?*

En la mesa, a mi lado, ardía una lámpara, y había junto a ella una cajita. No tenía nada de notable, y la había visto a menudo, pues era propiedad del médico de la familia. Pero, ¿cómo había llegado *allí*, a mi mesa, y por qué me estremecí al mirarla? Eran cosas que no merecían ser tenidas en cuenta, y mis ojos cayeron, al fin, en las abiertas páginas de un libro y en una frase subrayada: *Dicebant mihi sodales si sepulchrum amicae visitarem, curas meas aliquantulum fore levatas.* ¿Por qué, pues, al leerlas se me erizaron los cabellos y la sangre se congeló en mis venas?

Entonces sonó un ligero golpe en la puerta de la biblioteca y, pálido como un habitante de la tumba, entró un criado de puntillas. Había en sus ojos un violento terror y me habló con voz trémula, ronca, ahogada. ¿Qué dijo? Oí algunas frases entrecortadas. Hablaba de un salvaje grito que había turbado el silencio de la noche, de la servidumbre reunida para buscar el origen del sonido, y su voz cobró un tono espeluznante, nítido, cuando me habló, susurrando, de una tumba violada, de un cadáver desfigurado, sin mortaja y que aún respiraba, aún palpitaba, aún vivía.

Señaló mis ropas: estaban manchadas de barro, de sangre coagulada. No dije nada; me tomó suavemente la mano: tenía manchas de uñas humanas. Dirigió mi atención a un objeto que había contra la pared; lo miré durante unos minutos: era una pala. Con un alarido salté hasta la mesa y me apoderé de la caja. Pero no pude abrirla, y en mi temblor se me deslizó de la mano, y cayó pesadamente, y se hizo añicos; y de entre ellos, entrechocándose, rodaron algunos instrumentos de cirugía dental, mezclados con treinta y dos objetos pequeños, blancos, marfilinos, que se desparramaron por el piso.

Ligeia

> Y allí dentro está la voluntad que no muere. ¿Quién conoce los misterios de la voluntad y su fuerza? Pues Dios no es sino una gran voluntad que penetra las cosas todas por obra de su intensidad. El hambre no se doblega a los ángeles, ni cede por entero a la muerte, como no sea por la flaqueza de su débil voluntad.
>
> (JOSEPH GLANVILL)

Juro por mi alma que no puedo recordar cómo, cuándo ni siquiera dónde conocí a Lady Ligeia. Largos años han transcurrido desde entonces y el sufrimiento ha debilitado mi memoria. O quizá no puedo rememorar *ahora* aquellas cosas porque, a decir verdad, el carácter de mi amada, su raro saber, su belleza singular y, sin embargo, plácida, y la penetrante y cautivadora elocuencia de su voz profunda y musical, se abrieron camino en mi corazón con pasos tan constantes, tan cautelosos, que me pasaron inadvertidos e ignorados. No obstante, creo haberla conocido y visto, las más de las veces, en una vasta, ruinosa ciudad cerca del Rin. Seguramente le oí hablar de su familia. No cabe duda de que su estirpe era remota. ¡Ligeia, Ligeia! Sumido en estudios que, por su índole, pueden como ninguno amortiguar las impresiones del mundo exterior, sólo por esta dulce palabra, Ligeia, acude a los ojos de mi fantasía la imagen de aquella que ya no existe. Y ahora, mientras escribo, me asalta como un rayo el recuerdo de que *nunca supe* el apellido de quien fuera mi amiga y prometida, luego compañera de estudios y, por último, la esposa de mi corazón. ¿Fue por una amable orden de parte de mi Ligeia o para poner a prueba la fuerza de mi afecto, que me estaba vedado indagar sobre ese punto? ¿O fue más bien un capricho mío, una loca y romántica ofrenda en el altar de la devoción más apasionada? Sólo recuerdo confusamente el hecho. ¿Es de extrañarse que haya olvidado por completo las circunstancias que lo originaron o lo acompañaron? Y en verdad, si alguna vez ese espíritu al que llaman *Romance, si* alguna vez la pálida *Ashtophet* del Egipto idólatra, con sus alas tenebrosas, han presidido, como dicen, los matrimonios fatídicos, seguramente presidieron el mío.

Hay un punto muy caro en el cual, sin embargo, mi memoria no falla. Es la *persona* de Ligeia. Era de alta estatura, un poco delgada y, en sus últimos tiempos, casi descarnada. Sería vano intentar la descripción de su majestad, la tranquila soltura de su porte o la inconcebible ligereza y elasticidad de su paso. Entraba y salía como una sombra. Nunca advertía yo su aparición en mi cerrado gabinete de trabajo de no ser por la amada música de su voz dulce, profunda, cuando posaba su mano marmórea sobre mi hombro. Ninguna mujer igualó la belleza de su rostro. Era el esplendor de un sueño de opio, una visión aérea y arrebatadora, más extrañamente divina que las fantasías que revoloteaban en las almas adormecidas de las hijas de Delos. Sin embargo, sus facciones no tenían esa regularidad que falsamente nos han enseñado a adorar en las obras clásicas del paganismo. «No hay belleza exquisita –dice Bacon, lord Verulam, refiriéndose con justeza a todas las formas y *genera* de la hermosura– sin algo de *extraño* en las proporciones.» No obstante, aunque yo veía que las facciones de Ligeia no eran de una regularidad clásica, aunque sentía que su hermosura era, en verdad, «exquisita» y percibía mucho de «extraño» en ella, en vano intenté descubrir la irregularidad y rastrear el origen de mi percepción de lo «extraño». Examiné el contorno de su frente alta, pálida: era impecable –¡qué fría en verdad esta palabra aplicada a una majestad tan divina! –por la piel, que rivalizaba con el marfil más puro, por la imponente amplitud y la calma, la noble prominencia de las regiones superciliares; y luego los cabellos, como ala de cuervo, lustrosos, exuberantes y naturalmente rizados que demostraban toda la fuerza del epíteto homérico: «cabellera de jacinto». Miraba el delicado diseño de la nariz y sólo en los graciosos medallones de los hebreos he visto una perfección semejante. Tenía la misma superficie plena y suave, la misma tendencia casi imperceptible a ser aguileña, las mismas aletas armoniosamente curvas, que revelaban un espíritu libre. Contemplaba la dulce boca. Allí estaba en verdad el triunfo de todas las cosas celestiales: la magnífica sinuosidad del breve labio superior, la suave, voluptuosa calma del inferior, los hoyuelos juguetones y el color expresivo; los dientes, que reflejaban con un brillo casi sorprendente los rayos de la luz bendita que caían sobre ellos en la más serena y plácida y, sin embargo, radiante, triunfal de todas las sonrisas. Analizaba la forma del mentón y también aquí encontraba la noble amplitud, la suavidad y la majestad, la plenitud y la espiritualidad de los griegos, el contorno que el dios Apolo reveló tan sólo en sueños a Cleomenes, el hijo del ateniense. Y entonces me asomaba a los grandes ojos de Ligeia.

Para los ojos no tenemos modelos en la remota antigüedad. Quizá fuera, también, que en los de mi amada yacía el secreto al cual alude lord Verulam. Eran, creo, más grandes que los ojos comunes de nuestra raza, más que los de las gacelas de la tribu del valle de Nourjahad. Pero sólo por instantes –en los momentos de intensa excitación– se hacía más notable esta peculiaridad de Ligeia. Y en tales ocasiones su belleza –quizá la veía así mi imaginación ferviente– era la de los seres que están por encima o fuera de la tierra, la belleza de la fabulosa hurí de los turcos. Los ojos eran del negro más brillante, velados por oscuras y largas pestañas. Las cejas, de diseño levemente irregular, eran del mismo color. Sin embargo, lo «extraño» que encontraba en sus ojos era independiente de su forma, del color, del brillo, y debía atribuirse, al cabo, a la *expresión.* ¡Ah, palabra sin sentido tras cuya vasta latitud de simple sonido se atrinchera nuestra ignorancia de lo espiritual! La expresión de los ojos de Ligeia... ¡Cuántas horas medité sobre ella! ¡Cuántas noches de verano luché por sondearla! ¿Qué era aquello, más profundo que el pozo de Demócrito que yacía en el fondo de las pupilas de mi amada? ¿Qué *era?* Me poseía la pasión de descubrirlo. ¡Aquellos ojos! ¡Aquellas grandes, aquellas brillantes, aquellas divinas pupilas! Llegaron a ser para mí las estrellas gemelas de Leda, y yo era para ellas el más fervoroso de los astrólogos.

No hay, entre las muchas anomalías incomprensibles de la ciencia psicológica, punto más atrayente, más excitante que el hecho –nunca, creo, mencionado por las escuelas– de que en nuestros intentos por traer a la memoria algo largo tiempo olvidado, con frecuencia llegamos a encontrarnos *al borde mismo* del recuerdo, sin poder, al fin, asirlo. Y así cuántas veces, en mi intenso examen de los ojos de Ligeia, sentí que me acercaba al conocimiento cabal de su expresión, me acercaba, aún no era mío, y al fin desaparecía por completo. Y (¡extraño, ah, el más extraño de los misterios!) encontraba en los objetos más comunes del universo un círculo de analogías con esa expresión. Quiero decir que, después del período en que la belleza de Ligeia penetró en mi espíritu, donde moraba como en un altar, yo extraía de muchos objetos del mundo material un sentimiento semejante al que provocaban, dentro de mí, sus grandes y luminosas pupilas. Pero no por ello puedo definir mejor ese sentimiento, ni analizarlo, ni siquiera percibirlo con calma. Lo he reconocido a veces, repito, en una viña que crecía rápidamente, en la contemplación de una falena, de una mariposa, de una crisálida, de un veloz curso de agua. Lo he sentido en el océano, en la caída de un meteoro. Lo he sentido en la mirada de gentes muy viejas. Y hay una o dos estrellas en el cielo (especialmente una, de sexta magnitud, doble y cambiante, que puede verse cerca de la gran estrella de Lira) que, miradas con el telescopio, me han inspirado el mismo sentimiento. Me ha colmado al escuchar ciertos sones de instrumentos de cuerda, y no pocas veces al leer pasajes de determinados libros. Entre innumerables ejemplos, recuerdo bien algo de un volumen de Joseph Glanvill que (quizá simplemente por lo insólito, ¿quién sabe?) nunca ha dejado de inspirarme ese sentimiento: «Y allí dentro está la voluntad que no muere. ¿Quién conoce los misterios de la voluntad y su fuerza? Pues Dios no es sino una gran voluntad que penetra las cosas todas por obra de su intensidad. El hombre no se doblega a los ángeles, ni cede por entero a la muerte, como no sea por la flaqueza de su débil voluntad.»

Los años transcurridos y las reflexiones consiguientes me han permitido rastrear cierta remota conexión entre este pasaje del moralista inglés y un aspecto del carácter de Ligeia. La *intensidad* de pensamiento, de acción, de palabra, era posiblemente en ella un resultado, o por lo menos un índice, de esa gigantesca voluntad que durante nuestras largas relaciones no dejó de dar otras pruebas más numerosas y evidentes de su existencia. De todas las mujeres que jamás he conocido, la exteriormente tranquila, la siempre plácida Ligeia, era presa con más violencia que nadie de los tumultuosos buitres de la dura pasión. Y no podía yo medir esa pasión como no fuese por el milagroso dilatarse de los ojos que me deleitaban y aterraban al mismo tiempo, por la melodía casi mágica, la modulación, la claridad y la placidez de su voz tan profunda, y por la salvaje energía (doblemente efectiva por contraste con su manera de pronunciarlas) con que profería habitualmente sus extrañas palabras.

He hablado del saber de Ligeia: era inmenso, como nunca lo hallé en una mujer. Su conocimiento de las lenguas clásicas era profundo, y, en la medida de mis nociones sobre los modernos dialectos de Europa, nunca la descubrí en falta. A decir verdad, en cualquier tema de la alabada erudición académica, admirada simplemente por abstrusa, ¿descubrí *alguna vez* a Ligeia en falta? ¡De qué modo singular y penetrante este punto de la naturaleza de mi esposa atrajo, tan sólo en el último período, mi atención! Dije que sus conocimientos eran tales que jamás los hallé en otra mujer, pero, ¿dónde está el hombre que ha cruzado, y con éxito, *toda* la amplia extensión de las ciencias morales, físicas y metafísicas? No vi entonces lo que ahora advierto claramente: que las adquisiciones de Ligeia eran gigantescas, eran asombrosas; sin embargo tenía suficiente conciencia de su infinita superioridad para someterme con infantil confianza a su guía en el caótico mundo de la investigación metafísica, a la cual me entregué activamente durante los primeros años de nuestro matrimonio. ¡Con qué amplio sentimiento de triunfo, con qué vivo deleite, con qué etérea esperanza *sentía yo* –cuando ella se entregaba conmigo a estudios poco frecuentes, poco conocidos– esa deliciosa perspectiva que se agrandaba en lenta gradación ante mí, por cuya larga y magnífica senda no hollada podía al fin alcanzar la meta de una sabiduría demasiado premiosa, demasiado divina para no ser prohibida!

¡Así, con qué punzante dolor habré visto, después de algunos años, emprender vuelo a mis bien fundadas esperanzas y desaparecer! Sin Ligeia era yo un niño a tientas en la oscuridad. Sólo su presencia, sus lecturas, podían arrojar vívida luz sobre los muchos misterios del trascendentalismo en los cuales vivíamos inmersos. Privadas del radiante brillo de sus ojos, esas páginas, leves y doradas, tornáronse más opacas que el plomo saturnino. Y aquellos ojos brillaron cada vez con menos frecuencia sobre las páginas que yo escrutaba. Ligeia cayó enferma. Los extraños ojos brillaron con un fulgor demasiado, demasiado magnífico; los pálidos dedos adquirieron la transparencia cerúlea de la tumba y las venas azules de su alta frente latieron impetuosamente en las alternativas de la más ligera emoción. Vi que iba a morir y luché desesperadamente en espíritu con el torvo Azrael. Y las luchas de la apasionada esposa eran, para mi asombro, aún más enérgicas que las mías. Muchos rasgos de su adusto carácter me habían convencido de que para ella la muerte llegaría sin sus terrores; pero no fue así. Las palabras son impotentes para dar una idea de la fiera resistencia que opuso a la Sombra. Gemí de angustia ante el lamentable espectáculo. Yo hubiera querido calmar, hubiera querido razonar; pero en la intensidad de su salvaje deseo de vivir, vivir, *sólo* vivir, el consuelo y la razón eran el colmo de la locura. Sin embargo, hasta el último momento, en las convulsiones más violentas de su espíritu indómito, no se conmovió la placidez exterior de su actitud. Su voz se tornó más suave; más profunda, pero yo no quería demorarme en el extraño significado de las palabras pronunciadas con calma. Mi mente vacilaba al escuchar fascinada una melodía sobrehumana, conjeturas y aspiraciones que la humanidad no había conocido hasta entonces.

De su amor no podía dudar, y me era fácil comprender que, en un pecho como el suyo, el amor no reinaba como una pasión ordinaria. Pero sólo en la muerte medí toda la fuerza de su afecto. Durante largas horas, reteniendo mi mano, desplegaba ante mí los excesos de un corazón cuya devoción más que apasionada llegaba a la idolatría. ¿Cómo había merecido yo la bendición de semejantes confesiones? ¿Cómo había merecido la condena de que mi amada me fuese arrebatada en el momento en que me las hacía? Pero no puedo soportar el extenderme sobre este punto. Sólo diré que en el abandono más que femenino de Ligeia al amor, ay, inmerecido, otorgado sin ser yo digno, reconocí el principio de su ansioso, de su ardiente deseo de vida, esa vida que huía ahora tan velozmente. Soy incapaz de describir, no tengo palabras para expresar esa ansia salvaje, esa anhelante vehemencia de vivir, *sólo* vivir.

La medianoche en que murió me llamó perentoriamente a su lado, pidiéndome que repitiera ciertos versos que había compuesto pocos días antes. La obedecí. Helos aquí:

¡Vedla! ¡Es noche de gala
en los últimos años solitarios!
La multitud de ángeles alados,
con sus velos, en lágrimas bañados,
son público de un teatro que contempla
un drama de esperanzas y temores,
mientras toca la orquesta, indefinida,
la música sin fin de las esferas.

Imágenes del Dios que está en lo alto,
allí los mimos gruñen y mascullan,
corren aquí y allá; y los apremian
vastas cosas informes
que el escenario alteran de continuo,
vertiendo de sus alas desplegadas,
un invisible, largo Sufrimiento.

¡Este múltiple drama ya jamás,
jamás será olvidado!
Con su Fantasma siempre perseguido
por una multitud que no lo alcanza,
en un círculo siempre de retorno
al lugar primitivo,
y mucho de Locura, y más Pecado,
y más Horror –el alma de la intriga.

¡Ah, ved: entre los mimos en tumulto
una forma reptante se insinúa!
¡Roja como la sangre se retuerce
en la escena desnuda!

¡Se retuerce y retuerce! Y en tormentos
los mimos son su presa,
y sus fauces destilan sangre humana,
y los ángeles lloran.

¡Apáganse las luces, todas, todas!
Y sobre cada forma estremecida
cae el telón, cortina funeraria,
con fragor de tormenta.
Y los ángeles pálidos y exangües,
ya de pie, ya sin velos, manifiestan
que el drama es el del «Hombre», y que es su héroe
el Vencedor Gusano.

–¡Oh, Dios! –gritó casi Ligeia, incorporándose de un salto y tendiendo sus brazos al cielo con un movimiento espasmódico, al terminar yo estos versos–. ¡Oh Dios! ¡Oh, Padre Celestial! ¿Estas cosas ocurrirán irremisiblemente? ¿El Vencedor no será alguna vez vencido? ¿No somos una parte, una parcela de Ti? ¿Quién, quién conoce los misterios de la voluntad y su fuerza? El hambre no se doblega a los ángeles, *ni cede por entero a la muerte,* como no sea por la flaqueza de su débil voluntad.

Y entonces, como agotada por la emoción, dejó caer los blancos brazos y volvió solemnemente a su lecho de muerte. Y mientras lanzaba los últimos suspiros, mezclado con ellos brotó un suave murmullo de sus labios. Acerqué mi oído y distinguí de nuevo las palabras finales del pasaje de Glanvill: *«El hombre no se doblega a los ángeles, ni cede por entero a la muerte, como no sea por la flaqueza de su débil voluntad.»*

Murió; y yo, deshecho, pulverizado por el dolor, no pude soportar más la solitaria desolación de mi morada, y la sombría y ruinosa ciudad a orillas del Rin. No me faltaba lo que el mundo llama fortuna. Ligeia me había legado más, mucho más, de lo que por lo común cae en suerte a los mortales. Entonces, después de unos meses de vagabundeo tedioso, sin rumbo, adquirí y reparé en parte una abadía cuyo nombre no diré, en una de las más incultas y menos frecuentadas regiones de la hermosa Inglaterra. La sombría y triste vastedad del edificio, el aspecto casi salvaje del dominio, los numerosos recuerdos melancólicos y venerables vinculados con ambos, tenían mucho en común con los sentimientos de abandono total que me habían conducido a esa remota y huraña región del país. Sin embargo, aunque el exterior de la abadía, ruinoso, invadido de musgo, sufrió pocos cambios, me dediqué con infantil perversidad, y quizá con la débil esperanza de aliviar mis penas, a desplegar en su interior magnificencias más que reales. Siempre, aun en la infancia, había sentido gusto por esas extravagancias, y entonces volvieron como una compensación del dolor. ¡Ay, ahora sé cuánto de incipiente locura podía descubrirse en los suntuosos y fantásticos tapices, en las solemnes esculturas de Egipto, en las extrañas cornisas, en los moblajes, en los vesánicos diseños de las alfombras de oro recamado! Me había convertido en un esclavo preso en las redes del opio, y mis trabajos y mis planes cobraron el color de mis sueños. Pero no me detendré en el detalle de estos absurdos. Hablaré tan sólo de ese aposento por siempre maldito, donde en un momento de enajenación conduje al altar –como sucesora de la inolvidable Ligeia– a Lady Rowena Trevanion, de Tremaine, la de rubios cabellos y ojos azules.

No hay una sola partícula de la arquitectura y la decoración de aquella cámara nupcial que no se presente ahora ante mis ojos. ¿Dónde tenía el corazón la altiva familia de la novia para permitir, movida por su sed de oro, que una doncella, una hija tan querida, pasara el umbral de un aposento *tan* adornado? He dicho que recuerdo minuciosamente los detalles de la cámara –yo, que tristemente olvido cosas de profunda importancia– y, sin embargo, no había orden, no había armonía en aquel lujo fantástico, que se impusieran a mi memoria. La habitación estaba en una alta torrecilla de la abadía fortificada, era de forma pentagonal y de vastas dimensiones. Ocupaba todo el lado sur del pentágono la única ventana, un inmenso cristal de Venecia de una sola pieza y de matiz plomizo, de suerte que los rayos del sol o de la luna, al atravesarlo, caían con brillo horrible sobre los objetos. En lo alto de la inmensa ventana se extendía el entejado de una añosa vid que trepaba por los macizos muros de la torre. El techo, de sombrío roble, era altísimo, abovedado y decorosamente decorado con los motivos más extraños, más grotescos, de un estilo semigótico, semidruídico. Del centro mismo de esa melancólica bóveda colgaba, de una sola cadena de oro de largos eslabones, un inmenso incensario del mismo metal, en estilo sarraceno, con múltiples perforaciones dispuestas de tal manera que a través de ellas, como dotadas de la vitalidad de una serpiente, veíanse las contorsiones continuas de llamas multicolores.

Había algunas otomanas y candelabros de oro de forma oriental, y también el lecho, el lecho nupcial, de modelo indio, bajo, esculpido en ébano macizo, con baldaquino como una colgadura fúnebre. En cada uno de los ángulos del aposento había un gigantesco sarcófago de granito negro proveniente de las tumbas reales erigidas frente a Luxor, con sus antiguas tapas cubiertas de inmemoriales relieves. Pero en las colgaduras del aposento se hallaba, ay, la fantasía más importante. Los elevados muros, de gigantesca altura –al punto de ser desproporcionados–, estaban cubiertos de arriba abajo, en vastos pliegues, por una pesada y espesa tapicería, tapicería de un material semejante al de la alfombra del piso, la cubierta de las otomanas y el lecho de ébano, del baldaquino y de las suntuosas volutas de los cortinajes que velaban parcialmente la ventana. Este material era el más rico tejido de oro, cubierto íntegramente, con intervalos irregulares, por arabescos en realce, de un pie de diámetro, de un negro azabache. Pero estas figuras sólo participaban de la condición de arabescos cuando se las miraba desde un determinado ángulo. Por un procedimiento hoy común, que puede en verdad rastrearse en períodos muy remotos de la antigüedad, cambiaban de aspecto. Para el que entraba en la habitación tenían la apariencia de simples monstruosidades; pero, al acercarse, esta apariencia desaparecía gradualmente y, paso a paso, a medida que el visitante cambiaba de posición en el recinto, se veía rodeado por una infinita serie de formas horribles pertenecientes a la superstición de los normandos o nacidas en los sueños culpables de los monjes. El efecto fantasmagórico era grandemente intensificado por la introducción artificial de una fuerte y continua corriente de aire detrás de los tapices, la cual daba una horrenda e inquietante animación al conjunto.

Entre esos muros, en esa cámara nupcial, pasé con Lady de Tremaine las impías horas del primer mes de nuestro matrimonio, y las pasé sin demasiada inquietud. Que mi esposa temiera la índole hosca de mi carácter, que me huyera y me amara muy poco, no podía yo pasarlo por alto; pero me causaba más placer que otra cosa. Mi memoria volaba (¡ah, con qué intensa nostalgia!) hacia Ligeia, la amada, la augusta, la hermosa, la enterrada. Me embriagaba con los recuerdos de su pureza, de su sabiduría, de su naturaleza elevada, etérea, de su amor apasionado, idólatra. Ahora mi espíritu ardía plena y libremente, con más intensidad que el suyo. En la excitación de mis sueños de opio (pues me hallaba habitualmente aherrojado por los grilletes de la droga) gritaba su nombre en el silencio de la noche, o durante el día, en los sombreados retiros de los valles, como si con esa salvaje vehemencia, con la solemne pasión, con el fuego devorador de mi deseo por la desaparecida, pudiera restituirla a la senda que había abandonado –ah, *¿era posible* que fuese para siempre?– en la tierra.

Al comenzar el segundo mes de nuestro matrimonio, Lady Rowena cayó súbitamente enferma y se repuso lentamente. La fiebre que la consumía perturbaba sus noches, y en su inquieto semisueño hablaba de sonidos, de movimientos que se producían en la cámara de la torre, cuyo origen atribuí a los extravíos de su imaginación o quizá a la fantasmagórica influencia de la cámara misma. Llegó, al fin, la convalecencia y, por último, el restablecimiento total. Sin embargo, había transcurrido un breve período cuando un segundo trastorno más violento la arrojó a su lecho de dolor; y de este ataque, su constitución, que siempre fuera débil, nunca se repuso del todo. Su mal, desde entonces, tuvo un carácter alarmante y una recurrencia que lo era aún más, y desafiaba el conocimiento y los grandes esfuerzos de los médicos. Con la intensificación de su mal crónico -el cual parecía haber invadido de tal modo su constitución que era imposible desarraigarlo por medios humanos-, no pude menos de observar un aumento similar en su irritabilidad nerviosa y en su excitabilidad para el miedo motivado por causas triviales. De nuevo hablaba, y ahora con más frecuencia e insistencia, de los sonidos, de los leves sonidos y de los movimientos insólitos en las colgaduras, a los cuales aludiera en un comienzo.

Una noche, próximo el fin de septiembre, impuso a mi atención este penoso tema con más insistencia que de costumbre. Acababa de despertar de un sueño inquieto, y yo había estado observando, con un sentimiento en parte de ansiedad, en parte de vago terror, los gestos de su semblante descarnado. Me senté junto a su lecho de ébano, en una de las otomanas de la India. Se incorporó a medias y habló, con un susurro ansioso, bajo, de los sonidos que *estaba oyendo* y yo no podía oír, de los movimientos que *estaba viendo* y yo no podía percibir. El viento corría velozmente detrás de los tapices y quise mostrarle (cosa en la cual, debo decirlo, no creía yo *del todo)* que aquellos suspiros casi inarticulados y aquellas levísimas variaciones de las figuras de la pared eran tan sólo los naturales efectos de la habitual corriente de aire. Pero la palidez mortal que se extendió por su rostro me probó que mis esfuerzos por tranquilizarla serían infructuosos. Pareció desvanecerse y no había criados a quien recurrir. Recordé el lugar donde había un frasco de vino ligero que le habían prescrito los médicos, y crucé presuroso el aposento en su busca. Pero, al llegar bajo la luz del incensario, dos circunstancias de índole sorprendente llamaron mi atención. Sentí que un objeto palpable, aunque invisible, rozaba levemente mi persona, y vi que en la alfombra dorada, en el centro mismo del rico resplandor que arrojaba el incensario, había una sombra, una sombra leve, indefinida, de aspecto angélico, como cabe imaginar la sombra de una sombra. Pero yo estaba perturbado por la excitación de una inmoderada dosis de opio; poco caso hice a estas cosas y no las mencioné a Rowena. Encontré el vino, crucé nuevamente la cámara y llené un vaso, que llevé a los labios de la desvanecida. Ya se había recobrado un tanto, sin embargo, y tomó el vaso en sus manos, mientras yo me dejaba caer en la otomana que tenía cerca, con los ojos fijos en su persona. Fue entonces cuando percibí claramente un paso suave en la alfombra, cerca del lecho, y un segundo después, mientras Rowena alzaba la copa de vino hasta sus labios, vi o quizá soñé que veía caer dentro del vaso, como surgida de un invisible surtidor en la atmósfera del aposento, tres o cuatro grandes gotas de fluido brillante, del color del rubí. Si yo lo vi, no ocurrió lo mismo con Rowena. Bebió el vino sin vacilar y me abstuve de hablarle de una circunstancia que, según pense, debía considerarse como sugestión de una imaginación excitada, cuya actividad mórbida aumentaban el terror de mi mujer, el opio y la hora.

Sin embargo, no pude dejar de percibir que, inmediatamente después de la caída de las gotas color rubí, se producía una rápida agravación en el mal de mi esposa, de suerte que la tercera noche las manos de sus doncellas la prepararon para la tumba, y la cuarta la pasé solo, con su cuerpo amortajado, en aquella fantástica cámara que la recibiera recién casada. Extrañas visiones engendradas por el opio revoloteaban como sombras delante de mí. Observé con ojos inquietos los sarcófagos en los ángulos de la habitación, las cambiantes figuras de los tapices, las contorsiones de las llamas multicolores en el incensario suspendido. Mis ojos cayeron entonces, mientras trataba de recordar las circunstancias de una noche anterior, en el lugar donde, bajo el resplandor del incensario, había visto las débiles huellas de la sombra. Pero ya no estaba allí, y, respirando con más libertad, volví la mirada a la pálida y rígida figura tendida en el lecho. Entonces me asaltaron mil recuerdos de Ligeia, y cayó sobre mi corazón, con la turbulenta violencia de una marea, todo el indecible dolor con que había mirado su cuerpo amortajado. La noche avanzaba, y con el pecho lleno de amargos pensamientos, cuyo objeto era mi único, mi supremo amor, permanecí contemplando el cuerpo de Rowena.

Quizá fuera media noche, tal vez más temprano o más tarde, pues no tenía conciencia del tiempo, cuando un sollozo sofocado, suave, pero muy claro, me sacó bruscamente de mi ensueño. *Sentí* que venia del lecho de ébano, del lecho de muerte. Presté atención en una agonía de terror supersticioso, pero el sonido no se repitió. Esforcé la vista para descubrir algún movimiento del cadáver mas no advertí nada. Sin embargo, no podía haberme equivocado. *Había* oído el ruido, aunque débil, y mi espíritu estaba despierto. Mantuve con decisión, con perseverancia, la atención clavada en el cuerpo. Transcurrieron algunos minutos sin que ninguna circunstancia arrojara luz sobre el misterio. Por fin, fue evidente que un color ligero, muy débil y apenas perceptible se difundía bajo las mejillas y a lo largo de las hundidas venas de los párpados. Con una especie de horror, de espanto indecible, que no tiene en el lenguaje humano expresión suficientemente enérgica, sentí que mi corazón dejaba de latir, que mis miembros se ponían rígidos. Sin embargo, el sentimiento del deber me devolvió la presencia de ánimo. Ya no podía dudar de que nos habíamos apresurado en los preparativos, de que Rowena aún vivía. Era necesario hacer algo inmediatamente; pero la torre estaba muy apartada de las dependencias de la servidumbre, no había nadie cerca, yo no tenía modo de llamar en mi ayuda sin abandonar la habitación unos minutos, y no podía aventurarme a salir. Luché solo, pues, en mi intento de volver a la vida el espíritu aún vacilante. Pero, al cabo de un breve período, fue evidente la recaída, el color desapareció de los párpados y las mejillas, dejándolos más pálidos que el mármol; los labios estaban doblemente apretados y contraídos en la espectral expresión de la muerte; una viscosidad y un frío repulsivos cubrieron rápidamente la superficie del cuerpo, y la habitual rigidez cadavérica sobrevino de inmediato. Volví a desplomarme con un estremecimiento en el diván de donde me levantara tan bruscamente y de nuevo me entregué a mis apasionadas visiones de Ligeia.

Así transcurrió una hora cuando (¿era posible?) advertí por segunda vez un vago sonido procedente de la región del lecho. Presté atención en el colmo del horror. El sonido se repitió: era un suspiro. Precipitándome hacia el cadáver, vi –claramente– temblar los labios. Un minuto después se entreabrían, descubriendo una brillante línea de dientes nacarados. La estupefacción luchaba ahora en mi pecho con el profundo espanto que hasta entonces reinara solo. Sentí que mi vista se oscurecía, que mi razón se extraviaba, y sólo por un violento esfuerzo logré al fin cobrar ánimos para ponerme a la tarea que mi deber me señalaba una vez más. Había ahora cierto color en la frente, en las mejillas y en la garganta; un calor perceptible invadía todo el cuerpo; hasta se sentía latir levemente el corazón. Mi esposa *vivía, y* con redoblado ardor me entregué a la tarea de resucitarla. Froté y friccioné las sienes y las manos, y utilicé todos los expedientes que la experiencia y no pocas lecturas médicas me aconsejaban. Pero en vano. De pronto, el color huyó, las pulsaciones cesaron, los labios recobraron la expresión de la muerte y, un instante después, el cuerpo todo adquiría el frío de hielo, el color lívido, la intensa rigidez; el aspecto consumido y todas las horrendas características de quien ha sido, por muchos días, habitante de la tumba.

Y de nuevo me sumí en las visiones de Ligeia, y de nuevo (¿y quién ha de sorprenderse de que me estremezca al escribirlo?), *de nuevo* llegó a mis oídos un sollozo ahogado que venía de la zona del lecho de ébano. Mas, ¿a qué detallar el inenarrable horror de aquella noche? ¿A qué detenerme a relatar cómo, hasta acercarse el momento del alba gris, se repitió este horrible drama de resurrección; cómo cada espantosa recaída terminaba en una muerte más rígida y aparentemente más irremediable; cómo cada agonía cobraba el aspecto de una lucha con algún enemigo invisible, y cómo cada lucha era sucedida por no sé qué extraño cambio en el aspecto del cuerpo? Permitidme que me apresure a concluir.

La mayor parte de la espantosa noche había transcurrido, y la que estuviera muerta se movió de nuevo ahora con más fuerza que antes, aunque despertase de una disolución más horrenda y más irreparable. Yo había cesado hacía rato de luchar o de moverme, y permanecía rígido sentado en la otomana, presa indefensa de un torbellino de violentas emociones, de todas las cuales el pavor era quizá la menos terrible, la menos devoradora. El cadáver, repito, se movía, y ahora con más fuerza que antes. Los colores de la vida cubrieron con inusitada energía el semblante, los miembros se relajaron y, de no ser por los párpados aún apretados y por las vendas y paños que daban un aspecto sepulcral a la figura, podía haber soñado que Rowena había sacudido por completo las cadenas de la muerte. Pero si entonces no acepté del todo esta idea, por lo menos pude salir de dudas cuando, levantándose del lecho, a tientas, con débiles pasos, con los ojos cerrados y la manera peculiar de quien se ha extraviado en un sueño, aquel ser amortajado avanzó osadamente, palpablemente, hasta el centro del aposento.

No temblé, no me moví, pues una multitud de ideas inexpresables vinculadas con el aire, la estatura, el porte de la figura cruzaron velozmente por mi cerebro, paralizándome, convirtiéndome en fría piedra. No me moví, pero contemplé la aparición. Reinaba un loco desorden en mis pensamientos, un tumulto incontenible. ¿Podía ser, realmente, Rowena viva la figura que tenía delante? ¿Podía ser realmente Rowena, Lady Rowena Trevanion de Tremaine, la de los cabellos rubios y los ojos azules? ¿Por qué, *por qué* lo dudaba? El vendaje ceñía la boca, pero ¿podía no ser la boca de Lady de Tremaine? Y las mejillas –con rosas como en la plenitud de su vida–, sí podían ser en verdad las hermosas mejillas de la viviente Lady de Tremaine. Y el mentón, con sus hoyuelos, como cuando estaba sana, ¿podía no ser el suyo? *Pero entonces, ¿había crecido ella durante su enfermedad?* ¿Qué inenarrable locura me invadió al pensarlo? De un salto llegué a sus pies. Estremeciéndose a mi contacto, dejó caer de la cabeza, sueltas, las horribles vendas que la envolvían, y entonces, en la atmósfera sacudida del aposento, se desplomó una enorme masa de cabellos desordenados: *¡eran más negros que las alas de cuervo de la medianoche!* Y lentamente se abrieron *los ojos* de la figura que estaba ante mí. «¡En esto, por lo menos –grité–, nunca, nunca podré equivocarme! ¡Éstos son los grandes ojos, los ojos negros, los extraños ojos de mi perdido amor, los de Lady... los de LADY LIGEIA!»

La caída de la Casa Usher

Son coeur est un luth suspendu;
Sitôt qu'on le touche, il résonne.

(DE BÈRANGER)

Durante todo un día de otoño, triste, oscuro, silencioso, cuando las nubes se cernían bajas y pesadas en el cielo, crucé solo, a caballo, una región singularmente lúgubre del país; y, al fin, al acercarse las sombras de la noche, me encontré a la vista de la melancólica Casa Usher. No sé cómo fue, pero a la primera mirada que eché al edificio invadió mi espíritu un sentimiento de insoportable tristeza. Digo insoportable porque no lo atemperaba ninguno de esos sentimientos semiagradables por ser poéticos, con los cuales recibe el espíritu aun las más austeras imágenes naturales de lo desolado o lo terrible. Miré el escenario que tenía delante –la casa y el sencillo paisaje del dominio, las paredes desnudas, las ventanas como ojos vacíos, los ralos y siniestros juncos, y los escasos troncos de árboles agostados– con una fuerte depresión de ánimo únicamente comparable, como sensación terrena, al despertar del fumador de opio, la amarga caída en la existencia cotidiana, el horrible descorrerse del velo. Era una frialdad, un abatimiento, un malestar del corazón, una irremediable tristeza mental que ningún acicate de la imaginación podía desviar hacia forma alguna de lo sublime. ¿Qué era –me detuve a pensar–, qué era lo que así me desalentaba en la contemplación de la Casa Usher? Misterio insoluble; y yo no podía luchar con los sombríos pensamientos que se congregaban a mi alrededor mientras reflexionaba. Me vi obligado a incurrir en la insatisfactoria conclusión de que mientras *hay,* fuera de toda duda, combinaciones de simplísimos objetos naturales que tienen el poder de afectarnos así, el análisis de este poder se encuentra aún entre las consideraciones que están más allá de nuestro alcance. Era posible, reflexioné, que una simple disposición diferente de los elementos de la escena, de los detalles del cuadro, fuera suficiente para modificar o quizá anular su poder de impresión dolorosa; y, procediendo de acuerdo con esta idea, empujé mi caballo a la escarpada orilla de un estanque negro y fantástico que extendía su brillo tranquilo junto a la mansión; pero con un estremecimiento aún más sobrecogedor que antes contemplé la imagen refleјada e invertida de los juncos grises, y los espectrales troncos, y las vacías ventanas como ojos.

En esa mansión de melancolía, sin embargo, proyectaba pasar algunas semanas. Su propietario, Roderick Usher, había sido uno de mis alegres compañeros de adolescencia, pero muchos años habían transcurrido desde nuestro ultimo encuentro. Sin embargo, acababa de recibir una carta en una región distinta del país –una carta suya–, la cual, por su tono exasperadamente apremiante, no admitía otra respuesta que la presencia personal. La escritura denotaba agitación nerviosa. El autor hablaba de una enfermedad física aguda, de un desorden mental que le oprimía y de un intenso deseo de verme por ser su mejor y, en realidad, su único amigo personal, con el propósito de lograr, gracias a la jovialidad de mi compañía, algún alivio a su mal. La manera en que se decía esto y mucho más, este pedido hecho de todo *corazón,* no me permitieron vacilar y, en consecuencia, obedecí de inmediato al que, no obstante, consideraba un requerimiento singularísimo.

Aunque de muchachos habíamos sido camaradas íntimos en realidad poco sabía de mi amigo. Siempre se había mostrado excesivamente reservado. Yo sabía, sin embargo, que su antiquísima familia se había destacado desde tiempos inmemoriales por una peculiar sensibilidad de temperamento desplegada, a lo largo de muchos años, en numerosas y elevadas concepciones artísticas y manifestada, recientemente, en repetidas obras de caridad generosas, aunque discretas, así como en una apasionada devoción a las dificultades más que a las bellezas ortodoxas y fácilmente reconocibles de la ciencia musical. Conocía también el hecho notabilísimo de que la estirpe de los Usher, siempre venerable, no había producido, en ningún período, una rama duradera; en otras palabras, que toda la familia se limitaba a la línea de descendencia directa y siempre, con insignificantes y transitorias variaciones, había sido así. Esta ausencia, pensé, mientras revisaba mentalmente el perfecto acuerdo del carácter de la propiedad con el que distinguía a sus habitantes, reflexionando sobre la posible influencia que la primera, a lo largo de tantos siglos, podía haber ejercido sobre los segundos, esta ausencia, quizá, de ramas colaterales, y la consiguiente transmisión constante de padre a hijo, del patrimonio junto con el nombre, era la que, al fin, identificaba tanto a los dos, hasta el punto de fundir el título originario del dominio en el extraño y equívoco nombre de Casa Usher, nombre que parecía incluir, entre los campesinos que lo usaban, la familia y la mansión familiar.

He dicho que el solo efecto de mi experimento un tanto infantil –el de mirar en el estanque– había ahondado la primera y singular impresión. No cabe duda de que la conciencia del rápido crecimiento de mi superstición –pues, ¿por qué no he de darle este nombre?– servía especialmente para acelerar su crecimiento mismo. Tal es, lo sé de antiguo, la paradójica ley de todos los sentimientos que tienen como base el terror. Y debe de haber sido por esta sola razón que cuando de nuevo alcé los ojos hacia la casa desde su imagen en el estanque, surgió en mi mente una extraña fantasía, fantasía tan ridícula, en verdad, que sólo la menciono para mostrar la vívida fuerza de las sensaciones que me oprimían. Mi imaginación estaba excitada al punto de convencerme de que se cernía sobre toda la casa y el dominio una atmósfera propia de ambos y de su inmediata vecindad, una atmósfera sin afinidad con el aire del cielo, exhalada por los árboles marchitos, por los muros grises, por el estanque silencioso, un vapor pestilente y místico, opaco, pesado, apenas perceptible, de color plomizo.

Sacudiendo de mi espíritu esa que *tenía que ser* un sueño, examiné más de cerca el verdadero aspecto del edificio. Su rasgo dominante parecía ser una excesiva antigüedad. Grande era la decoloración producida por el tiempo. Menudos hongos se extendían por toda la superficie, suspendidos desde el alero en una fina y enmarañada tela de araña. Pero esto nada tenía que ver con ninguna forma de destrucción. No había caído parte alguna de la mampostería, y parecía haber una extraña incongruencia entre la perfecta adaptación de las partes y la disgregación de cada piedra. Esto me recordaba mucho la aparente integridad de ciertos maderajes que se han podrido largo tiempo en alguna cripta descuidada, sin que intervenga el soplo del aire exterior. Aparte de este indicio de ruina general la fábrica deba pocas señales de inestabilidad. Quizá el ojo de un observador minucioso hubiera podido descubrir una fisura apenas perceptible que, extendiéndose desde el tejado del edificio, en el frente, se abría camino pared abajo, en zig-zag, hasta perderse en las sombrías aguas del estanque.

Mientras observaba estas cosas cabalgué por una breve calzada hasta la casa. Un sirviente que aguardaba tomó mi caballo, y entré en la bóveda gótica del vestíbulo. Un criado de paso furtivo me condujo desde allí, en silencio, a través de varios pasadizos oscuros e intrincados, hacia el gabinete de su amo. Mucho de lo que encontré en el camino contribuyó, no sé cómo, a avivar los vagos sentimientos de los cuales he hablado ya. Mientras los objetos circundantes –los relieves de los cielorrasos, los oscuros tapices de las paredes, el ébano negro de los pisos y los fantasmagóricos trofeos heráldicos que rechinaban a mi paso– eran cosas a las cuales, a sus semejantes, estaba acostumbrado desde la infancia, mientras no cavilaba en reconocer lo familiar que era todo aquello, me asombraban por lo insólitas las fantasías que esas imágenes habituales provocaban en mí. En una de las escaleras encontré al médico de la familia. La expresión de su rostro, pensé, era una mezcla de baja astucia y de perplejidad. El criado abrió entonces una puerta y me dejó en presencia de su amo.

La habitación donde me hallaba era muy amplia y alta. Tenía ventanas largas, estrechas y puntiagudas, y a distancia tan grande del piso de roble negro, que resultaban absolutamente inaccesibles desde dentro. Débiles fulgores de luz carmesí se abrían paso a través de los cristales enrejados y servían para diferenciar suficientemente los principales objetos; los ojos, sin embargo, luchaban en vano para alcanzar los más remotos ángulos del aposento a los huecos del techo abovedado y esculpido. Oscuros tapices colgaban de las paredes. El moblaje general era profuso, incómodo, antiguo y destartalado. Había muchos libros e instrumentos musicales en desorden, que no lograban dar ninguna vitalidad a la escena. Sentí que respiraba una atmósfera de dolor. Un aire de dura, profunda e irremediable melancolía lo envolvía y penetraba todo.

A mi entrada, Usher se incorporó de un sofá donde estaba tendido cuan largo era y me recibió con calurosa vivacidad, que mucho tenía, pensé al principio, de cordialidad excesiva, del esfuerzo obligado del hombre de mundo *ennuyé*. Pero una mirada a su semblante me convenció de su perfecta sinceridad. Nos sentamos y, durante unos instantes, mientras no hablaba, lo observé con un sentimiento en parte de compasión, en parte de espanto. ¡Seguramente hombre alguno hasta entonces había cambiado tan terriblemente, en un período tan breve, como Roderick Usher! A duras penas pude llegar a admitir la identidad del ser exangüe que tenía ante mí, con el compañero de mi adolescencia. Sin embargo, el carácter de su rostro había sido siempre notable. La tez cadavérica; los ojos, grandes, líquidos, incomparablemente luminosos; los labios, un tanto finos y muy pálidos, pero de una curva extraordinariamente hermosa; la nariz, de delicado tipo hebreo, pero de ventanillas más abiertas de lo que es habitual en ellas; el mentón, finamente modelado, revelador, en su falta de prominencia, de una falta de energía moral; los cabellos, más suaves y más tenues que tela de araña: estos rasgos y el excesivo desarrollo de la región frontal constituían una fisonomía difícil de olvidar. Y ahora la simple exageración del carácter dominante de esas facciones y de su expresión habitual revelaban un cambio tan grande, que dudé de la persona con quien estaba hablando. La palidez espectral de la piel, el brillo milagroso de los ojos, por sobre todas las cosas me sobresaltaron y aun me aterraron. El sedoso cabello, además, había crecido al descuido y, como en su desordenada textura de telaraña flotaba más que caía alrededor del rostro, me era imposible, aun haciendo un esfuerzo, relacionar su enmarañada apariencia con idea alguna de simple humanidad.

En las maneras de mi amigo me sorprendió encontrar incoherencia, inconsistencia, y pronto descubrí que era motivada por una serie de débiles y fútiles intentos de vencer un azoramiento habitual, una excesiva agitación nerviosa. A decir verdad, ya estaba preparado para algo de esta naturaleza, no menos por su carta que por reminiscencias de ciertos rasgos juveniles y por las conclusiones deducidas de su peculiar conformación física y su temperamento. Sus gestos eran alternativamente vivaces y lentos. Su voz pasaba de una indecisión trémula (cuando su espíritu vital parecía en completa latencia) a esa especie de concisión enérgica, esa manera de hablar abrupta, pesada, lenta, hueca; a esa pronunciación gutural, densa, equilibrada, perfectamente modulada que puede observarse en el borracho perdido o en el opiómano incorregible durante los períodos de mayor excitación.

Así me habló del objeto de mi visita, de su vehemente deseo de verme y del solaz que aguardaba de mí. Abordó con cierta extensión lo que él consideraba la naturaleza de su enfermedad. Era, dijo, un mal constitucional y familiar, y desesperaba de hallarle remedio; una simple afección nerviosa, añadió de inmediato, que indudablemente pasaría pronto. Se manifestaba en una multitud de sensaciones anormales. Algunas de ellas, cuando las detalló, me interesaron y me desconcertaron, aunque sin duda tuvieron importancia los términos y el estilo general del relato. Padecía mucho de una acuidad mórbida de los sentidos; apenas soportaba los alimentos más insípidos; no podía vestir sino ropas de cierta textura; los perfumes de todas las flores le eran opresivos; aun la luz más débil torturaba sus ojos, y sólo pocos sonidos peculiares, y éstos de instrumentos de cuerda, no le inspiraban horror.

Vi que era un esclavo sometido a una suerte anormal de terror. «Moriré –dijo–, *tengo* que morir de esta deplorable locura. Así, así y no de otro modo me perderé. Temo los sucesos del futuro, no por sí mismos, sino por sus resultados. Me estremezco pensando en cualquier incidente, aun el más trivial, que pueda actuar sobre esta intolerable agitación. No aborrezco el peligro, como no sea por su efecto absoluto: el terror. En este desaliento, en esta lamentable condición, siento que tarde o temprano llegará el período en que deba abandonar vida y razón a un tiempo, en alguna lucha con el torvo fantasma: *el miedo.*»

Conocí además por intervalos, y a través de insinuaciones interrumpidas y ambiguas, otro rasgo singular de su condición mental. Estaba dominado por ciertas impresiones supersticiosas relativas a la morada que ocupaba y de donde, durante muchos años, nunca se había aventurado a salir, supersticiones relativas a una influencia cuya supuesta energía fue descrita en términos demasiado sombríos para repetirlos aquí; influencia que algunas peculiaridades de la simple forma y material de la casa familiar habían ejercido sobre su espíritu, decía, a fuerza de soportarlas largo tiempo; efecto que el aspecto *físico* de los muros y las torrecillas grises y el oscuro estanque en el cual éstos se miraban había producido, a la larga, en la *moral* de su existencia.

Admitía, sin embargo, aunque con vacilación, que podía buscarse un origen más natural y más palpable a mucho de la peculiar melancolía que así lo afectaba: la cruel y prolongada enfermedad, la disolución evidentemente próxima de una hermana tiernamente querida, su única compañía durante muchos años, su último y solo pariente sobre la tierra. «Su muerte -decía con una amargura que nunca podré olvidar- hará de mí (de mí, el desesperado, el frágil) el último de la antigua raza de los Usher.» Mientras hablaba, Lady Madeline (que así se llamaba) pasó lentamente por un lugar apartado del aposento y, sin notar mi presencia, desapareció. La miré con extremado asombro, no desprovisto de temor, y sin embargo me es imposible explicar estos sentimientos. Una sensación de estupor me oprimió, mientras seguía con la mirada sus pasos que se alejaban. Cuando por fin una puerta se cerró tras ella, mis ojos buscaron instintiva y ansiosamente el semblante del hermano, pero éste había hundido la cara entre las manos y sólo pude percibir que una palidez mayor que la habitual se extendía en los dedos descarnados, por entre los cuales se filtraban apasionadas lágrimas.

La enfermedad de Lady Madeline había burlado durante mucho tiempo la ciencia de sus médicos. Una apatía permanente, un agotamiento gradual de su persona y frecuentes aunque transitorios accesos de carácter parcialmente cataléptico eran el diagnóstico insólito. Hasta entonces había soportado con firmeza la carga de su enfermedad, negándose a guardar cama; pero, al caer la tarde de mi llegada a la casa, sucumbió (como me lo dijo esa noche su hermano con inexpresable agitación) al poder aplastante del destructor, y supe que la breve visión que yo había tenido de su persona sería probablemente la última para mí, que nunca más vería a Lady Madeline, por lo menos en vida.

En los varios días posteriores, ni Usher ni yo mencionamos su nombre, y durante este período me entregué a vehementes esfuerzos para aliviar la melancolía de mi amigo. Pintábamos y leíamos juntos; o yo escuchaba, como en un sueño, las extrañas improvisaciones de su elocuente guitarra. Y así a medida que una intimidad cada vez más estrecha me introducía sin reserva en lo más recóndito de su alma, iba advirtiendo con amargura la futileza de todo intento de alegrar un espíritu cuya oscuridad, como una cualidad positiva, inherente, se derramaba sobre todos los objetos del universo físico y moral, en una incesante irradiación de tinieblas.

Siempre tendré presente el recuerdo de las muchas horas solemnes que pasé a solas con el amo de la Casa Usher. Sin embargo, fracasaría en todo intento de dar una idea sobre el exacto carácter de los estudios o las ocupaciones a los cuales me inducía o cuyo camino me mostraba. Una idealidad exaltada, enfermiza, arrojaba un fulgor sulfúreo sobre todas las cosas. Sus largos e improvisados cantos fúnebres resonarán eternamente en mis oídos. Entre otras cosas, conservo dolorosamente en la memoria cierta singular perversión y amplificación del extraño aire del último vals de Von Weber. De las pinturas que nutría su laboriosa imaginación y cuya vaguedad crecía a cada pincelada, vaguedad que me causaba un estremecimiento tanto más penetrante, cuanto que ignoraba su causa; de esas pinturas (tan vívidas que aún tengo sus imágenes ante mí) sería inútil mi intento de presentar algo más que la pequeña porción comprendida en los límites de las meras palabras escritas. Por su extremada simplicidad, por la desnudez de sus diseños, atraían la atención y la subyugaban. Si jamás un mortal pintó una idea, ese mortal fue Roderick Usher. Para mí al menos -en las circunstancias que entonces me rodeaban-, surgía de las puras abstracciones que el hipocondríaco lograba proyectar en la tela, una intensidad de intolerable espanto, cuya sombra nunca he sentido, ni siquiera en la contemplación de las fantasías de Fuseli, resplandecientes, por cierto, pero demasiado concretas.

Una de las fantasmagóricas concepciones de mi amigo, que no participaba con tanto rigor del espíritu de abstracción, puede ser vagamente esbozada, aunque de una manera indecisa, débil, en palabras. El pequeño cuadro representaba el interior de una bóveda o túnel inmensamente largo, rectangular, con paredes bajas, lisas, blancas, sin interrupción ni adorno alguno. Ciertos elementos accesorios del diseño servían para dar la idea de que esa excavación se hallaba a mucha profundidad bajo la superficie de la tierra. No se observaba ninguna saliencia en toda la vasta extensión, ni se discernía una antorcha o cualquier otra fuente artificial de luz; sin embargo, flotaba por todo el espacio una ola de intensos rayos que bañaban el conjunto con un esplendor inadecuado y espectral.

He hablado ya de ese estado mórbido del nervio auditivo que hacía intolerable al paciente toda música, con excepción de ciertos efectos de instrumentos de cuerda. Quizá los estrechos límites en los cuales se había confinado con la guitarra fueron los que originaron, en gran medida, el carácter fantástico de sus obras. Pero no es posible explicar de la misma manera la fogosa *facilidad* de sus *impromptus*. Debían de ser –y lo eran, tanto las notas como las palabras de sus extrañas fantasías (pues no pocas veces se acompañaba con improvisaciones verbales rimadas)–, debían de ser los resultados de ese intenso recogimiento y concentración mental a los cuales he aludido antes y que eran observables sólo en ciertos momentos de la más alta excitación mental. Recuerdo fácilmente las palabras de una de esas rapsodias. Quizá fue la que me impresionó con más fuerza cuando la dijo, porque en la corriente interna o mística de su sentido creí percibir, y por primera vez, una acabada conciencia por parte de Usher de que su encumbrada razón vacilaba sobre su trono. Los versos, que él tituló *El palacio encantado*, decían poco más o menos así:

En el más verde de los valles
que habitan ángeles benéficos,
erguíase un palacio lleno
de majestad y hermosura.
¡Dominio del rey Pensamiento,
allí se alzaba!
Y nunca un serafín batió sus alas
sobre cosa tan bella.

Amarillos pendones, sobre el techo
flotaban, áureos y gloriosos
(todo eso fue hace mucho,
en los más viejos tiempos);
y con la brisa que jugaba
en tan gozosos días,
por las almenas se expandía
una fragancia alada.

Y los que erraban en el valle,
por dos ventanas luminosas
a los espíritus veían

danzar al ritmo de laúdes,
en torno al trono donde
(¡ porfirogéneto!)
envuelto en merecida pompa,
sentábase el señor del reino.

Y de rubíes y de perlas
era la puerta del palacio,
de donde como un río fluían,
fluían centelleando,
los Ecos, de gentil tarea:
la de cantar con altas voces
el genio y el ingenio
de su rey soberano.

Mas criaturas malignas invadieron,
vestidas de tristeza, aquel dominio.
(¡Ah, duelo y luto! ¡Nunca más
nacerá otra alborada!)
Y en torno del palacio, la hermosura
que antaño florecía entre rubores,
es sólo una olvidada historia
sepulta en viejos tiempos.

Y los viajeros, desde el valle,
por las ventanas ahora rojas,
ven vastas formas que se mueven
en fantasmales discordancias,
mientras, cual espectral torrente,
por la pálida puerta
sale una horrenda multitud que ríe...
pues la sonrisa ha muerto.

Recuerdo bien que las sugestiones nacidas de esta balada nos lanzaron a una corriente de pensamientos donde se manifestó una opinión de Usher que menciono, no por su novedad (pues otros hombres[1] han pensado así), sino para explicar la obstinación con que la defendió. En líneas generales afirmaba la sensibilidad de todos los seres vegetales. Pero en su desordenada fantasía la idea había asumido un carácter más audaz e invadía, bajo ciertas condiciones, el reino de lo inorgánico. Me faltan palabras para expresar todo el alcance, o el vehemente *abandono* de su persuasión. La creencia, sin embargo, se vinculaba (como ya lo he insinuado) con las piedras grises de la casa de sus antepasados. Las condiciones de la sensibilidad habían sido satisfechas, imaginaba él, por el método de colocación de esas piedras, por el orden en que estaban dispuestas, así como por los numerosos *hongos* que las cubrían y los marchitos árboles circundantes, pero, sobre todo, por la prolongación inmodificada de este orden y su duplicación en las quietas aguas del estanque. Su evidencia –la evidencia de esa sensibilidad– podía comprobarse, dijo (y al oírlo me estremecí), en la gradual pero segura condensación de una atmósfera propia en torno a las aguas y a los muros. El resultado era discernible, añadió, en esa silenciosa, mas importuna y terrible influencia que durante siglos había modelado los destinos de la familia, haciendo de *él* eso que ahora estaba yo viendo, eso que él era. Tales opiniones no necesitan comentario, y no haré ninguno.

Nuestros libros –los libros que durante años constituyeran no pequeña parte de la existencia intelectual del enfermo– estaban, como puede suponerse, en estricto acuerdo con este carácter espectral. Estudiábamos juntos obras tales como el *Vever et Chartreuse,* de Gresset, el *Belfegor,* de Maquiavelo; *Del Cielo y del Infierno,* de Swedenborg; el *Viaje subterráneo de Nicolás Klim,* de Holberg; la *Quiromancia,* de Robert Flud, Jean d'Indaginé y De la Chambre; el *Viaje a la*

1. Watson, el doctor Percival, Spallanzani y, especialmente, el obispo de Landaff. Véanse los *Ensayos químicos,* tomo V.

distancia azul, de Tieck; y la *Ciudad del Sol,* de Campanella. Nuestro libro favorito era un pequeño volumen en octavo del *Directorium Inquisitorium,* del dominico Eymeric de Gironne, y había pasajes de Pomponius Mela sobre los viejos sátiros africanos y egibanos, con los cuales Usher soñaba horas enteras. Pero encontraba su principal deleite en la lectura cuidadosa de un rarísimo y curioso libro gótico en cuarto–el manual de una iglesia olvidada–, las *Vigiliæ Mortuorum Chorum Eclesiæ Maguntiæ.*

No podía dejar de pensar en el extraño ritual de esa obra y en su probable influencia sobre el hipocondríaco cuando una noche, tras informarme bruscamente de que Lady Madeline había dejado de existir, declaró su intención de preservar su cuerpo durante quince días (antes de su inhumación definitiva) en una de las numerosas criptas del edificio. El humano motivo que alegaba para justificar esta singular conducta no me dejó en libertad de discutir. El hermano había llegado a esta decisión (así me dijo) considerando el carácter insólito de la enfermedad de la difunta, ciertas importunas y ansiosas averiguaciones por parte de sus médicos, la remota y expuesta situación del cementerio familiar. No he de negar que, cuando evoqué el siniestro aspecto de la persona con quien me cruzara en la escalera el día de mi llegada a la casa, no tuve deseo de oponerme a lo que consideré una precaución inofensiva y en modo alguno extraña.

A pedido de Usher, lo ayudé personalmente en los preparativos de la sepultura temporaria. Ya en el ataúd, los dos solos llevamos el cuerpo a su lugar de descanso. La cripta donde lo depositamos (por tanto tiempo clausurada que las antorchas casi se apagaron en su atmósfera opresiva, dándonos poca oportunidad para examinarla) era pequeña, húmeda y desprovista de toda fuente de luz; estaba a gran profundidad, justamente bajo la parte de la casa que ocupaba mi dormitorio. Evidentemente había desempeñado, en remotos tiempos feudales, el siniestro oficio de mazmorra, y en los últimos tiempos el de depósito de pólvora o alguna otra sustancia combustible, pues una parte del piso y todo el interior del largo pasillo abovedado que nos llevara hasta allí estaban cuidadosamente revestidos de cobre. La puerta, de hierro macizo, tenía una protección semejante. Su inmenso peso, al moverse sobre los goznes, producía un chirrido agudo, insólito.

Una vez depositada la fúnebre carga sobre los caballetes, en aquella región de horror, retiramos parcialmente hacia un lado la tapa todavía suelta del ataúd, y miramos la cara de su ocupante. Un sorprendente parecido entre el hermano y la hermana fue lo primero que atrajo mi atención, y Usher, adivinando quizá mis pensamientos, murmuró algunas palabras, por las cuales supe que la muerta y él eran mellizos y que entre ambos habían existido siempre simpatías casi inexplicables. Nuestros ojos, sin embargo, no se detuvieron mucho en la muerta, porque no podíamos mirarla sin espanto. El mal que llevara a Lady Madeline a la tumba en la fuerza de la juventud había dejado, como es frecuente en todas las enfermedades de naturaleza estrictamente cataléptica, la ironía de un débil rubor en el pecho y la cara, y esa sonrisa suspicaz, lánguida, que es tan terrible en la muerte. Volvimos la tapa a su sitio, la atornillamos y, asegurada la puerta de hierro, emprendimos camino, con fatiga, hacia los aposentos apenas menos lúgubres de la parte superior de la casa.

Y entonces, transcurridos algunos días de amarga pena, sobrevino un cambio visible en las características del desorden mental de mi amigo. Sus maneras habituales habían desaparecido. Descuidaba u olvidaba sus ocupaciones comunes. Erraba de aposento en aposento con paso presuroso, desigual, sin rumbo. La palidez de su semblante había adquirido, si era posible tal cosa, un tinte más espectral, pero la luminosidad de sus ojos había desaparecido por completo. El tono a veces ronco de su voz ya no se oía, y una vacilación trémula como en el colmo del terror, caracterizaba ahora su pronunciación. Por momentos, en verdad, pensé que algún secreto opresivo dominaba su mente agitada sin descanso, y que luchaba por conseguir valor suficiente para divulgarlo. Otras veces, en cambio, me veía obligado a reducirlo todo a las meras e inexplicables divagaciones de la locura, pues lo veía contemplar el vacío horas enteras, en actitud de profundísima atención, como si escuchara algún sonido imaginario. No es de extrañarse que su estado me aterrara, que me inficionara. Sentía que a mi alrededor, a pasos lentos pero seguros, se deslizaban las extrañas influencias de sus supersticiones fantásticas y contagiosas.

Al retirarme a mi dormitorio la noche del séptimo u octavo día después de que Lady Madeline fuera depositada en la mazmorra, y siendo ya muy tarde, experimenté de manera especial y con toda su fuerza esos sentimientos. El sueño no se acercaba a mi lecho y las horas pasaban y pasaban. Luché por racionalizar la nerviosidad que me dominaba. Traté de convencerme de que mucho, si no todo lo que sentía, era causado por la desconcertante influencia del lúgubre moblaje de la habitación, de los tapices oscuros y raídos que, atormentados por el soplo de una tempestad incipiente, se balanceaban espasmódicos de aquí para allá sobre los muros y crujían desagradablemente alrededor de los adornos del lecho. Pero mis esfuerzos eran infructuosos. Un temblor incontenible fue invadiendo gradualmente mi cuerpo, y al fin se instaló sobre mi propio corazón un íncubo, el peso de una alarma por completo inmotivada. Lo sacudí, jadeando, luchando, me incorporé sobre las almohadas y, mientras miraba ansiosamente en la intensa oscuridad del aposento, presté atención –ignoro por qué, salvo que me impulsó una fuerza instintiva– a ciertos sonidos ahogados, indefinidos, que llegaban en las pausas de la tormenta, con largos intervalos, no sé de dónde. Dominado por un intenso sentimiento de horror, inexplicable pero insoportable, me vestí a prisa (pues sabía que no iba a dormir más durante la noche) e intenté salir de la lamentable condición en que había caído, recorriendo rápidamente la habitación de un extremo al otro.

Había dado unas pocas vueltas, cuando un ligero paso en una escalera contigua atrajo mi atención. Reconocí entonces el paso de Usher. Un instante después llamaba con un toque suave a mi puerta y entraba con una lámpara. Su semblante tenía, como de costumbre, una palidez cadavérica, pero además había en sus ojos una especie de loca hilaridad, una *hysteria* evidentemente reprimida en toda su actitud. Su aire me espantó, pero todo era preferible a la soledad que había soportado tanto tiempo, y hasta acogí su presencia con alivio.

–¿No lo has visto? –dijo bruscamente, después de echar una mirada a su alrededor, en silencio–. ¿No lo has visto? Pues aguarda, lo verás –y diciendo esto protegió cuidadosamente la lámpara, se precipitó a una de las ventanas y la abrió de par en par a la tormenta.

La ráfaga entró con furia tan impetuosa que estuvo a punto de levantarnos del suelo. Era, en verdad, una noche tempestuosa, pero de una belleza severa, extrañamente singular en su terror y en su hermosura. Al parecer un torbellino desplegaba su fuerza en nuestra vecindad, pues había frecuentes y violentos cambios en la dirección del viento; y la excesiva densidad de las nubes (tan bajas que oprimían casi las torrecillas de la casa) no nos impedía advertir la viviente velocidad con que acudían de todos los puntos, mezclándose unas con otras sin alejarse. Digo que aun su excesiva densidad no nos impedía advertirlo, y sin embargo no nos llegaba ni un atisbo de la luna o de las estrellas, ni se veía el brillo de un relámpago. Pero las superficies inferiores de las grandes masas de agitado vapor, así como todos los objetos terrestres que nos rodeaban, resplandecían en la luz extranatural de una exhalación gaseosa, apenas luminosa y claramente visible, que se cernía sobre la casa y la amortajaba.

–¡No debes mirar, no mirarás eso! –dije, estremeciéndome, mientras con suave violencia apartaba a Usher de la ventana para conducirlo a un asiento–. Estos espectáculos, que te confunden, son simples fenómenos eléctricos nada extraños, o quizá tengan su horrible origen en el miasma corrupto del estanque. Cerremos esta ventana; el aire está frío y es peligroso para tu salud. Aquí tienes una de tus novelas favoritas. Yo leeré y me escucharás, y así pasaremos juntos esta noche terrible.

El antiguo volumen que había tomado era *Mad Trist,* de sir Launcelot Canning; pero lo había calificado de favorito de Usher más por triste broma que en serio, pues poco había en su prolijidad tosca, sin imaginación, que pudiera interesar a la elevada e ideal espiritualidad de mi amigo. Pero era el único libro que tenía a mano, y alimenté la vaga esperanza de que la excitación que en ese momento agitaba al hipocondríaco pudiera hallar alivio (pues la historia de los trastornos mentales está llena de anomalías semejantes) aun en la exageración de la locura que yo iba a leerle. De haber juzgado, a decir verdad, por la extraña y tensa vivacidad con que escuchaba o parecía escuchar las palabras de la historia, me hubiera felicitado por el éxito de mi idea.

Había llegado a esa parte bien conocida de la historia en que Ethelred, el héroe del *Trist,* después de sus vanos intentos de introducirse por las buenas en la morada del eremita, procede a entrar por la fuerza. Aquí, se recordará, las palabras del relator son las siguientes:

«Y Ethelred, que era por naturaleza un corazón valeroso, y fortalecido, además, gracias al poder del vino que había bebido, no aguardó el momento de parlamentar con el eremita, quien, en realidad, era de índole obstinada y maligna; mas sintiendo la lluvia sobre sus hombros, y temiendo el estallido de la tempestad, alzó resueltamente su maza y a golpes abrió un rápido camino en las tablas de la puerta para su mano con guantelete, y, tirando con fuerza hacia sí, rajó, rompió, lo destrozó todo en tal forma que el ruido de la madera seca y hueca retumbó en el bosque y lo llenó de alarma.»

Al terminar esta frase me sobresalté y por un momento me detuve, pues me pareció (aunque en seguida concluí que mi excitada imaginación me había engañado), me pareció que, de alguna remotísima parte de la mansión, llegaba confusamente a mis oídos algo que podía ser, por su exacta similitud, el eco (aunque sofocado y sordo, por cierto) del mismo ruido de rotura, de destrozo que sir Launcelot había descrito con tanto detalle. Fue, sin duda alguna, la coincidencia lo que atrajo mi atención pues entre el crujir de los bastidores de las ventanas y los mezclados ruidos habituales de la tormenta creciente, el sonido en sí mismo nada tenía, a buen seguro, que pudiera interesarme o distraerme. Continué el relato:

«Pero el buen campeón Ethelred pasó la puerta y quedó muy furioso y sorprendido al no percibir señales del maligno eremita y encontrar, en cambio, un dragón prodigioso, cubierto de escamas, con lengua de fuego, sentado en guardia delante de un palacio de oro con piso de plata, y del muro colgaba un escudo de bronce reluciente con esta leyenda:

Quien entre aquí, conquistador será;
Quien mate al dragón, el escudo ganará.

»Y Ethelred levantó su maza y golpeó la cabeza del dragón, que cayó a sus pies y lanzó su apestado aliento con un rugido tan hórrido y bronco y además tan penetrante que Ethelred se tapó de buena gana los oídos con las manos para no escuchar el horrible ruido, tal como jamás se había oído hasta entonces.»

Aquí me detuve otra vez bruscamente, y ahora con un sentimiento de violento asombro, pues no podía dudar de que en esta oportunidad había escuchado realmente (aunque me resultaba imposible decir de qué dirección procedía) un grito insólito, un sonido chirriante, sofocado y aparentemente lejano, pero áspero, prolongado, la exacta réplica de lo que mi imaginación atribuyera al extranatural alarido del dragón, tal como lo describía el novelista.

Oprimido, como por cierto lo estaba desde la segunda y más extraordinaria coincidencia, por mil sensaciones contradictorias, en las cuales predominaban el asombro y un extremado terror, conservé, sin embargo, suficiente presencia de ánimo para no excitar con ninguna observación la sensibilidad nerviosa de mi compañero. No era nada seguro que hubiese advertido los sonidos en cuestión, aunque se había producido durante los últimos minutos una evidente y extraña alteración en su apariencia. Desde su posición frente a mí había hecho girar gradualmente su silla, de modo que estaba sentado mirando hacia la puerta de la habitación, y así sólo en parte podía ver yo sus facciones, aunque percibía sus labios temblorosos, como si murmuraran algo inaudible. Tenía la cabeza caída sobre el pecho, pero supe que no estaba dormido por los ojos muy abiertos, fijos, que vi al echarle una mirada de perfil. El movimiento del cuerpo contradecía también esta idea, pues se mecía de un lado a otro con un balanceo suave, pero constante y uniforme. Luego de advertir rápidamente todo esto, proseguí el relato de sir Launcelot, que decía así:

«Y entonces el campeón, después de escapar a la terrible furia del dragón, se acordó del escudo de bronce y del encantamiento roto, apartó el cuerpo muerto de su camino y avanzó valerosamente sobre el argentado pavimento del castillo hasta donde colgaba del muro el escudo, el cual, entonces, no esperó su llegada, sino que cayó a sus pies sobre el piso de plata con grandísimo y terrible fragor.»

Apenas habían salido de mis labios estas palabras, cuando –como si realmente un escudo de bronce, en ese momento, hubiera caído con todo su peso sobre un pavimento de plata– percibí un eco claro, profundo, metálico y resonante, aunque en apariencia sofocado. Incapaz de dominar mis nervios, me puse en pie de un salto, pero el acompasado movimiento de Usher no se interrumpió. Me precipité al sillón donde estaba sentado. Sus ojos miraban fijos hacia adelante y dominaba su persona una rigidez pétrea. Pero, cuando posé mi mano sobre su hombro, un fuerte estremecimiento recorrió su cuerpo; una sonrisa malsana tembló en sus labios, y vi que hablaba con un murmullo bajo, apresurado, ininteligible, como si no advirtiera mi presencia. Inclinándome sobre él, muy cerca, bebí, por fin, el horrible significado de sus palabras:

–¿No lo oyes? Sí, yo lo oigo y lo *he* oído. Mucho, mucho, mucho tiempo... muchos minutos, muchas horas, muchos días lo he oído, pero no me atrevía... ¡Ah, compadéceme, mísero de mí, desventurado! ¡No me atrevía... no me *atrevía* a hablar! *¡La encerramos viva en la tumba!* ¿No dije que mis sentidos eran agudos? *Ahora* te digo que oí sus primeros movimientos, débiles, en el fondo del ataúd. Los oí hace muchos, muchos días, y no me atreví, *¡no me atreví a hablar!* ¡Y ahora, esta noche, Ethelred, ja, ja! ¡La puerta rota del eremita, y el grito de muerte del dragón, y el estruendo del escudo! ... ¡Di, mejor, el ruido del ataúd al rajarse, y el chirriar de los férreos goznes de su prisión, y sus luchas dentro de la cripta, por el pasillo abovedado, revestido de cobre! ¡Oh! ¿A dónde huiré? ¿No estará aquí pronto? ¿No se precipita a reprocharme mi prisa? ¿No he oído sus pasos en la escalera? ¿No distingo el pesado y horrible latido de su corazón? ¡INSENSATO! –y aquí, furioso, de un salto, se puso de pie y gritó estas palabras, como si en ese esfuerzo entregara su alma–: ¡INSENSATO! ¡TE DIGO QUE ESTÁ DEL OTRO LADO DE LA PUERTA!

Como si la sobrehumana energía de su voz tuviera la fuerza de un sortilegio, los enormes y antiguos batientes que Usher señalaba abrieron lentamente, en ese momento, sus pesadas mandíbulas de ébano. Era obra de la violenta ráfaga, pero allí, del otro lado de la puerta, ESTABA la alta y amortajada figura de Lady Madeline Usher. Había sangre en sus ropas blancas, y huellas de acerba lucha en cada parte de su descarnada persona. Por un momento permaneció temblorosa, tambaleándose en el umbral; luego, con un lamento sofocado, cayó pesadamente hacia adentro, sobre el cuerpo de su hermano, y en su violenta agonía final lo arrastró al suelo, muerto, víctima de los terrores que había anticipado.

De aquel aposento, de aquella mansión huí aterrado. Afuera seguía la tormenta en toda su ira cuando me encontré cruzando la vieja avenida. De pronto surgió en el sendero una luz extraña y me volví para ver de dónde podía salir fulgor tan insólito, pues la vasta casa y sus sombras quedaban solas a mis espaldas. El resplandor venía de la luna llena, roja como la sangre, que brillaba ahora a través de aquella fisura casi imperceptible dibujada en zig-zag desde el tejado del edificio hasta la base. Mientras la contemplaba, la fisura se ensanchó rápidamente, pasó un furioso soplo del torbellino, todo el disco del satélite irrumpió de pronto ante mis ojos y mi espíritu vaciló al ver desmoronarse los poderosos muros, y hubo un largo y tumultuoso clamor como la voz de mil torrentes, y a mis pies el profundo y corrompido estanque se cerró sombrío, silencioso, sobre los restos de la Casa Usher.

Revelación mesmérica

Aunque la *teoría* del mesmerismo esté aún envuelta en dudas, sus sobrecogedoras *realidades* son ya casi universalmente admitidas. Los que dudan de éstas pertenecen a la casta inútil y despreciable de los que dudan por pura profesión. No hay mejor manera de perder el tiempo que proponerse *probar* en la actualidad que el hombre, por el simple ejercicio de su voluntad, puede impresionar a su semejante al punto de sumirlo en un estado anormal cuyas manifestaciones se parecen estrechamente a las de la muerte, o por lo menos en mayor grado que cualquier otro fenómeno conocido en condiciones normales; que, en ese estado, la persona así influida utiliza sólo con esfuerzo y en consecuencia débilmente los órganos exteriores de los sentidos y, sin embargo, percibe con agudeza y refinamiento, y por vías presuntamente desconocidas, cosas que están más allá del alcance de los órganos físicos; que, además, sus facultades intelectuales se hallan en un maravilloso estado de exaltación y fuerza; que las simpatías con la persona que así influye sobre ella son profundas, y, finalmente, que su *susceptibilidad* de impresión va en aumento gradual, al tiempo que, en la misma proporción, se extienden y *acentúan* cada vez más los peculiares fenómenos producidos.

Digo que sería superfluo demostrar las leyes del mesmerismo en sus rasgos generales; tampoco infligiré a mis lectores una demostración hoy tan innecesaria. Mi propósito es, en verdad, muy otro. Me siento impelido, aun enfrentándome de esta manera con un mundo de prejuicios, a detallar sin comentarios el notabilísimo diálogo que sostuve con un hipnotizado.

Hacía mucho tiempo que tenía la costumbre de hipnotizar a la persona en cuestión (Mr. Vankirk), en quien se habían manifestado la aguda susceptibilidad y la exaltación habituales en la percepción mesmérica. Desde varios meses atrás, Mr. Vankirk padecía una tisis declarada y mis pases habían aliviado sus efectos más penosos; la noche del miércoles 15 del mes actual fui llamado a su cabecera.

El enfermo sufría un dolor agudo en la región cordial y respiraba con gran dificultad, presentando todos los síntomas comunes del asma. En espasmos como aquél generalmente le proporcionaba alivio la aplicación de mostaza en los centros nerviosos, pero esa noche el recurso había resultado inútil.

Cuando entré en su habitación me recibió con una sonrisa jovial, y aunque evidentemente sus dolores físicos eran grandes, su ánimo parecía muy tranquilo.

–Lo mandé buscar esta noche –dijo– no tanto para que mitigara mi dolencia como para que me explicara ciertas impresiones psíquicas que últimamente me han causado gran ansiedad y sorpresa. No necesito decirle cuán escéptico he sido hasta hoy con respecto a la inmortalidad del alma. No puedo negar que siempre ha existido, quizá en esa misma alma que he negado, una especie de vago sentimiento de su propia existencia. Pero esta especie de sentimiento no llegó en ningún instante a la convicción. Era cosa que nada tenía que ver con la razón. Todas las tentativas de investigación lógica me dejaban, a decir verdad, más escéptico que antes. Me aconsejaron que estudiara a Cousin. Lo estudié en sus obras, así como en sus repercusiones europeas y americanas. El *Charles Elwood* de Mr. Brownson, por ejemplo, cayó en mis manos. Lo leí con profunda atención. Lo encontré lógico de una punta a la otra, pero las partes que no eran *simplemente* lógicas constituían, desgraciadamente, los argumentos iniciales del incrédulo héroe del libro. En sus conclusiones me pareció evidente que el razonador no había logrado siquiera convencerse a sí mismo. El final había olvidado por completo el principio, como el gobierno de Trínculo. En una palabra: no tardé en advertir que, si el hombre ha de persuadirse intelectualmente de su propia inmortalidad, nunca lo logrará por las meras abstracciones que durante tanto tiempo han constituido el método de los moralistas de Inglaterra, Francia y Alemania. Las abstracciones pueden ser una diversión y un ejercicio, pero no se posesionan de la mente. Aquí, en la tierra por lo menos, la filosofía, estoy convencido, siempre nos pedirá en vano que consideremos las cualidades como cosas. La voluntad puede asentir; el alma, el intelecto, nunca.

»Repito, pues, que sólo había sentido a medias, pero nunca creí intelectualmente. Mas en los últimos tiempos el sentimiento se ha ahondado hasta parecerse tanto a la aquiescencia de la razón, que me resulta difícil distinguirlos. Creo también poder atribuir este efecto simplemente a la influencia mesmérica. No sé explicar mejor mi pensamiento que por la hipótesis de que la exaltación mesmérica me capacita para percibir una serie de razonamientos que en mi existencia normal son convincentes, pero que, en total acuerdo con los fenómenos mesméricos, no se extienden, salvo en su *efecto*, a mi estado normal. En el estado hipnótico, el razonamiento y la conclusión, la causa y el efecto están presentes a un tiempo. En mi estado natural, la causa se desvanece; únicamente el efecto, y quizá sólo en parte, permanece.

»Estas consideraciones me han llevado a pensar que podrían obtenerse algunos buenos resultados dirigiéndome, mientras estoy mesmerizado, una serie de preguntas bien encaminadas. Usted ha observado a menudo el profundo conocimiento de sí mismo que demuestra el hipnotizado, el amplio saber que despliega sobre todo lo concerniente al estado mesmérico, y de este conocimiento de sí mismo pueden deducirse indicaciones para la adecuada confección de un cuestionario.»

Accedí, claro está, a realizar este experimento. Unos pocos pases sumieron a Mr. Vankirk en el sueño mesmérico. Su respiración se hizo inmediatamente más fácil y parecía no padecer ninguna incomodidad física. Entonces se produjo la siguiente conversación (en el diálogo, V. representa al paciente y P. soy yo):

P.–¿Duerme usted?

V.–Sí..., no; preferiría dormir más profundamente.

P.–*(Después de algunos pases.)* ¿Duerme ahora?

V.–Sí.

P.–¿Cómo cree que terminará su enfermedad?

V.–*(Después de una larga vacilación y hablando como con esfuerzo.)* Moriré.

P.–¿Le aflige la idea de la muerte?

V.–*(Muy rápido.)* ¡No..., no!

P.–¿Le desagrada esta perspectiva?

V.–Si estuviera despierto me gustaría morir, pero ahora no tiene importancia. El estado mesmérico se avecina lo bastante a la muerte como para satisfacerme.

P.–Me gustaría que se explicara, Mr. Vankirk.

V.–Quisiera hacerlo, pero requiere más esfuerzo del que me siento capaz. Usted no me interroga correctamente.

P.–Entonces, ¿qué debo preguntarle?

V.–Debe comenzar por el principio.

P.–¡El principio! Pero, ¿dónde está el principio?

V.–Usted sabe que el principio es Dios. *(Esto fue dicho en tono bajo, vacilante, y con todas las señales de la más profunda veneración.)*

P.–Pero, ¿qué es Dios?

V.–*(Vacilando durante varios minutos.)* No puedo decirlo.

P.–Dios, ¿no es espíritu?

V.–Mientras estaba despierto, yo sabía lo que usted quiere decir con «espíritu», pero ahora me parece sólo una palabra, tal como, por ejemplo, verdad, belleza; una cualidad, quiero decir.

P.–Dios, ¿no es inmaterial?

V.–No hay inmaterialidad; ésta es una simple palabra. Lo que no es materia no es nada, a menos que las cualidades sean cosas.

P.–Entonces, ¿Dios es material?

V.–No. *(Esta respuesta me sobrecogió.)*

P.–¿Y qué es?

V.–*(Después de una larga pausa, entre dientes.)* Lo veo... pero es una cosa difícil de decir. *(Otra larga pausa.)* No es espíritu, pues existe. Tampoco es materia, *como usted la entiende.* Pero hay gradaciones de la materia de las que el hombre nada sabe, en que la más basta impulsa a la más sutil, la más sutil invade la más basta. La atmósfera, por ejemplo, impulsa el principio eléctrico, mientras el principio eléctrico penetra la atmósfera. Estas gradaciones de la materia crecen en tenuidad o sutileza hasta que llegamos a una materia *indivisa* –sin partículas–, indivisible *–una–, y* aquí la ley de la impulsión y de la penetración se modifica. La materia última o indivisa no sólo penetra todas las cosas, sino que las impulsa, y de esta manera *es* todas las cosas en sí misma. Esta materia es Dios. Lo que el hombre intenta formular con la palabra «pensamiento» es esta materia en movimiento.

P.–Los metafísicos sostienen que toda acción es reductible a movimiento y pensamiento, y que el último es el origen del primero.

V.–Sí, y ahora veo la confusión de la idea. El movimiento es la acción de la *mente,* no del *pensamiento.* La materia indivisa o Dios, en reposo, es (en la medida en que podemos concebirlo) lo que los hombres llaman mente. Y el poder de automovimiento (equivalente en efecto a la volición humana) es, en la materia indivisa, el resultado de su unidad y de su omni-predominancia; *cómo,* no lo sé, y ahora veo claramente que nunca lo sabré. Pero la materia indivisa, puesta en movimiento por una ley o cualidad existente en sí misma, es el pensamiento.

P.–¿No puede darme una idea más precisa de lo que usted designa materia indivisa?

V.–Las materias que el hombre conoce escapan gradualmente a los sentidos. Tenemos, por ejemplo, un metal, un trozo de madera, una gota de agua, la atmósfera, el gas, el calor, la electricidad, el éter luminoso. Ahora bien, llamamos materia a todas esas cosas, y abarcamos toda la materia en una definición general; sin embargo, no puede haber dos ideas más esencialmente distintas que la que referimos a un metal y la que referimos al éter luminoso. Cuando llegamos al último, sentimos una inclinación casi irresistible a clasificarlo con el espíritu o con la nada. La única consideración que nos detiene es nuestra idea de su constitución atómica, y aun aquí debemos pedir ayuda a nuestra noción de átomo como algo infinitamente pequeño, sólido, palpable, pesado. Destruyamos la idea de la constitución atómica y ya no seremos capaces de considerar el éter como una entidad o, por lo menos, como materia. A falta de una palabra mejor podríamos designarlo espíritu. Demos ahora un paso más allá del éter luminoso, concibamos una materia mucho más sutil que el éter, así como el éter es más sutil que el metal, y llegamos en seguida (a pesar de todos los dogmas escolásticos) a una masa única, a una materia indivisa. Pues, aunque admitamos una infinita pequeñez en los átomos mismos, la infinita pequeñez de los espacios interatómicos es un absurdo. Habrá un punto, habrá un grado de sutileza en el cual, si los átomos son suficientemente numerosos, los interespacios desaparecerán y la masa será absolutamente una. Pero al dejar de lado ahora la idea de la constitución atómica, la naturaleza de la masa se deslizará inevitablemente a nuestra concepción del espíritu. Está claro, sin embargo, que es tan materia como antes. La verdad es que resulta imposible concebir el espíritu, puesto que es imposible imaginar lo que no es. Cuando nos jactamos de haber llegado a concebirlo, hemos engañado simplemente nuestro entendimiento con la consideración de una materia infinitamente rarificada.

P.–Me parece que hay una objeción insuperable a la idea de la absoluta unidad, y ella es la ligerísima resistencia experimentada por los cuerpos celestes en sus revoluciones a través del espacio, resistencia que ahora sabemos, es verdad, existe en *cierto* grado, pero que, sin embargo, es tan ligera que aun la sagacidad de Newton la pasó por alto. Sabemos que la resistencia de los cuerpos es principalmente proporcionada a su densidad. La unidad absoluta es la densidad absoluta. Donde no hay interespacios no puede haber paso. Un éter absolutamente denso detendría de una manera infinitamente más efectiva la marcha de una estrella que un éter de diamante o de acero.

V.–Su objeción se contesta con una facilidad que está casi en proporción con su aparente irrefutabilidad. Con respecto a la marcha de una estrella, no puede haber diferencia entre que la estrella pase a través del éter o el éter *a través de ésta*. No hay error astronómico más inexplicable que el que relaciona el conocido retardo de los cometas con la idea de su paso a través del éter, pues por sutil que se suponga ese éter detendría toda revolución sideral en un período mucho más breve que el admitido por esos astrónomos, quienes han intentado suprimir un punto que consideraban imposible de entender. El retardo experimentado es, por el contrario, aproximadamente el mismo que puede esperarse de la *fricción* del éter en el pasaje instantáneo a través del astro. En un caso, la fuerza de retardo es momentánea y completa en sí misma; en el otro, es infinitamente acumulativa.

P.–Pero en todo esto, en esta identificación de la simple materia con Dios, ¿no hay nada de irreverencia? *(Me vi obligado a repetir esta pregunta antes de que el hipnotizado comprendiera cabalmente su sentido.)*

V.–¿Puede usted decir *por qué* la materia ha de ser menos reverenciada que la mente? Usted olvida que la materia de la cual hablo es, en todo sentido, la verdadera «mente» o «espíritu» de las escuelas, sobre todo en lo que concierne a sus elevadas propiedades, y es, al mismo tiempo, la «materia» para estas escuelas. Dios, con todos los poderes atribuidos al espíritu, es tan sólo la perfección de la materia.

P.–¿Afirma usted, entonces, que la materia indivisa, en movimiento, es pensamiento?

V.–En general, el movimiento es el pensamiento universal de la mente universal. Este pensamiento crea. Todas las cosas creadas no son sino los pensamientos de Dios.

P.–Usted dice «en general».

V.–Sí. La mente universal es Dios. Para las nuevas individualidades es necesaria la *materia.*

P.–Pero usted habla ahora de «mente» y de «materia» como lo hacen los metafísicos.

V.–Sí, para evitar la confusión. Cuando digo «mente» me refiero a la materia indivisa o última; cuando digo «materia» me refiero a todo lo demás.

P.–Usted decía que «para las nuevas individualidades es necesaria la materia».

V.–Sí, pues la mente, en su existencia incorpórea, es simplemente Dios. Para crear los seres individuales, pensantes, era necesario encarnar porciones de la mente divina. Así es individualizado el hombre. Despojado de su envoltura corporal sería Dios. El movimiento particular de las porciones encarnadas de la materia indivisa es el pensamiento del hombre, así como el movimiento del todo es el de Dios.

P.–¿Dice usted que despojado de su envoltura corporal el hombre sería Dios?

V.–*(Después de mucho vacilar.) No* pude haber dicho eso, es un absurdo.

P.–*(Recurriendo a mis notas.)* Usted dijo que «despojado de su envoltura corporal el hombre sería Dios».

V.–Y es verdad. El hombre así despojado *sería* Dios, sería desindividualizado. Pero no puede despojarse jamás de esa manera –por lo menos nunca podrá–, a menos que imaginemos una acción de Dios que vuelve sobre sí misma, una acción inútil, sin finalidad. El hombre es una criatura. Las criaturas son pensamientos de Dios. Está en la naturaleza del pensamiento ser irrevocable.

P.–No comprendo. ¿Usted dice que el hombre nunca podrá desprenderse de su cuerpo?

V.–Digo que nunca será incorpóreo.

P.–Explíquese.

V.–Hay dos cuerpos: el rudimentario y el completo, que corresponden a las dos condiciones de la crisálida y la mariposa. Lo que llamamos «muerte» es tan sólo la penosa metamorfosis. Nuestra presente encarnación es progresiva, preparatoria, temporaria. Nuestro futuro es perfecto, definitivo, inmortal. La vida definitiva constituye la finalidad absoluta.

P.–Pero de la metamorfosis de la crisálida tenemos un conocimiento palpable.

V.–Nosotros sí, pero la crisálida no. La materia que compone nuestro cuerpo rudimentario está al alcance de los órganos de este cuerpo, o, más claramente, nuestros órganos rudimentarios se adaptan a la materia que forma el cuerpo rudimentario, pero no al que compone el cuerpo definitivo. Éste escapa así a nuestros sentidos rudimentarios, y sólo percibimos la envoltura que cae al morir, desprendiéndose de la forma interior, no esa misma forma interior; pero esta última, así como la envoltura, es apreciable para los que ya han adquirido la vida definitiva.

P.–Usted ha dicho a menudo que el estado mesmérico se asemeja estrechamente a la muerte. ¿Cómo es eso?

V.–Cuando digo que se parece a la muerte, aludo a que se asemeja a la vida definitiva, pues cuando estoy en trance los sentidos de mi vida rudimentaria quedan en suspenso y percibo las cosas exteriores directamente, sin órganos, a través de un intermediario que emplearé en la vida definitiva, inorganizada.

P.–¿Inorganizada?

V.–Sí; los órganos son mecanismos mediante los cuales el individuo se pone en relación sensible con clases y formas particulares de materia, con exclusión de otras clases y formas. Los órganos del hombre están adaptados a esta condición rudimentaria y sólo a ésta; siendo inorganizada su condición última, su comprensión es ilimitada en todos los órdenes, salvo en uno: la naturaleza de la voluntad de Dios, es decir, el movimiento de la materia indivisa. Usted tendrá una idea clara del cuerpo definitivo concibiéndolo como si fuera todo cerebro. No es eso; pero una concepción de esta naturaleza lo acercará a la comprensión de su ser. Un cuerpo luminoso imparte vibración al éter. Las vibraciones engendran otras similares dentro de la retina; éstas comunican otras al nervio óptico. El nervio envía otras al cerebro, y el cerebro otras a la materia indivisa que lo penetra. El movimiento de esta última es el pensamiento, cuya primera ondulación es la percepción. De esta manera la mente de la vida rudimentaria se comunica con el mundo exterior, y este mundo exterior está limitado para la vida rudimentaria, por la idiosincrasia de sus órganos. Pero en la vida definitiva, inorganizada, el mundo exterior llega al cuerpo entero (que es de una sustancia afín al cerebro, como he dicho), sin otra intervención que la de un éter infinitamente más sutil que el luminoso; y todo el cuerpo vibra al unísono con este éter, poniendo en movimiento la materia indivisa que lo penetra. A la ausencia de órganos especiales debemos atribuir, además, la casi ilimitada percepción propia de la vida definitiva. En los seres rudimentarios los órganos son las jaulas necesarias para encerrarlos hasta que tengan alas.

P.–Usted habla de «seres» rudimentarios. ¿Hay otros seres pensantes rudimentarios además del hombre?

V.–Las numerosas acumulaciones de materia sutil en nebulosas, planetas, soles y otros cuerpos que no son ni nebulosas, ni soles, ni planetas tienen la única finalidad de dar pábulo a los distintos órganos de infinidad de seres rudimentarios. De no ser por la necesidad de la vida rudimentaria, previa a la definitiva, no hubiera habido cuerpos como éstos. Cada uno de ellos es ocupado por una variedad distinta de criaturas orgánicas, rudimentarias, pensantes. En todas los órganos varían según los caracteres del lugar ocupado. A la muerte o metamorfosis, estas criaturas que gozan de la vida definitiva –la inmortalidad– y conocen todos los secretos, salvo *uno,* actúan y se mueven en todas partes por simple volición; habitan, no en las estrellas, que nosotros consideramos las únicas cosas palpables para cuya distribución ciegamente juzgamos creado el espacio, sino el *espacio* mismo, ese infinito cuya inmensidad verdaderamente sustancial se traga las estrellas al igual que sombras, borrándolas como no entidades de la percepción de los ángeles.

P.–Usted dice que, «de no ser por la *necesidad* de la vida rudimentaria», no hubiera habido estrellas. ¿Pero por qué esta necesidad?

V.–En la vida inorgánica, así como generalmente en la materia inorgánica, no hay nada que impida la acción de una *única* y simple ley, la Divina Volición. La vida orgánica y la materia (complejas, sustanciales y sometidas a leyes) fueron creadas con el propósito de producir un impedimento.

P.–Pero de nuevo, ¿qué necesidad había de producir ese impedimento?

V.–El resultado de la ley inviolada es perfección, justicia, felicidad negativa. El resultado de la ley violada es imperfección, injusticia, dolor positivo. Por medio de los impedimentos que brindan el número, la complejidad y la sustancialidad de las leyes de la vida orgánica y de la materia, la violación de la ley resulta, hasta cierto punto, practicable. Así el dolor, que es imposible en la vida inorgánica, es posible en la orgánica.

P.–¿Pero cuál es el propósito benéfico que justifica la existencia del dolor?

V.–Todas las cosas son buenas o malas por comparación. Un análisis suficiente mostrará que el placer, en todos los casos, es tan sólo el reverso del dolor. El placer *positivo* es una simple idea. Para ser felices hasta cierto punto, debemos haber padecido hasta ese mismo punto. No sufrir nunca sería no haber sido nunca dichoso. Pero se ha demostrado que en la vida inorgánica no puede existir dolor; de ahí su necesidad en la orgánica. El dolor de la vida primitiva en la tierra es la única garantía de beatitud para la vida definitiva en el cielo.

P.–Todavía hay una de sus expresiones que me resulta imposible comprender: «la inmensidad verdaderamente sustancial» del infinito.

V.–Ello es quizá porque no tiene usted una noción suficientemente genérica del término «sustancia». No debemos considerarla una cualidad, sino un sentimiento: es la percepción, en los seres pensantes, de la adaptación de la materia a su organización. Hay muchas cosas en la tierra que nada serían para los habitantes de Venus, muchas cosas visibles y tangibles en Venus cuya existencia seríamos incapaces de apreciar. Pero, para los seres inorgánicos, para los ángeles, la totalidad de la materia indivisa es sustancia, es decir, la totalidad de lo que designamos «espacio» es para ellos la sustancialidad más verdadera; al mismo tiempo las estrellas, en lo que consideramos su materialidad, escapan al sentido angélico, de la misma manera que la materia indivisa, en lo que consideramos su inmaterialidad, se evade de lo orgánico.

Mientras el hipnotizado pronunciaba estas últimas palabras con voz débil, observé en su fisonomía una singular expresión que me alarmó un poco y me indujo a despertarlo en seguida. No bien lo hube hecho, con una brillante sonrisa que iluminó todas sus facciones cayó de espaldas sobre la almohada y expiró. Observé que, menos de un minuto después, su cuerpo tenía toda la severa rigidez de la piedra. Su frente estaba fría como el hielo. Parecía haber sufrido una larga presión de la mano de Azrael. El hipnotizado, durante la última parte de su discurso, ¿se había dirigido a mí desde la región de las sombras?

El poder de las palabras

Oinos.–Perdona, Agathos, la flaqueza de un espíritu al que acaban de brotarle las alas de la inmortalidad.

Agathos.–Nada has dicho, Oinos mío, que requiera ser perdonado. Ni siquiera aquí el conocimiento es cosa de intuición. En cuanto a la sabiduría, pide sin reserva a los ángeles que te sea concedida.

Oinos.–Pero yo imaginé que en esta existencia todo me sería dado a conocer al mismo tiempo, y que alcanzaría así la felicidad por conocerlo todo.

Agathos.–¡Ah, la felicidad no está en el conocimiento, sino en su adquisición! La beatitud eterna consiste en saber más y más; pero saberlo todo sería la maldición de un demonio.

Oinos.–El Altísimo, ¿no lo sabe todo?

Agathos.–*Eso* (puesto que es el Muy Bienaventurado) debe ser aún la *única* cosa desconocida hasta para Él.

Oinos.–Sin embargo, puesto que nuestro saber aumenta de hora en hora, ¿no llegarán *por fin* a ser conocidas todas las cosas?

Agathos.–¡Contempla las distancias abismales! Trata de hacer llegar tu mirada a la múltiple perspectiva de las estrellas, mientras erramos lentamente entre ellas... ¡Más allá, siempre más allá! Aun la visión espiritual, ¿no se ve detenida por las continuas paredes de oro del universo, las paredes constituidas por las miríadas de esos resplandecientes cuerpos que el mero número parece amalgamar en una unidad?

Oinos.–Claramente percibo que la infinitud de la materia no es un sueño.

Agathos.–*No hay* sueños en el Aidenn[1], pero se susurra aquí que la única finalidad de esta infinitud de materia es la de proporcionar infinitas fuentes donde el alma pueda calmar la sed *de saber* que jamás se agotará en ella, ya que agotarla sería extinguir el alma misma. Interrógame, pues, Oinos mío, libremente y sin temor. ¡Ven!, dejaremos a nuestra izquierda la intensa armonía de las Pléyades, lanzándonos más allá del trono a las estrelladas praderas allende Orión, donde, en lugar de violetas, pensamientos y trinitarias, hallaremos macizos de soles triples y tricolores.

Oinos.–Y ahora, Agathos, mientras avanzamos, instrúyeme. ¡Háblame con los acentos familiares de la tierra! No he comprendido lo que acabas de insinuar sobre los modos o los procedimientos de aquello que, mientras éramos mortales, estábamos habituados a llamar Creación. ¿Quieres decir que el Creador no es Dios?

Agathos.–Quiero decir que la Deidad no crea.

Oinos.–¡Explícate!

Agathos.–*Solamente* creó en el comienzo. Las aparentes criaturas que en el universo surgen ahora perpetuamente a la existencia sólo pueden ser consideradas como el resultado mediato o indirecto, no como el resultado directo o inmediato del poder creador divino.

Oinos.–Entre los hombres, Agathos mío, esta idea sería considerada altamente herética.

1. *Edén*, en una forma caprichosa propia de Poe. *(N. del T.)*

Agathos.–Entre los ángeles, Oinos mío, se sabe que es sencillamente la verdad.

Oinos.–Alcanzo a comprenderte hasta este punto: que ciertas operaciones de lo que denominamos Naturaleza o leyes naturales darán lugar, bajo ciertas condiciones, a aquello que tiene todas las *apariencias* de creación. Muy poco antes de la destrucción final de la tierra recuerdo que se habían efectuado afortunados experimentos, que algunos filósofos denominaron torpemente creación de animálculos.

Agathos.–Los casos de que hablas fueron ejemplos de creación secundaria, de la *única* especie de creación que hubo jamás desde que la primera palabra dio existencia a la primera ley.

Oinos.–Los mundos estrellados que surgen hora a hora en los cielos, procedentes de los abismos del no ser, ¿no son, Agathos, la obra inmediata de la mano del Rey?

Agathos–Permíteme, Oinos, que trate de llevarte paso a paso a la concepción a que aludo. Bien sabes que, así como ningún pensamiento perece, todo acto determina infinitos resultados. Movíamos las manos, por ejemplo, cuando éramos moradores de la tierra, y al hacerlo hacíamos vibrar la atmósfera que las rodeaba. La vibración se extendía indefinidamente hasta impulsar cada partícula del aire de la tierra, que desde entonces *y para siempre* era animado por aquel único movimiento de la mano. Los matemáticos de nuestro globo conocían bien este hecho. Sometieron a cálculos exactos los efectos producidos por el fluido por impulsos especiales, hasta que les fue fácil determinar en qué preciso período un impulso de determinada extensión rodearía el globo, influyendo (para siempre) en cada átomo de la atmósfera circundante. Retrogradando, no tuvieron dificultad en determinar el valor del impulso original partiendo de un efecto dado bajo condiciones determinadas. Ahora bien, los matemáticos que vieron que los resultados de cualquier impulso dado eran interminables, y que una parte de dichos resultados podía medirse gracias al análisis algebraico, así como que la retrogradación no ofrecía dificultad, vieron al mismo tiempo que este análisis poseía en sí mismo la capacidad de un avance indefinido; que no existían límites concebibles a su avance y aplicabilidad, salvo en el intelecto de aquel que lo hacía avanzar o lo aplicaba. Pero en este punto nuestros matemáticos se detuvieron.

Oinos.–¿*Y* por qué, Agathos, hubieran debido continuar?

Agathos.–Porque había, más allá, consideraciones del más profundo interés. De lo que sabían era posible deducir que un ser de una inteligencia infinita, para quien la *perfección* del análisis algebraico no guardara secretos, podría seguir sin dificultad cada impulso dado al aire, y al éter a través del aire, hasta sus remotas consecuencias en las épocas más infinitamente remotas. Puede, ciertamente, demostrarse que cada uno de estos impulsos *dados al aire* influyen sobre cada cosa individual existente *en el universo,* y ese ser de infinita inteligencia que hemos imaginado, podría seguir las remotas ondulaciones del impulso, seguirlo hacia arriba y adelante en sus influencias sobre todas las partículas de toda la materia, hacia arriba y adelante, para siempre en sus modificaciones de las formas antiguas; o, en otras palabras, en sus *nuevas creaciones...* hasta que lo encontrara, regresando como un reflejo, después de haber chocado –pero esta vez sin influir– en el trono de la Divinidad. Y no sólo podría hacer eso un ser semejante, sino que en cualquier época, dado un cierto resultado (supongamos que se ofreciera a su análisis uno de esos innumerables cometas), no tendría dificultad en determinar, por retrogradación analítica, a qué impulso original se debía. Este poder de retrogradación en su plenitud y perfección absolutas, esta facultad de relacionar en *cualquier* época, *cualquier* efecto a *cualquier* causa, es por supuesto prerrogativa única de la Divinidad; pero en sus restantes y múltiples grados, inferiores a la perfección absoluta, ese mismo poder es ejercido por todas las huestes de las inteligencias angélicas.

Oinos.–Pero tú hablas tan sólo de impulsos en el aire.

Agathos.–Al hablar del aire me refería meramente a la tierra, pero mi afirmación general se refiere a los impulsos en el éter, que, al penetrar, y ser el único que penetra todo el espacio, es así el gran medio de la *creación.*

Oinos.–Entonces, ¿todo movimiento, de cualquier naturaleza, crea?

Agathos.–Así debe ser; pero una filosofía verdadera ha enseñado hace mucho que la fuente de todo movimiento es el pensamiento, y que la fuente de todo pensamiento es...

Oinos.–Dios.

Agathos.–Te he hablado, Oinos, como a una criatura de la hermosa tierra que pereció hace poco, de impulsos sobre la atmósfera de esa tierra.

Oinos.–Sí.

Agathos.–Y mientras así hablaba, ¿no cruzó por tu mente algún pensamiento sobre el *poder físico de las palabras?* Cada palabra, ¿no es un impulso en el aire?

Oinos.–¿Pero por qué lloras, Agathos... y por qué, por qué tus alas se pliegan mientras nos cernimos sobre esa hermosa estrella, la más verde y, sin embargo, la más terrible que hemos encontrado en nuestro vuelo? Sus brillantes flores parecen un sueño de hadas... pero sus fieros volcanes semejan las pasiones de un turbulento corazón.

Agathos.–¡Y así *es*... así *es!* Esta estrella tan extraña... hace tres siglos que, juntas las manos y arrasados los ojos, a los pies de mi amada, la hice nacer con mis frases apasionadas. ¡Sus brillantes flores *son* mis más queridos sueños no realizados, y sus furiosos volcanes *son* las pasiones del más turbulento e impío corazón!

La conversación de Eiros y Charmion

Te traeré el fuego.

(Eurípides, *Andrómaca)*

Eiros.–¿Por qué me llamas Eiros?

Charmion.–Así te llamarás desde ahora y para siempre. A tu vez, debes olvidar mi nombre terreno y llamarme Charmion.

Eiros.–¡Esto no es un sueño!

Charmion.–Ya no hay sueños entre nosotros; pero dejemos para después estos misterios. Me alegro de verte dueño de tu razón, y tal como si estuvieras vivo. El velo de la sombra se ha apartado ya de tus ojos. Ten ánimo y nada temas. Los días de sopor que te estaban asignados se han cumplido, y mañana te introduciré yo mismo en las alegrías y las maravillas de tu nueva existencia.

Eiros.–Es verdad, el sopor ha pasado. El extraño vértigo y la terrible oscuridad me han abandonado, y ya no oigo ese sonido enloquecedor, turbulento, horrible, semejante a «la voz de muchas aguas». Y sin embargo, Charmion, mis sentidos están perturbados por esta penetrante percepción de *lo nuevo.*

Charmion.–Eso cesará en pocos días, pero comprendo muy bien lo que sientes. Hace ya diez años terrestres que pasé por lo que pasas tú y, sin embargo, su recuerdo no me abandona. Empero ya has sufrido todo el dolor que sufrirás en Aidenn[1].

Eiros.–¿En Aidenn?

Charmion.–En Aidenn.

Eiros.–¡Oh, Dios! ¡Charmion, apiádate de mí! Me siento agobiado por la majestad de todas las cosas... de lo desconocido de pronto revelado... del Futuro, una conjetura fundida en el augusto y cierto Presente.

Charmion.–No te empeñes por ahora en pensar de esa manera. Mañana hablaremos de ello. Tu mente vacila, y encontrará alivio a su agitación en el ejercicio de los simples recuerdos. No mires alrededor, ni hacia adelante; mira hacia atrás. Ardo de ansiedad por conocer los detalles del prodigioso acontecer que te ha traído entre nosotros. Cuéntame. Hablemos de cosas familiares, en el viejo lenguaje familiar del mundo que tan espantosamente ha perecido.

Eiros.–¡Oh, sí, espantosamente! ¡Esto no es un sueño!

Charmion.–No hay más sueños. Eiros mío, ¿fui muy llorada?

Eiros.–¿Llorada, Charmion? ¡Oh, cuán llorada! Hasta aquella última hora cerniose sobre tu casa una nube de profunda pena y devota tristeza.

Charmion.–Y esa última hora... háblame de ella. Recuerda que, fuera del hecho en sí de la catástrofe, nada sé. Cuando abandoné la humanidad, entrando en la Noche a través de la Tumba, en ese período, si recuerdo bien, la calamidad que os abrumó era por completo insospechada. Cierto es que poco conocía yo la filosofía especulativa de entonces.

Eiros.–Como has dicho, aquella calamidad era enteramente insospechada, pero desgracias análogas habían dado a los astrónomos motivo de discusión. Apenas necesito decirte, amiga mía, que ya cuando nos dejaste los hombres coincidían en interpretar los pasajes de las muy santas es-

1. El Edén. *(N. del T.)*

crituras que hablan de la destrucción final de todas las cosas por el fuego, como referidos solamente al globo terráqueo. Las especulaciones, empero, sobre la causa inmediata del fin, no llegaban a ninguna conclusión desde la época en que la ciencia astronómica había despojado a los cometas del terrible carácter incendiario que antes se les atribuía. Bien establecida se hallaba la escasa densidad de aquellos cuerpos celestes. Se los había observado pasar entre los satélites de Júpiter, sin que produjeran ninguna alteración sensible en las masas o las órbitas de aquellos planetas secundarios. Hacía mucho que considerábamos a esos errabundos como creaciones vaporosas de inconcebible tenuidad, incapaces de dañar nuestro macizo globo aun en el caso de un choque directo. No sentíamos temor alguno de un contacto, pues los elementos de todos los cometas eran perfectamente conocidos. Hacía muchos años que se consideraba inadmisible buscar entre *ellos* al agente de la destrucción por el fuego. Pero en aquellos días finales las conjeturas y las extravagantes fantasías abundaban singularmente entre los hombres, y aunque el temor sólo asaltaba a unos pocos ignorantes, el anuncio de un *nuevo* cometa formulado por los astrónomos fue recibido con no sé qué agitación y desconfianza generales.

Los elementos del extraño astro fueron inmediatamente calculados, y todos los observadores coincidieron en que su paso, en el perihelio, lo aproximaría mucho a la tierra. Dos o tres astrónomos de renombre secundario sostuvieron resueltamente que el choque era inevitable. Imposible expresar el efecto de esta noticia en las gentes. Durante unos pocos días no quisieron creer en una afirmación que su inteligencia, tanto tiempo aplicada a consideraciones mundanas, no podía aprehender de ninguna manera. Pero la verdad de un hecho de importancia vital se abre paso en el entendimiento del más estólido. Los hombres comprendieron finalmente que los astrónomos no mentían, y esperaron el cometa. Al principio su acercamiento no parecía muy rápido, y nada de insólito había en su aspecto. Era de un rojo oscuro, con una cola apenas perceptible. Durante siete u ocho días no advertimos ningún aumento en su diámetro aparente, y su color cambió muy poco. Entretanto los negocios ordinarios de la humanidad habían sido suspendidos y todos los intereses se concentraban en las discusiones científicas referentes a la naturaleza del cometa. Aun los más ignorantes forzaban sus indolentes inteligencias para entenderlas. Y los sabios consagraron *entonces* su intelecto, su alma, no ya a aliviar los temores o a sostener sus amadas teorías, sino a buscar la verdad, a buscarla desesperadamente. Gemían en procura del conocimiento perfecto. La *verdad* se alzó en toda la pureza de su fuerza y de su excelsa majestad, y los sensatos se inclinaron y adoraron.

La opinión según la cual nuestro globo o sus habitantes sufrirían daños materiales de resultas del temible contacto, perdía diariamente fuerza entre los sabios, y a éstos les era dado ahora gobernar la razón y la fantasía de la multitud. Se demostró que la densidad del núcleo del cometa era mucho menor que la de nuestro gas más raro; el inofensivo pasaje de un visitante similar entre los satélites de Júpiter era argüido como un ejemplo convincente, capaz de calmar los temores. Los teólogos, con un celo inflamado por el miedo, insistían en la profecía bíblica, explicándola al pueblo con una precisión y una simplicidad que jamás se había visto antes. La destrucción final de la tierra se operaría por intervención del fuego; así lo enseñaban con un brío que imponía convicción por doquier; y el que los cometas no fueran de naturaleza ígnea (como todos sabían ahora) constituía una verdad que liberaba en gran medida de las aprensiones sobre la gran calamidad predicha. Es de hacer notar que los prejuicios populares y los errores del vulgo concernientes a las pestes y a las guerras –errores que antes prevalecían a cada aparición de un cometa– eran ahora completamente desconocidos.

Como naciendo de un súbito movimiento convulsivo, la razón había destronado de golpe a la superstición. La más débil de las inteligencias extraía vigor del exceso de interés.

Los daños menores que pudieran resultar del contacto con el cometa eran tema de minuciosas discusiones. Los entendidos hablaban de ligeras perturbaciones geológicas, de probables alteraciones del clima y, por consiguiente, de la vegetación, aludiendo también a posibles influencias magnéticas y eléctricas. Muchos sostenían que los efectos no serían visibles ni apreciables. Y mientras las discusiones proseguían, su objeto se aproximaba gradualmente, aumentaba su diámetro y más brillante se volvía su color. La humanidad palidecía al verlo acercarse. Todas las actividades humanas estaban suspendidas.

La evolución de los sentimientos generales llegó a su culminación cuando el cometa hubo alcanzado por fin un tamaño que sobrepasaba toda aparición anterior. Desechando las últimas esperanzas de que los astrónomos se hubieran equivocado, los hombres sintieron la certidumbre del mal. Todo lo quimérico de sus terrores había desaparecido. El corazón de los más valientes de nuestra raza latía precipitadamente en su pecho. Y sin embargo bastaron pocos días para que aun esos sentimientos se fundieran en otros todavía más insoportables. Ya no podíamos aplicar a aquel extraño astro ninguna idea *ordinaria.* Sus atributos *históricos* habían desaparecido. Nos oprimía con una emoción espantosamente *nueva.* No lo veíamos como un fenómeno astronómico de los cielos, sino como un íncubo sobre nuestros corazones y una sombra sobre nuestros cerebros. Con inconcebible rapidez había tomado la apariencia de un gigantesco manto de llamas muy tenues extendido de un horizonte al otro.

Pasó otro día, y los hombres respiraron con mayor libertad. No cabía duda de que nos hallábamos bajo la influencia del cometa, y sin embargo vivíamos. Hasta sentimos una insólita agilidad corporal y mental. La extraordinaria tenuidad del objeto de nuestro terror era ya aparente, pues todos los cuerpos celestes se percibían a través de él. Entretanto nuestra vegetación se había alterado sensiblemente y, como ello nos había sido pronosticado, cobramos aún más fe en la previsión de los sabios. Un follaje lujurioso, completamente desconocido hasta entonces, se desató en todos los vegetales.

Pasó otro día más... y la calamidad no nos había dominado todavía. Era evidente que el núcleo del cometa chocaría con la tierra. Un espantoso cambio se había operado en los hombres, y la primera sensación de *dolor* fue la terrible señal para las lamentaciones y el espanto. Aquella primera sensación de dolor consistía en una rigurosa constricción del pecho y los pulmones, y una insoportable sequedad de la piel. Imposible negar que nuestra atmósfera estaba radicalmente afectada; su composición y las posibles modificaciones a que podía verse sujeta constituían ahora el tema de discusión. El resultado del examen produjo un estremecimiento eléctrico de terror en el corazón universal del hombre.

Se sabía desde hacía mucho que el aire que nos circundaba era un compuesto de oxígeno y nitrógeno, en proporción respectiva de veintiuno y setenta y nueve por ciento. El oxígeno, principio de la combustión y vehículo del calor, era absolutamente necesario para la vida animal, y constituía el agente más poderoso y enérgico en la naturaleza. El nitrógeno, por el contrario, era incapaz de mantener la vida animal y la combustión. Un exceso anómalo de oxígeno produciría, según estaba probado, una exaltación de los espíritus animales, tal como la habíamos sentido en esos días. Lo que provocaba el espanto era la extensión de esta idea hasta su límite. ¿Cuál sería el resultado de *una extracción total del nitrógeno?* Una combustión irresistible, devoradora, todopoderosa, inmediata: el cumplimiento total, en sus minuciosos y terribles detalles, de las llameantes y aterradoras anunciaciones de las profecías del Santo Libro.

¿Necesito pintarte, Charmion, el desencadenado frenesí de la humanidad? Aquella tenuidad del cometa que nos había inspirado previamente una esperanza era ahora la fuente de la más amarga desesperación. En su impalpable, gaseosa naturaleza percibíamos claramente la consumación del Destino. Y entretanto pasó otro día, llevándose con él la última sombra de la Esperanza. Jadeábamos en aquel aire rápidamente modificado. La sangre arterial batía tumultuosamente en sus estrechos canales. Un delirio furioso se había posesionado de todos los hombres y, con los brazos rígidamente tendidos hacia los cielos amenazantes, temblaban y clamaban. Pero el núcleo del destructor llegaba ya a nosotros; aun aquí, en el Aidenn, me estremezco al hablar. Déjame ser breve... breve como la destrucción que nos asoló. Durante un momento vimos una terrible, cárdena luz que penetraba en todas las cosas. Entonces... ¡inclinémonos Charmion, ante la sublime majestad de Dios el grande!, entonces se alzó un clamoroso y penetrante sonido, tal como si brotara de Su boca, y toda la masa de éter, dentro de la cual existíamos, reventó instantáneamente en algo como una intensa llama roja, cuya insuperable brillantez y abrasante calor no tienen nombre, ni siquiera entre los ángeles del alto cielo del conocimiento puro. Así acabó todo.

El coloquio de Monos y Una

Μελλοντα ταυτα

Cosas del futuro inmediato.

(SÓFOCLES, *Antígona*)

Una.–¿Resucitado?

Monos.–Sí, hermosa y muy amada Una, «resucitado». Ésta era la palabra sobre cuyo místico sentido medité tanto tiempo, rechazando la explicación sacerdotal, hasta que la muerte misma me develó el secreto.

Una.–¡La muerte!

Monos.–¡De qué extraña manera, dulce Una, repites mis palabras! Observo que tu paso vacila y que hay una jubilosa inquietud en tus ojos. Te sientes confundida, oprimida por la majestuosa novedad de la vida eterna. Sí, nombré a la muerte. Y aquí... ¡cuán singularmente suena esa palabra que antes llevaba el terror a todos los corazones, que manchaba todos los placeres!

Una.–¡Ah, muerte, espectro presente en todas las fiestas! ¡Cuántas veces, Monos, nos perdimos en especulaciones sobre su naturaleza! ¡Cuán misteriosa se erguía como un límite a la beatitud humana... diciéndole: «Hasta aquí, y no más»! Aquel profundo amor recíproco, Monos, que ardía en nuestro pecho... ¡cuán vanamente nos jactamos, en la felicidad de sus primeras palpitaciones, de que nuestra felicidad se fortalecería en la suya! ¡Ay, a medida que crecía aumentaba también en nuestros corazones el temor de aquella hora aciaga que acudía precipitada a separarnos! Y así, con el tiempo, el amor se nos hizo penoso. Y el odio hubiera sido una misericordia.

Monos.–No hables aquí de aquellas penas, querida Una... ¡ahora para siempre, para siempre mía!

Una.–Pero el recuerdo del dolor pasado, ¿no es alegría presente? Mucho tengo que decir aún de las cosas que fueron. Ardo sobre todo por conocer los incidentes de tu pasaje a través del oscuro Valle y de la Sombra.

Monos.–¿*Y* cuándo la radiante Una pidió en vano alguna cosa a su Monos? Todo te lo narraré en detalle... Pero, ¿dónde habrá de empezar el sobrecogedor relato?

Una.–¿Dónde?

Monos.–Sí.

Una.–Te comprendo. En la muerte hemos aprendido ambos la propensión del hombre a definir lo indefinible. No te diré, pues, que comiences por el momento en que cesó tu vida, sino en aquel triste, triste instante cuando, habiéndote abandonado la fiebre, te hundiste en un sopor sin aliento ni movimiento y yo te cerré los pálidos párpados con los apasionados dedos del amor.

Monos.–Permíteme decir algo, Una, acerca de la condición general de los hombres en aquella época. Recordarás que uno o dos sabios entre nuestros antecesores –sabios de verdad, aunque no gozaran de la estimación del mundo– se habían atrevido a poner en duda la propiedad de la palabra «progreso» aplicada al avance de nuestra civilización. En cada uno de los cinco o seis siglos que precedieron nuestra disolución, hubo momentos en los cuales surgió algún intelecto vigoroso que contendía audazmente por aquellos principios cuya verdad parece ahora tan evidente a nuestra razón despojada de sus franquicias; principios que deberían haber enseñado a nuestra raza a someterse a la guía de las leyes naturales, en vez de pretender dirigirlas. Muy de tiempo en tiempo aparecían mentes geniales que consideraban cada avance de la ciencia práctica como un retroceso con respecto a la verdadera utilidad. En ocasiones, la inteligencia poética –esa inteligencia que, ahora lo sabemos, era la más excelsa de todas, pues aquellas verdades de imperecedera importancia para nosotros sólo podían ser alcanzadas por la *analogía,* que habla irrebatiblemente a la sola imaginación y que no pesa en la razón aislada–, esa inteligencia poética se adelantó en ocasiones a la evolución de la vaga concepción filosófica y halló en la mística parábola que habla del árbol de la ciencia y de su fruto prohibido y letal, un claro indicio de que el conocimiento no era bueno para el hombre en esa etapa aún infantil de su alma. Y aquellos poetas, que vivieron y murieron despreciados por los «utilitaristas» –zafios pedantes que se arrogaban un título que sólo merecían los despreciados por ellos–, aquellos poetas evocaron dolorosa, pero sabiamente, los días de antaño, cuando nuestras necesidades eran tan simples como penetrantes nuestros gozos, días en que el *regocijo* era una palabra desconocida, tan profundamente solemne era la felicidad; santos, augustos y beatos días en que los ríos azules corrían sin diques entre colinas intactas, penetrando en las soledades de las florestas primitivas, fragantes e inexploradas.

Y, sin embargo, aquellas nobles excepciones a la falsa regla general sólo servían para reforzarla por contraste. ¡Ay, habíamos llegado a los más aciagos de nuestros aciagos días! El gran «movimiento» –tal era la jerigonza que se empleaba– seguía adelante; era una perturbación mórbida, tanto moral como física. El arte –en sus diversas formas– erguíase supremo, y, una vez entronizado, encadenaba al intelecto que lo había elevado al poder. Como el hombre no podía dejar de reconocer la majestad de la Naturaleza, incurría en pueriles entusiasmos por su creciente dominio sobre los elementos de aquélla. Mientras se pavoneaba como un dios en su propia fantasía, lo dominaba una imbecilidad infantil. Tal como era de suponer por el origen de su trastorno, sufrió la infección de los sistemas y de la abstracción. Se envolvió en generalidades. Entre otras ideas extrañas, la de la igualdad universal ganó terreno, y aun frente a la analogía y a Dios, a pesar de las claras advertencias de las leyes de *gradación* que tan visiblemente dominan todas las cosas en la tierra y en el cielo, se empeñó obstinado en lograr una democracia que imperara por doquier.

Y, sin embargo, este mal surgía necesariamente del mal principal, el Conocimiento. El hombre no podía al mismo tiempo conocer y someterse. Entretanto, se alzaron enormes e innumerables ciudades humeantes. Las verdes hojas se arrugaban ante el ardiente aliento de los hornos. El bello rostro de la Naturaleza se deformó como si lo arrasara alguna horrorosa enfermedad. Y pienso, dulce Una, que nuestro sentido de lo que es forzado y artificial, aun a medias dormido, podría habernos detenido en ese punto. Pero habíamos preparado el camino de la destrucción al pervertir nuestro *gusto* o más bien al descuidar ciegamente su cultivo en las escuelas. Pues en verdad, frente a aquella crisis, tan sólo el gusto –esa facultad que, ocupando una situación intermedia entre el intelecto puro y el sentido moral, jamás podía ser descuidada sin peligro– habría podido devolvernos dulcemente a la Belleza, a la Naturaleza y a la Vida, ¡ay del espíritu puramente contemplativo y la magna intuición de Platón! ¡Ay de la μουσική, que aquel sabio consideraba con justicia educación suficiente para el alma! ¡Ay de él y de ella! ¡Cuando más desesperadamente se los necesitaba, más olvidados o despreciados estaban! [1]

Pascal, un filósofo que tú y yo amamos, ¡cuán verdaderamente ha dicho *que tout notre raisonnement se réduit à céder au sentiment!* Y no es imposible que el sentimiento de lo natural, de haberlo permitido el tiempo, hubiese recobrado su

1. «Difícil será descubrir un mejor (método de educación) que el descubierto ya por la experiencia de tantas edades; puede resumírselo en

antiguo ascendiente sobre la dura razón matemática de las escuelas. Pero ello no pudo ser. Prematuramente descarriada por la intemperancia del conocimiento, la vejez del mundo se acentuó. La masa de la humanidad no lo advertía, o bien, viviendo depravadamente, aunque sin felicidad, pretendía no advertirlo. En cuanto a mí, los documentos de la tierra me habían enseñado que las ruinas más grandes son el precio de las más altas civilizaciones. Había adquirido una presciencia de nuestro destino por comparación con China, la simple y duradera; con Asiria, la arquitecta; con Egipto, el astrólogo; con Nubia, más sutil que ninguna, madre turbulenta de todas las artes. En la historia[2] de aquellas regiones atisbé un rayo del futuro. Las artificialidades individuales de las tres últimas nombradas eran enfermedades locales de la tierra, y en sus caídas individuales habíamos visto la aplicación de remedios locales; pero en la infección general del mundo yo no podía anticipar regeneración alguna, salvo en la muerte. Para que el hombre no se extinguiera como raza, comprendí que era necesario que *resucitara.*

Y entonces, muy hermosa y muy amada, diariamente envolvimos en sueños nuestros espíritus. Y entonces, al atardecer, discurrimos sobre los días que vendrían, cuando la superficie de la tierra, llena de cicatrices del Arte, después de

gimnasia para el cuerpo y *música* para el alma» *(República,* lib. 2). «Por esta razón la música es una educación esencial, pues hace que el Ritmo y la Armonía penetren íntimamente en el al ma, afirmándose en ella, llenándola de *belleza* y embelleciendo la mente humana... Alabará y admirará *lo hermoso;* lo recibirá con alegría en su alma, se alimentará de él *e identificará con él su propia condición»* (íd., lib. 3). La música, μουσική, tenía entre los atenienses una significación muchísimo más amplia que entre nosotros. No sólo abarcaba las armonías de tiempo y melodía, sino la dicción poética, el sentimiento y la creación, todos ellos en un sentido más amplio. En Atenas el estudio de la *música* consistía en el cultivo general del gusto —ese gusto que reconoce lo hermoso— distinguiéndolo claramente de la razón, que sólo atiende a lo verdadero.

2. «Historia», de ἱστορεῖν, contemplar.

sufrir la única purificación[3] que borraría sus obscenidades rectangulares, volviera a vestirse con el verdor, las colinas y las sonrientes aguas del Paraíso, y se convirtiera, por fin, en la morada conveniente para el hombre; para el hombre purgado por la Muerte, para el hombre en cuyo sublimado intelecto el conocimiento dejaría de ser un veneno... para el hombre redimido, regenerado, venturoso y ahora inmortal, aunque *material* siempre.

Una.–Bien recuerdo aquellas conversaciones, querido Monos; pero la época de la ígnea destrucción no estaba tan cercana como creíamos, como la corrupción de que has hablado nos permitía con tanta seguridad creer. Los hombres vivían y luego morían individualmente. También tú enfermaste y descendiste a la tumba, y allí te siguió pronto tu fiel Una. Y aunque el siglo transcurrido desde entonces, y cuya conclusión nos ha reunido nuevamente, no torturó nuestros adormilados sentidos con la impaciencia del tiempo, de todas maneras, Monos mío, fue un siglo.

Monos.–Di más bien que fue un punto en el vago infinito. Mi muerte se produjo, es verdad, durante la decrepitud de la tierra. Cansado mi corazón por las angustias que nacían de aquel tumulto y corrupción generales, sucumbí víctima de una terrible fiebre. Tras algunos días de dolor y muchos de un delirio soñoliento colmado de éxtasis, cuyas manifestaciones tomaste por sufrimientos sin que yo pudiera comunicarte la verdad... después de unos días, como has dicho, me invadió un sopor que me privó del aliento y del movimiento, y aquellos que me rodeaban lo llamaron *Muerte.*

Las palabras son cosas vagas. Mi estado no me privaba de sensibilidad. Parecíame semejante a la quietud de aquel que, después de dormir larga y profundamente, inmóvil y postrado en un día estival, empieza a recobrar lentamente la

3. *Purificación* parece emplearse aquí con referencia a su raíz griega πῦρ, fuego.

conciencia, por agotamiento natural de su sueño, y sin que ninguna perturbación exterior lo despierte.

No respiraba. El pulso estaba detenido. El corazón había cesado de latir. La voluntad permanecía, pero era impotente. Mis sentidos se mostraban insólitamente activos, aunque caprichosos, usurpándose al azar sus funciones. El gusto y el olfato estaban inextricablemente confundidos, constituyendo un solo sentido anormal e intenso. El agua de rosas con la cual tu ternura había humedecido mis labios hasta el fin provocaba en mí bellísimas fantasías florales; flores fantásticas, mucho más hermosas que las de la vieja tierra, pero cuyos prototipos vemos florecer ahora en torno de nosotros. Los párpados, transparentes y exangües, no se oponían completamente a la visión. Como la voluntad se hallaba suspendida, las pupilas no podían girar en las órbitas, pero veía con mayor o menor claridad todos los objetos al alcance del hemisferio visual; los rayos que caían sobre la parte externa de la retina o en el ángulo del ojo producían un efecto más vívido que aquellos que incidían en la superficie frontal o anterior. Empero, en el primer caso, este efecto era tan anómalo que sólo lo aprehendía como *sonido* –dulce o discordante, según que los objetos presentes a mi lado fueran claros u oscuros, curvos o angulosos–. El oído, aunque mucho más sensible, no tenía nada de irregular en su acción y apreciaba los sonidos reales con una precisión y una sensibilidad exageradísimas. El tacto había sufrido una alteración más extraña. Recibía con retardo las impresiones, pero las retenía pertinazmente, produciéndose siempre el más grande de los placeres físicos. Así, la presión de tus dulces dedos sobre mis párpados, sólo reconocidos al principio por la visión, llenaron más tarde todo mi ser de una inconmensurable delicia sensual. Sí, de una delicia sensual. *Todas* mis percepciones eran puramente sensuales. Los elementos proporcionados por los sentidos al pasivo cerebro no eran elaborados en absoluto por aquella inteligencia muerta. Poco dolor sentía y mucho placer; pero ningún dolor o placer morales. Así, tus desgarradores sollozos flotaban en mi oído con todas sus dolorosas cadencias y eran apreciados por aquél en cada una de sus tristes variaciones; pero eran tan sólo suaves sonidos musicales; no provocaban en la extinta razón la sospecha de las angustias de donde nacían, y así también las copiosas y continuas lágrimas que caían sobre mi rostro, y que para todos los asistentes eran testimonio de un corazón destrozado, estremecían de éxtasis cada fibra de mi ser. Y ésa era la *Muerte,* de la cual los presentes hablaban reverentemente, susurrando, y tú, dulce Una, entre sollozos y gritos.

Me prepararon para el ataúd –tres o cuatro figuras sombrías que iban continuamente de un lado a otro–. Cuando atravesaban la línea directa de mi visión, las sentía como *formas,* pero al colocarse a mi lado sus imágenes me impresionaban con la idea de alaridos, gemidos y otras atroces expresiones del horror y la desesperación. Sólo tú, vestida de blanco, pasabas musicalmente para mí en todas direcciones.

Transcurrió el día y, a medida que la luz se degradaba, me sentí poseído por un vago malestar, una ansiedad como la que experimenta el durmiente cuando llegan a su oído constantes y tristes sones, lejanas y profundas campanadas solemnes, a intervalos prolongados, pero iguales, y entremezclándose con sueños melancólicos. Anocheció y con la sombra vino una pesada aflicción. Oprimía mi cuerpo como si pesara sobre él, y era palpable. Oíase asimismo una lamentación, semejante al lejano fragor de la resaca, pero más continuo, y que, nacido con el crepúsculo, había ganado en fuerza a medida que crecía la oscuridad. De pronto, la habitación se llenó de luces y aquel fragor se cambió en frecuentes estallidos desiguales del mismo sonido, pero menos lóbrego y menos distinto. La penosa opresión que me agobiaba disminuyó mucho y, emanando de la llama de cada lámpara–pues había varias–, fluyó hasta mis oídos un canto continuo de melodiosa monotonía. Y cuando tú, querida

Una, acercándote al lecho donde yacía yo tendido, te sentaste gentilmente a mi lado, perfumándome con tus dulces labios, y los posaste en mi frente, surgió entonces en mi pecho, trémulo, mezclándose con las sensaciones meramente físicas que las circunstancias engendraban, algo que se parecía al sentimiento, un sentir que en parte aprehendí, y en parte respondía a tu profundo amor y a tu tristeza; pero aquel sentir no tenía sus raíces en el inmóvil corazón, y más parecía una sombra que una realidad; pronto se desvaneció, primero en un profundo reposo, y luego en un placer puramente sensual como antes.

Y entonces, del naufragio y el caos de los sentidos usuales pareció nacer en mí un sexto sentido, absolutamente perfecto. Hallé en su ejercicio una extraña delicia, que seguía siendo una delicia física en cuanto el entendimiento no participaba de ella. En el ser animal todo movimiento había cesado. No se estremecía ningún músculo, no vibraba ningún nervio, no latía ninguna arteria. Pero en mi cerebro parecía haber surgido *eso* para lo cual no hay palabras que puedan dar una concepción aun borrosa a la inteligencia meramente humana. Permíteme denominarlo una pulsación pendular mental. Era la encarnación moral de la idea humana abstracta del *Tiempo*. La absoluta coordinación de este movimiento o de alguno equivalente había regulado los cielos de los globos celestes. Por él medía ahora las irregularidades del reloj colocado sobre la chimenea y de los relojes de los presentes. Sus latidos llegaban sonoros a mis oídos. La más ligera desviación de la medida exacta (y esas desviaciones prevalecían en todos ellos) me afectaban del mismo modo que las violaciones de la verdad abstracta afectan en la tierra el sentido moral. Aunque ninguno de los relojes en la habitación coincidía con otro en marcar exactamente los segundos, no me costaba, sin embargo, retener el tono y los errores momentáneos de cada uno. Y este penetrante, perfecto sentimiento de *duración* existente por sí mismo, este sentimiento existente (como el hombre no podría haber imaginado que existiera) con independencia de toda sucesión de eventos, esta idea, este sexto sentido, brotando de las cenizas de todo el resto, fue el primer evidente y seguro paso del alma intemporal en los umbrales de la Eternidad temporal.

Era ya media noche y tú seguías a mi lado. Los demás habíanse marchado de la cámara mortuoria. Descansaba yo en el ataúd. Las lámparas ardían intermitentemente, pues así me lo indicaba lo trémulo de las monótonas melodías. Súbitamente aquellos cantos perdieron claridad y volumen, hasta cesar del todo. El perfume dejó de impresionar mi olfato. Las formas no afectaban ya mi visión. El peso de la Tiniebla se alzó por sí mismo de mi pecho. Un choque apagado, como una descarga eléctrica, recorrió mi cuerpo y fue seguido por una pérdida total de la idea de contacto. Todo aquello que el hombre llama sentidos se sumió en la sola conciencia de entidad y en el sentimiento de duración único que perduraba. El cuerpo mortal había sido al fin golpeado por la mano de la letal *Corrupción*.

Y, sin embargo, no toda sensibilidad se había apagado, pues la conciencia y el sentimiento remanentes cumplían algunas de sus funciones a través de una letárgica intuición. Apreciaba el espantoso cambio que se estaba operando en mi carne, y tal como el soñador advierte a voces la presencia corporal de aquel que se inclina sobre su lecho, así, dulce Una, sentía yo que aún seguías a mi lado. Y cuando llegó el segundo mediodía, tampoco dejé de tener conciencia de los movimientos que te alejaron de mi lado, me encerraron en el ataúd, llevándome a la carroza fúnebre, me transportaron hasta la tumba, bajándome a ella, amontonando pesadamente la tierra sobre mí, dejándome en la tiniebla y en la corrupción, entregado a mi triste y solemne sueño en compañía de los gusanos.

Y aquí, en la prisión que pocos secretos tiene para revelar, pasaron los días, y las semanas, y los meses, y el alma observaba atentamente el vuelo de cada segundo, registrándolo sin esfuerzo; sin esfuerzo y sin objeto.

Pasó un año. La conciencia de *ser* se había vuelto de hora en hora más indistinta, y la de mera *situación* había usurpado en gran medida su puesto. La idea de entidad estaba confundiéndose con la de *lugar.* El angosto espacio que rodeaba lo que había sido el cuerpo iba a ser ahora el cuerpo mismo. Por fin, como ocurre con frecuencia al durmiente (sólo el sueño y su mundo permiten figurar la *Muerte),* tal como a veces ocurría en la tierra al que estaba sumido en profundo sueño, cuando algún resplandor lo despertaba a medias, dejándolo empero envuelto en ensoñaciones, así, a mí, ceñido en el abrazo de la *Sombra,* me llegó aquella única luz capaz de sobresaltarme... la luz del *Amor* duradero. Los hombres acudieron a cavar en la tumba donde yacía oscuramente. Levantaron la húmeda tierra. Sobre el polvo de mis huesos bajó el ataúd de Una.

Y otra vez todo fue vacío. La nebulosa se había extinguido. El débil estremecimiento habíase apagado en reposo. Muchos lustros transcurrieron. El polvo tornó al polvo. No había ya alimento para el gusano. El sentimiento de ser había desaparecido por completo y en su lugar, en lugar de todas las cosas, dominantes y perpetuos, reinaban autocráticamente el *Lugar* y el *Tiempo.* Para *eso* que *no era,* para eso que no tenía forma, para eso que no tenía pensamiento, para eso que no tenía sensibilidad, para eso que no tenía alma, para eso que no tenía materia, para toda esa nada y, sin embargo, para toda esa inmortalidad, la tumba era todavía una morada, y las corrosivas horas, compañeras.

Silencio
Fábula

Εὕδουσιν δ' ὀρέων κορυφαὶ τε καὶ φάραγγες
Πρώονες τε καὶ χαράδραι

Las crestas montañosas duermen; los valles, los riscos
y las grutas *están en silencio.*

(ALCMÁN [60 (10), 646])

Escúchame –dijo el Demonio, apoyando la mano en mi cabeza–. La región de que hablo es una lúgubre región en Libia, a orillas del río Zaire. Y allá no hay ni calma ni silencio.

Las aguas del río están teñidas de un matiz azafranado y enfermizo, y no fluyen hacia el mar, sino que palpitan por siempre bajo el ojo purpúreo del sol, con un movimiento tumultuoso y convulsivo. A lo largo de muchas millas, a ambos lados del legamoso lecho del río, se tiende un pálido desierto de gigantescos nenúfares. Suspiran entre sí en esa soledad y tienden hacia el cielo sus largos y pálidos cuellos, mientras inclinan a un lado y otro sus cabezas sempiternas. Y un rumor indistinto se levanta de ellos, como el correr del agua subterránea. Y suspiran entre sí.

Pero su reino tiene un límite, el límite de la oscura, horrible, majestuosa floresta. Allí, como las olas en las Hébridas, la maleza se agita continuamente. Pero ningún viento surca el cielo. Y los altos árboles primitivos oscilan eternamente de un lado a otro con un potente resonar. Y de sus altas copas se filtran, gota a gota, rocíos eternos. Y en sus raíces se retuercen, en un inquieto sueño, extrañas flores venenosas. Y en lo alto, con un agudo sonido susurrante, las nubes grises corren por siempre hacia el oeste, hasta rodar en cataratas sobre las ígneas paredes del horizonte. Pero ningún viento surca el cielo. Y en las orillas del río Zaire no hay ni calma ni silencio.

Era de noche y llovía, y al caer era lluvia, pero después de caída era sangre. Y yo estaba en la marisma entre los altos nenúfares, y la lluvia caía en mi cabeza, y los nenúfares suspiraban entre sí en la solemnidad de su desolación.

Y de improviso levantóse la luna a través de la fina niebla espectral y su color era carmesí. Y mis ojos se posaron en una enorme roca gris que se alzaba a la orilla del río, iluminada por la luz de la luna. Y la roca era gris, y espectral, y alta; y la roca era gris. En su faz había caracteres grabados en la piedra, y yo anduve por la marisma de nenúfares hasta acercarme a la orilla, para leer los caracteres en la piedra. Pero no pude descifrarlos. Y me volvía a la marisma cuando la luna brilló con un rojo más intenso, y al volverme y mirar otra vez hacia la roca y los caracteres vi que los caracteres decían DESOLACIÓN.

Y miré hacia arriba y en lo alto de la roca había un hombre, y me oculté entre los nenúfares para observar lo que hacía aquel hombre. Y el hombre era alto y majestuoso y estaba cubierto desde los hombros a los pies con la toga de la antigua Roma. Y su silueta era indistinta, pero sus facciones eran las facciones de una deidad, porque el palio de la noche, y la luna, y la niebla, y el rocío, habían dejado al descubierto las facciones de su cara. Y su frente era alta y pensativa, y sus ojos brillaban de preocupación; y en las escasas arrugas de sus mejillas leí las fábulas de la tristeza, del cansancio, del disgusto de la humanidad, y el anhelo de estar solo.

Y el hombre se sentó en la roca, apoyó la cabeza en la mano y contempló la desolación. Miró los inquietos matorrales, y los altos árboles primitivos, y más arriba el susurrante cielo, y la luna carmesí. Y yo me mantuve al abrigo de los nenúfares, observando las acciones de aquel hombre. Y el hombre tembló en la soledad, pero la noche transcurría, y él continuaba sentado en la roca.

Y el hombre distrajo su atención del cielo y miró hacia el melancólico río Zaire y las amarillas, siniestras aguas y las pálidas legiones de nenúfares. Y el hombre escuchó los suspiros de los nenúfares y el murmullo que nacía de ellos. Y yo me mantenía oculto y observaba las acciones de aquel hombre. Y el hombre tembló en la soledad; pero la noche transcurría y él continuaba sentado en la roca.

Entonces me sumí en las profundidades de la marisma, vadeando a través de la soledad de los nenúfares, y llamé a los hipopótamos que moran entre los pantanos en las profundidades de la marisma. Y los hipopótamos oyeron mi llamada y vinieron con los behemot al pie de la roca y rugieron sonora y terriblemente bajo la luna. Y yo me mantenía oculto y observaba las acciones de aquel hombre. Y el hombre tembló en la soledad; pero la noche transcurría y él continuaba sentado en la roca.

Entonces maldije los elementos con la maldición del tumulto, y una espantosa tempestad se congregó en el cielo, donde antes no había viento. Y el cielo se tornó lívido con la violencia de la tempestad, y la lluvia azotó la cabeza del hombre, y las aguas del río se desbordaron, y el río atormentado se cubría de espuma, y los nenúfares alzaban clamores, y la floresta se desmoronaba ante el viento, y rodaba el trueno, y caía el rayo, y la roca vacilaba en sus cimientos. Y yo me mantenía oculto y observaba las acciones de aquel hombre. Y el hombre tembló en la soledad; pero la noche transcurría y él continuaba sentado.

Entonces me encolericé y maldije, con la maldición del *silencio,* el río y los nenúfares y el viento y la floresta y el cielo y el trueno y los suspiros de los nenúfares. Y quedaron malditos y *se callaron.* Y la luna cesó de trepar hacia el cielo, y el trueno murió, y el rayo no tuvo ya luz, y las nubes se suspendieron inmóviles, y las aguas bajaron a su nivel y se estacionaron, y los árboles dejaron de balancearse, y los nenúfares ya no suspiraron y no se oyó más el murmullo que nacía de ellos, ni la menor sombra de sonido en todo el vasto desierto ilimitado. Y miré los caracteres de la roca, y habían cambiado; y los caracteres decían: SILENCIO.

Y mis ojos cayeron sobre el rostro de aquel hombre, y su rostro estaba pálido. Y bruscamente alzó la cabeza, que apoyaba en la mano y, poniéndose de pie en la roca, escuchó. Pero no se oía ninguna voz en todo el vasto desierto ilimitado, y los caracteres sobre la roca decían: SILENCIO. Y el hombre se estremeció y, desviando el rostro, huyó a toda carrera, al punto que cesé de verlo.

Pues bien, hay muy hermosos relatos en los libros de los Magos, en los melancólicos libros de los Magos, encuadernados en hierro. Allí, digo, hay admirables historias del cielo y de la tierra, y del potente mar, y de los Genios que gobiernan el mar, y la tierra, y el majestuoso cielo. También había mucho saber en las palabras que pronunciaban las Sibilas, y santas, santas cosas fueron oídas antaño por las sombrías hojas que temblaban en torno a Dodona. Pero, tan cierto como que Alá vive, digo que la fábula que me contó el Demonio, que se sentaba a mi lado a la sombra de la tumba, es la más asombrosa de todas. Y cuando el Demonio concluyó su historia, se dejó caer, en la cavidad de la tumba y rió. Y yo no pude reírme con él, y me maldijo porque no reía. Y el lince que eternamente mora en la tumba salió de ella y se tendió a los pies del Demonio, y lo miró fijamente a la cara.

El escarabajo de oro

¡Hola, hola! ¡Este hombre baila como un loco!
Lo ha picado la tarántula.

(Todo al revés)

Hace muchos años trabé íntima amistad con un caballero llamado William Legrand. Descendía de una antigua familia protestante y en un tiempo había disfrutado de gran fortuna, hasta que una serie de desgracias lo redujeron a la pobreza. Para evitar el bochorno que sigue a tales desastres, abandonó Nueva Orleans, la ciudad de sus abuelos, y se instaló en la isla de Sullivan, cerca de Charleston, en la Carolina del Sur.

Esta isla es muy curiosa. La forma casi por completo la arena del mar y tiene unas tres millas de largo. Su ancho no excede en ningún punto de un cuarto de milla. Se encuentra separada de tierra firme por un arroyo apenas perceptible, que se insinúa en una desolada zona de juncos y limo, residencia favorita de las fojas. Como cabe suponer, la vegetación es escasa o alcanza muy poca altura. No se ven árboles grandes o pequeños. Hacia el extremo occidental, donde se halla el fuerte Moultrie y se alzan algunas miserables construcciones habitadas en verano por los que huyen del polvo y la fiebre de Charleston, puede advertirse la presencia del erizado palmito; pero, a excepción de la punta oeste y una franja de playa blanca y dura en la costa, la isla entera se halla cubierta por una densa maleza de arrayán, planta que tanto aprecian los horticultores de Gran Bretaña. Este arbusto alcanza con frecuencia quince o veinte pies de altura y forma un soto casi impenetrable, a la vez que impregna el aire con su fragancia.

En las más hondas profundidades de este soto, no lejos de la extremidad oriental y más alejada de la isla, Legrand había construido una pequeña choza, en la cual vivía, y fue allí donde, por mera coincidencia, trabé relación con él. Pronto llegamos a intimar, pues la manera de ser de aquel exiliado inspiraba interés y estima. Descubrí que poseía una excelente educación y una inteligencia fuera de lo común, pero que lo dominaba la misantropía y estaba sujeto a lamentables alternativas de entusiasmo y melancolía. Era dueño de muchos libros, aunque raras veces los leía. Sus principales diversiones consistían en la caza y la pesca, o en errar por la playa y los sotos de arrayán buscando conchas o ejemplares entomológicos; su colección de estos últimos hubiera suscitado la envidia de un Swammerdamm.

Por lo regular lo acompañaba en sus excursiones un viejo negro llamado Júpiter, quien había sido manumitido por la familia Legrand antes de que empezaran sus reveses, pero que se negó, a pesar de amenazas y promesas, a abandonar lo que consideraba su deber, es decir, cuidar celosamente de su joven *massa Will.* Y no es difícil que los parientes de Legrand, considerando a éste un tanto desequilibrado, hubieran hecho lo necesario para fomentar esa obstinación en Júpiter, a fin de asegurar la vigilancia y el cuidado de aquel errabundo.

En la latitud de la isla de Sullivan los inviernos son rara vez crudos, y se considera que encender fuego en otoño es todo un acontecimiento. Hacia mediados de octubre de 18... hubo, sin embargo, un día notablemente fresco. Poco antes de ponerse el sol me abrí paso por los sotos hasta llegar a la choza de mi amigo, a quien no había visitado desde hacía varias semanas; en aquel entonces vivía yo en Charleston, situado a nueve millas de la isla, y las facilidades de transporte eran mucho menores que las actuales. Al llegar a la cabaña golpeé a la puerta según mi costumbre y, como no obtuviera respuesta, busqué la llave donde sabía que estaba escondida, abrí la puerta y entré. Un magnífico fuego ardía en el hogar. Era aquélla una novedad y no desagradable por cierto. Me quité el abrigo, me instalé en un sillón cerca de los chispeantes troncos y esperé pacientemente el regreso de mis huéspedes.

Poco después de anochecido llegaron a la choza y me saludaron con gran cordialidad. Sonriendo de oreja a oreja, Júpiter se afanó en preparar algunas fojas para la cena. Legrand se hallaba en uno de sus accesos –¿qué otro nombre podía darles?– de entusiasmo. Había encontrado un bivalvo desconocido, que constituía un nuevo género, y, lo que es más, había perseguido y cazado con ayuda de Júpiter un *scarabæus* que, en su opinión, no era todavía conocido, y sobre el cual deseaba conocer mi punto de vista a la mañana siguiente.

–¿Y por qué no esta noche misma? –pregunté, frotándome las manos ante las llamas, mientras mentalmente enviaba al demonio la entera tribu de los *scarabæi.*

–¡Ah, si hubiera sabido que usted estaba aquí! –dijo Legrand–. Pero hemos pasado un tiempo sin vernos... ¿Cómo podía adivinar que vendría a visitarme justamente esta noche? Mientras volvía a casa me encontré con el teniente G..., del fuerte, y cometí la tontería de prestarle el escarabajo; de manera que hasta mañana por la mañana no podrá usted verlo. Quédese a pasar la noche; Jup irá a buscarlo al amanecer. ¡Es la cosa más encantadora de la creación!

–¿Qué? ¿El amanecer?

–¡No, hombre, no! ¡El escarabajo! Su color es de oro brillante, y tiene el tamaño de una gran nuez de nogal, con dos manchas de negro azabache en un extremo del dorso, y otras dos, algo más grandes, en el otro. Las *antennæ* son...

–¡No tiene nada de estaño, massa Will! –interrumpió Júpiter[1]–. Ya le dije mil veces que el bicho es de oro, todo de oro, cada pedazo de oro, afuera y adentro, menos las alas... Nunca vi un bicho más pesado en mi vida.

–Pongamos que así sea, Jup –replicó Legrand con mayor vivacidad de lo que a mi entender merecía la cosa–. ¿Es ésa una razón para que dejes quemarse las aves? El color –agregó, volviéndose a mí– sería suficiente para que la opinión de Júpiter no pareciera descabellada. Nunca se ha visto un brillo metálico semejante al que emiten los élitros... pero ya juzgará por usted mismo mañana. Por el momento, trataré de darle una idea de su forma.

Mientras decía esto fue a sentarse a una mesita, donde había pluma y tinta, pero no papel. Buscó en un cajón, sin encontrarlo.

–No importa –dijo al fin–. Esto servirá.

Y extrajo del bolsillo del chaleco un pedazo de lo que me pareció un pergamino sumamente sucio, sobre el cual procedió a trazar un tosco croquis a pluma. Mientras tanto yo seguía en mi asiento junto al fuego, porque aún me duraba el frío de afuera. Terminado el dibujo, Legrand me lo alcanzó sin levantarse. En momentos en que lo recibía oyóse un sonoro ladrido, mientras unas patas arañaban la puerta. Abrióla Júpiter y un gran terranova, propiedad de Legrand, entró a la carrera, me saltó a los hombros y me cubrió de caricias, retribuyendo lo mucho que yo lo había mimado en mis anteriores visitas. Cuando hubieron terminado sus cabriolas, miré el papel y, a decir verdad, me quedé no poco asombrado de lo que mi amigo acababa de diseñar.

–¡Vaya! –dije, luego de examinarlo unos minutos–. Debo reconocer que el escarabajo *es* realmente extraño. Jamás vi

1. Júpiter confunde *antennæ* con *tin*, estaño. Resulta imposible traducir adecuadamente la jerga con que se expresa Júpiter, y que es propia de los negros del sur de los Estados Unidos. *(N. del T.)*

nada parecido a este animal... como no sea una calavera, a la cual se asemeja más que a cualquier otra cosa.

–¡Una calavera! –repitió Legrand–. ¡Oh, sí...! En fin, no hay duda de que el dibujo puede tener algún parecido con ella. Las dos manchas negras superiores dan la impresión de ojos, ¿no es verdad?, y las más grandes de la parte inferior forman como una boca..., sin contar que la forma general es ovalada.

–Puede ser –dije–, pero temo que usted no sea muy artista, Legrand. Tendré que esperar a ver personalmente el escarabajo, para darme una idea de su aspecto.

–Tal vez –replicó él, un tanto picado–. Dibujo pasablemente... o por lo menos debía ser así, ya que tuve buenos maestros, y me jacto de no ser un estúpido.

–Pues en ese caso, querido amigo, está usted bromeando –declaré–. Esto representa bastante bien *un cráneo*, y hasta me atrevería a decir que es un *excelente* cráneo, conforme a las nociones vulgares sobre esa región anatómica, y si su escarabajo se le parece, ha de ser el escarabajo más raro del mundo. Incluso podríamos dar origen a una pequeña superstición llena de atractivo, aprovechando el parecido. Me imagino que usted denominará a su insecto *scarabæus caput hominis*, o algo parecido... No faltan nombres semejantes en la historia natural. ¿Pero dónde están las antenas de que hablaba usted?

–¡Las antenas! –exclamó Legrand, que parecía inexplicablemente acalorado–. ¡No puede ser que no distinga las antenas! Las dibujé con tanta claridad como puede vérselas en el insecto mismo, y supongo que con eso basta.

–Muy bien, muy bien –repuse–. Admitamos que así lo haya hecho, pero, de todos modos, no las veo.

Y le tendí el papel sin más comentarios, para no excitarlo. Me sentía sorprendido por el giro que había tomado nuestro diálogo, y el malhumor de Legrand me dejaba perplejo; en cuanto al croquis del insecto, estaba bien seguro de que no tenía antenas y que el conjunto mostraba marcadísima semejanza con la forma general de una calavera.

Legrand tomó el papel con aire sumamente malhumorado y se disponía a estrujarlo, sin duda con intención de arrojarlo al fuego, cuando una ojeada casual al dibujo pareció reclamar intensamente su atención. Su rostro se puso muy rojo, para pasar un momento más tarde a una extrema palidez. Sin moverse de donde estaba sentado siguió escrutando atentamente el dibujo durante algunos segundos. Levantóse por fin y, tomando una bujía de la mesa, fue a sentarse en un cofre situado en el rincón más alejado del cuarto. Allí volvió a examinar ansiosamente el papel, dándole vueltas en todas direcciones. No dijo nada, empero, y su conducta me dejó estupefacto, aunque juzgué prudente no acrecentar su malhumor con algún comentario. Poco después extrajo su cartera del bolsillo de la chaqueta, guardó cuidadosamente el papel y metió todo en un pupitre que cerró con llave. Su actitud se había serenado, pero sin que le quedara nada de su primitivo entusiasmo. Parecía, con todo, más absorto que enfurruñado. A medida que transcurría la velada se fue perdiendo más y más en su ensoñación, sin que nada de lo que dije lo arrancara de ella. Era mi intención pasar la noche en la cabaña, mas, al ver el estado de ánimo de mi huésped, juzgué preferible marcharme. Legrand no trató de retenerme, pero, al despedirse de mí, me estrechó la mano con una cordialidad aún más viva que de costumbre.

Había transcurrido un mes, sin que en ese intervalo volviera a ver a Legrand, cuando su sirviente Júpiter se presentó en Charleston para hablar conmigo. Jamás había visto al viejo y excelente negro tan desanimado, y temí que mi amigo hubiese sido víctima de alguna desgracia.

–Pues bien, Jup –le dije–, ¿qué ocurre? ¿Cómo está tu amo?

–A decir verdad, massa, no está tan bien como debería estar.

–¿De veras? ¡Cuánto lo siento! ¿Y de qué se queja?

–¡Ah! ¡Esa es la cosa! No se queja de nada... pero está muy enfermo.

–¿*Muy* enfermo, Júpiter? ¿Por qué no me lo dijiste en seguida? ¿Está en cama?

–¡No, no está! ¡No está en ninguna parte! ¡Eso es lo que me da mala espina, massa! ¡Estoy muy, muy inquieto por el pobre massa Will!

–Júpiter, quisiera entender lo que me estás contando. Dices que tu amo está enfermo. ¿No te ha confiado lo que tiene?

–¡Oh, massa, es inútil romperse la cabeza! Massa Will no dice lo que le pasa... pero entonces, ¿por qué anda así, de un lado a otro, con la cabeza baja y los hombros levantados y blanco como las plumas de un ganso? ¿Y por qué está siempre haciendo números y más números, y...?

–¿Qué dices que hace, Júpiter?

–Números, massa, y figuras... en una pizarra. Las figuras más raras que he visto. Estoy empezando a asustarme. No le puedo sacar los ojos de encima ni un minuto, pero lo mismo el otro día se me escapó antes de la salida del sol y se pasó afuera el día entero... Ya había cortado un buen garrote para darle una paliza a la vuelta, pero no tuve coraje de hacerlo cuando lo vi volver... ¡Tenía un aire tan triste!

–¿Eh? ¿Cómo? ¡Ah, sí! Mira, Júpiter, creo que no debes mostrarte demasiado severo con el pobre muchacho. No lo azotes, porque no podría soportarlo. Pero dime, ¿no tienes idea de lo que le ha producido esta enfermedad, o más bien este cambio de conducta? ¿Ocurrió algo desagradable después de mi visita?

–No, massa, no pasó nada desagradable *desde* entonces..; Me temo que eso pasó *antes*... el mismo día que usted estuvo allá.

–¿Cómo? ¿Qué quieres decir?

–Massa... me refiero al bicho... nada más que eso.

–¿El bicho?

–Sí, massa. Estoy seguro de que el bicho de oro ha debido picar a massa Will en la cabeza.

–¿Y qué razones encuentras, Júpiter, para semejante suposición?

–Tiene bastantes pinzas para eso, massa... y también boca. Nunca en mi vida vi un bicho más endiablado... Pateaba y mordía todo lo que encontraba cerca. Massa Will lo atrapó el primero, pero tuvo que soltarlo en seguida... Seguramente fue en ese momento cuando lo picó. Tampoco a mí me gustaba la boca de ese bicho, y por nada quería agarrarlo con los dedos... Por eso lo envolví con un papel que encontré, y además le puse un pedacito de papel en la boca... Así hice.

–¿Y piensas realmente que tu amo fue mordido por el escarabajo, y que eso lo tiene enfermo?

–Yo no pienso nada, massa... Yo sé. ¿Por qué sueña tanto con oro, si no es por la picadura del bicho de oro? Yo he oído hablar de esos bichos antes de ahora.

–Pero, ¿cómo sabes que sueña con oro?

–¿Que cómo sé, massa? Pues porque habla en sueños... por eso sé.

–En fin, Jup, puede que tengas razón, pero... ¿a qué afortunada circunstancia debo el honor de tu visita?

–¿Cómo, massa?

–¿Me traes algún mensaje del señor Legrand?

–No, massa. Traigo esta carta –dijo Júpiter, alcanzándome una nota que decía:

Querido...:

¿Por qué hace tanto tiempo que no lo veo? Supongo que no habrá cometido la tontería de ofenderse por alguna pequeña *brusquerie* de mi parte. Pero no, es demasiado improbable.

Desde la última vez que nos vimos he tenido sobrados motivos de inquietud. Hay algo que quiero decirle, pero no sé cómo, y ni siquiera estoy seguro de si debo decírselo.

En los últimos días no me he sentido bien, y el bueno de Jup me fastidia hasta más no poder con sus bien intencionadas atenciones.

¿Querrá usted creerlo? El otro día preparó un garrote para castigarme por habérmele escapado y pasado el día solo en las colinas de tierra firme. Estoy convencido de que solamente mi rostro demacrado me salvó de una paliza.

No he agregado nada nuevo a mi colección desde nuestro último encuentro.

Si no le ocasiona demasiados inconvenientes, le ruego que venga con Júpiter. Por favor, *venga*. Quiero verlo *esta noche*, por un asunto importante. Le aseguro que es *de la más alta importancia.*

Con todo afecto,

WILLIAM LEGRAND

Había algo en el tono de la carta que me llenó de inquietud. Su estilo difería por completo del de Legrand. ¿En qué estaría soñando? ¿Qué nueva excentricidad se había posesionado de su excitable cerebro? ¿Qué asunto «de la más alta importancia» podía tener entre manos? Las noticias que de él me daba Júpiter no auguraban nada bueno. Temí que el continuo peso del infortunio hubiera terminado por desequilibrar del todo la razón de mi amigo. Por eso, sin un segundo de vacilación, me preparé para acompañar al negro.

Llegados al muelle vi que en el fondo del bote donde embarcaríamos había una guadaña y tres palas, todas ellas nuevas.

–¿Qué significa esto, Jup? –pregunté.

–Eso, massa, es una guadaña y tres palas.

–Evidentemente. Pero, ¿qué hacen aquí?

–Son la guadaña y las palas que massa Will me hizo comprar en la ciudad, y maldito si no han costado una cantidad de dinero.

–Pero, dime, en nombre de todos los misterios: ¿qué es lo que va a hacer tu massa Will con guadañas y palas?

–No me pregunte lo que no sé, massa, pero que el diablo me lleve si massa Will sabe más que yo. Todo esto es por culpa del bicho.

Comprendiendo que no lograría ninguna explicación de Júpiter, cuyo pensamiento parecía absorbido por «el bicho», salté al bote e icé la vela. Aprovechando una brisa favorable, pronto llegamos a la pequeña caleta situada al norte del fuerte Moultrie, y una caminata de dos millas nos dejó en la cabaña. Serían las tres de la tarde cuando llegamos. Legrand nos había estado esperando con ansiosa expectativa. Estrechó mi mano con un *expressement* nervioso que me alarmó y me hizo temer todavía más lo que venía sospechando. Mi amigo estaba pálido, hasta parecer un espectro, y sus profundos ojos brillaban con un resplandor anormal. Después de indagar acerca de su salud, y sin saber qué decir, le pregunté si el teniente G... le había devuelto el escarabajo.

–¡Oh, si! –me respondió, ruborizándose violentamente–. Lo recuperé a la mañana siguiente. Nada podría separarme de ese escarabajo. ¿Sabe usted que Júpiter tenía razón acerca de él?

–¿En qué sentido? –pregunté, con un penoso presentimiento.

–Al suponer que era un escarabajo de *oro verdadero.*

Dijo estas palabras con profunda seriedad, cosa que me apenó indeciblemente.

–Este insecto está destinado a hacer mi fortuna –continuó mi amigo con una sonrisa triunfante–, y devolverme las posesiones de mi familia. ¿Le extraña, entonces, que lo considere tan valioso? Puesto que la Fortuna ha decidido concedérmelo, no me queda más que usarlo adecuadamente, y así llegaré hasta el oro del cual él es índice. ¡Júpiter, tráeme el escarabajo!

–¿Qué? ¿El bicho, massa? Prefiero no tener nada que ver con ese bicho... Mejor que vaya a buscarlo usted mismo.

Legrand se levantó con aire grave y me trajo el insecto, que se hallaba depositado en una caja de cristal. Era un hermoso *scarabæus,* desconocido para los naturalistas de aquella época y sumamente precioso desde un punto de vista científico. En una extremidad del dorso tenía dos manchas negras y redondas, y una mancha larga en el otro extremo. Poseía élitros extremadamente duros y relucientes, con toda la apariencia del oro bruñido. El peso del insecto era realmente notable, por lo cual, todo bien considerado, no podía reprochar a Júpiter su opinión al respecto; pero que Legrand compartiera ese parecer era más de lo que alcanzaba a explicarme.

–Lo he mandado llamar –me dijo con tono grandilocuente y apenas hube terminado de examinar el insecto– para gozar de su consejo y su ayuda en el cumplimiento de las decisiones del Destino y del escarabajo...

–Mi querido Legrand –exclamé, interrumpiéndolo–, evidentemente usted no está bien, y sería mejor que tomara algunas precauciones. Le ruego que se acueste, mientras yo me quedo acompañándolo unos días, hasta su completa mejoría. Está afiebrado y...

–Tómeme el pulso –me dijo.

Así lo hice y, a decir verdad, no advertí la menor indicación de fiebre.

–Es posible estar enfermo y no tener fiebre –insistí–. Permítame, por esta vez, ser su médico. Ante todo, vaya a acostarse. Y luego...

–Se equivoca usted –dijo Legrand–. Me siento tan bien como es posible estarlo con la excitación que me domina. Si realmente desea mi bien, ayúdeme a terminar con ella.

–¿Y cómo es posible?

–Muy sencillamente. Júpiter y yo partimos a una expedición a las colinas, en tierra firme, y nos hace falta la ayuda de una persona en quien podamos confiar. Usted es esa persona. Triunfemos o no, la excitación que ahora me domina cesará igualmente.

–Tengo el mayor deseo de serle útil –repuse–, pero... ¿quiere usted dar a entender que este infernal escarabajo se relaciona con nuestra expedición a las colinas?

–Por supuesto.

–Entonces, Legrand, no tomaré parte en tan absurda empresa.

–Lo siento... lo siento muchísimo... porque tendremos que arreglárnoslas solos.

–¡Solos! ¡Ah, seguramente este hombre se ha vuelto loco! ¡Espere! ¿Cuánto tiempo durará su ausencia?

–Probablemente toda la noche. Saldremos en seguida y, pase lo que pase, estaremos de vuelta a la salida del sol.

–¿Me promete usted, por su honor que una vez acabado este capricho suyo, y liquidado el asunto del insecto (¡santo Dios!), volverá a casa y seguirá al pie de la letra mis prescripciones y las de su médico?

–Sí, lo prometo. Y ahora vámonos, porque no hay tiempo que perder.

Profundamente deprimido, acompañé a mi amigo. A eso de las cuatro, Legrand, Júpiter y yo nos pusimos en marcha, llevando también al perro. Júpiter se encargó de la guadaña y las palas e insistió en acarrear con todo, creo que más por miedo de que alguno de esos implementos quedara en manos de su amo que por exceso de complacencia. Estaba muy malhumorado, y «maldito bicho» fueron las únicas palabras que brotaron de sus labios durante todo el viaje. Por mi parte, me habían confiado un par de linternas sordas, mientras Legrand se contentaba con el escarabajo, que había atado al extremo de un hilo y hacia girar a su alrededor mientras andaba, con aire de prestidigitador. Cuando reparé en esta última y clara prueba de la demencia de mi amigo, apenas pude contener las lágrimas. Me pareció, sin embargo, preferible seguirle la corriente, al menos por el momento, hasta que pudiese adoptar medidas más enérgicas con garantías de buen resultado. Inútilmente traté de sondearlo sobre los propósitos de la expedición. Una vez que hubo logrado convencerme de que lo acompañara, no parecía dispuesto a mantener conversación sobre ningún tema menudo, y a todas mis preguntas respondía invariablemente: «¡Ya veremos!»

Por medio de un esquife cruzamos el arroyo en la punta de la isla y, remontando las onduladas colinas de la orilla opuesta, nos encaminamos hacia el noroeste, atravesando una región tan salvaje como desolada, donde era imposible descubrir la menor huella de pie humano. Legrand rompía la marcha con gran decisión, deteniéndose aquí y allá para consultar ciertas indicaciones en el terreno, que supuse había hecho él mismo en una ocasión anterior.

De esta manera avanzamos durante unas dos horas, y el sol se ponía cuando entramos en una zona muchísimo más desolada de lo que habíamos visto hasta entonces. Era una especie de meseta, cerca de la cima de un monte casi inaccesible, cuyas laderas aparecían densamente arboladas y sembradas de enormes peñascos que daban la impresión de estar sueltos en el suelo, y a los que sólo el soporte de los troncos impedía rodar a los valles inferiores. Profundos precipicios en distintas direcciones daban a aquel escenario un aire todavía más grande de solemnidad.

La plataforma natural a la que habíamos trepado estaba cubierta de espesas zarzas, a través de las cuales hubiera sido imposible pasar de no tener con nosotros la guadaña. Bajo las órdenes de su amo, Júpiter empezó a abrir un camino en dirección a un gigantesco tulípero, que se alzaba allí en unión de unos ocho o diez robles, sobrepasándolos a todos (como hubiera sobrepasado a cualquier otro árbol) por la belleza de su follaje, su forma, la enorme extensión de las ramas y su majestuosa apariencia.

Una vez llegados al pie del tulípero, Legrand se volvió a Júpiter y le preguntó si se animaba a trepar a la copa. El buen viejo se quedó un tanto aturdido y no contestó al principio. Acercóse por fin al enorme árbol, dio lentamente la vuelta, examinándolo minuciosamente. Terminado el escrutinio, se limitó a decir:

–Sí, massa. Júpiter puede treparse a cualquier árbol del mundo.

–Pues arriba entonces, y lo antes posible, porque está oscureciendo y pronto no veremos nada.

–¿Cuánto tengo que subir, massa? –inquirió Júpiter.

–Empieza por el tronco, y ya te diré qué camino tienes que tomar... ¡Espera un momento! Llévate el escarabajo contigo.

–¿El bicho, massa Will? ¿El bicho de oro? –gritó el negro–. ¿Que trepe con él? ¡Maldito si lo hago...!

–Si tienes miedo, Jup, un negro tan grande y fuerte como tú, de llevar en la mano un pequeño escarabajo muerto e inofensivo... ¡Mira, si puedes tenerlo de la punta del hilo! De todas maneras, si no subes con él en una forma u otra me veré en la necesidad de romperte la cabeza con esta pala.

–¿Por qué se pone así, massa? –se quejó Jup, evidentemente avergonzado y dispuesto a someterse–. ¡Siempre anda buscando camorra a su pobre negro! Si solamente bromeaba... ¿Yo tener miedo del bicho? ¿Qué me importa a mí el bicho?

Y tomando con todo cuidado el extremo del hilo, para mantener al insecto lo más alejado posible de su persona, se dispuso a trepar al árbol.

El tulípero –*Liliodendron Tulipiferum*–, el más magnífico de los árboles americanos, tiene cuando es joven un tronco particularmente liso, que con frecuencia se alza a gran altura sin ninguna rama lateral; pero al envejecer la corteza se vuelve irregular y nudosa, a la vez que surgen en el tronco diversas ramas cortas. Por eso, en el presente caso, la dificultad de trepar era más aparente que real. Abrazando como mejor podía, con brazos y rodillas, el enorme cilindro, buscando con las manos algunas saliencias y apoyando en otras sus pies descalzos, Júpiter logró encaramarse, por fin, hasta la primera bifurcación, después de estar a punto de caerse una o dos veces, y pareció considerar que su tarea terminaba allí. En realidad, el peligro mayor de la empresa había pasado, aunque el peligro se hallaba a unos sesenta o setenta pies de altura.

–¿Para dónde tengo que ir ahora, massa Will? –preguntó.

–Sigue la rama más gruesa... la de este lado –indicó Legrand.

El negro le obedeció prontamente y, al parecer, con poco trabajo; trepó cada vez más alto, hasta que dejamos de ver su figura rampante entre el denso follaje que la envolvía. Pero su voz no tardó en llegarnos desde lo alto:

–¿Cuánto más tengo que subir?

–¿A qué altura estás? –preguntó Legrand.

–Tan alto, tan alto, que puedo ver el cielo entre las hojas del árbol.

–No te ocupes del cielo, pero escucha bien lo que te digo. Mira hacia abajo y cuenta las ramas que hay debajo de ti, de este lado. ¿Cuántas ramas pasaste?

–Una, dos, tres, cuatro, cinco... Pasé cinco grandes ramas, massa, de este lado.

–Entonces sube una más.

Pocos minutos más tarde oímos otra vez la voz de Júpiter, anunciando que había llegado a la séptima rama.

–¡Ahora escucha, Jup! –gritó Legrand, evidentemente muy excitado–. Quiero que avances lo más que puedas por esa rama. Si ves algo raro, avísame.

A esta altura, las pocas dudas que aún podía tener sobre la demencia de mi pobre amigo se habían disipado. No quedaba otro remedio que declararlo insano, y empecé a preocuparme seriamente sobre la forma de llevarlo a casa. Mientras reflexionaba se oyó nuevamente la voz de Júpiter:

–Tengo mucho miedo de seguir por esta rama... Es una rama muerta, massa.

–¿Dijiste que es una rama *muerta,* Júpiter? –gritó Legrand con voz temblorosa.

–Sí, massa, muerta y bien muerta... Terminada para siempre, la pobre...

–En nombre del cielo, ¿qué voy a hacer? –exclamó Legrand, sumido en la más grande desesperación.

–¿Qué va a hacer? –dije, aprovechando la posibilidad de intercalar una frase–. ¡Pues... volver a casa y acostarse! ¡Vamos, ahora mismo! Se está haciendo tarde y, además, no se olvide de su promesa.

–¡Júpiter! –gritó él, sin prestarme la menor atención–. ¿Me oyes?

–Sí, massa Will, lo oigo muy bien.

–Prueba la madera con tu cuchillo y fíjate si está *muy* podrida.

–Está podrida, massa, eso es seguro –repuso el negro después de un momento–. Pero no tan podrida que no pueda aventurarme un poquitín más por la rama, si voy solo.

–¡Si vas solo! ¿Qué quieres decir?

–Quiero decir el bicho de oro. Es un bicho *muy* pesado. Pongamos que lo dejo caer, y entonces la rama aguantará muy bien el paso de un negro sólo.

–¡Maldito bribón! –gritó Legrand, que parecía muy aliviado–. ¿Qué clase de disparates estás diciendo? ¡Si llegas a soltar ese escarabajo te retuerzo el pescuezo! ¡Júpiter! ¿Me oyes?

–Sí, massa, no hay que hablar de ese modo a un pobre negro.

–¡Bueno, escucha! Si te aventuras lo más que puedas por la rama y no dejas caer el insecto, tan pronto hayas bajado te regalaré un dólar de plata.

–¡Ya estoy andando, massa Will! –replicó el negro con gran prontitud–. ¡Ya llegué casi a la punta!

–*¡Casi a la punta!* –aulló Legrand–. ¿Quieres decir que estás en la punta de esa rama?

–Pronto voy a llegar, massa... *¡Ooooh...!* ¡Dios me proteja...! ¿Qué es esto que hay en el árbol?

–¡Y bien! –gritó Legrand, en el colmo del júbilo– ¿Qué es lo que hay?

–¡Es... es una calavera! Alguien dejó su cabeza en el árbol y los cuervos se comieron toda la carne.

–¿Una calavera, dices? ¡Perfecto! ¿Cómo está sujeta a la rama?

–Voy a ver, massa... Pues es muy curioso, sí, señor; muy curioso... Hay un gran clavo en la calavera, que la tiene sujeta al árbol.

–Bueno, Júpiter, ahora haz exactamente lo que voy a decirte. ¿Me oyes?

–Sí, massa.

–Presta atención entonces. Primero busca el ojo izquierdo del cráneo.

–¡Hum...! ¡Vaya...! ¡Esto sí que es curioso! ¡No tiene ojo izquierdo!

–¡Maldita sea tu estupidez! ¡El agujero donde estaba el ojo! ¡Oye! ¿Sabes distinguir tu mano derecha de la izquierda?

–¡Oh, sí, massa! Lo sé muy bien. La mano izquierda es la que uso para hachar la leña.

–Perfecto: ya sé que eres zurdo. Pues tu ojo izquierdo está del mismo lado que tu mano izquierda. Supongo que ahora sabrás encontrar el ojo izquierdo del cráneo o el sitio donde estuvo el ojo. ¿Ya lo tienes?

Siguió una larga pausa, tras de la cual dijo, por fin, el negro:

–¿El ojo izquierdo de la calavera está del mismo lado que la mano izquierda de la calavera? Pero la calavera no tiene mano izquierda... ¡Bueno, no importa! Ya tengo el ojo izquierdo... ¡Aquí está! ¿Qué hago ahora?

–Pasa el escarabajo por él y déjalo caer hasta donde alcance el hilo... pero ten cuidado de no soltar el extremo.

–¡Ya está, massa Will! Es muy fácil pasar el bicho por el agujero. ¡Mírelo cómo baja!

Durante este diálogo no podía verse porción alguna de Júpiter; pero ahora, al descender, el escarabajo apareció en el extremo del hilo y brilló como un globo de oro puro bajo los últimos rayos del sol poniente, que aún alcanzaban a iluminar la eminencia donde estábamos. El escarabajo colgaba por debajo del nivel de las ramas y, si Júpiter lo hubiese soltado, habría caído a nuestros pies. Legrand se apoderó al punto de la guadaña y despejó un espacio circular de unas tres o cuatro yardas de diámetro, exactamente debajo del insecto, hecho esto, ordenó a Júpiter que soltara el hilo y que bajara del árbol.

Clavando con todo cuidado una estaca en el suelo, exactamente en el lugar donde había caído el escarabajo, mi amigo extrajo del bolsillo una cinta métrica. Fijó un extremo de la parte del tronco del árbol más cercana a la estaca y la desenrolló hasta alcanzar el punto donde estaba ésta; siguió luego desenrollando la cinta, siguiendo la dirección ya establecida por los dos puntos, hasta una distancia de cincuenta pies, mientras Júpiter limpiaba de zarzas el lugar con ayuda de la guadaña. En el sitio así alcanzado, Legrand fijó otra clavija y, tomándola por centro, trazó un tosco círculo de unos cuatro pies de diámetro. Empuñando una pala y dándonos las otras se puso a cavar con toda la rapidez posible.

A decir verdad, jamás he tenido mucha inclinación hacia semejante tarea, y en este caso habría renunciado con gusto a ella, porque la noche se acercaba y la caminata me había fatigado mucho. Pero no había escapatoria y temí turbar con mi negativa la serenidad de mi amigo. Si hubiera podido contar con la ayuda de Júpiter no habría vacilado en arrastrar por la fuerza al lunático y devolverlo a su casa; pero conocía demasiado bien la manera de ser del viejo negro para esperar que se pusiera a mi lado, bajo cualesquiera circunstancias, en una lucha personal contra su amo. No cabía duda de que éste se había dejado atrapar por una de las innumerables supersticiones sureñas acerca de tesoros enterrados, y que su fantasía se había exacerbado con el hallazgo del escarabajo, o quizá por la obstinación de Júpiter al sostener que se trataba de «un bicho de oro verdadero». Una mente con tendencia a la insania está pronta a dejarse arrastrar por semejantes sugestiones –especialmente si coinciden con ideas preconcebidas–. Me acordé también de la frase del pobre hombre acerca de que el insecto sería «el índice de su fortuna». Me sentía profundamente afectado y perplejo, pero decidí finalmente tomar las cosas lo mejor posible, cavar con mi mejor voluntad y convencer lo antes posible al visionario, por comprobación ocular, de la falacia de sus ensueños.

Una vez encendidas las linternas, nos pusimos a trabajar con un tesón digno de motivo más racional; y a medida que la luz caía sobre uno u otro, no podía dejar de pensar en el pintoresco grupo que formábamos y cuán extrañas y sospechosas habrían parecido nuestras actividades a cualquier intruso que pasara por casualidad cerca de allí.

Durante dos horas cavamos de firme. No hablábamos gran cosa y nuestra mayor preocupación eran los ladridos del perro, que se mostraba sumamente interesado por nuestro trabajo. A la larga se volvió tan fastidioso, que temimos diese la alarma a quienes vagaran por las inmediaciones; aunque, en realidad, era Legrand quien se inquietaba más, pues yo me hubiera sentido bien contento de cualquier interrupción que me ayudase a hacer volver a mi amigo a su casa. Júpiter se encargó finalmente de acallar el estrépito; saliendo del pozo con aire de gran resolución, convirtió en bozal sus tirantes, y, luego de cerrar así la boca del animal, volvió con una grave sonrisa a su trabajo.

Terminadas las dos horas, estábamos ya a una profundidad de cinco pies, sin que apareciera la menor señal de tesoro. Siguió un momento de descanso y comencé a esperar que la farsa terminaría allí. Legrand, sin embargo, aunque evidentemente desconcertado, se secó la frente con aire pensativo y reanudó el trabajo. Habíamos excavado por completo el círculo de cuatro pies de diámetro; ampliamos un poco más el límite y ahondamos otros dos pies. Nada apareció. El buscador de oro, que me inspiraba la más sincera lástima, saltó, por fin, del pozo con la más amarga decepción impresa en cada uno de sus rasgos y comenzó lentamente a ponerse la chaqueta que se había quitado al iniciar su labor. Yo no hice la menor observación. A una señal de su amo, Júpiter recogió los utensilios. Hecho esto, y luego de quitar el bozal al perro, iniciamos en profundo silencio el regreso a casa.

Habríamos caminado apenas unos doce pasos, cuando Legrand soltó un juramento, corrió hacia Júpiter y lo sujetó por el cuello. El estupefacto negro abrió enormemente los ojos y la boca, soltó las palas y se puso de rodillas.

–¡Tunante! –gritó Legrand, haciendo silbar la palabra entre sus dientes–. ¡Negro infernal, maldito pícaro! ¡Habla, te digo! ¡Contéstame ahora mismo y, sobre todo, no vayas a soltar un embuste! ¿Cuál... cuál es tu ojo izquierdo?

–¡Oh, Dios mío, massa Will...! ¿No es éste mi ojo izquierdo? –clamó el aterrado Júpiter, tapándose con la mano el ojo *derecho* y manteniéndola allí con desesperada obstinación, como si temiera que su amo fuese a arrancárselo.

–¡Me lo imaginé! ¡Pero, claro! ¡Hurra! –vociferó Legrand, soltando al negro y ejecutando una serie de cabriolas y saltos, con no poco asombro de su criado, quien, ya de pie, nos miraba una y otra vez alternativamente.

–¡Vamos! ¡Volvamos allá! –dijo Legrand–. ¡La caza no ha terminado!

Y se encaminó resueltamente en dirección al tulípero.

–Júpiter, ven aquí–ordenó cuando llegamos al pie del árbol–. Dime, ¿estaba el cráneo clavado a la rama con la cara para afuera o con la cara contra la rama?

–Con la cara para afuera, massa, para que los cuervos pudieran llegarle a los ojos sin ningún trabajo.

–Muy bien. ¿Y fue por este ojo o por este otro que dejaste pasar el escarabajo? –insistió Legrand, tocando alternativamente los ojos de Júpiter.

–Por éste, massa... por el izquierdo... como usted me mandó –y de nuevo el negro se tocaba el ojo derecho.

–Bueno, basta con eso. Hay que recomenzar.

Y mi amigo, en cuya locura yo veía ahora o me imaginaba que veía ciertos indicios de método, retiró la estaca que señalaba el lugar donde había caído el escarabajo y la fijó unas tres pulgadas hacia el oeste de su anterior posición. Colocando la cinta métrica como antes, a partir del punto más próximo del tronco del árbol hasta la estaca, continuó la línea hasta una distancia de cincuenta pies, señalando allí un lugar que quedaba a varias yardas de distancia del sitio donde habíamos estado cavando.

Legrand trazó un círculo en torno a este nuevo punto, haciéndolo algo mayor que el anterior, y otra vez nos pusimos a trabajar con las palas. Yo estaba terriblemente cansado; pero, sin darme cuenta de lo que había alterado el curso de mis pensamientos, dejé de sentir aversión por la labor que me imponían. Inexplicablemente me sentía lleno de interés... de excitación. Quizá hubiera algo en la extravagante conducta de Legrand, algo de premonición o de seguridad, que me impresionaba. Cavé tesoneramente y más de una vez me sorprendí pensando –con algo que tenía mucho de esperanza– en el tesoro imaginario cuya visión había enloquecido a mi infortunado compañero. En el momento en que esas fantasías me dominaban con mayor violencia, y cuando llevábamos más de una hora trabajando, los violentos ladridos del perro volvieron a interrumpirnos. La primera vez su conducta había nacido de un caprichoso deseo de jugar, pero ahora advertimos en sus ladridos un tono de profunda inquietud. Cuando Júpiter trató de embozalarlo nuevamente opuso una furiosa resistencia y, saltando al agujero, cavó frenéticamente la tierra con sus patas. Segundos más tarde ponía en descubierto una masa de huesos humanos que formaban dos esqueletos completos, entre los cuales se advertían varios botones metálicos y aparentes restos de lana podrida. Uno o dos golpes de pala sacaron a la superficie un ancho cuchillo español; seguimos cavando y descubrimos tres o cuatro monedas de oro y de plata.

A la vista de estas últimas, la alegría de Júpiter pudo apenas contenerse, pero el rostro de su amo expresó la más profunda decepción. Nos pidió, sin embargo, que siguiéramos cavando y, apenas había pronunciado las palabras, cuando tropecé y caí hacia adelante, enganchada la punta de mi bota en un gran anillo de hierro que yacía semienterrado en la tierra removida.

Reanudamos el trabajo con renovado ardor y jamás viví diez minutos de mayor excitación. Nos bastó ese tiempo para desenterrar a medias un cofre oblongo de madera que, a juzgar por su perfecto estado de conservación y dureza de su material, debía de haber sufrido algún proceso de mineralización –probablemente con ayuda del bicloruro de mercurio–. La caja tenía tres pies y medio de largo, tres de ancho y dos y medio de profundidad. Estaba firmemente asegurada por bandas remachadas de hierro forjado, que hacían una especie de enrejado sobre todo el cofre. A cada lado, cerca de la parte superior, se veían tres anillos de hierro, seis en total, mediante los cuales el cofre podía ser cómodamente transportado por otros tantos hombres. Nuestros esfuerzos combinados sólo sirvieron para mover ligeramente el cofre en su lecho de tierra. Inmediatamente comprendimos la imposibilidad de mover semejante peso. Por fortuna, la tapa no estaba sujeta más que por dos pasadores. Los corrimos temblando, jadeando de ansiedad. Un instante más tarde brillaba ante nosotros un tesoro de incalculable valor. Los rayos de la linterna cayeron sobre él, haciendo brotar de un confuso montón de oro y plata fulgores y reflejos que literalmente nos cegaron.

No pretenderé describir los sentimientos que me dominaron al contemplar aquello. La estupefacción, claro está, predominaba. Legrand parecía agotado por la excitación y sólo habló unas pocas palabras. Durante algunos minutos, el rostro de Júpiter se puso todo lo pálido que la naturaleza permite a la cara de un negro. Parecía atónito, fulminado. Pero pronto cayó de rodillas en el pozo y, hundiendo los desnudos brazos hasta los codos en el oro, los dejó así como si estuviera gozando de las delicias de un baño. Por fin, con un suspiro, exclamó como si hablara consigo mismo:

–¡Y todo esto viene del bicho de oro! ¡Del precioso bicho de oro, del pobre bicho de oro, que yo traté con tanta brutalidad! ¿No estás avergonzado de ti mismo, negro? ¡Contesta!

Fue necesario, finalmente, que hiciera notar a amo y criado la necesidad de transportar el tesoro. Ya era tarde y no poco trabajo tendríamos hasta haber depositado todo en la cabaña antes del amanecer. Resultaba difícil decidir el mejor procedimiento, y pasamos largo rato deliberando; tan confusas eran nuestras ideas. Por fin, retiramos dos tercios del contenido del cofre y con gran trabajo pudimos levantarlo a la superficie. Los objetos que habíamos retirado fueron depositados entre las zarzas y dejamos al perro que los cuidara, con órdenes estrictas de Júpiter de que no se moviera para nada del lugar ni abriera la boca hasta nuestro regreso. Llevando el cofre, emprendimos apresuradamente el retorno a casa, adonde llegamos sanos y salvos, aunque agotados, a la una de la mañana. Exhaustos como estábamos, era humanamente imposible proseguir. Descansamos, pues, hasta las dos y cenamos, para volver inmediatamente a las colinas provistos de tres sólidos sacos que por fortuna había en la cabaña. Llegamos al pozo poco antes de las cuatro, dividimos el remanente del botín entre los tres y, sin tapar el pozo, retornamos a casa, adonde arribamos con nuestras áureas cargas en momentos en que las primeras luces del alba comenzaban a asomar en el este sobre las cimas de los árboles.

Estábamos completamente agotados, pero la intensa excitación que nos dominaba no nos permitía descansar. Luego de un sueño intranquilo de tres o cuatro horas nos levantamos como de común acuerdo para examinar nuestro tesoro.

El cofre había estado lleno hasta los bordes, y pasamos todo el día y gran parte de la noche siguiente haciendo el inventario de su contenido. No había en él la menor señal de orden. Las cosas estaban mezcladas y revueltas. Luego de separarlas con cuidado, descubrimos que éramos dueños de una fortuna aún mayor de lo que habíamos supuesto. Nada más que en monedas su valor excedía de cuatrocientos cincuenta mil dólares –calculando lo mejor posible el valor de las monedas con arreglo a las tablas de la época–. No había una sola partícula de plata. Todo era oro, de antigua data y gran variedad, dinero francés, español y alemán, junto con unas pocas guineas inglesas y algunas fichas, de las cuales nunca habíamos visto ningún ejemplar. Descubrimos varias monedas tan grandes como pesadas, pero las inscripciones eran indescifrables por el uso. No encontramos monedas americanas.

Más difícil era calcular el valor de las joyas. Los diamantes (algunos de ellos extraordinariamente grandes y hermosos) sumaban en total ciento diez, sin que hubiera uno solo pequeño; dieciocho rubíes de notable transparencia; trescientas diez esmeraldas, todas muy hermosas; veintiún zafiros y un ópalo. Las piedras habían sido arrancadas de su montura y arrojadas en montón al cofre. Encontramos también las monturas mezcladas con el resto del oro; parecían haber sido aplastadas a martillazos, a fin de impedir que se las identificara. Aparte de esto había cantidad de joyas y objetos de oro macizo: casi doscientos anillos y aros, ricas cadenas –unas treinta, si recuerdo bien–, ochenta y tres grandes y pesados crucifijos, y cinco incensarios de gran valor; una prodigiosa copa para *punch,* ornamentada con pámpanos ricamente cincelados, y figuras báquicas; dos puños de espada exquisitamente trabajados, y multitud de objetos más pequeños que no recuerdo. El peso total de estas joyas pasaba de trescientas cincuenta libras, y en este cálculo no he contado ciento noventa y siete magníficos relojes de oro, de los cuales tres valían quinientos dólares cada uno. Muchos eran antiquísimos y sin valor como relojes, ya que la máquina había sufrido por la corrosión, pero todos estaban ricamente ornados de pedrerías y tenían estuches de grandísimo valor. Aquella noche calculamos que el contenido total del cofre valía un millón y medio de dólares; pero, cuando más tarde procedimos a liquidar los dijes y las joyas (guardando unas pocas para nuestro uso personal), descubrimos que las habíamos estimado muy por debajo de la realidad.

Cuando acabó, por fin, nuestro inventario y la intensa exaltación del momento disminuyó un tanto, Legrand advirtió que yo me moría de impaciencia por la solución de tan extraordinario enigma y procedió a proporcionarme todos los detalles vinculados con el mismo.

–Recordará usted –empezó– la noche en que le alcancé el tosco dibujo que acababa de hacer del *scarabœus.* También recordará que me chocó muchísimo su insistencia en que mi diseño hacía pensar en una calavera. La primera vez que me lo dijo creí que se estaba burlando, pero luego recordé las curiosas manchas en el dorso del insecto y reconocí que su observación tenía algún fundamento. No obstante, sus referencias irónicas a mis aptitudes gráficas me irritaron, ya que se me consideraba un buen artista; por eso, cuando me devolvió el trozo de pergamino, me dispuse a arrugarlo y tirarlo al fuego.

–Se refiere usted al trozo de papel –dije.

–No. Se parecía bastante al papel y por un momento creí que lo era, pero cuando me puse a dibujar descubrí que se trataba de un trozo de pergamino sumamente delgado. Recordará usted que estaba muy sucio. Pues bien, iba a estrujarlo, cuando mis ojos cayeron sobre el croquis que usted había estado mirando, y puede imaginarse mi estupefacción al advertir que, verdaderamente, en el lugar donde yo había trazado el diseño del escarabajo había una calavera. Por un momento me quedé tan sorprendido que no pude pensar distintamente. Sabía muy bien que mi dibujo difería por completo de aquél en sus detalles, aunque, en líneas generales, hubiera cierta semejanza. Tomando una bujía me fui al otro extremo del salón para estudiar de cerca el pergamino. Al volverlo vi en él mi croquis, tal como lo había hecho. Mi primera idea fue pensar en lo curioso de aquella similaridad de diseño, en la extraña coincidencia de que, sin saber, del otro lado del pergamino hubiese un cráneo exactamente debajo de mi croquis del escarabajo, y que dicho cráneo se le parecía tanto en la figura como en el tamaño. Admito que la singularidad de esta coincidencia me dejó completamente estupefacto por un momento. Tal es el efecto usual de las coincidencias. La inteligencia lucha por establecer una conexión, un enlace de causa y efecto, y, al no conseguirlo, queda momentáneamente como paralizada. Pero, al recobrarme del estupor, gradualmente empezó a surgir en mí una noción que me sorprendió todavía más que la coincidencia. Comencé a recordar positiva y claramente que en el pergamino *no había* ningún dibujo cuando trazara el del escarabajo. Estaba completamente seguro, porque me acordaba de haberlo vuelto en uno y otro sentido, buscando la parte más limpia. Si el cráneo hubiese estado allí, no podía habérseme escapado. Indudablemente estaba en presencia de un misterio que me resultaba imposible explicar; pero, incluso en aquel momento, me pareció que en lo más hondo y secreto de mi inteligencia se iluminaba algo así como una luciérnaga mental, una noción de esa verdad que nuestra aventura de anoche demostró tan magníficamente. Me levanté en seguida y, guardando el pergamino en lugar seguro, dejé todas las reflexiones para el momento en que me quedara solo.

»Una vez que usted se hubo marchado y Júpiter dormía profundamente, me puse a investigar el asunto con mayor método. En primer término consideré la forma en que el pergamino había llegado a mis manos. El lugar donde encontramos el escarabajo queda en la costa del continente, aproximadamente una milla al este de la isla y a poca distancia del nivel de la marea alta. Cuando lo atrapé, me mordió con fuerza, obligándome a soltarlo. Júpiter, procediendo con su prudencia acostumbrada, miró alrededor en busca de una hoja o de algo que le permitiera apoderarse con seguridad del insecto, que había volado en su dirección. Fue entonces cuando sus ojos y los míos cayeron sobre el trozo de pergamino, que en el momento me pareció papel. Aparecía enterrado a medias en la arena y sólo una punta sobresalía. Cerca del lugar donde lo encontramos reparé en los restos de la quilla de una embarcación que debió ser la chalupa de un barco. Aquellos restos daban la impresión de hallarse allí desde hacía mucho, porque apenas podía reconocerse la forma primitiva de las maderas.

»Júpiter recogió el pergamino, envolvió en él el escarabajo y me lo dio. Poco más tarde desandamos el camino y me encontré con el teniente G... Al mostrarle el insecto me pidió que se lo prestara para llevarlo al fuerte. Acepté, y se lo puso en el bolsillo del chaleco, sin el pergamino en que había estado envuelto y que yo conservaba en la mano durante la inspección. Quizá el teniente temió que yo cambiara de opinión y pensó que era preferible asegurarse en seguida... Ya sabe usted cuán entusiasta es en todo lo que se refiere a la historia natural. Al mismo tiempo, y sin tener idea de lo que hacía, yo debí de guardarme el pergamino en el bolsillo.

»Recordará usted que, cuando me senté a la mesa con intención de dibujarle el escarabajo, no encontré papel donde suele estar. Miré en el cajón sin verlo. Revisé mis bolsillos en busca de alguna vieja carta, cuando mis dedos tocaron el pergamino. Si le doy todos estos detalles sobre la forma en que ese papel llegó a mi posesión se debe a que lo ocurrido me impresionó profundamente.

»No dudo que usted me tachará de fantasioso, pero había establecido ya una especie de conexión. Dos eslabones de una gran cadena se juntaban. Había un bote en una playa, y no lejos del bote había un pergamino –no un papel– con una calavera pintada. Usted me preguntará cuál puede ser la conexión. Le contesto que la calavera es el bien conocido emblema de los piratas. En todos los combates se iza la bandera con el cráneo de muerto.

»Dije que aquel trozo era de pergamino y no de papel. El pergamino es durable, casi indestructible. Las cuestiones de poca importancia se consignan rara vez en pergamino, ya que no se presta como el papel para las finalidades ordinarias de la escritura o el dibujo. Esta reflexión sugería que aquel cráneo tenía un sentido... y un sentido importante. Tampoco dejé de observar, de paso, la *forma* del pergamino. Aunque algún accidente había destruido una de sus puntas, podía verse que la forma original era oblonga. Justamente el tipo y la forma adecuados para consignar un documento importante, algo que debía ser cuidadosamente preservado y largamente recordado.»

–Un momento –interrumpí–. Dijo usted que al dibujar el escarabajo el cráneo *no estaba* en el pergamino. ¿Cómo puede establecer, entonces, una conexión entre el bote y el cráneo, puesto que este último debió de ser dibujado (¡Dios sabe cómo y por quién!) después que usted hubo trazado el diseño del escarabajo?

–¡Ah, todo el misterio está ahí! Y eso que, por comparación, no me costó mucho resolverlo. Mis pasos eran seguros y no podían llevarme más que a una solución. He aquí, por ejemplo, cómo razoné. Al dibujar el escarabajo no había ningún cráneo en el pergamino. Al completar mi croquis se lo pasé a usted, y no dejé de observarlo de cerca hasta que me lo devolvió. *Usted* por tanto, no podía haber dibujado la calavera, y no había nadie más capaz de hacerlo. Vale decir que aquel dibujo no nacía de una intervención humana. Y sin embargo... estaba ahí.

»A esta altura de mis reflexiones traté de recordar, y *recordé* con toda claridad, los incidentes acaecidos durante el período en cuestión. El tiempo era frío (¡oh raro y feliz accidente!) y ardía un fuego en el hogar. Como mi caminata me había hecho entrar en calor, me senté cerca de la mesa. Pero usted acercó su silla a la chimenea. Justamente cuando le alcanzaba el pergamino y usted se disponía a inspeccionarlo, apareció Lobo, mi terranova, y le saltó a los hombros. Usted lo acarició y lo mantuvo a distancia con la mano izquierda, mientras la derecha, que sostenía el pergamino, colgaba entre sus rodillas muy cerca del fuego. En un momento dado pensé que las llamas iban a alcanzarlo, y me disponía a prevenírselo, pero antes de que pudiera hablar retiró usted el pergamino y se absorbió en su examen. Considerando todos estos detalles, no dudé un instante de que *el calor* era el agente que había hecho surgir en la superficie del pergamino el cráneo que encontré dibujado en él. Bien sabe usted que siempre han existido preparaciones químicas mediante las cuales se puede escribir sobre papel o pergamino, de modo que los caracteres resultan invisibles mientras no se los someta a la acción del fuego. Suele emplearse el zafre disuelto en *aqua regia* y diluido en cuatro veces su peso en agua; resulta de ello una coloración verde. El régulo de cobalto disuelto en esencia de salitre produce un color rojo. Estos colores desaparecen en un tiempo más o menos largo después de la escritura pero vuelven a ser visibles cuando se los expone al calor.

»Me puse, pues, a examinar con cuidado el cráneo. Sus contornos exteriores, es decir, las líneas más próximas al borde del pergamino eran mucho más *precisos* que los otros. No cabía duda de que la acción del calor había sido desigual e imperfecta. Encendí inmediatamente un fuego y sometí cada porción del pergamino al máximo de calor. Al principio, lo único que noté fue que las líneas más pálidas del dibujo se reforzaban; pero, continuando el experimento, vi aparecer en un rincón, opuesto diagonalmente a aquel donde se encontraba el cráneo, el dibujo de algo que al principio me pareció una cabra. Examinándolo con más detalle terminé por reconocer que se trataba de un cabrito.»

–¡Vamos, vamos! –exclamé–. Bien sé que no tengo derecho a reírme de usted, ya que un millón y medio de dólares es demasiado dinero para ninguna broma... Pero no irá usted a agregar un tercer eslabón a su cadena; no irá a buscar una relación especial entre sus piratas y una cabra. Bien se sabe que los piratas no tienen nada que ver con las cabras. Solamente los granjeros se interesan por ellas.

–Ya le he dicho que el dibujo no representaba una cabra.

–Un cabrito, entonces... pero es casi la misma cosa.

–Casi..., aunque no enteramente –dijo Legrand–. Quizá haya oído hablar de un tal capitán Kidd. Por mi parte, consideré inmediatamente que el dibujo equivalía a una especie de firma jeroglífica o simbólica[2]. Si digo firma es porque su posición en el pergamino sugería esta idea. Del mismo modo, el cráneo colocado en el ángulo diagonalmente opuesto producía el efecto de un sello, de un símbolo estampado. Pero lo que me desconcertó profundamente fue la ausencia de toda otra cosa: faltaba el cuerpo de mi imaginado documento... el texto mismo.

–Supongo que esperaba usted descubrir una carta entre el sello y la firma.

–Algo así, en efecto. Debo confesar que me sentía invadido por un presentimiento de buena fortuna inminente. Apenas si puedo decir por qué... Supongo que era un deseo más que una verdadera seguridad, pero... ¿creerá usted que las tontas palabras de Júpiter sobre el escarabajo, cuando afirmó que era de oro verdadero, tuvieron un gran efecto sobre mi fantasía? Y luego, la serie de accidentes y coincidencias... tan extraordinarias. ¿Se da usted cuenta de lo accidental que re-

2. *Kid,* cabrito. *(N. del T.)*

sulta que todos esos acontecimientos tuvieran lugar el *único* día del año en que el frío fue lo bastante intenso para requerir fuego, y que sin aquel fuego, o sin la intervención del perro en el preciso momento en que se produjo, yo no habría llegado jamás a ver el cráneo y no estaría en posesión del tesoro?

–Prosiga usted... ardo de impaciencia.

–Pues bien, no creo que ignore las muchas historias que se cuentan y los mil vagos rumores sobre tesoros enterrados por Kidd y sus compañeros en las costas atlánticas. Sin duda tales rumores deben de tener algún fundamento. Y el hecho de que hayan continuado tanto tiempo y en forma ininterrumpida me llevó a pensar que el tesoro *seguía* enterrado. Si Kidd hubiese escondido por un tiempo el fruto de sus pillajes, para recobrarlo más tarde, es difícil que los rumores hubieran llegado a nosotros sin mayores variantes. Observará usted que las historias que se cuentan aluden siempre a buscadores de tesoros y no a los que los encuentran. Si el pirata hubiera recobrado su dinero, la cuestión estaría terminada. Se me ocurrió que algún accidente –digamos la pérdida del documento indicador del sitio exacto– le había impedido recobrar su tesoro, y que dicho accidente llegó a conocimiento de sus compañeros, que de otra manera no hubieran oído hablar jamás de tesoro alguno; en su afán por descubrirlo a su turno, sin resultado, aquéllos habrían dado origen a los rumores que con el tiempo llegaron a ser generales y corrientes. ¿Oyó usted hablar alguna vez de que en esta costa se encontrara algún tesoro importante?

–Jamás.

–Y sin embargo es bien sabido que Kidd llegó a acumular inmensas riquezas. Consideré, pues, como cosa segura que la tierra guardaba aún su tesoro, y no le sorprenderá si le digo que tuve la esperanza, por no hablar de certeza, de que aquel pergamino hallado de manera tan rara contenía las informaciones concernientes al lugar donde se encontraba el botín.

–Pero, ¿cómo procedió usted?

–Volví a acercar el pergamino al fuego, luego de avivar el calor, pero nada apareció. Pensé entonces que la capa de suciedad que lo cubría era responsable del fracaso, por lo cual limpié cuidadosamente el pergamino con agua caliente. Hecho esto, lo coloqué en el fondo de una olla de estaño, con el cráneo hacia abajo, y puse la olla sobre brasas de carbón. Pocos minutos después, cuando el fondo se hubo recalentado, retiré el pergamino y, para mi inexpresable júbilo, lo encontré manchado en varias partes, por lo que parecían ser números trazados en hilera. Volví a colocarlo en el fondo de la olla, dejándolo así un minuto más. Cuando lo saqué presentaba el aspecto que va usted a ver.

Y luego de recalentar el pergamino, Legrand lo sometió a mi inspección. Toscamente trazados en rojo, entre la calavera y el cabrito, aparecían los siguientes signos:

53‡‡+305))6*;4826)4‡.)4‡);806*;48+8 ┐ 60))85;1‡(;:‡*8+83
(88)5*+;46(;88*96*?;8)*‡(;485);5*+2:*‡(;4956*2(5*–4)8 ┐ 8*;
4069285);)6+8)4‡‡;1(‡9;48081;8:8‡1;48+85;4)485+528806*81
(‡9;48;(88;4(‡?34;48)4‡;161;:188;‡?;

–Pues bien –declaré, devolviéndole el pergamino–, por mi parte me quedo tan a oscuras como antes. Si todas las joyas de Golconda dependieran de la solución de este enigma, estoy seguro de que no llegaría a conseguirlas.

–Sin embargo –repuso Legrand– la solución no es tan difícil como parece desprenderse de una primera mirada a los caracteres. Bien ve usted que los mismos constituyen una cifra, es decir, que encierran un sentido; pero, teniendo en cuenta lo que se sabe de Kidd, no podía imaginarlo capaz de emplear los criptogramas más difíciles. Decidí inmediatamente que se trataba de una cifra de la especie más sencilla, pero que para la torpe inteligencia del marino resultaba absolutamente indescifrable sin la clave.

–¿Y la descifró usted?

–Muy fácilmente. He resuelto otras que eran mil veces más difíciles. Las circunstancias y cierta tendencia personal me han llevado a interesarme siempre por estos enigmas, y considero muy dudoso que una inteligencia humana sea capaz de crear un enigma de este tipo, que otra inteligencia humana no llegue a resolver si se aplica adecuadamente. Es decir, que apenas hube fijado en forma ordenada y legible aquellos caracteres, poco me preocupó la dificultad de descifrarlos.

»En este caso –y en todos los casos de escritura secreta– la primera cuestión se refiere *al idioma* de la cifra, ya que los principios para lograr la solución –sobre todo en el caso de las cifras más sencillas– dependen de las características de cada idioma. En general, no queda otro recurso que ensayar, basándose en las probabilidades, todos los idiomas conocidos por el investigador, hasta coincidir con el que corresponde. Pero en nuestro caso las dificultades se veían suprimidas por la firma. El juego de palabras acerca de «Kidd» sólo tiene valor en inglés. De no mediar esta consideración, hubiera empezado mis búsquedas en español y en francés, considerando que un secreto de tal naturaleza no podía haber sido escrito en otros idiomas, tratándose de un pirata de los mares españoles. Pero, en vista de lo anterior, estimé que el criptograma estaba trazado en inglés.

»Notará usted que entre las palabras no hay espacios. De no ser así, el trabajo hubiera resultado comparativamente sencillo. Me hubiese bastado empezar por un cotejo y un análisis de las palabras más breves; apenas hallada una palabra de una sola letra, como ser *a* o *I* (uno, yo), habría considerado obtenida la solución. Pero como no había división, mi primer tarea consistió en establecer las letras predominantes, así como las más raras. Luego de contarlas, preparé la siguiente tabla

El	signo	8	aparece	33	veces
»	»	;	»	26	»
»	»	4	»	19	»
»	»	‡ y)	»	16	»
»	»	*	»	13	»
»	»	5	»	12	»
»	»	6	»	11	»
»	»	(	»	10	»
»	»	† y 1	»	8	»
»	»	0	»	6	»
»	»	9 y 2	»	5	»
»	»	: y 3	»	4	»
»	»	?	»	3	»
»	»	˥	»	2	»
»	»	– y .	»	1	»

»Ahora bien, la letra que aparece con mayor frecuencia en inglés es *e*. Las restantes letras se suceden en el siguiente orden: *a o i d h n r s t u y c f g l m w b k p q x z*. La *e* predomina de tal manera, que es raro encontrar una frase de cualquier extensión donde no figure como letra dominante.

»Tenemos, pues, algo más que una mera suposición como base para comenzar. El uso general que puede darse a esta tabla resulta evidente, pero en esta cifra sólo la usaremos en parte. Puesto que el signo predominante es 8, empezaremos por suponer que se trata de la *e* del alfabeto natural. Para verificar esta suposición repararemos en que el 8 aparece con frecuencia en parejas, ya que la *e* se dobla muchas veces en inglés: vayan como ejemplo las palabras *meet, fleet, speed, seen, been, agree,* etc. En nuestra cifra vemos que no aparece doblada menos de cinco veces, a pesar de que se trata de un criptograma breve.

»Consideremos, pues, que el 8 es la *e*. Ahora bien, de todas las palabras inglesas, «the» es la más usual; fijémonos entonces si no existen repeticiones de tres signos colocados en el mismo orden, el último de los cuales sea 8. Si descubrimos repeticiones de este tipo, lo más probable es que representen la palabra «the». Basta mirar el pergamino para reparar en que hay no menos de siete de estas series: los signos son ;48. Cabe, pues suponer que ; representa la *t*, 4 la *h* y 8 la *e*, confirmándose así el valor de este último signo. De tal manera, hemos dado un gran paso adelante.

»Sólo hemos determinado una palabra, pero esto nos permite fijar algo muy importante, es decir, el comienzo y las terminaciones de varias otras palabras. Tomemos por ejemplo la combinación ;48 en su penúltima aparición, casi al final de la cifra. Sabemos que el signo ;, que aparece de inmediato, representa el comienzo de una palabra, y además conocemos cinco de los signos que aparecen después de «the». Escribamos, pues, las equivalencias que conocemos, dejando un espacio para lo que ignoramos:

t eeth.

»Por lo pronto podemos afirmar que la porción *th* no constituye una parte de la palabra que empieza con la primera *t*, ya que luego de probar todo el alfabeto a fin de adaptar una letra al espacio libre, convenimos en que es imposible formar una palabra de la cual dicho *th* sea una parte. Nos quedamos, pues, con

t ee,

y, ensayando otra vez el alfabeto, llegamos a la palabra *tree* (árbol) como única posibilidad. Ganamos así otra letra, la *r*, representada por (, y dos palabras yuxtapuestas, «the tree».

»Si miramos algo después de estas palabras, volvemos a encontrar la combinación ;48, que empleamos *como terminación* de lo que precede inmediatamente. Tenemos así:

the tree ;4(‡?34 the,

o, sustituyendo los signos por las letras correspondientes que conocemos:

the tree thr‡?3h the.

»Si ahora, en el lugar de los signos desconocidos, dejamos espacios o puntos suspensivos, leeremos:

the tree thr... the,

y la palabra *through* (por, a través), se pone de manifiesto por sí misma. Pero este descubrimiento nos proporciona tres nuevas letras, *o*, *u* y *g*, representadas por ‡, ? y 3.

»Examinando con cuidado el manuscrito para buscar combinaciones de caracteres ya conocidos, encontramos no lejos del comienzo la siguiente serie:

83(88, o sea *egree*

que, evidentemente, es la conclusión de la palabra *degree* (grado), y que nos da otra letra, *d*, representada por +.

»Cuatro letras después de la palabra «degree» vemos la combinación

;46(;88*.

»Traduciendo los caracteres conocidos, y representando por puntos los desconocidos, tenemos:

th rtee ,

combinación que sugiere inmediatamente la palabra «thirteen» (trece), y que nos da dos nuevos caracteres: *i* y *n*, representados por 6 y *.

»Observando ahora el comienzo del criptograma, vemos la combinación

53‡‡+.

»Traducida nos da

5good,

lo cual nos asegura de que la primera letra es *A*, y que las dos primeras palabras deben leerse :«A good». (un buen, una buena).

»Ya es tiempo de que pongamos nuestra clave en forma de tabla para evitar confusión. Hasta donde la conocemos, es la siguiente:

5	significa	a
+	»	d
8	»	e
3	»	g
4	»	h
6	»	i
*	»	n
‡	»	o
(	»	r
;	»	t

»Tenemos, pues, las equivalencias de diez de las letras más importantes, y resulta innecesario dar a usted más detalles de la solución. Creo haberle dicho lo bastante para convencerlo de que las cifras de esta clase son fácilmente descifrables y mostrarle algo del análisis racional que conduce a ese desciframiento. Tenga en cuenta, sin embargo, que el ejemplo ante nosotros pertenece a una de las formas más sencillas de la criptografía. Sólo me resta proporcionarle la traducción completa de los signos del pergamino. Hela aquí:

Un buen vidrio en el hotel del obispo en la silla del diablo cuarenta y un grados trece minutos y nornordeste tronco principal séptima rama lado este tirad del ojo izquierdo de la cabeza del muerto una línea de abeja del árbol a través del tiro cincuenta pies afuera.

–Por lo que veo –exclamé–, el enigma no parece aclarado en absoluto. ¿Qué sentido puede extraerse de toda esa jerga sobre «silla del diablo», «cabeza del muerto», y «hotel del obispo»?

–Admito –repuso Legrand– que el asunto se presenta sumamente difícil a primera vista. Mis esfuerzos iniciales consistieron en dividir la frase conforme a la división natural que debió tener en cuenta el criptógrafo.

–¿Puntuarla, quiere usted decir?

–Algo así, en efecto.

–Pero, ¿cómo es posible?

–Pensé que el autor de la cifra había decidido escribir deliberadamente las palabras sin separación, a fin de que resultara más difícil descifrarlas. Ahora bien, al hacer esto, un hombre de inteligencia rústica tenderá con toda seguridad a exagerar; es decir, que cuando en el curso de su redacción llegue a un lugar que requiera una separación o un punto, se apresurará a amontonar los signos, poniéndolos más juntos que en otras partes. Si examina usted el manuscrito, podrá advertir cinco lugares donde ese amontonamiento es fácilmente visible. Partiendo de esta noción, dividí el texto en la siguiente forma:

Un buen vidrio en el hotel del obispo en la silla del diablo – cuarenta y un grados trece minutos – nornordeste – tronco principal séptima rama lado este – tirad del ojo izquierdo de la cabeza del muerto – una línea de abeja del árbol a través del tiro cincuenta pies afuera.

–Incluso esta división me deja a oscuras –confesé.

–También a mí durante algunos días –dijo Legrand– mientras indagaba activamente en las vecindades de la isla de Sullivan, en busca de algún edificio conocido por el «hotel del obispo». Como no obtuviera informaciones al respecto, me disponía a extender mi esfera de acción y a proceder de manera más sistemática cuando una mañana me acordé repentinamente de que este «hotel del obispo» podía referirse a una antigua familia llamada Bessop que, desde tiempos inmemoriales, posee una casa solariega a unas cuatro millas de las plantaciones. Reanudando mis averiguaciones en el norte de la isla, me encaminé hacia allá para hablar con los negros más viejos de las plantaciones. Por fin, una mujer de mucha edad me dijo haber oído hablar de un sitio denominado *Bessop's Castle* (castillo de Bessop), y que creía poder guiarme hasta allá, pero que no se trataba de ningún castillo ni posada, sino de una elevada roca.

»Ofrecí pagarle bien por su trabajo y, después de dudar un poco, consintió en acompañarme. No le costó mucho encontrar el sitio, que me puse a examinar luego de despedir a mi guía. El «castillo» consistía en un amontonamiento irregular de acantilados y rocas, una de las cuales se destacaba notablemente, tanto por su tamaño como por su aspecto artificial y aislado. Trepé a su cima y, una vez allí, me sentí profundamente desconcertado y sin saber qué hacer.

»Mientras reflexionaba mis ojos se posaron en una estrecha saliente en la cara oriental de la roca, a una yarda más o menos por debajo de la eminencia en que me hallaba. Esta saliente tendría unas dieciocho pulgadas de largo y apenas un pie de ancho; un hueco del acantilado, exactamente encima de ella, le daba un tosco parecido con una de las sillas de respaldo cóncavo usadas por nuestros antepasados. No me cupo duda de que allí estaba «la silla del diablo» mencionada en el manuscrito, y me pareció que acababa de penetrar en el secreto del enigma.

»Sabía bien que el «buen vidrio» sólo podía referirse a un catalejo, ya que los marinos de habla inglesa sólo usan la palabra «glass», vidrio, para referirse a dicho instrumento. Comprendí que se trataba de aplicar un catalejo desde un lugar definido y *que no admitía variación*. Tampoco dudé de que las expresiones «cuarenta y un grados trece minutos» y «nornordeste» constituían las indicaciones para la orientación del catalejo. Grandemente excitado por estos descubrimientos, volví en seguida a casa, me proporcioné un catalejo y retorné a la roca.

»Deslizándome sobre la cornisa vi que sólo en una posición era posible mantenerme sentado. Este hecho confirmaba mis suposiciones. Me dispuse entonces a servirme del catalejo. Por supuesto, los «cuarenta y un grados trece minutos» sólo podían referirse a la elevación sobre el horizonte visible, ya que la dirección horizontal quedaba claramente indicada por la palabra «nornordeste». Establecí este rumbo mediante una brújula de bolsillo, y luego, apuntando el catalejo en un ángulo de elevación lo más próximo posible a cuarenta y un grados, lo moví con todo cuidado hacia arriba y abajo, hasta que me llamó la atención un orificio o apertura en el follaje de un gran árbol que sobrepujaba a todos los otros a la distancia. Noté que en el centro de dicho agujero se veía una mancha blanca, pero al principio no logré distinguir lo que era. Por fin, ajustando mejor el catalejo, volví a mirar y comprobé que se trataba de un cráneo humano.

»Este descubrimiento me llenó de tal entusiasmo que consideré resuelto el enigma, ya que la frase «tronco principal, séptima rama, lado este», sólo podía referirse a la posición del cráneo en el árbol, mientras «tirad del ojo izquierdo de la cabeza del muerto» no admitía a su turno más que una interpretación, vinculada a la búsqueda de un tesoro escondido. Comprendí que se trataba de dejar caer una bala o un peso cualquiera desde el ojo izquierdo del cráneo, y que una «línea de abeja» o, en otras palabras, una línea recta, debía ser tendida desde el punto más cercano del tronco a través «del tiro», o sea el lugar donde cayera la bala, y extendida desde allí a una distancia de cincuenta pies, donde indicaría un punto preciso; debajo de dicho punto era por lo menos *posible* encontrar algún depósito valioso.»

–Todo esto es sumamente claro –dije–y muy sencillo y explícito, a pesar del ingenio que encierra. ¿Qué hizo usted al abandonar el *hotel del obispo?*

–Pues bien, una vez que me hube asegurado exactamente de la ubicación del árbol, me volví a casa. Apenas hube abandonado la «silla del diablo», el agujero circular se desvaneció; desde cualquier sitio que mirara me fue imposible volver a descubrirlo. Esto es lo que me parece una obra maestra de ingenio (y conste que lo he verificado tras muchos experimentos): el orificio circular sólo es visible desde un punto de mira, el que ofrece la angosta saliente en el flanco de la roca.

»En esta expedición al «hotel del obispo» fui acompañado por Júpiter, quien sin duda venía observando desde hacía algunas semanas la distracción que me dominaba, y tenía buen cuidado de no dejarme solo. Pero al siguiente día me levanté muy temprano y me las arreglé para escaparme solo, marchándome a las colinas en busca del árbol. Después de mucho trabajo di con él; pero, cuando regresé por la noche a casa, mi criado tenía toda la intención de darme una paliza. En cuanto al resto de la aventura, la conoce usted tanto como yo.»

–Supongo –dije– que la primera tentativa falló a causa de la tontería de Júpiter, que dejó caer el escarabajo desde el ojo derecho y no el izquierdo del cráneo.

–Precisamente. Este error produjo una diferencia de unas dos pulgadas y media en el «tiro», vale decir en la posición de la estaca más cercana al árbol; si el tesoro hubiese estado *debajo* del «tiro», la cosa no hubiera tenido consecuencias; pero el «tiro», conjuntamente con el lugar más cercano del tronco del árbol, sólo constituían dos puntos para fijar una línea de dirección. El error, insignificante en sí, fue aumentando a medida que trazábamos la línea, y al llegar a los cincuenta pies nos habíamos alejado por completo del buen lugar. De no haber estado tan absolutamente convencido de que realmente había allí un tesoro escondido, todos nuestros esfuerzos habrían terminado en la nada.

–Pero su grandilocuencia, Legrand, y esa manera de balancear el escarabajo... ¡cuán extraño era todo eso! Llegué a convencerme de que se había vuelto loco. ¿Y por qué insistió en hacer descender el escarabajo, y no una bala u otro peso?

–Para serle franco, me sentía un tanto picado por sus sospechas concernientes a mi salud mental y decidí castigarlo a mi manera, con un poquitín de mistificación en frío. Por eso balanceaba el escarabajo, y también por eso lo hice bajar desde el cráneo. Una observación suya sobre lo mucho que pesaba el insecto me decidió a adoptar este último procedimiento.

–¡Ah, ya entiendo! Y ahora sólo queda un punto por aclarar. ¿Qué deduciremos de los esqueletos que encontramos en el agujero?

–He aquí una cuestión que ni usted ni yo podríamos contestar. Sólo se me ocurre una explicación plausible... y, sin embargo, cuesta creer una atrocidad como la que mi sugestión implica. Me parece evidente que Kidd (si fue él mismo quien escondió el tesoro, cosa que por mi parte no dudo) necesitó ayuda en su trabajo. Pero, una vez terminado éste, debió considerar la conveniencia de eliminar a todos los que participaban de su secreto. Quizá le bastó un par de azadonazos mientras sus ayudantes estaban ocupados en el pozo; tal vez hizo falta una docena... ¿Quién podría decirlo?

Los crímenes de la calle Morgue

La canción que cantaban las sirenas, o el nombre que adoptó Aquiles cuando se escondió entre las mujeres, son cuestiones enigmáticas, pero que no se hallan más allá de toda conjetura.

(SIR THOMAS BROWNE)

Las características de la inteligencia que suelen calificarse de analíticas son en sí mismas poco susceptibles de análisis. Sólo las apreciamos a través de sus resultados. Entre otras cosas sabemos que, para aquel que las posee en alto grado, son fuente del más vivo goce. Así como el hombre robusto se complace en su destreza física y se deleita con aquellos ejercicios que reclaman la acción de sus músculos, así el analista halla su placer en esa actividad del espíritu consistente en *desenredar.* Goza incluso con las ocupaciones más triviales, siempre que pongan en juego su talento. Le encantan los enigmas, los acertijos, los jeroglíficos, y al solucionarlos muestra un grado de perspicacia que, para la mente ordinaria, parece sobrenatural. Sus resultados, frutos del método en su forma más esencial y profunda, tienen todo el aire de una intuición. La facultad de resolución se ve posiblemente muy vigorizada por el estudio de las matemáticas, y en especial por su rama más alta, que, injustamente y tan sólo a causa de sus operaciones retrógradas, se denomina análisis, como si se tratara del análisis *par excellence.* Calcular, sin embargo, no es en sí mismo analizar. Un jugador de ajedrez, por ejemplo, efectúa lo primero sin esforzarse en lo segundo. De ahí se sigue que el ajedrez, por lo que concierne a sus efectos sobre la naturaleza de la inteligencia, es apreciado erróneamente. No he de escribir aquí un tratado, sino que me limito a prologar un relato un tanto singular, con algunas observaciones pasajeras; aprovecharé por eso la oportunidad para afirmar que el máximo grado de la reflexión se ve puesto a prueba por el modesto juego de damas en forma más intensa y beneficiosa que por toda la estudiada frivolidad del ajedrez. En este último, donde las piezas tienen movimientos diferentes y singulares, con varios y variables valores, lo que sólo resulta complejo es equivocadamente confundido (error nada insólito) con lo profundo. Aquí se trata, sobre todo, de la *atención*. Si ésta cede un solo instante, se comete un descuido que da por resultado una pérdida o la derrota. Como los movimientos posibles no sólo son múltiples sino intrincados, las posibilidades de descuido se multiplican y, en nueve casos de cada diez, triunfa el jugador concentrado y no el más penetrante. En las damas, por el contrario, donde hay un solo movimiento y las variaciones son mínimas, las probabilidades de inadvertencia disminuyen, lo cual deja un tanto de lado a la atención, y las ventajas obtenidas por cada uno de los adversarios provienen de una perspicacia superior.

Para hablar menos abstractamente, supongamos una partida de damas en la que las piezas se reducen a cuatro y donde, como es natural, no cabe esperar el menor descuido. Obvio resulta que (si los jugadores tienen fuerza pareja) sólo puede decidir la victoria algún movimiento sutil, resultado de un penetrante esfuerzo intelectual. Desprovisto de los recursos ordinarios, el analista penetra en el espíritu de su oponente, se identifica con él y con frecuencia alcanza a ver de una sola ojeada el único método (a veces absurdamente sencillo) por el cual puede provocar un error o precipitar a un falso cálculo.

Hace mucho que se ha reparado en el *whist* por su influencia sobre lo que da en llamarse la facultad del cálculo, y hombres del más excelso intelecto se han complacido en él de manera indescriptible, dejando de lado, por frívolo, al ajedrez. Sin duda alguna, nada existe en ese orden que ponga de tal modo a prueba la facultad analítica. El mejor ajedrecista de la cristiandad no puede ser otra cosa que el mejor ajedrecista, pero la eficiencia en el *whist* implica la capacidad para triunfar en todas aquellas empresas más importantes donde la mente se enfrenta con la mente. Cuando digo eficiencia, aludo a esa perfección en el juego que incluye la aprehensión de *todas* las posibilidades mediante las cuales se puede obtener legítima ventaja. Estas últimas no sólo son múltiples sino multiformes, y con frecuencia yacen en capas tan profundas del pensar que el entendimiento ordinario es incapaz de alcanzarlas. Observar con atención equivale a recordar con claridad; en ese sentido, el ajedrecista concentrado jugará bien al *whist,* en tanto que las reglas de Hoyle (basadas en el mero mecanismo del juego) son comprensibles de manera general y satisfactoria. Por tanto, el hecho de tener una memoria retentiva y guiarse por «el libro» son las condiciones que por regla general se consideran como la suma del buen jugar. Pero la habilidad del analista se manifiesta en cuestiones que exceden los límites de las meras reglas. Silencioso, procede a acumular cantidad de observaciones y deducciones. Quizá sus compañeros hacen lo mismo, y la mayor o menor proporción de informaciones así obtenidas no reside tanto en la validez de la deducción como en la calidad de la observación. Lo necesario consiste en saber *qué* se debe observar. Nuestro jugador no se encierra en sí mismo; ni tampoco, dado que su objetivo es el juego, rechaza deducciones procedentes de elementos externos a éste. Examina el semblante de su compañero, comparándolo cuidadosamente con el de cada uno de sus oponentes. Considera el modo con que cada uno ordena las cartas en su mano; a menudo cuenta las cartas ganadoras y las adicionales por la manera con que sus tenedores las contemplan. Advierte cada variación de fisonomía a medida que avanza el juego, reuniendo un capital de ideas nacidas de las diferencias de expresión correspondientes a la seguridad, la sorpresa, el triunfo o la contrariedad. Por la manera de levantar una baza juzga si la persona que la recoge será capaz de repetirla en el mismo palo. Reconoce la jugada fingida por la manera con que se arrojan las cartas sobre el tapete. Una palabra casual o descuidada, la caída o vuelta accidental de una carta, con la consiguiente ansiedad o negligencia en el acto de ocultarla, la cuenta de las bazas, con el orden de su disposición, el embarazo, la vacilación, el apuro o el temor... todo ello proporcionan a su percepción, aparentemente intuitiva, indicaciones sobre la realidad del juego. Jugadas dos o tres manos, conoce perfectamente las cartas de cada uno, y desde ese momento utiliza las propias con tanta precisión como si los otros jugadores hubieran dado vuelta a las suyas.

El poder analítico no debe confundirse con el mero ingenio, ya que si el analista es por necesidad ingenioso, con frecuencia el hombre ingenioso se muestra notablemente incapaz de analizar. La facultad constructiva o combinatoria por la cual se manifiesta habitualmente el ingenio, y a la que los frenólogos (erróneamente, a mi juicio) han asignado un órgano aparte, considerándola una facultad primordial, ha sido observada con tanta frecuencia en personas cuyo intelecto lindaba con la idiotez, que ha provocado las observaciones de los estudiosos del carácter. Entre el ingenio y la aptitud analítica existe una diferencia mucho mayor que entre la fantasía y la imaginación, pero de naturaleza estrictamente análoga. En efecto, cabe observar que los ingeniosos poseen siempre mucha fantasía mientras que el hombre *verdaderamente* imaginativo es siempre un analista.

El relato siguiente representará para el lector algo así como un comentario de las afirmaciones que anteceden.

Mientras residía en París, durante la primavera y parte del verano de 18..., me relacioné con un cierto C. Auguste Dupin. Este joven caballero procedía de una familia excelente -y hasta ilustre-, pero una serie de desdichadas circunstancias lo habían reducido a tal pobreza que la energía de su carácter sucumbió ante la desgracia, llevándolo a alejarse del mundo y a no preocuparse por recuperar su fortuna. Gracias a la cortesía de sus acreedores le quedó una pequeña parte del patrimonio, y la renta que le producía bastaba, mediante una rigurosa economía, para subvenir a sus necesidades, sin preocuparse de lo superfluo. Los libros constituían su solo lujo, y en París es fácil procurárselos.

Nuestro primer encuentro tuvo lugar en una oscura librería de la rue Montmartre, donde la casualidad de que ambos anduviéramos en busca de un mismo libro -tan raro como notable- sirvió para aproximarnos. Volvimos a encontrarnos una y otra vez. Me sentí profundamente interesado por la menuda historia de familia que Dupin me contaba detalladamente, con todo ese candor a que se abandona un francés cuando se trata de su propia persona. Me quedé asombrado, al mismo tiempo, por la extraordinaria amplitud de su cultura; pero, sobre todo, sentí encenderse mi alma ante el exaltado fervor y la vívida frescura de su imaginación. Dado lo que yo buscaba en ese entonces en París, sentí que la compañía de un hombre semejante me resultaría un tesoro inestimable, y no vacilé en decírselo. Quedó por fin decidido que viviríamos juntos durante mi permanencia en la ciudad, y, como mi situación financiera era algo menos comprometida que la suya, logré que quedara a mi cargo alquilar y amueblar -en un estilo que armonizaba con la melancolía un tanto fantástica de nuestro carácter- una decrépita y grotesca mansión abandonada a causa de supersticiones sobre las cuales no inquirimos, y que se acercaba a su ruina en una parte aislada y solitaria del Faubourg Saint-Germain.

Si nuestra manera de vivir en esa casa hubiera llegado al conocimiento del mundo, éste nos hubiera considerado como locos -aunque probablemente como locos inofensivos-. Nuestro aislamiento era perfecto. No admitíamos visitantes. El lugar de nuestro retiro era un secreto celosamente guardado para mis antiguos amigos; en cuanto a Dupin, hacía muchos años que había dejado de ver gentes o de ser conocido en París. Sólo vivíamos para nosotros.

Una rareza de mi amigo (¿qué otro nombre darle?) consistía en amar la noche por la noche misma; a esta *bizarrerie,* como a todas las otras, me abandoné a mi vez sin esfuerzo, entregándome a sus extraños caprichos con perfecto abandono. La negra divinidad no podía permanecer siempre con nosotros, pero nos era dado imitarla. A las primeras luces del alba, cerrábamos las pesadas persianas de nuestra vieja casa y encendíamos un par de bujías que, fuertemente perfumadas, sólo lanzaban débiles y mortecinos rayos. Con ayuda de ellas ocupábamos nuestros espíritus en soñar, leyendo, escribiendo o conversando, hasta que el reloj nos advertía la llegada de la verdadera oscuridad. Salíamos entonces a la calle tomados del brazo, continuando la conversación del día o vagando al azar hasta muy tarde, mientras buscábamos entre las luces y las sombras de la populosa ciudad esa infinidad de excitantes espirituales que puede proporcionar la observación silenciosa.

En esas oportunidades, no dejaba yo de reparar y admirar (aunque dada su profunda idealidad cabía esperarlo) una peculiar aptitud analítica de Dupin. Parecía complacerse especialmente en ejercitarla-ya que no en exhibirla-y no vacilaba en confesar el placer que le producía. Se jactaba, con una risita discreta, de que frente a él la mayoría de los hombres tenían como una ventana por la cual podía verse su corazón y estaba pronto a demostrar sus afirmaciones con pruebas tan directas como sorprendentes del íntimo conocimiento que de mí tenía. En aquellos momentos su actitud era fría y abstraída; sus ojos miraban como sin ver, mientras su voz, habitualmente de un rico registro de tenor, subía a un falsete que hubiera parecido petulante de no mediar lo deliberado y lo preciso de sus palabras. Al observarlo en esos casos, me ocurría muchas veces pensar en la antigua filosofía del *alma doble, y* me divertía con la idea de un doble Dupin: el creador y el analista.

No se suponga, por lo que llevo dicho, que estoy circunstanciando algún misterio o escribiendo una novela. Lo que he referido de mi amigo francés era tan sólo el producto de una inteligencia excitada o quizá enferma. Pero el carácter de sus observaciones en el curso de esos períodos se apreciará con más claridad mediante un ejemplo.

Errábamos una noche por una larga y sucia calle, en la vecindad del Palais Royal. Sumergidos en nuestras meditaciones, no habíamos pronunciado una sola sílaba durante un cuarto de hora por lo menos. Bruscamente, Dupin pronunció estas palabras:

–Sí, es un hombrecillo muy pequeño, y estaría mejor en el *Théâtre des Variétés.*

–No cabe duda –repuse inconscientemente, sin advertir (pues tan absorto había estado en mis reflexiones) la extraordinaria forma en que Dupin coincidía con mis pensamientos. Pero, un instante después, me di cuenta y me sentí profundamente asombrado.

–Dupin –dije gravemente–, esto va más allá de mi comprensión. Le confieso sin rodeos que estoy atónito y que apenas puedo dar crédito a mis sentidos. ¿Cómo es posible que haya sabido que yo estaba pensando en...?

Aquí me detuve, para asegurarme sin lugar a dudas de si realmente sabía en quién estaba yo pensando.

–En Chantilly –dijo Dupin–. ¿Por qué se interrumpe? Estaba usted diciéndose que su pequeña estatura le veda los papeles trágicos.

Tal era, exactamente, el tema de mis reflexiones. Chantilly era un ex remendón de la rue Saint-Denis que, apasionado por el teatro, había encarnado el papel de Jerjes en la tragedia homónima de Crébillon, logrando tan sólo que la gente se burlara de él.

–En nombre del cielo –exclamé–, dígame cuál es el método... si es que hay un método... que le ha permitido leer en lo más profundo de mí.

En realidad, me sentía aún más asombrado de lo que estaba dispuesto a reconocer.

–El frutero –replicó mi amigo– fue quien lo llevó a la conclusión de que el remendón de suelas no tenía estatura suficiente para Jerjes *et id genus omne.*

–¡El frutero! ¡Me asombra usted! No conozco ningún frutero.

–El hombre que tropezó con usted cuando entrábamos en esta calle... hará un cuarto de hora.

Recordé entonces que un frutero, que llevaba sobre la cabeza una gran cesta de manzanas, había estado a punto de derribarme accidentalmente cuando pasábamos de la rue C... a la que recorríamos ahora. Pero me era imposible comprender qué tenía eso que ver con Chantilly.

–Se lo explicaré –me dijo Dupin, en quien no había la menor partícula de *charlatanerie*– y, para que pueda comprender claramente, remontaremos primero el curso de sus reflexiones desde el momento en que le hablé hasta el de su choque con el frutero en cuestión. Los eslabones principales de la cadena son los siguientes: Chantilly, Orión, el doctor Nichols, Epicuro, la estereotomía, el pavimento, el frutero.

Pocas personas hay que, en algún momento de su vida, no se hayan entretenido en remontar el curso de las ideas mediante las cuales han llegado a alguna conclusión. Con frecuencia, esta tarea está llena de interés, y aquel que la emprende se queda asombrado por la distancia aparentemente ilimitada e inconexa entre el punto de partida y el de llegada.

¡Cuál habrá sido entonces mi asombro al oír las palabras que acababa de pronunciar Dupin y reconocer que correspondían a la verdad!

–Si no me equivoco –continuó él–, habíamos estado hablando de caballos justamente al abandonar la rue C... Éste fue nuestro último tema de conversación. Cuando cruzábamos hacia esta calle, un frutero que traía una gran canasta en la cabeza pasó rápidamente a nuestro lado y le empaló a usted contra una pila de adoquines correspondiente a un pedazo de la calle en reparación. Usted pisó una de las piedras sueltas, resbaló, torciéndose ligeramente el tobillo; mostró enojo o malhumor, murmuró algunas palabras, se volvió para mirar la pila de adoquines y siguió andando en silencio. Yo no estaba especialmente atento a sus actos, pero en los últimos tiempos la observación se ha convertido para mí en una necesidad.

»Mantuvo usted los ojos clavados en el suelo, observando con aire quisquilloso los agujeros y los surcos del pavimento (por lo cual comprendí que seguía pensando en las piedras), hasta que llegamos al pequeño pasaje llamado Lamartine, que con fines experimentales ha sido pavimentado con bloques ensamblados y remachados. Aquí su rostro se animó y, al notar que sus labios se movían, no tuve dudas de que murmuraba la palabra «estereotomía», término que se ha aplicado pretenciosamente a esta clase de pavimento. Sabía que para usted sería imposible decir «estereotomía» sin verse llevado a pensar en átomos y pasar de ahí a las teorías de Epicuro; ahora bien, cuando discutimos no hace mucho este tema, recuerdo haberle hecho notar de qué curiosa manera –por lo demás desconocida– las vagas conjeturas de aquel noble griego se han visto confirmadas en la reciente cosmogonía de las nebulosas; comprendí, por tanto, que usted no dejaría de alzar los ojos hacia la gran nebulosa de Orión, y estaba seguro de que lo haría. Efectivamente, miró usted hacia lo alto y me sentí seguro de haber seguido correctamente sus pasos hasta ese momento. Pero en la amarga crítica a Chantilly que apareció en el *Musée* de ayer, el escritor satírico hace algunas penosas alusiones al cambio de nombre del remendón antes de calzar los coturnos, y cita un verso latino sobre el cual hemos hablado muchas veces. Me refiero al verso:

Perdidit antiquum litera prima sonum.

Le dije a usted que se refería a Orión, que en un tiempo se escribió Urión; y dada cierta acritud que se mezcló en aquella discusión, estaba seguro de que usted no la había olvidado. Era claro, pues, que no dejaría de combinar las dos ideas de Orión y Chantilly. Que así lo hizo, lo supe por la sonrisa que pasó por sus labios. Pensaba usted en la inmolación del pobre zapatero. Hasta ese momento había caminado algo encorvado, pero de pronto le vi erguirse en toda su estatura. Me sentí seguro de que estaba pensando en la diminuta figura de Chantilly. Y en este punto interrumpí sus meditaciones para hacerle notar que, en efecto, el tal Chantilly era muy pequeño y que estaría mejor en el *Théâtre des Variétés.*»

Poco tiempo después de este episodio, leíamos una edición nocturna de la *Gazette des Tribunaux* cuando los siguientes párrafos atrajeron nuestra atención:

«EXTRAÑOS ASESINATOS.–Esta mañana, hacia las tres, los habitantes del *quartier* Saint-Roch fueron arrancados de su sueño por los espantosos alaridos procedentes del cuarto piso de una casa situada en la rue Morgue, ocupada por madame L'Espanaye y su hija, mademoiselle Camille l'Espanaye. Como fuera imposible lograr el acceso a la casa, después de perder algún tiempo, se forzó finalmente la puerta con una ganzúa y ocho o diez vecinos penetraron en compañía de dos gendarmes. Por ese entonces los gritos habían cesado, pero cuando el grupo remontaba el primer tramo de la escalera se oyeron dos o más voces que discutían violentamente y que parecían proceder de la parte superior de la casa. Al llegar al segundo piso, las voces callaron a su vez, reinando una profunda calma. Los vecinos se separaron y empezaron a recorrer las habitaciones una por una. Al llegar a una gran cámara situada en la parte posterior del cuarto piso (cuya puerta, cerrada por dentro con llave, debió ser forzada), se vieron en presencia de un espectáculo que les produjo tanto horror como estupefacción.

»El aposento se hallaba en el mayor desorden: los muebles, rotos, habían sido lanzados en todas direcciones. El colchón del único lecho aparecía tirado en mitad del piso. Sobre una silla había una navaja manchada de sangre. Sobre la chimenea aparecían dos o tres largos y espesos mechones de cabello humano igualmente empapados en sangre y que daban la impresión de haber sido arrancados de raíz. Se encontraron en el piso cuatro napoleones, un aro de topacio, tres cucharas grandes de plata, tres más pequeñas de *métal d'Alger*, y dos sacos que contenían casi cuatro mil francos en oro. Los cajones de una cómoda situada en un ángulo habían sido abiertos y aparentemente saqueados, aunque quedaban en ellos numerosas prendas. Descubrióse una pequeña caja fuerte de hierro debajo de la *cama* (y no del colchón). Estaba abierta y con la llave en la cerradura. No contenía nada, aparte de unas viejas cartas y papeles igualmente sin importancia.

»No se veía huella alguna de madame l'Espanaye, pero al notarse la presencia de una insólita cantidad de hollín al pie de la chimenea se procedió a registrarla, encontrándose (¡cosa horrible de describir!) el cadáver de su hija, cabeza abajo, el cual había sido metido a la fuerza en la estrecha abertura y considerablemente empujado hacia arriba. El cuerpo estaba aún caliente. Al examinarlo se advirtieron en él numerosas excoriaciones, producidas, sin duda, por la violencia con que fuera introducido y por la que requirió arrancarlo de allí. Veíanse profundos arañazos en el rostro, y en la garganta aparecían contusiones negruzcas y profundas huellas de uñas, como si la víctima hubiera sido estrangulada.

»Luego de una cuidadosa búsqueda en cada porción de la casa, sin que apareciera nada nuevo, los vecinos se introdujeron en un pequeño patio pavimentado de la parte posterior del edificio y encontraron el cadáver de la anciana señora, la cual había sido degollada tan salvajemente que, al tratar de levantar el cuerpo, la cabeza se desprendió del tronco. Horribles mutilaciones aparecían en la cabeza y en el cuerpo, y este último apenas presentaba forma humana.

»Hasta el momento no se ha encontrado la menor clave que permita solucionar tan horrible misterio.»

La edición del día siguiente contenía los siguientes detalles adicionales:

«*La tragedia de la rue Morgue.*–Diversas personas han sido interrogadas con relación a este terrible y extraordinario suceso, pero nada ha trascendido que pueda arrojar alguna luz sobre él. Damos a continuación las declaraciones obtenidas:

»*Pauline Dubourg*, lavandera, manifiesta que conocía desde hacía tres años a las dos víctimas, de cuya ropa se ocupaba. La anciana y su hija parecían hallarse en buenos términos y se mostraban sumamente cariñosas entre sí. Pagaban muy bien. No sabía nada sobre su modo de vida y sus medios de subsistencia. Creía que madame L. decía la buenaventura. Pasaba por tener dinero guardado. Nunca encontró a otras personas en la casa cuando iba a buscar la ropa o la devolvía. Estaba segura de que no tenían ningún criado o criada. Opinaba que en la casa no había ningún mueble, salvo en el cuarto piso.

»*Pierre Moreau,* vendedor de tabaco, declara que desde hace cuatro años vendía regularmente pequeñas cantidades de tabaco y de rapé a madame L'Espanaye. Nació en la vecindad y ha residido siempre en ella. La extinta y su hija ocupaban desde hacia más de seis años la casa donde se encontraron los cadáveres. Anteriormente vivía en ella un joyero, que alquilaba las habitaciones superiores a diversas personas. La casa era de propiedad de madame L., quien se sintió disgustada por los abusos que cometía su inquilino y ocupó personalmente la casa, negándose a alquilar parte alguna. La anciana señora daba señales de senilidad. El testigo vio a su hija unas cinco o seis veces durante esos seis años. Ambas llevaban una vida muy retirada y pasaban por tener dinero. Había oído decir a los vecinos que madame L. decía la buenaventura, pero no lo creía. Nunca vio entrar a nadie, salvo a la anciana y su hija, a un mozo de servicio que estuvo allí una o dos veces, y a un médico que hizo ocho o diez visitas.

»Muchos otros vecinos han proporcionado testimonios coincidentes. No se ha hablado de nadie que frecuentara la casa. Se ignora si madame L. y su hija tenían parientes vivos. Pocas veces se abrían las persianas de las ventanas delanteras. Las de la parte posterior estaban siempre cerradas, salvo las de la gran habitación en la parte trasera del cuarto piso. La casa se hallaba en excelente estado y no era muy antigua.

»*Isidore Muset,* gendarme, declara que fue llamado hacia las tres de la mañana y que, al llegar a la casa, encontró a unas veinte o treinta personas reunidas que se esforzaban por entrar. Violentó finalmente la entrada (con una bayoneta y no con una ganzúa). No le costó mucho abrirla, pues se trataba de una puerta de dos batientes que no tenía pasadores ni arriba ni abajo. Los alaridos continuaron hasta que se abrió la puerta, cesando luego de golpe. Parecían gritos de persona (o personas) que sufrieran los más agudos dolores; eran gritos agudos y prolongados, no breves y precipitados.

El testigo trepó el primero las escaleras. Al llegar al primer descanso oyó dos voces que discutían con fuerza y agriamente; una de ellas era ruda y la otra mucho más aguda y muy extraña. Pudo entender algunas palabras provenientes de la primera voz, que correspondía a un francés. Estaba seguro de que no se trataba de una voz de mujer. Pudo distinguir las palabras *sacré* y *diable*. La voz más aguda era de un extranjero. No podría asegurar si se trataba de un hombre o una mujer. No entendió lo que decía, pero tenía la impresión de que hablaba en español. El estado de la habitación y de los cadáveres fue descrito por el testigo en la misma forma que lo hicimos ayer.

»*Henri Duval*, vecino, de profesión platero, declara que formaba parte del primer grupo que entró en la casa. Corrobora en general la declaración de Muset. Tan pronto forzaron la puerta, volvieron a cerrarla para mantener alejada a la muchedumbre, que, pese a lo avanzado de la hora, se estaba reuniendo rápidamente. El testigo piensa que la voz más aguda pertenecía a un italiano. Está seguro de que no se trataba de un francés. No puede asegurar que se tratara de una voz masculina. Pudo ser la de una mujer. No está familiarizado con la lengua italiana. No alcanzó a distinguir las palabras, pero por la entonación está convencido de que quien hablaba era italiano. Conocía a madame L. y a su hija. Había conversado frecuentemente con ellas. Estaba seguro de que la voz aguda no pertenecía a ninguna de las difuntas.

»*Odenheimer, restaurateur.* Este testigo se ofreció voluntariamente a declarar. Como no habla francés, testimonió mediante un intérprete. Es originario de Amsterdam. Pasaba frente a la casa cuando se oyeron los gritos. Duraron varios minutos, probablemente diez. Eran prolongados y agudos, tan horribles como penosos de oír. El testigo fue uno de los que entraron en el edificio. Corroboró las declaraciones anteriores en todos sus detalles, salvo uno. Estaba seguro de que la voz más aguda pertenecía a un hombre y que se trataba de un francés. No pudo distinguir las palabras pronunciadas. Eran fuertes y precipitadas, desiguales y pronunciadas aparentemente con tanto miedo como cólera. La voz era áspera; no tanto aguda como áspera. El testigo no la calificaría de aguda. La voz más gruesa dijo varias veces: *sacré, diable*, y una vez *Mon Dieu!*

»*Jules Mignaud*, banquero, de la firma Mignaud e hijos, en la calle Deloraine. Es el mayor de los Mignaud. Madame L'Espanaye poseía algunos bienes. Había abierto una cuenta en su banco durante la primavera del año 18... (ocho años antes). Hacía frecuentes depósitos de pequeñas sumas. No había retirado nada hasta tres días antes de su muerte, en que personalmente extrajo la suma de 4.000 francos. La suma le fue pagada en oro y un empleado la llevó a su domicilio.

»*Adolphe Lebon*, empleado de Mignaud e hijos, declara que el día en cuestión acompañó hasta su residencia a madame L'Espanaye, llevando los 4.000 francos en dos sacos. Una vez abierta la puerta, mademoiselle L. vino a tomar uno de los sacos, mientras la anciana señora se encargaba del otro. Por su parte, el testigo saludó y se retiró. No vio a persona alguna en la calle en ese momento. Se trata de una calle poco importante, muy solitaria.

»*William Bird*, sastre, declara que formaba parte del grupo que entró en la casa. Es de nacionalidad inglesa. Lleva dos años de residencia en París. Fue uno de los primeros en subir las escaleras. Oyó voces que disputaban. La más ruda era la de un francés. Pudo distinguir varias palabras, pero ya no las recuerda todas. Oyó claramente: *sacré* y *mon Dieu*. En ese momento se oía un ruido como si varias personas estuvieran luchando, era un sonido de forcejeo, como si algo fuese arrastrado. La voz aguda era muy fuerte, mucho más que la voz ruda. Está seguro de que no se trataba de la voz de un inglés. Parecía la de un alemán. Podía ser una voz de mujer. El testigo no comprende el alemán.

»Cuatro de los testigos nombrados más arriba fueron nuevamente interrogados, declarando que la puerta del aposento donde se encontró el cadáver de mademoiselle L. estaba cerrada por dentro cuando llegaron hasta ella. Reinaba un profundo silencio; no se escuchaban quejidos ni rumores de ninguna especie. No se vio a nadie en el momento de forzar la puerta. Las ventanas, tanto de la habitación del frente como de la trasera, estaban cerradas y firmemente aseguradas por dentro. Entre ambas habitaciones había una puerta cerrada, pero la llave no estaba echada. La puerta que comunicaba la habitación del frente con el corredor había sido cerrada con llave por dentro. Un cuarto pequeño situado en el frente del cuarto piso, al comienzo del corredor, apareció abierto, con la puerta entornada. La habitación estaba llena de camas viejas, cajones y objetos por el estilo. Se procedió a revisarlos uno por uno, no se dejó sin examinar una sola pulgada de la casa. Se enviaron deshollinadores para que exploraran las chimeneas. La casa tiene cuatro pisos, con *mansardes*. Una trampa que da al techo estaba firmemente asegurada con clavos y no parece haber sido abierta durante años. Los testigos no están de acuerdo sobre el tiempo transcurrido entre el momento en que escucharon las voces que disputaban y la apertura de la puerta de la habitación. Algunos sostienen que transcurrieron tres minutos; otros calculan cinco. Costó mucho violentar la puerta.

»*Alfonso Garcio*, empresario de pompas fúnebres, habita en la rue Morgue. Es de nacionalidad española. Formaba parte del grupo que entró en la casa. No subió las escaleras. Tiene los nervios delicados y teme las consecuencias de toda agitación. Oyó las voces que disputaban. La más ruda pertenecía a un francés. No pudo comprender lo que decía. La voz aguda era la de un inglés; está seguro de esto. No comprende el inglés, pero juzga basándose en la entonación.

»*Alberto Montani*, confitero, declara que fue de los primeros en subir las escaleras. Oyó las voces en cuestión. La voz ruda era la de un francés. Pudo distinguir varias palabras. El que hablaba parecía reprochar alguna cosa. No pudo comprender las palabras dichas por la voz más aguda, que hablaba rápida y desigualmente. Piensa que se trata de un ruso. Corrobora los testimonios restantes. Es de nacionalidad italiana. Nunca habló con un nativo de Rusia.

»Nuevamente interrogados, varios testigos certificaron que las chimeneas de todas las habitaciones eran demasiado angostas para admitir el paso de un ser humano. Se pasaron "deshollinadores" –cepillos cilíndricos como los que usan los que limpian chimeneas– por todos los tubos existentes en la casa. No existe ningún pasaje en los fondos por el cual alguien hubiera podido descender mientras el grupo subía las escaleras. El cuerpo de mademoiselle L'Espanaye estaba tan firmemente encajado en la chimenea, que no pudo ser extraído hasta que cuatro o cinco personas unieron sus esfuerzos.

»*Paul Dumas,* médico, declara que fue llamado al amanecer para examinar los cadáveres de las víctimas. Los mismos habían sido colocados sobre el colchón del lecho correspondiente a la habitación donde se encontró a mademoiselle L. El cuerpo de la joven aparecía lleno de contusiones y excoriaciones. El hecho de que hubiese sido metido en la chimenea bastaba para explicar tales marcas. La garganta estaba enormemente excoriada. Varios profundos arañazos aparecían debajo del mentón, conjuntamente con una serie de manchas lívidas resultantes, con toda evidencia, de la presión de unos dedos. El rostro estaba horriblemente pálido y los ojos se salían de las órbitas. La lengua aparecía a medias cortada. En la región del estómago se descubrió una gran contusión, producida, aparentemente, por la presión de una rodilla. Según opinión del doctor Dumas, mademoiselle L'Espanaye había sido estrangulada por una o varias personas.

»El cuerpo de la madre estaba horriblemente mutilado. Todos los huesos de la pierna y el brazo derechos se hallaban fracturados en mayor o menor grado. La tibia izquierda había quedado reducida a astillas, así como todas las costillas del lado izquierdo. El cuerpo aparecía cubierto de contusiones y estaba descolorido. Resultaba imposible precisar el arma con que se habían inferido tales heridas. Un pesado garrote de mano, o una ancha barra de hierro, quizá una silla, cualquier arma grande, pesada y contundente, en manos de un hombre sumamente robusto, podía haber producido esos resultados. Imposible que una mujer pudiera infligir tales heridas con cualquier arma que fuese. La cabeza de la difunta aparecía separada del cuerpo y, al igual que el resto, terriblemente contusa. Era evidente que la garganta había sido seccionada con un instrumento muy afilado, probablemente una navaja.

»*Alexandre Etienne,* cirujano, fue llamado al mismo tiempo que el doctor Dumas para examinar los cuerpos. Confirmó el testimonio y las opiniones de este último.

»No se ha obtenido ningún otro dato de importancia, a pesar de haberse interrogado a varias otras personas. Jamás se ha cometido en París un asesinato tan misterioso y tan enigmático en sus detalles... si es que en realidad se trata de un asesinato. La policía está perpleja, lo cual no es frecuente en asuntos de esta naturaleza. Pero resulta imposible hallar la más pequeña clave del misterio.»

La edición vespertina del diario declaraba que en el quartier Saint-Roch reinaba una intensa excitación, que se había practicado un nuevo y minucioso examen del lugar del hecho, mientras se interrogaba a nuevos testigos, pero que no se sabía nada nuevo. Un párrafo final agregaba, sin embargo, que un tal Adolphe Lebon acababa de ser arrestado y encarcelado, aunque nada parecía acusarlo, a juzgar por los hechos detallados.

Dupin se mostraba singularmente interesado en el desarrollo del asunto; o por lo menos así me pareció por sus maneras, pues no hizo el menor comentario. Tan sólo después de haberse anunciado el arresto de Lebon me pidió mi parecer acerca de los asesinatos.

No pude sino sumarme al de todo París y declarar que los consideraba un misterio insoluble. No veía modo alguno de seguir el rastro al asesino.

–No debemos pensar en los modos posibles que surgen de una investigación tan rudimentaria –dijo Dupin–. La policía parisiense, tan alabada por su penetración, es muy astuta pero nada más. No procede con método, salvo el del momento. Toma muchas disposiciones ostentosas, pero con frecuencia éstas se hallan tan mal adaptadas a su objetivo que recuerdan a Monsieur Jourdain, que pedía *sa robe de chambre... pour mieux entendre la musique*. Los resultados obtenidos son con frecuencia sorprendentes, pero en su mayoría se logran por simple diligencia y actividad. Cuando éstas son insuficientes, todos sus planes fracasan. Vidocq, por ejemplo, era hombre de excelentes conjeturas y perseverante. Pero como su pensamiento carecía de suficiente educación, erraba continuamente por el excesivo ardor de sus investigaciones. Dañaba su visión por mirar el objeto desde demasiado cerca. Quizá alcanzaba a ver uno o dos puntos con singular acuidad, pero procediendo así perdía el conjunto de la cuestión. En el fondo se trataba de un exceso de profundidad, y la verdad no siempre está dentro de un pozo. Por el contrario, creo que, en lo que se refiere al conocimiento más importante, es invariablemente superficial. La profundidad corresponde a los valles, donde la buscamos, y no a las cimas montañosas, donde se la encuentra. Las formas y fuentes de este tipo de error se ejemplifican muy bien en la contemplación de los cuerpos celestes. Si se observa una estrella de una ojeada, oblicuamente, volviendo hacia ella la porción exterior de la retina (mucho más sensible a las impresiones luminosas débiles que la parte interior), se verá la estrella con claridad y se apreciará plenamente su brillo, el cual se empaña apenas la contemplamos *de lleno*. Es verdad que en este último caso llegan a nuestros ojos mayor cantidad de rayos, pero la porción exterior posee una capacidad de recepción mucho más refinada. Por causa de una indebida profundidad confundimos y debilitamos el pensamiento, y Venus misma puede llegar a borrarse del firmamento si la escrutamos de manera demasiado sostenida, demasiado concentrada o directa.

»En cuanto a esos asesinatos, procedamos personalmente a un examen antes de formarnos una opinión. La encuesta nos servirá de entretenimiento (me pareció que el término era extraño, aplicado al caso, pero no dije nada). Además, Lebon me prestó cierta vez un servicio por el cual le estoy agradecido. Iremos a estudiar el terreno con nuestros propios ojos. Conozco a G..., el prefecto de policía, y no habrá dificultad en obtener el permiso necesario.»

La autorización fue acordada, y nos encaminamos inmediatamente a la rue Morgue. Se trata de uno de esos míseros pasajes que corren entre la rue Richelieu y la rue Saint-Roch. Atardecía cuando llegamos, pues el barrio estaba considerablemente distanciado del de nuestra residencia. Encontramos fácilmente la casa, ya que aún había varias personas mirando las persianas cerradas desde la acera opuesta. Era una típica casa parisiense, con una puerta de entrada y una casilla de cristales con ventana corrediza, correspondiente a la *loge du concierge.* Antes de entrar recorrimos la calle, doblamos por un pasaje y, volviendo a doblar, pasamos por la parte trasera del edificio, mientras Dupin examinaba la entera vecindad, así como la causa, con una atención minuciosa cuyo objeto me resultaba imposible de adivinar.

Volviendo sobre nuestros pasos retornamos a la parte delantera y, luego de llamar y mostrar nuestras credenciales, fuimos admitidos por los agentes de guardia. Subimos las escaleras, hasta llegar a la habitación donde se había encontrado el cuerpo de mademoiselle L'Espanaye y donde aún yacían ambas víctimas. Como es natural, el desorden del aposento había sido respetado. No vi nada que no estuviese detallado en la *Gazette des Tribunaux.* Dupin lo inspeccionaba todo, sin exceptuar los cuerpos de las víctimas. Pasamos luego a las otras habitaciones y al patio; un gendarme nos acompañaba a todas partes. El examen nos tuvo ocupados hasta que oscureció, y era de noche cuando salimos. En el camino de vuelta, mi amigo se detuvo algunos minutos en las oficinas de uno de los diarios parisienses.

He dicho ya que sus caprichos eran muchos y variados, y que *je les ménageais* (pues no hay traducción posible de la frase). En esta oportunidad Dupin rehusó toda conversación vinculada con los asesinatos, hasta el día siguiente a mediodía. Entonces, súbitamente, me preguntó si había observado alguna cosa *peculiar* en el escenario de aquellas atrocidades.

Algo había en su manera de acentuar la palabra, que me hizo estremecer sin que pudiera decir por qué.

–No, nada peculiar –dije–. Por lo menos, nada que no hayamos encontrado ya referido en el diario.

–Me temo –repuso Dupin– que la *Gazette* no haya penetrado en el insólito horror de este asunto. Pero dejemos de lado las vanas opiniones de ese diario. Tengo la impresión de que se considera insoluble este misterio por las mismísimas razones que deberían inducir a considerarlo fácilmente solucionable; me refiero a lo excesivo, a lo *outré* de sus características. La policía se muestra confundida por la aparente falta de móvil, y no por el asesinato en sí, sino por su atrocidad. Está asimismo perpleja por la aparente imposibilidad de conciliar las voces que se oyeron disputando, con el hecho de que en lo alto sólo se encontró a la difunta mademoiselle L'Espanaye, aparte de que era imposible escapar de la casa sin que el grupo que ascendía la escalera lo notara. El salvaje desorden del aposento; el cadáver metido, cabeza abajo, en la chimenea; la espantosa mutilación del cuerpo de la anciana, son elementos que, junto con los ya mencionados y otros que no necesito mencionar, han bastado para paralizar la acción de los investigadores policiales y confundir por completo su tan alabada perspicacia. Han caído en el grueso pero común error de confundir lo insólito con lo abstruso. Pero, justamente a través de esas desviaciones del plano ordinario de las cosas, la razón se abrirá paso, si ello es posible, en la búsqueda de la verdad. En investigaciones como la que ahora efectuamos no debería preguntarse tanto «qué ha ocurrido», como «qué hay en lo ocurrido que no se parezca a nada ocurrido anteriormente». En una palabra, la facilidad con la cual llegaré o he llegado a la solución de este misterio se halla en razón directa de su aparente insolubilidad a ojos de la policía.

Me quedé mirando a mi amigo con silenciosa estupefacción.

–Estoy esperando ahora –continuó Dupin, mirando hacia la puerta de nuestra habitación– a alguien que, si bien no es el perpetrador de esas carnicerías, debe de haberse visto envuelto de alguna manera en su ejecución. Es probable que sea inocente de la parte más horrible de los crímenes. Confío en que mi suposición sea acertada, pues en ella se apoya toda mi esperanza de descifrar completamente el enigma. Espero la llegada de ese hombre en cualquier momento... y en esta habitación. Cierto que puede no venir, pero lo más probable es que llegue. Si así fuera, habrá que retenerlo. He ahí unas pistolas; los dos sabemos lo que se puede hacer con ellas cuando la ocasión se presenta.

Tomé las pistolas, sabiendo apenas lo que hacía y, sin poder creer lo que estaba oyendo, mientras Dupin, como si monologara, continuaba sus reflexiones. Ya he mencionado su actitud abstraída en esos momentos. Sus palabras se dirigían a mí, pero su voz, aunque no era forzada, tenía esa entonación que se emplea habitualmente para dirigirse a alguien que se halla muy lejos. Sus ojos, privados de expresión, sólo miraban la pared.

–Las voces que disputaban y fueron oídas por el grupo que trepaba la escalera –dijo– no eran las de las dos mujeres, como ha sido bien probado por los testigos. Con esto queda eliminada toda posibilidad de que la anciana señora haya matado a su hija, suicidándose posteriormente. Menciono esto por razones metódicas, ya que la fuerza de madame de L'Espanaye hubiera sido por completo insuficiente para introducir el cuerpo de su hija en la chimenea, tal como fue encontrado, amén de que la naturaleza de las heridas observadas en su cadáver excluye toda idea de suicidio. El asesinato, pues, fue cometido por terceros, y a éstos pertenecían las voces que se escucharon mientras disputaban. Permítame ahora llamarle la atención, no sobre las declaraciones referentes a dichas voces, sino a algo *peculiar* en esas declaraciones. ¿No lo advirtió usted?

Hice notar que, mientras todos los testigos coincidían en que la voz más ruda debía ser la de un francés, existían grandes desacuerdos sobre la voz más aguda o –como la calificó uno de ellos– la voz áspera.

–Tal es el testimonio en sí –dijo Dupin–, pero no su peculiaridad. Usted no ha observado nada característico. Y, sin embargo, *había algo* que observar. Como bien ha dicho, los testigos coinciden sobre la voz ruda. Pero, con respecto a la voz aguda, la peculiaridad no consiste en que estén en desacuerdo, sino en que un italiano, un inglés, un español, un holandés y un francés han tratado de describirla, y cada uno de ellos se ha referido a una voz *extranjera*. Cada uno de ellos está seguro de que no se trata de la voz de un compatriota. Cada uno la vincula, no a la voz de una persona perteneciente a una nación cuyo idioma conoce, sino a la inversa. El francés supone que es la voz de un español, y agrega que «podría haber distinguido algunas palabras *si hubiera sabido español*». El holandés sostiene que se trata de un francés, pero nos enteramos de que *como no habla francés, testimonió mediante un intérprete*. El inglés piensa que se trata de la voz de un alemán, pero el testigo *no comprende el alemán.* El español «está seguro» de que se trata de un inglés, pero «juzga basándose en la entonación», ya que *no comprende el inglés.* El italiano cree que es la voz de un ruso, pero *nunca habló con un nativo de Rusia.* Un segundo testigo francés difiere del primero y está seguro de que se trata de la voz de un italiano. *No está familiarizado con la lengua italiana,* pero al igual que el español, «está convencido por la entonación». Ahora bien: ¡cuán extrañamente insólita tiene que haber sido esa voz para que pudieran reunirse semejantes testimonios! ¡Una voz en cuyos *tonos* los ciudadanos de las cinco grandes divisiones de Europa no pudieran reconocer nada familiar! Me dirá usted que podía tratarse de la voz de un asiático o un africano. Ni unos ni otros abundan en París, pero, sin negar esa posibilidad, me limitaré a llamarle la atención sobre tres puntos. Un testigo califica la voz de «áspera, más que aguda». Otros dos señalan que era «precipitada y desigual». Ninguno de los testigos se refirió a palabras reconocibles, a sonidos que parecieran palabras.

»No sé –continuó Dupin– la impresión que pudo haber causado hasta ahora en su entendimiento, pero no vacilo en decir que cabe extraer deducciones legítimas de esta parte del testimonio –la que se refiere a las voces ruda y aguda–, suficientes para crear una sospecha que debe de orientar todos los pasos futuros de la investigación del misterio. Digo «deducciones legítimas», sin expresar plenamente lo que pienso. Quiero dar a entender que las deducciones son las *únicas* que corresponden, y que la sospecha surge *inevitablemente* como resultado de las mismas. No le diré todavía cuál es esta sospecha. Pero tenga presente que, por lo que a mí se refiere, bastó para dar forma definida y tendencia determinada a mis investigaciones en el lugar del hecho.

»Transportémonos ahora con la fantasía a esa habitación. ¿Qué buscaremos en primer lugar? Los medios de evasión empleados por los asesinos. Supongo que bien puedo decir que ninguno de los dos cree en acontecimientos sobrenaturales. Madame y mademoiselle L'Espanaye no fueron asesinadas por espíritus. Los autores del hecho eran de carne y hueso, y escaparon por medios materiales. ¿Cómo, pues? Afortunadamente, sólo hay una manera de razonar sobre este punto, y esa manera *debe* conducirnos a una conclusión definida. Examinemos uno por uno los posibles medios de escape. Resulta evidente que los asesinos se hallaban en el cuarto donde se encontró a mademoiselle L'Espanaye, o por lo menos en la pieza contigua, en momentos en que el grupo subía las escaleras. Vale decir que debemos buscar las salidas en esos dos aposentos. La policía ha levantado los pisos, los techos y la mampostería de las paredes en todas direcciones. Ninguna salida *secreta* pudo escapar a sus observaciones. Pero como no me fío de *sus* ojos, miré el lugar con los míos. Efectivamente, no había salidas secretas. Las dos puertas que comunican las habitaciones con el corredor estaban bien cerradas, con las llaves por dentro. Veamos ahora las chimeneas. Aunque de diámetro ordinario en los primeros ocho o diez pies por encima de los hogares, los tubos no permitirían más arriba el paso del cuerpo de un gato grande. Quedando así establecida la total imposibilidad de escape por las vías mencionadas nos vemos reducidos a las ventanas. Nadie podría haber huido por la del cuarto delantero, ya que la muchedumbre reunida lo hubiese visto. Los asesinos *tienen* que haber pasado, pues, por las de la pieza trasera. Llevados a esta conclusión de manera tan inequívoca, no nos corresponde, en nuestra calidad de razonadores, rechazarla por su aparente imposibilidad. Lo único que cabe hacer es probar que esas aparentes "imposibilidades" no son tales en realidad.

»Hay dos ventanas en el aposento. Contra una de ellas no hay ningún mueble que la obstruya, y es claramente visible. La porción inferior de la otra queda oculta por la cabecera del pesado lecho, que ha sido arrimado a ella. La primera ventana apareció firmemente asegurada desde dentro. Resistió los más violentos esfuerzos de quienes trataron de levantarla. En el marco, a la izquierda, había una gran perforación de barreno, y en ella un solidísimo clavo hundido casi hasta la cabeza. Al examinar la otra ventana se vio que había un clavo colocado en forma similar; todos los esfuerzos por levantarla fueron igualmente inútiles. La policía, pues, se sintió plenamente segura de que la huida no se había producido por ese lado. Y, *por tanto,* consideró superfluo extraer los clavos y abrir las ventanas.

»Mi examen fue algo más detallado, y eso por la razón que acabo de darle: allí era el caso de probar que todas las aparentes imposibilidades no eran tales en realidad.

»Seguí razonando en la siguiente forma... *a posteriori.* Los asesinos escaparon *desde una de esas ventanas.* Por tanto, no pudieron asegurar nuevamente los marcos desde el interior, tal como fueron encontrados (consideración que, dado lo obvio de su carácter, interrumpió la búsqueda de la policía en ese terreno). Los marcos estaban asegurados. *Es necesario,* pues, que tengan una manera de asegurarse por sí mismos. La conclusión no admitía escapatoria. Me acerqué a la ventana que tenía libre acceso, extraje con alguna dificultad el clavo y traté de levantar el marco. Tal como lo había anticipado, resistió a todos mis esfuerzos. Comprendí entonces que debía de haber algún resorte oculto, y la corroboración de esta idea me convenció de que por lo menos mis premisas eran correctas, aunque el detalle referente a los clavos continuara siendo misterioso. Un examen detallado no tardó en revelarme el resorte secreto. Lo oprimí y, satisfecho de mi descubrimiento, me abstuve de levantar el marco.

»Volví a poner el clavo en su sitio y lo observé atentamente. Una persona que escapa por la ventana podía haberla cerrado nuevamente, y el resorte habría asegurado el marco. Pero, ¿cómo reponer el clavo? La conclusión era evidente y estrechaba una vez más el campo de mis investigaciones. Los asesinos *tenían* que haber escapado por la otra ventana. Suponiendo, pues, que los resortes fueran idénticos en las dos ventanas, como parecía probable, *necesariamente* tenía que haber una diferencia entre los clavos, o por lo menos en su manera de estar colocados. Trepando al armazón de la cama, miré minuciosamente el marco de sostén de la segunda ventana. Pasé la mano por la parte posterior, descubriendo en seguida el resorte que, tal como había supuesto, era idéntico a su vecino. Miré luego el clavo. Era tan sólido como el otro y aparentemente estaba fijo de la misma manera y hundido casi hasta la cabeza.

»Pensará usted que me sentí perplejo, pero si así fuera no ha comprendido la naturaleza de mis inducciones. Para usar una frase deportiva, hasta entonces no había cometido falta. No había perdido la pista un solo instante. Los eslabones de la cadena no tenían ninguna falla. Había perseguido el secreto hasta su última conclusión: y esa conclusión *era el clavo.* Ya he dicho que tenía todas las apariencias de su vecino de la otra ventana; pero el hecho, por más concluyente que pareciera, resultaba de una absoluta nulidad comparado con la consideración de que allí, en ese punto, se acababa el hilo conductor. "*Tiene* que haber algo defectuoso en el clavo", pensé. Al tocarlo, su cabeza quedó entre mis dedos juntamente con un cuarto de pulgada de la espiga. El resto de la espiga se hallaba dentro del agujero, donde se había roto. La fractura era muy antigua, pues los bordes aparecían herrumbrados, y parecía haber sido hecho de un martillazo, que había hundido parcialmente la cabeza del clavo en el marco inferior de la ventana. Volví a colocar cuidadosamente la parte de la cabeza en el lugar de donde la había sacado, y vi que el clavo daba la exacta impresión de estar entero; la fisura resultaba invisible. Apretando el resorte, levanté ligeramente el marco; la cabeza del clavo subió con él, sin moverse de su lecho. Cerré la ventana, y el clavo dio otra vez la impresión de estar dentro.

»Hasta ahora, el enigma quedaba explicado. El asesino había huido por la ventana que daba a la cabecera del lecho. Cerrándose por sí misma (o quizá ex profeso) la ventana había quedado asegurada por su resorte. Y la resistencia ofrecida por éste había inducido a la policía a suponer que se trataba del clavo, dejando así de lado toda investigación suplementaria.

»La segunda cuestión consiste en el modo del descenso. Mi paseo con usted por la parte trasera de la casa me satisfizo al respecto. A unos cinco pies y medio de la ventana en cuestión corre una varilla de pararrayos. Desde esa varilla hubiera resultado imposible alcanzar la ventana, y mucho menos introducirse por ella. Observé, sin embargo, que las persianas del cuarto piso pertenecen a esa curiosa especie que los carpinteros parisienses denominan *ferrades;* es un tipo rara vez empleado en la actualidad, pero que se ve con frecuencia en casas muy viejas de Lyon y Bordeaux. Se las fabrica como una puerta ordinaria (de una sola hoja, y no de doble batiente), con la diferencia de que la parte inferior tiene celosías o tablillas que ofrecen excelente asidero para las manos. En este caso las persianas alcanzan un ancho de tres pies y medio. Cuando las vimos desde la parte posterior de la casa, ambas estaban entornadas, es decir, en ángulo recto con relación a la pared. Es probable que también los policías hayan examinado los fondos del edificio; pero, si así lo hicieron, miraron las *ferrades* en el ángulo indicado, sin darse cuenta de su gran anchura; por lo menos no la tomaron en cuenta. Sin duda, seguros de que por esa parte era imposible toda fuga, se limitaron a un examen muy sumario. Para mí, sin embargo, era claro que si se abría del todo la persiana correspondiente a la ventana situada sobre el lecho, su borde quedaría a unos dos pies de la varilla del pararrayos. También era evidente que, desplegando tanta agilidad como coraje, se podía llegar hasta la ventana trepando por la varilla. Estirándose hasta una distancia de dos pies y medio (ya que suponemos la persiana enteramente abierta), un ladrón habría podido sujetarse firmemente de las tablillas de la celosía. Abandonando entonces su sostén en la varilla, afirmando los pies en la pared y lanzándose vigorosamente hacia adelante habría podido hacer girar la persiana hasta que se cerrara; si suponemos que la ventana estaba abierta en este momento, habría logrado entrar así en la habitación.

»Le pido que tenga especialmente en cuenta que me refiero a un insólito grado de vigor, capaz de llevar a cabo una hazaña tan azarosa y difícil. Mi intención consiste en demostrarle, primeramente, que el hecho pudo ser llevado a cabo; pero, en segundo lugar, y *muy especialmente,* insisto en llamar su atención sobre el carácter *extraordinario,* casi sobrenatural, de ese vigor capaz de cosa semejante.

»Usando términos judiciales, usted me dirá sin duda que para «redondear mi caso» debería subestimar y no poner de tal modo en evidencia la agilidad que se requiere para dicha proeza. Pero la práctica de los tribunales no es la de la razón. Mi objetivo final es tan sólo la verdad. Y mi propósito inmediato consiste en inducirlo a que yuxtaponga la *insólita agilidad* que he mencionado a esa voz *tan extrañamente aguda* (o áspera) y *desigual* sobre cuya nacionalidad no pudieron ponerse de acuerdo los testigos y en cuyos acentos no se logró distinguir ningún vocablo articulado.»

Al oír estas palabras pasó por mi mente una vaga e informe concepción de lo que quería significar Dupin. Me pareció estar a punto de entender, pero sin llegar a la comprensión, así como a veces nos hallamos a punto de recordar algo que finalmente no se concreta. Pero mi amigo seguía hablando.

–Habrá notado usted –dijo– que he pasado de la cuestión de la salida de la casa a la del modo de entrar en ella. Era mi intención mostrar que ambas cosas se cumplieron en la misma forma y en el mismo lugar. Volvamos ahora al interior del cuarto y examinemos lo que allí aparece. Se ha dicho que los cajones de la cómoda habían sido saqueados, aunque quedaron en ellos numerosas prendas. Esta conclusión es absurda. No pasa de una simple conjetura, bastante tonta por lo demás. ¿Cómo podemos asegurar que las ropas halladas en los cajones no eran las que éstos contenían habitualmente? Madame L'Espanaye y su hija llevaban una vida muy retirada, no veían a nadie, salían raras veces, y pocas ocasiones se les presentaban de cambiar de tocado. Lo que se encontró en los cajones era de tan buena calidad como cualquiera de los efectos que poseían las damas. Si un ladrón se llevó una parte, ¿por qué no tomó lo mejor... por qué no se llevó todo? En una palabra: ¿por qué abandonó cuatro mil francos en oro, para cargarse con un hato de ropa? El oro *fue* abandonado. La suma mencionada por monsieur Mignaud, el banquero, apareció en su casi totalidad en los sacos tirados por el suelo. Le pido, por tanto, que descarte de sus pensamientos la desatinada idea de un *móvil,* nacida en el cerebro de los policías por esa parte del testimonio que se refiere al dinero entregado en la puerta de la casa. Coincidencias diez veces más notables que ésta (la entrega del dinero y el asesinato de sus poseedores tres días más tarde) ocurren a cada hora de nuestras vidas sin que nos preocupemos por ellas. En general, las coincidencias son grandes obstáculos en el camino de esos pensadores que todo lo ignoran de la teoría de las probabilidades, esa teoría a la cual los objetivos más eminentes de la investigación humana deben los más altos ejemplos. En esta instancia, si el oro hubiese sido robado, el hecho de que la suma hubiese sido entregada tres días antes habría constituido algo más que una coincidencia. Antes bien, hubiera corroborado la noción de un móvil. Pero, dadas las verdaderas circunstancias del caso, si hemos de suponer que el oro era el móvil del crimen, tenemos entonces que admitir que su perpetrador era lo bastante indeciso y lo bastante estúpido como para olvidar el oro y el móvil al mismo tiempo.

»Teniendo, pues, presentes los puntos sobre los cuales he llamado su atención –la voz singular, la insólita agilidad y la sorprendente falta de móvil en un asesinato tan atroz como éste–, echemos una ojeada a la carnicería en sí. Estamos ante una mujer estrangulada por la presión de unas manos e introducida en el cañón de la chimenea con la cabeza hacia abajo. Los asesinos ordinarios no emplean semejantes métodos. Y mucho menos esconden al asesinado en esa forma. En el hecho de introducir el cadáver en la chimenea admitirá usted que hay algo *excesivamente* inmoderado, algo por completo inconciliable con nuestras nociones sobre los actos humanos, incluso si suponemos que su autor es el más depravado de los hombres. Piense, asimismo, en la fuerza prodigiosa que hizo falta para introducir el cuerpo *hacia arriba,* cuando para hacerlo descender fue necesario el concurso de varias personas.

»Volvámonos ahora a las restantes señales que pudo dejar ese maravilloso vigor. En el hogar de la chimenea se hallaron espesos –muy espesos –mechones de cabello humano canoso. Habían sido arrancados de raíz. Bien sabe usted la fuerza que se requiere para arrancar en esa forma veinte o treinta cabellos. Y además vio los mechones en cuestión tan bien como yo. Sus raíces (cosa horrible) mostraban pedazos del cuero cabelludo, prueba evidente de la prodigiosa fuerza ejercida para arrancar quizá medio millón de cabellos de un tirón. La garganta de la anciana señora no solamente estaba cortada, sino que la cabeza había quedado completamente separada del cuerpo; el instrumento era una simple navaja. Lo invito a considerar la *brutal* ferocidad de estas acciones. No diré nada de las contusiones que presentaba el cuerpo de Madame L'Espanaye. Monsieur Dumas y su valioso ayudante, monsieur Etienne, han decidido que fueron producidas por un instrumento contundente, y hasta ahí la opinión de dichos caballeros es muy correcta. El instrumento contundente fue evidentemente el pavimento de piedra del patio, sobre el cual cayó la víctima desde la ventana que da sobre la cama. Por simple que sea, esto escapó a la policía por la misma razón que se les escapó el ancho de las persianas: frente a la presencia de clavos se quedaron ciegos ante la posibilidad de que las ventanas hubieran sido abiertas alguna vez.

»Si ahora, en adición a estas cosas, ha reflexionado usted adecuadamente sobre el extraño desorden del aposento, hemos llegado al punto de poder combinar las nociones de una asombrosa agilidad, una fuerza sobrehumana, una ferocidad brutal, una carnicería sin motivo, una *grotesquerie* en el horror por completo ajeno a lo humano, y una voz de tono extranjero para los oídos de hombres de distintas nacionalidades y privada de todo silabeo inteligible. ¿Qué resultado obtenemos? ¿Qué impresión he producido en su imaginación?»

Al escuchar las preguntas de Dupin sentí que un estremecimiento recorría mi cuerpo.

–Un maníaco es el autor del crimen –dije–. Un loco furioso escapado de alguna *maison de santé* de la vecindad.

–En cierto sentido –dijo Dupin–, su idea no es inaplicable. Pero, aun en sus más salvajes paroxismos, las voces de los locos jamás coinciden con esa extraña voz escuchada en lo alto. Los locos pertenecen a alguna nación, y, por más incoherentes que sean sus palabras, tienen, sin embargo, la coherencia del silabeo. Además, el cabello de un loco no es como el que ahora tengo en la mano. Arranqué este pequeño mechón de entre los dedos rígidamente apretados de madame L'Espanaye. ¿Puede decirme qué piensa de ellos?

–¡Dupin... este cabello es absolutamente extraordinario...! ¡No es cabello *humano!* –grité, trastornado por completo.

–No he dicho que lo fuera –repuso mi amigo–. Pero antes de que resolvamos este punto, le ruego que mire el bosquejo que he trazado en este papel. Es un facsímil de lo que en una parte de las declaraciones de los testigos se describió como «contusiones negruzcas, y profundas huellas de uñas» en la garganta de mademoiselle L'Espanaye, y en otra (declaración de los señores Dumas y Etienne) como «una serie de manchas lívidas que, evidentemente, resultaban de la presión de unos dedos».

»Notará usted -continuó mi amigo, mientras desplegaba el papel- que este diseño indica una presión firme y fija. No hay señal alguna de *deslizamiento.* Cada dedo mantuvo (probablemente hasta la muerte de la víctima) su terrible presión en el sitio donde se hundió primero. Le ruego ahora que trate de colocar todos sus dedos a la vez en las respectivas impresiones, tal como aparecen en el dibujo.»

Lo intenté sin el menor resultado.

-Quizá no estemos procediendo debidamente -dijo Dupin-. El papel es una superficie plana, mientras que la garganta humana es cilíndrica. He aquí un rodillo de madera, cuya circunferencia es aproximadamente la de una garganta. Envuélvala con el dibujo y repita el experimento.

Así lo hice, pero las dificultades eran aún mayores.

-Esta marca -dije- no es la de una mano humana.

-Lea ahora -replicó Dupin- este pasaje de Cuvier.

Era una minuciosa descripción anatómica y descriptiva del gran orangután leonado de las islas de la India oriental. La gigantesca estatura, la prodigiosa fuerza y agilidad, la terrible ferocidad y las tendencias imitativas de estos mamíferos son bien conocidas. Instantáneamente comprendí todo el horror del asesinato.

-La descripción de los dedos -dije al terminar la lectura- concuerda exactamente con este dibujo. Sólo un orangután, entre todos los animales existentes, es capaz de producir las marcas que aparecen en su diseño. Y el mechón de pelo coincide en un todo con el pelaje de la bestia descrita por Cuvier. De todas maneras, no alcanzo a comprender los detalles de este aterrador misterio. Además, se escucharon *dos* voces que disputaban y una de ellas era, sin duda, la de un francés.

–Cierto. Y recordará usted que, casi unánimemente los testigos declararon haber oído decir a esa voz las palabras: *Mon Dieu!* Dadas las circunstancias, uno de los testigos (Montani, el confitero) acertó al sostener que la exclamación tenía un tono de reproche o reconvención. Sobre esas dos palabras, pues, he apoyado todas mis esperanzas de una solución total del enigma. Un francés estuvo al tanto del asesinato. Es posible –e incluso muy probable– que fuera inocente de toda participación en el sangriento episodio. El orangután pudo habérsele escapado. Quizá siguió sus huellas hasta la habitación; pero, dadas las terribles circunstancias que se sucedieron, le fue imposible capturarlo otra vez. El animal anda todavía suelto. No continuaré con estas conjeturas –pues no tengo derecho a darles otro nombre–, ya que las sombras de reflexión que les sirven de base poseen apenas suficiente profundidad para ser alcanzadas por mi intelecto, y no pretenderé mostrarlas con claridad a la inteligencia de otra persona. Las llamaremos conjeturas, pues, y nos referiremos a ellas como tales. Si el francés en cuestión es, como lo supongo, inocente de tal atrocidad, este aviso que dejé anoche cuando volvíamos a casa en las oficinas de *Le Monde* (un diario consagrado a cuestiones marítimas y muy leído por los navegantes) lo hará acudir a nuestra casa.

Me alcanzó un papel, donde leí:

CAPTURADO.–*En el Bois de Boulogne, en la mañana del... (la mañana del asesinato), se ha capturado un gran orangután leonado de la especie de Borneo. Su dueño (de quien se sabe que es un marinero perteneciente a un barco maltés) puede reclamarlo, previa identificación satisfactoria y pago de los gastos resultantes de su captura y cuidado. Presentarse al número... calle... Faubourg Saint-Germain... tercer piso.*

–Pero, ¿cómo es posible –pregunté– que sepa usted que el hombre es un marinero y que pertenece a un barco maltés?

–No lo sé –dijo Dupin– y no estoy seguro de ello. Pero he aquí un trocito de cinta que, a juzgar por su forma y su grasienta condición, debió de ser usado para atar el pelo en una de esas largas *queues* de que tan orgullosos se muestran los marineros. Además, el nudo pertenece a esa clase que pocas personas son capaces de hacer, salvo los marinos, y es característico de los malteses. Encontré esta cinta al pie de la varilla del pararrayos. Imposible que perteneciera a una de las víctimas. De todos modos, si me equivoco al deducir de la cinta que el francés era una marinero perteneciente a un barco maltés, no he causado ningún daño al estamparlo en el aviso. Si me equivoco, el hombre pensará que me he confundido por alguna razón que no se tomará el trabajo de averiguar. Pero si estoy en lo cierto, hay mucho de ganado. Conocedor, aunque inocente de los asesinatos, el francés vacilará, como es natural, antes de responder al aviso y reclamar el orangután. He aquí cómo razonará: «Soy inocente y pobre; mi orangután es muy valioso y para un hombre como yo representa una verdadera fortuna. ¿Por qué perderlo a causa de una tonta aprensión? Está ahí, a mi alcance. Lo han encontrado en el Bois de Boulogne, a mucha distancia de la escena del crimen. ¿Cómo podría sospechar alguien que ese animal es el culpable? La policía está desorientada y no ha podido encontrar la más pequeña huella. Si llegaran a seguir la pista del mono, les será imposible probar que supe algo de los crímenes o echarme alguna culpa como testigo de ellos. Además, *soy conocido.* El redactor del aviso me designa como dueño del animal. Ignoro hasta dónde llega su conocimiento. Si renuncio a reclamar algo de tanto valor, que se sabe de mi pertenencia, las sospechas recaerán, por lo menos, sobre el animal. Contestaré al aviso, recobraré el orangután y lo tendré encerrado hasta que no se hable más del asunto.»

En ese momento oímos pasos en la escalera.

–Prepare las pistolas –dijo Dupin–, pero no las use ni las exhiba hasta que le haga una seña.

La puerta de entrada de la casa había quedado abierta y el visitante había entrado sin llamar, subiendo algunos peldaños de la escalera. Pero, de pronto, pareció vacilar y lo oímos bajar. Dupin corría ya a la puerta cuando advertimos que volvía a subir. Esta vez no vaciló, sino que, luego de trepar decididamente la escalera, golpeó en nuestra puerta.

–¡Adelante! –dijo Dupin con voz cordial y alegre.

El hombre que entró era, con toda evidencia, un marino, alto, robusto y musculoso, con un semblante en el que cierta expresión audaz no resultaba desagradable. Su rostro, muy atezado, aparecía en gran parte oculto por las patillas y los bigotes. Traía consigo un grueso bastón de roble, pero al parecer ésa era su única arma. Inclinóse torpemente, dándonos las buenas noches en francés; a pesar de un cierto acento suizo de Neufchatel, se veía que era de origen parisiense.

–Siéntese usted, amigo mío –dijo Dupin–. Supongo que viene en busca del orangután. Palabra, se lo envidio un poco; es un magnífico animal, que presumo debe de tener gran valor. ¿Qué edad le calcula usted?

El marinero respiró profundamente, con el aire de quien se siente aliviado de un peso intolerable, y contestó con tono reposado:

–No podría decirlo, pero no tiene más de cuatro o cinco años. ¿Lo guarda usted aquí?

–¡Oh, no! Carecemos de lugar adecuado. Está en una caballeriza de la rue Dubourg, cerca de aquí. Podría usted llevárselo mañana por la mañana. Supongo que estará en condiciones de probar su derecho de propiedad.

–Por supuesto que sí, señor.

–Lamentaré separarme de él –dijo Dupin.

–No quisiera que usted se hubiese molestado por nada –declaró el marinero–. Estoy dispuesto a pagar una recompensa por el hallazgo del animal. Una suma razonable, se entiende.

–Pues bien –repuso mi amigo–, eso me parece muy justo. Déjeme pensar: ¿qué le pediré? ¡Ah, ya sé! He aquí cuál será mi recompensa: me contará usted todo lo que sabe sobre esos crímenes en la rue Morgue.

Dupin pronunció las últimas palabras en voz muy baja y con gran tranquilidad. Después, con igual calma, fue hacia la puerta, la cerró y guardó la llave en el bolsillo. Sacando luego una pistola, la puso sin la menor prisa sobre la mesa.

El rostro del marinero enrojeció como si un acceso de sofocación se hubiera apoderado de él. Levantándose, aferró su bastón, pero un segundo después se dejó caer de nuevo en el asiento, temblando violentamente y pálido como la muerte. No dijo una palabra. Lo compadecí desde lo más profundo de mi corazón.

–Amigo mío, se está usted alarmando sin necesidad –dijo cordialmente Dupin–. Le aseguro que no tenemos intención de causarle el menor daño. Lejos de nosotros querer perjudicarlo: le doy mi palabra de caballero y de francés. Estoy perfectamente enterado de que es usted inocente de las atrocidades de la rue Morgue. Pero sería inútil negar que, en cierto modo, se halla implicado en ellas. Fundándose en lo que le he dicho, supondrá que poseo medios de información sobre este asunto, medios que le sería imposible imaginar. El caso se plantea de la siguiente manera: usted no ha cometido nada que no debiera haber cometido, nada que lo haga culpable. Ni siquiera se le puede acusar de robo, cosa que pudo llevar a cabo impunemente. No tiene nada que ocultar ni razón para hacerlo. Por otra parte, el honor más elemental lo obliga a confesar todo lo que sabe. Hay un hombre inocente en la cárcel, acusado de un crimen cuyo perpetrador puede usted denunciar.

Mientras Dupin pronunciaba estas palabras, el marinero había recobrado en buena parte su compostura, aunque su aire decidido del comienzo habíase desvanecido por completo.

–¡Dios venga en mi ayuda! –dijo, después de una pausa–. Sí, le diré todo lo que sé sobre este asunto, aunque no espero que crea ni la mitad de lo que voy a contarle... ¡Estaría loco si pensara que van a creerme! Y, sin embargo, *soy* inocente, y lo confesaré todo aunque me cueste la vida.

En sustancia, lo que nos dijo fue lo siguiente: Poco tiempo atrás, había hecho un viaje al archipiélago índico. Un grupo del que formaba parte desembarcó en Borneo y penetró en el interior a fin de hacer una excursión placentera. Entre él y un compañero capturaron al orangután. Como su compañero falleciera, quedó dueño único del animal. Después de considerables dificultades, ocasionadas por la indomable ferocidad de su cautivo durante el viaje de vuelta, logró finalmente encerrarlo en su casa de París, donde, para aislarlo de la incómoda curiosidad de sus vecinos, lo mantenía cuidadosamente recluido, mientras el animal curaba de una herida en la pata que se había hecho con una astilla a bordo del buque. Una vez curado, el marinero estaba dispuesto a venderlo.

Una noche, o más bien una madrugada, en que volvía de una pequeña juerga de marineros, nuestro hombre se encontró con que el orangután había penetrado en su dormitorio, luego de escaparse de la habitación contigua donde su captor había creído tenerlo sólidamente encerrado. Navaja en mano y embadurnado de jabón, habíase sentado frente a un espejo y trataba de afeitarse, tal como, sin duda, había visto hacer a su amo espiándolo por el ojo de la cerradura. Aterrado al ver arma tan peligrosa en manos de un animal que, en su ferocidad, era harto capaz de utilizarla, el marinero se quedó un instante sin saber qué hacer. Por lo regular, lograba contener al animal, aun en sus arrebatos más terribles, con ayuda de un látigo, y pensó acudir otra vez a ese recurso. Pero al verlo, el orangután se lanzó de un salto a la puerta, bajó las escaleras y, desde ellas, saltando por una ventana que desgraciadamente estaba abierta, se dejó caer a la calle.

Desesperado, el francés se precipitó en su seguimiento. Navaja en mano, el mono se detenía para mirar y hacer muecas a su perseguidor, dejándolo acercarse casi hasta su lado. Entonces echaba a correr otra vez. Siguió así la caza durante largo tiempo. Las calles estaban profundamente tranquilas, pues eran casi las tres de la madrugada. Al atravesar el pasaje de los fondos de la rue Morgue, la atención del fugitivo se vio atraída por la luz que salía de la ventana abierta del aposento de madame L'Espanaye, en el cuarto piso de su casa. Precipitándose hacia el edificio, descubrió la varilla del pararrayos, trepó por ella con inconcebible agilidad, aferró la persiana que se hallaba completamente abierta y pegada a la pared, y en esta forma se lanzó hacia adelante hasta caer sobre la cabecera de la cama. Todo esto había ocurrido en menos de un minuto. Al saltar en la habitación, las patas del orangután rechazaron nuevamente la persiana, la cual quedó abierta.

El marinero, a todo esto, se sentía tranquilo y preocupado al mismo tiempo. Renacían sus esperanzas de volver a capturar a la bestia, ya que le sería difícil escapar de la trampa en que acababa de meterse, salvo que bajara otra vez por el pararrayos, ocasión en que sería posible atraparlo. Por otra parte, se sentía ansioso al pensar en lo que podría estar haciendo en la casa. Esta última reflexión indujo al hombre a seguir al fugitivo. Para un marinero no hay dificultad en trepar por una varilla de pararrayos; pero, cuando hubo llegado a la altura de la ventana, que quedaba muy alejada a su izquierda, no pudo seguir adelante; lo más que alcanzó fue a echarse a un lado para observar el interior del aposento. Apenas hubo mirado, estuvo a punto de caer a causa del horror que lo sobrecogió. Fue en ese momento cuando empezaron los espantosos alaridos que arrancaron de su sueño a los vecinos de la rue Morgue. Madame L'Espanaye y su hija, vestidas con sus camisones de dormir, habían estado aparentemente ocupadas en arreglar algunos papeles en la caja fuerte ya mencionada, la cual había sido corrida al centro del cuarto. Hallábase abierta, y a su lado, en el suelo, los papeles que contenía. Las víctimas debían de haber estado sentadas dando la espalda a la ventana, y, a juzgar por el tiempo transcurrido entre la entrada de la bestia y los gritos, parecía probable que en un primer momento no hubieran advertido su presencia. El golpear de la persiana pudo ser atribuido por ellas al viento.

En el momento en que el marinero miró hacia el interior del cuarto, el gigantesco animal había aferrado a madame L'Espanaye por el cabello (que la dama tenía suelto, como si se hubiera estado peinando) y agitaba la navaja cerca de su cara imitando los movimientos de un barbero. La hija yacía postrada e inmóvil, víctima de un desmayo. Los gritos y los esfuerzos de la anciana señora, durante los cuales le fueron arrancados los mechones de la cabeza, tuvieron por efecto convertir los propósitos probablemente pacíficos del orangután en otros llenos de furor. Con un solo golpe de su musculoso brazo separó casi completamente la cabeza del cuerpo de la víctima. La vista de la sangre transformó su cólera en frenesí. Rechinando los dientes y echando fuego por los ojos, saltó sobre el cuerpo de la joven y, hundiéndole las terribles garras en la garganta, las mantuvo así hasta que hubo expirado. Las furiosas miradas de la bestia cayeron entonces sobre la cabecera del lecho, sobre el cual el rostro de su amo, paralizado por el horror, alcanzaba apenas a divisarse. La furia del orangután, que, sin duda, no olvidaba el temido látigo, se cambió instantáneamente en miedo. Seguro de haber merecido un castigo, pareció deseoso de ocultar sus sangrientas acciones, y se lanzó por el cuarto lleno de nerviosa agitación, echando abajo y rompiendo los muebles a cada salto y arrancando el lecho de su bastidor. Finalmente se apoderó del cadáver de mademoiselle L'Espanaye y lo metió en el cañón de la chimenea, tal como fue encontrado luego, tomó luego el de la anciana y lo tiró de cabeza por la ventana.

En momentos en que el mono se acercaba a la ventana con su mutilada carga, el marinero se echó aterrorizado hacia atrás y, deslizándose sin precaución alguna hasta el suelo, corrió inmediatamente a su casa, temeroso de las consecuencias de semejante atrocidad y olvidando en su terror toda preocupación por la suerte del orangután. Las palabras que los testigos oyeron en la escalera fueron las exclamaciones de espanto del francés, mezcladas con los diabólicos sonidos que profería la bestia.

Poco me queda por agregar. El orangután debió de escapar por la varilla del pararrayos un segundo antes de que la puerta fuera forzada. Sin duda, cerró la ventana a su paso. Más tarde fue capturado por su mismo dueño, quien lo vendió al *Jardin des Plantes* en una elevada suma.

Lebon fue puesto en libertad inmediatamente después que hubimos narrado todas las circunstancias del caso –con algunos comentarios por parte de Dupin– en el *bureau* del prefecto de policía. Este funcionario, aunque muy bien dispuesto hacia mi amigo, no pudo ocultar del todo el fastidio que le producía el giro que había tomado el asunto, y deslizó uno o dos sarcasmos sobre la conveniencia de que cada uno se ocupara de sus propios asuntos.

–Déjelo usted hablar –me dijo Dupin, que no se había molestado en replicarle–. Deje que se desahogue; eso aliviará su conciencia. Me doy por satisfecho con haberlo derrotado en su propio terreno. De todos modos, el hecho de que haya fracasado en la solución del misterio no es ninguna razón para asombrarse; en verdad, nuestro amigo el prefecto es demasiado astuto para ser profundo. No hay fibra en su ciencia: mucha cabeza y nada de cuerpo, como las imágenes de la diosa Laverna, o, a lo sumo, mucha cabeza y lomos, como un bacalao. Pero después de todo es un buen hombre. Lo estimo especialmente por cierta forma maestra de gazmoñería, a la cual debe su reputación. Me refiero a la manera que tiene de *nier ce qui est, et d'expliquer ce qui n'est pas*[1].

1. Rousseau, *Nouvelle Héloïse* (E. A. P.)

El misterio de Marie Rogêt[1] (Continuación de «Los crímenes de la calle Morgue»)

> Es giebt eine Reihe idealischer Begebenheiten, die der Wirklichkeit parallel läuft. Selten fallen sie zusammen. Menschen und Zufälle modificiren gewöhnlich die idealische Begebenheit, so dass sie unvollkommen ercheint, und ihre Folgen gleichfalls unvollkommen sind. So bei der Reformation; statt des Protestantismus kam das Lutherthum hervor.
>
> Hay series ideales de acaecimientos que corren paralelos a los reales. Rara vez coinciden; por lo general, los hombres y las circunstancias modifican la serie ideal perfecta, y sus consecuencias son por lo tanto igualmente imperfectas. Tal ocurrió con la Reforma: en vez del protestantismo tuvimos el luteranismo.
>
> (NOVALIS, *Moral Ansichten)*

Aun entre los pensadores más sosegados, pocos hay que alguna vez no se hayan sorprendido al comprobar que creían a medias en lo sobrenatural –de manera vaga pero sobrecogedora–, basándose para ello en *coincidencias* de naturaleza tan asombrosa que, en cuanto *meras coincidencias,* el intelecto no ha alcanzado a aprehender. Tales sentimientos (ya que las creencias a medias de que hablo no logran la plena fuerza del *pensamiento)* nunca se borran del todo hasta que se los explica por la doctrina de las posibilidades. Ahora

1. En ocasión de la publicación original de *Marie Rogêt,* las notas que ahora se agregan al pie fueron consideradas innecesarias; pero los va-

bien, este cálculo es puramente matemático en esencia, y así nos encontramos con la anomalía de que la ciencia más rígida y exacta se aplica a las sombras y vaguedades de la especulación más intangible.

Los extraordinarios detalles que me toca dar a conocer constituyen, por lo que se refiere al tiempo, la rama principal de una serie de *coincidencias* apenas comprensibles, cuya rama secundaria o final reconocerán todos los lectores en el reciente asesinato de *Mary Cecilia Rogers,* en Nueva York.

Cuando en un relato titulado «Los crímenes de la calle Morgue», publicado hace un año, traté de poner de manifiesto algunas notables características de la mentalidad de mi amigo, el *chevalier* C. Auguste Dupin, no se me ocurrió que volvería jamás a ocuparme del tema. Era mi intención describir esas características, y su objeto fue plenamente logrado dentro de la terrible serie de circunstancias que pusieron de manifiesto el modo de ser de Dupin. Podría haber

rios años transcurridos desde la tragedia en la cual se funda este relato obligan a incorporarlas, así como a decir en pocas palabras el propósito general del presente escrito. Una joven llamada *Mary Cecilia Rogers* fue asesinada en las cercanías de Nueva York y, aunque su muerte produjo intensa y duradera conmoción, el misterio que la rodeaba seguía sin resolverse cuando este relato fue escrito y publicado (noviembre de 1842). Fingiendo narrar el destino de una *grisette* parisiense, el autor siguió con todo detalle los hechos esenciales (parafraseando los menos importantes) del verdadero asesinato de Mary Rogers. Así, todos los argumentos de la ficción se aplican a la verdad, pues su objeto era la investigación de esa verdad.

El misterio de Marie Rogêt fue escrito lejos de la escena del asesinato y sin otros medios de investigación que los datos de los periódicos. El autor careció, por tanto, de muchos elementos que habría obtenido de hallarse en el lugar y haber podido recorrer las vecindades. De todos modos no está de más recordar que la confesión de *dos personas* (una de ellas la madame Deluc del relato), efectuadas en distintos momentos y muy posteriores a la publicación, confirmaron plenamente no sólo la conclusión general, sino *todos* los detalles hipotéticos principales por los cuales dicha conclusión había sido alcanzada.

aducido otros ejemplos, pero no hubieran resultado más probatorios. Los recientes sucesos, sin embargo, con su sorprendente desarrollo, me obligan a proporcionar nuevos detalles que tendrán la apariencia de una confesión forzada. Pero, luego de lo que he oído en estos últimos tiempos, sería verdaderamente extraño que guardara silencio sobre lo que vi y oí hace mucho.

Una vez resuelta la tragedia de la muerte de madame L'Espanaye y su hija, Dupin se despreocupó inmediatamente del asunto y recayó en sus viejos hábitos de melancólica ensoñación. Por mi parte, inclinado como soy a la abstracción, no dejé de acompañarlo en su humor; seguíamos ocupando las mismas habitaciones en el Faubourg Saint-Germain, y abandonamos toda preocupación por el futuro para sumergirnos plácidamente en el presente, reduciendo a sueños el mortecino mundo que nos rodeaba.

Estos sueños, sin embargo, solían interrumpirse. Fácilmente se imaginará que el papel desempeñado por mi amigo en el drama de la rue Morgue no había dejado de impresionar a la policía parisiense. El nombre de Dupin se había vuelto familiar a todos sus miembros. La sencilla naturaleza de aquellas inducciones por la cuales había desenredado el misterio no fue nunca explicado por Dupin a nadie, fuera de mí –ni siquiera al prefecto–, por lo cual no sorprenderá que su intervención se considerara poco menos que milagrosa, o que las aptitudes analíticas del *chevalier* le valieran fama de intuitivo. Su franqueza lo hubiera llevado a desengañar a todos los que creyeran esto último, pero su humor indolente lo alejaba de la reiteración de un tópico que había dejado de interesarle hacía mucho. Fue así como Dupin se convirtió en el blanco de las miradas de la policía, y en no pocos casos la prefectura trató de contratar sus servicios. Uno de los ejemplos más notables lo proporcionó el asesinato de una joven llamada Marie Rogêt.

El hecho ocurrió unos dos años después de las atrocidades de la rue Morgue. Marie, cuyo nombre y apellido llamarán inmediatamente la atención por su parecido con los de la infortunada vendedora de cigarros de Nueva York, era hija única de la viuda Estelle Rogêt. Su padre había muerto cuando Marie era muy pequeña, y desde entonces hasta unos dieciocho meses antes del asesinato que nos ocupa, madre e hija habían vivido juntas en la rue Pavée Saint André[2], donde la señora Rogêt, ayudada por la joven, dirigía una pensión. Las cosas siguieron así hasta que Marie cumplió veintidós años, y su gran belleza atrajo la atención de un perfumista que ocupaba uno de los negocios en la galería del Palais Royal, cuya clientela principal la constituían los peligrosos aventureros que infestaban la vecindad. Monsieur Le Blanc[3] no ignoraba las ventajas de que la bella Marie atendiera la perfumería, y su generosa propuesta fue prontamente aceptada por la joven, aunque su madre no dejó de mostrar alguna vacilación.

Las previsiones del comerciante se cumplieron, y sus salones no tardaron en hacerse famosos gracias a los encantos de la vivaz *grisette.* Un año llevaba ésta en su empleo, cuando sus admiradores quedaron confundidos por su brusca desaparición. Monsieur Le Blanc no se explicaba su ausencia, y madame Rogêt estaba llena de ansiedad y terror. Los periódicos se ocuparon inmediatamente del asunto y la policía empezaba a efectuar investigaciones cuando, una semana después de su desaparición, Marie se presentó otra vez en la perfumería y reanudó sus tareas, dando la impresión de hallarse perfectamente bien, aunque su expresión reflejaba cierta tristeza. Como es natural, toda indagación fue inmediatamente suspendida, salvo las de carácter privado. Monsieur Le Blanc se mostró imperturbable y no dijo una pala-

2. Nassau Street.
3. Anderson.

bra. A todas las preguntas formuladas, tanto Marie como su madre respondieron que la primera había pasado la semana con parientes que vivían en el campo. La cosa acabó ahí y fue bien pronto olvidada, sobre todo porque la joven, deseosa de evitar las impertinencias de la curiosidad, no tardó en despedirse definitivamente del perfumista y buscó refugio en casa de su madre, en la rue Pavée Saint André.

Habrían pasado cinco meses de su retorno al hogar, cuando alarmó a sus amigos una segunda y no menos brusca desaparición. Pasaron tres días sin que se tuviera noticia alguna. Al cuarto día, el cadáver apareció flotando en el Sena[4], cerca de la orilla opuesta al barrio de la rue Saint André, en un punto no muy alejado de la aislada vecindad de la Barrière du Roule[5].

La atrocidad del crimen (pues desde un principio fue evidente que se trataba de un crimen), la juventud y hermosura de la víctima y, sobre todo, su pasada notoriedad, conspiraron para producir una intensa conmoción en los espíritus de los sensibles parisienses. No recuerdo ningún caso similar que haya provocado efecto tan general y profundo. Durante varias semanas la discusión del absorbente tema hizo incluso olvidar los temas políticos del momento. El prefecto desplegó una insólita actividad y, como es natural, los recursos de la policía de París fueron empleados en su totalidad.

Al descubrirse el cadáver, nadie supuso que el asesino evadiría por mucho tiempo la investigación inmediatamente iniciada. Sólo al cumplirse la primera semana se estimó necesario ofrecer una recompensa, y aun así quedó limitada a la suma de mil francos. Entretanto la indagación procedía con vigor, ya que no siempre con tino, y numerosas personas fueron interrogadas en vano, mientras la excitación popular iba en aumento al advertir que no se daba con la menor clave que develara el misterio. Al cumplirse el décimo día se creyó

4. El Hudson.
5. Weehawken.

conveniente doblar la suma ofrecida. Transcurrió la segunda semana sin llegar a ningún descubrimiento, y como la animosidad siempre existente en París contra la policía se manifestara en una serie de graves disturbios, el prefecto asumió personalmente la responsabilidad de ofrecer la suma de veinte mil francos «por la denuncia del asesino» o, en caso de que se tratara de más de uno, «por la denuncia de cualquiera de los asesinos». En la proclamación de esta recompensa se prometía completo perdón a cualquier cómplice que se presentara a declarar contra el autor del hecho; al pie del cartel se agregó un segundo, por el cual un comité de ciudadanos ofrecía otros diez mil francos de recompensa. La suma total alcanzaba, pues, a treinta mil francos, lo cual debe considerarse extraordinario teniendo en cuenta la humilde condición de la víctima y la gran frecuencia con que en las grandes ciudades acontecen atrocidades de este género.

Nadie dudó entonces de que el misterioso asesinato sería inmediatamente esclarecido. Pero, aunque se efectuaron uno o dos arrestos que prometían buenos resultados, nada pudo aclararse que comprometiera a las personas en cuestión, las cuales recobraron la libertad. Por más raro que parezca, habían transcurrido tres semanas desde el descubrimiento del cuerpo sin que surgiera la menor luz reveladora, antes de que el rumor de los acontecimientos que tanto agitaban la opinión pública llegara a oídos de Dupin y de mí. Sumidos en investigaciones que reclamaban toda nuestra atención, hacía más de un mes que ninguno de los dos salía a la calle, recibía visitas o leía los diarios, aparte de una ojeada a los editoriales políticos. La primera noticia del asesinato nos fue traída por G... en persona. Se presentó en la tarde del 13 de julio de 18... y permaneció con nosotros hasta muy entrada la noche. Se sentía picado ante el fracaso de todos sus esfuerzos por atrapar a los asesinos. Su reputación –según declaró con un aire típicamente parisiense– estaba comprometida. Incluso su honor se veía mancillado. Los ojos de la sociedad estaban clavados en él y no había sacrificio que no estuviese dispuesto a realizar para que el misterio quedara aclarado. Terminó su curiosa perorata con un cumplido sobre lo que denominaba el *tacto* de Dupin, y le hizo una proposición tan directa como generosa, cuya naturaleza precisa no estoy en condiciones de declarar, pero que no tiene relación directa con el tema fundamental de mi relato.

Mi amigo rechazó el cumplido lo mejor que pudo, pero aceptó inmediatamente la proposición, aunque sus ventajas eran momentáneas. Arreglado este punto, el prefecto procedió a ofrecernos sus explicaciones del asunto, mezcladas con largos comentarios sobre los testimonios recogidos (que no conocíamos aún). Habló largo tiempo, indudablemente con mucha sapiencia, mientras yo insinuaba una que otra sugestión y la noche avanzaba con interminable lentitud. Dupin, cómodamente instalado en su sillón habitual, era la encarnación misma de la atención respetuosa. No se quitó en ningún momento los anteojos, y una ojeada ocasional que lancé por detrás de los cristales verdes bastó para convencerme de que dormía tan profunda como silenciosamente, a lo largo de las siete u ocho pesadísimas horas que precedieron la partida del prefecto.

A la mañana siguiente me procuré en la prefectura un informe completo de todos los testimonios obtenidos y, en las oficinas de los diarios, un ejemplar de cada edición en la cual se hubieran publicado noticias importantes sobre el triste caso. Libres de todo lo que cabía rechazar de plano, el total de las informaciones era el siguiente:

Marie Rogêt abandonó la casa de su madre en la rue Pavée Saint André hacia las nueve de la mañana del domingo 22 de junio de 18... Al salir informó a un señor Jacques St. Eustache[6] –y solamente a él– que tenía intención de pasar el día en

6. Payne.

casa de una tía que habitaba en la rue des Drômes. Esta calle, angosta y breve pero muy populosa, no está lejos de la orilla del río y queda a unas dos millas –siguiendo la línea más directa posible– de la pensión de madame Rogêt. St. Eustache era el novio oficial de Marie, y vivía en la pensión donde asimismo almorzaba y cenaba. Quedó convenido que iría a buscar a su prometida al anochecer, para acompañarla de regreso. Aquella tarde, empero, se puso a llover copiosamente y, al suponer que Marie se quedaría en casa de su tía (como lo había hecho en circunstancias similares), su novio no creyó necesario mantener su promesa. A medida que avanzaba la noche, oyóse decir a madame Rogêt (que era una anciana achacosa, de setenta años) «que no volvería a ver nunca más a Marie»; pero en el momento nadie tomó en cuenta su observación.

El lunes se supo con certeza que la muchacha no había estado en la rue des Drômes, y cuando transcurrió el día sin noticias de ella se inició una tardía búsqueda en distintos puntos de la ciudad y alrededores. Pero sólo al cuarto día de la desaparición se tuvieron las primeras noticias concretas. Ese día (miércoles, 25 de junio), un señor Beauvais[7], que en unión de un amigo había estado haciendo indagaciones sobre Marie cerca de la Barrière du Roule, en la orilla del Sena opuesta a la rue Pavée Saint André, fue informado de que unos pescadores acababan de extraer y llevar a la orilla un cadáver que había aparecido flotando en el río. En presencia del cuerpo, y luego de alguna vacilación, Beauvais lo identificó como el de la muchacha de la perfumería. Su amigo la reconoció antes que él.

El rostro estaba cubierto de sangre coagulada, parte de la cual salía de la boca. No se advertía ninguna espuma, como ocurre con los ahogados. Los tejidos celulares no estaban decolorados. Alrededor de la garganta se advertían magu-

7. Crommelin.

lladuras y huellas de dedos. Los brazos estaban doblados sobre el pecho y rígidos. La mano derecha aparecía cerrada; la izquierda, abierta en parte. En la muñeca izquierda había dos excoriaciones circulares, aparentemente causadas por cuerdas o por una cuerda pasada dos veces. Parte de la muñeca derecha aparecía también muy excoriada, lo mismo que toda la espalda y en especial los omoplatos. Al traer el cuerpo a la orilla los pescadores lo habían atado con una soga, pero ninguna de las excoriaciones había sido producida por ésta. El cuello aparecía sumamente hinchado. No se veía ninguna herida, ni contusiones que provinieran de golpes. Alrededor del cuello se encontró un cordón atado con tanta fuerza que no se alcanzaba a distinguirlo, de tal modo estaba incrustado en la carne; había sido asegurado con un nudo situado exactamente debajo de la oreja izquierda. Esto solo hubiera bastado para provocar la muerte. El testimonio médico dejó expresamente establecida la virtud de la difunta, expresando que había sido sometida a una brutal violencia. Al ser encontrado el cuerpo se hallaba en un estado que no impedía su identificación por parte de sus conocidos.

Las ropas de la víctima aparecían llenas de desgarrones y en desorden. Una tira de un pie de ancho había sido arrancada del vestido, desde el ruedo de la falda hasta la cintura, pero no desprendida por completo. Aparecía arrollada tres veces en la cintura y asegurada mediante una especie de ligadura en la espalda. La bata que Marie llevaba debajo del vestido era de fina muselina; una tira de dieciocho pulgadas de ancho había sido arrancada por completo de esta prenda, de manera muy cuidadosa y regular. Dicha tira apareció alrededor del cuello, pero no apretada, aunque había sido asegurada con un nudo firmísimo. Sobre la tira de muselina y el cordón había un lazo procedente de una cofia, que aún colgaba de él. Dicho lazo estaba asegurado con un nudo de marinero, y no con el que emplean las señoras.

Luego de identificado, el cadáver no fue conducido a la morgue, como se acostumbraba, ya que la formalidad parecía superflua, sino enterrado presurosamente no lejos del lugar donde fuera extraído del agua. Gracias a los esfuerzos de Beauvais, el asunto se mantuvo cuidadosamente en secreto y transcurrieron varios días antes de que el interés público despertara. Un semanario, sin embargo[8], se ocupó por fin del tema; exhumóse el cadáver, procediéndose a un nuevo examen del mismo, pero nada se agregó a lo anteriormente conocido. Mas esta vez se mostraron las ropas a la madre y amigos de Marie, quienes las identificaron como las que vestía la muchacha al abandonar su casa.

La agitación, entre tanto, aumentaba de hora en hora. Numerosas personas fueron arrestadas y puestas nuevamente en libertad. St. Eustache, en especial, provocaba vivas sospechas, pues en un comienzo fue incapaz de explicar satisfactoriamente sus movimientos a lo largo del domingo en que Marie salió de su casa. Más tarde, empero, presentó a monsieur G... testimonios escritos que daban cuenta clara de cada hora del día en cuestión. A medida que transcurría el tiempo sin que se hiciera el menor descubrimiento, empezaron a circular mil rumores contradictorios, y los periodistas se entregaron a la tarea de proponer *sugestiones.* Entre ellas, la que más llamó la atención fue la de que Marie Rogêt estaba todavía viva, y que el cuerpo hallado en el Sena correspondía a alguna otra desventurada mujer. Creo oportuno someter al lector los pasajes que contienen la sugestión aludida. Son transcripción literal de artículos aparecidos en *L'Etoile*[9], periódico redactado habitualmente con mucha competencia.

«Mademoiselle Rogêt abandonó la casa de su madre en la mañana del domingo 22 de junio, con el ostensible propósi-

8. El *Mercury,* de Nueva York.
9. *Brother Jonathan,* de Nueva York, dirigido por H. Hastings Weld, Esq.

to de visitar a su tía o a algún otro pariente en la rue des Drômes. Desde esa hora, nadie parece haber vuelto a verla. No hay la menor huella ni noticia. Hasta la fecha, por lo menos, no se ha presentado nadie que la haya visto una vez que salió de la casa materna. Ahora bien, aunque carecemos de testimonios de que Marie Rogêt se hallaba aún entre los vivos después de las nueve de la mañana del domingo 22 de junio, hay pruebas de que lo estaba hasta esa hora. El miércoles, a mediodía, un cuerpo de mujer fue descubierto a flote cerca de la orilla de la Barrière du Roule. Aun presumiendo que Marie Rogêt fuera arrojada al río dentro de las tres horas siguientes a la salida de su casa, esto significa un término de tres días, hora más o menos, desde el momento en que abandonó su hogar. Pero sería absurdo suponer que el asesinato (si se trata de un asesinato) pudo ser consumado lo bastante pronto para permitir a los perpetradores arrojar el cuerpo al río antes de medianoche. Quienes cometen tan horribles crímenes prefieren la oscuridad a la luz... Vemos así que, si el cuerpo hallado en el río *era el de Marie Rogêt,* sólo pudo estar en el agua dos días y medio, o tres como máximo. Las experiencias han demostrado que los cuerpos de los ahogados, o de los arrojados al agua inmediatamente después de una muerte violenta, requieren de seis a diez días para que la descomposición esté lo bastante avanzada como para devolverlos a la superficie. Incluso si se dispara un cañonazo sobre el lugar donde hay un cadáver, y éste sube a la superficie antes de una inmersión de cinco o seis días, volverá a hundirse si no se lo amarra. Preguntamos ahora: ¿qué pudo determinar semejante alteración en el curso natural de las cosas? Si el cuerpo, maltratado como estaba, hubiera permanecido en tierra hasta la noche del martes, no habría dejado de aparecer en la costa alguna huella de los asesinos. Asimismo, resulta dudoso que el cuerpo hubiera subido tan pronto a flote, aun lanzado al agua después de dos días de producida la muerte. Y, lo que es más, parece altamente improbable que los miserables capaces de semejante crimen hayan arrojado el cadáver al agua sin atarle algún peso para mantenerlo sumergido, cosa que no ofrecía la menor dificultad.»

El articulista continúa arguyendo que el cuerpo debió de estar en el agua «no solamente tres días, sino, por lo menos, cinco veces ese tiempo», pues aparecía tan descompuesto que Beauvais tuvo gran dificultad para identificarlo. Este último punto, empero, fue plenamente refutado. Continúo traduciendo:

«¿En qué se basa, pues, monsieur Beauvais para afirmar que no duda de que el cuerpo es el de Marie Rogêt? Sabemos que procedió a desgarrar la manga del vestido y que afirmó que había advertido en el brazo marcas que probaban su identidad. El público habrá pensado que se trataba de alguna cicatriz o cicatrices. Pero monsieur Beauvais se limitó a frotar el brazo y comprobar que tenía *vello*, lo cual es el detalle menos concluyente que nos sea dado imaginar y tan poco probatorio como encontrar el brazo dentro de la manga. Monsieur Beauvais no regresó esa noche, pero hizo saber a madame Rogêt, a las siete de la tarde del miércoles, que se continuaba la investigación referente a su hija. Si concedemos que, dada su edad y su aflicción, madame Rogêt no podía identificar personalmente el cuerpo (lo cual es conceder mucho), cabe suponer que bien podía haber alguna otra persona o personas que consideraran necesario hacerse presentes y seguir de cerca la investigación si creían que el cadáver era el de Marie. Pero nadie se presentó. No se dijo ni se oyó una sola palabra sobre el asunto en la rue Pavée Saint André, nada que llegara a conocimiento de los ocupantes de la misma casa. Monsieur St. Eustache, el prometido de Marie, que habitaba en la pensión de su madre, declara que no supo nada del descubrimiento del cuerpo de su novia hasta que, a la mañana siguiente, monsieur Beauvais entró en su habitación y le comunicó la noticia. Se diría que semejante noticia fue recibida con suma frialdad.»

De esta manera, el articulista se esforzaba por crear la impresión de una cierta apatía por parte de los parientes de Marie, contradictoria con la suposición de que dichos parientes creían que el cadáver era el de la joven. Las insinuaciones pueden reducirse a lo siguiente: Marie, con la complicidad de sus amigos, se había ausentado de la ciudad por razones que implicaban un cargo contra su castidad. Al aparecer en el Sena un cuerpo que se parecía algo al de la muchacha, sus parientes habían aprovechado la oportunidad para impresionar al público con el convencimiento de su muerte. Pero *L'Etoile* volvía a apresurarse. Probóse claramente que la aludida apatía no era tal; que la madre de Marie estaba muy débil y tan afligida que era incapaz de ocuparse de nada; que St. Eustache, lejos de haber recibido fríamente la noticia, hallábase en tal estado de desesperación y se conducía de una manera tan extraviada, que monsieur Beauvais debió pedir a un amigo y pariente que no se separara de su lado y le impidiera presenciar la exhumación del cadáver. *L'Etoile* afirmaba, además, que el cuerpo había sido nuevamente enterrado a costa del municipio, que la familia había rechazado de plano una ventajosa oferta de sepultura privada, y que en la ceremonia no había estado presente ningún miembro de la familia. Pero todo eso, publicado a fin de reforzar la impresión que el periódico buscaba producir, fue satisfactoriamente refutado. Un número posterior del mismo diario trataba de arrojar sospechas sobre el mismo Beauvais. El redactor manifestaba:

«Se ha producido una novedad en este asunto. Nos informan que, en ocasión de una visita de cierta madame B... a la casa de madame Rogêt, monsieur Beauvais, que se disponía a salir, dijo a la primera nombrada que no tardaría en venir un gendarme, pero que no debía decir una sola palabra hasta su regreso, pues él mismo se ocuparía del asunto. En el estado actual de cosas, monsieur Beauvais parece ser quien tiene todos los hilos en la mano. Es imposible dar el menor paso sin tropezar en seguida con su persona. Por alguna razón este caballero ha decidido que nadie fuera de él se ocupara de las actuaciones, y se las ha compuesto para dejar de lado a los parientes masculinos de la difunta, procediendo en forma harto singular. Parece, además, haberse mostrado muy refractario a que los parientes de la víctima vieran el cadáver.»

Un hecho posterior contribuyó a dar alguna consistencia a las sospechas así arrojadas sobre Beauvais. Días antes de la desaparición de la joven, una persona que acudió a la oficina de aquél, en ausencia de su ocupante, observó que en la cerradura de la puerta había *una rosa,* y que en una pizarra colgada al lado aparecía el nombre *Marie.*

Hasta donde podíamos deducirlo por la lectura de los diarios, la impresión general era que la muchacha había sido víctima de una banda de criminales, quienes la habían arrastrado cerca del río, maltratado y, finalmente, asesinado. *Le Commerciel*[10] periódico de gran influencia, combatía, sin embargo, vigorosamente esta opinión popular. Cito uno o dos pasajes de sus columnas:

«Estamos persuadidos de que, al encaminarse hacia la Barrière du Roule, la indagación ha seguido hasta ahora un camino equivocado. Es imposible que una persona tan popularmente conocida como la joven víctima hubiera podido caminar tres cuadras sin que la viera alguien, y cualquiera que la hubiese visto la recordaría, porque su figura interesaba a todo el mundo. Las calles estaban llenas de gente cuando Marie salió. Imposible que haya llegado a la Barrière du Roule o a la rue des Drômes sin ser reconocida por una docena de testigos. Y, sin embargo, no se ha presentado nadie que la haya visto fuera de la casa de su madre; aparte del testimonio que se refiere *a las intenciones* expresadas por Ma-

10. *Journal of Commerce,* Nueva York.

rie, no existe prueba alguna de que realmente haya salido de su casa.

»El traje de la víctima había sido desgarrado, arrollado a su cintura y atado; el propósito era llevar el cadáver como se lleva un envoltorio. Si el asesinato hubiera sido cometido en la Barrière du Roule no habría habido la menor necesidad de semejante cosa. El hecho de que el cuerpo haya sido encontrado flotando cerca de la Barrière no prueba el lugar donde fue arrojado al agua... Un trozo de una de las enaguas de la infortunada muchacha, de dos pies de largo por uno de ancho, le fue aplicado bajo el mentón y atado detrás de la cabeza, probablemente para ahogar sus gritos. Los individuos que hicieron esto no tenían pañuelo en el bolsillo.»

Uno o dos días antes de que el prefecto nos visitara, la policía recibió importantes informaciones que parecieron invalidar los argumentos esenciales de *Le Commerciel.* Dos niños, hijos de cierta madame Deluc, que vagabundeaban por los bosques próximos a la Barrière du Roule, entraron casualmente en un espeso soto, donde había tres o cuatro grandes piedras que formaban una especie de asiento con respaldo y escabel. Sobre la piedra superior aparecían unas enaguas blancas; en la segunda, una chalina de seda. También encontraron una sombrilla, guantes y un pañuelo de bolsillo. Este último ostentaba el nombre «Marie Rogêt». En las zarzas circundantes aparecieron jirones de vestido. La tierra estaba removida, rotos los arbustos y no cabía duda de que una lucha había tenido lugar. Entre el soto y el río se descubrió que los vallados habían sido derribados y la tierra mostraba señales de que se había arrastrado una pesada carga.

Un semanario, *Le Soleil*[11], contenía el siguiente comentario del descubrimiento, comentario que era como el eco de la prensa parisiense:

11. *Saturday Evening Post,* de Filadelfia, dirigido por C. I. Peterson, Esq.

«Con toda evidencia, los objetos hallados llevaban en el lugar tres o cuatro semanas, por lo menos; aparecían estropeados y enmohecidos por la acción de las lluvias; el moho los había pegado entre sí. El pasto había crecido en torno y encima de algunos de ellos. La seda de la sombrilla era muy fuerte, pero sus fibras se habían adherido unas a otras por dentro. La parte superior, de tela doble y plegada, estaba enmohecida por la acción de la intemperie y se rompió al querer abrirla. Los jirones del vestido en las zarzas tenían unas tres pulgadas de ancho por seis de largo. Uno de ellos correspondía al dobladillo del vestido y había sido remendado; otro trozo era parte de la falda, pero no del dobladillo. Daban la impresión de ser pedazos arrancados y se hallaban en la zarza espinosa, a un pie del suelo... No cabe ninguna duda, pues, de que se ha descubierto el escenario de tan espantoso atentado.»

Otros testimonios surgieron a consecuencia del descubrimiento. Madame Deluc declaró ser la dueña de una posada situada sobre el camino, no lejos de la orilla del río, en la parte opuesta a la Barrière du Roule. Esta región es particularmente solitaria y constituye el habitual lugar de esparcimiento de los pájaros de cuenta de París, que cruzan el río en bote. Hacia las tres de la tarde del domingo en cuestión llegó a la posada una muchacha a quien acompañaba un hombre joven y moreno. Ambos permanecieron algún tiempo en la casa. Al partir se encaminaron rumbo a los espesos bosques de la vecindad. Madame Deluc había observado con atención el tocado de la muchacha, pues le recordaba mucho uno que había tenido una parienta suya fallecida. Reparó, sobre todo, en la chalina. Poco después de la partida de la pareja se presentó una pandilla de malandrines, quienes se condujeron escandalosamente, comieron y bebieron sin pagar, siguieron luego la ruta que habían tomado los dos jóvenes y regresaron a la posada al anochecer, volviendo a cruzar el río como si tuvieran mucha prisa.

Poco después de oscurecer, aquella misma tarde, madame Deluc y su hijo mayor oyeron los gritos de una mujer en la vecindad de la posada. Los gritos eran violentos, pero duraron poco. Madame D. no solamente reconoció la chalina hallada en el soto, sino el vestido que tenía el cadáver. Un conductor de ómnibus, Valence [12], testimonió asimismo haber visto a Marie Rogêt cuando cruzaba en un *ferry* el Sena, el domingo en cuestión, acompañada por un joven moreno. Valence conocía a la muchacha y estaba seguro de su identidad. Los efectos encontrados en el soto fueron reconocidos sin lugar a dudas por los parientes de la víctima.

Los distintos testimonios e informaciones recogidos por mí a pedido de Dupin contenían tan sólo un punto más, pero, al parecer, de gran importancia. Inmediatamente después del descubrimiento de las ropas que acaban de describirse encontróse el cuerpo de St. Eustache, el prometido de Marie, quien yacía moribundo en la vecindad de la que todos suponían la escena del atentado. Un frasco con la inscripción *láudano* apareció vacío a su lado. El aliento del agonizante revelaba la presencia del veneno. St. Eustache murió sin decir una palabra. En sus ropas se halló una carta donde brevemente reiteraba su amor por Marie y su intención de suicidarse.

–Apenas necesito decirle –declaró Dupin al finalizar el examen de mis notas– que este caso es mucho más intrincado que el de la rue Morgue, del cual difiere en un importante aspecto. Estamos aquí en presencia de un crimen *ordinario*, por más atroz que sea. No hay nada particularmente excesivo, *outré*, en sus características. Observará usted que por esta razón se consideró que el misterio era sencillo, cuando, en realidad, y por la misma razón, debía considerárselo muy difícil. Al principio, por ejemplo, no se creyó necesario ofrecer una recompensa. Los agentes de G... fueron capaces de

12. Adam.

comprender inmediatamente cómo y por qué *podía haberse cometido* esa atrocidad. Se representaron imaginariamente un modo -muchos modos- y un móvil -muchos móviles-. Y como no era imposible que cualquiera de tan numerosos modos y móviles *pudiera* haber sido el verdadero, descontaron que uno de ellos *tenía* que ser el verdadero. Pero la facilidad con que nacieron tan diversas fantasía y lo plausible de cada una deberían haber indicado las dificultades del caso antes que su facilidad. Ya le he hecho notar que la razón se abre camino por encima del nivel ordinario, si es que ha de encontrar la verdad, y que la verdadera pregunta en casos como éstos no es tanto: «¿Qué ha ocurrido?», sino: «¿Qué hay en lo ocurrido, que no se parece a nada de lo ocurrido anteriormente?» En las investigaciones en casa de madame L'Espanaye [13], los agentes de G... quedaron confundidos y descorazonados por lo *insólito,* lo infrecuente del caso que, para un intelecto debidamente ordenado, hubiese significado el más seguro augurio de buen éxito; mientras ese mismo intelecto podría desesperarse ante el carácter ordinario de todas las apariencias en el caso de la muchacha de la perfumería, que para los funcionarios de la prefectura eran signos de un fácil triunfo.

»En el caso de madame L'Espanaye y su hija, desde el principio de nuestra investigación no cupo duda alguna de que se había cometido un crimen. La idea de suicidio fue inmediatamente excluida. También aquí, desde el comienzo, podemos eliminar toda suposición en ese sentido. El cuerpo hallado en la Barrière du Roule se hallaba en un estado que elimina toda vacilación sobre punto tan importante. Pero se ha sugerido que el cadáver hallado no es el de Marie Rogêt; y la recompensa ofrecida se refiere a la denuncia del asesino o asesinos de ésta, y lo mismo el acuerdo a que hemos llegado

13. Véase *Los crímenes de la calle Morgue.*

con el prefecto. Bien conocemos a este caballero y no debemos confiar demasiado en él. Si iniciamos nuestras investigaciones a partir del cadáver hallado y seguimos la huella del asesino hasta descubrir que el cadáver pertenece a otra persona, o bien si partimos de la suposición de que Marie está viva y verificamos que, efectivamente, ésa es la verdad, en ambos casos perdemos el precio de nuestras fatigas, ya que tenemos que entendernos con monsieur G... Vale decir que nuestro primer objetivo -si pensamos en nosotros tanto como en la justicia- debe consistir en dejar bien establecido que el cadáver hallado pertenece a la Marie Rogêt desaparecida.

»Los argumentos de *L'Etoile* han tenido gran repercusión entre el público, y el periódico mismo está tan convencido de su importancia que comienza así uno de sus comentarios sobre el tema: "Varios diarios de la mañana, en su edición de hoy, aluden al *concluyente* artículo de *L'Etoile* del domingo". Para mí el tal artículo no es nada concluyente y sólo demuestra el celo de su redactor. Debemos tener en cuenta que, en general, nuestros periódicos se proponen fines sensacionalistas y triunfos personales mucho más que servir la causa de la verdad. Este último objetivo solamente es perseguido cuando coincide con los anteriores. El diario que se conforma con la opinión general (por bien fundada que esté) no logra los sufragios de la multitud. La masa popular sólo considera profundo aquello que está en *abierta contradicción* con las nociones generales. Tanto en el raciocinio como en la literatura, el *epigrama* obtiene la aprobación inmediata y universal. Y en ambos casos se halla en lo más bajo de la escala de méritos.

»Quiero decir que la mezcla de epigrama y melodrama que hay en la idea de que Marie Rogêt está todavía viva vale más para *L'Etoile* que lo que pueda haber de plausible en esa sugestión, y le ha ganado la favorable acogida del público. Examinemos lo principal de los argumentos del diario, tratando de evitar la incoherencia con la cual han sido expuestos.

»El primer propósito del redactor consiste en mostrar, basándose en lo breve del intervalo entre la desaparición de Marie y el hallazgo del cuerpo en el río, que este último no puede ser el de Marie. De inmediato, el redactor trata de reducir dicho intervalo a sus menores proporciones. En la ansiosa persecución de este objetivo, no vacila en abandonarse a meras suposiciones. "Sería absurdo suponer –declara– que el asesinato (si se trata de un asesinato) pudo ser consumado lo bastante pronto para permitir a los perpetradores arrojar el cuerpo al río antes de media noche." Con toda naturalidad pregunto: *¿por qué?* ¿Por qué es absurdo suponer que el crimen podo ser cometido *cinco minutos* después de que la muchacha salió de casa de su madre? ¿Por qué es absurdo suponer que el crimen fue cometido en cualquier momento de ese día? Ha habido asesinatos a todas horas. Pero si el crimen hubiese tenido lugar en cualquier momento entre las nueve de la mañana del domingo y un cuarto de hora antes de media noche, siempre habría habido tiempo suficiente «para arrojar el cuerpo al río antes de media noche». La suposición, pues, se reduce a esto: el asesinato no fue cometido el día domingo. Pero si permitimos a *L'Etoile* suponer eso, bien podemos permitirle todas las libertades. El párrafo que comienza: "Sería absurdo suponer que el asesino, etcétera", debió haber sido concebido por el redactor en la forma siguiente: "Sería absurdo suponer que el asesinato (si se trata de un asesinato) pudo ser consumado lo bastante pronto para permitir a los perpetradores arrojar el cuerpo al río antes de media noche; es absurdo, decimos, suponer tal cosa, y a la vez (como estamos resueltos a suponer) que el cuerpo *no fue* tirado al río hasta *después* de medianoche..." Frase bastante inconsistente en sí, pero no tan ridícula como la impresa.

»Si mi propósito –continuó Dupin– se limitara meramente a impugnar este pasaje del argumento de *L'Etoile*, podría dejar la cosa así. Pero no tenemos que habérnoslas con *L'Etoile,* sino con la verdad. Tal como aparece, la frase en cuestión sólo tiene un sentido, pero resulta importantísimo que vayamos más allá de las meras palabras, en busca de la idea que éstas trataron obviamente de expresar sin conseguirlo. La intención del periodista era hacer notar que en cualquier momento del día o de la noche del domingo en que se hubiera cometido el crimen, resultaba improbable que los asesinos hubieran osado transportar el cuerpo al río antes de media noche. Y es aquí donde reside la suposición contra la cual me rebelo. Se da por supuesto que el asesinato fue cometido en un lugar y en tales circunstancias que hacían necesario *transportar* el cadáver. Ahora bien, el asesinato pudo producirse a la orilla del río o en el río mismo; vale decir que el acto de arrojar el cadáver al río pudo ocurrir en cualquier momento del día o de la noche, como la forma de ocultamiento más inmediata y más obvia. Comprenderá que no sugiero nada de esto como probable o como coincidente con mi propia opinión. Hasta ahora, mis intenciones no se refieren a los *hechos* del caso. Simplemente deseo prevenirlo contra el tono de esa sugestión de *L'Etoile,* mostrándole desde un comienzo su carácter.

»Luego de fijar un límite adecuado a sus nociones preconcebidas y de suponer que, de tratarse del cuerpo de Marie, sólo podría haber permanecido breve tiempo en el agua, el diario continúa diciendo:

»"Las experiencias han demostrado que los cuerpos de los ahogados o de los arrojados al agua inmediatamente después de una muerte violenta requieren de seis a diez días para que la descomposición esté lo bastante avanzada como para devolverlos a la superficie. Incluso si se dispara un cañonazo sobre el lugar donde hay un cadáver y éste sube a la superficie antes de una inmersión de cinco o seis días volverá a hundirse si no se lo amarra".

»Estas afirmaciones han sido tácitamente aceptadas por todos los diarios de París, con excepción de *Le Moniteur*[14]. Este último se esfuerza por desvirtuar esa parte del párrafo que se refiere a "los cuerpos de los ahogados", citando cinco o seis casos en los cuales los cadáveres de personas ahogadas reaparecieron a flote tras un lapso menor del que sostiene *L'Etoile*. Pero *Le Moniteur* procede de manera muy poco lógica al pretender refutar la totalidad del argumento de *L'Etoile* mediante ejemplos particulares que lo contradicen. Aunque hubiera sido posible aducir cincuenta en vez de cinco ejemplos de cuerpos que se hallaron flotando después de dos o tres días, esos cincuenta ejemplos podrían seguir siendo razonablemente considerados como excepciones a la regla de *L'Etoile* hasta el momento en que pudiera refutarse la regla misma. Admitiendo esta última (como lo hace *Le Moniteur*, que se limita a señalar sus excepciones), el argumento de *L'Etoile* conserva toda su fuerza, ya que sólo se refiere a la *probabilidad* de que el cuerpo haya surgido a la superficie en menos de tres días, y esta probabilidad seguirá manteniéndose a favor de *L'Etoile* hasta que los ejemplos tan puerilmente aducidos tengan número suficiente para constituir una regla antagónica.

»Verá usted de inmediato que toda argumentación opuesta debe concentrarse en la regla en sí, y a tal fin debemos examinar la razón misma de la regla. En general, el cuerpo humano no es ni más liviano ni más pesado que el agua del Sena; vale decir que el peso especifico del cuerpo humano en condición natural equivale aproximadamente al del volumen de agua dulce que desplaza. Los cuerpos de gentes gruesas y corpulentas, de huesos pequeños, y en general los de las mujeres, son más livianos que los cuerpos

14. *The Commercial Advertiser*, de Nueva York, dirigido por el coronel Stone.

delgados, de huesos grandes, y en general de los masculinos; a su vez el peso especifico del agua de río se ve más o menos influido por el flujo proveniente del mar. Pero, dejando esto a un lado, puede afirmarse que *muy pocos* cuerpos se hundirían espontáneamente, incluso en agua dulce. Prácticamente todos los que caen en un río pueden mantenerse a flote, siempre que logren equilibrar el peso específico del agua con el suyo; vale decir, que queden casi completamente sumergidos, con el mínino posible fuera del agua. La posición adecuada para el que no sabe nadar es la vertical, como si estuviera caminando, con la cabeza completamente echada hacia atrás y sumergida, salvo la boca y la nariz. Colocados en esa forma, descubriremos que nos mantenemos a flote sin dificultad ni esfuerzo. Naturalmente que el peso del cuerpo y el volumen de agua desplazado se equilibran estrechamente, y la menor diferencia determinará la preponderancia de uno de ellos. Un brazo levantado fuera del agua, por ejemplo, y privado así de su sostén, representa un peso adicional suficiente para sumergir por completo la cabeza, mientras que la ayuda del más pequeño trozo de madera nos permitirá sacar la cabeza lo suficiente para mirar en torno. Ahora bien, cuando alguien que no sabe nadar se debate en el agua, levantará invariablemente los brazos, mientras se esfuerza por mantener la cabeza en posición vertical. El resultado de esto es la inmersión de la boca y la nariz, que acarrea, en los esfuerzos por respirar, la entrada del agua en los pulmones. El agua penetra igualmente en el estómago, y el cuerpo pesa más por la diferencia entre el peso del aire que previamente llenaba dichas cavidades y el del líquido que las ocupa ahora. Tal diferencia basta para que el cuerpo se hunda por regla general, aunque es insuficiente en caso de personas de huesos menudos y una cantidad anormal de materia grasa. Estas personas siguen flotando incluso después de haberse ahogado.

»Suponiendo que el cuerpo se encuentre en el fondo del río, permanecerá allí hasta que por algún motivo su peso específico vuelva a ser menor que la masa de agua que desplaza. Esto puede deberse a la descomposición o a otras razones. La descomposición produce gases que distienden los tejidos celulares y todas las cavidades, produciendo en el cadáver esa hinchazón tan horrible de ver. Cuando la distensión ha avanzado a punto tal que el volumen del cuerpo aumenta de tamaño sin un aumento correspondiente de *masa,* su peso específico resulta menor que el del agua desplazada y, por tanto, se remonta a la superficie. Pero la descomposición se ve modificada por innumerables circunstancias y es acelerada o retardada por múltiples causas; vayan como ejemplos el calor o frío de la estación, la densidad mineral o la pureza del agua, la profundidad de ésta, su movimiento o estancamiento, las características del cuerpo, su estado normal o anormal antes de la muerte. Resulta, pues, evidente que no podemos señalar con seguridad un período preciso tras el cual el cadáver saldrá a flote a causa de la descomposición. Bajo ciertas condiciones, este resultado puede ocurrir dentro de una hora; bajo otras, puede no producirse jamás. Existen preparados químicos por los cuales un cuerpo puede ser preservado *para siempre* de la corrupción; uno de ellos es el bicloruro de mercurio. Pero, aparte de la descomposición, suele producirse en el estómago una cantidad de gas derivada de la fermentación acetosa de materias vegetales, gas que también puede originarse en otras cavidades y provenir de otras causas, en cantidad suficiente para provocar una distensión que hará subir el cuerpo a la superficie. El efecto producido por el disparo de un cañón es el resultante de las simples vibraciones. Éstas desprenderán el cuerpo del barro o el limo en el cual se halle depositado permitiéndole salir a flote una vez que las causas antes citadas lo hayan preparado para ello; también puede vencer la resistencia de algunas partes putrescibles de los tejidos celulares, permitiendo que las cavidades se distiendan bajo la influencia de los gases.

»Así, una vez que tenemos ante nosotros todos los datos necesarios sobre este tema, podemos emplearlos para poner fácilmente a prueba las afirmaciones de *L'Etoile*. "Las experiencias han demostrado–dice éste–que los cuerpos de los ahogados, o de los arrojados al agua inmediatamente después de una muerte violenta, requieren de seis a diez días para que la descomposición esté lo bastante avanzada como para devolverlos a la superficie. Incluso si se dispara un cañonazo sobre el lugar donde hay un cadáver, y éste sube a la superficie antes de una inmersión de cinco o seis días, volverá a hundirse si no se lo amarra."

»A la luz de lo que sabemos, la totalidad de este párrafo aparece como un tejido de inconsecuencias e incoherencias. La experiencia no demuestra que los "cuerpos de ahogados" *requieran* de seis a diez días para que la descomposición avance lo suficiente para devolverlos a la superficie. Tanto la ciencia como la experiencia muestran que el término de su reaparición es y debe ser necesariamente variable. Si, además, un cuerpo ha salido a flote por el disparo de un cañón, *no* "volverá a hundirse si no se lo amarra" hasta que la descomposición haya avanzado lo bastante para permitir el escape del gas acumulado en el interior. Quiero llamar su atención sobre el distingo que se hace entre "cuerpos de ahogados" y cuerpos "arrojados al agua inmediatamente después de una muerte violenta". Aunque el redactor admite la distinción, los incluye empero en la misma categoría. Ya he demostrado que el cuerpo de un hombre que se ahoga se vuelve específicamente más pesado que la masa de agua que desplaza, y que no se hundiría si no fuera por los movimientos en el curso de los cuales saca los brazos fuera del agua, y su ansiedad por respirar debajo de ésta, con lo cual el espacio que ocupaba el aire en los pulmones se ve reemplazado por agua. Pero estos movimientos y estas respiraciones no ocurren en un cuerpo "arrojado al agua inmediatamente después de una muerte violenta". En este último caso, pues, *es regla general que el cuerpo no se hunda,* detalle que *L'Etoile* evidentemente ignora. Cuando la descomposición alcanza un grado avanzado, cuando la carne se ha desprendido en gran parte de los huesos, entonces, *pero sólo entonces,* perderemos de vista el cadáver.

»¿Qué nos queda ahora del argumento por el cual el cuerpo encontrado no puede ser el de Marie Rogêt dado que apareció flotando a tres días apenas de su desaparición? En caso de haberse ahogado, el cuerpo pudo no hundirse nunca, ya que se trataba de una mujer; o, en caso de hundirse, pudo reaparecer al cabo de veinticuatro horas o menos. Sin embargo, nadie supone que Marie se haya ahogado, y, habiendo sido asesinada antes de que la arrojaran al río, su cadáver pudo ser encontrado a flote en cualquier momento.

»"Pero –dice *L'Etoile*– *si* el cuerpo, maltratado como estaba, hubiera permanecido en tierra hasta la noche del martes, no habría dejado de encontrarse en la costa alguna huella de los asesinos." Aquí resulta difícil darse cuenta al principio de la intención del razonador. Trata de anticiparse a algo que supone puede constituir una objeción a su teoría: vale decir que el cuerpo fue guardado dos días en tierra, entrando en descomposición *con mayor rapidez* que si hubiera estado sumergido en el agua. Supone que, si ése fuera el caso, el cadáver *podría* haber surgido a la superficie el día miércoles, y piensa que *sólo* gracias a esas circunstancias podría haber aparecido. Se apresura, por tanto, a mostrar que *no fue* guardado en tierra, pues, de ser así, "no habría dejado de encontrarse en la costa alguna huella de los asesinos". Me imagino que usted sonríe ante este *sequitur.* No alcanza a ver cómo la mera *permanencia* del cadáver en tierra podría *multiplicar* las huellas de los asesinos. Tampoco lo veo yo.

»"Y, lo que es más–continúa nuestro diario–, parece altamente improbable que los miserables capaces de semejante crimen hayan arrojado el cadáver al agua sin atarle algún peso para mantenerlo sumergido, cosa que no ofrecía la menor dificultad." ¡Observe en esta parte la risible confusión de pensamiento! Nadie –ni siquiera *L'Etoile*– pone en duda el crimen cometido contra el cuerpo encontrado. Las señales de violencia son demasiado evidentes. La finalidad de nuestro razonador consiste solamente en mostrar que este cuerpo no es el de Marie. Quiere probar que *Marie* no fue asesinada, sin dudar de que el cuerpo hallado lo haya sido. Pero sus observaciones sólo prueban este último punto. He aquí un cadáver al que no han atado ningún peso. Si lo hubieran echado al agua los asesinos, éstos no habrían dejado de hacerlo. Por lo tanto, no lo echaron al agua los asesinos. Si alguna cosa se prueba, es solamente eso. La cuestión de la identidad no se toca ni remotamente, y *L'Etoile* se ha tomado todo ese trabajo para contradecir lo que admitía un momento antes. "Estamos completamente convencidos –manifiesta– que el cuerpo hallado es el de una mujer asesinada."

»No es la única vez que nuestro razonador se contradice sin darse cuenta. Como ya he señalado, su evidente finalidad consiste en reducir lo más posible el intervalo entre la desaparición de Marie y el hallazgo del cadáver. Sin embargo, lo vemos *insistir* en el hecho de que nadie vio a la muchacha desde el momento en que abandonó la casa de su madre. "Carecemos de testimonios –declara– de que Marie Rogêt se hallaba aún entre los vivos después de las nueve de la mañana del domingo 22 de junio." Dado que es éste un argumento evidentemente parcial, hubiera sido preferible que lo dejara de lado, ya que si se supiera de alguien que hubiese reconocido a Marie, digamos el lunes o el martas, el intervalo en cuestión se habría reducido mucho y, conforme al razonamiento anterior, las probabilidades de que el cadáver hallado fuera el de la *grisette* habrían disminuido en mucho. Resulta divertido, pues, observar cómo *L'Etoile* insiste sobre este punto con pleno convencimiento de que refuerza su argumentación general.

»Examine ahora nuevamente la parte del artículo que se refiere a la identificación del cadáver por Beauvais. A propósito del *vello* del brazo, es evidente que *L'Etoile* peca por falta de ingenio. Dado que monsieur Beauvais no es ningún tonto, jamás se habría apresurado a identificar el cadáver basándose tan sólo en que tenía vello en el brazo. Todo brazo tiene vello. La generalización en que incurre *L'Etoile* es una simple deformación de la fraseología del testigo. Este debió referirse a alguna *particularidad* del vello. Pudo referirse al color, a la cantidad, al largo o a la distribución.

»"Sus pies eran pequeños -sigue diciendo el diario-, pero hay miles de pies pequeños. Tampoco constituyen una prueba sus ligas y sus zapatos, ya que unos y otros se venden en lotes. Lo mismo cabe decir de las flores de su sombrero. Monsieur Beauvais insiste en que el broche de las ligas había sido cambiado de lugar para que ajustaran. Esto no significa nada, ya que muchas mujeres prefieren llevar las ligas nuevas a su casa y ajustarlas allí al diámetro de su pierna, en vez de probarlas en la tienda donde las compran." Aquí resulta difícil suponer que el razonador obra de buena fe. Si en su búsqueda del cuerpo de Marie, monsieur Beauvais encontró un cadáver que en sus medidas y apariencias generales correspondía a la joven desaparecida, cabe suponer que, sin tomar en cuenta para nada la cuestión de la vestimenta, debió imaginar que se trataba de ella. Si, además de las medidas y formas generales, descubrió en el brazo un vello cuyo aspecto correspondía al que había observado en vida de Marie, su opinión debió, con toda justicia, acentuarse, y el aumento de seguridad pudo muy bien estar en relación directa con la particularidad o rareza del vello del brazo. Si los pies de Marie eran pequeños, y también lo eran los del cadáver, el aumento de probabilidades de que éste correspondiera a aquélla no se daría ya en proporción meramente aritmética, sino geométrica o acumulativa. Agreguemos a esto los zapatos, análogos a los que Marie llevaba puestos el día de su desaparición; aunque dichos zapatos "se vendan en lotes", aumenta a tal punto la probabilidad, que casi la vuelven certeza. Lo que en sí mismo no sería una prueba de identidad se convierte, por su posición corroborativa, en la más segura de las pruebas. Agréguese a esto las flores del sombrero, coincidentes con las que llevaba la joven desaparecida, y no pediremos nada más. Y si por una sola flor no exigiríamos otra prueba, ¿qué diremos de dos, o tres, o más? Cada una que se agrega es una prueba múltiple; no una prueba *sumada* a otra, sino *multiplicada* por cientos o miles. Descubramos ahora en el cadáver un par de ligas como las que usaba la difunta, y sería casi una locura seguir adelante. Pero, además, ocurre que estas ligas aparecen ajustadas, mediante el corrimiento de su broche, en la misma forma en que Marie había ajustado las suyas poco antes de salir de su casa. Dudar, ahora, es hipocresía o locura. Cuando *L'Etoile* sostiene que este acortamiento de las ligas es una práctica habitual, lo único que demuestra es su pertinacia en el error. La calidad de elástica de toda liga demuestra por sí misma que la necesidad de acortarla es *muy poco frecuente*. Lo que está hecho para ajustar por sí mismo sólo rara vez necesitará ayuda para cumplir su cometido. Sólo por accidente, en su más estricto sentido, las ligas de Marie requirieron ser acortadas. Y ellas solas hubieran bastado para asegurar ampliamente su identidad. Pero aquí no se trata de que el cadáver tuviera las ligas de la joven desaparecida, o sus zapatos, o su gorro, o las flores de su gorro, o sus pies, o una marca peculiar en el brazo, o su medida y apariencia generales, sino que el cadáver *tenía todo eso junto*. Si se pudiera probar que, frente a ello, el redactor de *L'Etoile* experimentó *verdaderamente* dudas no haría falta en su caso un mandato de *lunático inquirendo*. A nuestro hombre le ha parecido muy sagaz hacerse eco de las charlas de los abogados, que, por su parte, se contentan con repetir los rígidos preceptos de los tribunales. Le haré notar aquí que mucho de lo que en un tribunal se rechaza como prueba constituye la mejor de las pruebas para la inteligencia. Ocurre que el tribunal, guiándose por principios generales ya reconocidos y *registrados*, no gusta de apartarse de ellos en casos particulares. Y esta pertinaz adhesión a los principios, con total omisión de las excepciones en conflicto, es un medio seguro para alcanzar el máximo de verdad alcanzable, en cualquier período prolongado de tiempo. Esta práctica, *en masse*, es, por tanto, razonable; pero no es menos cierto que engendra cantidad de errores particulares[15].

»Con respecto a las insinuaciones apuntadas contra Beauvais, estará usted pronto a desecharlas de un soplo. Supongo que habrá ya advertido la verdadera naturaleza de este excelente caballero. Es un *entrometido*, lleno de fantasía romántica y con muy poco ingenio. En una situación verdaderamente excitante como la presente, toda persona como él se conducirá de manera de provocar sospechas por parte de los excesivamente sutiles o de los mal dispuestos. Según surge de las notas reunidas por usted, monsieur Beauvais tuvo algunas entrevistas con el director de *L'Etoile*, y lo disgustó al aventurar la opinión de que el cadáver, pese a la teoría de aquél, era sin lugar a dudas el de Marie. "Persiste –dice el diario– en afirmar que el cadáver es el de Marie, pero no es capaz de señalar ningún detalle, fuera de los ya comentados,

15. «Toda teoría basada en las cualidades de un objeto no podrá desarrollarse en lo concerniente a sus fines; aquel que ordena tópicos con referencia a sus causas, cesará de valorarlos con relación a sus resultados. Así, la jurisprudencia de todas las naciones muestra que, cuando la ley se convierte en una ciencia y en un sistema, cesa de ser justicia. Los errores en que incurre el derecho usual por su ciega devoción a los *principios* de clasificación son claramente visibles si se observa con cuánta frecuencia la legislatura se ha visto obligada a intervenir para restablecer la equidad que sus formas habían perdido.» *Landor*.

que imponga su creencia a los demás." Sin reiterar el hecho de que mejores pruebas "para imponer su creencia a los demás" no podrían haber sido nunca aducidas, conviene señalar que en un caso de este tipo un hombre puede muy bien estar convencido, sin ser capaz de proporcionar la menor razón de su convencimiento a un tercero. Nada es más vago que las impresiones referentes a la identidad personal. Cada uno reconoce a su vecino, pero pocas veces se está en condiciones de dar una razón que explique ese reconocimiento. El director de *L'Etoile* no tiene derecho de ofenderse porque la creencia de monsieur Beauvais carezca de razones.

»Las sospechosas circunstancias que lo rodean cuadran mucho más con mi hipótesis de entrometimiento romántico que con la sugestión de culpabilidad lanzada por el redactor. Una vez adoptada la interpretación más caritativa, no tendremos dificultad en comprender la rosa en el agujero de la cerradura, el nombre "Marie" en la pizarra, el haber "dejado de lado a los parientes masculinos de la difunta", la resistencia "a que los parientes de la víctima vieran el cadáver", la advertencia hecha a madame B... de que no debía decir nada al gendarme hasta que él, monsieur Beauvais, estuviera de regreso y, finalmente, su decisión aparente de que "nadie, fuera de él, se ocuparía de las actuaciones". Me parece incuestionable que Beauvais cortejaba a Marie, que ella coqueteaba con él, y que nuestro hombre estaba ansioso de que lo creyeran dueño de su confianza e íntimamente vinculado con ella. No insistiré sobre este punto. Por lo demás, las pruebas refutan redondamente las afirmaciones de *L'Etoile* tocantes a la supuesta apatía por parte de la madre y otros parientes, apatía contradictoria con su convencimiento de que el cadáver era el de la muchacha; pasemos adelante, pues, como si la cuestión de la *identidad* quedara probada a nuestra entera satisfacción.»

–¿Y qué piensa usted –pregunté– de las opiniones de *Le Commerciel?*

–En esencia, merecen mucha mayor atención que todas las formuladas sobre el asunto. Las deducciones derivadas de las premisas son lógicas y agudas, pero, en dos casos, las premisas se basan en observaciones imperfectas. *Le Commerciel* insinúa que Marie fue secuestrada por alguna banda de malandrines a poca distancia de la casa de su madre. «Es imposible–señala–que una persona tan popularmente conocida como la joven víctima hubiera podido caminar tres cuadras sin que la viera alguien.» Esta idea nace de un hombre que reside hace mucho en París, donde está empleado, y cuyas andanzas en uno u otro sentido se limitan en su mayoría a la vecindad de las oficinas públicas. Sabe que raras veces se aleja más de doce cuadras de su oficina sin ser reconocido o saludado por alguien. Frente a la amplitud de sus relaciones personales, compara esta notoriedad con la de la joven perfumista, sin advertir mayor diferencia entre ambas, y llega a la conclusión de que, cuando Marie salía de paseo, no tardaba en ser reconocida por diversas personas, como en su caso. Pero esto podría ser cierto si Marie hubiese cumplido itinerarios regulares y metódicos, tan restringidos como los del redactor, y análogos a los suyos. Nuestro razonador va y viene a intervalos regulares dentro de una periferia limitada, llena de personas que lo conocen porque sus intereses coinciden con los suyos, puesto que se ocupan de tareas análogas. Pero cabe suponer que los paseos de Marie carecían de rumbo preciso. En este caso particular lo más probable es que haya tomado por un camino distinto de sus itinerarios acostumbrados. El paralelo que suponemos existía en la mente de *Le Commerciel* sólo es defendible si se trata de dos personas que atraviesan la ciudad de extremo a extremo. En este caso, si imaginamos que las relaciones personales de cada uno son equivalentes en número, también serán iguales las posibilidades de que cada uno encuentre el mismo número de personas conocidas. Por mi parte, no sólo creo posible, sino muy probable, que Marie haya andado por las diversas calles que unen su casa con la de su tía, sin encontrar a ningún conocido. Al estudiar este aspecto como corresponde, no se debe olvidar nunca la gran desproporción entre las relaciones personales (incluso las del hombre más popular de París) y la población total de la ciudad.

»De todos modos, la fuerza que aparentemente pueda tener la sugestión de *Le Commerciel* disminuye mucho si pensamos en *la hora* en que Marie abandonó su casa. "Las calles estaban llenas de gente cuando salió", dice *Le Commerciel;* pero no es así. Eran las nueve de la mañana. Es verdad que durante toda la semana las calles están llenas de gente a las nueve. *Pero no el domingo.* Ese día, la mayoría de los vecinos están en su casa, preparándose para ir a la iglesia. Ninguna persona observadora habrá dejado de reparar en el aire particularmente desierto de la ciudad, entre las ocho y las diez del domingo. De diez a once, las calles están colmadas, pero nunca en el período antes señalado.

»En otro punto me parece que *Le Commerciel* parte de una observación deficiente. "Un trozo de una de las enaguas de la infortunada muchacha –dice–, de dos pies de largo por uno de ancho, le fue aplicado bajo el mentón y atado detrás de la cabeza, probablemente para ahogar sus gritos. Los individuos que hicieron esto no tenían pañuelo en el bolsillo." Ya veremos si esta idea está bien fundada o no; pero por "individuos que no tenían pañuelo en el bolsillo" el redactor entiende la peor ralea de malhechores. Ahora bien, ocurre que precisamente éstos tienen siempre un pañuelo en el bolsillo, aunque carezcan de camisa. Habrá tenido usted ocasión de observar cuán indispensable se ha vuelto en estos últimos años el pañuelo para el matón más empedernido.»

–¿Y qué cabe pensar –pregunté– del artículo de *Le Soleil?*

–Pues cabe pensar que es una lástima que su redactor no haya nacido loro, en cuyo caso hubiera sido el más ilustre de su raza. Se ha limitado a repetir los distintos puntos de las publicaciones ajenas, escogiéndolos con laudable esfuerzo de uno y otro diario. «Con toda evidencia –manifiesta– los objetos hallados llevaban en el lugar tres o cuatro semanas, por lo menos... No cabe *ninguna duda,* pues, que se ha descubierto el lugar de tan espantoso atentado.» Los hechos señalados aquí por *Le Soleil* están sin embargo muy lejos de disipar mis dudas al respecto, y vamos a examinarlos detalladamente más adelante, en relación con otro aspecto del asunto.

»Ocupémonos por ahora de cosas distintas. No habrá dejado usted de reparar en la extrema negligencia del examen del cadáver. Cierto que la cuestión de la identidad quedó o debió quedar prontamente terminada, pero había otros aspectos por verificar ¿No fue saqueado el cadáver? ¿No llevaba la difunta joyas al salir de su casa? De ser así, ¿se encontró alguna al examinar el cuerpo? He aquí cuestiones importantes, totalmente descuidadas por la investigación, y quedan otras igualmente importantes que no han merecido la menor atención. Tendremos que asegurarnos mediante indagaciones particulares. El caso de St. Eustache exige ser nuevamente examinado. No abrigo sospechas sobre él, pero es preciso proceder metódicamente. Nos aseguraremos sin lugar a ninguna duda sobre la validez de los testimonios escritos que presentó acerca de sus movimientos en el curso del domingo. Los certificados de este género suelen prestarse fácilmente a la mistificación. Si no encontramos nada de anormal en ellos, desecharemos a St. Eustache de nuestra investigación. Su suicidio, que corroboraría las sospechas en caso de que los certificados fueran falsos, constituye una circunstancia perfectamente explicable en caso contrario, y que no debe alejarnos de nuestra línea normal de análisis.

»En lo que me proponga ahora, dejaremos de lado los puntos interiores de la tragedia, concentrando nuestra atención en su periferia. Uno de los errores en investigaciones de este género consiste en limitar la indagación a lo inmediato, con total negligencia de los acontecimientos colaterales o circunstanciales. Los tribunales incurren en la mala práctica de reducir los testimonios y los debates a los límites de lo que consideran pertinente. Pero la experiencia ha mostrado, como lo mostrará siempre la buena lógica, que una parte muy grande, quizá la más grande de la verdad, surge de lo que se consideraba marginal y accesorio. Basándose en el espíritu de este principio, si no en su letra, la ciencia moderna se ha decidido a *calcular sobre lo imprevisto.* Pero quizá no me hago entender. La historia del conocimiento humano ha mostrado ininterrumpidamente que la mayoría de los descubrimientos más valiosos los debemos a acaecimientos colaterales, incidentales o accidentales; se ha hecho necesario, pues, con vistas al progreso, conceder el más amplio espacio a aquellas invenciones que nacen por casualidad y completamente al margen de las esperanzas ordinarias. Ya no es filosófico fundarse en lo que ha sido para alcanzar una visión de lo que será. El *accidente* se admite como una porción de la subestructura. Hacemos de la posibilidad una cuestión de cálculo absoluto. Sometemos lo inesperado y lo inimaginado a las fórmulas matemáticas de las escuelas.

»Repito que es un hecho verificado que la *mayor* porción de toda verdad surge de lo colateral; y de acuerdo con el espíritu del principio que se deriva, desviaré la indagación de la huella tan transitada como estéril del hecho mismo, para estudiar las circunstancias contemporáneas que lo rodean. Mientras usted se asegura de la validez de esos certificados, yo examinaré los periódicos en forma más general de lo que ha hecho usted hasta ahora. Por el momento, sólo hemos reconocido el campo de investigación, pero sería raro que una ojeada panorámica como la que me propongo no nos proporcionara algunos menudos datos que establezcan una *dirección* para nuestra tarea.»

En cumplimiento de las indicaciones de Dupin, procedí a verificar escrupulosamente el asunto de los certificados. Resultó de ello una plena seguridad en su validez y la consiguiente inocencia de St. Eustache. Mi amigo se ocupaba entretanto –con una minucia que en mi opinión carecía de objeto– del escrutinio de los archivos de los diferentes diarios. Al cabo de una semana, me presentó los siguientes extractos:

«Hace tres años y medio, la misma Marie Rogêt desapareció de la *parfumerie* de monsieur Le Blanc, en el Palais Royal, causando un revuelo semejante al de ahora. Una semana después, Marie reapareció en el mostrador de la tienda, tan bien como siempre, aparte de una ligera palidez que no era usual en ella. Monsieur Le Blanc y madame Rogêt dieron a entender que Marie había pasado la semana en casa de amigos, en el campo, y el asunto fue rápidamente callado. Presumimos que esta ausencia responde a un capricho de la misma especie y que, dentro de una semana, o quizá de un mes, volveremos a tener a Marie entre nosotros» *(Evening Paper,* domingo 23 de junio) [16].

«Un diario de la tarde de ayer se refiere a una misteriosa desaparición anterior de mademoiselle Rogêt. Es bien sabido que, durante la semana de su ausencia de la *perfumerie* de Le Blanc, estuvo acompañada por un joven oficial de marina muy notorio por su libertinaje. Cabe suponer que una querella providencial la trajo nuevamente a su casa. Conocemos el nombre del libertino en cuestión, que se halla actualmente destacado en París, pero no lo hacemos público por razones comprensibles» *(Le Mercure,* mañana del martes 24 de junio) [17].

«El más repudiable de los atentados ha tenido lugar anteayer en las proximidades de esta ciudad. Al anochecer, un caballero que paseaba con su esposa y su hija, comprometió los servicios de seis hombres jóvenes que paseaban en bote cerca de las orillas del Sena, a fin de que los transportaran al

16. *The Express,* Nueva York.
17. *The Herald,* Nueva York.

otro lado. Al llegar a destino los pasajeros desembarcaron, y se alejaban ya hasta perder de vista el bote cuando la hija descubrió que había olvidado su sombrilla. Al volver en su busca fue asaltada por la pandilla, llevada al centro del río, amordazada y sometida a un brutal ultraje, tras lo cual los villanos la depositaron en un punto cercano a aquel donde había embarcado con sus padres. Los miserables se hallan prófugos, pero la policía les sigue la huella y pronto algunos de ellos serán capturados» *(Morning Paper,* 25 de junio)[18].

«Hemos recibido una o dos comunicaciones tendentes a echar la culpa del horrible crimen a Mennais[19]; pero, como este caballero ha sido plenamente exonerado de toda sospecha por la indagación legal, y los argumentos de nuestros distintos corresponsales parecen más entusiastas que profundos, no creemos oportuno darlos a conocer» *(Morning Paper,* 28 de junio)[20].

«Hemos recibido varias enérgicas comunicaciones, que aparentemente proceden de diversas fuentes y que dan por seguro que la infortunada Marie Rogêt ha sido víctima de una de las numerosas bandas de malhechores que infestan cada domingo los alrededores de la ciudad. Nuestra opinión se inclina decididamente en favor de esta suposición. En nuestras próximas ediciones dejaremos espacio para exponer los aludidos argumentos» *(Evening Paper,* martes 31 de junio)[21].

«El lunes, uno de los lancheros del servicio de aduanas vio en el Sena un bote vacío a la deriva. La vela se hallaba en el fondo del bote. El lanchero lo remolcó y lo dejó en el amarradero de su puesto. A la mañana siguiente fue retirado de

18. *Courier and Inquirer,* de Nueva York.
19. Mennais era uno de los sospechosos a quienes se arrestó en un primer momento, pero que fue excarcelado por falta de pruebas.
20. *Courier and Inquirer,* de Nueva York.
21. *Evening Post,* de Nueva York.

allí sin permiso de ninguno de los empleados. El timón se encuentra en el depósito de lanchas» *(La Diligence,* jueves 26 de junio)[22].

Leyendo los diversos pasajes, no solamente me parecieron ajenos a la cuestión, sino que no alcancé a imaginar la manera en que cualquiera de los mismos podía pesar sobre aquélla. Esperé, pues, alguna explicación de Dupin.

–Por el momento –me dijo–, no me detendré en los dos primeros pasajes. Los he copiado, sobre todo, para mostrarle la extraordinaria negligencia de la policía, que, hasta donde puedo saberlo por el prefecto, no se ha molestado en interrogar al oficial de marina mencionado en uno de ellos. Sin embargo, sería una locura afirmar que entre la primera y la segunda desaparición de Marie no cabe suponer ninguna conexión. Admitamos que la primera fuga terminó en una querella entre los enamorados y el retorno a casa de la decepcionada Marie. Podemos ahora encarar una segunda fuga o rapto (si realmente se trata de ello) como indicación de que el seductor ha reanudado sus avances y no como el resultado de la intervención de un segundo cortejante. Miramos la cosa como una reconciliación entre enamorados y no como el comienzo de una nueva aventura. Hay diez probabilidades contra una de que el hombre que huyó una vez con Marie le haya propuesto una segunda escapatoria, y no que a la primera propuesta haya sucedido una segunda hecha por *otro* individuo. Le haré notar, además, que el lapso entre la primera fuga (sobre la cual no cabe duda) y la segunda –presumible– abarca pocos meses más que la duración general de los cruceros de nuestros barcos de guerra. ¿Fueron interrumpidos los bajos designios del seductor por la necesidad de embarcarse, y aprovechó la primera oportunidad a su retorno para renovar esos designios aún no completamente

22. *The Standard,* de Nueva York.

consumados... o, por lo menos, no completamente consumados *por él?* Nada sabemos de todo ello.

»Dirá usted, sin embargo, que en el segundo caso no hubo realmente una fuga. De acuerdo; pero, ¿estamos en condiciones de asegurar que no existió un designio frustrado? Fuera de St. Eustache, y quizá de Beauvais, no encontramos ningún pretendiente conocido de Marie. Nada se ha dicho que aluda a alguno. ¿Quién es, pues, ese amante secreto del cual los parientes de Marie *(por lo menos, la mayoría)* no saben nada, pero con quien la joven se reúne en la mañana del domingo, y que goza hasta tal punto de su confianza que no vacila en quedarse a su lado hasta que cae la noche en los solitarios bosques de la Barrière du Roule? ¿Quién es ese enamorado secreto, pregunto, del cual los parientes (o casi todos) no saben nada? ¿Y qué significa la extraña profecía proferida por madame Rogêt la mañana de la partida de Marie: "Temo que no volveré a verla nunca más"?

»Pero si no podemos suponer que madame Rogêt estaba al tanto de la intención de fuga, ¿no podemos, por lo menos, imaginar que la joven abrigaba esa intención? Al salir de su casa dio a entender que iba a visitar a su tía en la rue des Drômes, y pidió a St. Eustache que fuera a buscarla al anochecer. A primera vista, esto contradice abiertamente mi sugestión. Pero reflexionemos. Es bien sabido que Marie *se encontró* con alguien y cruzó el río en su compañía, llegando a la Barrière du Roule hacia las tres de la tarde. Al consentir en acompañar a este individuo *(con cualquier propósito, conocido o no por su madre),* Marie debió pensar en lo que había dicho al salir de su casa y en la sorpresa y sospecha que experimentaría su prometido, St. Eustache, cuando al acudir en su busca a la rue des Drômes se encontrara con que no había estado allí; sin contar que al volver a la pensión con esta alarmante noticia se enteraría de que su ausencia duraba desde la mañana. Repito que Marie debió pensar en todas esas cosas. Debió prever la cólera de St. Eustache y las sospechas de todos. No podía pensar en volver a casa para enfrentar esas sospechas; pero éstas dejaban de tener importancia si suponemos que Marie *no tenía intenciones de volver.*

»Imaginemos así sus reflexiones: "Tengo que encontrarme con cierta persona a fin de fugarme con ella o para otros propósitos que sólo yo sé. Es necesario que no se produzca ninguna interrupción; debemos contar con tiempo suficiente para eludir toda persecución. Daré a entender que pienso pasar el día en casa de mi tía, en la rue des Drômes, y diré a St. Eustache que no vaya a buscarme hasta la noche; de esta manera podré ausentarme de casa el mayor tiempo posible sin despertar sospechas ni ansiedad; todo estará perfectamente explicado y ganaré más tiempo que de cualquier otra manera. Si pido a St. Eustache que vaya a buscarme al anochecer, seguramente no se presentará antes; pero, si no se lo pido, tendré menos tiempo a mi disposición, ya que todos esperarán que vuelva más temprano, y mi ausencia no tardará en provocar ansiedad. Ahora bien, si mis intenciones fueran las de volver a casa, si sólo me interesara dar un paseo con la persona en cuestión, no me convendría pedir a St. Eustache que fuera a buscarme, ya que al llegar a la rue des Drômes se daría perfecta cuenta de que le he mentido, cosa que podría evitar saliendo de casa sin decirle nada, volviendo antes de la noche y declarando luego que estuve de visita en casa de mi tía. Pero como mi intención es la de no volver *nunca,* o no volver por algunas semanas, o no volver hasta que ciertos ocultamientos se hayan efectuado, lo único que debe preocuparme es la manera de ganar tiempo."

»Usted ha hecho notar en sus apuntes que la opinión general más difundida sobre este triste asunto es que la muchacha fue víctima de una pandilla de malandrines. Ahora bien, y bajo ciertas condiciones, la opinión popular no debe ser despreciada. Cuando surge por sí misma, cuando se manifiesta de manera espontánea, cabe considerarla paralelamente a esa *intuición* que es el privilegio de todo individuo de genio. En noventa y nueve casos sobre cien, me siento movido a conformarme con sus decisiones. Pero lo importante es estar seguros de que no hay en ella la más leve huella de sugestión. La voz pública tiene que ser rigurosamente auténtica, y con frecuencia es muy difícil percibir y mantener esa distinción. En este caso, me parece que la "opinión pública" referente a una *pandilla* se ha visto fomentada por el suceso colateral que se detalla en el tercero de los pasajes que le he mostrado. Todo París está excitado por el descubrimiento del cadáver de Marie, una joven tan hermosa como conocida. El cuerpo muestra señales de violencia y aparece flotando en el río. Pero entonces se da a conocer que en esos mismos días en que se supone que Marie fue asesinada, otra joven ha sido víctima de una pandilla de depravados y ha sufrido un ultraje análogo al padecido por la difunta. ¿Cabe maravillarse de que la atrocidad conocida haya podido influir sobre el juicio popular con respecto a la desconocida? Ese juicio esperaba una dirección, y el ultraje ya conocido parecía indicarla oportunamente. También Marie fue encontrada en el río, y fue allí donde tuvo lugar el otro atentado. La relación entre ambos hechos era tan palpable, que lo asombroso hubiera sido que la opinión dejara de apreciarla y utilizarla. Pero, en realidad, si de algo sirve el primer ultraje, cometido en la forma conocida, es para probar que el segundo, ocurrido casi al mismo tiempo, *no fue cometido en esa forma.* Hubiera sido un milagro que, mientras una banda de malhechores perpetraba en cierto lugar un atentado de la más nefanda especie, otra banda similar, en un lugar igualmente similar, en la misma ciudad, bajo idénticas circunstancias, con los mismos medios y recursos, estuviera entregada a un atentado de la misma naturaleza y en el mismo período de tiempo. Sin embargo, la opinión popular así movida pretende justamente hacernos creer en esa extraordinaria serie de coincidencias.

»Antes de seguir, consideremos la supuesta escena del asesinato en el soto de la Barrière du Roule. Aunque denso, el soto se halla en la inmediata vecindad de un camino público. Había en su interior tres o cuatro grandes piedras que formaban una especie de asiento, con respaldo y escabel. Sobre la piedra superior se encontraron unas enaguas blancas; en la segunda una chalina de seda. También aparecieron una sombrilla, guantes y un pañuelo de bolsillo. El pañuelo ostentaba el nombre "Marie Rogêt". En las zarzas aparecían jirones de ropas. La tierra estaba pisoteada, rotas las ramas y no cabía duda de que había tenido lugar una violenta lucha.

»No obstante el entusiasmo con que la prensa recibió el descubrimiento de este soto y la unanimidad con que aceptó que se trataba del escenario del atentado, preciso es admitir la existencia de muy serios motivos de duda. Puedo o no creer que ése sea el escenario, pero insisto en que hay muchos motivos de duda. Si, como lo sugiere *Le Commerciel*, el *verdadero* escenario se encontrara en las vecindades de la rue Pavée St. André y los perpetradores del crimen se hallaran todavía en París, éstos debieron quedarse aterrados al ver que la atención pública era orientada con tanta agudeza por la buena senda. Cierto tipo de inteligencia no habría tardado en advertir la urgente necesidad de dar un paso que volviera a desviar la atención. Y puesto que el soto de la Barrière du Roule había ya dado motivo a sospechas, la idea de depositar allí los objetos que se encontraron era perfectamente natural. Pese a lo que dice *Le Soleil*, no existe verdadera prueba de que los objetos hayan estado allí mucho más de algunos días, en tanto abundan las pruebas circunstanciales de que no podrían haberse encontrado en el lugar sin despertar la atención durante los veinte días transcurridos desde el domingo fatal a la tarde en que fueron hallados por los niños. "Los efectos –dice *Le Soleil*, siguiendo la opinión de sus predecesores– aparecían estropeados y *enmohecidos* por la acción de las lluvias; el *moho* los había pegado entre sí.

El pasto había crecido en torno y encima de algunos de ellos. La seda de la sombrilla era muy fuerte, pero sus fibras se habían adherido unas a otras por dentro. La parte superior, de tela doble y forrada, estaba *enmohecida* por la acción de la intemperie y se rompió al querer abrirla." Con respecto al pasto "que había crecido en torno y encima de algunos de ellos", no cabe duda de que el hecho sólo pudo ser registrado partiendo de las declaraciones y los recuerdos de dos niños, ya que éstos levantaron los efectos y los llevaron a su casa antes de que un tercero los viera. Ahora bien, en tiempo caluroso y húmedo (como el correspondiente al momento del crimen) el pasto crece hasta dos o tres pulgadas en un solo día. Una sombrilla tirada en un campo recién sembrado de césped quedará completamente oculta en una semana. Y, por lo que se refiere a ese *moho,* sobre el cual *Le Soleil* insiste al punto de emplear tres veces el término o sus derivados en un solo y breve comentario, ¿cómo puede ignorar sus características? ¿Habrá que explicarle que se trata de una de las muchas variedades de *fungus,* cuyo rasgo más común consiste en nacer y morir dentro de las veinticuatro horas?

»Vemos así, de una ojeada, que todo lo que con tanta soberbia se ha aducido para sostener que los objetos habían estado "tres o cuatro semanas por lo menos" en el soto, resulta totalmente nulo como prueba. Por otra parte, cuesta mucho creer que esos efectos pudieron quedar en el soto durante más de una semana (digamos de un domingo a otro). Quienes saben algo sobre los aledaños de París no ignoran lo difícil que es *aislarse* en ellos, a menos de alejarse mucho de los suburbios. Ni por un momento cabe imaginar un sitio inexplorado o muy poco frecuentado entre sus bosques o sotos. Imaginemos a un enamorado de la naturaleza, atado por sus deberes al polvo y al calor de la metrópoli, que pretenda, incluso en días de semana, saciar su sed de soledad en los lugares llenos de encanto natural que rodean la ciudad. A cada paso nuestro excursionista verá disiparse el creciente encanto ante la voz y la presencia de algún individuo peligroso o de una pandilla de pájaros de avería en plena fiesta. Buscará la soledad en lo más denso de la vegetación, pero en vano. He ahí los rincones específicos donde abunda la canalla, he ahí los templos más profanados. Lleno de repugnancia, nuestro paseante volverá a toda prisa al sucio París, mucho menos odioso como sumidero que esos lugares donde la suciedad resulta tan incongruente. Pero si la vecindad de París se ve colmada durante la semana, ¿qué diremos del domingo? En ese día, precisamente, el matón que se ve libre del peso del trabajo o no tiene oportunidad de cometer ningún delito, busca los aledaños de la ciudad, no porque le guste la campiña, ya que la desprecia, sino porque allí puede escapar a las restricciones y convenciones sociales. No busca el aire fresco y el verdor de los árboles, sino la completa *licencia* del campo. Allí, en la posada al borde del camino o bajo el follaje de los bosques, se entrega sin otros testigos que sus camaradas a los desatados excesos de la falsa alegría, doble producto de la libertad y del ron. Lo que afirmo puede ser verificado por cualquier observador desapasionado: habría que considerar como una especie de milagro que los artículos en cuestión hubieran permanecido ocultos durante más de una semana en *cualquiera* de los sotos de los alrededores inmediatos de París.

»Pero hay además otros motivos para sospechar que esos efectos fueron dejados en el soto con miras a distraer la atención de la verdadera escena del atentado En primer término, observe usted *la fecha* de su descubrimiento y relaciónela con la del quinto pasaje extraído por mí de los diarios. Observará que el descubrimiento siguió casi inmediatamente a las urgentes comunicaciones enviadas al diario. Aunque diversas y provenientes, al parecer, de distintas fuentes, todas ellas tendían a lo mismo, vale decir a encaminar la atención hacia *una pandilla* como perpetradora del atentado en las vecindades de la Barrière du Roule. Ahora bien, lo que debe observarse es que esos objetos no fueron encontrados por los muchachos como consecuencia de dichas comunicaciones o por la atención pública que las mismas habían provocado, sino que los efectos no fueron encontrados *antes* por la sencilla razón de que no se hallaban en el soto, y que fueron depositados allí en la fecha o muy poco antes de la fecha de las comunicaciones al diario por los culpables autores de las comunicaciones mismas.

»Dicho soto es un lugar sumamente curioso. La vegetación es muy densa, y dentro de los límites cercados por ella aparecen tres extraordinarias piedras *que forman un asiento con respaldo y escabel.* Este soto, tan lleno de arte, se halla en la vecindad inmediata, a poquísima distancia de la morada de madame Deluc, cuyos hijos acostumbraban a explorar minuciosamente los arbustos en busca de corteza de sasafrás. ¿Sería insensato apostar –y apostar mil contra uno– que jamás transcurrió *un solo día* sin que alguno de los niños penetrara en aquel sombrío recinto vegetal y se encaramara en el trono natural formado por las piedras? Quien vacilara en hacer esa apuesta no ha sido nunca niño o ha olvidado el carácter infantil. Lo repito: es muy difícil comprender cómo esos efectos pudieron permanecer en el soto más de uno o dos días sin ser descubiertos. Y ello proporciona un sólido terreno para sospechar –pese a la dogmática ignorancia de *Le Soleil*– que fueron arrojados en ese sitio en una fecha comparativamente tardía.

»Pero aún hay otras y más sólidas razones para creer esto último. Permítame señalarle lo artificioso de la distribución de los efectos. En la piedra *más alta* aparecían unas enaguas blancas; en la *segunda,* una chalina de seda; tirados alrededor, una sombrilla, guantes y un pañuelo de bolsillo con el nombre "Marie Rogêt". He aquí una distribución que *naturalmente* haría una persona no demasiado sagaz queriendo dar la impresión de *naturalidad.* Pero esta disposición no es en absoluto natural. Lo más lógico hubiera sido suponer todos los efectos en el suelo y pisoteados. En los estrechos límites de esa enramada parece difícil que las enaguas y la chalina hubiesen podido quedar sobre las piedras, mientras eran sometidas a los tirones en uno y otro sentido de varias personas en lucha. Se dice que "la tierra estaba removida, rotos los arbustos y no cabía duda de que una lucha había tenido lugar". Pero las enaguas y la chalina aparecen colocadas allí como en los cajones de una cómoda. "Los jirones del vestido en las zarzas tenían unas tres pulgadas de ancho por seis de largo. Uno de ellos correspondía al dobladillo del vestido y había sido remendado... *Daban la impresión de pedazos arrancados.*" Aquí, inadvertidamente, *Le Soleil* emplea una frase extraordinariamente sospechosa. Según la descripción, en efecto, los jirones "dan la impresión de pedazos arrancados", pero arrancados a mano y deliberadamente. Es un accidente rarísimo que, en ropa como la que nos ocupa, un jirón "sea arrancado" *por una espina.* Dada la naturaleza de semejantes tejidos, cuando una espina o un clavo se engancha en ellos los desgarra rectangularmente, dividiéndolos en dos desgarraduras longitudinales en ángulo recto, que se encuentran en un vértice constituido por el punto donde penetra la espina; en esa forma, resulta casi imposible concebir que el jirón "sea arrancado". Por mi parte no lo he visto nunca, y usted tampoco. Para arrancar un pedazo de semejante tejido hará falta casi siempre la acción de dos fuerzas actuando en diferentes direcciones. Sólo si el tejido tiene dos bordes, como, por ejemplo, en el caso de un pañuelo, y se desea arrancar una tira, bastará con una sola fuerza. Pero en esta instancia se trata de un vestido que no tiene más que un borde. Para que una espina pudiera arrancar una tira del interior, donde no hay ningún borde, hubiera hecho falta un milagro, aparte de que no bastaría con *una sola* espina. Aun si hubiera un borde, se requerirían dos espinas, de las cuales una actuaría en dos direcciones y la otra en una. Y conste que en este caso suponemos que el borde no está dobladillado. Si lo estuviera, no habría la menor posibilidad de arrancar una tira. Vemos, pues, los muchos y grandes obstáculos que se ofrecen a las espinas para "arrancar" tiras de una tela, y, sin embargo, se pretende que creamos que así han sido arrancados *varios* jirones. ¡Y uno de ellos *correspondía al dobladillo del vestido!* Otra de las tiras *era parte de la falda, pero no del dobladillo.* Vale decir que había sido completamente arrancado por las espinas del interior sin bordes del vestido. Bien se nos puede perdonar por no creer en semejantes cosas; y, sin embargo, tomadas colectivamente, ofrecen quizá menos campo a la sospecha que la sola y sorprendente circunstancia de que esos artículos hubieran sido abandonados en el soto por *asesinos* que se habían tomado el trabajo de transportar el cadáver. Empero, usted no habrá comprendido claramente mi pensamiento si supone que mi intención es *negar* que el soto haya sido el escenario del atentado. La villanía *pudo* ocurrir en ese lugar o, con mayor probabilidad, un accidente pudo producirse en la posada de madame Deluc. Pero éste es un punto de menor importancia. No es nuestra intención descubrir el escenario del crimen, sino encontrar a sus perpetradores. Lo que he señalado, no obstante lo minucioso de mis argumentos, tiene por objeto, en primer lugar, mostrarle lo absurdo de las dogmáticas y aventuradas afirmaciones de *Le Soleil*, y en segundo término, y de manera especial, conducirlo por una ruta natural a un nuevo examen de una duda: la de si este asesinato ha sido o no la obra de una *pandilla.*

»Resumiremos el asunto aludiendo brevemente a los odiosos detalles que surgen de las declaraciones del médico forense en la indagación judicial. Basta señalar que sus *inferencias* dadas a conocer con respecto al número de los bandidos participantes en el atentado fueron ridiculizadas como injustas y totalmente privadas de fundamento por los mejores anatomistas de París. No se trata de que ello *no haya podido ser* como se infiere, sino de que no había fundamentos para esa inferencia. ¿Y no los había, en cambio, para otra?

»Reflexionemos ahora sobre "las huellas de una lucha" y preguntémonos qué es lo que tales huellas alcanzan a demostrar. ¿Una pandilla? ¿Pero no demuestran, por el contrario, la ausencia de una pandilla? ¿Qué *lucha* podía tener lugar, tan violenta y prolongada, como para dejar "huellas" en todas direcciones entre una débil e indefensa muchacha y la imaginable pandilla de malhechores? El silencioso abrazo de unos pocos brazos robustos y todo habría terminado. La víctima debía quedar reducida a una total pasividad. Recordará usted que los argumentos empleados sobre el soto como escenario de lo ocurrido se aplican, en su mayor parte, a un ultraje cometido *por más de un individuo.* Solamente si imaginamos *a un* violador podremos concebir (y sólo entonces) una lucha tan violenta y obstinada como para dejar semejantes "huellas".

»Ya he mencionado la sospecha que nace de que los objetos en cuestión fuean abandonados en el soto. Parece casi imposible que semejantes pruebas de culpabilidad hayan sido dejadas accidentalmente donde se las encontró. Si suponemos una suficiente presencia de ánimo para retirar el cadáver, ¿qué pensar de una prueba aún más positiva que el cuerpo mismo (cuyas facciones hubieran sido borradas prontamente por la corrupción) abandonada a la vista de cualquiera en la escena del atentado? Me refiero al pañuelo con el *nombre* de la muerta. Si quedó allí por accidente, no hay duda de que no se trataba de una *pandilla.* Sólo cabe imaginar ese accidente relacionado con una sola persona. Veamos: un individuo acaba de cometer el asesinato. Está solo con el fantasma de la muerta. Se siente aterrado por lo que yace inanimado ante él. El arrebato de su pasión ha cesado y en su pecho se abre paso el miedo de lo que acaba de cometer. Le falta esa confianza que la presencia de otros inspira. Está *solo* con el cadáver. Tiembla, se siente confundido. Pero es necesario ocultar el cuerpo. Lo arrastra hacia el río dejando atrás todas las otras pruebas de su culpabilidad; sería difícil, si no imposible, llevar todo a la vez, y además no habrá dificultad en regresar más tarde en busca del resto. Mas en ese trabajoso recorrido hasta el agua su temor redobla. Los sonidos de la vida acechan en su camino. Diez veces oye o cree oír los pasos de un observador. Hasta las mismas luces de la ciudad lo espantan. Con todo, después de largas y frecuentes pausas, llenas de terrible ansiedad, llega a la orilla del río y hace desaparecer su espantosa carga quizá con ayuda de un bote. Pero *ahora,* ¿qué tesoros tiene el mundo, qué amenazas de venganza para impulsar al solitario asesino a recorrer una vez más el trabajoso y arriesgado camino hasta el soto, donde quedan los espeluznantes recuerdos de lo sucedido? No, no volverá, sean cuales fueren las consecuencias. Aun si quisiera, *no podría* volver. Su único pensamiento es el de escapar inmediatamente. Da la espalda para siempre a esos terribles bosques y huye como de una maldición.

»¿Pasaría lo mismo con una banda? Su número les habría inspirado recíproca confianza, en el caso de que ésta falte alguna vez en el pecho de un criminal empedernido; y una pandilla sólo podemos suponerla formada por individuos de esa laya. Su número, pues, hubiera impedido el incontrolable y alocado temor que, según imagino, debió de paralizar a un hombre solo. Si podemos presumir un descuido por parte de uno, dos o tres, sin duda el cuarto hubiera pensado en ello. No habrían dejado huella alguna a sus espaldas, ya que su número les permitía llevarse *todo* de una sola vez. No había ninguna necesidad de *volver.*

»Considere ahora el hecho de que en el vestido que llevaba el cadáver al ser encontrado, "una tira de un pie de ancho había sido arrancada del vestido, desde el ruedo de la falda hasta la cintura; aparecía arrollada tres veces en la cintura y asegurada mediante una especie de ligadura en la espalda". Esto se hizo con evidente intención de obtener un *asa* mediante la cual transportar el cuerpo. Pero, en caso de tratarse de varios hombres, ¿habrían recurrido a eso? Para tres o cuatro de ellos, los miembros del cadáver proporcionaban no sólo suficiente asidero, sino el mejor posible. El sistema empleado corresponde a un solo individuo, y esto nos lleva al hecho de que "entre el soto y el río se descubrió que los vallados habían sido derribados y la tierra mostraba señales de que se había arrastrado una pesada carga". ¿Cree usted que *varios* individuos se hubieran impuesto la superflua tarea de derribar un vallado para arrastrar un cuerpo que podía ser pasado por encima en un momento? ¿Cree usted que *varios* hombres hubieran arrastrado un cuerpo al punto de dejar evidentes huellas?

»Aquí corresponde referirse a una observación de *Le Commerciel*, que en cierta medida ya he comentado antes. "Un trozo de una de las enaguas de la infortunada muchacha –dice–, de dos pies de largo por uno de ancho, le fue aplicado bajo el mentón y atado detrás de la cabeza, probablemente para ahogar sus gritos. Los individuos que hicieron esto no tenían pañuelos en el bolsillo."

»Ya he hecho notar que un verdadero pillastre no carece nunca de pañuelo. Pero no me refiero ahora a eso. Que dicha atadura no fue empleada por falta de pañuelo y para los fines que supone *Le Commerciel*, lo demuestra el hallazgo del pañuelo en el lugar del hecho; y que su finalidad no era la de "ahogar sus gritos", surge de que se haya empleado esa atadura en vez de algo que hubiera sido mucho más adecuado. Pero los términos de los testimonios aluden a la tira en cuestión diciendo que "apareció alrededor del cuello, pero no apretada, aunque había sido asegurada con un nudo firmísimo". Estos términos son bastante vagos, pero difieren completamente de los de *Le Commerciel*. La tira tenía dieciocho pulgadas de ancho y, por lo tanto, aunque fuera de muselina, constituía una banda muy fuerte si se la doblaba sobre sí misma longitudinalmente. Así fue como se la encontró. Mi deducción es la siguiente: El asesino solitario, después de llevar alzado el cuerpo durante un trecho (sea desde el soto u otra parte) ayudándose con la tira arrollada a la cintura, notó que el peso resultaba excesivo para sus fuerzas. Resolvió entonces arrastrar su carga, y la investigación demuestra que, en efecto, el cuerpo fue arrastrado. A tal fin, era necesario atar una especie de cuerda a una de las extremidades. El mejor lugar era el cuello, ya que la cabeza impediría que se zafara. En este punto, el asesino debió pensar en la tira que circundaba la cintura de la víctima. Hubiera querido usarla, pero se le planteaba el inconveniente de que estaba arrollada al cadáver, sujeta por una atadura, sin contar que no había sido completamente arrancada del vestido. Más fácil resultaba arrancar una nueva tira de las enaguas. Así lo hizo, ajustándola al cuello, y en esa forma *arrastró* a su víctima hasta la orilla del río. El hecho de que este lazo, difícil y penosamente obtenido, y sólo a medias adecuado a su finalidad, fuera sin embargo empleado por el asesino, nace del hecho de que éste estaba ya demasiado lejos para utilizar la chalina, vale decir, después que hubo abandonado el soto (si se trataba del soto) y se encontraba a mitad de camino entre éste y el río.

»Dirá usted que el testimonio de madame Deluc (!) apunta especialmente a la presencia de *una pandilla* en la vecindad del soto, aproximadamente, en el momento del asesinato. Estoy de acuerdo. Incluso me pregunto si no había *una docena* de pandillas como la descrita por madame Deluc en la vecindad de la Barrière du Roule y aproximadamente en el momento de la tragedia. Pero la pandilla que se ganó la marcada enemistad –y el testimonio tardío y bastante sospechoso– de madame Deluc, *es la única* a la cual esta honesta y escrupulosa anciana reprocha haberse regalado con sus pasteles y haber bebido su coñac sin tomarse la molestia de pagar los gastos. *Et hinc illæ iræ?*

»Pero, ¿cuál es el preciso testimonio de madame Deluc? “Se presentó una pandilla de malandrines, los cuales se condujeron escandalosamente, comieron y bebieron sin pagar, siguieron luego la ruta que habían tomado los dos jóvenes y regresaron a la posada al anochecer, volviendo a cruzar el río como si tuvieran mucha prisa."

»Ahora bien, esta "gran prisa" debió probablemente parecer más grande a ojos de madame Deluc, quien reflexionaba triste y nostálgicamente sobre sus pasteles y su cerveza profanados, y por los cuales debió abrigar aún alguna esperanza de compensación. ¿Por qué, si no, se refirió a la prisa, desde el momento que ya era "el anochecer"? No hay ninguna razón para asombrarse de que una banda de pillos se apresure a volver a casa cuando queda por cruzar en bote un ancho río, cuando amenaza tormenta y se acerca la noche.

»Digo que *se acerca,* pues la noche aún no había caído. Era tan sólo "al anochecer" cuando la prisa indecente de aquellos "bandidos" ofendió los modestos ojos de madame Deluc. Pero estamos enterados de que esa misma noche, tanto madame Deluc como su hijo mayor, "oyeron los gritos de una mujer en la vecindad de la posada". ¿Y qué palabras emplea madame Deluc para señalar el momento de la noche en que se oyeron esos gritos? "Poco después *de oscurecer*", afirma. Pero "poco *después* de oscurecer" significa que ya ha oscurecido. Vale decir, resulta perfectamente claro que la pandilla abandonó la Barrière du Roule *antes* de que se produjeran los gritos escuchados (?) por madame Deluc. Y aunque en las muchas transcripciones del testimonio las expresiones en cuestión son clara e invariablemente empleadas como acabo de hacerlo en mi conversación con usted, hasta ahora ninguno de los diarios parisienses, ni ninguno de los funcionarios policiales ha señalado tan gruesa discrepancia.

»Sólo añadiré un argumento contra la noción de una *banda,* pero el mismo tiene, en mi opinión, un peso irresistible. Dada la enorme recompensa ofrecida y el pleno perdón que se concede por toda declaración probatoria, no cabe imaginar un solo instante que algún miembro de una pandilla de miserables criminales –o de cualquier pandilla– no haya traicionado hace rato a sus cómplices. En una pandilla colocada en esa situación, cada uno de sus miembros no está tan ansioso de recompensa o de impunidad, *como temeroso de ser traicionado.* Se apresura a delatar lo antes posible, a fin de no ser delatado a su turno. Y que el secreto no haya sido divulgado es la mejor prueba de que realmente se trata de un secreto. Los horrores de esa terrible acción sólo son conocidos por Dios y por una o dos personas.

»Resumamos los magros pero evidentes frutos de nuestro análisis. Hemos llegado, ya sea a la noción de un accidente fatal en la posada de madame Deluc, o de un asesinato perpetrado en el soto de la Barrière du Roule por un amante o, en todo caso, por alguien íntima y secretamente vinculado con la difunta. Esta persona es de tez morena. Dicha tez, la ligadura en la tira que rodeaba el cuerpo, y el "nudo de marinero" con el cual apareció atado el cordón de la cofia, apuntan a un marino. Su camaradería con la difunta, muchacha alegre pero no depravada, lo designa como perteneciente a un grado superior al de simple marinero. Las comunicaciones al diario, correctamente escritas, son en gran medida una corroboración de lo anterior. La circunstancia de la primera fuga, conforme la menciona *Le Mercure,* tiende a conectar la idea de este marino con la del "oficial de marina", de quien se sabe que fue el primero en inducir a la infortunada víctima a cometer una irregularidad.

»Y aquí, de la manera más justa, interviene el hecho de la continua ausencia del hombre moreno. Permítame hacerle notar de paso que la tez del mismo es morena y atezada; no es un color moreno común el que atrajo la atención tanto de Valence como de madame Deluc. Pero, ¿por qué está ausente este hombre? ¿Fue asesinado por la pandilla? Si es así, ¿cómo no hay más que huellas de la joven asesinada? Es natural suponer que los dos atentados se produjeron en el mismo lugar. ¿Y dónde se halla su cadáver? Con toda probabilidad, los asesinos hubieran hecho desaparecer a ambos en la misma forma. Pero lo que cabe suponer es que este hombre vive, y que lo que le impide darse a conocer es el miedo de que lo acusen del asesinato. Esta razón es la que influye sobre él actualmente, en esta última fase de la investigación, ya que los testimonios han señalado que se le vio con Marie; pero no tenía ninguna influencia en el período inmediato al crimen. El primer impulso de un inocente hubiera sido denunciar el ultraje y ayudar a identificar a los culpables. Era lo que correspondía. El hombre había sido visto con la joven. Cruzó el río con ella en un *ferryboat*. Aun para un atrasado mental la denuncia de los asesinos era el único y más seguro medio de librarse personalmente de toda sospecha. No podemos imaginarlo, en la noche del domingo fatal, inocente y a la vez ignorante del atentado que acababa de cometerse. Y, sin embargo, sólo cabría suponer esas circunstancias para concebir que hubiese dejado de denunciar a los asesinos en caso de hallarse con vida.

»¿Qué medios tenemos para llegar a la verdad? A medida que sigamos adelante los veremos multiplicarse y ganar en claridad. Cribemos hasta el fondo la cuestión de la primera escapatoria. Documentémonos sobre la historia de "el oficial", con sus circunstancias actuales y sus andanzas en el momento preciso del asesinato. Comparemos cuidadosamente entre sí las distintas comunicaciones enviadas al diario de la noche, cuyo objeto era inculpar a una pandilla. Hecho esto, comparemos dichas comunicaciones, tanto desde el punto de vista del estilo como de su presentación, con las enviadas al diario de la mañana, en un período anterior, y que tenían por objeto insistir con vehemencia en la culpabilidad de Mennais. Cumplido todo esto, comparemos el total de esas comunicaciones con papeles escritos de puño y letra por el susodicho oficial. Tratemos de asegurarnos, mediante repetidos interrogatorios a madame Deluc y a sus hijos, así como a Valence, el conductor del ómnibus, de más detalles sobre la apariencia personal del "hombre de la tez morena". Hábilmente dirigidas, estas indagaciones no dejarán de extraer informaciones sobre estos puntos particulares (o sobre otros), que incluso los interrogados pueden no saber que están en condiciones de proporcionar. Y sigamos entonces la huella *del bote* recogido por el lanchero en la mañana del lunes veintitrés de junio, bote que fue retirado, *sin el timón,* del depósito de lanchas, a escondidas del empleado de turno y en un momento anterior al descubrimiento del cadáver. Con la debida precaución y perseverancia daremos infaliblemente con ese bote, pues no sólo el lanchero que lo encontró puede identificarlo, *sino que tenemos su timón.* El gobernalle de un *bote de vela* no hubiera sido abandonado fácilmente, si se tratara de alguien que no tenía nada que reprocharse. Y aquí haré un paréntesis para insinuar un detalle. El hallazgo del bote a la deriva *no fue anunciado* en el momento. Conducido discretamente al depósito de lanchas, fue retirado con la misma discreción. Pero su propietario o usuario, ¿cómo pudo saber, en la mañana del martes y sin ayuda de ningún anuncio, dónde se hallaba el bote, salvo que supongamos que está vinculado de alguna manera *con la marina,* y que esa vinculación personal y permanente le permitía enterarse de sus menores novedades, de sus mínimas noticias locales?

»Al hablar del asesino solitario, que arrastra a su víctima hasta la costa, he sugerido ya la posibilidad de que hubiera hecho uso *de un bote.* Podemos sostener ahora que Marie Rogêt fue echada al agua desde un bote, lo cual me parece lógico, ya que no cabía confiar el cadáver a las aguas poco profundas de la costa. Las peculiares marcas de la espalda y hombros de la víctima apuntan a las cuadernas del fondo de un bote. También corrobora esta idea el que el cadáver fuera encontrado sin un peso atado como lastre. De haber sido echado al agua en la costa, le hubieran agregado algún peso. Cabe suponer que la falta del mismo se debió a un descuido del asesino, que olvidó llevarlo consigo al alejarse río adentro. En el momento de lanzar el cuerpo al agua debió de advertir su olvido, pero no tenía nada a mano para remediarlo. Debió de preferir cualquier riesgo antes que regresar a aquella terrible playa. Luego, libre de su fúnebre carga, el asesino se apresuró a regresar a la ciudad. Allí, en algún muelle mal iluminado, saltó a tierra. En cuanto al bote, ¿lo amarraría allí mismo? Debió de proceder con demasiada prisa para pensar en tal cosa. Además, de amarrarlo, hubiera sentido que dejaba a sus espaldas pruebas contra sí mismo. Su reacción natural debió de ser la de alejar lo más posible todo lo que guardara alguna relación con el crimen. No sólo quería huir de aquel muelle, sino que no permitiría que el bote quedara allí. Seguramente lo lanzó a la deriva. Pero sigamos adelante con nuestras suposiciones. A la mañana siguiente, el miserable se siente presa del más inexpresable horror al enterarse de que el bote ha sido recogido y llevado a un lugar que él frecuenta diariamente; un lugar donde quizá sus obligaciones lo hacen acudir de continuo. A la noche siguiente, *sin atreverse a pedir el timón*, se apodera del bote. Ahora bien: *¿dónde* está ese bote sin gobernalle? Descubrirlo debe constituir uno de nuestros primeros propósitos. De la luz que emane de ese descubrimiento comenzará a nacer el día de nuestro triunfo. Con una rapidez que nos sorprenderá, el bote va a guiarnos hasta aquel que lo utilizó en la medianoche del domingo fatal. Una corroboración seguirá a otra y el asesino será identificado.»

[Por razones que no especificaremos, pero que resultarán obvias a muchos lectores, nos hemos tomado la libertad de omitir la parte del manuscrito confiado a nuestras manos donde se detalla *el seguimiento* de la apenas perceptible pista lograda por Dupin. Sólo nos parece conveniente dejar constancia, en resumen, de que los resultados previstos fueron alcanzados, y que el prefecto cumplió fielmente, aunque sin muchas ganas, los términos de su convenio con el *chevalier.*

El artículo del señor Poe concluye con las siguientes palabras *(Los directores)*[23]]:

Se comprenderá que hablo de coincidencias y *nada más.* Lo que he dicho sobre este punto debe bastar. No hay fe en mi corazón sobre lo preternatural. Que la naturaleza y su Dios son dos, nadie capaz de pensar lo negará. Que el segundo, creando la primera, puede controlarla y modificarla a su voluntad, es asimismo incuestionable. Digo «a su voluntad» porque se trata de una cuestión de voluntad y no, como el extravío de la lógica supone, de poder. No se trata de que la Deidad *no pueda* modificar sus leyes, sino que la insultamos al suponer una posible necesidad de modificación. En sus orígenes, esas leyes fueron planeadas para abrazar *todas* las contingencias que podrían presentarse en el futuro. Con Dios, todo es *ahora.*

Repito, pues, que sólo hablo de estas cosas como de coincidencias. Más aún: en lo que he relatado se verá que entre el destino de la infortunada Mary Cecilia Rogers (hasta donde dicho destino es conocido) y el de una tal Marie Rogêt (hasta un momento dado de su historia) existió un paralelo de tan extraordinaria exactitud que frente a él la razón se siente confundida. He dicho que esto se verá. Pero no se suponga por un solo instante que, al continuar con la triste narración referente a Marie desde la época mencionada, y seguir hasta su desenlace el misterio que rodeó su muerte, abrigo la encubierta intención de insinuar que el paralelo continúa, o sugerir que las medidas adoptadas en París para el descubrimiento del asesino de una *grisette,* o cualquier medida fundada en raciocinios similares, producirían en el otro caso resultados equivalentes.

Preciso es tener en cuenta -refiriéndonos a la última parte de la suposición- que la más nimia variación en los hechos

23. De la revista donde se publicó por primera vez este trabajo.

de los dos casos podría dar motivo a los más grandes errores al hacer tomar a ambas series de eventos distintas direcciones; lo mismo que, en aritmética, un error que en sí mismo es insignificante, por mera multiplicación en los distintos pasos de un proceso llega a producir un resultado enormemente alejado de la verdad. Con respecto a la primera parte de las suposiciones, no debemos olvidar que el cálculo de probabilidades al cual me referí antes prohíbe toda idea de la prolongación del paralelismo, y lo hace con una fuerza y decisión proporcionales a la medida en que dicho paralelo se ha mostrado hasta entonces exacto y acertado. Es ésta una de esas proposiciones anómalas que, reclamando en apariencia un pensar diferente del pensar matemático, sólo puede ser plenamente abarcada por una mente matemática. Nada más difícil, por ejemplo, que convencer al lector corriente de que el hecho de que el seis haya sido echado dos veces por un jugador de dados, basta para apostar que no volverá a salir en la tercera tentativa. El intelecto rechaza casi siempre toda sugestión en este sentido. No se acepta que dos tiros ya efectuados, y que pertenecen por completo al pasado, puedan influir sobre un tiro que sólo existe en el futuro. Las probabilidades de echar dos seises parecen exactamente las mismas que en cualquier otro momento, vale decir que sólo están sometidas a la influencia de todos los otros tiros que pueden producirse en el juego de dados. Esta reflexión parece tan obvia que las tentativas de contradecirla son casi siempre recibidas con una sonrisa despectiva antes que con atención respetuosa. No pretendo exponer aquí, dentro de los límites de este trabajo, el craso error involucrado en esa actitud; para los que entienden de filosofía, no necesita explicación. Baste decir que forma parte de una infinita serie de engaños que surgen en la senda de la razón, por culpa de su tendencia a buscar la verdad *en el detalle.*

La carta robada

Nil sapientiae odiosius acumine nimio.

(SÉNECA)

Me hallaba en París en el otoño de 18... Una noche, después de una tarde ventosa, gozaba del doble placer de la meditación y de una pipa de espuma de mar, en compañía de mi amigo C. Auguste Dupin, en su pequeña biblioteca o gabinete de estudios del *n.º 33, rue Dunot, au troisième, Faubourg Saint-Germain.* Llevábamos más de una hora en profundo silencio, y cualquier observador casual nos hubiera creído exclusiva y profundamente dedicados a estudiar las onduladas capas de humo que llenaban la atmósfera de la sala. Por mi parte, me había entregado a la discusión mental de ciertos tópicos sobre los cuales habíamos departido al comienzo de la velada; me refiero al caso de la rue Morgue y al misterio del asesinato de Marie Rogêt. No dejé de pensar, pues, en una coincidencia, cuando vi abrirse la puerta para dejar paso a nuestro viejo conocido G..., el prefecto de la policía de París.

Lo recibimos cordialmente, pues en aquel hombre había tanto de despreciable como de divertido, y llevábamos varios años sin verlo. Como habíamos estado sentados en la oscuridad, Dupin se levantó para encender una lampara, pero volvió a su asiento sin hacerlo cuando G... nos hizo saber que venía a consultarnos, o, mejor dicho, a pedir la opinión de mi amigo sobre cierto asunto oficial que lo preocupaba grandemente.

–Si se trata de algo que requiere reflexión –observó Dupin, absteniéndose de dar fuego a la mecha– será mejor examinarlo en la oscuridad.

–He aquí una de sus ideas raras –dijo el prefecto, para quien todo lo que excedía su comprensión era «raro», por lo cual vivía rodeado de una verdadera legión de «rarezas».

–Muy cierto –repuso Dupin, entregando una pipa a nuestro visitante y ofreciéndole un confortable asiento.

–¿Y cuál es la dificultad? –pregunté–. Espero que no sea otro asesinato.

–¡Oh, no, nada de eso! Por cierto que es un asunto muy sencillo y no dudo de que podremos resolverlo perfectamente bien por nuestra cuenta; de todos modos pensé que a Dupin le gustaría conocer los detalles, puesto que es un caso muy *raro.*

–Sencillo y raro –dijo Dupin.

–Justamente. Pero tampoco es completamente eso. A decir verdad, todos estamos bastante confundidos, ya que la cosa es sencillísima y, sin embargo, nos deja perplejos.

–Quizá lo que los induce a error sea precisamente la sencillez del asunto –observó mi amigo.

–¡Qué absurdos dice usted! –repuso el prefecto, riendo a carcajadas.

–Quizá el misterio es un poco *demasiado* sencillo –dijo Dupin.

–¡Oh, Dios mío! ¿Cómo se le puede ocurrir semejante idea?

–Un poco *demasiado* evidente.

–¡Ja, ja! ¡Oh, oh! –reía el prefecto, divertido hasta más no poder–. Dupin, usted acabará por hacerme morir de risa.

–Veamos, ¿de qué se trata? –pregunté.

–Pues bien, voy a decírselo –repuso el prefecto, aspirando profundamente una bocanada de humo e instalándose en un sillón–. Puedo explicarlo en pocas palabras, pero antes debo advertirles que el asunto exige el mayor secreto, pues si se supiera que lo he confiado a otras personas podría costarme mi actual posición.

–Hable usted –dije.

–O no hable –dijo Dupin.

–Está bien. He sido informado personalmente, por alguien que ocupa un altísimo puesto, de que cierto documento de la mayor importancia ha sido robado en las cámaras reales. Se sabe quién es la persona que lo ha robado, pues fue vista cuando se apoderaba de él. También se sabe que el documento continúa en su poder.

–¿Cómo se sabe eso? –preguntó Dupin.

–Se deduce claramente –repuso el prefecto– de la naturaleza del documento y de que no se hayan producido ciertas consecuencias que tendrían lugar inmediatamente después que aquél pasara a *otras* manos; vale decir, en caso de que fuera empleado en la forma en que el ladrón ha de pretender hacerlo al final.

–Sea un poco más explícito –dije.

–Pues bien, puedo afirmar que dicho papel da a su poseedor cierto poder en cierto lugar donde dicho poder es inmensamente valioso.

El prefecto estaba encantado de su jerga diplomática.

–Pues sigo sin entender nada –dijo Dupin.

–¿No? Veamos: la presentación del documento a una tercera persona que no nombraremos pondría sobre el tapete el honor de un personaje de las más altas esferas y ello da al poseedor del documento un dominio sobre el ilustre personaje cuyo honor y tranquilidad se ven de tal modo amenazados.

–Pero ese dominio –interrumpí– dependerá de que el ladrón supiera que dicho personaje lo conoce como tal. ¿Y quién osaría...?

–El ladrón –dijo G...– es el ministro D..., que se atreve a todo, tanto en lo que es digno como lo que es indigno de un hombre. La forma en que cometió el robo es tan ingeniosa como audaz. El documento en cuestión –una carta, para ser francos– fue recibido por la persona robada mientras se hallaba a solas en el *boudoir* real. Mientras la leía, se vio repentinamente interrumpida por la entrada de la otra eminente persona, a la cual la primera deseaba ocultar especialmente la carta. Después de una apresurada y vana tentativa de esconderla en un cajón, debió dejarla, abierta como estaba, sobre una mesa. Como el sobrescrito había quedado hacia arriba y no se veía el contenido, la carta podía pasar sin ser vista. Pero en ese momento aparece el ministro D... Sus ojos de lince perciben inmediatamente el papel, reconoce la escritura del sobrescrito, observa la confusión de la persona en cuestión y adivina su secreto. Luego de tratar algunos asuntos en la forma expeditiva que le es usual, extrae una carta parecida a la que nos ocupa, la abre, finge leerla y la coloca luego exactamente al lado de la otra. Vuelve entonces a departir sobre las cuestiones públicas durante un cuarto de hora. Se levanta, finalmente, y, al despedirse, toma la carta que no le pertenece. La persona robada ve la maniobra, pero no se atreve a llamarle la atención en presencia de la tercera, que no se mueve de su lado. El ministro se marcha, dejando sobre la mesa la otra carta sin importancia.

–Pues bien –dijo Dupin, dirigiéndose a mí–, ahí tiene usted lo que se requería para que el dominio del ladrón fuera completo: éste sabe que la persona robada lo conoce como el ladrón.

–En efecto –dijo el prefecto–, y el poder así obtenido ha sido usado en estos últimos meses para fines políticos, hasta un punto sumamente peligroso. La persona robada está cada vez más convencida de la necesidad de recobrar su carta. Pero, claro está, una cosa así no puede hacerse abiertamente. Por fin, arrastrada por la desesperación, dicha persona me ha encargado de la tarea.

–Para la cual –dijo Dupin, envuelto en un perfecto torbellino de humo– no podía haberse deseado, o siquiera imaginado, agente más sagaz.

–Me halaga usted –repuso el prefecto–, pero no es imposible que, en efecto, se tenga de mi tal opinión.

–Como hace usted notar –dije–, es evidente que la carta sigue en posesión del ministro, pues lo que le confiere su poder es dicha posesión y no su empleo. Apenas empleada la carta, el poder cesaría.

–Muy cierto –convino G...–. Mis pesquisas se basan en esa convicción. Lo primero que hice fue registrar cuidadosamente la mansión del ministro, aunque la mayor dificultad residía en evitar que llegara a enterarse. Se me ha prevenido que, por sobre todo, debo impedir que sospeche nuestras intenciones, lo cual sería muy peligroso.

–Pero usted tiene todas las facilidades para ese tipo de investigaciones –dije–. No es la primera vez que la policía parisiense las practica.

–¡Oh, naturalmente! Por eso no me preocupé demasiado. Las costumbres del ministro me daban, además, una gran ventaja. Con frecuencia pasa la noche fuera de su casa. Los sirvientes no son muchos y duermen alejados de los aposentos de su amo; como casi todos son napolitanos, es muy fácil inducirlos a beber copiosamente. Bien saben ustedes que poseo llaves con las cuales puedo abrir cualquier habitación de París. Durante estos tres meses no ha pasado una noche sin que me dedicara personalmente a registrar la casa de D... Mi honor está en juego y, para confiarles un gran secreto, la recompensa prometida es enorme. Por eso no abandoné la búsqueda hasta no tener seguridad completa de que el ladrón es más astuto que yo. Estoy seguro de haber mirado en cada rincón posible de la casa donde la carta podría haber sido escondida.

–¿No sería posible –pregunté– que si bien la carta se halla en posesión del ministro, como parece incuestionable, éste la haya escondido en otra parte que en su casa?

–Es muy poco probable –dijo Dupin–. El especial giro de los asuntos actuales en la corte, y especialmente de las intrigas en las cuales se halla envuelto D..., exigen que el documento esté a mano y que pueda ser exhibido en cualquier momento; esto último es tan importante como el hecho mismo de su posesión.

–¿Que el documento pueda ser exhibido? –pregunte.

–Si lo prefiere, que pueda ser *destruido* –dijo Dupin.

–Pues bien –convine–, el papel tiene entonces que estar en la casa. Supongo que podemos descartar toda idea de que el ministro lo lleve consigo.

–Por supuesto –dijo el prefecto–. He mandado detenerlo dos veces por falsos salteadores de caminos y he visto personalmente cómo le registraban.

–Pudo usted ahorrarse esa molestia –dijo Dupin–. Supongo que D... no es completamente loco y que ha debido prever esos falsos asaltos como una consecuencia lógica.

–No es *completamente* loco –dijo G...–, pero es un poeta, lo que en mi opinión viene a ser más o menos lo mismo.

–Cierto –dijo Dupin, después de aspirar una profunda bocanada de su pipa de espuma de mar–, aunque, por mi parte, me confieso culpable de algunas malas rimas.

–¿Por qué no nos da detalles de su requisición? –pregunté.

–Pues bien; como disponíamos del tiempo necesario, buscamos *en todas partes.* Tengo una larga experiencia en estos casos. Revisé íntegramente la mansión, cuarto por cuarto, dedicando las noches de toda una semana a cada aposento. Primero examiné el moblaje. Abrimos todos los cajones; supongo que no ignoran ustedes que, para un agente de policía bien adiestrado, no hay cajón *secreto* que pueda escapársele. En una búsqueda de esta especie, el hombre que deja sin ver un cajón secreto es un imbécil. ¡Son tan *evidentes!* En cada mueble hay una cierta masa, un cierto espacio que debe ser explicado. Para eso tenemos reglas muy precisas. No se nos escaparía ni la quincuagésima parte de una línea.

»Terminada la inspección de armarios pasamos a las sillas. Atravesamos los almohadones con esas largas y finas agujas que me han visto ustedes emplear. Levantamos las tablas de las mesas.»

–¿Por qué?

–Con frecuencia, la persona que desea esconder algo levanta la tapa de una mesa o de un mueble similar, hace un orificio en cada una de las patas, esconde el objeto en cuestión y vuelve a poner la tabla en su sitio. Lo mismo suele hacerse en las cabeceras y postes de las camas.

–Pero, ¿no puede localizarse la cavidad por el sonido? –pregunté.

–De ninguna manera si, luego de haberse depositado el objeto, se lo rodea con una capa de algodón. Además, en este caso estábamos forzados a proceder sin hacer ruido.

–Pero es imposible que hayan ustedes revisado y desarmado todos los muebles donde pudo ser escondida la carta en la forma que menciona. Una carta puede ser reducida a un delgadísimo rollo, casi igual en volumen al de una aguja larga de tejer, y en esa forma se la puede insertar, por ejemplo, en el travesaño de una silla. ¿Supongo que no desarmaron todas las sillas?

–Por supuesto que no, pero hicimos algo mejor: examinamos los travesaños de todas las sillas de la casa y las junturas de todos los muebles con ayuda de un poderoso microscopio. Si hubiera habido la menor señal de un reciente cambio, no habríamos dejado de advertirlo instantáneamente. Un simple grano de polvo producido por un barreno nos hubiera saltado a los ojos como si fuera una manzana. La menor diferencia en la encoladura, la más mínima apertura en los ensamblajes, hubiera bastado para orientarnos.

–Supongo que miraron en los espejos, entre los marcos y el cristal, y que examinaron las camas y la ropa de la cama, así como los cortinados y alfombras.

–Naturalmente, y luego que hubimos revisado todo el moblaje en la misma forma minuciosa, pasamos a la casa misma. Dividimos su superficie en compartimentos que numeramos, a fin de que no se nos escapara ninguno; luego escrutamos cada pulgada cuadrada, incluyendo las dos casas adyacentes, siempre ayudados por el microscopio.

–¿Las dos casas adyacentes? –exclamé–. ¡Habrán tenido toda clase de dificultades!

–Sí. Pero la recompensa ofrecida es enorme.

–¿Incluían ustedes el terreno contiguo a las casas?

–Dicho terreno está pavimentado con ladrillos. No nos dio demasiado trabajo comparativamente, pues examinamos el musgo entre los ladrillos y lo encontramos intacto.

–¿Miraron entre los papeles de D..., naturalmente, y en los libros de la biblioteca?

–Claro está. Abrimos todos los paquetes, y no sólo examinamos cada libro, sino que lo hojeamos cuidadosamente, sin conformarnos con una mera sacudida, como suelen hacerlo nuestros oficiales de policía. Medimos asimismo el espesor de cada encuadernación, escrutándola luego de la manera más detallada con el microscopio. Si se hubiera insertado un papel en una de esas encuadernaciones, resultaría imposible que pasara inadvertido. Cinco o seis volúmenes que salían de manos del encuadernador fueron probados longitudinalmente con las agujas.

–¿Exploraron los pisos debajo de las alfombras?

–Sin duda. Levantamos todas las alfombras y examinamos las planchas con el microscopio.

–¿Y el papel de las paredes?

–Lo mismo.

–¿Miraron en los sótanos?

–Miramos.

–Pues entonces –declaré– se ha equivocado usted en sus cálculos y la carta *no está* en la casa del ministro.

–Me temo que tenga razón –dijo el prefecto–. Pues bien, Dupin, ¿qué me aconseja usted?

–Revisar de nuevo completamente la casa.

–¡Pero es inútil! –replicó G...–. Tan seguro estoy de que respiro como de que la carta no está en la casa.

–No tengo mejor consejo que darle –dijo Dupin–. Supongo que posee usted una descripción precisa de la carta.

–¡Oh, sí!

Luego de extraer una libreta, el prefecto procedió a leernos una minuciosa descripción del aspecto interior de la carta, y especialmente del exterior. Poco después de terminar su lectura se despidió de nosotros, desanimado como jamás lo había visto antes.

Un mes más tarde nos hizo otra visita y nos encontró ocupados casi en la misma forma que la primera vez. Tomó posesión de una pipa y un sillón y se puso a charlar de cosas triviales. Al cabo de un rato le dije:

–Veamos, G..., ¿qué pasó con la carta robada? Supongo que, por lo menos, se habrá convencido de que no es cosa fácil sobrepujar en astucia al ministro.

–¡El diablo se lo lleve! Volví a revisar su casa, como me lo había aconsejado Dupin, pero fue tiempo perdido. Ya lo sabía yo de antemano.

–¿A cuánto dijo usted que ascendía la recompensa ofrecida? –preguntó Dupin.

–Pues... a mucho dinero... muchísimo. No quiero decir exactamente cuánto, pero eso sí, afirmo que estaría dispuesto a firmar un cheque por cincuenta mil francos a cualquiera que me consiguiese esa carta. El asunto va adquiriendo día a día más importancia, y la recompensa ha sido recientemente doblada. Pero, aunque ofrecieran tres voces esa suma, no podría hacer más de lo que he hecho.

–Pues... la verdad... –dijo Dupin, arrastrando las palabras entre bocanadas de humo–, me parece a mí, G..., que usted no ha hecho... todo lo que podía hacerse. ¿No cree que... aún podría hacer algo más, eh?

–¿Cómo? ¿En qué sentido?

–Pues... puf... podría usted... puf, puf... pedir consejo en este asunto... puf, puf, puf... ¿Se acuerda de la historia que cuentan de Abernethy?

–No. ¡Al diablo con Abernethy!

–De acuerdo. ¡Al diablo, pero bienvenido! Érase una vez cierto avaro que tuvo la idea de obtener gratis el consejo médico de Abernethy. Aprovechó una reunión y una conversación corrientes para explicar un caso personal como si se tratara del de otra persona. «Supongamos que los síntomas del enfermo son tales y cuales –dijo–. Ahora bien, doctor: ¿qué le aconsejaría usted hacer?» «Lo que yo le aconsejaría –repuso Abernethy– es que consultara a un médico.»

–¡Vamos! –exclamó el prefecto, bastante desconcertado–. Estoy plenamente dispuesto a pedir consejo y a pagar por él. De verdad, daría cincuenta mil francos a quienquiera me ayudara en este asunto.

–En ese caso –replicó Dupin, abriendo un cajón y sacando una libreta de cheques–, bien puede usted llenarme un cheque por la suma mencionada. Cuando lo haya firmado le entregaré la carta.

Me quedé estupefacto. En cuanto al prefecto, parecía fulminado. Durante algunos minutos fue incapaz de hablar y de moverse, mientras contemplaba a mi amigo con ojos que parecían salírsele de las órbitas y con la boca abierta. Recobrándose un tanto, tomó una pluma y, después de varias pausas y abstraídas contemplaciones, llenó y firmó un cheque por cincuenta mil francos, extendiéndolo por encima de la mesa a Dupin. Éste lo examinó cuidadosamente y lo guardó en su cartera; luego, abriendo un escritorio, sacó una carta y la entregó al prefecto. Nuestro funcionario la tomó en una convulsión de alegría, la abrió con manos trémulas, lanzó una ojeada a su contenido y luego, lanzándose vacilante hacia la puerta, desapareció bruscamente del cuarto y de la casa, sin haber pronunciado una sílaba desde el momento en que Dupin le pidió que llenara el cheque.

Una vez que se hubo marchado, mi amigo consintió en darme algunas explicaciones.

–La policía parisiense es sumamente hábil a su manera –dijo–. Es perseverante, ingeniosa, astuta y muy versada en los conocimientos que sus deberes exigen. Así, cuando G... nos explicó su manera de registrar la mansión de D..., tuve plena confianza en que había cumplido una investigación satisfactoria, hasta donde podía alcanzar.

–¿Hasta donde podía alcanzar? –repetí.

–Sí –dijo Dupin–. Las medidas adoptadas no solamente eran las mejores en su género, sino que habían sido llevadas a la más absoluta perfección. Si la carta hubiera estado dentro del ámbito de su búsqueda, no cabe la menor duda de que los policías la hubieran encontrado.

Me eché a reír, pero Dupin parecía hablar muy en serio.

–Las medidas –continuó– eran excelentes en su género, y fueron bien ejecutadas; su defecto residía en que eran inaplicables al caso y al hombre en cuestión. Una cierta cantidad de recursos altamente ingeniosos constituyen para el prefecto una especie de lecho de Procusto, en el cual quiere meter a la fuerza sus designios. Continuamente se equivoca por ser demasiado profundo o demasiado superficial para el caso, y más de un colegial razonaría mejor que él. Conocí a uno que tenía ocho años y cuyos triunfos en el juego de «par e impar» atraían la admiración general. El juego es muy sencillo y se juega con bolitas. Uno de los contendientes oculta en la mano cierta cantidad de bolitas y pregunta al otro: «¿Par o impar?» Si éste adivina correctamente, gana una bolita; si se equivoca, pierde una. El niño de quien hablo ganaba todas las bolitas de la escuela. Naturalmente, tenía un método de adivinación que consistía en la simple observación y en el cálculo de la astucia de sus adversarios. Supongamos que uno de éstos sea un perfecto tonto y que, levantando la mano cerrada, le pregunta: «¿Par o impar?» Nuestro colegial responde: «Impar», y pierde, pero a la segunda vez gana, por cuanto se ha dicho a sí mismo: «El tonto tenía pares la primera vez, y su astucia no va más allá de preparar impares para la segunda vez. Por lo tanto, diré impar.» Lo dice, y gana. Ahora bien, si le toca jugar con un tonto ligeramente superior al anterior, razonará en la siguiente forma: «Este muchacho sabe que la primera vez elegí impar, y en la segunda se le ocurrirá como primer impulso pasar de par a impar, pero entonces un nuevo impulso le sugerirá que la variación es demasiado sencilla, y finalmente se decidirá a poner bolitas pares como la primera vez. Por lo tanto, diré pares.» Así lo hace, y gana. Ahora bien, esta manera de razonar del colegial, a quien sus camaradas llaman «afortunado», ¿en qué consiste si se la analiza con cuidado?

–Consiste –repuse– en la identificación del intelecto del razonador con el de su oponente.

–Exactamente –dijo Dupin–. Cuando pregunté al muchacho de qué manera lograba esa *total* identificación en la cual residían sus triunfos, me contestó: «Si quiero averiguar si alguien es inteligente, o estúpido, o bueno, o malo, y saber cuáles son sus pensamientos en ese momento, adapto lo más posible la expresión de mi cara a la de la suya, y luego espero hasta ver qué pensamientos o sentimientos surgen en mi mente o en mi corazón, coincidentes con la expresión de mi cara.» Esta respuesta del colegial está en la base de toda la falsa profundidad atribuida a La Rochefoucauld, La Bruyère, Maquiavelo y Campanella.

–Si comprendo bien –dije– la identificación del intelecto del razonador con el de su oponente depende de la precisión con que se mida la inteligencia de este último.

–Depende de ello para sus resultados prácticos–replicó Dupin–, y el prefecto y sus cohortes fracasan con tanta frecuencia, primero por no lograr dicha identificación y segundo por medir mal–o, mejor dicho, por no medir–el intelecto con el cual se miden. Sólo tienen en cuenta sus *propias* ideas ingeniosas y, al buscar alguna cosa oculta, se fijan solamente en los métodos que *ellos* hubieran empleado para ocultarla. Tienen mucha razón en la medida en que su propio ingenio es fiel representante del de *la masa;* pero, cuando la astucia del malhechor posee un carácter distinto de la suya, aquél los derrota, como es natural. Esto ocurre siempre cuando se trata de una astucia superior a la suya y, muy frecuentemente, cuando está por debajo. Los policías no admiten variación de principio en sus investigaciones; a lo sumo, si se ven apurados por algún caso insólito, o movidos por una recompensa extraordinaria, extienden o exageran sus viejas modalidades rutinarias, pero sin tocar los principios. Por ejemplo, en este asunto de D..., ¿qué se ha hecho para modificar el principio de acción? ¿Qué son esas perforaciones, esos escrutinios con el microscopio, esa división de la superficie del edificio en pulgadas cuadradas numeradas? ¿Qué representan sino *la aplicación exagerada* del principio o la serie de principios que rigen una búsqueda, y que se basan a su vez en una serie de nociones sobre el ingenio humano, a las cuales se ha acostumbrado el prefecto en la prolongada rutina de su tarea? ¿No ha advertido que G... da por sentado que *todo* hombre esconde una carta, si no exactamente en un agujero practicado en la pata de una silla, por lo menos en algún agujero o rincón sugerido por la misma línea de pensamiento que inspira la idea de esconderla en un agujero hecho en la pata de una silla? Observe asimismo que esos escondrijos rebuscados sólo se utilizan en ocasiones ordinarias, y sólo serán elegidos por inteligencias igualmente ordinarias; vale decir que en todos los casos de ocultamiento cabe presumir, en primer término, que se lo ha efectuado dentro de esas líneas; por lo tanto, su descubrimiento no depende en absoluto de la perspicacia, sino del cuidado, la paciencia y la obstinación de los buscadores; y si el caso es de importancia (o la recompensa magnífica, lo cual equivale a la misma cosa a los ojos de los policías), las cualidades aludidas no fracasan *jamás.* Comprenderá usted ahora lo que quiero decir cuando sostengo que si la carta robada hubiese estado escondida en cualquier parte dentro de los límites de la perquisición del prefecto (en otras palabras, si el principio rector de su ocultamiento hubiera estado comprendido dentro de los principios del prefecto) hubiera sido descubierta sin la más mínima duda. Pero nuestro funcionario ha sido mistificado por completo, y la remota fuente de su derrota yace en su suposición de que el ministro es un loco porque ha logrado renombre como poeta. Todos los locos son poetas en el pensamiento del prefecto, de donde cabe considerarlo culpable de un *non distributio medii* por inferir de lo anterior que todos los poetas son locos.

–¿Pero se trata realmente del poeta? –pregunté–. Sé que D... tiene un hermano, y que ambos han logrado reputación en el campo de las letras. Creo que el ministro ha escrito una obra notable sobre el cálculo diferencial. Es un matemático y no un poeta.

–Se equivoca usted. Lo conozco bien, y sé que es ambas cosas. Como poeta y matemático es capaz de razonar bien, en tanto que como mero matemático hubiera sido capaz de hacerlo y habría quedado a merced del prefecto.

–Me sorprenden esas opiniones –dije–, que el consenso universal contradice. Supongo que no pretende usted aniquilar nociones que tienen siglos de existencia sancionada. La razón matemática fue considerada siempre como la razón por excelencia.

–Il y a à parier–replicó Dupin, citando a Chamfort– *que toute idée publique, toute convention reçue est une sottise, car elle a convenu au plus grand nombre.* Le aseguro que los ma-

temáticos han sido los primeros en difundir el error popular al cual alude usted, y que no por difundido deja de ser un error. Con arte digno de mejor causa han introducido, por ejemplo, el término «análisis» en las operaciones algebraicas. Los franceses son los causantes de este engaño, pero si un término tiene alguna importancia, si las palabras derivan su valor de su aplicación, entonces concedo que «análisis» abarca «álgebra», tanto como en latín *ambitus* implica «ambición»; *religio,* «religión», u *homines honesti,* la clase de las gentes honorables.

–Me temo que se malquiste usted con algunos de los algebristas de París. Pero continúe.

–Niego la validez y, por tanto, los resultados de una razón cultivada por cualquier procedimiento especial que no sea el lógico abstracto. Niego, en particular, la razón extraída del estudio matemático. Las matemáticas constituyen la ciencia de la forma y la cantidad; el razonamiento matemático es simplemente la lógica aplicada a la observación de la forma y la cantidad. El gran error está en suponer que incluso las verdades de lo que se denomina álgebra *pura* constituyen verdades abstractas o generales. Y este error es tan enorme que me asombra se lo haya aceptado universalmente. Los axiomas matemáticos *no son* axiomas de validez general. Lo que es cierto de la *relación* (de la forma y la cantidad) resulta con frecuencia erróneo aplicado, por ejemplo, a la moral. En esta última ciencia suele no ser cierto que el todo sea igual a la suma de las partes. También en química este axioma no se cumple. En la consideración de los móviles falla igualmente, pues dos móviles de un valor dado no alcanzan necesariamente al sumarse un valor equivalente a la suma de sus valores. Hay muchas otras verdades matemáticas que sólo son tales dentro de los límites de la *relación.* Pero el matemático, llevado por el hábito, arguye, basándose en sus *verdades finitas,* como si tuvieran una aplicación general, cosa que por lo demás la gente acepta y cree. En su erudita *Mitología,*

Bryant alude a una análoga fuente de error cuando señala que, «aunque no se cree en las fábulas paganas, solemos olvidarnos de ello y extraemos consecuencias como si fueran realidades existentes». Pero, para los algebristas, que son realmente paganos, las «fábulas paganas» constituyen materia de credulidad, y las inferencias que de ellas extraen no nacen de un descuido de la memoria sino de un inexplicable reblandecimiento mental. Para resumir: jamás he encontrado a un matemático en quien se pudiera confiar fuera de sus raíces y sus ecuaciones, o que no tuviera por articulo de fe que $x^2 + px$ es absoluta e incondicionalmente igual a q. Por vía de experimento, diga a uno de esos caballeros que, en su opinión, podrían darse casos en que $x^2 + px$ no fuera absolutamente igual a q; pero, una vez que le haya hecho comprender lo que quiere decir, sálgase de su camino lo antes posible, porque es seguro que tratará de golpearlo.

»Lo que busco indicar –agregó Dupin, mientras yo reía de sus últimas observaciones– es que, si el ministro hubiera sido sólo un matemático, el prefecto no se habría visto en la necesidad de extenderme este cheque. Pero sé que es tanto matemático como poeta, y mis medidas se han adaptado a sus capacidades, teniendo en cuenta las circunstancias que lo rodeaban. Sabía que es un cortesano y un audaz *intrigant*. Pensé que un hombre semejante no dejaría de estar al tanto de los métodos policiales ordinarios. Imposible que no anticipara (y los hechos lo han probado así) los falsos asaltos a que fue sometido. Reflexioné que igualmente habría previsto las pesquisiciones secretas en su casa. Sus frecuentes ausencias nocturnas, que el prefecto consideraba una excelente ayuda para su triunfo, me parecieron simplemente *astucias* destinadas a brindar oportunidades a la perquisición y convencer lo antes posible a la policía de que la carta no se hallaba en la casa, como G... terminó finalmente por creer. Me pareció asimismo que toda la serie de pensamientos que con algún trabajo acabo de exponerle y que se refieren al principio invariable de la acción policial en sus búsquedas de objetos ocultos, no podía dejar de ocurrírsele al ministro. Ello debía conducirlo inflexiblemente a desdeñar todos los escondrijos vulgares. Reflexioné que *ese hombre* no podía ser tan simple como para no comprender que el rincón más remoto e inaccesible de su morada estaría tan abierto como el más vulgar de los armarios a los ojos, las sondas, los barrenos y los microscopios del prefecto. Vi, por último, que D... terminaría necesariamente en la *simplicidad,* si es que no la adoptaba por una cuestión de gusto personal. Quizá recuerde usted con qué ganas rió el prefecto cuando, en nuestra primera entrevista, sugerí que acaso el misterio lo perturbaba por su absoluta *evidencia.*

–Me acuerdo muy bien –respondí–. Por un momento pensé que iban a darle convulsiones.

–El mundo material –continuó Dupin– abunda en estrictas analogías con el inmaterial, y ello tiñe de verdad el dogma retórico según el cual la metáfora o el símil sirven tanto para reforzar un argumento como para embellecer una descripción. El principio de la *vis inertiæ,* por ejemplo, parece idéntico en la física y en la metafísica. Si en la primera es cierto que resulta más difícil poner en movimiento un cuerpo grande que uno pequeño, y que el impulso o cantidad de movimiento subsecuente se hallará en relación con la dificultad, no menos cierto es en metafísica que los intelectos de máxima capacidad, aunque más vigorosos, constantes y eficaces en sus avances que los de grado inferior, son más lentos en iniciar dicho avance y se muestran más embarazados y vacilantes en los primeros pasos. Otra cosa: ¿Ha observado usted alguna vez, entre las muestras de las tiendas, cuáles atraen la atención en mayor grado?

–Jamás se me ocurrió pensarlo –dije.

–Hay un juego de adivinación –continuó Dupin– que se juega con un mapa. Uno de los participantes pide al otro que encuentre una palabra dada: el nombre de una ciudad, un río, un Estado o un imperio; en suma, cualquier palabra que figure en la abigarrada y complicada superficie del mapa. Por lo regular, un novato en el juego busca confundir a su oponente proponiéndole los nombres escritos con los caracteres más pequeños, mientras que el buen jugador escogerá aquellos que se extienden con grandes letras de una parte a otra del mapa. Estos últimos, al igual que las muestras y carteles excesivamente grandes, escapan a la atención a fuerza de ser evidentes, y en esto la desatención ocular resulta análoga al descuido que lleva al intelecto a no tomar en cuenta consideraciones excesivas y palpablemente evidentes. De todos modos, es éste un asunto que se halla por encima o por debajo del entendimiento del prefecto. Jamás se le ocurrió como probable o posible que el ministro hubiera dejado la carta delante de las narices del mundo entero, a fin de impedir mejor que una parte de ese mundo pudiera verla.

»Cuanto más pensaba en el audaz, decidido y característico ingenio de D..., en que el documento debía hallarse siempre *a mano* si pretendía servirse de él para sus fines, y en la absoluta seguridad proporcionada por el prefecto de que el documento no se hallaba oculto dentro de los límites de las búsquedas ordinarias de dicho funcionario, más seguro me sentía de que, para esconder la carta, el ministro había acudido al más amplio y sagaz de los expedientes: el no ocultarla.

»Compenetrado de estas ideas, me puse un par de anteojos verdes, y una hermosa mañana acudí como por casualidad a la mansión ministerial. Hallé a D... en casa, bostezando, paseándose sin hacer nada y pretendiendo hallarse en el colmo del *ennui*. Probablemente se trataba del más activo y enérgico de los seres vivientes, pero eso tan sólo cuando nadie lo ve.

»Para no ser menos, me quejé del mal estado de mi vista y de la necesidad de usar anteojos, bajo cuya protección pude observar cautelosa pero detalladamente el aposento, mientras en apariencia seguía con toda atención las palabras de mi huésped.

»Dediqué especial cuidado a una gran mesa-escritorio junto a la cual se sentaba D..., y en la que aparecían mezcladas algunas cartas y papeles, juntamente con un par de instrumentos musicales y unos pocos libros. Pero, después de un prolongado y atento escrutinio, no vi nada que procurara mis sospechas.

»Dando la vuelta al aposento, mis ojos cayeron por fin sobre un insignificante tarjetero de cartón recortado que colgaba, sujeto por una sucia cinta azul, de una pequeña perilla de bronce en mitad de la repisa de la chimenea. En este tarjetero, que estaba dividido en tres o cuatro compartimentos, vi cinco o seis tarjetas de visitantes y una sola carta. Esta última parecía muy arrugada y manchada. Estaba rota casi por la mitad, como si a una primera intención de destruirla por inútil hubiera sucedido otra. Ostentaba un gran sello negro, con el monograma de D... *muy* visible, y el sobrescrito, dirigido al mismo ministro revelaba una letra menuda y femenina. La carta había sido arrojada con descuido, casi se diría que desdeñosamente, en uno de los compartimentos superiores del tarjetero.

»Tan pronto hube visto dicha carta, me di cuenta de que era la que buscaba. Por cierto que su apariencia difería completamente de la minuciosa descripción que nos había leído el prefecto. En este caso el sello era grande y negro, con el monograma de D...; en el otro, era pequeño y rojo, con las armas ducales de la familia S... El sobrescrito de la presente carta mostraba una letra menuda y femenina, mientras que el otro, dirigido a cierta persona real, había sido trazado con caracteres firmes y decididos. Sólo el tamaño mostraba analogía. Pero, en cambio, lo *radical* de unas diferencias que resultaban excesivas; la suciedad, el papel arrugado y roto en parte, tan inconciliables con los *verdaderos* hábitos metódicos de D..., y tan sugestivos de la intención de engañar sobre el verdadero valor del documento, todo ello, digo sumado a la ubicación de la carta, insolentemente colocada bajo los ojos de cualquier visitante, y coincidente, por tanto, con las conclusiones a las que ya había arribado, corroboraron decididamente las sospechas de alguien que había ido allá con intenciones de sospechar.

»Prolongué lo más posible mi visita y, mientras discutía animadamente con el ministro acerca de un tema que jamás ha dejado de interesarle y apasionarlo, mantuve mi atención clavada en la carta. Confiaba así a mi memoria los detalles de su apariencia exterior y de su colocación en el tarjetero; pero terminé además por descubrir algo que disipó las últimas dudas que podía haber abrigado. Al mirar atentamente los bordes del papel, noté que estaban más *ajados* de lo necesario. Presentaban el aspecto típico de todo papel grueso que ha sido doblado y aplastado con una plegadera, y que luego es vuelto en sentido contrario, usando los mismos pliegues formados la primera vez. Este descubrimiento me bastó. Era evidente que la carta había sido dada vuelta como un guante, a fin de ponerle un nuevo sobrescrito y un nuevo sello. Me despedí del ministro y me marché en seguida, dejando sobre la mesa una tabaquera de oro.

»A la mañana siguiente volví en busca de la tabaquera, y reanudamos placenteramente la conversación del día anterior. Pero, mientras departíamos, oyóse justo debajo de las ventanas un disparo como de pistola, seguido por una serie de gritos espantosos y las voces de una multitud aterrorizada. D... corrió a una ventana, la abrió de par en par y miró hacia afuera. Por mi parte, me acerqué al tarjetero, saqué la carta, guardándola en el bolsillo, y la reemplacé por un facsímil (por lo menos en el aspecto exterior) que había preparado cuidadosamente en casa, imitando el monograma de D... con ayuda de un sello de miga de pan.

»La causa del alboroto callejero había sido la extravagante conducta de un hombre armado de un fusil, quien acababa de disparar el arma contra un grupo de mujeres y niños. Comprobóse, sin embargo, que el arma no estaba cargada, y los presentes dejaron en libertad al individuo considerándolo borracho o loco. Apenas se hubo alejado, D... se apartó de la ventana, donde me le había reunido inmediatamente después de apoderarme de la carta. Momentos después me despedí de él. Por cierto que el pretendido lunático había sido pagado por mí.»

–¿Pero qué intención tenía usted –pregunté– al reemplazar la carta por un facsímil? ¿No hubiera sido preferible apoderarse abiertamente de ella en su primera visita, y abandonar la casa?

–D... es un hombre resuelto a todo y lleno de coraje –repuso Dupin–. En su casa no faltan servidores devotos a su causa. Si me hubiera atrevido a lo que usted sugiere, jamás habría salido de allí con vida. El buen pueblo de París no hubiese oído hablar nunca más de mí. Pero, además, llevaba una segunda intención. Bien conoce usted mis preferencias políticas. En este asunto he actuado como partidario de la dama en cuestión. Durante dieciocho meses, el ministro la tuvo a su merced. Ahora es ella quien lo tiene a él, pues, ignorante de que la carta no se halla ya en su posesión, D... continuará presionando como si la tuviera. Esto lo llevará inevitablemente a la ruina política. Su caída, además, será tan precipitada como ridícula. Está muy bien hablar del *facilis descensus Averni;* pero, en materia de ascensiones, cabe decir lo que la Catalani decía del canto, o sea, que es mucho más fácil subir que bajar. En el presente caso no tengo simpatía –o, por lo menos, compasión– hacia el que baja. D... es el *monstrum horrendum,* el hombre de genio carente de principios. Confieso, sin embargo, que me gustaría conocer sus pensamientos cuando, al recibir el desafío de aquélla a quien el prefecto llama «cierta persona», se vea forzado a abrir la carta que le dejé en el tarjetero.

–¿Cómo? ¿Escribió usted algo en ella?

–¡Vamos, no me pareció bien dejar el interior en blanco! Hubiera sido insultante. Cierta vez, en Viena, D... me jugó una mala pasada, y sin perder el buen humor le dije que no la olvidaría. De modo que, como no dudo de que sentirá cierta curiosidad por saber quién se ha mostrado más ingenioso que él, pensé que era una lástima no dejarle un indicio. Como conoce muy bien mi letra, me limité a copiar en mitad de la página estas palabras:

...Un dessein si funeste,
S'il n'est digne d'Atrée, est digne de Thyeste.

»Las hallará usted en el *Atrée* de Crébillon.»

Notas

La ordenación de las narraciones de Poe plantea un problema de gusto, pues aunque cada cuento sea una obra independiente y autónoma, no hay duda de que todos ellos se atraen o se rechazan conforme a ciertas fuerzas dominantes, a ciertos efectos deliberadamente concertados, y a ese *tono* indefinible pero presente que conecta, por ejemplo, relatos tan disímiles como *Manuscrito hallado en una botella* y *William Wilson.*

Por ello, y puesto que el lector tiende con lógico sentido a leer los relatos en el orden en que se los presenta el editor, parece elemental publicarlos de la manera más armoniosa posible, como, sin duda, lo hubiera hecho Edgar Poe de haber tenido tiempo y posibilidades de preparar la edición definitiva de sus relatos. La mayoría de las compilaciones existentes, sean completas o no, pecan de arbitrarias. Para no citar más que un caso, si se consulta el índice de la muy leída edición de la *Everyman's Library (Tales of Mystery and Imagination by Edgar Allan Poe, London,* Dent, 1908), se verá que entre *El retrato oval* y *La máscara de la muerte roja* aparece *El Rey Peste,* que rompe incongruentemente toda continuidad de atmósfera en la lectura, tal como lo hace *La cita* entre *La caída de la Casa Usher* y *Ligeia.*

Algunos de los editores han optado por imprimir los cuentos con arreglo a su fecha de primera publicación, suponiendo quizá que ello permitiría al lector apreciar la evolución del estilo y el poder narrativo de Poe. Pero aparte de que esta evolución no existe prácticamente, pues *Metzengerstein,* el primer cuento publicado de Poe, contiene ya todos sus recursos de narrador, se incurre además en la falta de gusto de colocar *en primer término,* después del citado, cuatro cuentos relativamente insignificantes *(El duque de l'Omelette, Cuento de Jerusalén, El aliento perdido y Bon-Bon)* antes de arribar a *La cita* y *Berenice,* con el agravante de la probable y justificada perplejidad del lector desprevenido.

En la presente edición se han ordenado los cuentos tomando como norma esencial el interés de los temas, como norma secundaria el valor comparativo de los relatos. Ambas características coinciden en una medida que no sorprenderá a los conocedores del genio de Poe. Sus mejores cuentos son siempre los más imaginativos e intensos; los peores, aquéllos donde la habilidad no alcanza a imponer un tema de por sí pobre o ajeno a la cuerda del autor. De manera general, los relatos así presentados pueden dividirse en ocho grupos sucesivos: cuentos de terror, de lo sobrenatural, de lo metafísico, analíticos, de anticipación y retrospección, de paisaje, de lo grotesco y satíricos. Este orden tiene en cuenta la disminución progresiva del interés, que coincide, como dijimos, con una disminución paralela de calidad. Así, los cuentos satíricos del último grupo tienen un valor muy relativo en la obra de Poe, pues les falta verdadero humor, como falta también en la serie que calificamos de grotesca.

Para aclarar esta ordenación –pues no hemos querido intercalar subdivisiones, siempre discutibles e impertinentes–, diremos que los primeros veinte relatos, de *William Wilson* a *Sombra,* se cumplen en un clima donde el terror, en todas sus formas, domina obsesivamente. El grupo siguiente penetra en lo sobrenatural con *Eleonora,* pasando por diversos grados hasta culminar en *La caída de la Casa Usher.* Ingresamos entonces en una serie de relatos metafísicos, que se cierran con *Silencio.* Pisamos de lleno la tierra en el grupo siguiente, el de los grandes cuentos analíticos: *El escarabajo de oro* y las tres investigaciones del *chevalier* Dupin. Poe explora luego el futuro y el pasado, avanzando y retrocediendo desde *La incomparable aventura de un tal Hans Pfaall* hasta *Mellonta tauta.* A esta altura del camino nos esperan los bellos relatos contemplativos –casi ensayos–, donde Poe expone su filosofía del paisaje. Con *La esfinge* pasamos del paisaje real a la dimensión de lo grotesco, que señala asimismo la declinación de la calidad de los relatos. *La autobiografía literaria de Thingum Bob, Esq.,* abre finalmente la serie de los relatos satíricos, octava y última de esta ordenación.

Dentro de cada grupo, los cuentos han sido dispuestos de manera que los temas o escenarios parecidos no se sucedan. En el primer grupo, por ejemplo, los tres relatos de ambiente marino están a bastante distancia uno de otro. Por lo demás, hay muchos cuentos que podrían pasar de un grupo a otro, pues reúnen distintas características; esto se nota, sobre todo, en los dos primeros grupos. *Mellonta tauta,* para citar ejemplos dentro de los grupos siguientes, es un relato satírico y a la vez de anticipación y retrospección; *La esfinge* es un relato de terror, pero hay en él mucho de grotesco. De todas maneras, ésta no pretende ser una clasificación, vale más considerarla como considera el mosaiquista su labor, y entender que cada trozo, autónomo en sí, ha sido colocado como fondo o dibujo dominante para que todos ellos integren el cuadro fiel de la narrativa poeiana.

En una carta, el mismo Poe señalaba: «Al escribir estos cuentos uno por uno, a largos intervalos, mantuve siempre presente la unidad de un libro, es decir, que cada uno fue compuesto con referencia a su efecto como parte de un todo.

Con esta intención, uno de mis designios principales fue la máxima diversidad de temas, pensamiento y, sobre todo, *tono* y presentación. Si *todos* mis cuentos estuvieran incluidos en un gran volumen y los leyera como si se tratara de una obra ajena, lo que más me llamaría la atención sería su gran *diversidad y variedad.* Se sorprenderá usted si le digo que, con excepción de uno o dos de mis primeros relatos, no considero a ninguno de ellos *mejor* que otro. Hay gran variedad de clases, y esas clases son más o menos valiosas; pero cada cuento es igualmente bueno *en su clase.* La clase más elevada es la que nace de la más alta imaginación, y por esto sólo *Ligeia* puede ser llamado mi mejor cuento.»

El criterio seguido aquí coincide con el de Poe, en cuanto ordenamos los cuentos partiendo de «la más alta imaginación», y respetamos, además, el deseo de *variedad* explícito en el texto citado.

En las notas siguientes, luego del título original de cada cuento, se menciona *la primera publicación* del mismo. La cifra entre paréntesis indica el orden cronológico de cada publicación con referencia al total (67 cuentos). Así, *William Wilson*, publicado en 1840, es el vigesimotercer relato publicado de Poe. Este dato puede servir para situar aproximadamente la fecha de composición de los cuentos, aunque esto último es materia de abundante controversia.

William Wilson

William Wilson.
The Gift: A Christmas and New Year's Present for 1840.
Filadelfia, 1839 (23)

La idea de un *doppelgänger* circula desde hace mucho en las tradiciones y la literatura. La usual referencia a Hoffmann *(El elixir del diablo)* no parece aplicarse a este memorable relato. Se ha citado como fuente a Calderón (vía Shelley), cuyo drama *El purgatorio de San Patricio* habría inspirado a Byron un proyecto de tragedia donde el doble moría a manos del héroe, revelándose entonces como la conciencia del matador. Poe pudo leer una mención de este plan en un artículo de Washington Irving *(Knickerbocker Magazine,* agosto de 1835). Baldini recuerda el *Monos and Daimonos,* de Bulwer, y *The Haunted Man,* de Dickens. Edward Shanks ve aquí el germen de *The Portrait of Dorian Gray,* de Oscar Wilde. Newcomer menciona *Dr. Jekyll and Mr. Hyde,* de Stevenson. El cine, finalmente, le dio una versión en *El estudiante de Praga.*

Como en *Usher, Berenice* y *Ligeia,* el retrato psicológico y aun físico del héroe coincide con los rasgos más profundos del mismo Poe. En cuanto a la verdad autobiográfica de los episodios escolares del comienzo, es cosa debatida. Según Hervey Allen, Poe combinó sus recuerdos de la escuela de Irvine, en Escocia, y la Manor House School, en Stoke Newington, Londres, incorporando múltiples elementos imaginarios. El retrato del doctor Bransby, por ejemplo, es inexacto; el doctor tenía apenas treinta y tres años cuando Poe entró en su escuela.

El pozo y el péndulo

The Pit and the Pendulum.
The Gift: A Christmas and New Year's Presen for 1843,
Filadelfia, 1842 (38)

A. H. Quinn ha señalado aquí la influencia del capítulo XV de *Edgar Huntley,* novela de Charles Brockden Brown, uno de los pioneros del cuento corto en Estados Unidos. En *Una malaventura,* escrito antes que este relato, Poe usa ya el recurso del péndulo -en este caso, la aguja de un reloj gigantesco-, pero en tono de farsa. El mismo Quinn recuerda la mención hecha por Poe de *The Man in the Bell,* truculento relato publicado en el *Blackwood*, y que pudo influir en su tema (véase *Cómo escribir un artículo a la manera del* Blackwood) En su estudio sobre Poe, el reverendo Griswold lo acusa de haber plagiado el cuento de otro publicado asimismo en el *Blackwood: Vivenzio, or Italian Vengeance*. Baldini, por su parte, remite al canto XXXIII del *Infierno*.

Se ha querido ver en este cuento la utilización de una pesadilla (o la combinación de más de una) resultante del opio; alguien lo ha clasificado, después de *El escarabajo de oro* y *Los crímeres de la calle Morgue*, entre los relatos más famosos del autor. El hecho, generalmente admirado, de que el personaje no ose decir lo que vio en el fondo del pozo, encolerizaba a R. L. Stevenson, que veía en eso «una impostura, un audaz e imprudente escamoteo».

Manuscrito hallado en una botella

MS. found in a Bottle.
Baltimore Saturday Visiter, 19 de octubre de 1833 (6)

George Snell ha creído ver en este cuento «una parábola del paso del hombre por la vida». La perfección de su factura fue elogiada por Joseph Conrad. Para Edward Shanks «posee esa atmósfera de lo inexplicablemente terrible que pertenece a Poe, a unos pocos autores más y a los anónimos creadores de leyendas».

El héroe del relato muestra los rasgos románticos del nomadismo, el desasosiego inexplicable, el exilio a perpetuidad; por debajo se adivinan impulsos menos literarios y más terribles que, al igual que el drama en sí, no alcanzarán explicación final. Pero la característica más memorable reside en la intensidad de efecto lograda con un mínimo de palabras. «Su don de armar situaciones con cien palabras», decía de Poe el crítico Charles Whibley.

Este cuento ganó el premio ofrecido por el *Baltimore Sa-*

turday Visiter e inició en cierto modo la carrera literaria de Poe. En carta a Beverly Tucker, éste afirma que se trata de una de sus primeras composiciones.

El gato negro

The Black Cat.
United States Saturday Post (Saturday Evening Post), 19 de agosto de 1843 (41)

Con más ingenuidad que ingenio, Alfred Colling ve en el trío central (el narrador, su esposa, el gato) un reverso infernal de Poe, Virginia y la gata *Caterina,* tan mimada por ellos. Parece más interesante recordar que Baudelaire conoció a Poe a través de una traducción francesa de *El gato negro,* publicada en *La Démocratie Pacifique,* de París. Marie Bonaparte ha demostrado psicoanalíticamente los elementos constitutivos de este cuento, uno de los más intensos de Poe.

La verdad sobre el caso del señor Valdemar

The Facts in the Case of M. Valdemar.
American Review, diciembre de 1845. Título original: *The Facts of M. Waldemar's Case* (59)

En *Marginalia,* I, Poe se ocupa de las repercusiones que este relato tuvo en Londres, donde fue tomado por un informe científico. El mesmerismo y sus campos afines interesaban extraordinariamente en su época; el tono clínico del cuento, donde no se retrocede ante el menor detalle descriptivo, por repugnante que sea, explica el engaño. Un preludio a este relato puede verse en *Revelación mesmérica* (véase también *Cuento de las Montañas Escabrosas).* Margaret Alterton ha mostrado la influencia de la literatura efectista del *Black-*

wood's Magazine en Poe, sobre todo en la tendencia a las descripciones que buscan crear una sensación de informe científico. Pero de los cuentos del *Blackwood* a *Valdemar* hay exactamente la distancia del periodista al poeta.

El retrato oval

The Oval Portrait.
Graham's Lady's and Gentleman's Magazine, abril de 1842. Título original: *Life in Death* (35)

En una primera versión –al igual que en *Berenice*–, Poe presentó al héroe sometido a la influencia del opio, lo cual explica mejor la tonalidad de su visión del retrato oval. Charles Whibley afirmó de este cuento que «otro escritor necesitaría cinco páginas para explicar lo que Poe sugiere en las cinco primeras líneas». Marie Bonaparte ha visto otra prueba de un complejo de Edipo en Poe: «En ese retrato oval revive el medallón de Elizabeth Arnold» (la madre de Poe, cuyo retrato en miniatura conservó él siempre).

El corazón delator

The Tell-Tale Heart.
The Pioneer, enero de 1843 (39)

El tema de Caín –la soledad que sigue al crimen, el descubrimiento gradual que hace el asesino de su separación del resto de los hombres– se expresa en Poe a través de una serie de grados, *El demonio de la perversidad* es su forma más pura; *William Wilson* ilustra la alucinación visual; *El corazón delator,* la auditiva. En los tres casos el crimen rebota contra su autor y lo aniquila.

Se ha visto en este cuento otra expresión de obsesiones sádicas en Poe. El ojo de la víctima reaparecerá en el del gato negro. La admirable concisión del relato, su fraseo breve y nervioso, le dan un valor oral, de confesión escuchada, que lo hace inolvidable.

Un descenso al Maelström

A Descent into the Maelström.
Graham's Lady's and Gentleman's Magazine, mayo de 1841 (29)

Arlin Turner ha mostrado cuatro fuentes que Poe habría usado para este relato. La más importante procede de un cuento publicado, en 1836, en un periódico francés ilustrado, *Le Magasin Universel*, que lo tomó de otro aparecido en el *Fraser's Magazine* (septiembre de 1834). W. T. Bandy hace notar que Poe debió de leer la historia en el *Fraser* y que aprovechó su tema -la caída en el remolino y la expulsión posterior- para elaborar una teoría explicativa de cómo pudo producirse esta última. La *Enciclopedia británica* le proporcionó acaso los elementos científicos que se utilizan en el relato.

El tonel de amontillado

The Cask of Amontillado.
Godey's Lady's Book, noviembre de 1846 (61)

La suerte de Ugolino, la visión de tanta mazmorra donde se consumó la venganza del que sacrifica el espectáculo del sufrimiento del enemigo, sustituyéndolo por la imaginación de una agonía infinitamente más cruel, dan a este relato su fuerza irresistible. Y también la brillante técnica narrativa, el diálogo incisivo, seco, la presencia del carnaval en esa comedia monstruosa de desquite y sadismo. D. H. Lawrence ha señalado la equivalencia entre *Usher* y este cuento: Fortunato es enterrado vivo por odio como Lady Madeline lo es por amor. «El ansia que nace del odio es un deseo irracional de poseer y consumir el alma de la persona odiada, así como el ansia amorosa es el deseo de poseer hasta el límite a la persona amada.»

Brownell, que ve en el *tono* lo mejor de los cuentos de Poe, dice del de éste que es «como el golpetear de castañuelas malignas». Y R. L. Stevenson: «Todo el espíritu de *El tonel de amontillado* depende del disfraz carnavalesco de Fortunato, el gorro de cascabeles y el traje de bufón. Una vez que Poe acertó en vestir a su víctima grotescamente, halló la clave del cuento.»

La máscara de la Muerte Roja

The Mask of the Red Death.
Graham's Lady's and Gentleman's Magazine, mayo de 1842, título original: *The Mask of the Red Death: A Fantasy* (36)

Shanks dice de este cuento que «su contenido es el puro horror de la pesadilla, pero ha sido elaborado y ejecutado por un artífice de suprema y deliberada habilidad». Su tema y atmósfera corresponden en la poesía de Poe a *The Conqueror Worm* (incluido en *Ligeia).* Al margen de su obvia alegoría –que quizá Poe negara– hay campo para otras, todas ellas igualmente ajenas a la fuerza y a la eficacia del relato. En los últimos años, Joseph Patrick Roppolo ha proporcionado un análisis exhaustivo de las fuentes e intenciones de este relato.

Un cuento de las Montañas Escabrosas

A Tale of the Ragged Mountains.
Godey's Lady's Book, abril de 1844 (45)

Este relato, publicado en una época avanzada de la producción poeiana, no alcanzó el prestigio que merece. Su tema ilumina doblemente la persona de Poe: el paisaje de las *Ragged Mountains* es el que recorría con sus camaradas de la Universidad de Virginia, y las sensaciones, derivadas de la morfina, que experimenta Bedloe en su paseo, provienen de una experiencia harto repetida en la época de la composición de la historia.

Por su tema, que retoma la noción del «doble» en un plano diferente del de *William Wilson*, y la brillantísima ejecucion, nerviosa y sucinta, este cuento es uno de los más hermosos del autor. Su tono, a salvo de toda exageración y todo énfasis, le confiere una actualidad sobrecogedora. Pudo ser escrito por Wells, por Kipling, por el mejor «Saki». Colling lo declara «uno de los cuentos de Poe más fuertemente impregnados de surrealidad».

El demonio de la perversidad

The Imp of the Perverse.
Graham's Lady's and Gentleman's Magazine, julio de 1845 (57)

Acertadamente previene Émile Lauvrière al lector sobre la diferencia de sentido que la palabra *perverse* tiene para un inglés y un francés. El distingo se aplica igualmente en nuestro caso. *Perverseness*, perversidad, no es gran maldad o corrupción (aunque pueda serlo), sino –citamos a Lauvrière– «el sentido del encarnizamiento en hacer lo que no se quisiera y no se debiera hacer». Por su parte, Poe lo explica al comienzo del relato; en la traducción, empero, subsiste el inconveniente de no disponer de un término más preciso.

Poe, como casi todos en su tiempo, aceptaba en general los principios de la frenología; aquí, sin embargo, parece advertir que se trata de una seudociencia y no lo oculta.

El entierro prematuro

The Premature Burial.
Dollar Newspaper, 31 de julio de 1844 (47)

En rigor, se trata menos de un cuento que de un artículo donde se enumeran casos de enterramientos prematuros, seguidos de una supuesta experiencia personal del autor. Se ha visto en este tema –fundándose en su tono obsesivo y las propias palabras de Poe– el resultado de las pesadillas del opio o, mejor aún, de los trastornos cardíacos con sensación de ahogo que aquél experimentaba en ocasiones.

Hop-Frog

Hop-Frog.
The Flag of our Union, 17 dé marzo de 1849. Titulo original: *Hop-Frog, or the Eight Chained Orang-Outangs.* (64)

«*Hop-Frog* –dice Jacques Castelnau– no es más que el relato donde Froissart nos muestra a los compañeros de Carlos VI quemándose vivos en el famoso *Bal des Ardents.* A falta de las *Crónicas*, que no pudo leer, Poe meditó sin duda frente a una miniatura que evoca el accidente, y donde se ve en una de las salas del hotel Saint-Pol a los jóvenes príncipes metidos en sus disfraces de hombres salvajes cubiertos de pelos de la cabeza a los pies y ardiendo bajo las arañas de madera donde se consumen las velas de sebo.» Quizá Poe no leyó las *Crónicas* aunque Woodberry señala que pudo conocerlas en una vieja traducción inglesa del siglo XVI; de todos modos debió enterarse del episodio a través de un artículo del *Broadway Journal,* febrero de 1847, donde se cuenta cómo Carlos VI y cinco cortesanos se disfrazaron de sátiros y cómo se incendiaron sus trajes. Según Hobson Quinn, a esta fuente se agregaría *Frogère,* relato de un tal «Px» publicado en el *New Monthly Magazine,* en 1830, acerca de un bufón de la corte del zar Pablo de Rusia; víctima de una broma cruel de su amo, el bufón se presta a colaborar en su asesinato.

Hervey Allen ve en *Hop-Frog* un valor simbólico: La realidad, tirana, mantiene en esclavitud a la imaginación, la obliga a servir de bufón, hasta que ésta se venga de la más terrible manera.

Metzengerstein

Metzengerstein.
Saturday Courier, 14 de enero de 1832 (1)

Este cuento –el primero publicado– apareció por segunda vez con el subtítulo «Cuento a imitación de los alemanes». Su aire marcadamente «gótico» –en el sentido que toma la palabra cuando se aplica a las novelas de Maturin, Mrs. Radcliffe, Walpole y, naturalmente, a la narrativa de los románticos alemanes, como Hoffmann y Von Arnim– contiene ya valores puramente poeianos. La presencia del tapiz, por ejemplo, abre la serie de las decoraciones misteriosas y en extraña analogía con el drama que se cumple entre ellas.

La caja oblonga

The Oblong Box
Godey's Lady's Book, septiembre de 1844 (49)

Otra transparente presencia de la necrofilia, que se muestra sin ambages y en su forma más repugnante.

El hombre de la multitud

The Man of the Crowd.
Burton's Gentleman's Magazine, diciembre de 1840 (27)

El prestigio de este relato no parece basarse tanto en su tema, ya de por sí interesante y sugestivo, como en la gran habilidad técnica de su factura. El ensayo de caracterización de una multitud –que tanto obsesionará a muchos novelistas contemporáneos– se logra aquí con recursos aparentemente simples, pero tras los cuales se esconde la sensibilidad del observador «capaz de leer la historia de muchos años en el breve intervalo de una mirada».

La cita

The Assignation.
Godey's Lady's Book, enero de 1834. Titulo original: *The Visionary* (7)

Hobson Quinn ha señalado el paralelismo de este relato con *Doge und Dogaressa,* de Hoffmann, mostrando, empero, una esencial diferencia de clima. La extravagante efusión romántica del principio, nada frecuente en Poe, y el no menos extravagante absurdo de que un niño pueda permanecer alrededor de diez minutos bajo el agua sin ahogarse, y ser salvado por un héroe que se arroja al canal *embozado en su capa,* contrastan con la justeza habitual de los relatos poeianos.

Digamos del poema *To one in Paradise* que Poe intercaló en el cuento, que su versión española no pasa de un equivalente aproximado, que busca salvar algo del ritmo del original. Lo mismo cabe decir de los poemas que aparecen en *Ligeia* y *La caída de la casa Usher.*

Sombra

Shadow.
Southern Literary Messenger, septiembre de 1835. Título original: *Skadow. A Fable* (13)

W. C. Brownell ha aludido a «la elaborada y hueca solemnidad» de esta parábola, «que concluye, empero, con una nota de verdadera sustancia y dignidad», mientras Killis Campbell encuentra que, junto con *Silencio,* «se aproxima a la elocuencia y al esplendor de De Quincey».

Eleonora

Eleonora.
The Gift: A Christmas and New Year's Present for 1842. Filadelfia, 1841 (33)

Existe acuerdo casi total en ver en este cuento una evocación de la vida de Poe con Virginia Clemm y su madre. A George Snell debemos estas aclaraciones: «Eleonora representa para el narrador su amante, una dualidad de naturalezas, y luego de su muerte reaparece para él como Ermengarda, con la cual aquél se casa. Una de las versiones originales del cuento contiene pruebas directas de que Poe buscaba que entendiéramos así su texto: "Mientras asistía, arrobado, a sus humores alternados de melancolía y de júbilo, no pude dejar de soñar que en ella había encerradas dos almas separadas". Cuando Ermengarda llega para reemplazar a la muerta Eleonora, el texto decía: "Y hubo un exaltado delirio en el amor que sentí por ella cuando me sobresalté al ver en su rostro la idéntica transición de las lágrimas a las sonrisas que me habían asombrado en la perdida Eleonora". Luego Poe suprimió ambos pasajes, aumentando lo indefinido del relato, pero sin alterar su sentido.»

Morella

Morella.
Southern Literary Messenger, abril de 1835 (9)

Este relato constituye la primera expresión de uno de los temas capitales de la narrativa de Poe, que alcanzará su perfección en *Ligeia* (véase nota correspondiente). Poe tenía alta estima por *Morella,* y en una carta de 1835 escribe: «El último cuento que he escrito se llama *Morella,* y es el mejor que he compuesto», opinión que luego traspasaría a *Ligeia.*

Charles Whibley ha señalado aquí la presencia de la risa, «que se convierte en terror», y que Poe usa en la frase final de su relato, en *La cita* (donde la risa es una diosa) y en *El tonel de amontillado.*

Berenice

Berenice
Southern Literary Messenger, marzo de 1835 (8)

Uno de los primeros cuentos de Poe –hay quien lo cree el primero–, tiene ya toda la eficacia de los mejores: el horror se instala aquí de lleno en unas pocas páginas impecables. La primera versión (la que tradujo Baudelaire) contenía pasajes referentes al opio y una visita del narrador a la cámara donde están velando a Berenice. Al suprimir varios pasajes, Poe mejoró sensiblemente el cuento. En 1835 escribía a White: «El tema es demasiado horrible, y confieso que vacilé antes de remitirle el cuento... El relato nació de una apuesta; se dijo que yo no podría lograr nada efectivo con un tema tan singular si lo trataba en serio... Reconozco que llega al borde mismo del mal gusto, pero no volveré a pecar tan egregiamente...»

Ligeia

Ligeia.
American Museum of Science, Literature an the Arts, septiembre de 1838 (18)

Poe proporciona interesantes noticias sobre la concepción de este cuento –su preferido– en una carta a Philip P. Cooke: «Tiene usted razón, muchísima razón, acerca de *Ligeia.* La percepción *gradual* del hecho de que Ligeia vuelve a vivir en la persona de Rowena constituye una idea mucho más elevada y excitante que la expresada por mí. Me parece que ofrece el campo más amplio a la imaginación y podría llegar a lo sublime. Mi idea era precisamente ésa, y, a no ser por una razón, la hubiera adoptado; pero había que tener en cuenta a *Morella.* ¿Recuerda usted la *gradual* convicción del padre de que el espíritu de la primera Morella habita la persona de la segunda? Puesto que *Morella* estaba escrita, se hacía necesario modificar *Ligeia.* Me vi obligado a contentarme con la súbita semiconciencia que tiene el narrador de que Ligeia se alza ante él. Hay un punto que no he desarrollado completamente: hubiera debido insinuar que la *voluntad* no alcanzaba a perfeccionar su intención; hubiérase producido una recaída, la última, y Ligeia (quien sólo habría logrado provocar una idea de la verdad en el narrador) hubiese sido finalmente enterrada como Rowena, al desvanecerse gradualmente las modificaciones físicas. Pero puesto que *Morella* ha sido escrita, dejaré que *Ligeia* quede como está. Su afirmación de que es "inteligible" me basta. En cuanto a la multitud, dejémosla que hable. Me sentiría agraviado si creyera que me comprende en este punto.»

Joseph Wood Krutch menciona una nota, escrita a lápiz por Poe y agregada a un poema que éste envió a Helen Whitman: «Todo lo que he expresado aquí se me apareció de verdad. Recuerdo el estado mental que dio origen a *Ligeia...*» Las referencias al opio en el relato se enlazan desde la ficción con estas palabras, que sería insensato creer falsas.

D. H. Lawrence ha analizado la mutua destrucción de los enamorados, su vampirismo espiritual, la lucha encarnizada de sus voluntades. Según Snell, el cuento debe ser entendido de otra manera: «El narrador, loco, ha asesinado a Rowena, y sólo la lectura literal de la segunda parte puede dar la impresión de que una transmigración de identidades ha tenido realmente lugar». La frase en que el narrador dice haber creído ver que unas gotas caían en el vaso, «es la prueba concluyente de que *él* la ha envenenado... Desea la vuelta de Ligeia, la quiere, y en su locura le parece (tratando, además, de persuadirnos) que las convulsiones de Rowena en la agonía son la lucha del espíritu de Ligeia para entrar en su cuerpo. Y cuando, al fin, se convence de que el atroz drama ha terminado, la megalomanía final lo envuelve y el relato se cierra cuando "una locura inenarrable" se apodera de él». En *Sex Symbolism, and Psychology in Literature,* Roy P. Basler aporta un nuevo e interesante análisis de las motivaciones de Poe, y de la pugna del escritor entre su racionalismo teórico y los impulsos irrefrenables que se abren paso en sus mejores relatos.

La caída de la Casa Usher

The Fall of the House of Usher.
Burton's Gentleman's Magazine, septiembre de 1839 (22)

«Poe no consiguió superar jamás esta creación de una atmósfera maléfica» -ha dicho Colling-. Si los temas son repetición de los de otros relatos -el opio, la angustia, la enfermedad, la hiperestesia mórbida, el entierro prematuro, los sentimientos incestuosos-, «el genio parece aquí un fluido que todo lo sensibiliza». Hervey Allen insiste en la carga autobiográfica: Usher es «el retrato de Poe a los treinta años»; Lady Madeline es Virginia. «Sus extrañas relaciones con su hermano y la inconfesable razón de éste para desear su entierro en vida, todo ello recuerda las prolongadas torturas de Poe junto al lecho de su moribunda *esposa y prima hermana.*»

El *tono* del relato le parece a Brownell su personaje central: «Nada ocurre que no sea trivial o inconvincente comparado con su eficaz monotonía, su atmósfera de fantástica lobreguez y melancolía desintegradora». D. H. Lawrence lo ha estudiado partiendo del incesto como tema central y del principio de que todo hombre tiende a matar aquello que ama. Para Shanks, *Usher* es «la presentación de un estado de ánimo». Como en *Eleonora,* hay aquí un estrecho paralelismo entre el drama y las alteraciones del mundo exterior. La «casa de Usher», cae en un doble sentido: como linaje y como edificio. El mismo Shanks podrá decir irrefutablemente: «La casa de Usher es una imagen del alma misma de Poe, y en ella encontramos como un epítome de sus supremas contribuciones a la literatura mundial. Es la historia de una debilidad, y, sin embargo, su fuerza nace de ese mismo abandono a la debilidad. Posee en ella la esencia de lo que los admiradores extranjeros de Poe habrían de encontrar admirable en él, y aunque no es la más perfecta de sus narraciones, debe considerársela, por sus cualidades típicas y la extravagante riqueza de su presentación, como la suprema entre todas.»

Baldini –coincidiendo desde otro ángulo con Brownell– ha mostrado sagazmente las analogías *musicales* de la estructura de este cuento. En general, los personajes de Poe «están regulados por una ley semejante a la que regula entre ellos y justifica las pasiones de los personajes del drama musical. Éstos no ceden a sus instintos, a sus deseos, no rigen sus impulsos, no frenan la voluntad para bien o para mal, sino mediante una ley armónica y estructural, y sería vano y estéril tratar de explicarse el mundo de sus efectos mediante la confrontación con los humanos. Ahora bien, el sentimiento del horror, del miedo, del abatimiento, como también el de la alegría desenfrenada y salvaje, son, para Poe, como otras tantas tonalidades o tiempos musicales, con los cuales organiza la estructura de sus dramas... y sólo un orden similar al armónico preside y regula las relaciones entre la intriga y aquellos a quienes sería mejor llamar *figuras* antes que personajes, y que deben habitarla... *La caída de la casa Usher* constituye la obra maestra de esta poesía, a la vez que el corolario de esta poética. El argumento –que también tiene su relieve–, los personajes, sus contrastes y, en una palabra, su drama son movidos como otras tantas estructuras indispensables para conseguir la armonía de la composición, pero no más que eso. Es interesante notar, así, que las tres imágenes o *figuras* del huésped, Lady Madeline y Usher, son después la misma *figura,* la cual se reviste de ese triple ropaje tan sólo para poder habitar más intensamente, y ubicarse con mayor libertad en el escenario, en la atmósfera del cuento; atmósfera que, más fácilmente susceptible de cuajar en torno suyo esa musicalidad (en el sentido antes expuesto), constituye la protagonista absoluta de este excepcional ciclo poético».

Gioconda de Poe, caja de resonancia por excelencia, *La caída de la casa Usher* ha suscitado las más variadas y contradictorias interpretaciones. Arthur Hobson Quinn, Lyle H. Kendall, Jr., Harry Levin, Darrel Abel, Richard Wilbur, Edward H. Davidson, Maurice Beebe, James M. Cox, Marie Bonaparte, por no citar más que un pequeño número de críticos y exégetas, han escrutado este relato en busca de sus claves y del secreto de su fascinación.

Revelación mesmérica

Mesmeric Revelation.
Columbian Lady's and Gentleman's Magazine, agosto de 1844 (48)

Por lo que respecta al episodio, de este relato habrá de salir *Valdemar;* en cuanto a su contenido especulativo, *Eureka* desarrollará muchos gérmenes aquí presentes.

El relato refleja el vivo interés contemporáneo por el mesmerismo. Poe se familiarizó con el tema, leyendo su abundante bibliografía científica o seudocientífica y asistiendo a conferencias de «magos»tales como Andrew Jackson Davis, de quien se burlaría más tarde. Jamás aceptó los principios del mesmerismo, pero usaba sus materiales con la destreza de que da cuenta un episodio registrado en *Marginalia,* CCIV.

El poder de las palabras

The Power ot Words.
United States Magazine and Demacratic Review, junio de 1845 (56)

Éste y los dos cuentos (o poemas, o diálogos metafísicos) siguientes continúan en el plano del relato anterior. La búsqueda de lo absoluto, de un nivel angélico de esencias, halla aquí un acento de profunda intensidad.

Para A. Clutton-Brock: «*El poder de las palabras* vale por todos los cuentos famosos de Poe... Es uno de los más admirables trozos de prosa del lenguaje inglés, tanto por la forma como por el tema... (El relato) implica la filosofía de alguien para quien el mismo Cielo está lleno de deseo y de pasión de infinitud; para quien es pasión antes que delicia, pues sólo la pasión contaba para él en este mundo.»

La conversación de Eiros y Charmion

The Conversation of Eiros and Charmion.
Burton's Gentleman's Magazine, diciembre de 1839. En 1843 se publicó con el título: *The Destructio of the World* (24)

Sin duda Poe conocía las teorías estoicas de los ciclos y de la destrucción del universo por el fuego. Un biógrafo concienzudo ha hecho notar que Poe pudo ver una lluvia de meteoritos en Baltimore, en 1833. Incidentalmente, de este relato pudieron nacer dos novelas de Julio Verne: *Hétos Servadac* y *El experimento del Dr. Ox.*

El coloquio de Monos y Una

The Colloquy of Monos and Una.
Grabam's Lady's and Gentleman's Magazine, agosto de 1841 (31)

El admirable relato que hace Monos de su muerte explica entre tantas otras pruebas la prodigiosa influencia de Edgar Poe sobre los simbolistas franceses. La interfusión de los sentidos (donde se ha señalado la presencia del opio), la visión por el olfato, la visión como sonido, preludian las *correspondencias* que Baudelaire habría de ilustrar en su famoso soneto, y las sabias sustituciones de Des Esseintes en la novela de Huysmans.

Silencio

Silence: A Fable.
The Baltimore Book and New Year's Present, Baltimore, 1837. Título original: *Siope: A Fable* (17)

Una «fábula», y mejor aún poema en prosa, que la tradición induce a incluir entre los cuentos. La metafísica alemana, a través de Coleridge, parece haber influido en estas páginas, que Poe presentó «a la manera de los autobiógrafos psicológicos». Allen dice de ellas que son «la contribución más majestuosa de Poe a la prosa», lo cual parece una confusión de géneros. *Silencio* es poesía, exige ser leído como un poema, escondido rítmicamente, salmodiado como un conjuro o un texto profético. El lector pensará en William Blake, en ciertos pasajes de Rimbaud, en ciertas cadencias del primer Saint-John Perse.

El escarabajo de oro

The Gold Bug.
Dollar Newspaper, 21-28 de junio de 1843 (40)

Poe vendió este cuento por 52 dólares al editor. Graham. Enterado luego de que el *Dollar Newspaper* ofrecía 100 dólares al vencedor de un concurso, lo permutó por unas reseñas y ganó el premio. Probablemente es hoy el cuento más popular de Poe, pues la enorme latitud de su interés abarca todas las edades y niveles mentales. Como en la novela de Stevenson, como en *A High Wind in Jamaica,* de Richard Hughes, el atractivo mundo de los bucaneros vuelve memorable cada una de sus líneas.

Aparte de algunos detalles orográficos (no hay montañas en la zona de Charleston), Poe utilizó fielmente los recuerdos de su vida militar en Fort Moultrie. Hay una abundante bibliografía sobre este cuento, y no faltan quienes han reconstruido el misterioso escarabajo, suponiendo que Poe combinó tres especies conocidas para lograr su *bug* (véase Allen, *Israfel,* págs. 171 ss.)

El personaje de Legrand fue igualmente trazado del natural y Poe le incorporó el genio analítico de Dupin. Pese a ello –según Krutch–, «su único esfuerzo por crear personajes realistas fue un fracaso abismal, y jamás logró Poe describir nada que se vinculara ni remontamente con la vida que lo rodeaba». Aparte de la exageración de este juicio, cabe preguntarse si verdaderamente Poe se proponía tal cosa; este relato no debe su belleza a los elementos realistas, sino al misterio que late, ambiguo y amenazador, en la primera parte, y a la brillante labor de raciocinio que llena la segunda.

Los crímenes de la calle Morgue

> *The Murders in the Rue Morgue.*
> *Graham's Lady's and Gentleman's Magazine,* diciembre de 1841 (28)

En Estados Unidos se ha llamado a Poe el padre del cuento, *the father of the short-story,* afirmación que tiene defensores e impugnadores igualmente encarnizados. Concretamente, nadie negará que inventó el cuento «detectivesco», lo que hoy llamamos cuento (o novela) policíaca. Parece ser que Conan Doyle se burló, por boca de Sherlock Holmes, de los métodos del *chevalier* Dupin; a ellos le debía, sin embargo, su técnica analítica, y hasta el truco de utilizar como representante indirecto del lector a un supuesto amigo o confidente, por lo general bastante bobo.

Este memorable relato, que inicia la serie de los del *chevalier* Dupin, figura en casi todas las listas de los-diez-cuentos-que-uno-se-llevaría-a-la-isla-desierta. La combinación felicísima –salvo para paladares demasiado delicados– de folletín truculento y frío ensayo analítico es de las que atacan al lector con fuegos cruzados.

Parece ser que Poe tomó el nombre «Dupin» de la heroína de un relato publicado en el *Burton's Gentleman's Magazine,* que se refería al famoso Vidocq, el ministro de policía francés. Las pesquisas de Vidocq debieron interesar a Poe, quien critica su método en el curso del relato (la historia se repite, como se ve) y lo aprovecha para explayar su propia teoría sobre los inconvenientes de ser demasiado profundo.

El misterio de Marie Rogêt

The Mystery of Marie Rogêt.
Ladies' Companion, noviembre-diciembre de 1842, febrero de 1843 (37)

Mary Cecilia Rogers, empleada del negocio de tabacos de John Anderson, en Liberty Street, Nueva York, fue asesinada en agosto de 1841. Poe parece haberse procurado todos los recortes periodísticos concernientes a este famoso crimen, y los delegó al *chevalier* Dupin, instalando la escena en París para exponer con más libertad su teoría, tendiente a probar que el asesinato había sido cometido por un solo individuo (un enamorado de la víctima) y no por una pandilla de malhechores.

En general, este cuento ha merecido todos los reparos que se hacen a *Los crímenes de la calle Morgue,* sin ninguno de sus elogios.

La carta robada

The Purloined Letter.
The Gift: A Christmas, New Year's and Birthday Present, Nueva York, 1845 (53)

Para Brownell, «el efecto de la desdeñosa altanería de Dupin predomina sobre el que produce su habilidad». Baldini ve en este cuento «una comedia en dos actos con tres interlocutores. Muy escasas son las referencias al margen del diálogo, destinadas solamente a ilustrar el ambiente donde se desenvuelve la escena y a sugerir, se diría, los movimientos de los actores encargados de representarla».

Índice